【臺灣現當代作家
研究資料彙編】79

葉維廉

國立台灣文學館
出版

部長序

　　從歷史的角度檢視特定時代的文學表現，當代作家及作品往往是研究的重心；而完整的臺灣文學史之建構，更有賴全面與紮實的作家及作品研究。臺灣文學自荷蘭時代、明鄭、清領、日治、及至戰後，行過漫長的時光甬道，在諸多文學先輩和前行者的耕耘之下，其所累積的成果和能量實已相當可觀；而白話文學運動所造就的新文學萌芽，更讓現當代文學作品源源不絕地誕生，作家們的精彩表現有目共睹。相應於此，如何盤整研究資源、提升無論是專業學者或一般大眾資料查找的便利性，也就格外重要。

　　由國立臺灣文學館規畫、籌編的《臺灣現當代作家研究資料彙編》，即可說是對上述問題的最好回應。本計畫自 2010 年開始啟動，五年多來，已然為臺灣文學史及相關研究打下厚重扎實的基礎。臺文館不僅細心詳實地為作家編選創作生涯中的重要紀錄，在每一冊圖書中收錄豐富的作家照片、手稿影像，並編寫小傳、年表，再由學有專精的學者撰寫研究綜述、選刊重要評論文章，最後還附有評論資料目錄。經過長久的累積和努力，今年，已進入第六個年頭，即將完成總共 80 位作家的研究資料彙編。在本階段所出版的作家，包括詹冰、高陽、子敏、齊邦媛、趙滋蕃、蕭白、彭歌、杜潘芳格、錦連、蓉子、向明、張默、於梨華、葉笛、葉維廉、東方白共 16 位，俱為夙負盛名的重量級作者，相信必能有助於臺灣文學的推廣與研究的深化。

　　這套全方位的臺灣現當代文學工具書，完整呈現了臺灣作家的存
在樣貌、歷史地位與影響及截至目前的相關研究成果，同時也清晰地
勾勒出臺灣文學一路走來的變貌與軌跡，不但極具概覽性，亦能揭示
當下的臺灣文學研究現況並指引未來研究路徑，可說是認識臺灣作家
與臺灣文學發展的重要讀本依據，相信必能為臺灣文學研究奠定益加
厚實的根基；懇請海內外關心及研究臺灣文學之各界方家不吝指正，
以匯聚更多參與及持續前行的能量。

文化部部長　

館長序

　　時光荏苒，「臺灣現當代作家研究資料彙編」第五階段已接近
尾聲，16 冊圖書的出版，意味著這個深耕多年的計畫，又往前邁進
一步，締造了新的里程碑。

　　「臺灣現當代作家研究資料彙編計畫」乃是以「臺灣現當代作
家評論資料目錄」（2004～2009 年）為基礎，由其中所收錄的 310 位
作家、十餘萬筆研究評論資料延展而來。為了厚實臺灣文學史料的
根基，國立臺灣文學館組織了精實的顧問群與編輯團隊，從作家的
出生年代、創作數量、研究現況……等元素進行綜合考量，精選出
100 位作家，聘請最適合的專家學者替每位作家完成一本研究資料
彙編。圖書內容包括作家生平重要影像、文學活動照片、手稿或文
物影像、作家小傳、作品目錄和提要、文學年表；另有主編撰寫的
作家研究綜述，再從龐雜的評論資料中挑選具有代表性的評論文
章，並附上完整的作家評論資料目錄。這套叢書不僅對文學研究者
而言是詳實齊全的文獻寶庫，同時也為一般讀者開啟平易可親的文
學之窗，讓大家可以從不同角度、多面向地認識一位作家的創作、
生平與歷史地位。

　　本計畫自 2010 年啟動，截至目前為止，以將近六年的時間，完
成了 80 位臺灣重量級作家的研究資料彙編，在本階段將與讀者見面
的有詹冰、高陽、子敏、齊邦媛、趙滋蕃、蕭白、彭歌、杜潘芳格、

錦連、蓉子、向明、張默、於梨華、葉笛、葉維廉、東方白共 16
人。這是一場充滿挑戰的馬拉松,過程漫長艱辛,卻也積聚並見證
了臺灣文學創作與研究的能量。為了將這部優質的出版品推介給廣
大的讀者,發揮其更大的影響力,臺文館於 2015 年 8 月接續推動
「臺灣文學開講──臺灣現當代作家研究資料彙編行銷推廣閱讀計
畫」,透過講座與踏查,結合文學閱讀、專家講述、土地探訪,以
顯影作家創作與生活的痕跡,歡迎所有的朋友與我們一同認識作
家、樂讀文學、親炙臺灣的土地,也請各界不吝給予我們批評、指
教。

國立臺灣文學館館長　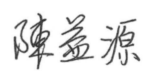

編序

◎封德屏

緣起

　　1995 年 10 月 25 日，在臺灣師範大學教育大樓的 201 室，一場以「面對臺灣文學」為題的座談會，在座諸位學者分別就臺灣文學的定義、發展、研究，以及文學史的寫法等，提出宏文高論，而時任國家圖書館編纂張錦郎的「臺灣文學需要什麼樣的工具書」，輕鬆幽默的言詞，鞭辟入裡的思維，更贏得在座者的共鳴。

　　張先生以一個圖書館工作人員自謙，認真專業地為臺灣這幾十年來究竟出版了多少有關臺灣文學的工具書，做地毯式的調查和多方面的訪問。同時條理分明地針對研究者、學生，列出了十項工具書的類型，哪些是現在亟需的，哪些是現在就可以做的，哪些是未來一步一步累積可以達成的，分別做了專業的建議及討論。

　　當時的文建會二處科長游淑靜，參與了整個座談會，會後她劍及履及的開始了文學工具書的委託工作，從 1996 年的《臺灣文學年鑑》起始，一年一本的編下去，一直到現在，保存延續了臺灣文學發展的基本樣貌。接著是《中華民國作家作品目錄》的新編，《臺灣文壇大事紀要》的續編，補助國家圖書館「當代文學史料影像全文系統」的建置，這些工具書、資料庫的接續完成，至少在當時對臺灣文學的研究，做到一些輔助的功能。

　　2003 年 10 月，籌備多年的「臺灣文學館」正式開幕運轉。同年五月《文訊》改隸「財團法人台灣文學發展基金會」，為了發揮更大的動能，開

始更積極、更有效率地將過去累積至今持續在做的文學史料整理出來，讓豐厚的文藝資源與更多人共享。

於是再次的請教張錦郎先生，張先生認為文學書目、作家作品目錄、文學年鑑、文學辭典皆已完成或正在進行，現在重點應該放在有關「臺灣現當代作家評論資料目錄」的編輯工作上。

很幸運的，這個計畫的發想得到當時臺灣文學館林瑞明館長的支持，於是緊鑼密鼓的展開一切準備工作：籌組編輯團隊、召開顧問會議、擬定工作手冊、撰寫計畫書等等。

張錦郎先生花了許多時間編訂工作手冊，每一位作家的評論資料目錄分為：

（一）生平資料：可分作者自述，旁人論述及訪談，文學獎的紀錄。

（二）作品評論資料：可分作品綜論，單行本作品評論，其他作品（包括單篇作品）評論，與其他作家比較等。

此外，對重要評論加以摘要解說，譬如專書、專輯、學術會議論文集或學位論文等，凡臺灣以外地區之報刊及出版社，於書名或報刊後加註，如中國大陸、香港、新加坡等。此外，資料蒐集範圍除臺灣外，也兼及中國大陸、香港、新加坡、日本、韓國及歐美等地資料，除利用國內蒐集管道外，同時委託當地學者或研究者，擔任資料蒐集工作。

清楚記得，時任顧問的學者專家們，都十分高興這個專案的啟動，但確定收錄哪些作家名單時，也有不同的思考及看法。經過充分的討論後，終於取得基本的共識：除以一般的「文學成就」為觀察及考量作家的標準外，並以研究的迫切性與資料獲得之難易度為綜合考量。譬如說，在第一階段時，作家的選擇除文學成就外，先考量迫切性及研究性，迫切性是指已故又是日治時期臺籍作家為優先，研究性是指作品已出土或已譯成中文為優先。若是作品不少而評論少，或作品評論皆少，可暫時不考慮。此外，還要稍微顧及文類的均衡等等。基本的共識達成後，顧問群共同挑選出 310 位作家，從鄭坤五、賴和、陳虛谷以降，一直到吳錦發、陳黎、蘇

偉貞，共分三個階段進行。

　　「臺灣現當代作家評論資料目錄」專案計畫，自 2004 年 4 月開始，至 2009 年 10 月結束，分三個階段歷時五年六個月，共發現、搜尋、記錄了十餘萬筆作家評論資料。共經歷了三位專職研究助理，近三十位兼任研究助理。這些研究助理從開始熟悉體例，到學習如何尋找資料，是一條漫長卻實用的學習過程。

接續

　　「臺灣現當代作家評論資料目錄」的專案完成，當代重要作家的研究，更可以在這個基礎上，開出亮麗的花朵。於是就有了「臺灣現當代作家研究資料彙編暨資料庫建置計畫」的誕生。為了便於查詢與應用，資料庫的完成勢在必行，而除了資料庫的建置外，這個計畫再從 310 位作家中精選 50 位，每人彙編一本研究資料，內容有作家圖片集，包括生平重要影像、文學活動照片、手稿及文物，小傳、作品目錄及提要、文學年表。另外每本書分別聘請一位最適當的學者或研究者負責編選，除了負責撰寫八千至一萬字的作家研究綜述外，再從龐雜的評論資料中挑選具有代表性的評論文章，平均 12～14 萬字，最後再附該作家的評論資料目錄，以期完整呈現該作家的生平、創作、研究概況，其歷史地位與影響。

　　第一部分除資料庫的建置外，50 位作家 50 本資料彙編（平均頁數 400 ～500 頁），分三個階段完成，自 2010 年 3 月開始至 2013 年 12 月，共費時 3 年 9 個月。因為內容充實，體例完整，各界反應俱佳，第二部分的 50 位作家，接著在 2014 年元月展開，第一階段出版了 14 本，此次第二階段計畫出版 16 本，預計在 2016 年 3 月完成。

　　首先，工作小組必須掌握每位編選者進度這件事，就是極大的挑戰。於是編輯小組在等待編選者閱讀選文的同時，開始蒐集整理作家生平照片、手稿，重編作家年表，重寫作家小傳，尋找作家出版品的正確版本、版次，重新撰寫提要。這是一個極其複雜的工程。還好這些年培養訓練出

幾位日漸成熟的專案助理，在《文訊》編輯部同仁的協助之下，讓整個專案延續了一貫的品質及進度。

成果

　　雖然過程是如此艱辛，如此一言難盡，可是終究看到豐美的成果。每位編選者雖然忙碌，但面對自己負責的作家資料彙編，卻是一貫地認真堅持。他們每人必須面對上千或數百筆作家評論資料，挑選重要或關鍵性的評論文章，全面閱讀，然後依照編選原則，挑選評論文章。助理們此時不僅提供老師們所需要的支援，統計字數，最重要的是得找到各篇選文作者，取得同意轉載的授權。在起初進度流程初估時，我們錯估了此項工作的難度，因為許多評論文章，發表至今已有數十年的光景，部分作者行蹤難查，還得輾轉透過出版社、學校、服務單位，尋得蛛絲馬跡，再鍥而不捨地追蹤。有了前面的血淚教訓，日後關於授權方面，我們更是如臨深淵、如履薄冰，希望不要重蹈覆轍，在面對授權作業時更是戰戰兢兢，不敢懈怠。

　　除了挑選評論文章煞費苦心外，每個作家生平重要照片，我們也是採高標準的方式去蒐集，過世作家家屬、友人、研究者或是當初出版著作的出版社，都是我們徵詢的對象。認真誠懇而禮貌的態度，讓我們獲得許多從未出土的資料及照片，也贏得了許多珍貴的友誼。許多作家都協助提供照片手稿等相關資料，已不在世的作家，其家屬及友人在編輯過程中，也給予我們許多協助及鼓勵，藉由這個機會，與他們一起回憶、欣賞他們親人或父祖、前輩，可敬可愛的文學人生。此外，還有許多作家及研究者，熱心地幫忙我們尋找難以聯繫的授權者，辨識因年代久遠而難以記錄年代、地點、事件的作家照片，釐清文學年表資料及作家作品的版本問題，我們從他們身上學習到更多史料研究可貴的精神及經驗。

　　但如何在規定的時間內，完成每個階段資料彙編的編輯出版工作，對工作小組來說，確實是一大考驗。每一冊的主編老師，都是目前國內現當

代臺灣文學教學及研究的重要人物，因此都十分忙碌。每一本的責任編輯，必須在這一年多的時間內，與他們所負責資料彙編的主角──傳主及主編老師，共生共榮。從作家作品的收集及整理開始，必須要掌握該作家所有出版的作品，以及盡量收集不同出版社的版本；整理作家年表，除了作家、研究者已撰述好的年表外，也必須再從訪談、自傳、評論目錄，從作品出版等線索，再作比對及增刪。再來就是緊盯每位把「研究綜述」放在所有進度最後一關的主編們，每隔一段時間提醒他們，或順便把新增的評論目錄寄給他們（每隔一段時間就有新的相關論文或學位論文出現），讓他們隨時與他們所主編的這本書，產生聯想，希望有助於「研究綜述」撰寫的進度。

　　在每個艱辛漫長的歲月中，因等待、因其他人力無法抗拒的因素，衍伸出來的問題，層出不窮，更有許多是始料未及的。譬如，每本書的選文，主編老師本來已經選好了，也經過授權了，為了抓緊時間，負責編輯的助理們甚至連順序、頁碼都排好了，就等主編老師的大作了，這時主編突然發現有新的文章、新的資料產生：再增加兩三篇選文吧！為了達到更好更完備的目標，工作小組當然全力以赴，聯絡，授權，打字，校對，重編順序等等工作，再度展開。

　　此次第二部分第二階段共需完成的 16 位作家研究資料彙編，年齡層較上兩個階段已年輕許多，因此到最後的疑難雜症，還有連主編或研究者都不太清楚的部分，譬如年表中的某一件事、某一個年代、某一篇文章、某一個得獎記錄，作家本人絕對是一個最好的諮詢對象，對解決某些問題來說，這是一個好的線索，但既然看了，關心了，參與了，就可能有不同的看法，選文、年表、照片，甚至是我們整本書的體例，於是又是一場翻天覆地的大更動，對整本書的品質來說，應該是好的，但對經過多次琢磨、修改已進入完稿階段的編輯團隊來說，這不啻是一大挑戰。

　　1990 年開始，各地縣市文化中心（文化局），對在地作家作品集的整理出版，以及臺灣文學館成立後對日治時期作家以迄當代重要作家全集的

編纂，對臺灣文學之作家研究，也有了很好的促進作用。如《楊逵全集》、《林亨泰全集》、《鍾肇政全集》、《張文環全集》、《呂赫若日記》、《張秀亞全集》、《葉石濤全集》、《龍瑛宗全集》、《葉笛全集》、《鍾理和全集》、《錦連全集》、《楊雲萍全集》、《鍾鐵民全集》等，如雨後春筍般持續展開。

　　經過近二十年的努力，臺灣文學的研究與出版，也到了可以驗收或檢討成果的階段。這個說法，當然不是要停下腳步，而是可以從「臺灣現當代作家評論資料目錄」所呈現的 310 位作家、10 萬筆資料中去檢視。檢視的標的，除了從作家作品的質量、時代意義及代表性去衡量外、也可以從作家的世代、性別、文類中，去挖掘有待開墾及努力之處。因此這套「臺灣現當代作家研究資料彙編」，大部分的編選者除了概述作家的研究面向外，均有些觀察與建議。希望就已然的研究成果中，去發現不足與缺憾，研究者可以在這些不足與缺憾之處下功夫，而盡量避免在相同議題上重複。當然這都需要經過一段時間去發現、去彌補、去重建，因此，有關臺灣文學的調查、研究與論述，就格外顯得重要了。

期待

　　感謝臺灣文學館持續推動這兩個專案的進行。「臺灣現當代作家評論資料目錄」的完成，呈現的是臺灣文學研究的總體成果；「臺灣現當代作家研究資料彙編」的出版，則是呈現成果中最精華最優質的一面，同時對未來臺灣文學的研究面向與路徑，作最好的建議。我們可以很清楚的體會，這是一條綿長優美的臺灣文學接力賽，我們十分榮幸能參與其中，更珍惜在傳承接力的過程，與我們相遇的每一個人，每一件讓我們真心感動的事。我們更期待這個接力賽，能有更多人加入。誠如張恆豪所說「從高音獨唱到多元交響」，這是每一個人所期待的。

編輯體例

一、本書編選之目的，為呈現葉維廉生平、著作及研究成果，以作為臺灣文學相關研究、教學之參考資料。

二、全書共五輯，各輯內容及體例說明如下：

　　輯一：圖片集。選刊作家各個時期的生活或參與文學活動的照片、著作書影、手稿（包括創作、日記、書信）、文物。

　　輯二：生平及作品，包括三部分：

　　　　1.小傳：主要內容包括作家本名、重要筆名，生卒年月日，籍貫，及創作風格、文學成就等。

　　　　2.作品目錄及提要：依照作品文類（論述、詩、散文、小說、劇本、報導文學、傳記、日記、書信、兒童文學、合集）及出版順序，並撰寫提要。不收錄作家翻譯或編選之作品。

　　　　3.文學年表：考訂作家生平所進行的文學創作、文學活動相關之記要，依年月順序繫之。

　　輯三：研究綜述。綜論作家作品研究的概況，並展現研究成果與價值的論文。

　　輯四：重要文章選刊。選收國內外具代表性的相關研究論文及報導。

　　輯五：研究評論資料目錄。收錄至 2015 年 11 月底止，有關研究、論述臺灣現當代作家生平和作品評論文獻。語文以中文為主，兼及日文和英文資料。所收文獻資料，以臺灣出版為主，酌收中國大陸、香港、日本和歐美國家的出版品。內容包含三部分：

　　　　1.「作家生平、作品評論專書與學位論文」下分為專書與學位論文。

　　　　2.「作家生平資料篇目」下分為「自述」、「他述」、「訪談」、「年表」、「其他」。

　　　　3.「作品評論篇目」下分為「綜論」、「分論」、「作品評論目錄、索引」、「其他」。

目次

輯一◎圖片集
影像◎手稿◎文物

1947年，葉維廉與手足合影於澳門。前排左起：葉維廉、妹
妹葉綺蓮、二哥葉維義；後為大哥葉維禮。（葉維廉提供）

1954年，葉維廉全家福照片，攝於香港。前排右起：父親葉勖民、母親梁熾卿；後排右起：二哥葉維義、葉維廉、大哥葉維禮、大嫂、妹妹葉綺蓮。（葉維廉提供）

1959年，葉維廉畢業於臺灣大學外國語文學
系。（臺灣大學圖書館提供）

1960年5月9日，《現代文學》編輯委員合影。前排右起：張先緒、白先勇、
劉紹銘、歐陽子、陳若曦；後排右起：陳次雲、王文興、葉維廉、李歐
梵、林耀福、方蔚華、戴天。（文訊文藝資料中心）

1961年9月7日，葉維廉與廖慈美在香港結婚。（臺灣大學圖書館提供）

1963年，葉維廉前往美國愛荷華大學詩創作班，習詩及譯介現代中國詩選。與創辦人保羅‧安格爾（Paul Engle）（右）合影於Stone House。（葉維廉提供）

1965年，葉維廉於美國普林斯頓大學攻讀比較文學博士。與家人在普林斯頓大學學生宿舍內合影。右起：葉維廉、葉蓁、廖慈美。（臺灣大學圖書館提供）

1966年，葉維廉（後排左二）與聶華苓（前排左二）、保羅‧安格爾（前排左三）、殷張蘭熙（前排左四）參加紐約國際筆會。（臺灣大學圖書館提供）

1968年4月，葉維廉與西班牙詩人浩海・歸岸
（Jorge Guillen）於加州大學圖書館前合影。
左起：浩海・歸岸、葉維廉、浩海・歸岸夫人
（前）、高岱亞・歸岸（Claudio Guillen）夫婦。
（臺灣大學圖書館提供）

1971年11月，葉維廉與友人王無邪（右）、
崑南（中）於香港重聚。（臺灣大學圖書館
提供）

1973年夏，葉維廉與文友接待訪臺的美國詩人費思蒙（Thomas Fitzsimmons）。前排左起：瘂
弦、葉維廉、費思蒙其女友、沈志方；後排左起：管管、張默、辛鬱、張漢良、洛夫、商禽、大
荒。（文訊文藝資料中心）

1974年11月8日，《創世紀》20週年慶社慶暨詩獎頒獎典禮，於臺北耕莘文教院
大廳舉行；葉維廉受邀補贈「《創世紀》創刊十週年紀念詩獎」。右起：葉維
廉、張漢良、蕭蕭、季野、蘇紹連。（葉維廉提供）

1981年5月11日，葉維廉與中國九葉詩派詩人會面。右起：杭約赫、葉維廉、
杜運燮、陳敬容、鄭敏。（葉維廉提供）

1983年，應邀出席加州大學聖塔芭芭拉分校舉辦之「當代中國文學研討會」。
右起：杜國清、葉維廉、李歐梵、白先勇、夏志清、胡金銓、張錯、葛浩文。（臺灣大學圖書館提供）

1986年，葉維廉與顏元叔（左六）、王文興（右三）應邀參加中興大學文學院舉辦之「現代文學座談會」。（臺灣大學圖書館提供）

1987年7月，葉維廉邀詹明信（Fredric Jameson）、
三好將夫、孟淘思（Louis Montrose）和高友工返
臺共同舉辦「文化、文學與美學」研討會。會後
同遊北海岸澳底。左起：詹明信、葉維廉、三好
將夫、孟淘思。（臺灣大學圖書館提供）

1990年6月，葉維廉與詩友審稿身影，攝於洛夫寓
所。左起：洛夫、葉維廉、張默。（臺灣大學圖書
館提供）

1993年3月11～25日，葉維廉邀臺灣詩人先後至美國加州大學聖地牙哥分校、新墨西哥州聖達費學
院等地巡迴朗誦詩作。3月12日，與受邀詩人們於加州大學聖地牙哥分校圖書館前合影。右起：張
默、向明、葉維廉、洛夫、梅新、管管。（葉維廉提供）

1993年7月23日，葉維廉前往義大利拉帕洛（Rapallo）參加龐德會議，應龐德之女與詩人瑪莉‧德勒克維茲（Mary de Racheuiltz）公主之邀，前往瑪莉‧德勒克維茲在義大利的城堡Brunnenburg，於藏書閣與龐德畫像合影。（臺灣大學圖書館提供）

1994年10月29日，葉維廉受邀擔任第16回日本龐德協會全國大會主講人。（臺灣大學圖書館提供）

1996年7月，葉維廉在蘇格蘭史特靈大學（University of
Stirling）參加「詩與歷史」研討會。會後，全家同遊
史特靈古堡。右起：葉維廉、女婿黃兆平（手抱外孫
Justin）、葉蓁、廖慈美、葉灼。（葉維廉提供）

1996年9月12日，葉維廉與文友訪瘂弦加拿大寓所。
前排左起：廖慈美、陳瓊芳；後排左起：葉維廉、瘂
弦、張橋橋、洛夫。（葉維廉提供）

1997年4月9～12日，葉維廉與妻子廖慈美
（左）共赴德國提里爾（Trier）大學參加「中
國與西方的對話」研討會前與舒婷（右）會
面，攝於德國柏林。（葉維廉提供）

2002年8月14～18日,第七屆中國比較
文學國際會議於南京舉辦,此會議另設
《葉維廉文集》的出版座談會,討論全
集的意義。葉維廉與廖慈美(左)合影
於會場外。(葉維廉提供)

2002年8月,葉維廉與羅登堡共赴北京、長沙、成都、西安、
蘭州等地巡迴演講。途中,偕妻子與羅登堡夫婦攝於西安秦始
皇兵馬俑博物館。右起:羅登堡、葉維廉、廖慈美、羅登堡夫
人。(葉維廉提供)

2007年5月,葉維廉應金惠俊教授邀請,於韓國釜山大學演講
「現代派詩歌在當代臺灣和香港的歷史地位」。(葉維廉提供)

2007年6月,葉維廉赴義大利威尼斯參
加龐德會議,途中前往米蘭拜訪蕭勤。
左起:蕭勤、葉維廉、廖慈美。(葉維
廉提供)

2008年3月，葉維廉應邀出席北京大學與首都師範大學合辦的詩歌創作研討會。左起：王光明、孫玉石、葉維廉、謝冕、洪子誠、吳思敬。（葉維廉提供）

2007年7月，葉維廉夫婦與女兒葉蓁一家出遊，攝於瑞士Murren山村。左起：葉維廉、外孫Justin、女婿黃兆平（手抱外孫Griffin）、葉蓁、外孫Dylan、廖慈美。（葉維廉提供）

2008年9月，葉維廉夫婦與兒子葉灼一家出遊，攝於京都嵐山。右起：葉維廉、廖慈美、孫女Anika（前）、葉灼、媳婦樂芸。（葉維廉提供）

2008年9月12日，臺北信義誠品書店展出「巴黎：對話與冥思」，由漢寶德開場，柯慶明引介，管管、辛鬱、碧果、張默、顏艾琳等人協助朗誦中文，葉維廉和葉灼朗誦英文。左起：葉維廉、辛鬱、葉灼。（葉維廉提供）

2008年9月18日，葉維廉應邀出席楚戈個人首
次油畫展，同時為其作詩。左起：張默夫人、
廖慈美、葉維廉、陶幼春、楚戈（前坐左）、
張默、辛鬱（前坐右）。（葉維廉提供）

2009年11月14日，應成功大學臺灣文學系廖
淑芳教授邀請，葉維廉夫婦赴臺南參加成功
大學主辦的臺港文學交流工作坊，並於期間
參觀國立臺灣文學館。（葉維廉提供）

2010年5月26日，為慶祝葉維廉榮休，加州大
學聖地牙哥分校舉辦「葉維廉作品國際研討會
及月光詩歌朗誦會」。（葉維廉提供）

2011年10月，葉維廉任北京大學首任駐校詩人，為期一
個月。期間，受清華大學羅選民教授之邀，演講「中西
翻譯理論的諸問題」，會後一同拜會九葉詩派詩人鄭
敏。右起：羅選民、葉維廉、鄭敏（前）、廖慈美。
（葉維廉提供）

2011年11月8日，葉維廉（前排左五）偕廖慈美（前排左四）參加澳門大學主辦之
「葉維廉與漢語新文學國際學術研討會」，會中與崑南（前排左一）、王無邪（前
排左二）一同回顧1955年創辦香港《詩朵》詩刊的時光。（葉維廉提供）

2013年4月1日，應東華大學華華文文學系
邀請，葉維廉與兒子葉灼（右）一同參與
「影像✕詩歌朗誦會」。（東華大學華文
文學系提供）

2014年10月18日，葉維廉應邀返臺參加《創世紀》60週年紀
念活動。右起：楊牧、葉維廉、洛夫、龍應台、瘂弦、張
默。（葉維廉提供）

1

海里一朵花

淡藍的海里一朵花開出來了
蓬蓬里伙連拿一個瘦小的魂靈
一檯艷激的帆船要是從水面飄付
於是又連碎連到那份夢幻的程盤

空間的柜敬不禁飛狂的波動
腳不只海存一些輕微的水聲
是催嚦，把文漢透生海的梁庭
漆着冰的水令無把這夢喚醒

銀色的陽光從春後隱突
藍色的楼撑渙我徑史代管溫馨
別才的晴果已花束放里我生
濶情的眼睛彷彿亮起了薔薇的星

　　　　　　　　五五、二、廿二黃昏
　　　　　　　　於校角海边。

魔笛的變奏

像一個夢空隨進無窮的虛打
那是困感的苍迷航的游戲
新昊的吉符享着着别人的芬芳
郊揚的药奏是夢里的癫狂

1950年代，葉維廉以筆名「藍菱」創作的詩冊內頁，含〈海裡一朵花〉、〈魔笛的變奏〉手稿。（臺灣大學圖書館提供）

1967年9月23日，葉維廉致朱西甯函，談生活近況與未來規畫。（國立臺灣文學館提供）

1970(3) ~~年~~ 李泰祥和我等文人合作在中山堂演出
以我詩為主的多媒體作品後，要我為他寫一詩
作新歌，我為他寫了下面一詩並附英文，他作了
曲並書演出這，我自己一直沒有取得錄音

A8

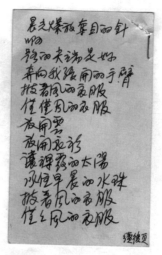

1971年，葉維廉與李泰祥合作歌曲〈你我擁抱的旭日〉手稿，後由齊豫演唱。（臺灣大學圖書館提供）

1970年代，葉維廉自製詩句聖誕卡。內容為詩作〈河想〉之詩句「抓住那巍峨」。（臺灣大學圖書館提供）

UNIVERSITY OF CALIFORNIA, SAN DIEGO
DEPARTMENT OF LITERATURE, 0410
9500 GILMAN DRIVE
LA JOLLA, CALIFORNIA 92093-0410

Professor Ko Ching-ming
Chinese Department
National Taiwan University
Taipei, Taiwan, ROC

台北市台大中文系　柯慶明教授

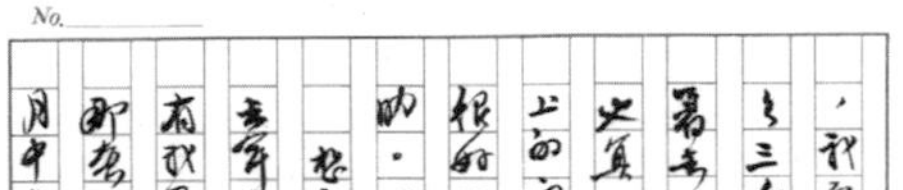

1982年3月31日，葉維廉致柯慶明函，談詩學研究與生活近況。（臺灣大學圖書館提供）

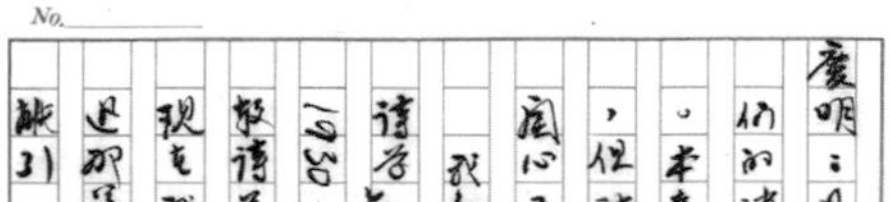

（手稿信件，直書，字跡潦草難以完全辨識，內容談及「中國詩學」一冊、*Lyrics from Shelters: Modern Chinese Poetry* 英文版、1950~1950 詩選，以及回台北、近況與詩學研究等事。）

1987年8月3日，葉維廉發表於《中國時報》5版詩作〈沉淵——希望隨著成熟而脫落〉手稿與剪報。（臺灣大學圖書館提供）

1989年6月13日，葉維廉致張默函，談研究近況。（國立臺灣文學館提供）

1982～2000年間，葉維廉在歐洲、土耳其、印度、日本等地旅途中，每日以詩文記錄見聞，後完成13本「遊思日記」。（臺灣大學圖書館提供）

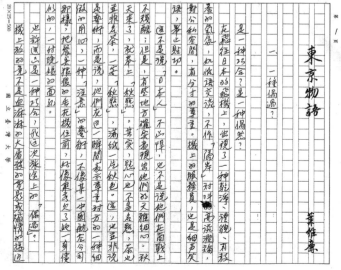

1992年1月3日，葉維廉發表於《中國時報》31版〈東京物語〉手稿與剪報。（臺灣大學圖書館提供）

樹媽媽

◎葉維廉

一大清早
在太陽還未醒來之前
一個人跑到地球的邊邊上
站在黑漆漆的天穹
去迎接太陽升起
第一個為我
投下一條最長最長最長的影子
在地上
畫下一條最長最長最長的黑線
一直伸到地球的另一個邊邊上

噢
不好了
不好了
地球醒來了
在陽光裡急急滾動了
地球的圓邊好清
快快快
不快快跑便要跌入天空裡啊
跌入天空裡啊

快快快
提起細小的腳步兩步作一步跑
兩步作一步跑啊
不好了
不好了
地球轉動得越來越快
越來越快
快快快抱住前面那棵樹啊
不要跌入天空裡
不要跌入天空裡啊
快快快
到了到了
一把抱住那樹
一把抱住那樹
沒有跌入天空裡
謝謝你　樹媽媽
謝謝你　樹媽媽

「乖乖，什麼事那樣慌張呢？
把媽媽的腿抱得那麼緊呢，乖乖？」

1994年8月31日，葉維廉發表於《中國時報》39版詩作〈樹媽媽〉手稿與
剪報。（臺灣大學圖書館提供）

Dai Wang-shu (1905-1950)

The Alley in the Rain　　　　Dai Wang-shu

Holding an oil-paper umbrella, alone,
I hesitate in a long, long,
Sparse, quiet alley in the rain.
Would that I encountered
A girl, sorrow-laden,
Like a lilac.

A girl with
Color like the lilac,
Fragrance like the lilac,
Sadness like the lilac,
Pensive in the rain,
Hesitating and pensive.

Hesitating in this sparse, quiet alley in the rain,
Holding an oil-paper umbrella,
Like me,
Like me,
Moving slowly, silently,
Cold, plaintive, melancholy.

She comes quietly closer,
Closer, casts
A glance like a sigh,
And floats past
Like a dream,
Like the misty grief in a dream.

1999年，葉維廉詩作〈紀元末重見塞納河〉手稿。
（臺灣大學圖書館提供）

葉維廉翻譯戴望舒詩作〈雨巷〉手稿，收入1992
年紐約Graland出版社出版之 *Lyrics from Shelters:
Modern Chinese Poetry 1930-1950* 一書。（臺灣大
學圖書館提供）

道家精神、禪宗與美國前衛藝術：
契奇（John Cage）和卡普羅（Allan Kaprow）*

葉　維　廉

一、語障心囚的破解與無言獨化的大有大無

　　道家思想是觸及根源性的一種前瞻精神，最能發揮英文字 radical 的雙重意義，其一是激發根源問題的思索從而打開物物無礙的境界，其二是提供激進前衛的顛覆性的語言策略。關於後者，熟識老莊論述的讀者，不難注意到其間經常出現的攻人未防的驚人的話語和故事，特異的邏輯和戲謔性的語調，這裡還包括矛盾語法、模稜多義的詞字以及「以惑作解」。發展到玄學時期，進而以行動來調侃現行的囚制生活和禪宗公案、棒喝等（詳見後）。這些策略早已預示、預演了西方達達主義以來前衛藝術常用的 Disturb（驚駭、擾亂）、Dislocate（錯位、錯序）和 Destroy（打破舊有因襲）的三個步驟。但道家在行顛覆性語言策略這三個步驟的同時要重現自由無礙、物我物物互參互補互認互現的圓融世界。達達式的前衛藝術往往只停留在驚世駭俗的層面而未能在解框後提供萬物圓融的精神投向。

　　道家從一開始對語言便有前瞻性的見解，看到語言和權力掛勾對人的真樸本樣的巨大傷害。老子《道德經》的書寫原是針對商周以來的名制而發。名，名分的應用，是一種語言的析解活動，為了鞏固權力而圈定範圍，為了統治的方便而把從屬關係的階級、身份加以理性化，如所

2000年11月，葉維廉發表於《中外文學》第29卷第6期〈道家精神、禪宗與美國前衛藝術：契奇（John Cage）和卡普羅（Allan Kaprow）〉手稿與期刊內頁。（國立臺灣文學館提供）

輯二◎生平及作品

小傳◎作品◎年表

小傳

葉維廉，男，籍貫廣東中山，1937 年 6 月 20 日生，1948 年渡海至香港，1955 年來臺。

臺灣大學外國語文學系畢業，臺灣師範大學英語研究所碩士、美國艾荷華大學美學碩士、美國普林斯頓大學比較文學博士。歷任加州大學聖地牙哥分校文學系教授、比較文學系主任、臺灣大學外國語文學系客座教授、香港中文大學英文系客座首席講座教授兼比較文學研究所所長、清華大學客座教授。1992 年當選美國比較文學協會顧問，2005 年由加州大學授予卓越教授榮譽。1950 年代中期，與王無邪、崑南在香港創辦《詩朵》詩刊，來臺後協助創辦《現代文學》雜誌，並加入「創世紀」詩社。曾獲《創世紀》十週年紀念詩獎、教育部文藝獎、臺灣省文藝作家協會中興文藝獎章、臺灣省政府新聞處優良作品獎，並入選「中國當代十大詩人」。

葉維廉的創作文類以詩與論述為主，兼及散文、兒童文學和翻譯。在詩作方面，葉維廉多以自然或人文風景為創作主題，有「中國新山水詩人」之稱。其詩風大致可分三階段，早期作品具有強烈的放逐意識，風格沉雄深鬱，以詩集《賦格》、《愁渡》為代表；中期詩作的語言經過鑄鍊與改變，具有圓渾的哲理，風格漸趨明朗澄淨，如詩集《驚馳》；晚期作品則細緻綿密，多寫對於人文山水風景的體悟，充滿抒情的樂趣，以詩集《雨的味道》為代表。洛夫評葉維廉詩：「每每使我想起司空圖《詩品》中的一

句話:『風雲變態,花草精神,海之波瀾,山之嶙峋,俱似大道妙契。』實際上,追求道家的妙契與太和,似乎從一開始即成為葉維廉的宇宙觀,創作的主導思想。」

葉維廉也是臺灣比較文學研究的先行者。自大學時期寫作〈陶潛的〈歸去來辭〉與庫萊的〈願〉之比較〉一文起,至 1983 年出版《比較詩學》,一方面出入中西文化,探討運用西方文學理論研究中國文學的可能;一方面透過討論語言的藝術與結構,追求跨文化、跨領域的美學架構,探討文學的永恆性與現代性。美國當代詩人羅登堡(Jerome Rothenberg)譽其為「美國龐德系列的現代主義與中國詩藝傳統的匯通者」。

除此之外,在散文方面,葉維廉擅長以詩的語法創造意境,抒發自己的旅行見聞與生活經驗。在兒童文學方面,他的兒童詩著重激發兒童的想像力與創作力,其兒童詩集《樹媽媽》曾獲行政院文化組選為 1997 年度最佳兒童讀物。在翻譯方面,其英譯之王維詩與中國古典詩,以一種自由浮動的視覺,使西方詩人反思並重新調整他們的表現策略。此外亦有英翻中的作品,如艾略特的〈荒原〉與歐洲、拉丁美洲詩選《眾樹歌唱》,開拓了臺灣新詩的視野和技巧。

葉維廉既是一名學者,也是一位詩人。他不僅探討道家美學在詩中展現的美感與律動,也透過理論的建構,闡述中西文學在自然美學中的共同經驗;更透過詩歌的創作,具體表現理論,展現追求自然、「去知存真」的道家精神。不論是研究論述抑或詩歌創作,葉維廉的作品皆令人感受到自然哲學與道家美學的意趣。正如李豐楙所言:「中國詩、尤其唐詩的美學特質,是與道家、禪宗的觀物方式有密切關係,這一點是葉氏在研究中國詩學、美學時常一再涉及的。……就這一血脈相承,葉氏不僅反覆申述其中的精粹,採用新的觀點將中國傳統詩之美闡揚至再,而且在無形中也就成為他在近期詩所要企及的境界。」

作品目錄及提要

【論述】

晨鐘出版社 1970　四季出版公司 1977

臺灣大學出版中心
2010

現象・經驗・表現

香港：文藝書屋
1969 年 7 月，32 開，152 頁

臺北：晨鐘出版社
1970 年 10 月，32 開，153 頁
晨鐘文叢 25

臺北：四季出版公司
1977 年 9 月，32 開，163 頁
四季文萃 11

臺北：臺灣大學出版中心
2010 年 3 月，25 開，245 頁
現代主義文學論叢 6

本書以冷靜理性的思考評析，與感性的閱讀體會，分析現代中國小說的結構與語言藝術。

1969 年文藝書屋版：（今查無藏本）。

1970 年晨鐘版：更名為《中國現代小說的風貌》。全書收錄〈現代中國小說的結構〉、〈水綠的年齡之冥想——論王文興〈龍天樓〉以前的作品〉、〈弦裡弦外——兼論小說裡的雕塑意味〉等七篇。

1977 年四季版：正文與 1970 年晨鐘版同。正文前新增葉維廉〈《中國現代小說的風貌》再版序〉。

2010 年臺大出版中心版：正文與 1970 年晨鐘版同。正文前新增柯慶明〈《中國現代小說的風貌》增訂本導讀〉、〈作者簡介〉，正文後新增附錄葉維廉〈陳若曦的旅程〉、葉維廉〈王文興：Lyrics（抒情詩式）雕刻的小說家〉。

Ezra Pound's *Cathay*
Princeton, USA：Princeton University Press
1969 年，14.5x22 公分，259 頁

本書分析龐德《國泰集》對中國傳統詩詞英譯句法之影響與突破。全書收錄"Introduction"、"The Chinese Poem: Some Aspects of the Problem of Syntax in Translation"、"Precision or Suggestion: Pre-Cathay Obsessions"等 11 篇。正文前有葉維廉"Preface"、葉維廉"Acknowledgments"，正文後附錄葉維廉"From the Fenollosa Notebooks"、"*Cathay* Retranslated"、"Selected Bibliography"、"Indexes"。

志文出版社 1971

時報文化出版公司
1986

秩序的生長
臺北：志文出版社
1971 年 6 月，32 開，225 頁
新潮叢書之八

臺北：時報文化出版公司
1986 年 5 月，32 開，280 頁
人間叢書 47

本書選輯作者從 1957 至 1969 年間的詩學論述，表現其早期於詩歌創作過程中的追索與反省，其中包含對中西方文化的比較與以及中國現代詩的傳承與展望。全書分「開始時，追索與試探」、「或許是距離的關係」、「漏網之魚：維廉詩話」三部分，收錄〈陶潛的〈歸去來辭〉與庫萊的〈願〉之比較〉、〈論現階段中國現代詩〉、〈〈焚燬的諾墩〉之世界〉等 13 篇。正文前有〈新潮弁言〉、葉維廉〈序〉。
1986 年時報文化版：正文新增〈狄瑾蓀詩中私祕的靈視〉，〈中國現代詩的語言問題〉文後新增〈補述之二：「語言的發明性」〉。正文前刪去〈新潮弁言〉，新增姚一葦〈序「葉維廉著《秩序的生長》」〉、葉維廉〈秩序生長的歷程——《秩序的生長》新版序〉。

飲之太和──葉維廉文學論文二集

臺北：時報文化出版公司
1980 年 1 月，32 開，382 頁
時報書系 206

本書論述中國傳統道家美學與詩觀，闡明與英美現代詩之間的
匯通，以及與西方觀點的比較應用。全書收錄〈從比較的方法
論中國詩的視境〉、〈中國古典詩與英美現代詩──語言美學的
匯通〉、〈中國文學批評方法略論〉等 11 篇。正文後附錄葉維廉
〈我和三、四十年代的血緣關係〉。

比較詩學

臺北：東大圖書公司
1983 年 2 月，25 開，244 頁
滄海叢刊‧比較文學叢書

臺北：東大圖書公司
2007 年 9 月，25 開，202 頁
比較文學叢書

東大圖書公司 1983

本書重新思考西方文學理論與中國傳統文學理路之間的關係，
不以前者觀點審視後者，而是尋求兩者共同的文學規律。全書
收錄〈東西比較文學中模子的應用〉、〈語法與表現──中國古
典詩與英美現代詩美學的匯通〉、〈語言與真實世界──中西美
感基礎的生成〉等五篇。正文前有葉維廉〈「比較文學叢書」總
序〉、葉維廉《比較詩學》序〉。
2007 年東大版：內容與 1983 年東大版同。

東大圖書公司 2007

尋求跨中西文化的共同文學規律──葉維廉比較文學論文選／溫儒敏、李細堯合編

北京：北京大學出版社
1987 年 1 月，14x20.2 公分，198 頁
北京大學比較文學研究叢書

本書展示中西文學因文化背景的差異，在共同主題之藝術表現
上的異同。全書收錄〈東西方文學中「模子」的應用〉、〈尋求
跨中西文化的共同文學規律〉、〈批評理論架構之再思〉等八
篇。正文前有溫儒敏，李細堯〈前言〉。

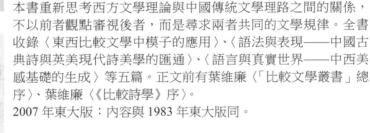

東大圖書公司 1987

**南京大學出版社
2011**

與當代藝術家的對話——中國現代畫的生成

臺北：東大圖書公司
1987 年 12 月，25 開，412 頁

南京：南京大學出版社
2011 年 6 月，17x21 公分，337 頁

本書選輯作者與趙無極、陳其寬、蕭勤、莊喆、劉國松、吳
昊、何懷碩、陳建中八位畫家的談話，以及對王無邪畫作的評
論；此外，更進一步論述中國現代畫發展的來龍去脈、美學理
論與根源、各家風格的生成衍化，以及當代社會的文化環境。
全書收錄〈返虛入渾，積健為雄——與趙無極談他的抽象畫〉、
〈物眼呈千意，意眼入萬真——與陳其寬談他畫中的攝景〉、
〈予欲無言——蕭勤對空無的冥思〉等九篇。正文前有葉維廉
〈前言〉。
2011 年南京大學版：更名為《與當代藝術家的對話——中國畫
的生成》。內容與 1987 年東大版同。

歷史、傳釋與美學

臺北：東大圖書公司
1988 年 3 月，25 開，277 頁
滄海叢刊‧比較文學叢書 10

本書結合美學、哲學、語言和歷史等領域，相互參照，擴展文
學理論的範圍。全書收錄〈批評理論架構的再思〉、〈與作品對
話——傳釋學的諸貌〉、〈中國古典詩中的一種傳釋活動〉等八
篇。正文前有葉維廉〈「比較文學叢書」總序〉、葉維廉〈序〉。

中國詩學

北京：生活‧讀書‧新知三聯書店
1992 年 1 月，14x20 公分，304 頁
海外學人叢書

本書從比較文學、道家美學思想兩方面剖析中國古典詩學及中
國現代詩，完整呈現作者所建構的詩學理論。全書分「古典」、
「傳意與釋意」、「現代」三部分，收錄〈中國文學批評方法略
論〉、〈中國古典詩中的傳釋活動〉、〈言無言：道家知識論〉等
13 篇。

解讀現代·後現代——生活空間與文化空間的思索

臺北：東大圖書公司
1992 年 3 月，17.4x23.3 公分，223 頁

本書探討後現代文化藝術中作品與理論之間的相互辯證。全書收錄〈從跨文化網路看現代主義〉、〈現代到後現代：傳釋的架構——後現代現象和後現代主義的說明〉、〈如生活的藝術活動對生活的批評——後現代對藝術與生活的另一些思索〉等九篇。正文前有葉維廉〈四四方方的生活，曲曲折折的自然（代序）〉。

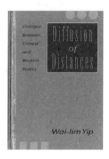

Diffusion of Distances: Dialogues Between Chinese and Western Poetics

Berkeley, USA：University of California Press
1993 年，15.5x23.5 公分，246 頁

本書選輯作者對詩學的研究成果，著重比較中西美學、哲學和文學之異同。全書收錄"Prologue"、"The use of 'Models' in East-West Comparative Literature"、"Syntax and Horizon of Representation in Classical Chinese and Modern American Poetry"等八篇。正文前有葉維廉"Acknowledgments"、葉維廉"A note in Transliteration"。正文後附錄 "Notes"、"Romanization Conversion Table: Wade-Giles/Pinyin"、"Index"。

從現象到表現——葉維廉早期文集

臺北：東大圖書公司
1994 年 6 月，25 開，652 頁
滄海叢刊

本書選輯作者 1957 至 1978 年寫成之論文，並重新分類為外國文學、中國古典詩和美學、現代中國詩、現代中國藝術、現代中國小說、詩話及其他六項。全書收錄〈陶潛的〈歸去來辭〉與庫萊的〈願〉之比較〉、〈《焚燬的諾墩》之世界〉、〈普魯斯特之一斑〉、〈田納西·威廉斯的戲劇方法〉等 34 篇。正文前有葉維廉〈序〉，正文後附錄葉維廉《秩序的生長》原序、葉維廉〈秩序生長的歷程——《秩序的生長》新版序〉、姚一葦〈序「葉維廉著《秩序的生長》」〉、葉維廉《《中國現代作家論》編後記〉、〈作者小傳（1937～）〉。

道家美學與西方文化

北京：北京大學出版社
2002 年 8 月，32 開，164 頁
北大學術講演集 19

本書主要講述道家美學，並分析龐德、羅斯洛斯、奧遜等美國當代重要詩人與道家思想的匯通。全書收錄〈道家美學、中國詩與美國現代詩〉、〈道家精神、禪宗與美國前衛藝術：契奇（John Cage）和卡普羅（Allan Kaprow）〉、〈全球化：自然生態與文化生態的思索〉三篇。正文前有樂黛雲〈《道家美學與西方文化》序〉。

中國詩學

北京：人民文學出版社
2006 年 7 月，25 開，386 頁

北京：人民文學出版社
2007 年 9 月，25 開，386 頁
中國文庫

臺北：臺灣大學出版中心
2014 年 1 月，17x23 公分，404 頁
中國文學研究叢書 6

人民文學出版社
2006

本書以 1992 年出版《中國詩學》為底，增加四篇作者近期發表之相關研究論述，並刪去〈語言的策略與歷史的關聯〉一文。全書分「古典」、「傳意與釋意」、「現代」三部分，收錄〈中國文學批評方法略論〉、〈中國古典詩中的傳釋活動〉、〈言無言：道家知識論〉等 16 篇。
2007 年人民文學版：正文與 2006 年人民文學版同。正文前新增〈「中國文庫」出版前言〉。
2014 年臺大出版中心版：正文刪去〈語言的策略與歷史的關聯〉，〈出位之思：媒體及超媒體的美學後面〉文後新增〈附錄：藝術表現論述大綱〉，〈中國現代詩的語言問題：《中國現代詩選》英譯本緒言〉文後新增〈補述之一：視境與表現〉、〈補述之二：語言的發明性〉，〈危機文學的理路：大陸朦朧詩的生變〉文後新增〈附錄：〈沒有寫完的詩〉〉。正文前新增葉維廉〈尋找確切的詩：現代主義的 Lyric、瞬間美學與我〉。

人民文學出版社
2007

臺灣大學出版中心
2014

龐德與瀟湘八景

長沙：岳麓書社
2006 年

臺北：臺灣大學出版中心
2008 年 12 月，25 開，258 頁

臺灣大學出版中心
2008

本書剖析龐德如何受到中國詩和中國文字結構的激發，並進一步探討龐德與中國道家思域之合與分。
2006 年岳麓書社版：（今查無藏本）。
2008 年臺大出版中心版：本書為中英對照版。全書收錄〈龐德與瀟湘八景〉、〈雲山煙水水墨畫、瀟湘八景在日本的盛行與傳承〉兩篇。正文前有葉維廉〈前言〉，正文後附錄龐德私人珍藏冊頁。

【詩】

賦格

臺北：現代文學社
1963 年 5 月，14.5×17.5 公分，109 頁
現代文學叢書 6

本書為作者第一本詩集，主題多為離別愁緒以及對故國的思念，風格晦澀沉鬱。全書收錄〈城望〉、〈塞上〉、〈賦格〉等 15 首。

晨鐘出版社 1972

仙人掌出版社 1969

愁渡

臺北：仙人掌出版社
1969 年 10 月，40 開，111 頁
仙人掌文庫 25

臺北：晨鐘出版社
1972 年 4 月，32 開，111 頁
晨鐘文叢 12

本書多寫放逐遊子的鬱結，風格延續《賦格》的晦澀沉鬱。全書分「降臨」、「賦格」、「白色之死」、「暖暖的旅程」、「愁渡」五部分，收錄〈降臨〉、〈逸〉、〈賦格〉等 19 首。
正文前有楚戈插畫、葉維廉〈前言〉、〈作者簡介〉、葉維廉〈序詩〉。
1972 年晨鐘版：內容與 1969 年仙人掌版同。

醒之邊緣

臺北：環宇出版社
1971 年 12 月，19×20 公分，99 頁
長春藤文學叢刊 7

本書著重詩句文字的安排以及圖象的搭配，並嘗試將詩歌、音樂、繪畫、舞蹈結合，以不同的藝術媒介傳達同一主題，隨書附詩作朗誦唱片一張。全書分「醒之邊緣」、「界」、「即興演出的詩」、「放（附唱片）──混合媒體的詩」四部分，收錄〈醒之邊緣〉、〈圓花窗〉、〈甦醒之歌〉等 21 首。正文後附錄〈葉維廉先生的重要著作（專書）〉。

葉維廉自選集

臺北：黎明文化公司
1975 年 1 月，32 開，268 頁
中國新文學叢刊 24

本書分「選自《賦格》」、「選自《愁渡》」、「選自《醒之邊緣》」、「其他」四輯，收錄〈賦格（Fugue）〉、〈夏之顯現〉、〈追〉、〈逸〉等 38 首。正文前有葉維廉素描、生活照片、手跡、〈年表〉。正文後附錄梁新怡，覃權，小克〈與葉維廉談現代詩的傳統和語言──葉維廉訪問記〉、〈作品書目〉。

野花的故事

臺北：中外文學月刊社
1975 年 8 月，32 開，236 頁
中外文學叢書 4

本書詩作多為空間層次廣袤的疊景詩，展現磅礴氣勢。全書分「愛與死之歌」、「幽思遊思」、「演出試驗作品」三輯，收錄〈春天〉、〈更漏子〉、〈就照你的意思〉、〈風景（四首）〉等 45 首。正文後有葉維廉〈後記〉。

花開的聲音

臺北：四季出版公司
1977 年 12 月，32 開，202 頁
四季文萃 17

本書選輯詩集《賦格》和《愁渡》的重要詩作，以及 1954 年以來一些從未發表的作品。全書分「生日禮讚」、「賦格」、「降臨」、「公開的石榴」、「遊子意」、「愁渡五曲」六輯，收錄〈我們忽略了許多事實——一九五六年〉、〈一點預言〉、〈酒〉、〈堂前〉等 32 首。正文前有葉維廉〈我和三、四十年代的血緣關係〉。正文後附錄〈葉維廉寫作年表〉、〈葉維廉年表〉。

松鳥的傳說

臺北：四季出版公司
1982 年 5 月，32 開，165 頁
四季文萃 41

本書為作者於 1975 至 1981 年間創作的抒情詩集，作品多圍繞地理主題，敘述其模山範水的環航經驗。全書分「松鳥的傳說三部曲」、「臺灣山村詩輯」、「宜蘭太平山詩組」、「沛然運行及其他」、「愛的行程」五部分，收錄〈第一部：散落的鳥鳴〉、〈第二部：鳥狂〉、〈第三部：羽祭〉、〈臺灣農村駐足〉等 32 首。正文後附錄〈葉維廉寫作年表〉、〈葉維廉年表〉。

驚馳

臺北：遠景出版公司
1982 年 9 月，32 開，220 頁
遠景叢刊 260

本書選輯作者 1980 年以後的詩，詩風由早期的晦澀漸趨明朗澄淨。全書分「驚馳」、「未發酵的詩情」、「追尋」、「江南江北」四輯，收錄〈驚馳：夜曲六首〉、〈聽漁〉、〈沙田隨意十三盞〉、〈夜抵東京本鄉六丁目〉等 47 首。正文前有葉維廉〈推移的痕跡——《驚馳》自序〉。

春馳

香港：三聯書店
1986 年 10 月，13.7x21 公分，182 頁
海外文叢

本書為作者重遊故園故國的所見所聞，並抒發對人生的體悟。
全書分「物之哀愛」、「山村畫圖」、「夢與醒」、「大漠遊愁」四
輯，收錄〈字的傳說〉、〈歲寒夜與辛笛上太平山〉、〈無極之
旅——題李錫奇的畫〉、〈魚——題林天瑞的畫《游》〉、〈焚寄許
芥昱〉等 51 首。正文後有〈葉維廉小傳〉、〈葉維廉年表〉。

留不住的航渡

臺北：東大圖書公司
1987 年 4 月，25 開，219 頁
滄海叢刊・文學

本書詩作大都為作者描繪旅遊時的所見所聞，其中表達道家思
想的自然意趣。全書分「人生」、「字的傳說與死亡」、「故園的
夢與醒」、「松香晴雪」、「留不住的航渡」五部分，收錄〈人
生〉、〈馬路之晨〉、〈戲夢〉、〈雨後的紫花樹〉等 42 首。正文後
有〈葉維廉簡介〉。

移向成熟的年齡（1987～1992 詩）

臺北：東大圖書公司
1993 年 4 月，25 開，253 頁
滄海叢刊

本書選輯作者 1987 至 1992 年之詩作，維持既有風格，冷靜觀
照外在世界，與自然親密契合，更進一步探討複雜的內在生
命。全書分「沉淵」、「遠航」、「季節的召喚」、「趁暴風稍歇」、
「馳行」、「詩的聲音」、「故園餘稿」七部分，收錄〈沉淵〉、
〈軀殼之頌〉、〈轉折〉、〈遠航〉等 36 首。正文後附錄康士林
〈葉維廉訪問記〉、〈作者簡介（1937～ ）〉。

葉維廉詩選／楊匡漢編
北京：中國友誼出版公司
1993 年 4 月，32 開，188 頁

本書選輯作者 1950 至 1980 年代的重要詩作。全書分「五十年代作品」、「六十年代作品」、「七十年代作品」、「八十年代作品」四輯，收錄〈一點預言〉、〈十四行〉、〈元旦〉、〈城望〉等 47 首。正文前有楊匡漢〈旅雁上雲歸紫塞——序《葉維廉詩選》〉。正文後附錄葉維廉〈我和三四十年代的血緣關係〉、〈葉維廉小傳及主要著述目錄〉。

Between Landscapes
Santa Fe, USA：Pennywhistle Press
1994 年，13.3x21.3 公分，32 頁
A Pennywhistle Chapbook

本書為作者英文詩集，收錄曾發表於 *Modern Chinese Poetry*、*The Beloit Poetry Journal*、*Chinese Pen*、*Trace 51*、*Trace 54* 之師作。全書收錄"Fugue"、"Life"、"Enormous Stillness"等 20 首。正文前有 Jerome Rothenberg "Introduction"。

冰河的超越
臺北：三民書局
2000 年 11 月，新 25 開，212 頁
三民叢刊 215

本書為作者在美國阿拉斯加的冰河灣初見冰河，激盪出澎湃磅礴的詩作。全書分「歲末切片」、「冰河灣」、「櫻花季節」、「再見故國」、「龐德追跡」、「安達魯西亞生活畫」、「紀元末重訪巴黎」、「紀元末切片」八部分，收錄〈歲末切片〉、〈靈魂日記〉、〈氣象之歌十二首外三折〉、〈蜂鳥〉等 30 首。

雨的味道

臺北：爾雅出版社
2006 年 10 月，25 開，279 頁
爾雅叢書 461

本書集結作者 2000 至 2006 年間詩作，多寫欣賞人文風景之體
悟，風格細緻綿密。全書分「倫敦詩記」、「尋幽」、「困頓的城
市」、「尋找中國」、「普羅旺斯：風景、冥思、掠影」、「露西
亞」、「重逢與歸來」七輯，收錄〈雨的味道〉、〈深夜的鳥鳴〉、
〈泰晤士河，靜靜地流吧〉、〈地下輸送管〉等 47 首。正文前有
葉維廉〈走過沉重的年代（代序）〉。正文後有〈作者介紹〉、
〈葉維廉年表〉。

葉維廉詩選

北京：人民文學出版社
2008 年 3 月，25 開，322 頁

本書選輯作者 1950 年代至近期重要詩作，可看出其早期、中
期、近期的創作歷程與風格變化。全書收錄〈生日禮讚〉、〈賦
格（Fugue）〉、〈夏之顯現〉、〈逸〉、〈降臨〉等 79 首。正文前有
屠岸〈從深沉回歸率真──序《葉維廉詩選》〉、〈作者小傳〉。
正文後附錄梁新怡，覃權，小克〈與葉維廉談現代詩的傳統和
語言──葉維廉訪問記〉、葉維廉〈我和三四十年代的血緣關
係〉、康士林〈葉維廉訪問記〉。

Between（界：詩八首、Entre）／Pierre Courtaud 譯

Paris ,France：La main courante
2008 年 4 月，13x20 公分，68 頁

本書為作者英、中、法三語詩集。全書收錄組詩〈界〉。正文後
有"Bio-Bibliographical Summary"英、法文兩種版本。

巴黎：對話與冥思／葉灼攝影

南京：南京大學出版社
2009 年 5 月，17x21 公分，188 頁

本書為作者與其子葉灼的共同創作，前者詩作搭配後者攝影作品，完整呈現巴黎街頭的風情與情調，所有內容皆具中英對照。全書分「對話」、「冥思」、「巴黎：冥思三段〈壹〉（1970）」、「巴黎：冥思三段〈貳〉（1999 夏）」、「巴黎：冥思三段〈參〉（2005）」五部分，收錄〈對話〉、〈巴黎地下鐵（Metro）的一日〉、〈Fontainebleau 樹林〉等五首。正文前有李歐梵〈在光影微顫中尋索遺忘的時間與歷史——葉灼《巴黎對話》裡的攝影藝術〉。正文後有葉維廉〈關於「對話」的緣起〉、〈關於本書的藝術工作者〉。

葉維廉詩選（예웨이렌 시선）／高贊敬譯

首爾：ZMANZ
2011 年 2 月，32 開，229 頁
지식을만드는지식　고전선집 0645

本書選集、翻譯作者部分詩作，以中韓文對照形式呈現。全書收錄〈생일 예찬〉（生日禮贊）、〈푸가〉（賦格）、〈안일〉（逸）、〈강가 사색〉（河想）、〈춤〉（舞）等 40 首。正文前有〈편짐자 일러두기〉、〈해설〉、〈지은이에 대해〉，正文後附錄〈옮긴이에 대해〉。

葉維廉五十年詩選（上、下）

臺北：臺灣大學出版中心
2012 年 12 月，25 開，734 頁
現代主義文學論叢 11、12

全書分「賦格」、「醒之邊緣」、「演出試驗作品」、「野花的故事」、「松鳥的傳說」、「臺灣山村駐足」、「驚馳」、「故園的夢與醒」、「留不住的航渡」、「移向成熟的年齡」、「冰河的超越」、「雨的味道」、「巴黎：對話與冥想

（上）　　　　（下）

」13 輯，收錄〈生日禮讚〉、〈我們只期待月落的時分〉、〈賦格（Fugue）〉、〈夏之顯現〉、〈逸〉等 117 首。正文前有葉維廉〈軌跡〉、柯慶明〈導讀〉，正文後附錄梁新怡，覃權，小克〈與葉維廉談現代詩的傳統和語言——葉維廉訪問記〉、葉維廉〈翻譯：神思的機遇〉、〈關於葉維廉（1937～ ）〉。

【散文】

萬里風煙——葉維廉散文集

臺北：時報文化出版公司
1980 年 1 月，32 開，261 頁
時報書系 205

本書以詩與散文交互呈現的連體形式，表現作者遊歷各處的所見所思。全書分「海線山線」、「歷史的探索」、「兒時追憶」、「思懷」四輯，收錄〈海線山線第一回〉、〈海線山線第二回〉、〈千岩萬壑路不定——向武陵農場〉等 28 篇。正文前有出遊照片集錦。

歐羅巴的蘆笛

臺北：東大圖書公司
1987 年 4 月，25 開，185 頁
滄海叢刊・文學

本書為作者的旅歐遊記，將景色、文物、歷史跟藝術融合，展現其「詩人寫散文」的獨特風格。全書收錄〈曼茵河上的佛蘭福特〉、〈酒香的村鎮和城堡〉、〈初識古城提里爾〉等 13 篇。正文前有出遊照片集錦。正文後有〈葉維廉簡介〉。

一個中國的海

臺北：東大圖書公司
1987 年 4 月，25 開，215 頁
滄海叢刊・文學

本書為作者旅居臺北、美國、中國等地的所見所聞所感。全書分「臺北與我」、「鄉情的追逐」、「美國東行記事」、「故鄉事」、「懷念」五輯，收錄〈我那漸被遺忘了的臺北〉、〈為友情繫舟〉、〈我與《現代文學》〉等 27 篇。正文後附錄王文興〈思維詩的來臨——評介葉維廉近期的詩和散文〉、〈葉維廉簡介〉。

尋索：藝術與人生──印度‧喀什米爾‧土耳其‧尼泊爾‧愛琴海

臺北：東大圖書公司
1990 年 9 月，18 開，193 頁
滄海叢刊

本書為作者遊歷印度、喀什米爾、尼泊爾、土耳其、愛琴海所作之遊記，並搭配當時所拍攝的照片共同呈現。全書分「印度卷（含喀什米爾、尼泊爾）」、「土耳其卷」、「愛琴海卷」三卷，收錄〈汙染的白蓮‧印度之旅序曲〉、〈最深沉的一瞥〉、〈千廟之城與太陽廟〉等 11 篇。

山水的約定

臺北：東大圖書公司
1994 年 5 月，25 開，246 頁
滄海叢刊

本書為作者暢遊中外名勝古蹟、尋幽探勝的遊記，展現其作品「詩中有文、文中有詩」的特性。全書分「兒時追憶」、「臺灣山水的約定」、「歷史的探索」、「思懷‧文化感受」四輯，收錄〈飢餓，豈是太平時代的人可以了解的！〉、〈讓陽光的手指彈我們一根一根的肋骨〉、〈比曙光起得還早的廚房〉等 27 篇。正文前有葉維廉〈散文與我──《山水的約定》序〉，正文後附錄葉維廉〈「中國文學的前途」討論會講詞〉、葉維廉〈給蕭乾的信〉、洛夫〈詩之邊緣──談葉維廉的散文集〉。

紅葉的追尋

臺北：東大圖書公司
1997 年 5 月，25 開，219 頁
滄海叢刊

本書為作者壯遊世界各地，追尋大自然之美的遊記。全書收錄〈紅葉的追尋〉、〈北海道層雲峽的秋天〉、〈遲夏的訪客〉等 18 篇。正文前有葉維廉〈序〉。

細聽湖山的話語

臺北：臺灣大學出版中心
2006 年 1 月，25 開，155 頁
文學叢書

本書為作者與妻子遊歷各國山水的見聞感想。全書分「序與前
奏」、「細聽湖山的話語」兩部分，收錄〈序：愛的行程與山水
情懷〉、〈前奏一：珊珠湖畫圖〉、〈前奏二：山濤與雲嶽〉等 13
篇。

【兒童文學】

孩子的季節／楚戈繪

臺北：臺灣省教育廳兒童讀物出版部
1990 年 4 月，17.5x20.5 公分，38 頁
中華兒童叢書

本書為作者第一本童詩集。全書收錄〈春天來了〉、〈草綠的
水〉、〈牽牛花把早晨打開〉等 17 首。

樹媽媽／陳璐茜繪

臺北：三民書局
1997 年 4 月，21.5x24 公分，61 頁
兒童文學叢書‧小詩人系列

本書為童詩集。全書收錄〈比太陽早起的媽媽〉、〈樹媽媽〉、
〈春天跟著弟弟醒來了〉等 20 首。正文前有〈詩心‧童心——
出版的話〉、葉維廉〈寫在前面〉，正文後有葉維廉〈寫詩的
人〉、陳璐茜〈畫畫的人〉。

網一把星／朱美靜繪

臺北：三民書局
1998 年 3 月，21.5x24 公分，61 頁
兒童文學叢書‧小詩人系列

本書為童詩集。全書收錄〈月光光照地堂的晚上〉、〈白鷺鷥夕
陽〉、〈陽光花雨中旋舞的小姑娘〉等 20 首。正文前有〈詩心‧
童心——出版的話〉、葉維廉〈寫在前面〉，正文後有葉維廉
〈寫詩的人〉、朱美靜〈畫畫的人〉。

【合集】

憂鬱的鐵路

臺北：正中書局
1984 年 8 月，32 開，204 頁
正中散文系列 10

本書以散文文體展現詩的韻律與節奏感，同時表現作者思維理路及美感體會，為詩、散文合集。全書分「憂鬱的鐵路」、「臺北與我」、「故鄉事」、「湧發的春天」、「追懷」五部分，收錄詩作〈臺灣農村駐足〉、〈湧發的春天〉、〈短章〉等六首；散文〈憂鬱的鐵路〉、〈境會物遊與愛〉、〈千疊敷：晶陽的初生〉等 17 篇。正文前有顏元叔〈什麼是散文？誰知道！〉。

三十年詩

臺北：東大圖書公司
1987 年 7 月，25 開，621 頁
滄海叢刊·文學

本書選輯作者 30 年來之詩作，早期的詩較為磅礴，中期詩作融入道家哲理，後期的詩則呈現細緻綿密的抒情風格。全書分「生日禮讚（1954～1957）」、「賦格（1960～1963）」、「愁渡（1963～1967）」、「醒之邊緣（1968～1971）」、「演出試驗作品（1970～1972）」、「愛與死之歌」、「臺灣山村詩輯（1975～1983）」、「松鳥的傳說（1976～1983）」、「驚馳（1980～1982）」、「序與後記」十輯，收錄詩作〈我們忽略了許多事實〉、〈一點預言〉、〈酒〉、〈堂前〉、〈十四行〉等 110 首；訪談及序文〈與葉維廉談現代詩的傳統和語言——葉維廉訪問記〉、〈我和三、四十年代的血緣關係〉、〈推移的痕跡——《驚馳》自序〉三篇；。正义前有照片、葉維廉〈三十年詩：回顧與感想〉，正文後有〈葉維廉簡介〉、〈葉維廉年表〉。

葉維廉文集

合肥：安徽教育出版社
2002 年 8 月；2003 年 1 月；2003 年 6 月；2003 年 9 月；2003 年 12 月；2004 年 8 月，25 開

《葉維廉文集》共九冊；第 1、3、4、6 卷為首批印行。
出版時間不一，以全集卷次依序排列。

葉維廉文集 1──比較詩學／現象‧經驗‧表現
合肥：安徽教育出版社
2002 年 8 月，25 開，359 頁

本書收錄《比較詩學》、《現象‧經驗‧表現》。正文前有〈作者簡介〉、樂黛雲〈序〉，正文後附錄古添洪〈小說與詩的美學匯通──評介葉維廉《中國現代小說的風貌》〉。

葉維廉文集 2──歷史‧傳釋‧美學
合肥：安徽教育出版社
2003 年 12 月，25 開，298 頁

本書收錄《歷史、傳釋與美學》及其他相關散論。全書收錄〈與作品對話──傳釋學的諸貌〉、〈中國古典詩中的一種傳釋活動〉、〈祕響旁通──文意的派生與多相引發〉等 11 篇。

葉維廉文集 3──秩序的生長
合肥：安徽教育出版社
2002 年 8 月，25 開，304 頁

本書收錄《秩序的生長》及其他相關散論。全書收錄〈陶潛的〈歸去來辭〉與庫萊的〈願〉之比較〉、〈《焚燬的諾墩》之世界〉、〈普魯斯特之一斑〉等 22 篇。

葉維廉文集 4──中國現代藝術的生成
合肥：安徽教育出版社
2002 年 8 月，25 開，309 頁

本書收錄《與當代藝術家的對話──中國畫的生成》及其他中國現代藝術散論。全書分「與當代藝術家的對話」、「個論」兩部分，收錄〈返虛入渾，積健為雄──與趙無極談他的抽象畫〉、〈物眼呈千意，意眼入萬真──與陳其寬談他畫中的攝景〉、〈予欲無言──蕭勤對空無的冥思〉等 17 篇。

葉維廉文集 5——解讀現代後現代——生活空間與文化空間的思索

合肥：安徽教育出版社
2004 年 8 月，25 開，278 頁

本書為《解讀現代後現代——生活空間與文化空間的思索》。全書收錄〈四四方方的生活，曲曲折折的自然（代序）〉、〈從跨文化網路看現代主義〉、〈現代到後現代：傳釋的架構——後現代現象與後現代主義的說明〉等十篇。

葉維廉文集 6——四十年詩（上）

合肥：安徽教育出版社
2002 年 8 月，25 開，478 頁

本書為作者詩作選集。全書分「生日禮讚」、「賦格」、「愁渡」、「醒之邊緣」、「演出試驗作品」、「愛與死之歌」、「臺灣山村特輯」、「松鳥的傳說」、「驚馳」九輯，收錄詩作〈我們忽略了許多事實〉、〈一點預言〉、〈酒〉、〈堂前〉、〈十四行〉等 137 首。

葉維廉文集 7——四十年詩（下）

合肥：安徽教育出版社
2003 年 1 月，25 開，379 頁

本書為作者詩作選集。全書分「人生」、「字的傳說與死亡」、「故園的夢與醒」、「松香晴雪」、「留不住的航渡」、「沉淵」、「季節的召喚」、「趁暴風稍歇」、「詩的聲音」、「冰河的超越」十輯，收錄詩作〈人生〉、〈馬路之晨〉、〈戲夢〉、〈雨後的紫花樹〉、〈鳥鳴與扇〉等 94 首。正文後附錄梁新怡，覃權，小克〈與葉維廉談現代詩的傳統和語言——葉維廉訪問記〉、康士林〈葉維廉訪問記〉。

葉維廉文集 8——萬里遊思

合肥：安徽教育出版社
2003 年 6 月，25 開，394 頁

本書為作者散文選集。全書收錄〈曼茵河上的佛蘭福特〉、〈酒香的村鎮和城堡〉、〈初識古城提里爾〉、〈讓景色擁有我們——印象派景物試寫〉、〈塞納河的兩岸——美與傳說的湧溢〉等 53 篇。

葉維廉文集 9──鄉情的追逐

合肥：安徽教育出版社
2003 年 9 月，25 開，302 頁

本書為作者散文選集。全書分「海線山線」、「臺北與我」、「美國東行記事」、「歷史的探索」、「鄉情的追逐」、「兒時追憶」、「懷念」七輯，收錄〈海線山線〉、〈千岩萬壑路不定──向武陵農場〉、〈山濤與雲岳〉、〈誰能超世累，共坐白雲中──宜蘭太平山行〉等 43 篇。正文後附錄〈葉維廉年表〉、〈葉維廉著作書目〉、〈葉維廉作品評論索引〉。

幽悠細味普羅旺斯──普羅旺斯的幽思遊思：日記、冥思、掠影、詩

臺北：臺灣大學出版中心
2003 年 3 月，25 開，242 頁
文學叢書

桂林：廣西師範大學出版社
2004 年 5 月，14x23 公分，170 頁

臺灣大學出版中心
2003

廣西師範大學出版
社 2004

本書為作者旅遊法國南部普羅旺斯時之日記與詩文合集。全書分兩部分，「遊記」收錄〈疲憊的行程〉、〈伊恩和琺樂麗的村子：馬格爾的聖荷曼〉、〈熱：每一刻光影顏色變化不同的姿式〉、〈熱：浮在水上的小城「索河上的島嶼」（L'Isle-sur-la-Sorgue）〉等 38 篇；「詩集」收錄〈馬格爾的聖荷曼（St.Roman de Malegarde）〉、〈吐列特村（Tulette）廣場的正午〉、〈高熱下浮庫魯斯（Vaucluse）的谷原〉等 26 首。正文前有葉維廉〈前言〉、〈作者小傳〉。
2004 年廣西師範大學版：正文「遊記」更名為「普羅旺斯的幽思遊思：日記、冥思、掠影」，刪去〈熱：留在家看資料策劃下一次行程〉、〈熱：琺樂麗帶慈美去看本地的牙醫，勉強解除了痛〉、〈整理行裝〉；「詩集」更名為「普羅旺斯：詩」。正文前刪去〈作者小傳〉。

【翻譯】

Classical Chinese poetry: 24 Examples with word-for-word annotations and verse approximations（中國古典詩二十四首舉隅）
臺北：環宇出版社
1969 年，16 開，27 頁

本書選輯古詩 24 首，逐字音譯、直譯、意譯，並附中文原文。全書收錄〈關雎〉、〈野有死麕〉、〈青青河畔草〉等 24 首。正文前有"About the Present Format"。

Modern Chinese Poetry: Twenty Poets from the Republic of China 1955-1965
Iowa, USA：University of Iowa Press
1970 年，16x22.5 公分，181 頁
Iowa translations

本書英譯 1955 至 1965 年間臺灣的 20 位詩人作品，並寫有詩人簡介。全書分「商禽」、「鄭愁予」、「洛夫」、「葉珊」、「瘂弦」、「白荻」、「葉維廉」、「黃用」、「季紅」、「周夢蝶」、「余光中」、「張默」、「敻虹」、「崑南」、「羅門」、「覃子豪」、「紀弦」、「方思」、「辛鬱」、「管管」20 部分，收錄"Gradient of the Milky Way"、"The Tree in a Tree"、"The Black Crystal of No Substance"、"The Queue Being Unbriaded"、"The Captain"等 152 首。正文前有 Paul Engle "Foreword"、葉維廉"Preface"、"Introduction"。

Hiding the Universe
New York, USA：Grossman Publishers
1972 年 1 月，16 開，131 頁

本書為作者英譯王維之詩作。全書分「Hiding the Universe」、「Poems of the Wang River」兩部分，收錄〈渡河到清河作〉、〈歸輞川作〉、〈山居秋暝〉、〈過香積寺〉、〈漢江臨汎〉等 55 首。正文前有葉維廉"Wang Wei and Pure Experience"、"A Brief Chronology"。

黎明文化公司
1976

臺灣大學出版中心
2011

眾樹歌唱／賽菲里斯等著；葉維廉譯
臺北：黎明文化公司
1976 年 7 月，18.5x20.7 公分，110 頁

臺北：臺灣大學出版中心
2011 年 5 月，25 開，287 頁
現代主義文學論叢 9

本書介紹 12 位歐洲、拉丁美洲詩人之詩作，並另外邀請 12 位畫
家、詩人，以畫作與詩文「對話」的方式展現新風貌。全書收錄
〈塞菲里斯（Seferis）的詩・莊喆的畫〉、〈艾克伊樂柯
（Archilochos）的詩・邱顯覺的畫〉、〈孟德悉（Montale）的
詩・吳昊的畫〉等 12 篇。正文前有葉維廉〈序〉。
2011 年臺大出版中心版：更名為《眾樹歌唱：歐洲與拉丁美洲
現代詩選譯》。正文新增〈蘭內・馬利亞・里爾克（Rainer Maria
Rilke）——奧菲斯十四行（選譯）〉、〈保羅・艾呂雅（Paul
Éluard）——有女名愛／喬治・布拉克／萬代之唯一〉、〈亨利・
米修（Henri Michaux）——雕像與我／字母〉、〈杭內・夏爾
（René Char）——交給風／伊瓦旬／我入住痛苦／閃電勝利〉。
正文前新增柯慶明〈導讀〉，葉維廉〈序〉更名為〈譯者序〉，正
文後附錄王家新〈從《眾樹歌唱》看葉維廉的詩歌翻譯〉。

Chinese Poetry: Major Modes and Genres
Berkeley, USA：University of California Press
1976 年，14.5x22 公分，476 頁

Durham, USA：Duke University Press
1997 年，16x24 公分，357 頁

University of
California Press
1976

本書為作者英譯中國古詩集，主要選自先秦至元朝的詩歌，每首
詩都配有書法印刷的中文原文，並逐行、逐句的英譯。全書分
「From the Shih Ching, or the Book of Songs」、「From the Ch'u
Tz'u, Songs of the South」、「From Nineteen Ancient Poems」、
「From the Yüeh-Fu, Collection of Ballad-Songs of the Bureau of
Music」、「Literary Yüeh-Fu」、「From the Yüeh-Fu of the Southern
Dynasties」、「Tchirek Song」、「Landscape Poetry, or Poems of
"Mountains and Rivers"」、「Poems of "Fields and Gardens" :Examples
from T'ao Ch'ien」、「Poems of New Metrical Patterns(Chin-T'i-
Shih)」、「Poems after the Style of Ancient Poems(Ku-Shih),
including the Literary Yüeh-Fu」11 部分，收錄"Nos, 1, 23, 65, 95,
167, 234"、"Lament for Ying by Chü Yüan"、"Nos. 1, 3, 14"、"O
Heavens"、"Him I'm Thinking of"等 135 篇。正文前有葉維廉
"Preface"、"Translating Chinese Poetry: The Convergence of

Duke University
Press 1997

Languages and Poetics——A Radical Introduction"，正文後有
"Selected Bibliography"。

1997 年 Duke 版：更名為 Chinese Poetry: An Anthology of Major
Modes and Genres，正文與 1976 年 Berkeley 版同。正文前刪去
"Preface"，新增葉維廉"Preface to the new Edition"。

Lyrics from Shelters: Modern Chinese Poetry 1930-1950

New York, USA：Garland Pub.
1992 年，15.5x23.5 公分，218 頁
World literature in translation 26

本書為作者英譯 1930 至 1950 年代中國的現代詩選。全書分
「Introductory Essays」、「The Poetry」、「About the Poets」、
「About the Editor」四部分，收錄"Modernism in a Cross-Cultural
Context"、"Language Strategies and Historical Relevance in the
Poetry of 1930-1950"、Leung Ping-Kwan"Literary Modernity in
Chinese Poetry"三篇論文及 Feng Zhi、Dai Wangshu、Ai Qing 等
18 位詩人之作。正文前有葉維廉"Preface"，正文後有"About the
Poets"、"About the Editor"。

眾樹歌唱——歐美現代詩 100 首／龐德等著；葉維廉譯

北京：人民文學出版社
2009 年 12 月，32 開，318 頁

本書以 1976 年出版《眾樹歌唱》為底，增加 11 位歐美詩人作
品。全書收錄〈龐德——琴諾／歸來／戰爭的來臨：艾達安／巴
黎地下鐵站／破曉歌／石南／劉徹／亞卡莎冢畔／舞者／詩章
（選譯）〉、〈艾略特——荒原〉、〈威廉斯——紅獨輪推車／南特
肯特／刺槐樹開花／春弦〉等 23 篇。正文前有葉維廉〈初版
序〉、葉維廉〈翻譯：神思的機遇〉。

文學年表

1937 年　6 月　20 日，生於廣東中山。父親葉勗民，母親梁熾卿，上有
二兄，下有一妹，家中排行第三。

1946 年　本年　於家鄉小學開始接觸《古文觀止》與舊詩。

1948 年　本年　因戰亂與家人渡海至香港。

1953 年　本年　詩作〈海裡一朵浪花〉以筆名「綠螢」發表於香港《星島日
報》的學生園地。

　　　　　　　大量閱讀、抄寫五四至 1930、1940 年代詩作及理論。

1955 年　8 月　與王無邪、崑南共同創辦香港《詩朵》詩刊。

　　　　　　　詩作〈斷弦的殘歌〉以筆名「藍菱」發表於香港《詩朵》第 1
期。

　　　　9 月　與徐白苓翻譯〈世紀末的蒼白〉，以筆名「葉鎧淩」發表於香
港《詩朵》第 2 期。

　　　　本年　來臺就讀臺灣大學外國語文學系。

　　　　　　　大量閱讀、抄寫外國詩人作品，並在日記、信札中創作中、
英文詩，部分英文詩作發表於美國 *Trace*、美國 *Beloit Poetry
Journal*、美國 *Texas Quartery* 等詩刊。

1957 年　5 月　25 日，詩作〈我們只期待月落的時分〉發表於香港《文藝新
潮》第 11 期。

1958 年　12 月　12 日，與王無邪、崑南組成「現代文學美術協會」。

1959 年　5 月　協助「現代文學美術協會」創辦香港《新思潮》雜誌。

　　　　12 月　1 日，〈論現階段中國現代詩〉發表於香港《新思潮》第 2 期。

　　　　　本年　　就讀臺灣師範大學英語研究所。

1960 年　　2 月　　1 日，詩作〈賦格〉發表於香港《新思潮》第 3 期。

　　　　　3 月　　5 日，詩作〈致我的子孫們〉發表於《現代文學》第 1 期。

　　　　　　　　　協助《現代文學》雜誌之創辦。

　　　　　5 月　　5 日，〈《焚燬的諾墩》之世界〉發表於《現代文學》第 2 期。

　　　　　　　　　詩作〈追〉、〈逸〉與〈元旦〉發表於《創世紀》第 15 期。

　　　　　9 月　　5 日，詩作〈夏之顯現——並致成義〉發表於《現代文學》第
　　　　　　　　　4 期。

　　　　　11 月　　10 日，短篇小說〈攸里賽斯在臺北〉發表於《現代文學》第
　　　　　　　　　5 期。

1961 年　　1 月　　翻譯艾略特（T. S. Eliot）〈荒原〉，發表於《創世紀》第 16
　　　　　　　　　期。

　　　　　3 月　　15 日，翻譯〈聖約翰・濮斯（St. John Perse）詩選〉發表於
　　　　　　　　　《現代文學》第 7 期。

　　　　　9 月　　7 日，與廖慈美於香港結婚。

　　　　　本年　　獲臺灣師範大學英語研究所碩士學位。

1962 年　　6 月　　28 日，女兒葉蓁出生。

　　　　　8 月　　1 日，〈詩的再認〉；詩作〈降臨〉發表於《創世紀》第 17
　　　　　　　　　期。

　　　　　12 月　　20 日，詩作〈河想〉發表於《現代文學》第 15 期。

1963 年　　3 月　　協助「現代文學美術協會」創辦香港《好望角》雜誌。

　　　　　5 月　　赴美國艾荷華大學參加詩創作班。

　　　　　　　　　詩集《賦格》由臺北現代文學社出版。

　　　　　6 月　　15 日，〈聶華苓的《失去的金鈴子》之討論〉、詩作〈公開的
　　　　　　　　　石榴〉發表於《現代文學》第 17 期。

　　　　　秋　　　翻譯現代中國詩選，部分先發表於美國 Trace 第 54 期，部分
　　　　　　　　　發表於 1967 年春季美國 Texas Quarterly 第 10 卷第 1 期。

本年　獲美國愛荷華大學美學碩士學位。

1964 年　10 月　27 日，以詩作〈降臨〉獲「《創世紀》創刊十週年紀念詩獎」。

本年　就讀美國普林斯頓大學攻讀比較文學博士班。

1965 年　6 月　20 日，〈艾略特方法論序說〉；〈中國現代藝術專輯前言〉由洛夫翻譯，發表於《創世紀》第 22 期。

11 月　20 日，詩作〈遊子意——給夏濟安老師〉發表於《現代文學》第 26 期。

1966 年　12 月　25 日，詩作〈暖暖的旅程〉發表於《現代文學》第 30 期。

1967 年　6 月　6 日，兒子葉灼出生。

9 月　任教於加州大學聖地牙哥分校，教授比較詩學、道家美學、英美現代詩、中國詩、詩創作班、翻譯問題及原始詩歌。

12 月　15 日，〈現代中國小說的結構〉發表於《現代文學》第 33 期。

本年　獲普林斯頓大學比較文學博士學位。

1968 年　5 月　15 日，〈水綠的年齡之冥想——論王文興〈龍天樓〉以前的作品〉發表於《現代文學》第 34 期。

11 月　5 日，〈弦裡弦外——兼論王敬羲小說裡的雕塑意味〉、詩作〈愁渡五曲〉發表於《現代文學》第 35 期。

1969 年　7 月　《現象・經驗・表現》由香港文藝書屋出版。

10 月　10 日，詩作〈嫦娥〉發表於《幼獅文藝》第 190 期。

詩集《愁渡》由臺北仙人掌出版社出版。

本年　*Ezra Pound's Cathay* 由美國 Princeton University Press 出版。

翻譯 *Classical Chinese poetry : 24 examples with word-for-word annotations and verse approximations*（《中國古典詩二十四首舉隅》），由臺北環宇出版社出版。

"The Chinese Poem: A Different Mode of Representation"發表於

美國 *Delos* 第 3 期。

"One Case in the Translation of the Voice in the Poem "發表於美國 *Delos* 第 4 期。

1970 年　2 月　15 日,〈現象・經驗・表現〉發表於《文學季刊》第 10 期。

4 月　"The Pai-hua and Modern Chinese Poetry"發表於 *Tamkang Review* 第 1 卷第 1 期。

6 月　1 日,〈葉珊詩集《傳說》序〉發表於《幼獅文藝》第 198 期。

10 月　"Yen Yu and Poetic Theories in the Sung Dynasty"發表於 *Tamkang Review* 第 1 卷第 2 期。

《中國現代小說的風貌》由臺北晨鐘出版社出版。

本年　返臺任臺灣大學外國語文學系客座教授,協助建立比較文學博士班。

翻譯 *Modern Chinese Poetry: Twenty Poets from the Republic of China 1955-1965*,由美國 University of Iowa Press 出版。

1971 年　1 月　1 日,翻譯〈眾樹歌唱〉,連載於《幼獅文藝》第 205～206 期,至 2 月 1 日止。

2 月　〈視境與表現〉發表於《大學雜誌》第 38 期。

5 月　6 日,與李泰祥、顧重光等人合作,首次在臺北中山堂以音樂、舞蹈、舞臺設計等媒體演出詩作〈放〉。

〈從比較的方法論中國詩的視境〉發表於《中華文化復興月刊》第 4 卷第 5 期。

6 月　《秩序的生長》由臺北志文出版社出版。

7 月　〈西方詩潮介紹〉發表於《新文藝》第 184 期。

8 月　27 日,由李泰祥譜曲之〈生命之歌〉發表於《中國時報・人間副刊》12 版。

30 日,〈蛻變中的中國現代文學批評〉連載於《中國時報・人

間副刊》12 版、9 版，至 9 月 2 日止。

9 月　〈王維與純粹經驗美學〉發表於《純文學》第 10 卷第 3 期。

10 月　"Wang Wei and Aesthetic of Pure Experience"連載於 *Tamkang Review* 第 2 卷第 2 期～第 3 卷第 1 期，至 1972 年 4 月止。

12 月　詩集《醒之邊緣》由臺北環宇出版社出版。

1972 年　1 月　翻譯 *Hiding the Universe*，由美國 Grossman Publishers 出版。

3 月　〈最後的微明——給幾位製作電影的朋友〉發表於《現代文學》第 46 期。

4 月　詩集《愁渡》由臺北晨鐘出版社出版。

11 月　15 日，《秩序的生長》一書獲教育部文藝獎。

1973 年　2 月　1 日，詩作〈近作二帖〉、〈風景〉發表於《幼獅文藝》第 230 期。

6 月　1 日，詩作〈北行太平洋西北區訪友人詩記〉發表於《幼獅文藝》第 234 期。

9 月　1 日，以「葉維廉近作選」為題，詩作〈曉行大馬鎮以東〉、〈變：四節〉發表於《幼獅文藝》第 237 期。

詩作〈風景〉、〈王維詩十首〉發表於香港《文林月刊》第 10 期。

1974 年　3 月　7 日，詩作〈暖暖礦區的夕暮〉發表於《中國時報・人間副刊》12 版。

"Classic Chinese and Modern Anglo-American Poetry: Convergence of Languages and Poetics"發表於美國 *Comparative Literature Studies* 第 11 卷第 1 期。

4 月　詩作〈年齡之外〉發表於《幼獅文藝》第 244 期。

12 月　〈中西山水美感意識的形成〉連載於《中外文學》第 3 卷第 7 ～8 期，至 1975 年 1 月止。

本年　回臺撰寫〈比較詩學〉一書，並在臺灣大學演講「比較詩

　　　　　　　　　學」方法。

1975 年　　1 月　　詩集《葉維廉自選集》由臺北黎明文化公司出版。

　　　　　　4 月　　"Tz'u and Ch'u: 24 Examples"發表於 *Tamkang Review* 第 6 卷第
　　　　　　　　　1 期。

　　　　　　6 月　　"Wallace Stevens: The Process of Abstraction"發表於 *American
　　　　　　　　　studies* 第 5 卷第 2 期。

　　　　　　8 月　　11～15 日，參加第二屆國際比較文學大會，發表〈東西比較
　　　　　　　　　文學中模子的應用〉。
　　　　　　　　　〈東西比較文學中模子的應用〉發表於《中外文學》第 4 卷
　　　　　　　　　第 3 期。
　　　　　　　　　詩集《野花的故事》由臺北中外文學月刊社出版。

　　　　　　9 月　　〈氣質湧動的世界——陳其茂的版畫〉發表於《幼獅文藝》
　　　　　　　　　第 261 期。

　　　　　　10 月　　"The Use of 'Models' in East-West Comparative Literature"連載
　　　　　　　　　於 *Tamkang Review* 第 6 卷第 2 期～第 7 卷第 1 期，至 1976
　　　　　　　　　年 4 月止。

　　　　　　12 月　　翻譯〈保羅・希冷（Paul Celan）的詩〉，發表於《幼獅文
　　　　　　　　　藝》第 264 期。

1976 年　　3 月　　〈《中國現代文學批評選》序〉發表於《中外文學》第 4 卷第
　　　　　　　　　10 期。

　　　　　　7 月　　1 日,〈新文學傳統的持續——《現代中國作家論》編選後
　　　　　　　　　記〉發表於《聯合報》12 版。
　　　　　　　　　翻譯《眾樹歌唱》,由臺北黎明文化公司出版。

　　　　　　8 月　　3～5 日,〈經驗的染織——序馬博良詩集《美洲三十絃》〉連
　　　　　　　　　載於《聯合報》12 版。
　　　　　　　　　主編《中國現代文學批評選集》,由臺北聯經出版公司出版。

　　　　　　10 月　　主編《中國現代作家論》,由臺北聯經出版公司出版。

本年　翻譯 *Chinese Poetry: Major Modes and Genres*，由美國 University of California Press 出版。

1977 年　3 月　〈人生意境的思索——古添洪著《晚霞的超越》〉發表於《書評書目》第 47 期。

4 月　在紐約開會，與美國當代詩人討論「中國詩與美國想像」。

7 月　10 日，〈四四方方的生活曲曲折折的自然〉發表於《聯合報》12 版。

入選「中國當代十大詩人」。

8 月　11 日，〈漂浮著花園的城市〉發表於《聯合報》12 版。

返回美國加州大學聖地牙哥分校任教。

9 月　22 日，詩作〈獅子山下——香港景物一〉發表於《聯合報》12 版。

《中國現代小說的風貌》由臺北四季出版公司出版。

10 月　15～17 日，參加第二屆全國比較文學會議，發表〈主觀、理論與歷史〉。

11 月　7～10 日，〈陳若曦的旅程〉連載於《聯合報》12 版。

12 月　詩集《花開的聲音》由臺北四季出版公司出版。

〈我和三、四十年代的血緣關係〉發表於《中外文學》第 6 卷第 7 期。

1978 年　6 月　"Aesthetic Consciousness of Landscape in Chinese and Anglo-American poetry"發表於美國 *Comparative Literature Studies* 第 15 卷第 2 期。

7 月　23 日，詩作〈沛然運行〉發表於《聯合報》12 版。

8 月　1 日，〈慶州行——給世旭、金銓、石雋、漢章、徐楓等〉發表於《聯合報》12 版。

22 日，〈玄海松浦覓燦唐〉發表於《中國時報・人間副刊》12 版。

10 月　10 日,〈誰能超世累共坐白雲中——宜蘭太平山行〉發表於《中國時報・人間副刊》12 版。

11 月　30 日,〈山濤與雲岳〉發表於《聯合報》12 版。

本年　"The Taoist Aesthetic: Wu-yen Tu-hua, the Unspeaking, Self-generating, Self-conditioning, Self-transforming, Self-complete Nature"發表於香港 *New Asia Academic Bulletin* 第 1 期。

出任加州大學聖地牙哥分校比較文學系主任。

1979 年　2 月　21 日,詩作〈夜雨懷人——給 Jorge Guillen （浩海・歸岸）〉發表於《中國時報・人間副刊》12 版。

〈艾略特的批評〉發表於《文學思潮》第 4 期。

7 月　15 日,〈愛的行程〉發表於《聯合報》12 版。

19～20 日,〈現代歷史意識的持續——一項小小的建議〉連載於《中國時報・人間副刊》12 版。

8 月　26 日,〈千岩萬壑路不定——向武陵〉發表於《中國時報》8 版。

9 月　15 日,〈母親,妳是中國最根深的力量——寄給母親在天之靈〉發表於《聯合報》8 版。

"Reflection on Historical Totality and the Studies of Modern Chinese Literature"連載於 *Tamkang Review* 第 10 卷第 1～2 期,至 12 月止。

10 月　20 日,與李永平合譯〈撒向黑暗的光珠——本屆諾貝爾文學獎得主艾利提斯的詩〉,發表於《聯合報》8 版。

〈無言獨化:道家美學論要〉發表於《中外文學》第 8 期第 5 期。

12 月　古添洪譯〈嚴羽與宋人詩論〉發表於《幼獅學誌》第 15 卷第 4 期。

1980 年　1 月　3 日,〈卡斯提爾的西班牙〉發表於《中國時報》8 版。

《飲之太和——葉維廉文學論文二集》、《萬里風煙——葉維廉散文集》由臺北時報文化出版公司出版。

2 月　26～27 日,〈古都的殘面——由京都到金澤八景〉連載於《中國時報
》8 版。

7 月　詩作〈散落的鳥鳴〉發表於《幼獅文藝》第 319 期。

8 月　19 日,詩作〈詠懷〉連載於《中國時報‧人間副刊》8 版,至 9 月 13 日止。

　　　27 日,詩作〈夜抵東京,本鄉六丁目〉發表於《聯合報》8 版。

本年　任香港中文大學英文系客座首席講座教授及比較文學研究所所長,協助建立比較文學研究所。

1981 年　1 月　8 日,詩作〈給兒子運端——衡陽莫老太太的來信〉發表於《聯合報》8 版。

2 月　10 日,以「雞鳴詩三帖」為題,詩作〈更新〉、〈雞鳴〉、〈雞既鳴矣〉發表於《中國時報》8 版。

　　　28 日,詩作〈沙田隨意十三盞〉連載於《聯合報》8 版,至 4 月 10 日止。

4 月　24～26 日,參加第五屆全國比較文學會議,演講「語言的策略與歷史的關聯——五四到現代文學前夕」。

7 月　5 日,詩作〈那個叫做生命的女子〉發表於《聯合報》8 版。

　　　27 日,詩作〈回音壁〉發表於《聯合報》8 版。

　　　〈語言的策略與歷史的關聯——五四到現代文學前夕〉發表於《中外文學》第 10 卷第 2 期。

9 月　10 日,詩作〈臨幸〉發表於《聯合報》8 版。

10 月　〈狄瑾蓀(Emily Dickinson)詩中私祕的靈現〉發表於《現代文學》復刊第 15 期。

12 月　　14 日，〈動物園〉發表於《聯合報》8 版。

本年　　應邀赴北京大學演講現代主義及東西比較文學研究的方法及

問題，協助建立比較文學研究體系。

1982 年　1 月　　8 日，詩作〈背影〉發表於《聯合報》8 版。

23 日，以「小品兩帖」為題，〈千疊敷：晶陽的初生〉、〈嘉南

平原：夜的儀式〉發表於《聯合報》8 版。

2 月　　6 日，〈王無邪畫中傳統與現代的交匯與蛻變〉發表於《民生

報》10 版。

3 月　　18 日，〈憂鬱的鐵路〉發表於《聯合報》8 版。

4 月　　26 日，〈我那漸被遺忘了的臺北〉發表於《聯合報》8 版。

5 月　　24 日，〈微雨下的屋頂〉發表於《聯合報》8 版。

詩集《松鳥的傳說》由臺北四季出版公司出版。

6 月　　18 日，詩作〈水鄉之歌——懷江南友人〉發表於《聯合報》8

版。

7 月　　13 日，以「葉維廉近作二帖」為題，詩作〈短章〉、〈無極之

旅——題李錫奇的畫〉發表於《聯合報》8 版。

9 月　　詩集《驚馳》由臺北遠景出版公司出版。

10 月　　〈語言與真實世界——中西美感基礎的生成〉發表於《中外

文學》第 11 卷第 5 期。

11 月　　1 日，〈故鄉事〉發表於《中國時報‧人間副刊》8 版。

〈從經驗到語言‧從語言到詩——《詩創造》《中國新詩》中

的理論據點〉發表於《現代文學》復刊第 18 期。

12 月　　2～3 日，〈長安——在古代的蒼茫裡〉連載於《聯合報》8

版。

1983 年　2 月　　《比較詩學》由臺北東大圖書公司出版。

〈「比較文學論文叢書」總序〉發表於《中外文學》第 11 卷

第 9 期。

3 月　13～17 日，詩作〈臺灣農村駐足詩組〉連載於《中國時報‧人間副刊》8 版。

〈予欲無言——蕭勤對空無的冥思〉發表於《藝術家》第 94 期。

4 月　24 日，〈境會物遊與愛〉發表於《中國時報‧人間副刊》8 版。

5 月　12 日，詩作〈湧發的春天〉發表於《聯合報》8 版。

18～19 日，〈美國東行記事〉連載於《中國時報‧人間副刊》8 版。

〈恍惚見形象‧縱橫是天機——與莊喆談畫象之生成〉發表於《藝術家》第 95 期。

7 月　5 日，詩作〈大鳥和月亮〉發表於《中國時報‧人間副刊》8 版。

6 日，詩作〈春雨〉發表於《中國時報‧人間副刊》8 版。

20 日，詩作〈夜立〉發表於《中國時報‧人間副刊》8 版。

8 月　2 日，〈文質彬彬，活活潑潑——悼吳魯芹老師〉發表於《聯合報》8 版。

3 日，詩作〈麋鹿居的辭行——辭麋鹿居的主人我的老師吳魯芹先生〉發表於《中國時報‧人間副刊》8 版。

9 月　2 日，〈時間無情的破毀〉發表於《中國時報‧人間副刊》8 版。

〈意識識物物識意——與何懷碩談造境〉發表於《藝術家》第 100 期。

11 月　9 日，〈為友情繫舟〉發表於《聯合報》8 版。

12 月　16 日，詩作〈馬路之晨〉發表於《中國時報‧人間副刊》8 版。

本年　返回美國加州大學聖地牙哥分校繼續擔任比較文學系主任。

參加加州大學聖塔芭芭拉分校舉辦之「當代中國文學研討會」，發表英文版〈危機文學的理路——大陸朦朧詩的生變〉。

編「東西比較文學叢書」12 冊，由臺北三民書局出版。

1984 年　1 月　應華美經濟及科技發展協會邀請，參加於美國舊金山凱悅大酒店舉辦之文學組年會。

3 月　27 日，〈一個「中國的海」——思懷歸岸了的浩海・歸岸〉發表於《聯合報》8 版。英文版後收入 *Jorge Guillén, el hombre y la obra*（1995 年，西班牙 Universidad de Valladolid 出版）。

6 月　7 日，詩作〈大漠遊愁〉發表於《聯合報》8 版。

26 日，詩作〈字的死亡〉發表於《中國時報・人間副刊》8 版。

為《創世紀》策畫「朦朧詩」專號（第 64 期），並發表〈危機文學的理路——大陸朦朧詩的生變〉一文。

7 月　〈祕響旁通——文意的派生與交相引發〉發表於《中外文學》第 13 卷第 2 期。

8 月　詩、散文合集《憂鬱的鐵路》由臺北正中書局出版。

9 月　"Beyond Chinoiserie: Differentiating Sameness in the Oriental Hermeneutical Community"連載於 *Tamkang Review* 第 15 卷第 1～4 期，至 1985 年 6 月止。

11 月　11 日，〈曼茵河上的佛蘭福特〉發表於《聯合報》8 版。

12 月　13～15 日，〈布達佩斯的故事〉連載於《中國時報・人間副刊》8 版。

1985 年　1 月　7 日，〈酒香的村鎮和城堡〉發表於《聯合報》8 版。

〈閒話散文的藝術〉發表於《中外文學》第 13 卷第 8 期。

春　"Crisis Poetry: An Introduction Yang Lian, Jiang He and Misty Poetry"發表於香港 *Renditions* 第 23 期。

3 月	30 日，〈現代小品三則——龍蝦、電腦、電子遊戲學校〉發表於《中國時報・人間副刊》8 版。
4 月	7 日，〈初識古城提里爾〉發表於《聯合報》8 版。
	20 日，詩作〈春馳〉發表於《中國時報・人間副刊》8 版。
	23 日，〈讓景色擁有我們——印象派景物試寫〉發表於《聯合報》8 版。
6 月	〈中國古典詩的傳釋活動〉發表於《聯合文學》第 8 期。
8 月	8 日，詩作〈斷想〉發表於《中國時報・人間副刊》8 版。
秋	受邀於北京大學演講中國詩學、比較詩學。
	受邀於哈爾濱演講中國詩學及文學理論。
	與詹明信（Fredric Jameson）等人在深圳全國教師研習會上演講文學理論架構。
9 月	5 日，詩作〈雷雨〉發表於《中國時報・人間副刊》8 版。
	6 日，詩作〈向肉身辭別〉發表於《聯合報》8 版。
	"Vestiges of the Oral Dimension: Examples from the Shih Ching" 發表於 Tamkang Review 第 16 卷第 1 期。
10 月	15 日，〈塞納河的兩岸：美與傳說的湧溢〉發表於《聯合報》8 版。
11 月	21 日，詩作〈早晨的探訪〉發表於《中國時報・人間副刊》8 版。
1986 年　1 月	8 日，〈自琉璃的海中躍起，那聖・米雪山堡……〉發表於《聯合報》8 版。
	16～17 日，〈讓我們隨著詩的激盪到英國〉連載於《聯合報》8 版。
	〈返虛入渾，積健為雄——與趙無極談他的抽象畫〉發表於《藝術家》第 128 期。
	〈婚姻：另一種神話的索解——柏格曼的「婚姻生活斷面」〉

發表於《電影欣賞》第 19 期。

《尋求跨中西文化的共同文學規律——葉維廉比較文學論文選》由北京大學出版社出版。

2月　2 日，詩作〈裸荷——題張杰一張近作〉發表於《中國時報·人間副刊》8 版。

〈向民間藝術吸取中國的現代——與吳昊印證他刻印的畫景〉發表於《藝術家》第 129 期。

　春　在清華大學演講「中國現代詩」，並進行每週一次的專題演講。

3月　2 日，〈汗染的白蓮——印度之旅序曲〉發表於《聯合報》8 版。

10 日，〈未竟之業——弔美學家朱光潛先生〉發表於《聯合報》8 版。

〈物眼呈千意，意眼入萬真——與陳其寬談他話中的攝景〉發表於《藝術家》第 130 期。

4月　6 日，〈陽光大道與天藍海岸〉發表於《聯合報》8 版。

24～25 日，〈時間的博物館——米蘭與威尼斯藝術的留痕〉連載於《聯合報》8 版。

〈投入日常事務莊嚴的存在裡——與陳建中談物象的顯現〉發表於《藝術家》第 131 期。

5月　20 日，〈阿爾卑斯山城的抒興〉發表於《中國時報·人間副刊》8 版。

〈〈脫軌的擬象：義大利建築與美國詩的後期現代主義〉講評〉發表於《中外文學》第 14 卷第 12 期。

〈批評理論架構的再思〉發表於《中外文學》第 14 卷第 12 期。

《秩序的生長》由臺北時報文化出版公司出版。

6 月　1 日,〈我看陶藝展——兼談馬浩的陶瓷藝術〉發表於《中國時報‧人間副刊》8 版。

11 日,參加於臺南文化中心舉辦之「詩的饗宴」詩會。

21 日,〈雪嶺間的微溫——如意谷喀什米爾〉發表於《聯合報》8 版。

7 月　17～18 日,詩作〈春日懷杜甫〉連載於《中國時報‧人間副刊》8 版。

8 月　〈〈神話和傳統:歐立德的主要批評考慮〉講評〉發表於《中外文學》第 15 卷第 3 期。

〈與作品對話——傳釋學初探〉發表於《聯合文學》第 22 期。

秋　"The Framing of Critical Theories: A Reconsideration"發表於 *Asian Culture Quarterly* 第 14 卷第 3 期。

10 月　22 日,〈憤怒之外——「現代中國文學大同世界」會議的補述〉發表於《中國時報》8 版。

31 日,〈「原版」的意義〉發表於《中國時報‧人間副刊》8 版。

詩集《春馳》由香港三聯書店出版。

〈歷史整題性與中國現代文學研究之省思〉連載於《當代》第 6～7 期,至 11 月止。

11 月　10 日,〈真象假象——從吳魯芹作家訪談的錄音談起〉發表於《中國時報‧人間副刊》8 版。

本年　應邀參加中興大學文學院舉辦之「現代文學座談會」。

1987 年　1 月　5 日,〈從花崗岩里釋放出來的神廟〉發表於《聯合報》8 版。

溫儒敏、李細堯合編《尋求跨中西文化的共同文學規律——葉維廉比較文學論文集》,由北京大學出版社出版。

3 月　〈美感意識意義成變的理路——以英國浪漫主義前期自然觀為例〉發表於《中外文學》第 15 卷第 10 期。

4 月　《歐羅巴的蘆笛》、《一個中國的海》、詩集《留不住的航渡》由臺北東大圖書公司出版。

6 月　4～5 日,〈永恆是綠色的記憶——愛真德岩廟觀畫的印象〉連載於《聯合報》8 版。

7 月　1～15 日,邀詹明信、三好將夫、孟淘思（Louis Montrose）和高友工返臺共同舉辦「文化、文學與美學」研討會。

14 日,〈三十年詩——回顧與感想〉發表於《聯合報》8 版。

14～15 日,〈批評的分科與重新整合——寫在清華大學「文化、文學與美學研討會」之前〉連載於《中國時報‧人間副刊》8 版。

詩、散文合集《三十年詩》由臺北東大圖書公司出版。

8 月　3 日,詩作〈沉淵——希望隨著成熟而脫落〉發表於《中國時報‧人間副刊》5 版。

10 月　〈意義組構與權力架構〉發表於《中外文學》第 16 卷第 5 期。

11 月　24 日,〈在失去量度的距離裡——梁實秋老師的懷念與思索〉發表於《聯合報》8 版。

12 月　《與當代藝術家的對話——中國現代畫的生成》由臺北東大圖書公司出版。

本年　《三十年詩》獲臺灣省文藝作家協會中興文藝獎。

1988 年　3 月　《歷史、傳釋與美學》由臺北東大圖書公司出版。

4 月　〈如生活的藝術活動對生活的批評——後現代對藝術與生活的另一些思索 〉連載於《藝術家》第 155～156 期,至 5 月止。

夏　參加慕尼黑國際比較文學年會,發表 "Modernism in

Crosscultural Context"。

7 月　28 日，詩作〈伊士坦堡之晨〉發表於《聯合報》21 版。

11 月　返臺與廖炳惠、陳傳興、于志中等舉辦「從現代到後現代」
研討會，發表〈現代到後現代：傳釋的架構〉。1989 年 11
月，連載於《當代》第 43～44 期，至 12 月止。

12 月　9 日，詩作〈翡冷翠大教堂的夜語〉發表於《聯合報》21
版。

〈婉轉深曲——與辛笛談詩和語言的藝術〉發表於《聯合文
學》第 50 期。

〈從凝與散到空無的冥思——蕭勤畫風的追跡〉發表於《藝
術家》第 163 期。

1989 年　1 月　〈洛夫論〉連載於《中外文學》第 17 卷第 8～9 期，至 2 月
止。

6 月　17 日，詩作〈我們不會輕易哭泣——一句話焚寄六四北京的
死難〉發表於《聯合報》27 版。

〈從跨文化網絡看現代主義〉發表於《聯合文學》第 56 期。

7 月　4 日,〈土耳其札記〉連載於《聯合報》27 版，至 8 月 18 日
止。

8 月　27 日,〈看泰姬・瑪哈陵的三種方式〉發表於《中國時報・人
間副刊》23 版。

〈嘉齊靈合（khajuraho）——狂喜的藝術〉發表於《藝術
家》第 171 期。

1990 年　3 月　19 日,〈愛琴海札記〉連載於《聯合報》29 版，至 7 月 16 日
止。

4 月　童詩集《孩子的季節》由臺北臺灣省教育廳兒童讀物出版部
出版。

6 月　16 日，與詹明信、Gayatri Chakravorty Spivak、Peter Wollen、

Susan Buckmoss、 Robert Mogliola 等在臺北舉辦「世界文學的再思」研討會，發表〈被判刑的人類：布魯特斯基與烏特金紙上建築中的空間對話與辯證〉和〈殖民主義，文化工業與消費欲望〉，會議至 7 月 15 日止。

8 月　〈殖民主義、文化工業與消費欲望 〉發表於《當代》第 52 期。

9 月　12 日，應新加坡《聯合早報》邀請，演講「現代文學與後現代現象」。

28 日，獲選為輔仁大學第二屆「文學與宗教」國際會議的主題詩人之一，會議至 10 月 1 日止。

詩作〈詩的聲音〉發表於《中外文學》第 19 卷第 4 期。

《尋索：藝術與人生──印度‧喀什米爾‧土耳其‧尼泊爾‧愛琴海》由臺北東大圖書公司出版。獲《聯合報》選為下半年最佳讀物之一。

1991 年　3 月　〈園林是一面可以反思的鏡子：介紹漢寶德的《物象心鏡──中國的園林》〉發表於《幼獅文藝》第 447 期。

4 月　3 日，〈今夜，我不要睡〉發表於《聯合報》25 版。

13 日，詩作〈馳行〉發表於《中國時報‧人間副刊》27 版。

5 月　27 日，詩作〈天機與異客 〉發表於《中國時報‧人間副刊》27 版。

秋　於中央研究院、臺灣大學、東吳大學演講「七種傳釋的導向」、「有效歷史意識與中國現代文學的研究」、「哈伯瑪斯傳釋方法的危機」、「魯迅《野草》裡的語言藝術」。

於清華大學以「中國詩與美國想像」為題，演講龐德、羅斯洛斯、史乃德、蓋茲與中國詩學的關係。

10 月　5〜6 日，〈線條的舞躍〉連載於《聯合報》25、39 版。

於日本東京立教大學演講「中國詩學與美國現代詩」、「印地

安詩導論」。

應日本龐德協會邀請，於日本東京明治大學演講「從傳釋學看龐德譯的中國詩」。

12 月　18 日，〈文學新與舊〉發表於《聯合報》25 版。

〈兩間餘一卒、荷戟獨徬徨——論魯迅兼談《野草》的語言藝術〉連載於《當代》第 68～69 期，至 1992 年 1 月止。

下旬，擔任香港市政局文學獎詩獎評審。

1992 年　1 月　3 日，〈東京物語〉發表於《中國時報・人間副刊》31 版。

《中國詩學》由北京生活・讀書・新知三聯書店出版。

〈散文詩探索〉發表於《創世紀》第 87 期。

2 月　19 日，詩作〈北海道層雲峽的秋天〉發表於《中國時報・人間副刊》31 版。

3 月　《解讀現代・後現代——生活空間與文化空間的思索》由臺北東大圖書公司出版。

於美國聖塔菲（Santa Fe）新墨西哥劇場演出中國詩。

8 月　6 日，〈雨中圓覺寺〉發表於《聯合報》39 版。

13 日，詩作〈木片的自述〉發表於《中國時報・人間副刊》27 版。

31 日，詩作〈趁暴風稍歇……〉發表於《中國時報・人間副刊》27 版。

9 月　8 日，以「兒童的城市詩兩首」為題，詩作〈清清與純純的星期日〉、〈仙女的囑託〉發表於《中國時報・人間副刊》27 版。

應日本千葉城西國際大學邀請，演講「東西比較研究的盲點」。

11 月　20 日，〈紅葉的追尋〉發表於《中國時報・人間副刊》35 版。

本年　　翻譯 *Lyrics form Shelters*: *Modern Chinese Poetry 1930-1950*，由美國 Garland Pub.出版。

當選為美國比較文學協會顧問。

1993 年　　1 月　　9 日，〈我們踩在火山的脈搏〉發表於《中國時報》22、27 版（跨版），「人間周刊」第 45 號。

28 日，詩作〈新幹線上〉發表於《中國時報・人間副刊》27 版。

3 月　　11～25 日，安排洛夫、張默、管管、向明、梅新、葉維廉臺灣六位詩人在美國巡迴雙語朗誦。臺北創世紀詩社同月出版詩集《旅美巡迴朗誦詩集》一冊。

美國比較文學學會年會加場專論 *Lyrics form Shelters*: *Modern Chinese Poetry 1930-1950* 一書。

4 月　　詩集《移向成熟的年齡（1987～1992 詩）》由臺北東大圖書公司出版。

楊匡漢編詩集《葉維廉詩選》，由北京中國友誼出版公司出版。

9 月　　應邀赴上海、重慶、北京等地演講「文化離散空間與文化想像」及「後現代在第三世界畸生的現象」。

應中國新詩研究所邀請，參加於四川北碚西南師範大學舉辦之「華文詩歌國際學術研討會」。

四川北碚西南師範大學授予名譽客座教授。

11 月　　1 日，詩作〈初登黃鶴樓〉發表於《聯合報》35 版。

16 日，〈「雅舍」的命運〉發表於《中國時報・人間副刊》39 版。

12 月　　16 日，詩作〈朝辭白帝〉發表於《中國時報・人間副刊》39 版。

本年　　*Diffusion of Distances: Dialogues Between Chinese and Western*

Poetics 由美國 University of California Press 出版。

1994 年　2 月　24 日，〈布農堡因緣——龐德、瑪麗和我〉發表於《聯合報》
　　　　　　　35 版。

　　　　4 月　12 日，〈散文創作與我〉發表於《中央日報》16 版。

　　　　5 月　《山水的約定》由臺北東大圖書公司出版。

　　　　6 月　《從現象到表現——葉維廉早期文集》由臺北東大圖書公司
　　　　　　　出版。

　　　　8 月　31 日，詩作〈樹媽媽〉發表於《中國時報・人間副刊》39
　　　　　　　版。
　　　　　　　〈在記憶離散的文化空間裡歌唱——論瘂弦記憶塑像的藝
　　　　　　　術〉發表於《中外文學》第 23 卷第 3 期，同時刊於《傾向》
　　　　　　　第 2 期。

　　　　9 月　13 日，以「詩兩首」為題，詩作〈打一把黃色的傘〉、〈草綠
　　　　　　　的水〉發表於《中國時報・人間副刊》39 版。
　　　　　　　參加《創世紀》40 週年活動。
　　　　　　　〈被迫承受文化的錯位——中國現代文化、文學、詩生變的
　　　　　　　思索〉發表於《創世紀》第 100 期。
　　　　　　　〈破「信達雅」——翻譯後起的生命〉發表於《中外文學》
　　　　　　　第 23 卷第 4 期。

　　　 10 月　29 日，擔任第 16 回日本龐德協會全國大會主講人，演講「龐
　　　　　　　德詩章與中國詩學」。
　　　　　　　於中央圖書館（今國家圖書館）演講「卞之琳詩中距離的組
　　　　　　　織」。
　　　　　　　於臺灣大學演講「現代化、現代性、現代主義的模棱性」。

　　　 11 月　3 日，詩作〈月光光——照地堂的晚上〉發表於《聯合報》37
　　　　　　　版。
　　　　　　　於日本神戶女子大學演講「環繞龐德翻譯《華夏集》時英美

詩學的轉變」。

於日本滋賀大學演講「東方詩學與美國現代詩」。

應聖地牙哥州立大學邀請，演講「現代中國畫」。

12 月　〈卞之琳詩中距離的組織〉發表於《創世紀》第 101 期。

本年　英文詩集 *Between Landscapes* 由美國 Pennywhistle Press 出版。

1995 年　1 月　〈山水日記〉、〈夜的降臨〉發表於《幼獅文藝》第 493 期。

4 月　4 日，以「童詩六首」為題，詩作〈春天跟著弟弟醒來了〉、〈春天的雨〉、〈誰把天關起來啊？〉、〈給我一塊大橡皮〉、〈小小的睡眠〉、〈把耳朵貼在鐵軌上〉發表於《聯合報》33 版。

6 月　29～30 日，〈安達魯西亞〉連載於《聯合報》37 版。

7 月　應邀參加德國波昂「中國社會與憂鬱」研討會，發表論文及朗誦詩。

9 月　與詩人紀弦、鄭愁予、楊牧、張錯、秀陶、陳銘華、陳本銘等詩人於美國洛杉磯共同舉辦「以詩迎月」朗誦會。

10 月　於聖路易士城參加美中西部亞洲學會第 45 屆會議，擔任中國美術史組講評。

於華盛頓大學演講「文化錯位與現代中國文學」。

12 月　於新加坡與王潤華、淡瑩會面，並參加「世界華文作家會議」。

應邀於中興大學演講「現代性與現代主義」。

1996 年　1 月　6 日，〈救救我們的國寶〉發表於《中國時報》35 版，「人間周刊」第 289 號。

16 日，詩作〈歲末切片〉發表於《聯合報》34 版。

29 日，詩作〈新城記〉發表於《聯合報》34 版。

2 月　8 日，〈迷離的巴里島〉發表於《中央日報》18 版。

5 月　應邀參加 San Jose 金山灣區海華文藝季,發表論文並與紀弦、張錯等人朗誦詩。

6 月　於蘇格蘭參加「詩與歷史」會議,並朗誦英文作品。

7 月　《創世紀》107 期推出「葉維廉專輯」,由李豐楙、梁秉鈞、王建元執筆。

8 月　11~12 日,〈美的呼喚──新墨西哥抒情〉連載於《聯合報》37 版。

　　　〈謙謙君子,深藏不露〉發表於《中外文學》第 25 卷第 3 期。

9 月　"Inter-crossing: Six Poets from Taiwan"發表於 River City 第 16 卷第 1 期。刊登作者為臺灣六詩人(洛夫、張默、管管、梅新、向明、葉維廉)所作之序與所譯之詩。

　　　與英國著名書刊設計家 Lam Tyson 合作「摺物(すりもの／surimono)」,內容收錄書法短詩一首並附英文翻譯。

　　　詩作"Alter Friedhof Bonn"發表於 Minima Sinica 第 8 卷第 1 期。

1997 年　4 月　9~12 日,參加德國提里爾大學舉辦之「中國與西方的對話」研討會,發表"The Daoist Project as a Possible Metanarrative"。
　　　　童詩集《樹媽媽》由臺北三民書局出版。

　　　5 月　《紅葉的追尋》由臺北東大圖書公司出版。出版前獲臺灣省政府新聞處優良作品獎。

　　　7 月　因故不克出席淡江大學主辦之「第六屆文學與美學國際研討會」,請人代讀〈道家顛覆語言的策略與中國美學〉。

　　　8 月　童詩〈比太陽早起的媽媽〉、〈簑鞋〉發表於《小作家》第 40 期。

　　　11 月　廖棟梁、周志煌合編《人文風景的鑴刻者──葉維廉作品評論集》,由臺北文史哲出版社出版。

本年　童詩集《樹媽媽》獲行政院文化組選為 1997 年度最佳兒童讀物。

翻譯 *Chinese Poetry*: *An Anthology of Major Modes and Genres*，由美國 Duke University Press 出版。

1998 年　3 月　童詩集《網一把星》由臺北三民書局出版。

4 月　15～27 日，應日本大阪關西大學東西學術研究所邀請，演講一系列以「道家美學與美國現代詩」為中心之研究。

27 日，詩作〈櫻花季節給孩子們的詩〉連載於《聯合報》37 版，至 6 月 9 日止。

5 月　12 日，詩作〈櫻花季節給城市人的詩〉發表於《中國時報·人間副刊》37 版。

22 日，應北京大學比較文學所邀請，演講「道家美學與後現代」，作為比較文學一系列紀念演講的首講。隨後前往安徽師範大學演講「道家精神」與「後現代文化生態」。

9 月　2 日，詩作〈北京大學勺園初曉聞啼鳥〉發表於《中國時報·人間副刊》37 版。

1999 年　春　帶領美國、法國、日本前衛表演藝術家 Allan Kaprow、Helen and Newton Harrison、Jean-Jacques Lebel 和嶋本昭三在臺南藝術學院表演一系列「發生」、「後發生」藝術活動。

4 月　〈為了活潑潑的整體生命〉發表於《藝術觀點》第 2 期。

12 月　應香港第三屆香港文學節邀請，以特別來賓身分參加，並發表〈全球化與回歸後的香港文學〉。

2000 年　1 月　〈紀元末重訪巴黎集詩（外二首）〉發表於《聯合文學》第 183 期。

3 月　8～10 日，〈全球化自然生態與文化生態的思索〉連載於《聯合報》37 版。

"Daoist Aesthetics Modern American Poetry"發表於日本《東西

學術研究所紀要》第 33 期。

6 月　翻譯〈龐德《詩章》選譯〉，連載於《創世紀》第 123、125、128～129 期，至 2001 年 12 月止。

9 月　30 日，詩作〈雨的味道〉發表於《聯合報》37 版。

翻譯〈龐德（Ezra Pound）前期詩選譯〉，發表於《創世紀》第 124 期。

11 月　26 日，詩作〈現代吉普賽的情歌〉發表於《聯合報》37 版。

〈道家精神、禪宗與美國前衛藝術：契奇（John Cage）和卡普羅（Allan Kaprow）〉發表於《中外文學》第 29 卷第 6 期。

詩集《冰河的超越》由臺北三民書局出版。

12 月　詩作〈倫敦詩記〉發表於《創世紀》第 125 期。

本年　應國家科學委員會（今科技部）邀請，在臺灣島內大學巡迴演講，先後於臺灣大學、清華大學、交通大學、中正大學、東華大學和中央大學演講「道家美學與現代／後現代思想」、「道家美學、中國詩與美國現代詩」、「氣的建構和氣的發放：氣的實踐美學」、「弓張弦緊的對話：六七十年代的中國現代畫」、「龐德與瀟湘八景」、「美國詩中（道家式的）（物自性）的尋索」。

2001 年　5 月　6 日，詩作〈困頓的城市〉發表於《聯合報》37 版。

6 月　翻譯〈龐德（Ezra Pound）《詩章》續稿〉，發表於《創世紀》第 127 期。

7 月　應邀參加於巴黎舉辦之第 19 屆龐德大會，發表〈龐德中譯的問題〉。

10 月　應邀參加關西大學東西學術研究所 50 週年紀念東西文化交流研討會，並發表〈全球化與比較文學〉。

12 月　27 日，〈武田尾紅葉館——溫泉山水室〉發表於《中國時報・人間副刊》39 版。

2002 年　1 月　18 日，詩作〈跟著春天走〉發表於《聯合報》37 版。

　　　　　3 月　4 日，詩作〈京都松尾竹之寺──臨濟宗一休禪師地藏院〉發表於《中國時報・人間副刊》39 版。

　　　　　5 月　14 日，〈山的話語〉發表於《聯合報》39 版。

　　　　　8 月　14～18 日，參加於南京舉辦之第七屆中國比較文學國際會議，發表"Why Daoism Today? "；並參加合集《葉維廉文集》出版座談會，討論全集的意義。

　　　　　　　　分別在北京、長沙、成都、西安、蘭州講學，朗誦詩歌，並與美國詩人羅登堡訪敦煌。

　　　　　　　　《道家美學與西方文化》由北京大學出版社出版。

　　　　　　　　《葉維廉文集 1──比較詩學／現象・經驗・表現》、《葉維廉文集 3──秩序的生長》、《葉維廉文集 4──中國現代藝術的生成》、詩集《葉維廉文集 6──四十年詩（上）》由合肥安徽教育出版社出版。

　　　　　9 月　臺灣大學圖書館舉辦「葉維廉教授手稿資料展──臺大近代名家手稿系列之四」，展出其全部出版物、手稿、書信照片，另舉辦「葉維廉作品研討會」。應邀參加開幕典禮剪綵，接受校方頒贈捐贈手稿之感謝狀及參加座談會。

　　　　　12 月　〈道家美學、中國詩與美國現代詩〉連載於《中外文學》第 31 卷第 7～8 期，至 2003 年 1 月止。

2003 年　1 月　20 日，詩作〈殘存的情愫掃除後〉發表於《聯合報》39 版。

　　　　　　　　〈最初的祭典──美國當代詩人羅登堡詩選〉發表於《聯合文學》第 219 期。

　　　　　　　　詩集《葉維廉文集 7──四十年詩（下）》由合肥安徽教育出版社出版。

　　　　　3 月　詩、散文合集《幽悠細味普羅旺斯──普羅旺斯的幽思遊思：日記、冥思、掠影、詩》由臺北臺灣大學出版中心出

版。

6 月　〈出站入站：錯位、鬱結、文化爭戰——我在五、六十年代的詩思〉發表於北京《詩探索》（理論卷）2003 年第 1～2 期。

《葉維廉文集 8——萬里遊思》由合肥安徽教育出版社出版。

8 月　6 日，詩作〈溫城無處不飛花〉發表於《聯合報》E7 版。

9 月　《葉維廉文集 9——鄉情的追逐》由合肥安徽教育出版社出版。

10 月　應首爾漢城大學邀請，演講道家美學。

12 月　20 日，〈重逢在漢城〉發表於《聯合報》E7 版。

《葉維廉文集 2——歷史·傳釋·美學》由合肥安徽教育出版社出版。

2004 年　1 月　30～31 日，〈普羅旺斯幽思遊思〉連載於《自由時報》47 版。

2 月　〈銀杏·書院·浮石寺〉發表於《聯合文學》第 232 期。

5 月　《幽悠細味普羅旺斯》由桂林廣西師範大學出版社出版。

8 月　參加臺灣大學東亞文明研究中心主辦「東亞近世世界觀的形成」2004 年國際學術研討會，發表〈重涉禪悟在宋代思域中的靈動神思〉。

於長沙、成都、北京、濟南等地講學。

《葉維廉文集 5——解讀現代後現代——生活空間與文化空間的思索》由合肥安徽教育出版社出版。

9 月　4 日，〈水的話語〉發表於《聯合報》E7 版。

10 月　14 日，〈舞墨墨人——董陽孜的逍遙世界〉發表於《中國時報·人間副刊》E7 版。

28 日，詩作〈重逢之歌——贈張錯、慰理〉發表於《中國時報·人間副刊》E7 版。

〈雙重的錯位：臺灣五六十年代的詩思〉發表於《創世紀》第 140、141 期。

12 月　23 日,〈喜見泉城〉發表於《中國時報・人間副刊》E7 版。

2005 年　1 月　5 日,〈珍珠灘瀑布〉發表於《聯合報》E7 版。

8 月　6 日,參加臺灣大學東亞文明研究中心主辦之「東亞近世世界觀的發展」2005 年國際研討會,發表〈空故納萬境：雲山煙水與冥無的美學〉。

上旬,參加於深圳舉辦之中國比較文學學會成立 20 週年大會,發表〈文化異質的爭戰：全球化中比較文學應有的思考〉。

參加北京「新詩一百年國際研討會」,發表〈文化錯位：中國現代詩的美學的議程〉。

應清華大學臺灣文學研究所邀請,演講「比較文學與臺灣文學」、「臺灣 1950 年代末到 1970 年代初兩種文化錯位的現代詩」和「我們今天為什麼講道家精神：現代與後現代的回顧」。

10 月　21 日,詩作〈歸來〉發表於《聯合報》E7 版。

加州大學授予卓越教授榮譽。

2006 年　1 月　《細聽湖山的話語》由臺北臺灣大學出版中心出版。

2 月　〈比較文學與臺灣文學〉發表於《臺灣文學研究集刊》第 1 期。

7 月　2 日,應臺灣大學出版中心邀請,演講「文學自傳」。

6 日,應公共電視《以藝術之名・前衛精神》節目邀請,講錄「五、六十年代臺灣現代畫興發的理路」。

8 日,在香港文學節演講「現代主義與香港五、六十年代現代詩的興發」。

《中國詩學》(增訂版)由北京人民文學出版社出版。

8月　12 日，詩作〈鳥飛絕・二〇〇六・香港〉發表於《聯合報》E7 版。

10月　詩集《雨的味道》由臺北爾雅出版社出版。

11月　〈臺灣五十年代末到七十年代初兩種文化錯位的現代詩〉發表於《臺灣文學研究集刊》第 2 期。

12月　〈走過沉重的年代──《雨的味道》代序〉連載於《創世紀》第 149～151 期，至 2007 年 6 月止。

本年　《中國詩學》（增訂版）被選入稱為新四庫的「中國文庫」。

《龐德與瀟湘八景》由長沙岳麓書社出版。

2007 年　3月　23 日，應亞洲大學邀請，參加第二屆外國文學教學國際學術研討會，發表〈翻譯龐德的問題〉。

5月　24 日，詩作〈下游之歌〉發表於《聯合報》E7 版。

應金惠俊、李騰淵兩位教授邀請，分別於韓國釜山大學及光州全南大學演講。

6月　於義大利威尼斯參加龐德會議。

9月　〈五官來一次緊急集合──張默的旅遊詩〉發表於《創世紀》第 152 期。

《比較詩學》由臺北東大圖書公司出版。

《中國詩學》（增訂版）由北京人民文學出版社出版。

2008 年　3月　5 日，〈隨處見青黃──金山梵魚寺〉發表於《聯合報》E3 版。

20 日，應上海復旦大學邀請，演講「中西思域想像的協商」。

29 日，〈光州──全羅南道詩人故鄉的春天〉發表於《聯合報》E3 版。

29～30 日，出席由北京大學中國新詩研究所與首都師範大學中國詩歌研究中心共同合辦之「葉維廉詩歌創作研討會」。

詩集《葉維廉詩選》由北京人民文學出版社出版。

4 月   4 日，出席由青銅詩學會舉辦之詩集《雨的味道》導讀會。

詩集 *Between*（界：詩八首、*Entre*）由法國 La main courante 出版。

5 月   參加加州大學聖塔芭芭拉分校舉辦之「白先勇七十大壽會」，演講「《現代文學》對現代主義的幾點基本精神」。

9 月   12～21 日，在臺北信義誠品書店展出「巴黎：對話與冥思」，朗誦詩歌並搭配葉灼的攝影作品。

13 日，詩作〈巴黎對話〉連載於《聯合報》E3 版，至 21 日止。

24 日，〈美的冥思在海拔萬尺的霄騰峰頂〉發表於《中國時報‧人間副刊》E4 版。

12 月   詩作〈原始風景〉發表於《創世紀》第 157 期。

《龐德與瀟湘八景》由臺北臺灣大學出版中心出版。

2009 年 2 月   應邀前往加拿大卡爾加里大學，參加「王文興研討會」，演講「王文興與現代主義」。

5 月   與葉灼合著攝影詩集《巴黎：對話與冥思》，由南京大學出版社出版。

8 月   出任臺灣大學「白先勇講座」教授半年，講授「文學翻譯與文化翻譯」課程。

9 月   25 日，詩作〈舞動提示三十式＋1——晨操、舞蹈俱可，歡迎試用〉連載於《聯合報》D3 版，至 10 月 20 日止。

11 月   6～7 日，出席花蓮太平洋詩歌節。

14 日，應邀參加「臺港文學交流工作坊」，講授「五、六十年代港臺文學的互動」。

16 日，接受須文蔚訪問。訪問文章〈葉維廉與臺港現代主義詩論之跨區域傳播〉後刊於《東華漢學》第 15 期。

12 月   3 日，應臺灣大學臺灣文學研究所邀請，演講「王文興與現代

主義」。

11、16 日,〈北海道尋索〉連載於《聯合報》D3 版。

16 日,應臺灣大學臺灣文學研究所邀請,演講「詩歌創作的體驗」。

下旬,於臺灣大學校園內帶領學生體驗新版 Living Poetry（生活詩／詩生活）。

翻譯《眾樹歌唱——歐美現代詩 100 首》,由北京人民文學出版社出版。

2010 年	2 月	〈翻譯：神思的機遇〉發表於《臺灣文學研究集刊》第 7 期。
	3 月	〈詩人的一天——思緒感情和詩生命貼心的延續〉搭配陳文發攝影,發表於《創世紀》162 期。
		《中國現代小說的風貌》由臺北臺灣大學出版中心出版。
	5 月	24 日,〈下龍灣與千巖萬島旋舞〉發表於《聯合報》D3 版。
		26 日,慶祝其榮休,加州大學聖地牙哥分校舉辦「葉維廉作品國際研討會及月光詩歌朗誦會」。
	6 月	應邀前往荷蘭萊頓大學,參加 Counter-Enlightenment and Modernity in "Modern China"學術會議,發表"Why Daoism Today: Reflections on Modernity/Modernism and Postmodernity/Postmodernism in a Global Context"。
	秋	"At once BEYOND and WITHIN Reality and History: Shang Qin's Subversive Strategies"發表於香港 *Renditions* 第 74 期。
	9 月	〈綿綿萬里的友情：懷念老友詩人許世旭〉發表於《創世紀》第 164 期。
	12 月	31 日,〈落音河的莫瑞小城〉發表於《中國時報‧人間副刊》E4 版。
2011 年	1 月	9 日,〈萊頓（Leiden）抒情〉發表於《聯合報》D3 版。

2 月　12 日，在美國聖地牙哥美術館展出「巴黎：對話與冥思」，以多語言朗誦詩歌並搭配葉灼的攝影作品，至 6 月 19 日展畢。高贊敬翻譯《葉維廉詩選》韓文版（예웨이렌시선），由首爾 ZMANZ 出版社出版。

3 月　《華文文學》2011 年第 3 期為「葉維廉專號」，收錄〈史蒂文生詩中的物自性〉、〈遙遠與貼近：翻譯龐德的一些理論問題〉。

5 月　翻譯《眾樹歌唱：歐洲與拉丁美洲現代詩選譯》（增訂版）由臺北臺灣大學出版中心出版。

6 月　〈思懷楚戈——我和他的一線畫第一次的對話〉發表於《創世紀》第 167 期。

《與當代藝術家的對話——中國畫的生成》由南京大學出版社出版。

8 月　應邀參加世界華文文學夏威夷國際研討會，發表〈文化互動爭戰的寫作〉。

10 月　22～23 日，應邀參加於北京香山臥佛山莊之「新詩與浪漫主義學術研討會」。

24 日，應南京大學邀請，演講「雙重文化互動爭戰的寫作」，並出席於南京先鋒書店舉辦之「《與當代藝術家的對話——中國畫的生成》新書發表會暨『巴黎：對話與冥思』詩歌與攝影藝術展」。

應北京大學新詩研究中心之邀，任該校首任駐校詩人一個月，演講「道家思域與中國畫、古典詩的感知胸懷」、「尋找確切的詩：現代主義的 Lyric、瞬間美學與我」、「氣的建構與氣的發放：氣的實踐美學」。

11 月　4～13 日，北京中國現代文學館舉辦「巴黎：對話與冥思」詩歌攝影展。

8 日，參加澳門大學舉辦之「葉維廉與漢語新文學國際學術研討會」。

17 日，應邀參加臺灣大學出版中心於紀州庵文學森林舉辦之《眾樹歌唱應邀參加歐洲與拉丁美洲現代詩選譯》（增訂版）新書發表會。

24 日，應邀參加國立臺灣文學館舉辦之「我與香港、臺灣的現代主義」講座。

2012 年　3 月　〈超乎現實歷史同時入乎現實歷史：商禽的顛覆策略〉發表於《創世紀》第 170 期。

4 月　2～3 日〈失去地圖的還鄉者〉連載於《自由時報》D9、D13 版。

〈在大寂的中空裡冥思陳庭詩天體運行的音樂〉發表於《藝術家》第 443 期。

5 月　17 日，於美國聖地牙哥加州大學教員俱樂部，作者詩歌搭配葉灼攝影作品展出「巴黎：對話與冥思」。

6 月　5 日，詩作〈鳥聲與人聲〉發表於《聯合報》D3 版。

12 月　詩集《葉維廉五十年詩選》（上）、（下）由臺北臺灣大學出版中心出版。

2013 年　2 月　〈激盪的傷痛中懷念也斯〉發表於《文訊》第 328 期。

春　詩作 "Malaga/ Malaga"、"Transformation/ Transformation"、"Moon gone/ la lune a décampé"、"Small cries/ le petits cris"、"sleep and waking in Spring/ sommeil et réveil au printemps"、"A morning walk/ Promenade martinale"英法雙語版（Nadine Salafa 譯）發表於 *L'intrenquille, revue de litterérature* 第 4 期。

4 月　13 日，應邀參加臺灣大學出版中心於紀州庵文學森林舉辦之《葉維廉五十年詩選》新書發表會。會中，與王文興對談。

應東華大學邀請，於「抒情的胸懷與弦動」系列講座中，演

講「異質文化碰撞下道家思域、中國畫、中國詩的感知胸懷」、「尋找確切的詩：現代主義的 Lyric、瞬間美學與我」、「氣的建構和氣的發放、氣的實踐美學：詩行的內在形狀，白話的變化、情弦情絮音樂的構築」，並與葉灼一同參與「影像×詩歌朗誦會」，講座至 5 月 8 日止。

5 月　16 日，接受須文蔚訪問。訪問文章〈追索現代主義的抒情、瞬間美學與詩：葉維廉訪談錄〉後刊載於《東華漢學》第 19 期。

19 日，博客來以「葉維廉五十年詩選」為題，錄製專訪。

23 日，人間衛視以「葉維廉五十年詩選」為題，拍攝電視訪談，並於 5 月 29～30 日播出。

6 月　25 日，詩作〈十和田湖的揮春〉發表於《聯合報》D3 版。

9 月　〈綿密交織的情緒／情絮的音樂——以陳育虹兩首詩為例〉發表於《創世紀》第 176 期。

11 月　24 日，詩作〈八甲山瑞雪〉發表於《聯合報》D3 版。

〈尋求確切的詩：現代主義的 lyric、瞬間美學與我〉發表於北京《詩探索》（理論卷）2003 年第 3 期。

本年　美國 *Chinese Literature Today* 第 3 卷第 1&2 期推出「葉維廉專輯」，收入 "Quest for the Right Poem: My Modernist Beginnings"。

2014 年　1 月　〈環繞著花東縱谷與數位花園的文化弦動〉發表於《文訊》第 338 期。

《中國詩學》由臺北臺灣大學出版中心出版。

3 月　24 日，於上海復旦大學演講「詩歌創作與詩學研究之路」。

8 月　〈語言與風格的自覺——也斯（梁秉鈞）〉發表於《臺灣文學研究集刊》第 16 期。

9 月　〈懷念老同學金戴熹「le mot juste」廣大無邊的世界〉發表於

《文訊》第 347 期。

10 月	18 日，回臺參加「創世紀 60 週年慶」活動。
	〈創世紀與我〉發表於《文訊》第 348 期。
11 月	17 日，出席國家圖書館舉辦的「葉維廉手稿展」開幕儀式。
	26 日，〈漢寶德和葉維廉最後的兩封電郵〉發表於《聯合報》D3 版。

2015 年

6 月	3 日，詩作〈肥沃的黑暗裡——海牆衝擊的黑暗〉發表於《聯合報》D3 版。
7 月	2 日，詩作〈肥沃的黑暗裡——看不見的悲劇在遠方〉發表於《聯合報》D3 版。
8 月	24 日，詩作〈肥沃的黑暗裡——微光狹道〉發表於《聯合報》D3 版。
10 月	30 日，詩作〈肥沃的黑暗裡——天羅地網〉發表於《聯合報》D3 版。
11 月	〈詩話辛鬱〉發表於《文訊》第 361 期。

參考資料：

- 葉維廉，〈葉維廉年表〉，《雨的味道》，臺北：爾雅出版社，2006 年 10 月，頁 265～279。
- 網站：中國新山水詩人：葉維廉（臺大近代名家手稿系列展之四）　葉維廉教授事略。最後瀏覽日期：2015 年 7 月 1 日。

  http://www.lib.ntu.edu.tw/events/manuscript/yip/year/year.htm

輯三◎
研究綜述

當代華文現代詩、散文、翻譯與文學傳播的先鋒

葉維廉的研究與評論綜述

◎須文蔚

壹、前言

　　出生在廣東，成長於香港，發跡於臺灣，作為詩人、學者和翻譯家的葉維廉，最初以現代詩創作享譽臺、港，曾於 1977 年獲選「中國當代十大詩人」之一。自 1960 年代留學美國取得普林斯頓大學比較文學博士學位後，成為美國漢學重要的學者。葉維廉曾在 1980 和 1982 年兩次赴香港，擔任香港大學英文系首席講座教授，並協助建立該校比較文學研究所。在 1981 與 1998 年兩度到北京大學講學，樂黛雲讚譽葉氏是比較文學在中國成果豐碩的播種，也引發極大的反響。[1]

　　葉維廉以詩的成就最高，在 1955 至 1961 年的臺灣求學時代，就開始大量創作中文詩和英文詩，於臺灣與香港的重要期刊《現代文學》、《創世紀》、《新思潮》等雜誌發表。1963 年出版了他的第一部詩集《賦格》後，引發詩壇注目。其後出版了詩集：《愁渡》、《醒之邊緣》、《野花的故事》、《花開的聲音》、《松鳥的傳說》、《驚馳》、《春馳》、《留不住的航渡》、《三十年詩》、《移向成熟的年齡》、《冰河的超越》、《雨的味道》、《葉維廉五十年詩選》等，著作的豐碩，樹立了臺灣現代詩的經典地位。

---

[1] 樂黛雲，〈為了活潑潑的整體生命——《葉維廉文集》序〉，《廣東社會科學》2003 年第 4 期（2003 年 8 月），頁 140。

　　葉維廉的創作、翻譯與學術研究的成就,在兩岸三地深受肯定,1990年 10 月,臺灣輔仁大學第二屆國際文學與宗教會議,以葉氏為主題詩人作專題討論,會後出版了《人文風景的鐫刻者——葉維廉作品評論集》[2],堪稱目前葉維廉研究與評論的權威資料。2008 年 3 月,北京大學與首都師範共同合辦「葉維廉詩作研討會」,首度呈現出中國大陸學界與文壇對大師的高度肯定。2011 年 11 月澳門大學召開「葉維廉與漢語新文學國際學術研討會」,邀請國際學者共同與會,更全面地就葉維廉的創作、翻譯、研究與文學傳播等層面加以討論,提供了更多過去忽略的議題。

　　在眾多研究中,如以數量與代表性分析,柯慶明曾指出:

> 對葉氏詩作的評論,以張默最勤,篇數最多。顏元叔、王文興、張健、李豐楙、張漢良、古添洪、蕭蕭、簡政珍、洪淑苓、許悔之等名家,亦各有評述。散文則王德威與洛夫的討論最為精要。比較文學與當代理論方面貢獻的評述,主要見於杜國清、陳慧樺、張漢良、古添洪、廖炳惠、簡政珍、朱國偉諸家。翻譯的討論,則有鄭樹森、屠岸等。[3]

隨著時間的推移,越來越多兩岸三地的學者投入葉維廉的研究上,翁文嫻、樂黛雲、王家新、鄭蕾、劉茉琳、閆月珍、林惠玲、須文蔚、解昆樺等人的研究,引進了新的方法論與議題,更豐富了葉維廉研究的深度與廣度。

　　2013 年美國文學期刊*Chinese Literature Today*第 3 卷第 1&2 期,推出「葉維廉專輯」,Chunlin Li的"A Creative New Start: Wai-lim Yip in China"一文,全面介紹了葉氏在創作、研究與文學傳播上,在華文文壇上巨大的影

---

[2]廖棟梁、周志煌編,《人文風景的鐫刻者——葉維廉作品評論集》(臺北:文史哲出版社,1997 年 11 月),頁 544。

[3]柯慶明,〈關於葉維廉的評論〉,收錄於「中國新山水詩人:葉維廉」網站(http://www.lib.ntu.edu.tw/events/manuscript/yip/review/review.htm)。

響，允為葉維廉研究中相當綱舉目張的佳構。[4]

　　本文擬集中在葉氏的生平論述、現代詩、散文、翻譯與文學傳播等層面，以後設的角度探討相關研究與評論的大要與重點，提供讀者與研究者認識葉維廉廣博、深邃與充滿活力的文學創作與實踐成就。

貳、葉維廉生平研究綜述

　　葉維廉自傳寫作，多次出現在他的著作序文，最具代表性的莫過詩集《雨的味道》中的序言〈走過沉重的年代〉一文，既有詩人流離身世的描寫，依照時序，從 1940 年代末，詩人從廣東中山，渡海到香港，及至 1955 年後來臺成長，與師友共創現代主義風潮的盛況，以及在 1960 到 1970 年代之間，體會到臺灣風土與人情之美，更道出在詩學與比較文學上的體悟與發現。[5]葉氏在臺大就讀期間，師承夏濟安先生，引進新批評與中國 1930 至 1940 年代新詩，參與《文學雜誌》與《現代文學》，也陸續有專文出版，可供研究者理解作者的經歷與軌跡。[6]

　　為了躲避國共內戰，1948 年，時年 12 歲的葉維廉隨父母棄別廣東的家鄉，渡海到了香港。在此後居港的六年時間中，葉維廉進入了中學，也展開了文學創作的道路。1953 年，詩人 16 歲時在香港《星島日報》的學生園地上，發表第一首詩〈海裡一朵浪花〉。張志國評價，中學時期的葉維廉「多愁善感」的感傷風中，滲著一些新月派不成熟的語病。[7]

　　當時香港尚未從二戰後衰敗的政經環境下復甦，又面對國共內戰的移民潮，更使得香港整體治安與市況都顯得混亂。加上面對殖民地政府的語

---

[4]Chunlin Li, "A Creative New Start: Wai-lim Yip in China", *Chinese Literature Today*, VOL. 3 NO. 1&2 (2013), pp.122-125.

[5]葉維廉，〈走過沉重的年代〉，《雨的味道》（臺北：爾雅出版社，2006 年 10 月），頁 5～68。

[6]葉維廉，〈回憶那些克難而豐滿的日子——懷念夏濟安老師〉，收錄於柯慶明主編《臺大八十，我的青春夢》（臺北：臺灣大學出版中心，2008 年 11 月），頁 86～103。以及葉維廉主講，〈我的文學自傳〉，《臺灣大學新百家學堂文學講座 1：臺灣文學在臺大》（臺北：臺灣大學出版中心，2012 年 5 月），頁 96～137。

[7]張志國，〈在香港發現大陸的詩國——葉維廉的詩路起點〉，《香江文壇》總第 29 期（2004 年 5 月），頁 35。

言、文化的政策，當時紙醉金迷的香港更令他充滿反感，也使年少的葉維廉面對了人生初次的寂寞與孤獨，更投身到文字的世界中。

中學時期的葉維廉就已從李廣田《詩的藝術》、劉西渭《咀華集》以及朱自清《新詩雜談》中飢渴地吮吸著漸趨成熟的新詩養分。他更在創作上承續五四以來，特別是 1930、1940 年代詩人的詩風。如是的閱讀興趣，受到宋淇（林以亮）的影響很深。宋淇的詩作和評論發表在《人人文學》，《人人文學》是一本由力匡、齊桓、黃思騁等 1940 年代末從中國南下作家編輯的刊物，其中有系統介紹西方詩學，以及中國新文學，大篇幅介紹 1940 年代詩人，特別是大量引用一位被人忽略但詩藝精湛的詩人吳興華（1921～1966），這種對中國文學選擇性的繼承，最終構成部分香港現代詩的獨特色彩[8]，也成為葉維廉在中學時期重要的文學養分。在葉維廉創作初期，就以繼承、模仿、變化 1930、1940 年代詩人的創作為核心，得以使他很快從「善病工愁」的少年情懷中走出來，追求詩藝上「凝潔與錘鍊」。

葉維廉活躍的身影，在 1950 年代跨越到臺灣，近年來成為臺港現代文學研究中備受注目的議題，葉維廉在 1950 到 1960 年代中，於臺港進行跨區域文學傳播，將「新批評」引入臺灣和香港，開啟超現實主義詩學的風潮，並參與《創世紀》詩刊編輯，以及「香港現代文學美術協會」的創辦與運作，在推動現代主義文藝思潮上，可謂貢獻卓著。[9]葉維廉擔任過現代文學美術協會副會長的職銜，為兩地作家與畫家擔任引介的角色。以 1963 年 3 月 1 日文藝雜誌《好望角》創刊為例，這一期作者包括：大荒、于還素、王無邪、司馬中原、呂壽琨、李英豪、汶津、李歐梵、洛夫、金炳興、朵思、季紅、莊喆、陳映真、張默、商禽、管管、鄭愁予、秦松、雲

---

[8]梁秉鈞，〈一九五〇年代香港新詩的傳承與轉化——論宋淇與吳興華、馬朗與何其芳的關係〉，收錄於陳炳良、梁秉鈞、陳智德編《現代漢詩論集》（香港：嶺南大學人文學科研究中心，2005 年 6 月），頁 99～100。

[9]吳佳馨，〈1950 年代臺港現代文學系統關係之研究：以林以亮、夏濟安、葉維廉為例〉（清華大學臺灣文學研究所碩士論文，2008 年）。須文蔚，〈葉維廉與臺港現代主義詩學之跨區域傳播〉，《東華漢學》第 15 期（2012 年 6 月），頁 249～273。鄭蕾，〈香港現代主義文學與思潮〉（香港嶺南大學中文系博士論文，2012 年）。

鶴、葉泥、戴天、崑南、穎川、畢加。可以說把兩地當時重要的詩人、畫家與小說家都聚集起來，在兩地難以出境互訪的狀況下，當時幾乎沒有見過面的年輕人，竟能跨海組成一個緊密的社群，都要歸功於葉維廉的穿針引線。

葉維廉取得臺灣師範大學英語研究所碩士後，赴美進修，先後取得美國愛荷華大學美學碩士、美國普林斯頓大學比較文學哲學博士。接著展開學術研究，他在現代詩與學術論著都有豐碩的成績，先後擔任加州大學聖地牙哥分校文學系教授、比較文學系主任、臺灣大學外國語文學系客座教授、香港中文大學英文系客座首席講座教授兼比較文學研究所所長、清華大學客座教授。在學術的創見上，葉氏在比較詩學、道家美學、英美現代詩的研究及中國現代詩的翻譯工作上，著有美譽。[10]

葉維廉也傾心於現代詩創作教學的課程設計，他多次以著述與演示，展現他所設計的活動，用以激發中外學子身體的體驗、沉思冥想以及回溯古代情境，藉此打開視覺之外的感官，讓周圍的世界更為立體，感受環境人我的抒情義涵，將創作詩從語意文本的書寫，放大到氣動發放的場域中。葉維廉的教學示範，曾以多媒體的形式出版，教師可以藉由影片理解「詩體驗‧體驗詩」，是如何讓師生用全身的感官體驗詩的脈動、肌動、心動和靈動。[11]

葉維廉也曾將手稿分別捐贈給臺灣大學與國家圖書館，臺灣大學特別請柯慶明主編「中國新山水詩人：葉維廉」網站，以數位科技展出 2002 年 9 月，葉維廉捐贈給母校出版物、手稿、書信、日記、照片等典藏品。[12]而 2014 年所捐贈國家圖書館的藏品為水墨詩畫、書法以及 1960 至 1990 年代的詩作數十件，其中包括幾首中學生時期的作品，一冊法國南部的旅行日記「Provence2003」，也就是後來出版的《幽悠細味普羅旺斯》的全文手

---

[10]徐放鳴、王光利，〈文化身分與學術個性——論留美學者葉維廉關於中西詩學的匯通性研究〉，《徐州師範大學學報（哲學社會科學版）》第 33 卷第 4 期（2007 年 7 月），頁 1～2。
[11]葉維廉，《詩體驗》（臺北：臺灣大學出版中心，2010 年 10 月）。
[12]網址為：http://www.lib.ntu.edu.tw/events/manuscript/yip/default.htm。

稿，國家圖書館也以數位典藏的模式收錄於「當代名人手稿典藏系統」[13]中。研究者自可藉由數位典藏的成果，從手稿中考掘與耙梳出更多研究議題。[14]

參、葉維廉詩藝的綜述與研究

葉維廉是早慧的詩人，1955 年 8 月，葉維廉 18 歲時，參與了香港文學史上，標誌著現代主義文學發端的《詩朵》的發行，當時受到西方現代主義詩學影響較深。其後浸淫於中國的山水詩與道家思維中，漸次開展出更為清朗與具有圓融哲理的中、晚期風格。

中學時期的葉維廉，在殖民地繁華的城市中，處於大眾社會的焦慮與孤獨裡，因此向詩的國度接近。他說：

> 在無邊的憂鬱裡，在當時甚為活躍的《中國學生周報》的學生聚會裡，我認識了當時的詩人現在的名畫家王無邪。用西方的典故說，王無邪就是帶領我進入詩樂園的維吉爾。我當時談不上是個作家，更不用說詩人了，但因著他耐心的勸進，我慢慢寫起詩來，更多的鼓勵來自他的好友，當時被稱為「學生王子」的詩人崑南，不但鼓勵，而且邀我共同推出一本才出三期便夭折、但對我寫詩的成長極為重要的詩刊《詩朵》。[15]

《詩朵》由香港大公書局印刷，詩朵出版社發行，主要是刊登這群高中作家的創作及譯作，提倡創新的詩形式，同時辦譯詩比賽。創刊號刊出班鹿（崑南）〈免徐速的「詩籍」〉[16]一文，正可顯現出這批詩人批判保守的詩

---

[13] 網址為：http://manu.ncl.edu.tw/nclmanuscriptc/nclmanukm。
[14] 解昆樺，〈葉維廉《移向成熟的年齡》現代詩手稿中詩語言濾淨美學〉，上海交通大學、上海魯迅紀念館主辦「中國作家手稿及文獻國際研討會」，2014 年 8 月 15～17 日。
[15] 葉維廉，〈走過沉重的年代〉，《雨的味道》，頁 9。
[16] 班鹿，〈免徐速的「詩籍」〉，《詩朵》創刊號（1955 年 8 月），頁 7～10。

觀，反對抒情與感傷筆調，有意開創新局的思考。[17]

　　葉維廉在《詩朵》上以藍菱為筆名發表多首作品，都還十分青澀。不過在辦這三期刊物的期間，參與編輯，為了選登選譯詩作，葉維廉得以大量閱讀西方詩人的作品，並重新肯定一些 1930、1940 年代的詩人，特別是辛笛的詩。在少年「興奮的湧動」裡，他猛讀猛抄下面的外國詩人：包括波特萊爾（Baudelaire）、馬拉梅（Mallarmé）、韓波（Rimbaud）、魏爾倫（Verlaine）、塞孟慈（Arthur Symons）、道蓀（Ernest Dowson）、葉慈（Yeats）、艾略特（T. S. Eliot）、奧登（Auden）、羅倫斯（D.H. Lawrence）、狄蘭‧湯瑪斯（Dylan Thomas）、金斯堡（Ginsberg）、柯索（Gregory Corso）、洛爾迦（García Lorca）、梵樂希（Valéry）、阿波里內爾（Apollinaire）、白略東（André Breton）、艾呂亞（Éluard）、蘇白維爾（Supervielle）、聖約翰‧濮斯（St.-John Perse）、亨利‧米修（Henri Michaux）、杭內‧沙爾（René Char）、里爾克（Rilke）等。

　　《詩朵》只出版了三期就告停刊，葉維廉雖因為考取臺大而負笈臺灣，依然與王無邪、崑南等人通信聯繫，他們談論內容包括文學創作、生命體驗、組織文藝團體或出版文學刊物的細節，偶爾在寒暑假返港相聚，依舊與香港文壇保持緊密的互動。1958 年 12 月葉維廉、崑南與王無邪組成「現代文學美術協會」，先後編輯出版了《新思潮》、《好望角》等文藝刊物。葉維廉在《新思潮》上發表了重要的詩作〈賦格〉，這首詩成為葉維廉青年時期的代表作，吸納了西方現代派詩歌的精神與技法，重在敘述和分析，同時盡量採取複雜與多角度的呈現，追求自我對物象的鮮活感受，尋求略為離開日常生活的觀看方法。[18]〈賦格〉一方面出於詩人對中國古典詩歌中不依賴敘述，由意象構成多層次意味氣氛，抒情美感的特質，在詩中能夠靈活地採用；另一方面出於把握現代社會急劇龐大的變動，在個別

---

[17]王光明，〈香港的「客居」批評家〉，《天津社會科學》1997 年第 6 期（1997 年 12 月），頁 94。
[18]樂黛雲，〈為了活潑潑的整體生命——《葉維廉文集》序〉，《廣東社會科學》2003 年第 4 期，頁 141。

意象的構成上，試圖和傳統對話，不過在整體交響樂式的結構，始終接近西方音樂的構成方法。[19]

　　葉維廉於 1960 年發表〈追〉、〈逸〉與〈元旦〉三首詩作於《創世紀》第 15 期，這是他參與臺灣現代主義詩風潮的起點。瘂弦給予葉維廉「沉雄蒼鬱」的評價，有別於當時多為纖巧細膩的筆調，期望葉維廉的創新能量帶給詩壇衝擊與影響。[20] 葉維廉也不負所望，在這一階段交出詩集《賦格》、《愁渡》兩本重量級的詩集。

　　在評論葉維廉早期作品中，以放逐詩人與戰勝隔絕的精神主旨，成為一個主旋律。王建元就考察了中西方的放逐詩人傳統，將葉維廉面對國共內戰，棄家渡海，又面對中國傳統受著西洋文化現代主義衝擊，多重的困惑、掙扎、反抗，因之：「翻開《賦格》（1963 年）與《愁渡》（1972 年）兩本詩集，我們應該可以點點滴滴地累積足夠資料，證明葉維廉正是一位『發出時代的呼聲』的放逐詩人。長久以來，葉氏個人一直受著放逐這命運鞭撻著，他又甚至將它廣推到這時代所有中國詩人身上，指出放逐是現代詩人所共『享』的同一噩運。」[21] 簡政珍其後在建構「放逐詩學」體系時，也特別以葉維廉為例證，比對詩人面對戰爭、流亡與中西文化衝突下，如何以詩回應外在環境的衝擊。[22]

　　翁文嫻以有別其他評論者的視角，援引顏元叔「定向疊景」（Directional Perspective）的觀念[23]，亦即將詩作分為晦澀與艱深兩種：前者的情感，四方亂射，令讀者無所適從；後者則有一定的投射方向，讀者越深入閱讀，越見情思的風景層出不窮，因此具有「定向疊景」之美。顏元叔當時評述

---

[19]張志國，〈在香港發現大陸的詩國──葉維廉的詩路起點〉，《香江文壇》總第 29 期，頁 36。

[20]瘂弦，〈葉維廉〉，收錄於瘂弦、張默合編《六十年代詩選》（高雄：大業書店，1961 年 1 月），頁 152。

[21]王建元，〈戰勝隔絕──馬博良與葉維廉的放逐詩（上、下）〉，《中外文學》第 7 卷第 4、5 期（1978 年 9、11 月），頁 34～71、42～60。

[22]簡政珍，〈放逐詩學──臺灣放逐文學初探〉，《中外文學》第 20 卷第 6 期（1991 年 11 月），頁 14～24。

[23]顏元叔，〈葉維廉的「定向疊景」〉，《中外文學》第 1 卷第 7 期（1972 年 12 月），頁 72～87。

葉維廉，並未給予高度的評價，翁文嫻則從語言的角度重新細讀，以下列三個論點：一、利用英文語法「擾動已故已深埋的事物在現在之中」，省略與描述，經營出屬於傳統文化中的深邃靈光。二、有意識地以音樂效果謀篇，用聲音造成氣的貫穿與呼應，令長詩既有數理結構的嚴謹，又能展現抒情主體；三、善以「出神」的手法，將日常所見，追蹤抽象事理，以詩展現超乎事象一般形相、一般定位。[24]翁文嫻給出閱讀的策略後，重新評估葉維廉早期創作，給予高度的肯定：

> 面臨後現代大量的實物轉喻、敘事連篇的日常瑣屑書寫方式，我們更深深懷念，這些有如空谷足音、消逝中的事物。[25]

翁文嫻論述中的詩意、思維與詮釋，靈光閃動，與葉氏的現代詩相映成趣，值得反覆品味。

葉維廉中期以後的創作，經過鑄鍊與改變，風格漸趨明朗澄淨，開始節制早期繁複意象的動員，在 1970 年代所出版的詩作《醒之邊緣》（1971年）和《野花的故事》（1975 年）中，都有顯著的變化。梁秉鈞（也斯）推測，詩人 1967 年開始在加州大學聖地牙哥分校任教，結束了流離與放逐生活，生活逐漸安頓下來，同時，加州大學正好是新音樂和前衛藝術的基地，自然衝擊了詩人的創作意念。[26]

在精神與哲學的思維上，葉維廉的學院生活中，他著迷於王維詩與道家美學，於是開始以定點觀照或回游體驗，來捕捉山水田園情態。[27]梁秉鈞進一步詮釋：

---

[24]翁文嫻，〈「定向疊景」時期的爆發能量——早期葉維廉詩的突破與困境〉，《臺灣文學研究集刊》第 5 期（2009 年 2 月），頁 59～84。
[25]同前註，頁 78。
[26]梁秉鈞，〈葉維廉詩中的超越與現象世界〉，《創世紀》第 107 期（1996 年 7 月），頁 81～94。
[27]柯慶明，〈葉維廉詩掠影〉，《詩探索》2003 年第 1～2 輯（2003 年 6 月），頁 169。

> 在他這時的創作中，我們越來越少見他以雄渾修辭扭轉景物的實貌、以
> 理性思維去建立一個自給自足的藝術世界，相反，我們見到更多以文字
> 點逗自然律動，更多企圖虛心讓自然景物直接呈現、不以主觀文字去闡
> 釋風景的嘗試。[28]

　　正是由於對王維山水詩的研究與翻譯，對道家美學的嚮往，葉維廉依
舊沉迷於詩文中追求抽象與純粹經驗，但這中期的創作開始以把筆墨渲染
山水與城市生活，以中國古典山水意識，重新結構現代生活的經驗，進而
打造超乎現實經驗的和諧精神世界。王文興直指，葉維廉中期的創作，開
始寫景的系列短詩〈吐露港〉和〈大尾篤〉，已步入成熟階段，甚至斷言葉
維廉已邁入創作的高峰時期，詩集《驚馳》和《憂鬱的鐵路》，更堪稱代表
作。[29]

　　葉維廉中期詩創作的轉變，翁文嫻認為，這一系列風格明朗寫實的作
品，並未得到 1980 年代的新世代認同，在 1982 年《陽光小集》票選「青
年詩人心目中的十大詩人」時，葉維廉以第 12 名掉出榜外。從文學傳播的
角度觀察，1977 年第一次選出「中國當代十大詩人」，是張默、張漢良、
辛鬱、菩提、管管等人為編選《中國當代十大詩人》選集，所製造的出版
事件。五年後的 1982 年，《陽光小集》詩刊舉辦「青年詩人心目中的十大
詩人」票選，則發出 44 張選票，供新生代詩人票選，僅收回 29 張，28 張
有效，進而選出「新十大」。兩次推選，正好是不同文學社團或班底，透過
經典詩人選舉的活動，建構自身美學思潮或運動主張的作為，其中世代的
競爭與場域中詮釋權力的競逐，應當是觀察的重點，未必要據以作為評價
葉維廉中期詩作的依據。李豐楙就直指：

---

[28]梁秉鈞，〈葉維廉詩中的超越與現象世界〉，《創世紀》第 107 期，頁 87。
[29]王文興，〈思維詩的來臨──評介葉維廉近期的詩和散文〉，《一個中國的海》（臺北：東大圖書公
　　司，1987 年 4 月），頁 199～211。

> 陽光小集詩社在票選十大詩人時，對葉氏的評選是較少使命感、影響
> 力，兩項俱與當時詩壇形成的「關切現實」的風尚有關，這是時代趣味
> 的轉變。前行代所關懷的歷史現實，不管是葉氏或創世紀等，是以民國
> 38 年的大事件為分水嶺，探索其中的何去何從？由於是僑生或軍人等身
> 分，對臺灣此時此地的感覺就有些隔，所以創作時顯然就留下一片空
> 白。新生代則是在現實關懷的氣氛中，發覺前行代無法啟迪他們，葉氏
> 前期所關懷的，後期則是另一清淡路數，自然不符新生代中部份詩人的
> 品味。[30]

確實，葉維廉並未跟隨現實風潮而著眼社會真實與正義問題，而是鍛鍊自身哲理、心志與風格。

以具代表性的〈驚馳〉一詩為例，詩人以簡潔的語言歌唱著旅程中的感想：「也許我該邀你／看灑滿一天的／破布的碎雲／也許你我便／踏著它們／一若踏著／忽遠忽近／跳石似的／歷史／走出這沉沉的／　　沉沉的／　　　黑夜」。這首詩具有行旅文學的外觀，但內在精神卻是高度內省的，觀點從地面到雲端，動作從現實到想像，展現了詩人的心志與景物、世界和歷史相互觸動。最終，詩人在求索與內省的辯證上，提出一個解答，要能夠從迷茫與黑夜中走出，唯有把握「歷史」此一關鍵的力量。[31]

葉維廉在中、後期的語言修練上，無論在短句、跳脫語法上，轉化古典文學的成分顯然越來越重，但依舊能夠觸動複雜的感受，未必要動用早期繁複的手法。這種以文言的濃縮來補救白話的鬆散，追索李白的樂府詩的語言嘗試「在白話和文言之間提煉了一種語言之後，而以這個為基礎再來調劑一下民間的語言」。[32]這種輕淡的風格，簡單在可解、不可解之間，在文言與白話拉鋸，又在中文與外文間調適，適度往口語化發展，一改早

---

[30]李豐楙，〈山水‧逍遙‧夢──葉維廉後期詩及其詩學〉，《創世紀》第 107 期，頁 73～80。

[31]梁秉鈞，〈葉維廉詩中的超越與現象世界〉，《創世紀》第 107 期，頁 81～94。

[32]梁新怡、覃權、小克，〈與葉維廉談現代詩的傳統和語言──葉維廉訪問記〉，《葉維廉自選集》（臺北：黎明文化公司，1975 年 1 月），頁 249～268。

期語言過於艱澀的問題，既有語言上的獨創性，又能引入更多題材，也獲得評論者的肯定。[33]

在 2000 年以後，葉維廉經常壯遊世界各地，也更執著書寫人文山水風景的體悟，充滿抒情的樂趣，此一階段以詩集《雨的味道》為代表。詩人此際對於全球化、生態保育與工業文明等重大議題，了悟於胸，在詩集中更能夠以沉穩的性情，以幽微的呼息，將理性沉澱於詩意中。陳亮直指：

> 整本詩集探問三大命題：人文與自然、心靈夢想與現實生活、文化傳統與歷史時空，試圖在詩歌中召喚整全的人性。葉維廉的詩學尋找一個無聲靜寂的起點，以貼合生活情感的語調，透過：緩急變換、虛實出入、有無跨越、動靜交涉的詩藝推敲，從無聲處扣問浮生，將小我融會於連綿無盡的人文山水間。[34]

整本詩集，以童年回憶為起點，遊歷的關照為軸線，最後收束在〈奧德賽〉一詩，詩人顯然以流亡與復返為主題，總結自身在歷史的乖違中遭流放，世紀的洪流擦身而過，僅能在記憶與文學中追求永恆的家園。

肆、葉維廉散文創作的綜述與研究

葉維廉的散文創作始於 1977 年，是結束早期詩創作後，開始了結構恢弘，語言詩意的系列書寫。共計出版有《萬里風煙——葉維廉散文集》、《歐羅巴的蘆笛》、《一個中國的海》、《尋索：藝術與人生——印度‧喀什米爾‧土耳其‧尼泊爾‧愛琴海》、《山水的約定》、《紅葉的追尋》、《細聽湖山的話語》等。相較於詩作的研究者眾多，葉維廉的散文研究與評論相對為少，劉茉琳指出：

---

[33] 李豐楙，〈山水‧逍遙‧夢——葉維廉後期詩及其詩學〉，《創世紀》第 107 期，頁 79。
[34] 陳亮，〈「鬱結」：從文化心態到美學形態——讀葉維廉《雨的味道》〉，北京大學中國新詩研究所、首都師範大學中國詩歌研究中心主辦「葉維廉詩歌創作研討會」，2008 年 3 月 29～30 日。

認真審視葉維廉的散文，會發現其文與其作為離散身分特有的「放逐」、「愁渡」、「鬱結」等心理屬性緊密關聯；其散文中詩文並置的特殊形態及鮮明的詩性特徵更是其文學藝術理念的具體表徵；作為遊記散文的文化屬性也有待分析整理的空間，是打開葉維廉文化藝術審美觀念的一扇重要窗口。[35]

以放逐與鬱結為主題的研究，觀點與詩創作研究的觀點差異不大，更值得討論的應當是葉氏散文的「詩文交錯的形式」與題材上重視「鄉愁追憶」以及「山水記遊」。

　　最早點出葉維廉散文特質具有詩意，而且語言獨特具實驗性者是王文興，他在評價《憂鬱的鐵路》一書時，讚譽葉維廉的散文詩與散文，雖然迂迴、曲折，但是理路分明，步驟井井，而且富於節奏感，可以讓讀者流連往返。他具體指出：

〈憂鬱的鐵路〉帶一種氤氳之美，這種朦朧的，氤氳的迷人，恐皆出於此文特殊的文字，也就是說，出自獨創性甚高的實驗文體。這文體傳給人沉思的，默想的，也就是富思維的體韻。而文中屢次輕喚：「憂鬱的鐵路！」尤其令人低迴不已，深得「一唱三歎」之妙。〈嘉南平原夜的儀式〉描寫落日的景色，壯麗而靜穆，意在感會大自然日日偉大的運作；摹寫的辦法，採法國新小說與新潮電影的方式，以固定的開麥拉眼，長久地凝注，秋毫畢察地記錄景色的變遷，直到冬末，最後一句，戲劇一般的結束。[36]

同時，柯慶明也指出，葉維廉散文最特殊之處，在於美學精神上取法宋代

---

[35] 劉茉琳，〈論葉維廉散文創作〉，《華文文學》2014 年第 5 期（2014 年 10 月），頁 125。
[36] 王文興，〈思維詩的來臨——評介葉維廉近期的詩和散文〉，《一個中國的海》，頁 199～211。

「文賦」作品，蛻化為獨特的「詩文交錯的形式」。[37]

　　在散文的主題上，葉維廉著力於「鄉愁追憶」以及「山水記遊」兩大題材。在鄉愁追憶的題目開發上，王德威在評價散文集《一個中國的海》時，特別強調：

　　　　鄉愁不只代表一種寫作的內容，更是一種寫作的姿態。在是類文字中，
　　　　作者或緬懷故里風物，或追念童年往事，或慎思故舊親朋；隱於其下
　　　　的，則是時移事往的感傷，近鄉情怯的尷尬，以及一種盛年不再的隱
　　　　憂。時空的移轉是構成鄉愁情懷的要素。今昔的對比，新舊的衝突，在
　　　　在體現了時間銷磨的力量；另一方面，情牽萬里、夢斷關山，己身的飄
　　　　零放逐也引生了空間的懸宕感觸。[38]

而葉維廉擅長進入時間的甬道，重溫親情、友誼與鄉土的美好，在細密的描摹中，總不免帶著對往事故人的悵惘，對時間劫毀的憂慮，尤其是作者又嫻熟文學與文化理論，更能深刻展現出情境交會、物我相忘等超越觀點，將文字的意境透過曲折對話，帶往更高的思維辯證中。[39]

　　就山水記遊的散文主題上，「詩文交錯的形式」用在書寫行旅經驗，既能融合畫意詩情，又能加上哲理反思與文化剖析，配合豐富的攝影搭配，葉維廉的遊記有著多媒體、多層次的展現。[40]洛夫認為，葉維廉的散文、詩與學術論文有著內在精神的相互呼應，而使得他的記遊散文不是報導，而能呈現出一種精神的、文化的，和歷史的導遊意義。洛夫進一步指出葉維廉的散文：

[37]柯慶明，〈葉維廉散文創作導言〉，收錄於「中國新山水詩人：葉維廉」網站（http://www.lib.ntu.edu.tw/events/manuscript/yip/prose/prose.htm）。
[38]王德威，〈鄉愁的歸宿〉，《中央日報》，1989年7月14日，16版。
[39]同前註。
[40]柯慶明，〈葉維廉散文創作導言〉，收錄於「中國新山水詩人：葉維廉」。

> 對自然的描寫則不僅限於外在的景觀，卻是向廣袤而律動的自然景色，
> 茫茫的宇宙洪荒，以及由歷史與文化交織成的異國精神層面，撒下一片
> 感覺的網。他以心靈去感應這些豐富，而不用頭腦去探索這些繁複，或
> 分析評價這些歷史與文化在時間遞嬗中所發生的變異。顯然，他藉著詩
> 與散文的連體形式，透露出自然中某些永恆的信息。[41]

這成為閱讀葉維廉散文的一種特殊樂趣，在結構恢弘的書寫中，能穿梭在
散文、詩與文化評論之間，構成了相當前衛的實驗書寫。

伍、葉維廉在文學傳播貢獻的綜述與研究

　　葉維廉在文學創作的同時，更是活躍的文學傳播者，他在臺、港、
美、中多地開展豐碩的跨區域傳播的影響，近年來備受研究者重視。在臺
灣大學外文系求學的生涯中，他師承夏濟安，為新批評引進臺港文壇奠下
基礎。葉維廉活躍在臺灣詩壇，最具貢獻之處，莫過於傳播 1940 年代新詩
現代主義美學，並為創世紀詩社引進了超現實主義詩學的理論。其後，他
的翻譯與英文詩創作，也對美國與中國的現代主義風潮，造成一定的影
響，漸漸受到研究者的注目。

一、 為新批評引入臺灣與香港奠基

　　臺灣早引進的西方文學理論，應為新批評。柯慶明認為，最早在臺灣
介紹後來一般習稱為「新批評」或「形構主義批評」的是夏濟安。[42]接著
陳世驤將新批評的觀念與方法應用到中國古典詩歌的探討中，自此新批評
在臺灣盛行起來。1950、1960 年代正攻讀於臺灣大學外文系以及臺灣師大
英語研究所的葉維廉，也受到新批評的理論吸引，開始翻譯艾略特的詩作
〈荒原〉，進而系統深入地研究艾略特的創作和文論，寫了〈艾略特的方法
論〉、〈靜止的中國花瓶——艾略特與中國詩的意象〉、〈詩的再認〉、《中國

---

[41]洛夫，〈詩之邊緣〉，《詩的邊緣》（臺北：漢光文化公司，1986 年 8 月），頁 163～164。
[42]柯慶明，《現代中國文學批評述論》（臺北：大安出版社，1987 年 10 月），頁 10。

現代小說的風貌》等著作，參與了引進新批評理論的奠基工作。[43]

　　在西方文論史上，新批評（New Criticism）指 20 世紀 20 至 50 年代起源英美的文學理論派別。得名於蘭色姆（John Crowe Ransom, 1888~1974）1941 年出版的《新批評》（*The New Criticism*）一書。蘭色姆直指，由艾略特（T. S. Eliot，1888～1965)、瑞恰茲（I. A. Richards，1893～1979）與燕卜蓀（William Empson，1906～1984）等人所發起的一種新的文學批評形式，以「詩的結構特性的批評」，正開展出影響力。[44]而新批評主要代表人物瑞恰茲 1929 至 1931 年應邀至清華大學講學，燕卜蓀於 1937 年和 1947 至 1952 年間先後到北京大學任教，使得新批評在 1930 到 1940 年代之間，在中國文學界深具影響力。[45]有學者認為，在 20 世紀 40 年代，朱自清和袁可嘉的詩論曾經受到新批評的某種影響。[46]而夏濟安來到臺灣後，也就繼續把新批評的火種帶到了臺灣。

　　夏濟安初步引入新批評的觀念，就是在《文學雜誌》上發表多篇關於布魯克斯（Cleanth Brooks）等新批評學者的觀念與著作。並在 1950、1960 年代交替期間，文學批評界還多以印象式批評，或是政治意識掛帥的批評時，他以新批評觀點完成的小說評論，如〈評彭歌的〈落月〉兼論現代小說〉、〈魯迅作品的黑暗面〉等篇。[47]同時，在美援資助文化翻譯的出版計畫中，他和香港的林以亮合作翻譯《美國批評選》[48]一書，夏濟安負責翻譯艾略特的〈傳統與個人的才具〉一文，為新批評的理論奠定了更為紮實

---

[43]張志國，〈中國如何改變了美國現代詩──從葉維廉《中國詩學》到趙毅衡《詩神遠遊》〉，《中國比較文學》總第 56 期（2004 年 7 月），頁 181～185。

[44]John Crowe Ransom, *The New Criticism*, (Westport, Conn.: Greenwood Press, 1941).

[45]代迅，〈中西文論異質性比較研究──新批評在中國的命運〉，《西南大學學報（社會科學版）》第 33 卷第 5 期（2007 年 9 月），頁 130～136。

[46]陳厚誠、王寧，《西方當代文學批評在中國》（天津：百花文藝出版社，2000 年 10 月），頁 62～63。

[47]許俊雅，〈回首話當年──論夏濟安與《文學雜誌》〉（上、下），《華文文學》2002 年第 6 期、2003 年第 1 期（2002 年 12 月、2003 年 2 月），頁 13～20、40；55～64、69。臧運峰，〈新批評反諷及其現代神話〉（北京師範大學文藝學博士論文，2007 年），頁 9。

[48]林以亮，《美國文學批評選》（香港：今日世界社，1961 年）。

的基礎。[49]《美國批評選》在 1961 年出版，其後臺灣商務印書館在 1968 年重新出版曹葆華翻譯瑞恰茲的《科學與詩》，又為新批評理論的建構增加了生力軍。

　　受到夏濟安的影響，葉維廉在臺灣展開的文學批評與翻譯事業，是以新批評為起點。葉維廉在 1958 至 1960 年之間翻譯艾略特的〈荒原〉，發表於 1961 年的《創世紀》詩刊第 16 期，在「前言」中就引用了新批評健將瑞恰茲的意見：「一束心象的音樂。」來詮釋這首詩的音樂性。[50]進一步，葉維廉開始進入艾略特的文學批評世界，他的碩士論文題目是"The Poetic Method of T. S. Eliot"。在進行文學研究時，葉維廉回憶論文寫作期間：

> 夏老師介紹的兩本書：勃魯克斯的 *Modern Poetry and Tradition* 和 *The Well-wrought Urn: Studies in the Structure of Poetry* 是我經常參看的書，也就是說我用的就是「新批評」的方法，該論文，除了最後一章，大部分都重寫成中文，在 1960 年間發表在《創世紀》詩刊上。[51]

可以見到他深受新批評影響的一面。

　　1962 年，葉維廉以新批評的觀點發表〈詩的再認〉一文，《創世紀》詩刊以「代社論」放在卷首，彰顯出這篇詩論的重要性。在這篇詩論中，他首先反對文學的創作與詮釋走向道德、說教與載道，或是耽溺於感傷主義的「美」。他提出鑑賞詩應當從「姿勢藝術」與「基形」（pattern）入

---

[49]王梅香指出，香港今日世界社於 1961 年再版《美國文學批評選》一書已經在臺灣流傳，此書初版的日期不詳，但應該是在 1961 年以前，新批評透過《美國文學批評選》在 1950 年代末期就進入臺灣。……美援文化及美新處扮演媒介角色。雖不能直接將《美國文學批評選》套上美新處所指定翻譯、編選的刊物，但這本書的出版，至少顯示 1930 至 1950 年代美國文學的批評方法主要是以新批評為主，可以解釋為何當時引進的美國文學批評以新批評為多；另一方面，顯示臺、港美新處扮演一個文化中介的角色，並與臺大、師大這一批外文系知識分子的關係相當密切。王梅香，〈蕭殺歲月的美麗／美力？戰後美援文化與五、六〇年代反共文學、現代主義思潮發展之關係〉（成功大學臺灣文學研究所碩士論文，2005 年 6 月），頁 114。
[50]艾略特著；葉維廉譯，〈荒原〉，《創世紀》第 16 期（1961 年 1 月），頁 28。
[51]葉維廉，〈回憶那些克難而豐滿的日子──懷念夏濟安老師〉，《臺大八十，我的青春夢》，頁 86～103。

手。前者他以心象的狀態、心象的動向、心象的內容三個觀念來闡述詩的繪畫性、音樂性及文學性。後者，則以矛盾語法的情境、遠征的情境、旅行者的情境以及孤獨的歌者等四個面向理解。[52]葉維廉揭顯了形式批評的要旨，其中「矛盾語法的情境」就沿襲新批評論者布魯克斯所對詩的語言下的定義：「科學家的真理要求語言清除悖論的所有痕跡，而詩人所表達的真理只能用悖論語言。」[53]葉維廉以「矛盾語法的情境」再加以闡釋，甚至以唐詩佐證，以比較詩學的角度，為詩人合用的語言，下了貼切的註腳。[54]

葉維廉不僅以新批評論詩，也效法夏濟安的手法點評小說。葉維廉 1970 年所出版的《中國現代小說的風貌》一書，討論聶華苓、白先勇、王文興等人的小說創作的藝術手法時，就十分著重在形式與文字藝術的分析，重點放在意象的空間關係、意義層次的布署、映像節奏的安排……等層面，建構新批評樣式的小說美學。

新批評在新一波的文學理論浪潮中，已經不再受到絕對的重視，尤其是新批評理論家強調文本的獨立性，不涉於歷史的絕對態度，往往引發過於僵化的批評。葉維廉回眸新批評在臺灣推動的歷程辯證道：

> 好的新批評可以給我們美學運作實質上的掌握，但是，他和華倫編寫的實踐範本《詩的了解》（*Understanding Poetry*），在後來教書的老師的手上，如果沒有文學及歷史的素養，往往會變得表面化，這是新批評的問題。夏老師在推崇這些策略時，當然也是針對當時中國以及臺灣文學書寫的缺陷，也就是只知講故事不知使到作品氣脈化的語言藝術。所以他

---

[52]葉維廉，〈詩的再認〉，《創世紀》第 17 期（1962 年 8 月），頁 4～6。

[53]Cleanth Brooks, *Well-wrought Urn: Studies in the Structure of Poetry*, (London: Methuen, 1947).

[54]葉維廉在 1950、1960 年代的詩論，重要的約有〈論現階段中國現代詩〉（1959 年）、〈靜止的中國花瓶〉（1960 年）、〈詩的再認〉（1961 年）。如前所述，〈詩的再認〉發表於《創世紀》詩刊第 17 期，不僅當期以代社論的形式刊登，嗣後並因為「該文之觀點大多能代表今日我國詩人對詩之認識」，而在 1967 年編選的《七十年代詩選》中選作序言。由此可看出他的論點深受創世紀詩社倚重的情況。

的庭訓，他在《文學雜誌》的文章實在是講求文字藝術的現代主義興起的重要推動力之一。我有幸能參與這時期的運動。[55]

足見，作為中西比較詩學的推動者，葉維廉在推動新批評理論時，注重論述行為的觀、感、思構、用字、解讀不可避免受制於特定歷史、語言文化在意識裡形成的感知方式。作為新批評的倡議者，葉維廉顯然沒有忽略創作者與評論者應當具有深刻的史識與鑑賞力，這或許是過去文學史家在批閱 1960 年代文論時，較難直指葉維廉為新批評推動者的原因。

二、為《創世紀》詩刊引進超現實主義詩學

1960 年瘂弦、洛夫、張默等人正在編輯《六十年代詩選》時，編輯委員閱讀到葉維廉在《新思潮》上發表的詩作〈賦格〉後，由瘂弦發函邀稿，並為《創世紀》詩刊約稿。當時在師大研究所就讀的葉維廉，在 1960 年 4 月 3 日回函瘂弦，答應了雜誌與詩選的稿約。[56]旋以〈追〉、〈逸〉與〈元旦〉三首詩，現身在 1960 年 5 月的《創世紀》詩刊第 15 期上，從此與《創世紀》結下了超過一甲子的情誼。

葉維廉回憶加入《創世紀》詩刊的經過，充滿了青年作家的相知相惜：

> 我在《新思潮》上發表了〈賦格〉。這首詩給正在編《六十年代詩選》的編者瘂弦、洛夫、張默看上，被編入這本後來為臺灣現代詩定調而對後來者影響極大的集子裡。這樣不但把我放入他們推動的現代主義詩的運動裡，還特地從南臺灣的左營北上與我相會，真是「迴山轉海不作難」，並與商禽重見，談了幾個日夜，又介紹《創世紀》詩刊其他的詩人群如

---

[55]葉維廉，〈回憶那些克難而豐滿的日子——懷念夏濟安老師〉，《臺大八十，我的青春夢》，頁 86～103。

[56]葉維廉，〈快樂因孤獨而哭了：致瘂弦・四十九年四月三日〉，收錄於張默主編《現代詩人書簡集》（臺中：普天出版社，1969 年 12 月），頁 86～87。

辛鬱、碧果、管管、大荒等，成為忘年之交，並加入《創世紀》詩社。[57]

葉維廉在《創世紀》上發表了許多重要的詩作，如前所述，翻譯〈荒原〉
與一系列新批評的論文，都引發熱烈的回響。更因為葉維廉的加入，《創世
紀》的詩學理論陣容開始堅強起來，除了原有的林亨泰、瘂弦、洛夫、秀
陶、季紅、白萩、葉泥、張默等筆陣外，在葉維廉的引介下，《創世紀》加
入來自香港的王無邪、崑南、李英豪、戴天、馬覺、蔡炎培等人的創作、
翻譯與評論，大幅度提高了內容的品質，當代西洋詩翻譯的廣度與論述的
深度。

《創世紀》在 1961 年邀請葉維廉為同仁。[58]從 1963 年 6 月《創世
紀》第 18.期開始，香港評論家李英豪開始供稿。該雜誌 1963 年邀請香港
的評論家與編輯李英豪與崑南加入，1965 年 9 月李英豪更成為《創世紀》
編委。1962 年，李英豪和胡品清在《創世紀》第 17 期引介超現實主義詩
人聖約翰‧濮斯，比洛夫翻譯〈超現實主義之淵源〉還要早兩年。

在超現實主義理論的推動與建構上，過去的研究多半為能指出臺灣與
香港文人互動的影響。如余欣娟就認為，洛夫、商禽和瘂弦在尚未正式研
究法國超現實主義理論前，以透過法國超現實詩翻譯與閱覽畫作，直接吸
收其內涵與技巧，當時詩壇極少人能直接閱讀法文，因此洛夫等人所接觸
的超現實理論多為英文單篇譯介或是西方流派的片段簡介，而缺乏超現實
主義的第一手資料以及全面且深入的了解。[59]洛夫等人早期撰文介紹超現
實主義文學技巧，只知「潛意識」與「自動書寫」的粗框，而不知其究
竟。葉維廉指出：

---

[57]葉維廉，〈走過沉重的年代〉，《雨的味道》，頁 17。
[58]解昆樺，《臺灣現代詩典律的建構與推移：以創世紀詩社與笠詩社為觀察核心》（臺北：鷹漢文化
公司，2004 年 7 月），頁 455～456。
[59]余欣娟，〈一九六〇年代臺灣超現實詩──以洛夫、瘂弦、商禽為主〉（東海大學中國文學研究所
碩士論文，2003 年），頁 2～3。

約略在 1956 到 1957 年之間，我在香港買到一本Wallace Fowlie編譯的
Mid-Century French Poets，我本來只是利用他的英譯閱讀裡面的超現實主
義詩人白略東和其他的超現實詩人群，我一時好奇對著原文看，而發現
他有一大段漏譯了，就給他寫信，他極為興奮，說很少人看得這麼仔
細，問我的教育背景，說如果我是詩人則更好，這樣我們開始通信，成
為第一個外國的文友，他繼續寄給我書，其中一本就是《超現實主義時
代》，我按照這裡面的文章做了一些介紹，後來在臺灣認識洛夫後，就把
書送給他，他後來譯了裡面的一章〈超現實主義的淵源〉。[60]

固然Wallace Fowlie是從比較文學的角度觀察超現實主義詩學的義涵，不以
法國的「超現實主義」主張為限，更兼容並蓄了浪漫主義與象徵主義思
想，或有過於廣泛的弊端。[61]但無論如何，李英豪與胡品清跨海的合作，
葉維廉和洛夫在理論與翻譯文本的交流，都可以發現在超現實主義論述的
建構上，葉維廉跨區域文學傳播的影響力，不容小覷。

三、翻譯與英語創作的評論

誠如美國詩人羅登堡（Jerome Rothenberg）的讚譽，葉維廉是美國現
代主義與中國詩藝傳統的匯通者，他的創作與翻譯，過去在華語世界與英
美文壇的交流與傳播上，有著卓越的貢獻。[62]葉維廉在翻譯與英語創作的
貢獻，在華文文學環境中，較少評論與介紹。

葉維廉在詩歌翻譯方面，無論是古典與現代詩的英譯，或是西洋詩的
中譯，貢獻相當卓著。樂黛雲指出：「他的中國古典詩英譯，如王維和中國
古典詩舉要，提供了一種自由浮動的視覺，使西方詩人得到啟發，可以反

---

[60]葉維廉，〈走過沉重的年代〉，《雨的味道》，頁 14。
[61]張漢良，〈中國現代詩的「超現實主義風潮」：一個影響研究的仿作〉，《中外文學》第 10 卷第 1
　期（1981 年 6 月），頁 148～165。
[62]Jerome Rothenberg 著；蔣洪新譯，〈龐德、葉維廉和在美國的中國詩〉，《詩探索》（理論卷）第 1
　～2 輯（2003 年 6 月），頁 320～326。

思及調整他們的某些表現策略。」[63]尤其葉氏的中國古典詩翻譯，Jerome Rothenberg就盛讚，葉維廉是龐德以降的美國現代主義和現代主義從中國傳統吸取營養的橋樑和關鍵人物，使中國古典抒情的語境，在美國和中國語境的含義交互回響，開創了當代英語創作的新風貌。[64]

在中國現代詩的翻譯上，葉維廉對 1930、1940 年代詩人的偏愛，促使他以英譯馮至、曹葆華、梁文星（吳興華）和穆旦的詩，作為臺大外文系的學士論文。雖然葉維廉的學士論文已經佚失，但其傳播這些詩作的努力沒有停歇，在教學之餘一直持續重譯與擴充篇幅，後來出版為*Lyrics from Shelters: Modern Chinese Poetry 1930-1950*（New York: Garland, 1992）一書[65]，更將中國 1930、1940 年代的現代詩推向國際文壇。大陸知名的詩人與翻譯家屠岸，認為葉維廉的翻譯能運用活的英語，特別是能掌握當代的、活在口頭上的英語，既沒有生澀之感，譯文又掌握「信」，且能因詩人而異、因詩而異，有不同的翻譯風貌。因此他指出：「我讀了葉的譯詩後，深切地感到：中國新詩脫離了她的母語之後仍然可以生動地存活在另一種語言——英語之中。」[66]當可凸顯葉維廉在翻譯貢獻之一隅。

葉維廉的英詩中譯，如〈荒原〉和《眾樹歌唱》，從 1960 年的現代主義風潮開始，開拓了臺灣現代詩人的視野，更提升了詩人的創作技巧。《眾樹歌唱》於 1976 年由黎明文化公司出版，大陸「朦朧派」詩人將《眾樹歌唱》的影印本視為「祕笈」，私下傳閱，詩人北島、楊煉、多多等都表示從此書「受益良多」或「開了眼界」。王家新就曾說：

上個世紀 80 年代初期，一本譯詩集在北京的楊煉、江河、多多等詩人那

---

[63]樂黛雲，〈為了活潑潑的整體生命——《葉維廉文集》序〉，《廣東社會科學》2003 年第 4 期，頁 141。

[64]Jerome Rothenberg 著；簡政珍譯，〈葉維廉英文詩集《在風景的夾縫裡》序〉，《創世紀》第 99 期（1994 年 6 月），頁 74～75。

[65]葉維廉，〈走過沉重的年代〉，《雨的味道》，頁 12。

[66]屠岸，〈讀葉維廉的中國新詩英譯隨感〉，《中國翻譯》1994 年第 6 期（1994 年 11 月），頁 28。

　　裡流傳，我有幸從楊煉那裡借到了它的影本，這就是 1976 年在臺灣出版的詩人葉維廉的譯詩集《眾樹歌唱》。[67]

葉維廉藉由翻譯引介現代主義詩學，在華語世界引領風潮，應當是他在文學傳播上一大貢獻。

　　另一方面，葉維廉的英語詩創作的評論與研究還不多見，瘂弦早在 1960 年就指出，青年葉維廉大部分精力用於英文創作。[68]葉氏沒有停歇英文詩創作，曾發表於*Modern Chinese Poetry*、*The Beloit Poetry Journal*、*Chinese Pen*、*Trace*等刊物，於 1994 年出版了*Between Landscapes*，收錄詩作 20 首。Jerome Rothenberg在序言中特別強調，這本選集只顯示出葉氏英文詩作的一小部分，以讓英語世界首次聽到他的聲音和力度，以文字發聲，從中國響徹到加州西海岸，如知名詩人史耐德（Gary Snyder）論及「詩人巫師」所形容：詩人可以變成各種形體和生命的樣貌，使夢有了歌聲。而葉維廉的英文詩：

> 對於葉維廉和史耐德來說，（在「未意識」的心靈和「荒野」的世界），將「夢」歌唱成「自然」，即標示出詩人的功能，縱使他們生活在「西方文明」的世界裡。葉維廉在詩中的執著和堅持，不論是寫詩或教書，使他在曠野挺立。……他是一個擁有真正傳統和文化的詩人，在和大半的過去認同中，他現在的姿勢已充滿力量。[69]

可見得在他的英文詩裡，葉維廉創造了一種可以兼容中西文化視野的靈活語法，在龐德、羅斯洛斯、奧遜、柯爾曼、史耐德等美國當代重要詩人倡

---

[67]王家新，〈葉維廉的詩歌翻譯和翻譯詩學〉，澳門大學中國語言文學系主辦「葉維廉與漢語新文學國際學術研討會」，2011 年 11 月 8 日。

[68]瘂弦，〈葉維廉〉，《六十年代詩選》，頁 152。

[69]Jerome Rothenberg 著；簡政珍譯，〈葉維廉英文詩集《在風景的夾縫裡》序〉，《創世紀》第 99 期，頁 75。

導的美國現代詩語法創新的潮流中，獨樹一幟，將中國古典詩的簡潔、思
想與抒情鎔鑄於英文書寫中，藉由英文詩的創作，成就跨文化創作的成功
實踐。[70]

陸、結語

　　本文專注在葉維廉生平論述、現代詩、散文、翻譯與文學傳播等面向
的研究評論綜述，無法涵蓋葉氏在文學理論與比較文學研究的成就。學界
過去對於葉維廉的比較文學研究，打開了東方文化的言說方式，多所著
墨。[71]葉維廉也主張通過比較詩學的研究，來尋求跨文化、跨國度的共同
的文學規律（common poetics）和共同的美學據點（common aesthetic
grounds），他強調研究應該採取一種互為主客、互照互省的方法，也頗受
重視。[72]其後，他轉向道家美學的現代闡釋，更受到臺、港、中三地比較
文學界的重視與討論。[73]本書在編選評述文章中，仍挑選了數篇代表性的
論述，可供研究者進一步閱讀，亦可與葉氏的創作相互參照，應當會更有
體會。

　　隨著文學史料的深度發掘，訪談法受到重視，加以跨區域研究的視野
開展，近年來有關葉維廉研究又有不同的面向，舉凡：一、注意到葉維廉
青年時期，對 1950 至 1960 年代臺港現代主義詩學與新批評理論的貢獻；
二、青年葉維廉以遊子、詩人、評論家、學者、現代主義的旗手等多重身

---

[70]樂黛雲，〈為了活潑潑的整體生命——《葉維廉文集》序〉，《廣東社會科學》2003 年第 4 期，頁
141。
[71]張大為，〈古典境界的現代生長——論葉維廉的學術理路及其啟示意義〉，《陰山學刊（社會科學
版）》第 20 卷第 1 期（2007 年 2 月），頁 5～11、24。
[72]張海明，〈中西比較詩學的歷史與發展〉，《北京師範大學學報（社會科學版）》，總第 145 期
（1998 年 1 月），頁 72～79。
[73]王麗，〈道家美學影響下的中西比較詩學——關於葉維廉的比較詩學〉，《當代文壇》2006 年第 5
期（2006 年 9 月），頁 131～133。劉紹瑾、倡同壯，〈葉維廉比較詩學中的莊子情結〉，《文史
哲》總第 278 期（2003 年 9 月），頁 124～130。閆月珍，〈葉維廉對道家美學的現代闡釋〉，《暨
南學報（哲學社會科學版）》總第 126 期（2007 年 1 月），頁 4～10、152。向天淵，〈葉維廉比較
詩學的貢獻與局限〉，《四川外語學院學報》第 23 卷第 2 期（2007 年 3 月），頁 28～32。段俊
暉、路小明，〈洞見與盲視：對葉維廉中國文論思想的幾點反思〉，《西南大學學報（社會科學
版）》第 33 卷第 5 期，頁 137～142。

分，在 1950、1960 年代跨區域傳播的貢獻與影響[74]；三、葉維廉在 1960
年代末一系列對現代主義小說的點評，展現在 1970 年出版的《中國現代小
說的風貌》一書，更將新批評的方法論，實踐在小說批評上；四、葉維廉
以詩畫互文的方式進行文藝革命，他的論述、展演與實踐，使現代主義美
學在兩地有堅實的論述與創作[75]；五、葉氏的翻譯與英文詩的寫作，在
美、臺、中等地的影響；六、葉氏的日記、手稿與遊記等一手資料，可提
供版本與手稿學的研究與議題開發。

　　華文文學史的書寫上，過去太膠著在某一個地域文學創作、文學批評
的現象描述，以至於對於曾經客居的作家與學者，產生一定程度的漠視。
葉維廉過去的先鋒地位一度受到讀者與研究者的忽視。所幸海內存知己，
文學研究者與文論家始終沒有忽略經典作家的重要性，未來如能以跨區域
傳播的角度統整研究，深入中國古典、比較文學與現代思潮，相信葉維廉
的淵博與創作之勤，絕對是饒富意義的研究主題，等待更多當代文學史與
批評史的研究者，再加探討與發現。

參考書目

- 王麗，〈道家美學影響下的中西比較詩學——關於葉維廉的比較詩學〉，《當代文
  壇》2006 年第 5 期（2006 年 9 月），頁 131～133。

- 王文興，〈思維詩的來臨——評介葉維廉近期的詩和散文〉，《一個中國的海》（臺
  北：東大圖書公司，1987 年 4 月），頁 199～211。

- 王光明，〈香港的「客居」批評家〉，《天津社會科學》1997 年第 6 期（1997 年 12
  月），頁 93～99。

- 王建元，〈戰勝隔絕——馬博良與葉維廉的放逐詩（上、下）〉，《中外文學》第 7 卷
  第 4、5 期（1978 年 9、11 月），頁 34～71、42～60。

---

[74]鄭蕾，〈葉維廉與香港現代主義文學思潮〉，《東華漢學》第 19 期（2014 年 6 月），頁 451～476。
[75]須文蔚，〈追索現代主義的抒情、瞬間美學與詩：葉維廉訪談錄〉，《東華漢學》第 19 期（2014 年
　6 月），頁 477～488。

- 王家新,〈葉維廉的詩歌翻譯和翻譯詩學〉,澳門大學中國語言文學主辦「葉維廉與漢語新文學國際學術研討會」,2011 年 11 月 8 日。

- 王梅香,〈肅殺歲月的美麗／美力？戰後美援文化與五、六〇年代反共文學、現代主義思潮發展之關係〉(成功大學臺灣文學研究所碩士論文,2005 年 6 月),頁 114。

- 王德威,〈鄉愁的歸宿〉,《中央日報》,1989 年 7 月 14 日,16 版。

- 代迅,〈中西文論異質性比較研究——新批評在中國的命運〉,《西南大學學報(社會科學版)》第 33 卷第 5 期(2007 年 9 月),頁 130～136。

- 向天淵,〈葉維廉比較詩學的貢獻與局限〉,《四川外語學院學報》第 23 卷第 2 期(2007 年 3 月),頁 28～32。

- 艾略特著;葉維廉譯,〈荒原〉,《創世紀》第 16 期(1961 年 1 月),頁 28～39。

- 余欣娟,〈一九六〇年代臺灣超現實詩——以洛夫、瘂弦、商禽為主〉(東海大學中國文學研究所碩士論文,2003 年)。

- 吳佳馨,〈1950 年代臺港現代文學系統關係之研究:以林以亮、夏濟安、葉維廉為例〉(清華大學臺灣文學研究所碩士論文,2008 年)。

- 李豐楙,〈山水‧逍遙‧夢——葉維廉後期詩及其詩學〉,《創世紀》第 107 期(1996 年 7 月),頁 73～80。

- 林以亮,《美國文學批評選》(香港:今日世界社,1961 年)。

- 柯慶明,《現代中國文學批評述論》(臺北:大安出版社,1987 年 10 月)。

- 柯慶明,〈葉維廉詩掠影〉,《詩探索》2003 年第 1～2 輯(2003 年 6 月),頁 169。

- 段俊暉、路小明,〈洞見與盲視:對葉維廉中國文論思想的幾點反思〉,《西南大學學報(社會科學版)》第 33 卷第 5 期(2007 年 9 月),頁 137～142。

- 徐放鳴、王光利,〈文化身分與學術個性——論留美學者葉維廉關於中西詩學的匯通性研究〉,《徐州師範大學學報(哲學社會科學版)》第 33 卷第 4 期(2007 年 7 月),頁 1～8。

- 班鹿,〈免徐速的「詩籍」〉,《詩朵》創刊號(1955 年 8 月),頁 7～10。

- 張大為,〈古典境界的現代生長——論葉維廉的學術理路及其啟示意義〉,《陰山學

刊（社會科學版）》第 20 卷第 1 期（2007 年 2 月），頁 5～11、24。

- 張志國，〈在香港發現大陸的詩國——葉維廉的詩路起點〉，《香江文壇》總第 29 期（2004 年 5 月），頁 35～36。

- 張志國，〈中國如何改變了美國現代詩——從葉維廉《中國詩學》到趙毅衡《詩神遠遊》〉，《中國比較文學》總第 56 期（2004 年 7 月），頁 181～185。

- 張海明，〈中西比較詩學的歷史與發展〉，《北京師範大學學報（社會科學版）》，總第 145 期（1998 年 1 月），頁 72～79。

- 張漢良，〈中國現代詩的「超現實主義風潮」：一個影響研究的仿作〉，《中外文學》第 10 卷第 1 期（1981 年 6 月），頁 148～165。

- 梁新怡、覃權、小克，〈與葉維廉談現代詩的傳統和語言——葉維廉訪問記〉，《葉維廉自選集》（臺北：黎明文化公司，1975 年 1 月），頁 249～268。

- 梁秉鈞，〈一九五〇年代香港新詩的傳承與轉化——論宋淇與吳興華、馬朗與何其芳的關係〉，收錄於陳炳良、梁秉鈞、陳智德編《現代漢詩論集》（香港：嶺南大學人文學科研究中心，2005 年 6 月），頁 99～100。

- 梁秉鈞，〈葉維廉詩中的超越與現象世界〉，《創世紀》第 107 期（1996 年 7 月），頁 81～94。

- 許俊雅，〈回首話當年——論夏濟安與《文學雜誌》〉（上、下），《華文文學》2002 年第 6 期、2003 年第 1 期（2002 年 12 月、2003 年 2 月），頁 13～20、40；55～64、69。

- 陳亮，〈『鬱結』：從文化心態到美學形態——讀葉維廉《雨的味道》〉，北京大學中國新詩研究所、首都師範大學中國詩歌研究中心主辦「葉維廉詩歌創作研討會」，2008 年 3 月 29～30 日。

- 陳厚誠、王寧，《西方當代文學批評在中國》（天津：百花文藝出版社，2000 年 10 月）。

- 須文蔚，〈葉維廉與臺港現代主義詩論之跨區域傳播〉，《東華漢學》第 15 期（2012 年 6 月），頁 249～273。

- 須文蔚，〈追索現代主義的抒情、瞬間美學與詩：葉維廉訪談錄〉，《東華漢學》第

19 期（2014 年 6 月），頁 477～488。

· 葉維廉，〈快樂因孤獨而哭了：致瘂弦‧四十九年四月三日〉，收錄於張默主編《現代詩人書簡集》（臺中：普天出版社，1969 年 12 月），頁 86～87。

· 葉維廉，〈詩的再認〉，《創世紀》第 17 期（1962 年 8 月），頁 1～12。

· 葉維廉，〈走過沉重的年代〉，《雨的味道》（臺北：爾雅出版社，2006 年 10 月），頁 5～68。

· 葉維廉，〈回憶那些克難而豐滿的日子——懷念夏濟安老師〉，收錄於柯慶明主編《臺大八十，我的青春夢》（臺北：臺灣大學出版中心，2008 年 11 月），頁 86～103。

· 葉維廉講，〈我的文學自傳〉，《臺灣大學新百家學堂文學講座 1：臺灣文學在臺大》（臺北：臺灣大學出版中心，2012 年 5 月），頁 96～137。

· 葉維廉，《詩體驗》（臺北：臺灣大學出版中心，2010 年 10 月）。

· 解昆樺，《臺灣現代詩典律的建構與推移：以創世紀詩社與笠詩社為觀察核心》（臺北：鷹漢文化公司，2004 年 7），頁 455～456。

· 解昆樺，〈葉維廉《移向成熟的年齡》現代詩手稿中詩語言濾淨美學〉，上海交通大學、上海魯迅紀念館主辦「中國作家手稿及文獻國際研討會」，2014 年 8 月 15～17 日。

· 臧運峰，〈新批評反諷及其現代神話〉（北京師範大學文藝學博士論文，2007 年）。

· 劉茉琳，〈論葉維廉散文創作〉，《華文世界》2014 年第 5 期（2014 年 10 月），頁 125～128。

· 劉紹瑾、侶同壯，〈葉維廉比較詩學中的莊子情結〉，《文史哲》總第 278 期（2003 年 9 月），頁 124～130。

· 樂黛雲，〈為了活潑潑的整體生命——《葉維廉文集》序〉，《廣東社會科學》2003 年第 4 期（2003 年 8 月），頁 139～144。

· 鄭蕾，〈香港現代主義文學與思潮〉（香港嶺南大學中文系博士論文，2012 年）。

· 閆月珍，〈葉維廉對道家美學的現代闡釋〉，《暨南學報（哲學社會科學版）》總第 126 期（2007 年 1 月），頁 4～10、152。

- 瘂弦，〈葉維廉〉，收錄於瘂弦、張默合編《六十年代詩選》（高雄：大業書店，1961 年 1 月），頁 152。

- 廖棟梁、周志煌編，《人文風景的鐫刻者——葉維廉作品評論集》（臺北：文史哲出版社，1997 年 11 月）

- 簡政珍，〈放逐詩學——臺灣放逐文學初探〉，《中外文學》第 20 卷第 6 期（1991年 11 月），頁 14～24。

- 顏元叔，〈葉維廉的「定向疊景」〉，《中外文學》第 1 卷第 7 期（1972 年 12 月），頁 72～87。

- 翁文嫻，〈「定向疊景」時期的爆發能量——早期葉維廉詩的突破與困境〉，《臺灣文學研究集刊》第 5 期（2009 年 2 月），頁 59～84。

- 洛夫，〈詩之邊緣〉，《詩的邊緣》（臺北：漢光文化公司，1986 年 8 月），頁 158～164。

- 屠岸，〈讀葉維廉的中國新詩英譯隨感〉，《中國翻譯》1994 年第 6 期（1994 年 11月），頁 28～31。

- Gérard Genette 著；史忠義譯，《熱奈特論文集》（天津：百花文藝出版社，2001 年1 月）。

- Jerome Rothenberg 著；蔣洪新譯，〈龐德、葉維廉和在美國的中國詩〉，《詩探索》（理論卷）第 1～2 輯（2003 年 6 月），頁 320～326。

- Jerome Rothenberg 著；簡政珍譯，〈葉維廉英文詩集《在風景的夾縫裡》序〉，《創世紀》第 99 期（1994 年 6 月），頁 74～75。

- Chunlin Li, "A Creative New Start: Wai-lim Yip in China", *Chinese Literature Today*, VOL. 3 NO. 1&2(2013), pp.122-125.

- Cleanth Brooks, *The Well-wrought Urn: Studies in the Structure of Poetry* (London: Methuen, 1947).

- David Lodge, *The Art of Fiction: Illustrated from Classic and Modern Text*s (New York: Penguin, 1994).

- John Crowe Ransom, *The New Criticism*, (Westport, Conn.: Greenwood Press, 1941).

- Julia Kristeva, "Word, dialogue and novel", in, *The Kristeva Reader*, ed. Toril Moi (UK: Basil Blackwell, 1987), pp. 35-61.
- 網站：臺灣大學「中國新山水詩人：葉維廉」。最後瀏覽日期：2015 年 10 月 7 日。

  http://www.lib.ntu.edu.tw/events/manuscript/yip/default.htm
- 網站：國家圖書館「當代名人手稿典藏系統」。最後瀏覽日期：2015 年 10 月 7 日。

  http://manu.ncl.edu.tw/nclmanuscriptc/nclmanukm

輯四◎
重要評論文章選刊

走過沉重的年代

◎葉維廉

《雨的味道》是我的第 13 本詩集，裡面的詩完成於 2000 到 2006 年之間。我在 1953 年左右開始寫詩，到現在已經過了半個世紀，我想趁這個機會回顧一下我和我同代人的心路歷程，也許有助於年輕的讀者對那個鬱結的年代以來的蛻變有些了解。

一、開始時

（一）廣東中山、香港

我詩的生命是在香港開始的，但詩的內蘊卻比這還早在心中纏繞，那就是戰爭之血與錯位之痛。1937 年，我在日本侵略者橫飛大半個中國的炮火碎片中呱呱墮地，在南中國沿海的一個小村落裡，在無盡的渴望，無盡的飢餓裡，在天一樣大地一樣厚的長長的孤獨裡，在到處是棄置的死亡和新血流過舊血的愁傷裡，我迅速越過童年而成熟，沒有緩刑，一次緊接一次，經歷無數次的錯位，身體的錯位，精神的錯位，語言的錯位……。

童年的記憶是戰爭的碎片和飢餓中無法打發的漫長白日和望不盡的廣東中山南方的天藍。我始終沒有嚐到每天下午經過我們村屋茅棚邊叫賣的泥黑的甜餅。我說：「媽媽，才五毛錢，給我一塊好嗎？」媽媽在一天的小買賣後的疲倦裡只能用淚水支撐著笑來安慰我。豈止白天是漫長的，夜，夜真美啊，南方的夜裡什麼星都可以看得見，但，夜，夜是多麼漫長啊！媽媽原是大城香港的閨秀，是真真正正幫助生命帶到人間的接生婦（想想，我們這些用文字來發思情的詩人又算得什麼呢！）媽媽，依靠著一點

點恐懼的星光，冒著日本人突如其來的炮火，冒著野林裡埋伏的強盜的襲擊，翻山越嶺去為一個忍受了一天腹痛的農婦接生。我竟也不懂得憂慮，不停的向癱瘓在床的爸爸逼問：媽媽，她怎麼還沒有回來呢？爸爸便以他以前遠遊支那半島的異跡，用他奮鬥的、克難的意志來激發我們兄妹四人幼小的心靈，把漫長的夜填滿了他那無人會記得的抗日的英雄事蹟⋯⋯。

童年是孤獨的痛苦的碎片。

堤岸上，安靜。堤岸上，忙亂。

砰然。一棵大樹被炮火劈開，血的頭顱滾在他爸爸的身邊。

走入山谷。老師說。伏在地上，把身體貼在牆上。我們依著爆炸聲的方向辨別出海而去的敵機。

爸爸說，把這一盤飯送入養雞房裡去，叫大哥二哥不要作聲。

砰然。屋角塌下，壓死了一頭母豬，一群小豬撫屍而哭。隔壁愛罵人的桂山婆也哭了，我的田地啊！

叮叮，腳鐐，叮叮，鋤頭向頑石，叮叮，黑色的長長的山洞，泥土的氣味，山的氣味。那時，那時我幾歲？那時，那時我怕蛇，蛇，蛇，多利，多利，去咬蛇！

喝一杯鹽水，喝一杯蘿蔔水，我吃錯藥，大哥半夜到田裡去沾一身泥水把蘿蔔找到，祖母念念有詞。死是什麼啊，我幼小的心靈刻刻的靜觀我感官的變化⋯⋯撒了一夜的尿，好了。再看漫天整夜不滅的星，看五月不停的黃梅雨，和巨大無邊的孤獨──和我爸爸引入無極的憂不勝憂、樂無從樂的無助與無聊。

盧溝橋的殘殺是長大以後才讀到的，但我年幼心靈中的碎片又何嘗不是盧溝橋的顫慄呢。我兩個哥哥在每天忍受雞冀的臭味之後是逃過了掘山洞挖戰壕的酷刑，但我無千無萬的其他的兄弟們呢！死亡，豈是太平時代的人可以了解的！死亡，是天天橫陳在市街通衢沒有接受儀式的捨棄。飢餓，豈是豐衣足食時代的人可以了解的！飢餓，是天天在村路上的行屍。飢餓，是每一個清晨翻起垃圾尋食的野狗。只有曾經飢餓的人才會了解我

在吃到了一頓番薯煮爛飯時，那份快樂與感激和對那份飯香的讚賞。

　　第一次放逐：國共戰爭把我們全家趕到英國殖民地的香港，那裡「白色的中國人」壓迫「黃色的中國人」，那裡「接觸的目光是燃燒的汗，中風似的驚呆，不安滲透所有的器官、血脈、毛管和指尖……我們不敢認知尚未認知的城市，不敢計算我們將要來的那一個分站……」[1]

　　香港，是苦中帶甜的日子，對於這個倫敦、巴黎、紐約、芝加哥的姊妹城市，對我這個剛被逐離開「親密社群」的鄉下 12 歲的小孩子而言，衝擊很大：沒有表情的臉，猜疑的眼睛，漠不關心，社交的孤立斷裂，徹底的冷淡無情。彷彿是預設的成長儀式的一種試練，我第一次遭到的冷眼，或者應該說白眼，竟然來自我舅舅的一家，我專業接生的母親在醫院裡當護士，收入拮据，我們（殘廢的父親、兩個哥哥，一個妹妹）只好暫時寄居舅舅家，也許因為母親能給他們的寄居費太低，舅母和表哥表嫂的冷漠眼色和酸言酸語如箭簇在我們心中刻下無形的傷痕。沒有多久，母親就發現她微薄的薪水無法支撐一家六口的生計，我兩個哥哥得要去找工作。大哥找到了監獄的守衛工作，二哥在一家水族館打工。因為我年幼，就放過了。事實上，兩個哥哥為了我而犧牲，這樣我可以到夜間部學英文。這樣，我白天很多時候在洋房的四樓陽臺上，看彌敦道兩旁騎樓下魍魍人影眼睛總是盯著前路那樣匆匆擦肩而過，或一個人溜達溜達走遍全九龍。這是我最懷念的時段，因為我無意間發現了一些驚喜和一些不安。驚喜的是在大幅度城市化的中間還有一些還沒有被破壞的村落，像我在中山的吉大鄉那樣還保有親密社群的人情與溫暖，其中一個竟然離開我舅舅的家不太遠。但我也發現一個被快速的城市發展包圍的聚落已經變成一個黑社會活動的大本營：海洛英的交易，詐騙集團，搶匪歹徒，賭博，賣淫，非法庸醫，不一而足。這個香港人敬而遠之的聚落就是九龍城寨。裡面的居民有相當多是在國內兇狠的三反五反清算鬥爭時被迫連根拔起棄家逃離到這裡

---

[1]葉維廉，〈我們只期待月落的時分〉，《文藝新潮》第 1 卷第 11 期（1957 年 5 月），頁 29～30。結集時改為〈城望〉。

來的，這裡還包括不少知識分子，在難民逃到香港的高峰潮，一夜間臨時搭建的簡陋木屋如雨後春筍那樣密密麻麻的布滿在一些貧民區附近的山頭。事實上，即在城內一般住家洋房，當時只租到毫無間隔沒有私人空間的「冷巷」（房間之間的通道）過日子的「新移民」很多，包括女性，發生很多社會問題。原來已經是充滿漠不關心、社交孤立斷裂的城市如今因著犯罪率的增長，貧窮引發的不安，和新的社會問題產生的衝突，更增加了人與人之間的疑懼和不信任。

　　反諷地，就是在這龐大匆匆遊魂似的群眾中的焦慮與孤獨裡，我被逐向「生存意義」的求索而萌芽為詩人。是我的幸運，在無邊的憂鬱裡，在當時甚為活躍的《中國學生周報》的學生聚會裡，我認識了當時的詩人現在的名畫家王無邪。用西方的典故說，王無邪就是帶領我進入詩樂園的維吉爾。我當時談不上是個作家，更不用說詩人了，但因著他耐心的勸進，我慢慢寫起詩來，更多的鼓勵來自他的好友，當時被稱為「學生王子」的詩人崑南，不但鼓勵，而且邀我共同推出一本才出三期便夭折、但對我寫詩的成長極為重要的詩刊《詩朵》，因為在辦這三期的期間裡，我寫詩，閱讀成千以上的中外詩人，選登選譯，包括重新肯定一些 1930、1940 年代的詩人。辛笛的詩，就是在那個時候由崑南在《詩朵》上介紹認識的。在第一期裡，崑南、無邪一面舉出濃縮多義的波特萊爾和馬拉梅，一面擁抱像中國古典詩味濃厚而音韻跳躍似宋詞的辛笛。我說的閱讀成千以上的中外詩人其實都是他們兩人所提供的。我那時開始從他們私人的收藏裡，猛啃中外的詩人。我除了在鄉下小學時便開始念的《古文觀止》和舊詩之外，投入最多時間的是五四以來的詩人，尤其是 1930、1940 年代的詩人，我那時很窮，只能用手抄，也抄了四、五本他們的作品，和討論他們詩藝的文字。詩人中抄得最多的包括馮至、卞之琳、王辛笛、穆旦、杜運燮、艾青、梁文星（即吳興華，當時他們的好友林以亮給我們提供了不少他的詩，因為政治氣候吃緊，才改用此名，我後來把他的詩帶到臺灣，在我的老師夏濟安的《文學雜誌》上發表）、何其芳、臧克家、曹葆華、戴望舒

（包括他翻譯的《惡之華》）、廢名、陳敬容、殷夫、蒲風、羅大剛、袁水拍、蘇金傘等等，擇錄的批評文字有李廣田的《詩的藝術》，朱自清的《新詩雜談》，劉西渭的《咀華集》，卞之琳的《魚目集》，艾青的《詩論》等。

　　我在《詩朵》上的詩，大都是帶著一些新月不成熟的語病、「傷他夢透」（sentimental）泛濫的感傷主義的詩，我之所以能夠很快就越過去而開始凝練，就是從他們提供的作品和語言藝術的討論所激發。譬如上面李廣田等人談詩的文字，對於語言的藝術，真可謂是一絲不苟的耐心追尋，對文字、意象、意義全盤的推敲，另外他們對卞之琳的〈白螺殼〉、〈斷章〉反覆的討論，和文白互用的〈距離的組織〉的爭議所反映出來的詩意的放射性（用我後來的用語，就是祕響旁通的運作），有文字的凝練也有帶動感情、情緒的凝練。劉西渭在《咀華集》有關徐志摩的評論對我啟發尤多。「徐氏的遇難是一種不幸，對於他自己，尤其對於詩壇，尤其對於新月全體，他後期的詩章，與其看作情感的涸歇，不如譽為情感的漸就平衡，他已經過了那熱烈的內心的激蕩時期。他漸漸在凝定，在擺脫誇張的詞藻，走進一種克臘西克的節制。這幾乎是每一個天才必經的路程，從情感的過剩到情感的約束。偉大的作品產生於靈魂的平靜，不是產生於一時的激昂。後者是一種戟刺，不是一種持久的力量。」（《咀華集》，1936 年，頁103）我們又談到文字凝練在現代的意義與方式，因為象徵派以來的精采的文字雕塑是由他們的傳統力量，他們的民族共同的意識形構，聯想網絡等等促成；我們的雕塑必須落實在我們的語言傳意方式，我在他們提供的辛笛裡找到一些曙光，我在〈我和三、四十年代的血緣關係〉一文中有較細緻的討論，我這裡只想用一首他的詩略表我在無邪、崑南的引帶下思索的發現。辛笛，承著戴望舒，韻味的追尋都在字詞、造句、氣脈轉折、題旨運轉、境界重造和變體變調。我們現在只舉一首短詩以見一斑：

陽光如一幅幅裂帛
玻璃上映著寒白遠江

> 那纖纖的
> 昆蟲的手昆蟲的腳
> 又該黏起了多少寒冷
> ——年光之漸去

除了最後一句，全詩視覺的透明，可以直追甚至超過小謝的「餘霞散成綺，澄江靜如練」和謝靈運的「空水共澄鮮」，透明以外，還有synaesthesia（通感的感覺換位），陽光是那麼強烈令人彷彿聽到裂帛之聲。其次在結構上也取模於山水畫、山水詩，就是鏡頭從無限大的焦距急速縮近到一小點，如柳宗元的：

> 千山鳥飛絕
> 萬徑人蹤滅
> 孤舟簑笠翁
> 獨釣寒江雪

我對這些詩人的語言藝術極為著迷，所以我在臺大外文系的學士論文，就是把馮至、曹葆華、梁文星（吳興華）和穆旦四位詩人的詩翻成英文。後來在教比較文學、文學理論、美國現代詩、中國古典詩，和中國現代詩之餘，因為我感念從這些詩人在字的凝練上學到很多東西，而把他們的詩翻成英文，這就是：*Lyrics from Shelters: Modern Chinese Poetry 1930-1950*（New York: Garland, 1992）。

《詩朵》時期，我並沒有掌握很多外國詩，但因為無邪、崑南的勸進，也開始猛讀、猛抄，包括艾略特，第一次看到的是崑南藏書裡楊憲益的《英國現代詩選》裡艾略特的一首詩，我們就開始讀了不少他的詩，崑南後來譯了〈空洞的人〉，無邪譯了〈普魯福爾克的情歌〉（我現在不記得他有沒有發表），無邪告訴我，大陸趙羅蕤譯過〈荒原〉，但遍尋不獲，事

實上在大陸那個年代也無從尋起，是在文革以後才再現。我就決定譯〈荒原〉，在《創世紀》上發表，當年是無邪慫恿我進行的，他後來抽了一些段落加插畫在《香港時報》的「淺水灣」文藝版上發表，他後來又譯了〈焚燬的諾墩〉，我用詩的方式把我的讀後感寫成〈〈焚燬的諾墩〉之世界〉，在當時也是很新鮮的寫法，有不少讀者喜歡。我提這些事，主要是說明我們對現代詩的一種狂熱，三個人共同閱讀共同討論，共同憂慮中國文化的前途。所以我前面說《詩朵》對我的成長極為重要，不是說那本短命的詩刊已經推出什麼了不起的作品，而是說我們通過那試探而引發了語言與美學尋索的觸動。就是在這個興奮的湧動裡，我猛讀猛抄下面的外國詩人：波特萊爾（Baudelaire），馬拉梅（Mallarmé），韓波（Rimbaud），魏爾倫（Verlaine），19 世紀末詩人塞孟慈（Arthur Symons），道蓀（Ernest Dowson），早期的葉慈（Yeats），早期的艾略特（Eliot），奧登（Auden）的〈在戰時〉（包括卞之琳精采的翻譯）、〈下午禱〉（無邪譯），羅倫斯（D.H. Lawrence），狄蘭‧湯瑪斯（Dylan Thomas），金斯堡（Ginsberg）的〈吼〉，柯索（Gregory Corso）的〈炸彈〉（崑南搶先介紹的），洛爾迦（García Lorca），梵樂希（Valéry），阿波里內爾（Apollinaire），白略東（André Breton），艾呂亞（Éluard），蘇白維爾（Supervielle），聖約翰‧濮斯（St.-John Perse），亨利‧米修（Henri Michaux），杭內‧沙爾（René Char），和里爾克（Rilke）等。約略在 1956 到 1957 年之間，我在香港買到一本 Wallace Fowlie 編譯的 *Mid-Century French Poets*，我本來只是利用他的英譯閱讀裡面的超現實主義詩人白略東和其他的超現實詩人群，我一時好奇對著原文看，而發現他有一大段漏譯了，就給他寫信，他極為興奮，說很少人看得這麼仔細，問我的教育背景，說如果我是詩人則更好，這樣我們開始通信，成為第一個外國的文友，他繼續寄給我書，其中一本就是《超現實主義時代》，我按照這裡面的文章做了一些介紹，後來在臺灣認識洛夫後，就把書送給他，他後來譯了裡面的一章〈超現實主義的淵源〉。我從這些詩人的作品裡逐漸提升出來一些語言的策略，可以幫我在香港殖民

辯證下特殊現代性激蕩的經驗裡找到一種抗衡的起點。簡單的說，西方現代詩為抗拒「分化而治」和知識、人性的異化、工具化、隔離化、減縮單面化的現行社會，為了要從文化工業解放出來，並設法保持一種活潑、未變形的、未被沾汙的詩，他們要找回一種未被工具化的含蓄著靈性、多重暗示性和意義疑決性濃縮的語言。這正是我們面臨的危機所需要的激發點。後來我在道家研究中找到一個切入對話點，就是我後來講的「去語障、解心囚，恢復活潑潑的整體生命世界」，雖然兩者最終的思域是不同的。

（二）臺北

　　我雖然從香港開始，但在 1955 年考進臺灣大學的外文系，不久也參與了在臺灣的現代主義、現代詩的運動。在臺大的初期。我雖然已經認識紀弦、商禽、沉冬等人，但沒有做作品互相切磋的接觸，大部分時間一個人在圖書館裡翻閱外國的詩集和雜誌，每天把日常生活裡各種不同的經驗在日記裡試寫成詩，算是一種磨鍊吧，在這個過程中，有兩個發現，種下了我狂熱寫詩之外另闢途徑成為作學者追尋的種子。其一，我發現幾乎所有歐美翻譯的中國古典詩都歪曲了我們本源的美學向度，約略在大二的時候，就曾試圖用英文寫文章批判這個事實，但當時終究因為語言基礎未夠成熟，並沒有寫成，但我那時已經知道通過中國詩翻譯問題的討論，可以觸及中西美學間主要的差距。其二，在日記裡寫詩，有一次，我怎樣寫都寫不好，就轉過來用英文寫，沒想到一下就出來了，而且相當的不錯，後來這首詩還發表在印度的 *The Vak Review* 上面。我發現當時要寫的那首詩是敘述性比較強的詩，恰好適合用定向性分析性的英文來表達。我反過來思索，發現印歐語系翻譯中國詩時，往往把文言句硬硬套人它們定詞性、定物位、定動向、屬於分析性的指義元素的表意方式裡，而把原是超脫這些元素的靈活語法所提供的未經思侵、未經抽象邏輯概念化前的原真世界大大的歪曲了。我這個結論在當時並不這樣清楚，但 1960 年我在臺灣師範大學念英語研究所寫的碩士論文〈艾略特詩的方法論〉的一章「靜止的中

國花瓶」裡已經種下種子，開啟了我後來的 *Ezra Pound's Cathay*（1969 年），《比較詩學》（1983 年），*Diffusion of Distances: Dialogues between Chinese and Western Poetics*（1993 年），和其他有關道家美學的文章裡有關中西語言哲學、觀物感悟形態、表意策略的基本差異更深層的尋索。我的 *Ezra Pound's Cathay*，是一本通過翻譯、翻譯理論的討論進入語言哲學、美學策略的比較文學的書，是因為這本書和 1976 年用實踐及理論向西方語言策略挑戰的 *Chinese Poetry: Major modes and Genres*（中國古典詩——（由《詩經》到元曲）舉要的譯本），美國當代最重要的詩人羅登堡稱我為「The linking figure between American modernism（in-the-line-of-pound）and Chinese traditions and practices」（美國龐德系列的現代主義與中國詩藝傳統的匯通者）。

回到我在臺灣大學初期的日子，我一面在日記裡寫詩，一面和王無邪、崑南繼續用書信討論新雜誌的計畫，不然就是暑假回香港時在茶室、咖啡廳裡出點子，當時我們組織了「現代文學美術協會」，辦現代繪畫沙龍，展出現今響噹噹的臺港畫家的作品（香港的呂壽琨、王無邪、張義等，臺灣的五月和東方畫會的畫家）同時連續辦了兩本文學雜誌，其一是《好望角》（《好望角》就是我取的名字），刊登有新創意的作品，崑南很多重要的短篇小說，美國「被擊敗疲憊的一代」（Beat Generation）和歐洲現代的作品都曾在這裡出現，另一是稍早的《新思潮》，其間，我曾首先發難介紹臺灣現代詩兩種前衛的方向：存在主義式的感覺至上主義（舉瘂弦的〈從感覺出發〉與〈深淵〉）和具象詩的試驗（舉白萩的〈流浪者〉）。我們也參與從上海 1930、1940 年代帶來現代派餘緒的詩人馬朗創辦的《文藝新潮》。約略同時，我在《新思潮》上發表了〈賦格〉。這首詩給正在編《六十年代詩選》的編者瘂弦、洛夫、張默看上，被編入這本後來為臺灣現代詩定調而對後來者影響極大的集子裡。這樣不但把我放入他們推動的現代主義詩的運動裡，還特地從南臺灣的左營北上與我相會，真是「迴山轉海不作難」，並與商禽重見，談了幾個日夜，又介紹《創世紀》詩刊其他的詩

人群如辛鬱、碧果、管管、大荒等，成為忘年之交，並加入《創世紀》詩
社，除了在上面發表了許多重要的詩之外，也寫有關現代詩的文字和翻譯
西方作品，如前面提到的在 1960 年翻譯了〈荒原〉，和一系列有關艾略特
的論文；都發表在《創世紀》上，曾對中生代發生過一些激蕩作用。

二、意識危機與美學策略

香港和臺灣在 1950、1960 年代的意識危機有同有不同，而引發的美學
對策卻都從西方現代主義找到切入點，因為兩種意識危機我都同時面對，
在下面的敘述裡，在適當的地方，我會把相異的地方凸現。關於香港、臺
灣的歷史、文化情結，我們還得從現代中國文學講起。

現代中國文化、文學是本源感性與外來意識形態爭戰協商下極其複雜
的共生，借生物學的一個名詞，可以稱之為 Antagonistic Symbiosis（異質
分子處於鬥爭狀態下的共生），指的是 19 世紀以來西方霸權利用船堅炮
利、企圖把中國殖民化所引起的異質文化與本源文化的爭戰。現代中國文
化、文學一開始便是與帝國主義軍事、政治、經濟文化侵略辯證下的蛻變
與轉化，是充滿模稜性和張力的對話。

中國的現代性不是從內在經濟、政治、社會的自然演變而來，譬如，
西方將現代性與壟斷資本主義中極端工業化和城市化所帶來整體生命減縮
變形的現象相提並論；但在中國，現代化、現代性和繼起的現代主義從一
開始便與西方帝國主義霸權的殖民企業牽連，是被迫走向現代化，在表達
的本質上，在解讀的取向上，都與西方的現代不盡相同。比較有趣的是，
西方關於現代與帝國主義關係的論述，一直到近年才由詹明信（Fredric
Jameson）和薩依德（Edward Said）提出來，雖然提出來了，但西方的現代
性與其擴張主義、侵略主義有關，反映在文學上的則往往傾向於退隱入
「唯我論」及某種有意無意間的「忘卻」，包括集中在摒棄政治歷史的唯美

主義[2]，用薩依德的話說，aesthetic是一種anaesthetic，唯美主義是一種麻醉藥，「美學」即「媚學」，包括把「他者」的文化現象邊緣化，把「他者」的文化團體納入霸權中心的論述架構使其特性消之無形。

　　中國作品，既是「被壓迫者」對外來霸權和本土專制政體的雙重宰制做出反應而形成的異質爭戰的共生，他們無從「忘卻」，所以他們一連串多樣多元的語言策略，包括其間襲用西方的技巧，都應視為他們企圖抓住眼前的殘垣，在支離破碎的文化空間中尋索「生存理由」所引起的種種焦慮。有一點是最顯著的，那就是，中國作家的激情——焦慮、孤絕禁錮感、猶疑、懷鄉、期望、放逐、憂傷，幾乎找不到「唯我論」式、出自絕緣體的私祕空間，它們同時是內在的、個人的，也是外在的、歷史的激情，個人的命運是刻鏤在社會民族的命運上的，因為它們無可避免地是有形殖民和無形殖民活動下文化被迫改觀、異化所構成的張力與攪痛的轉化，像大部分第三世界的作品一樣，它們不得不包含著批判的意識。所謂批判的意識，不一定要用直指的批判語句，它可以隱藏在藝術化的語言策略裡。這些作品往往充滿了憂患意識，為了抗拒本源文化的錯位異化，抗拒人性的殖民化，表面彷彿寫的是個人的感受，但絕不是「唯我論」，而是和全民族的心理情境糾纏不分的。

　　現代中國詩人想像的建構是複雜多元，卻都是從一個「大敘述」的迎迎拒拒蛻變出來。這個「大敘述」便是要從帝國主義的諸種侵略和本土專制這兩種暴行解放出來。「求解放」（包含其間的欲望與焦慮）這個「大敘述」至今冤魂未散。「求解放」的初期，是充滿著憤怒、興奮和憧憬的。譬如「破壞偶像崇拜」（對傳統而言）言詞狂猛兇悍（如郭沫若），而同時對新中國之即將誕生有無限的憧憬、興奮、嚮往和對於其實還沒有發生的工業世界科技世界作出狂熱的沉醉。另一種沉醉則是把愛情的力量理想化，

[2]Jameson, "Modernism and Imperialism", in *Nationlism, Colonialsim and Literature*, eds. Terry Eagleton, Fredric Jameson, Edward Said（Minneapolis: University of Minnesota Press, 1990）; Said, "A Note on Modernism", *Culture and Imperialism*（New York: A. Knopf, 1993）; Said, "Representing the Colonized: Anthropology's Interlocutors", *Critical Inquiry*, 15（Winter, 1989）p.211.

彷彿可以克服萬難,解決一切的社會問題,如徐志摩部分的詩一廂情願未經痛苦(或未知痛苦)過濾的情感的決堤。不幸這個如夢的「解放」的「福音」,有相當多的信徒。「求解放」這個「大敘述」的另一種書寫,是從前述的「沉醉」裡醒悟的作家,對傳統積澱下來的極權制度——由政制到家制——這個噩夢之揮之不去作出抗議和批判,如「批判的現實主義」的小說,反映在詩的大都傾向於敘事體。而在反帝反封落空之餘,另一個發展便是由憤怒走向為革命而吶喊的革命文學,是「行動第一,藝術第二」、時時落入只有革命激情而沒有藝術可言的口號詩。因為要促使「行動」,這些詩往往是以「介入說唆」為主,語言的藝術的考慮被降到最低。

在 1950、1960 年代之前,香港雖然做為英國殖民地已經快有一個世紀了,照講,應該有很多被殖民的經驗,也有壟斷資本主義中極端商業化和城市化所帶來整個生命減縮變形的現象,應該很早就進入在支離破碎的文化空間裡尋索「生存的理由」所引起的種種焦慮,但香港早期的新詩完全沒有這樣的痕跡,除了鷗外鷗的一些反殖民口號多於內心尋索絞痛的革命情緒的詩之外,大部分都追隨五四以來以敘述為幹的寫實詩或如夢的沉醉的訴情詩。在香港新詩始發的 1920 至 1940 年代,香港做為英國殖民地的文化生存的意義,沒有人作過很多的思考,到 1950、1960 年代才開始自覺地注意到民族意識的空白與英國殖民教育弱化民族意識的潛在意義。

1920、1930 年代,很多是南來的作家,因著戰亂,尤其是因著避開日本侵略者橫飛大半個中國的炮火和殘殺而逃到香港,多多少少是帶著過客的心態,心懷故土多於情繫香港本身,所寫的事物,雖然出自香港,而往往還是寄情於中國。但這也並不是說這份家國的情懷不是香港文化根的一部分,事實上,如果沒有這份中國文化的情繫與關懷,香港文化恐怕也不容易發展為帶有自覺的文化文學後續的發展,而香港現代主義的興發,是一個重要的轉化媒介。

1950、1960 年代的香港、臺灣現代主義思潮的興起,是由幾種因素構成。

　　其一，抗戰勝利還沒有透一口氣，狂暴的內戰又把中國人狠狠的隔離，飽受多重錯位的絞痛。這次逃到香港、臺灣的學者、作家，情況特殊，國內的變遷，三反五反和連連的清算鬥爭到後來鐵幕的形成，很快便意識到，這一次身體的離散可能是永久的，所謂永久的，是說有生之年未必可以回去，他們對家國的愁傷是網結塞蹇的鬱結。（現在回頭看，他們的預感又何其的真實啊，親離子散凡四十年！）

　　其二，永絕家園對香港的作家而言（臺灣作家面對的現實見「其四」），就是要面對這個原來以為暫居之地的現實而把原來模模糊糊的「身分認同的問題」尖銳化，「身分認同的問題」的第一要素就是文化認同的思索。在香港，雖然像Albert Memmi所說的構成文化認同意識的四要素——歷史意識、社會意識、宗教或文化意識和承傳、持護文化記憶的語言——並沒有像某些非洲土著民族那樣被全然毀滅，但被高度的弱化。英國殖民者宰制原住民的策略，其大者包括殖民教育採取利誘、安撫、麻木製造替殖民地政府服務的工具，製造原住民一種仰賴情結，使殖民地成為殖民者大都會中心的一個邊遠的羽翼，仰賴情結裡還包括弱化原住民的歷史、社團、文化意識，並整合出一種生產模式，一種階級結構，一種社會、心理、文化的環境，直接服役於大都會的結構與文化，西方工業革命資本主義下的「文化工業」，即透過物化、商品化、目的規畫化把人性壓制、壟斷並將之工具化的運作，便成了弱化民族意識的幫兇，殖民文化的利誘、安撫、麻木和文化高度的經濟化商品化到一個程度，使任何殘存的介入和抗拒的自覺完全抹除。在文化領域上，報紙的文學副刊和雜誌泛濫著煽情、抓癢式的商品文學[3]，大都是軟性輕鬆的文學，不是激起心中文化憂慮的文學，其結果是短小化娛樂性的輕文學，讀者只作一刻的沉醉，然後隨手一丟，便完全拋入遺忘裡，在文化意識民族意識的表面滑過，激不起一絲漣漪！對歷史文化的流失沒有很大的悲劇感，偶然出現的嚴肅認真的聲音，

[3]其中也有人利用每天的方塊文字轉化為文化批判，譬如戴天的專欄。這個特色應該有專文討論。

一下就被完全淹沒。

我在〈自覺之旅：從裸靈到死──初論崑南〉（1988 年）[4]一文裡拈出
1950、1960 年代兩個常見的文化符號：「白華」（黃色皮膚內在化了殖民者
的政治議程和心態的中國人）與「皇家」（從會考到打政府工或會考後念港
大再留學英國回來當新聞官、督察不假思索或無自覺地熱衷於「為皇家服
務」的現象），就是殖民教育裡弱化民族意識的一些徵象。我在文章裡有詳
細追索分析，崑南強烈地感覺到大多數的人機械地過著「麵包是主義、玫
瑰是階級」的生活，因為思索文化身分而迷惘和因為對這份文化意識的空
白的自覺而憤怒、悲傷、無奈、失神至「死亡」。在此，我們只要看他兩段
話就了解他的憤怒與傷愁：

> 我們年輕的一群絕不能安於鴕鳥式的生活……我們的確不忍是一塊塊鋪
> 築在路上的頑石，服從可悲的沉默，為另一個民族的踐踏。（巨人中國
> 啊，你當年不曾傲視過一個戰後的世界嗎？）我們的確不忍在覺醒與癱
> 瘓間，不忍在仇恨與遺忘裡，不忍在信念與懷疑下，不忍在不安與苟安
> 中……不忍如此走入高大的建築物裡，做為機器的一輪……化為附屬的
> 零件……。
>
> ──〈現代文學美術宣言〉

但有了自覺的人，如他的《地的門》的主人公葉文海，像崑南自己，也找
不到文化的依據來支援他們去抗衡殖民文化工業的壟斷和民族自覺的鎮壓
這雙重人性的歪曲：

> 世界，像整座高山朝他滾來。國家民族是一場風沙，使他睜不開眼皮。
> 中國人是苦難的。是命定苦難的嗎？人口登記。在香港出生就是英國居

---

[4] 見陳炳良編，《香港文學探賞》（香港：三聯書店，1991 年 12 月）。

民。黃皮膚黑眼睛仍然是英籍居民。臺灣是祖國。大陸是祖國。國家的
巨體分成兩截，民族的氣魄流散了。中國人仇視中國人。中國人殺害中
國人。外國人統治中國人，外國人劫掠中國人……中國人何去何從？[5]

　　無邪在他的〈成長之歌——獻給葉維廉〉（1957 年）[6]和〈1957 年春：
香港〉裡面有相同深沉的無奈。後者是與崑南重寫無名氏關於一個民族的
流放的《露西亞之戀》為電影鏡頭意識流合成的〈悲愴交響樂〉同時發表
在《文藝新潮》第 13 期。（同期無邪用伍希雅（國語發音就是無邪）的筆
名寫了一篇〈火焰的時刻〉，寫的是《詩朵》早夭的歷史和一些欲望與傷
愁。）且聽無邪的悲情：

「我欲升天天隔霄／我欲渡水水無橋／我欲上山山路險／我欲汲井井泉
遙」時間沉重著而魯莽的時刻過後希望／的時刻過後荒唐的時刻過後遺
忘／的時刻過後我們安在？……我們不是星宿。無方位。無起始。無終
點／非鴻毛。非扁舟。非葉。而又飄蕩著／他日成為苔碑上的名字，被
百子千孫所嘲笑而廢棄。……時間沉沉重重，壓在我們身上……我
們……不安／曲腰穿過危樓與大廈的夾縫中／血色的危機中。趺疐的角
聲／痛苦的嘈吵，常常如此地威脅著世界／我們到最後尚否信任自己全
部的／理性行為，依從著非自己的意志／進入這一重門，然後門深深地
鎖著／鎖著我們的欲望……我們欲望些什麼？……
我們欲望些什麼呢？……我們不知道……為自己精力的蛇蠍，不知道／
何謂血？何謂汗？何謂生存與死亡／夢行者拖曳著。拖曳著機械的世界
／世界因而移動，狹小而移動著的世界／時間沉沉重重，因每一步伐而
加重／樣本抑標本——Sir，你底忠誠的僕人／一生奉公守法，小心翼

---

[5] 《地的門》（香港：現代文學美術協會，1961 年），無頁碼。
[6] 王無邪，〈成長之歌——獻給葉維廉〉《筆匯》（革新號）第 2 卷第 11～12 期（1961 年 11 月），頁
58～61。

翼,多麼像

一等華人

啊,蒼蒼蒸民你們毫無面目地／扮演了歷史的配景……我們更加可悲。

我們就是反映和被反映／以血肉之軀疊成了別人的禦座而不是／自己的
長城……興亡的野史有誰津津樂道又有誰駐足而聽／有誰為之感慨而激
昂,有誰有好奇心／願追溯一代的殘夢?

——〈成長之歌〉

我們看到的全部／是青灰的頑石疊成莊嚴的長方形／立體。世界從沒有
如此充實的內容。人類是其中的蟻群,對本身的渺小／儘管有怨言,但
文明是高高的築起了,／日趨偉大,已開始統治我們的一生……

時代與你們相違:呵盡可能／眼睛的湖沼容得下宇宙,太平山／推翻
了,依然逃不掉全中國的陰影／屍布般的覆蓋!彷彿歷史的光榮／突然
為上代的紀念,甚至方塊字／被遺忘如同古物,也不復有姓氏,／但見
到處處有奴性的光彩驕人!

——〈1957 年春:香港〉

自覺是「破」與「立」之始,在當時的有心無力感確有刀攪之痛。我記得
我們在一起的時候,曾對崑南說,誰叫我們生來是「自覺」的文化人呢,
沒有自覺的人就沒有我們的沉鬱!但我們沒有放棄文化重建的試圖,沒有
放棄現代主義的一個重要的指向:通過真詩找回那未被扭曲汙染的人性。

其三,不少作家被迫離開大陸母體而南渡香港或臺灣,在「初渡」之
際,頓覺被逐離母體空間及文化,永絕家園,在「現在」與「未來」之間
焦慮、遊疑與彷徨;「現在」是中國文化可能全面被毀的開始,「未來」是
無可量度的恐懼。1950、1960 年代在香港、臺灣的詩人感到一種解體的廢
然絕望。他們既承受著五四以來文化虛位之痛,復傷情於無力把眼前渺無
實質支離破碎的空閒凝合為一種有意義的整體。在當時的歷史場合,如何
去了解當前中國的感受、命運和生活的激變以及憂慮、孤絕禁錮感、鄉

愁、希望、精神和肉體的放逐、夢幻、恐懼和遊疑呢？站在現在與未來之間冥思遊疑，「追索」、「求索」，回響著屈原的「路曼曼其修遠兮，吾將上下而求索」。我們並沒有像有些讀者所說的「脫離現實」，事實上，那些感受才是當時的歷史現實。

　　這裡牽涉到幾個感受與表達的因應問題。面對中國文化在遊疑不定裡可能帶來的全面瓦解，詩人們轉向內心求索，找尋一個新的「存在理由」（raison d`être），試圖通過創造來建立一個價值統一的世界，那怕是美學的世界！來彌補那渺無實質的破碎的中國空間與文化，來抗衡正在解體的現實。（洛夫說：「寫詩即是對付殘酷命運的一種報復手段。」）譬如商禽的〈無質的黑水晶〉轉向身體的內裡求索「我」之為「我」真質所發出的近乎存在主義的傷痛。另一個感受與表達的因應問題，由於我們站在現在與未來之間冥思遊疑，我們很自然地便打破單線的、縱時式的結構，進出於傳統與現代不同文化的時空，作文化歷史聲音多重的回響與對話（如崑南的〈悲愴交響樂〉，瘂弦的〈深淵〉，我的〈賦格〉）。

　　在當時的歷史場合裡，「追索」、「思索」便成了常見的母題，當時的詩裡，「在哪裡？」、「去哪裡呢？」、「我該怎辦？」、「我是誰？」是常見的語態。我個人的〈賦格〉（1958～1959 年），當時一口氣未經計畫的寫下來，竟然湧現的盡是過去與未來之間感到文化凝融喪失的遊疑不安的意象：

　　我在河畔，在激激水聲
　　　　冥冥蒲葦之旁似乎遇見
　　群鴉喙銜漂浮的生命：
　　　　　　往哪裡去了？

詩的結尾：

　　君不見有人為後代子孫

　　　追尋人類的原身嗎？
　君不見有人從突降的瀑布
　　　追尋山石之賦嗎？
　君不見有人在銀槍搖響中
　　　追尋郊諦之禮嗎？…
　究竟在土斷川分的
　絕崖上，在睥睨樑櫃的石城上
　我們就可以了解世界嗎？
　　　我們遊過
　千花萬樹，遠水近灣
　我們就可以了解世界嗎？
　　　我們一再經歷
　四聲對仗之巧，平仄音韻之妙
　我們就可以了解世界嗎？

　　湧現的竟是古代樂府〈戰城南〉的流屍萬里的文化記憶冥冥盤旋糾結，在我這個黯然 20 歲青年眼前的碎片，不是看盡崇偉的絕景精雕的古蹟，不是行萬里路看盡自然百態，不是吟盡萬卷詩就可以找回我們生命的完整。

　　在我們被漩入這種遊疑不定的情緒和刀攪的焦慮的當時，流行的語言（所謂「反共文學」）卻完全沒有配合這個急激的變化；事實上，可以說完全失真。由於宣傳上的需要，激勵士氣，當時一般在報章雜誌上的作品，鼓吹積極意識與戰鬥精神，容或有某種策略上的需要，卻是作假不真，事實上，和中共的普羅革命文學來比，口號雖異，八股則一。所謂語言的藝術性，除了避開老生常談的慣用語之外，還要看它有沒有切合當時實質的感受。當時詩人們在語言上的實驗和發明，必須從這個關鍵去看。瘂弦在他長詩〈深淵〉說：「激流怎能為倒影造像？」臺灣的現代詩人們的職責之一，就是通過語言美學的考量，一方面因為歷史經驗的盤旋糾結，一方面

文化錯位激發的心理的複雜性，詩人們走向濃縮多義的意象的營造，在這裡，他們進入了象徵主義以還現代詩投射的跡線：從 Lyric 核心作非敘述迂迴曲折多方放射濃縮的瞬間進行（見後面關於西方現代主義的說明）。

其四，這裡，我們有需要凸現臺灣當時的政治氣候。國民黨蔣政權移臺後，跟著為了抗共，臺灣被納入世界兩權對立的冷戰舞臺上，當時雖號稱「自由中國」（與極權的「共產中國」相異的意思），但當時政府的「恐共情結」是如此之失衡，幾近心理學所說的妄想、偏執狂（Paranoia），好像共諜林立，草木皆兵似的，肅清和有形無形的鎮壓的「白色恐怖」更變本加厲，被迫害的作家除了本土無辜的知識青年外[7]，還有持異議的遷臺作家，在整個文化氣氛上，尤其是 1950、1960 年代，文字的活動與身體的活動都有相當程度的管制，而作家們都在下意識地做了內化的文字檢查。這種「禁錮」的感覺，在洛夫早期〈靈河〉（1957 年）的一句詩「我是一隻想飛的煙囪」已見端倪。這裡不是少年幻想飛向夢境，而是戰爭傷殘後，從多次死亡逃出來、隨軍隊渡過臺灣海峽永絕家園的追望，不是一隻「想飛」、「雲遊」的輕盈的鳥，而是飛不起來的孤寂黯然的煙囪。飛不起來的飛的欲望，便構成他後來全部詩作的努力，用沛然騰躍、塞乎天地的氣勢，來克服和取代那思想肉體之被禁錮。[8]這可以說是他同代人的共同感受。詩人們的特殊「孤絕」與「憤怒」的成因相當複雜，有燃眉的近因，有深遠難解的遠因，有生存的威脅，有語言的危機，以及文化承傳的焦慮。他們帶著 1930、1940 年代的語言美學的關懷，渡海到臺灣的「禁錮」感，不只是個人的，而且是全社會的。當時的臺灣，自美國第七艦隊進入臺灣海峽後，名義是協防，事實上是口號叫得響亮的「反攻大陸」的完全絕望。政府「恐共情結」的偏執狂，更是變本加厲。瘂弦在 1981 年〈現代詩三十年的回顧〉裡說：「1950 年代的言論沒有今天開放，想表示一些意

[7]關於「跨語言的一代」如林亨泰等所受到的鎮壓我已有另文處理，見我的〈臺灣五十年代末到七十年代初兩種文化錯位的現代詩〉，《中國詩學》（增訂版）（北京：人民文學出版社，2006 年 7 月），頁 296～328。
[8]同前註。

見，很難直截了當地說出來：超現實主義的朦朧、象徵式的高度意象的語言，正適合我們，把一些社會的意見和抗議隱藏在象徵的枝葉後面。」

「永絕家園」的廢然絕望確是當時的傷痛，但他們不能說。當時的詩人們，有意無意間採取了一種「創造性的晦澀」、「多義性的象徵」與「借語／借聲」（一如杜甫〈秋興八首〉中之借漢史諷唐）。譬如當時在我寫中國人的流離、離散經驗的〈賦格〉的半途突然浮起幼年時背過的一首古詩：「予欲望魯兮，龜山蔽之，手無斧柯，奈龜山何」，才驚覺被內在化的無形禁錮的絕望。最明顯的例子是雷震的案子，他寫的〈反攻無望論〉帶給他十年的身入囹圄，1957 年前後臺灣現代詩中所發散出來比此更深的絕望感則安然過關。

而在香港，反諷地，在這個失去了文化身分，或者說妾身未明的1950、1960 年代的香港，卻成了中國文化承傳可能有復活契機的場域！大陸和臺灣對新文學傳統的封鎖，新文學承傳所依恃的新文學的書，只有在香港才找得到、讀得到！

在大陸，毛澤東三篇文章「欽定」一條文藝路線。三篇文章是〈五四青年運動〉（1939 年）、〈新民主主義論〉（1940 年）及〈延安文藝座談會講話〉（1942 年）。在這些文章裡，他堅持認為五四運動完全是由「無產階級領導的、反帝反封建的、普羅大眾的文化運動」。在這一條「欽定」的歷史路線上，文學史不能提胡適、新月派和其他城市知識分子。至於 1940 年代一批潛心於詩藝的詩人，更是隻字不提。毛澤東為了鞏固他的獨裁政權和一言堂，他疊次推動種種的整風運動，把作家的自由創作精神欲致諸死地而後已。這當然是另一種創傷性最大的中國文化的異化。這時期的文化禁區，包括了所謂封建餘毒的古典文化文學，五四的代表主觀主義和批判精神的全部作品，五四以來有心為詩藝為新文化努力塑造的全部作品，幾乎所有西方的作品。

另一方面，國民政府南渡臺灣以來，在沒有中共那種整風、鬥爭運動的基礎上，在中國文化的承傳上，雖不能說盡如人意，但不能不說有了復

甦和發揮的轉機。在這個過程中，有些不理想的發展，產生了很不健康的文化文學的缺失。1.是上述的「恐共情結」帶來相當嚴厲的肅清和有形無形的鎮壓。2.是書刊的禁止流通和課本中五四以來文學的「消毒」。使很多作家無法與新文學傳統，尤其是 1930、1940 年代的詩集、小說接軌。在圖書館裡，往往有目無書。

　　香港雖然也不是說什麼書都有，但重要的 1930、1940 年代作家的書，很多還能夠找得到，我就是受惠者之一，而沒有受到斷層之痛。

　　契機的另一個層次，就是香港特有的自由思想的形成。（這是當時的臺灣所沒有的自由。）詭奇得有時難以置信，有時被人稱之為「殖民心態」、我們認為「民族意識淡薄」的香港人反諷地成為一群不經易被各種不同意識形態左右、心靈開放的讀者，在中國長期關閉的日子，他們雖要關心而又無從關心而變得無奈和冷漠，對左對右都不願意付出忠誠，在大致不必擔心文字獄的殖民地香港，讓五光十色的政治議程在胸中流過，雖然也可能流而不留，可是長期的印染，卻積聚成一種視自由為本然的胸懷，接受種種不同的看法和意見，1950、1960 年代的作家尤其如此。只要你有心，就會找到你要看的書。在新文學的傳統裡，創作者幾乎大半是受過雙語雙文化洗禮的，在 1950、1960 年代的香港詩人、小說家，能直接馳騁於中國古典／現代和西洋古典／現代的空間上的為數也不少。不需要等到他人翻譯才可以接觸新知新境界。

　　其五，在香港方面，推廣現代主義的文學刊物、團體在 1950 年代的出現，如《詩朵》、《文藝新潮》、「香港文學美術協會」、《新思潮》、《好望角》等。其間的一些內容已經有人整理如前述。大家覺得當時最缺少的是理論的建構，也是後來在他編的《香港短篇小說選（六十年代）》寫的序〈六〇年代香港文化與香港小說〉上面有不少補充說明。[9]我在這裡想談一

----

[9]現代主義的文藝觀，經 1956 年創辦的《文藝新潮》、1959 年崑南、王無邪、葉維廉創辦的《新思潮》、1960 至 1961 年劉以鬯主編的《香港時報・淺水灣》、1963 年崑南、李英豪、金炳興主編的《好望角》等的推動，對現代文學的介紹，開始在 1960 年代有了更廣泛的影響和成熟的成果。對現代小說的討論，由早年純粹引介西方作品到了有更成熟對中文作品的引伸與專論，也是在 1960

談《文藝新潮》中一些比較容易忽略的特色。首先，馬朗可以說是上海現代主義的延續，正如紀弦把它帶到臺灣一樣，後者常提主知，主知立場，一般來說，應該是語言藝術刻意的營造。往往不是主邏輯思維的運作，但紀弦用了不少後者，雖然用了調笑的口吻。馬朗早期是師承戴望舒（如〈雨巷〉）和辛笛，用音、色的重複和變調來捕捉「情緒的節奏」和氣氛，比較重情弦感人的方法。他重新介紹在上海影響至深的新感覺派代表法國的Paul Morand和日本受Morand影響然後再影響日本與上海的橫光利一（他也提到上海當時的主腦人物劉吶鷗），也可以看出他的走向之一。但很少人談到他對現代藝術深刻的體認，他在《文藝新潮》每一期介紹一個現代畫家，他對現代歐洲所有代表性的藝術家都有獨到的認識，帶有文字介紹的計有 Picasso(1)、Léger(2)、Bruno Goldschmitt(3)、Matisse(4)、Paul Klee(5)、Modigliani(6)、Miro(7)、Roualt(8)、Chagall(9)、Utrillo（李維陵的範本）(10)、Braque(11)、Bonnard(12)、Kandinsky(13)、Mondrian(l4)、Chirico(15)，插圖的重要畫家還有Derain、Rousseau、Masson、Renoir、Monet、Rodin、Ensor、Maillot、Dufy、Dubuffet、Munch、Kokoschka、Picabia等等，囊括了幾乎全部歐洲現代主義的大師，有不少是表現主義的畫家，我現在沒有點名的還有來自美國、拉丁美洲、北歐、英國、印度，極為豐富。他的配畫，對登在《文藝新潮》上面的作品有烘托作用，譬如崑南的〈布爾喬亞之歌〉用了美國的Harold Paris的畫《我們何處去？》，他的〈窮巷裡的呼聲〉用了英國J. Armstrong的畫《信念的掙扎》，他的〈把你的愁苦當作我的愁苦──寄到死亡的第一封信〉，他用了巴西Graciano的《死亡》。他是有計畫地介紹世界的現代主義及前衛作品，不只是歐美的，

年代開始的，如李英豪的《批評的視覺》（1966 年）及葉維廉的《現象‧經驗‧表現》（1969年）。稍後還有胡菊人對小說技巧和敘事角度的討論。1960 年代崑南、盧因、金炳興等長期從事影評寫作、王無邪從事藝術評論，都比 1950 年代對現代文藝的討論成熟多了。香港在 1960 年代也開始出現了《地的門》（1961 年）和《酒徒》（1963 年）這兩本融匯現代技巧以寫作香港生活的小說。也斯，〈六〇年代的香港文化與香港小說〉（代序），《香港短篇小說選（六十年代）》（香港：天地圖書公司，1998 年 9 月），頁 1～16。

還有日本、印度、北歐、土耳其、拉丁美洲，其涉獵之廣，除了後來在臺北始發的《現代文學》，當時沒有其他的雜誌可以比擬。專輯也很可觀，法國文學專輯、世界文學專輯、英美現代詩專輯上下、臺灣現代詩專輯上下（開啟了港臺現代詩的互動、義大利小說專輯、法國現代詩，包括以Breton為首的超現實的詩，另外他又介紹了沙特的存在主義，田納西的戲劇，和對港臺都有巨大影響的卡繆（Camus），他搶先把他的《異鄉人／局外人》全部譯出登載。其中Octavio Paz（百斯）的〈一九四八在廢墟中的頌讚〉（孟白蘭，即馬朗譯，1956 年）直接影響了臺灣瘂弦的《深淵》。我不厭其煩拈出這些，是要指出他對當年的作家和讀者關於現代藝術的感性作了大幅度的提升默化，功不可沒。

在 1950、1960 年代的臺灣，情形比較弔詭。在鎮壓氣氛下，官方當時的態度有相當的管制，譬如大學裡學生辦刊物時常發生衝突，有一位僑生得到校方和僑委會的資助辦了一份學生刊物，登了一首略帶抗議當時鎮壓氣氛口氣的詩，主編受到警告，略謂你們可以風花雪月，不可以批評時政。這裡傳達了一個消息，風花雪月確是當時很多報紙副刊上反攻文藝議程外的另一條出路，但也給了我們一個空間，那就是上面講的含蓄多義。把現代派從上海帶到臺灣來的紀弦在他辦的《現代詩》裡列出橫的移植、不是縱的繼承和主知等八條宣言裡增加了「堅決反共」幾個字就是一種護身符。官方推導文藝為國家及軍中服務，其後又展開中華文化復興運動，除了與中共文藝八股無異的反共文藝之外，所推動的傳統文學，都是循規蹈矩的固定反應的載道八股，就是中堅的中文系，當年的面向，都少有創見的觀點，大概都是受了打著道德重整口號的文化政策的影響，弔詭的是現代與前衛的作品先是誕生自軍中和外文系的學生，這些作品九成以上都出現在自掏腰包的文學刊物上，報紙的副刊，除了抒情散文之外，幾乎完全沒有重量級的文藝作品。官方下的氣氛確是對文藝不利，但軍中有不少開放的人士，鼓勵創作，突出的譬如《創世紀》的作家群，而且還是政工幹校出來的，譬如瘂弦，譬如在海軍的洛夫，在憲兵隊的商禽，他們在生

活極為拮据的情況下（一個故事：商禽窮到連從大直坐巴士到臺北市看朋友的錢都沒有），潛心猛讀象徵主義以來的現代作品包括超現實主義，存在主義的作品和畫作，而成為當年的前衛與先鋒，在當年代表官方立場的言曦發動批評現代詩的論戰裡，他們的反擊還走在學院前面，我想主要的是他們被推入一個困境，也就是孤絕鬱結的情境，「鬱結」雖然是我當時提出來的用語，但洛夫、瘂弦、商禽和我都不約而同地刻寫了孤絕禁錮感，與原鄉割切的愁傷、精神和肉體的放逐、夢幻、鄉愁以及絕望、記憶的糾纏、恐懼和遊疑。洛夫在他的〈石室之死亡〉裡說：

> 我確是那株被鋸斷的苦梨
> 在年輪上，你仍可聽清楚風聲、蟬聲
>
> ——〈石室之死亡〉之一：初稿，1959 年

這裡的意象所發射出來的不只是個人的「切斷」、「創傷」、「生命無以延續的威脅、歷史記憶與傷痕則繼續不斷」的情境，而且也是社會的、民族的、和文化的「切斷」、「創傷」、「生命無以延續的威脅」和「歷史記憶與傷痕不斷」的回響。加上當時政治氣候嚴厲的肅清和有形無形的鎮壓，以洛夫的情況而言，更加複雜。他身為軍人，對政府給他的照顧難免有一份感激之情，但做為一個詩人，他不得不為那份斷傷和不安存真，在情緒上就是一種張力，反映在文字上自然也是一種張力。

臺灣現代主義在學院的生發，主要在外文系，和當時的夏濟安老師有絕對的關係，夏老師是文字藝術的信徒，在教室裡，在他辦的《文學雜誌》裡介紹亨利‧詹姆氏的字字珠璣的藝術，對後進的創作推動有加，他當時的不到十英方尺的教員宿舍，就是我們臺灣大學外文系愛好文學創作的學生朝聖的地方，我和同班同學叢甦、金恒杰，高我數班的朱乃長，低我一班的劉紹銘，低我兩班的白先勇、王文興、李歐梵等人常常拜訪，聆聽新知，其中一個重要的資訊，就是寫作必須避開「固定反應」的詞語、

意象，力求新鮮獨特。他在《文學雜誌》的文章影響至鉅，其中兩篇文章：〈兩首壞詩〉、〈一則故事、兩種寫法〉最炙人口。後來由白先勇、王文興、陳若曦、歐陽子、戴天、李歐梵一班同學推出的《現代文學》，可以說是繼承夏老師美學意念進一步的發揮。《現代文學》一鳴驚人，每期介紹一個最重要的現代或前衛作家，對現代主義運動有不可磨滅的影響，我有幸能參與推動。在《現代文學》發表重要作品的作家，除了雜誌同仁之外，還有陳映真、黃春明、王禎和，前輩如余光中、何欣、姚一葦等。真是風起雲湧。陳映真、黃春明、王禎和、何欣、姚一葦是當時走寫實路線但也推動現代技巧的《筆匯》後來的《文季》的主要作者，都能突破 1950 年代固化的寫法，為文字藝術而嘔心。

三、西方現代主義的啟示

在這裡，我們需要對現代性／現代主義的複雜情結再作一次回顧，看他們所提供的策略與含義給了香港／臺灣詩人怎樣的切入點。西方現代主義是針對現代性所作出的美學上的反應，充滿了模稜性的辯證，一面包括了這種對新事物的憧憬和興奮的一種逸樂幸福感（euphoria），但更多的是對壟斷資本主義中極端工業化和城市化所帶來整體生命減縮變形的一種抗衡，一個主要的目的，是要拆解語言的框限，回到一種原真，現代主義的詩人要追回「未變形的、未被沾汙的詩」。波特萊爾在〈光環（Halo）的丟失〉這首散文詩裡寫一個詩人——「精髓的鑑賞家，神蜜的喝飲者」——出現在一間下等酒吧裡，人們驚異的問他怎樣淪落到這裡，他說：「今天早些時，我正在快速過馬路，在混亂動盪中的泥汙間彳亍滑行，死亡從四面八方沖來，我一不小心轉身，我的光環從我頭上彳亍滑下，直落到碎石路的糞汙裡，我太狼狽，太煩亂，沒把它拾起來，我寧可失去這個揚名天下的徽章，也不要跌倒骨頭破碎……」。「光環」代表詩人在文化裡崇高的位置，他不但為宇宙萬物運作生命整體世界發聲，為社會與自然，人與自然之間聯繫溝通。是靈性的持護者。在現代極端工業化、專業化、分工化的

發展中已經沒有詩人發揮的舞臺。這也就是為什麼龐德在一首自傳的詩[10]開頭說的「整整三年，與時代脫節，努力去使死去的詩的藝術復甦，去維持古意的崇高」。

現代人的境況，就像波特萊爾另外一首詩中的那隻天鵝，可笑而又悲傷（在此我用散文方式排出）：

古老的巴黎已經逝去，城市形體變得比人心還快……某一個早晨在那清澈而寒冷的天空下，我看見一隻從籠中逃出來的天鵝，牠一面用鵝掌磨擦著乾硬的地面，一面讓純白的羽毛拖在粗糙的地上，在一條乾涸的水溝旁，這隻可憐的鳥，張著嘴，猛猛地，瘋狂地在塵埃中要洗濯牠的雙翼，滿心渴欲著牠的原鄉，呼喊著：雨水，什麼時侯你會下降？閃電，什麼時候你會憤怒？……巴黎在遽變，但我心中的憂愁一點也揮不去。這些新的宮殿，新的鷹架，大塊大塊的石頭，在舊的外城一一都變成一種寓言，而我的記憶比岩層還要還要沉重……這樣在羅浮宮前，我被一種遠見所壓迫：我想著我那偉大的天鵝瘋狂掙扎的姿態，又可笑又崇高，像所有的放逐者，被剪不斷的想望咀嚼著……

我們每一個還有靈性記憶的人，都像那失去了原鄉的天鵝那樣糾纏在原鄉的記憶裡作最後的掙扎。我們再看馬拉梅最後的一首十四行：

貞潔、活潑、晶麗的今天
它能否用醉翼一擊，為我們敲破
重困於霜雪那被遺忘了的硬湖
那未飛揚的飛揚那透明的冰河？

來自別的時空，天鵝激起了她的

[10]Ezra Pound, "Hugh Selwyn Mauberley"第一首，第一節。

宏麗，卻沒有自救的希望

因為未曾為她生存的領域歌頌

當倦愁藉著荒蕪的冬天閃閃發光

　

她的脖子全力去抖落那否定了

她的空間所加諸她身上的白色的痛苦

但顫不去那冰土絆纏著羽毛的恐怖

　

純粹的強光，注定牢困不能移的幻影

她停留在層層白眼的冷夢裡

在徒勞的放逐間把她層層地裹住

這隻彷彿只能存在美學世界裡的天鵝，以其無比的璨麗在無比的潔麗的純白裡，像波特萊爾被抽離她原鄉的天鵝一樣向反自然、反靈性的社會控訴。

　　在工業革命這個過程中，人的價值被減縮為貨物交換價值，用我常用的比喻來說，就是「見樹只見木材」，人的價值以其「用」（木材），以其生產潛能（貨物交換價值）為量度，結果是人性的異化，物質化，商品化，減縮化，也就是馬庫色（Marcuse）所說的「單面人」（one-dimensional man）的凸顯。在這個過程中，傳統文化中的「靈性」（人之為人，樹之為樹）和藝術中的「崇高」逐漸由邊緣化到稀薄到消失。

　　「光環」，「崇高」，或艾當諾（Adorno）與班雅明（Benjamin）來往書信裡所強調的「靈氣」之喪失，結果就是奧提加所說的「非人化」，韋伯所說的「鐵囚」，其運作以文化為名以經濟利益為實，艾當諾是這樣分析「文化工業」的：

　　「文化工業」就是透過物化、商品化、按照宰制原則、貨物交換價值原則、有效至上原則來規畫傳統文化的活動，把文化裁制來配合消費的需

要，把文化變為機器的附庸，把利益的動機轉移到文化的領域和形式
上，使得文化在先定計畫的控制下，大量作單調劃一的生產——是人性
整體經驗的減縮化和工具化，把商業至上主義推演到一個程度，使任何
殘存的介入和抗拒的自覺完全抹除。

按艾當諾的說法，文化的真義並不只在向人調整，它必須同時對僵化的人
際關係提出抗議。「文化工業以『進步』做為一種說詞，但實際上是『相同
性』、『重複性』、『均質性』的一種偽裝。『進步』的說詞是要告訴我們：商
業，在現代工業技術的支援下作高度的發展，給人們帶來前所未有的物質
享受，帶來我們日夕想望的『幸福人生』，告訴我們現行社會就是『幸福人
生』的體現過程，要人相信它，對現行社會的秩序不質問，不反思，要人
遵從。遵從代替了自覺。」[11]

艾當諾認為：真正的藝術必須具有解放的潛能，從上述的社會解放出
來。真正的藝術是在他們純粹昇華而仿若超然於社會或無涉於社會的狀況
下肯定其獨特的社會政治性。現代詩、現代藝術、現代音樂保持著他們的
自發性而與現行宰制性的社會形成一種張力，同時在他們超越現行狀態時
指向失落的人性；換言之，它們在所謂「社會性的缺乏」裡反而把社會壓
制自然與人性的複雜現實反映出來，美感的昇華把「文化工業」的假面揭
穿：文化工業要做的不是昇華，而是壓制。[12]是從這個關懷下說明Lyric在
波特萊爾的歷史場合和社會空間裡凸現的意義：

當編制性的社會愈超越個人，抒情藝術（Lyric）的狀態愈游離不定。波
特萊爾是第一個注記這個現象的詩人……他超越個人的痛楚而控訴整個
現代世界反抒情（反詩）的態度，通過一種近乎英雄式的風格和語言，
他在控訴中抛鑿出真詩的火花……通過……一種詩，無視於現行社會狹

---

[11]*New German Critique*, No. 6 (Fall, 1955), pp.12-19.
[12]Horkheimer and Adorno, *Dialectic of Enlightenment* (New York, 1972) p. 139, 140.

窄的、受制於歷史和意識形態屬於偏面性的所謂客觀的傳達方式……而設法保持一種活潑、未變形的、未被沾汙的詩。[13]

　　現代主義是針對現代性的美學上的反應，充滿了模稜性的辯證，而其中對壟斷資本主義中極端工業化和城市化所帶來整體生命減縮變形的一種抗衡，就是在自然體的「我」的存在性和語言的存真性都受到重大威脅下尋索生存的意義，關於前者，可以舉韓波（或譯藍波）為例，想通過猶存的「感覺」（向內心的尋索後來又發展為超脫人性減縮的工具化理性之囚的超現實主義），重新獲取「可感」的存在，這樣，也許可以把工業神權和商業至上主義砸碎的文化復活；關於後者，詩的書寫，通過語言的自覺自主自賞，彷彿可以剔除文化工業加諸它身上的工具性而重獲載負靈性的語言。而二者的尋索方式，不管是波特萊爾追尋的「人間樂土」，或是馬拉梅從文字的音樂升起來的屬於美學的「花」，都可以稱之為奧德賽（Odyssey），是融合了因為失去歸家而遊離困苦的心靈的流放和歷史知識的追尋兩個主題的知識之航（Sailing for knowledge）。這是在現代主義作品裡最常見的主題與結構（龐德，喬伊斯，艾略特，而在龐德的《詩章》（Cantos）裡還融合了但丁《神曲》裡通過 Beatrice 達致樂土的尋索方式）。

　　波特萊爾和馬拉梅從愛倫‧坡關於Lyric的新解裡發展了影響至深的詩藝理論。波特萊爾和馬拉梅都曾翻譯過愛倫‧坡的〈大鴉〉（"The Raven"）一詩，都稱他為老師／大師。我們試從坡的兩篇文章[14]裡看出做為現代主義原動力的象徵主義的蛛絲馬跡。坡認為一首詩要能抓住讀者，使他們全神貫注，必須要短。所有敘事詩，尤其是史詩，實在是一些詩的「瞬間」，用散文串連起來，換言之，史詩和敘事詩裡的「敘述」和「說明」都是散文。只有其中令人凝神的「瞬間」才是真詩。要這一「瞬間」

---

[13]"Lyric Poetry and Society", *Telos*, no.20 (Summer, 1974), p. 63.
[14]"The philosophy of composition"與"The Poetic Principle"。

有效地抓住讀者，必須經過一步一步嚴謹得像數學課題一樣地經營意象、音質、氣氛，正如他描述他寫〈大鴉〉經營的「暗」夜，「黑影」、「沉」而響亮的「樂音」（evermore，nevermore）的覆唱等等，最終目的要達到靈魂的昇華。寫詩是理想的美韻律的創造（波特萊爾兩個座標是「美」Le Beau和「理想」L`Ideal），因此他也反對「說教」，而講究通過音樂提升品味。他的話裡預示了後來摒除非詩元素的要求。

　　這裡面幾乎每一點都是象徵主義以還現代詩的指標：濃縮的瞬間、「邏輯的飛躍」（如羅列語法、語法切斷）；多線發展：並時性結構和空間並列；意義疑決性；「風格絕對論」、意象重於意念：具體重於抽象；反說明性演繹性文字和「夢的邏輯」等，但最重要的是詩要「一步一步嚴謹得像數學課題一樣地經營意象、音質、氣氛」的主張，要做到無一字虛設的凝練，就是所謂「文字的雕塑」（英文叫做 The Carving of Language，可以說是一種《文心雕龍》的美學情懷）。這一點，直接影響了龐德的「詩是一種靈召的數學——是情感的方程式」和艾略特的「客觀的對應物」和「情感的等值」，並間接影響了卞之琳（卞之琳提出的「玄思感覺化」時應用了艾略特「情感的等值」的用語；後來唐湜論穆旦時提出的「用身體的感官去思想」就是綜合了艾略特的「去感覺思想」和卞之琳的「玄思感覺化」）。

　　現代主義詩人鍾愛這個文類的一個主要原因是：無論它早期做為曲調的詞或後期做為主觀感情傳達的體式，都不強調序次的時間。在一首 Lyric裡，詩人往往把感情、或由景物引起的經驗的激發點提升到某種高度與濃度。至於常見於敘事詩中有關行為動機的縷述和故事性發展的輪廓，在 Lyric 裡常常是模糊不清的，或只有部分枝節的提示，而沒有前後事件因素的說明。甚至在利用故事抒發的 Lyric（英文成為 Story Lyric），都往往只具一些暗示性的線索而已。在一些更純粹更核心的 Lyric 裡，如象徵派的詩，如里爾克的〈給奧菲爾斯的十四行〉，則完全潛藏在詩的背景裡。一首Lyric 可以說是把一瞬間的感受的激發點的內在肌理呈升到表面，或推到文本的最前面。一首 Lyric 往往是把包孕著豐富內容的一瞬時間抓住：利用濃

縮的一瞬來含孕、暗示這一瞬間之前的許多線發展的事件，和這一瞬可能發展出去的許多線的事件。它是一「瞬」一「點」時間，而不是一「段」時間。在一段時間裡，時間的序次性才占有重要的角色，語言是序次的東西，事物仍舊依次出現，但在我們的意識裡，這不是時間的序次，而是一瞬間經驗、感受內在空間的延展，我們彷彿從經驗、感受的核心來來回回的伸向圓周，不斷回到一點時間中的激發點。則在詞調早期的模式裡，它的結構也是由一個簡單的情感、經驗的爆發，通過音樂漸次增長、重複、迴環、變化來建立一種強烈的力量。

由於是經驗、感受被提升到某種高度、濃度瞬間的交感作用，其中便有一種「靈會」，與某種現實作深深的、興奮甚至狂喜的接觸與印認，包括與原始世界物我一體的融渾，包括與自然冥契的對話，包括有時候進入神祕的類似宗教的經驗。這種冥契靈會，在意識上是異乎尋常的出神狀態或夢的狀態；在這異常的狀態中，形象（意象，象徵）極其凸出顯著，在一個與日常生活有別的空間裡，戲劇化地演現，因為不受制於序次的時間，序次的邏輯切斷或被隱藏起來，而打開一個待讀者作多次移入、接觸、重新思索的空間；詩的演進則利用覆疊與遞增，或來來回回的迂迴推進。其旋律屬於自由聯想式、冥思式，常常突破定律常規、若斷若續、不可預測地，在意識門檻的邊緣徘徊，以聲音的回響或意象的回響代替字義的串連。在運作上往往用一個具有魔力（或強烈的感染力）的形象或事件先把讀者抓住，在被抓住的當兒，往往只有一種強烈的感覺，一時間不容易理出其間的走勢、意義的層次，讀者要在其間進出遊思，始可以感到其間的複旨、複音、複意。

這些內在活動發揮到極致時，如馬拉梅後期的十四行詩，是一種超脫語言限制的詩，所謂語言限制，是象徵主義以來的一種焦慮，原是起自「語言究竟能不能把未變形的、未被沾汙的、未受思侵的世界存真」這個

哲學的思考。[15]馬拉梅從後巴別塔（Tower of Babel）語言紛亂的角度來思
索：「所有的語言都是缺陷不全的，因為太多太歧義；真正超絕的語言仍然
空缺……使到沒有人能夠保持『血肉俱全的真理』神妙的徽印。這顯然是
自然的法則……我們沒有足夠的理由要與上帝對等，但，從美學的立場來
說，當我想到語言無法通過某些鑰匙重現事物的光輝和靈氣時，我是如何
的沮喪！」[16]馬拉梅在沮喪之餘，極力要把語字從概念化的束縛裡解放出
來，讓它們，像完全獨立的事物，被移放在一個絕對的「無」裡，在寂的
空白的場域裡顫動，那裡物象和（傳統文化概念化的）語言同時被否定
後，「美」，像一束在植物界花圃上所看不見的新花，神妙地、音樂地從語
字中升起。[17]通過這個否定的程式，使人企圖還給語言奧非爾式（Orphic）
的神力：創造世界的神力。塞孟慈在《象徵主義運動》一書說：「馬拉梅的
晦澀，不是因為他書寫的方式不同，而是因為他的思想方式不同。他的思
路是省略式的……他求取與眾不同的效果，他堅持無視物與物間人為外加
的連接環鏈。」他進一步說：

> 試想一首寫下的詩，組合好的詩，它也許不夠完整，但緊結成章的環扣
> 清楚易見，其建構過程有跡可尋，便於研究。一般作家已心滿意足，但
> 對馬拉梅來說，作品才開始，最後的結果一定要無跡可尋……以謎開
> 始。然後一步一步撤去解謎的鑰匙，這樣你輕易地進入他那些後期的十
> 四行詩裡冰封不可入的奧祕。[18]

　　塞孟慈講的就是前錄的那首詩，其實用的是假語法（pseudo-syntax），

---

[15]事實上，「語言的危機」也是現代哲學絞痛憂困的「認識論的危機」。卡繆（Alberh Camus）在
〈表達的哲學論〉裡說：「要緊的是要決定我們的語言究竟是一個謊言還是真理。」從馬拉梅到
史坦兒（Gertrude Stein），從龐德到後期現代派，從克依克果（Kierkegaard）到海德格到德希達
（Derrida），這個問題彷彿從《啟示錄》驚怖神異世界的深處響起。
[16]Stéphane Mallarmé, *Oeuvres Completes* (Paris: Pleiade Editions, 1943) p.363
[17]同前註，p.368
[18]Arthur Symons, *The Symbolist Movement in Literature* (London, 1899) pp. 197-198.

就是說，從文法的立場上說，一切合乎語規，但這種連接的環鏈，並沒有澄清物與物的關係，呈現在我們面前的只有晶白爍爍的陽光的白日，貞白的天鵝，透明閃閃潔白的冰河所構成的冷夢懾人的氣氛。放射出來多層意義的顫動。用馬拉梅另一首打破序次時間包孕多線發展迂迴覆疊推進在意識門檻前若有若無若即若離的散文詩〈白睡蓮〉（也是一首 ars poetica 以詩論詩的詩）的一句話說：「像我現在所擁有的朦朧不清的意象是足夠的，它並不違反『共性』所欽定的喜悅。我說的是命令並允許把眾異的臉排除掉的『共性』……排除到……把我在完全獨立自主的情況下生發的興奮逐走。」這是詩人在文化工業以理路清明為藉口所形成的「知感工具化，隔離化，單線化」的宰制發出的抗議。要回到「知感工具化，隔離化，單線化」之前的語言運作就是要通過靈性的尋索重新強化語言濃縮多義的表意潛能。

四、1950、1960 年代香港、臺灣的現代主義

我們可以看見，1950、1960 年代香港、臺灣詩人自覺到的生存境況和意識危機的紋理取向與西方現代性及現代主義有不同程度的交疊。

先講香港，本來，香港做為一個中國人的地方，從本有的物質的發展來說，即從鴉片戰爭以來歷史的物質條件來說，不能說是受到了類似西方高度工業化的衝擊，但由於殖民主義的侵略與統治，香港在沒有工業革命的條件下，成為艾當諾所說的人性物化、商品化以及目的規畫化的文化工業的延伸，香港商品化的生命情境，在殖民文化工業的助長下變本加厲地把人性真質壓制、壟斷和工具化，以致人性承受雙重的歪曲。像西方現代主義詩人那樣，1950、1960 年代詩人覺得他們的使命也是要抗衡人性的減縮變形，也像艾當諾所了解的 lyricists（抒情藝術家）那樣要追回、重建「一種活潑潑、未變形的、未被沾汙的詩」，亦即要找回未被蒙蔽的樸真世界，這不是一般的理想主義者，而是因著個人、民族歷史病變身囚心塞的情結而發，他們上下求索，一面回應著魯迅在其《彷徨》集中的題辭，屈

原的「路曼曼其修遠兮，吾將上下而求索」，一面走入西方的奧德賽身體心靈都歸不了家遊離困苦的知識尋索之旅。崑南從裸靈（「你們脫下衣服，脫下，赤裸就夠了」，《吻，創世紀的冠冕》，頁 2），到《賣夢的人》裡面向「感知工具化」框架的挑戰（「我赤裸地走出來／真確赤裸的，真確」），要脫下的就是殖民文化工業在人們心中所建立的框架，是「見樹只見木材」「唯用是圖」的價值取向的框架，是封建殘渣的框架，到《地的門》裡主人公痛苦的追索中突然出現了一瞬的輕盈、透明、晶光閃閃的「樂土仙境」，到〈布爾喬亞之歌〉裡面詩人被迫訴諸感覺來肯定人之非物非商品的手段，都無形中回響著西方詩人的奧德賽式的尋索。馬朗在他的〈焚琴的浪子〉裡留下了兩句令人玄思的句子：

今日的浪子出發了
在火災裡建造他們的城⋯⋯

去火災裡建造怎樣的城呢？玉石之城呢？文字之城呢？這一首在 1948 年為中國戰鬥者而寫的詩在《文藝新潮》創刊號（1956 年）重新登出來，這兩句話彷彿有了新的意義，回響這創刊號的發刊詞〈人類靈魂的工程師，到我們的旗下來！〉的一段話：

我們期待過的前驅，今天都倒下來了，迷失了，停止了探詢，追尋。大家沒有方向，在衝撞，在淪落，在呼吸，然後趨向頹廢和死亡。⋯⋯在一切希望滅絕以後，新的希望會在廢墟間應運復甦，豎琴會再謳歌，我們會恢復夢想⋯⋯讓我們採一切美好的禁果！扯下一切遮眼的屏障！剝落一切粉飾的色彩！讓我們建立新的樂園！

要建造的城當然也就是理想文化的城。

　　在臺灣，當時的新知新生活當然有些影響，但不是高度物化、商品

化、非人化空間的觸發。中國第一波的現代主義產生於上海的租借區，從英美日本引進現代主義的作品，關於城市的書寫，是從被殖民的角度思考，不然就是對「摩登」的沉醉（摩登只承繼了西方現代主義一部分的意義而已：一般人對現代化有無限的憧憬，肯定工業技術的潛能，彷彿社會和自我都有無限創造改造的能力，彷彿有一種逸樂幸福感（euphoria），尤其是通過日本的新感覺主義的書寫；臺灣日治時代的承傳，雖然也通過新感覺主義，是比較主知的，也就是比較重邏輯建構思維。但在 1950、1960 年代的臺灣，在城鄉差距的思想空間上，因為還沒有太多高度城市發展構成的非人化的角落，城市空間所打開的思維不是主導的，這與香港有很大的不同，所以襲用的西方技巧，用以呈現鎮壓下人性扭曲的複雜心理現實多於外在空間的顯示。在文化的取向也是要追回、重建「一種活潑潑、未變形的、未被沾汙的詩」，亦即要找回未被蒙蔽的樸真世界，雖然歷史的因素不同。

　　但由「破」到「立」，西方現代主義給我們的啟示是：必須通過抗拒減縮人性工具化的語言找回被邊緣化的語言應有的靈性與崇高才可以出現真詩，因為要明白：光是革命或是政治改革，如果沒有了只有詩的藝術語言才能提升的崇高與霸氣，所得來的烏托邦只是沒有靈魂的軀殼而已。而真的詩必須要通過「文字的雕塑」來經營意象、音質、氣氛，所謂「文字的雕塑」，對香港、臺灣 1950、1960 年代的文化生態來說，起碼可以提供兩種建設性的思維。第一，要了解我們白話建立以來瘦弱病變的緣由。第二，「文字的雕塑」一直是我們傳統詩裡的驕傲，「詩眼」、「警句」、杜甫的「語不驚人死不休」。我們在那裡找到什麼可以與現代接軌的地方呢？後者就是我後來做為學者要重建的努力。（由我的《比較詩學》到《中國詩學》到《道家美學》。）

　　關於第一點，首先，白話裡內涵的演繹性。在白話被應用為詩的表達媒介之前，主要是三言到大型古典小說的表達媒介，在古典小說裡的詩都是文言詩，在敘述過程中需要加入詩的濃度的瞬間時，說書人／小說家都

借助中國古典詩，而從來沒有設法把白話詩化。做為線性結構的小說多是邏輯的發展、因果的關係，充滿了分析性的運作。當新詩人採用了白話做為詩的表達媒介時，白話裡所有的演繹性都帶進來了。西方科學、邏輯系統、和詩形式的引進更加深了這個趨向。因為新聞和引介西方文學急需翻譯的關係，白話有大幅度的歐化。有意無意間，不少人把西方的語法引進來解釋甚至建構句法，有時到削足適履的地步，這些彷彿要讓霸權的西方知道我們也很邏輯很科學，彷彿詩的模稜豐富是一種恥辱似的！

　　也就是因為這裡的矛盾和曖昧的辯證關係，1930、1940 年代的詩人（在大陸）和 1960 年代的詩人（在香港、臺灣）才有了對傳統的反思，企圖以中國古典傳統的美學來調整西方現代主義的策略，想達成一種新的融合做為現代主義更廣的網絡。事實上，白話詩詩語的調整和凝練的歷史跡線就是一個重要的美學議程。譬如白話採用之初，表面上看來是文言已經變得僵死無力（從我們現在的歷史場合看來這當然是偏激的說法），事實上，它的興起是負有任務的，那便是要把新文化新思想的需要很快的「傳達」到更多的人，「文言」到底是極少知識分子所擁有的語言，要將它的好處調整發揮到群眾可以欣賞、接受，是需要很多時間的，起碼在當時的歷史條件下，大家不能等（這裡穿插一句話，60 年後，我們如果仍然沒有做，便是沒有負起純化語言的使命）。白話負起的使命既然是要把新思潮（暫不提該思潮好壞）「傳達」給群眾，這使命反映在語言上的是「我有話對你說」，所以「我如何如何」，這種語態（一反傳統中「無我」的語態）便頓然成為一種風氣，惠特曼《草葉集》裡 Song of Myself 的語態，事實上，西方一般的敘述性、說明性、演繹性，都彌漫著五四以來的詩。問題是：在我們應用白話做為詩的語言時，怎樣把文言的好處化入白話裡應該是首要的考慮。但在五四初期，大家急於傳達口信（包括自我的誇大），一直到 1930、1940 年代一些詩人的努力才摸出一些頭緒來，但因為外來西方列強的侵略，隨後日本侵華引起的戰爭，再加上國共鬥爭，很多想像的思維轉向革命文學，甚至放棄原來可以深沉豐富的語言，走向「介入說唆」

與口號的單線語言運作，其後又由於政治的變遷，毛式的社會主義現實主義工農兵文學當道，以致正在試探凝練白話的詩人都被逼放棄。在前面提到的毛澤東「欽定」的文藝路線下，詩意詩藝語言變得更加瘦弱，而在香港特有的殖民文化下的文化工業的影響下再進一步帶來「感知、語言的工具化，單線化」。很幸運的，我們在香港找到 1930、1940 年代詩人和批評家在這方面的努力而讓我們承接他們的思索並找到語言凝練一些策略的起點，譬如我在〈我和三、四十年代的血緣關係〉所提到的：「意象內在的呼應」，「場景的變換」，「保持事物刻刻在眼前發生」，「戲劇場境的推進」，「事件律動與轉折的緊扣」等，幫我們完成了後來詩中利用音樂的趨勢、氣氛的凝融以達致氣氛彌漫和騰騰進展湧動的效果，在介入香港特有的殖民文化生活的歷史現實與思索個人與歷史整體的關係與位置之間，通過個人藝術風格的確立，通過與西方弓張弦緊對話的玄思，我們可以抗拒香港殖民政策下民族意識的弱化與高度文化工業對人性殺傷的雙重宰制。

臺灣 1950、1960 年代的詩和小說裡都有高度的發展，尤其是力求做到「一字不虛設」的凝練。這個時期的詩和小說，在語言的凝練上，包括文白的融匯與新詞發明，包括形式的翻新，包括交響樂的和建築式的音樂結構⋯⋯是中國新文學以來最豐富最成熟的，實實在在打開了新的視野，新的表達可能。1950、1960 年代的現代文學打垮了作假不真的「反共文學」，開出了更大的空間，讓「新生代」作多元主題技巧的探索。就是因為這個信念，我到美國的第一年就帶著一個使命，要把臺灣的現代詩翻譯為英文，初步介紹在 1964 年發表在 *Trace* 文學雜誌裡，詩選譯本在 1970 年出版 *Modern Chinese Poetry: Twenty poets from the Republic of China 1955-1965* (University of Iowa Press)。

前面說過，我在臺大大二的時候就發現幾乎所有歐美翻譯的中國古典詩都歪曲了我們本源的美學向度，1963 年艾荷華大學詩工作坊的主任保羅・安格爾看了我的英文詩邀請我到 Iowa City 不久，我除了寫詩，和翻譯一本臺灣的現代持（1970 年出版）之外，發現歐美翻譯中國古典詩造成的

歪曲。最根本的是沒有了解中國的美感思域,我本來只想留一年,現在決定要從翻譯的再創造和中國詩論兩方面的書寫來改正西方霸權式的傳釋習慣,這方面的著作就是 *Ezra Pound's Cathay*、*Hiding the Universe*(藏天下於天下:王維詩選並序)和 *Diffusion of Distances: Dialogues between Chinese and Western Poetics*(距離的消融:中國與西方詩學的對話)。我這裡不打算談我這些書,而是想跟讀者分享一個事實:在這個過程中必須比以前更深入細讀中國傳統的詩,我的狂熱與投入不弱於寫現代詩的濃烈,一面找出可以比美甚至超過西洋詩的視野、境界的語言策略,也就是我所說的文言詩一些句法的前衛性,這個發現對以詩為我精神世界的第一座標的創作者來說,更應該把它帶進白話詩裡,何況,一個錯位流離的詩人的思索空間裡,不但對過去的空間與時間特別敏感,而對古代的文化,尤其是詩,更有了合乎當前情境眷念新話語的蛻變。在這一個層次上,大陸一直不太了解我的詩思與理思互為表裡的對話,是因為(由於時空錯置所構成的)先入為主地把我的理論看成是我精神世界主要甚至是唯一的座標。在我的中翻英的著作裡,有二者對峙中的語言的搶灘之戰和協調下的新生,在我的英文詩裡亦然,而在我的白話詩的創作裡重新發明牽涉的甚多,一時也說不清,詩話中的警句曾經是我瀏覽最多的部分,因為警句所呈現的語言的凝練與雕塑正是西方現代主義詩藝所追求的極致,我們要完成的現代詩的詩藝,必須落實在我們警句的語言運作裡,從我出國前就常看的《詩人玉屑》、《草堂詩話》到一本一本的《歷代詩話》我都經常瀏覽,不是去熟讀(雖然熟讀有熟讀的好處)而是要夢入每句誕生的靈動姿動的內在形狀與戲劇性,在我英文教學(教英美現代詩和教美國人寫英文詩)時,我的用語是「the operative dynamics」(句或全詩運作的動力),這樣才可以有新語言的誕生。關於我這方面的尋索,讀者中,王建元和李豐楙曾有貼近的試論。

我在論臺灣 1960、1970 年代的現代詩時,數度提到「鬱結」,這原是

1972 年梁新怡訪問時問及我的詩為何如此濃烈時，我提出的答案。[19]但後來回頭看我的前行者魯迅以還的詩人，一直到我同代作家，無一不被籠罩在個體群體大幅度放逐、文化解體的廢然絕望、絞痛、恐懼和遊疑的巨大文化危機感裡，都可以稱為「鬱結」。在我的情況，從〈賦格〉到〈愁渡〉間的作品最為濃烈，其間，除了大型建構之外，還有不同表意策略的試探。音樂的趨勢和記憶片斷的流動，是比較顯著的湧現（湧現就是非計畫性的出現），現在回頭看，我想我的詩與卞之琳詩的行進方式有關，我曾說過從他那裡學到「現在發生性」，我說：「卞之琳利用多層次的出神狀態與漫入不同的時空，其中最重要的，是經常保持事物的『現在發生性』，要使讀者跟著詩的進展而覺著事物刻刻在眼前發生，首先要對事物加以特別的凝注，刻刻的凝注，好像在你讀到這行詩之前，該事物或事件從未發生，這包括兩個程式：先疏離後親切──先使其疏離零亂不相關的環境讓其以新鮮親切的事物顯現，如此事物可以隨意識漫行。」（見其〈春城〉和〈西長安街〉），另外音樂緩速有度也可以驅使記憶／意象流動。譬如〈逸〉捕捉的是相似〈賦格〉離散的記憶以滴滴樂句的片語湧復，明亮而迷濛，有一種甜甜的追不回的憂鬱，又如〈赤裸之窗〉、〈《焚燬的諾墩》之世界〉都是音樂流動的記憶的碎片或場景。在 1970 年吐血割胃後，風格數度改變，其間，因著妻子慈美，我們共遊了臺灣和臺灣以外不少美麗的山川，也曾寫下不少農村山光水色，但我始終沒有完全走出這個「鬱結」。是這份詩的而且更是中國文化危機的關懷與「鬱結」驅使我後來用詩一樣濃烈的情感投入中國特有的詩學、美學的尋索。

五

（一）追憶臺灣：一些明亮的片段

　　我在一篇散文〈為友情繫舟〉裡提到我情繫臺灣這塊土地，是友情和

---

[19]梁新怡，覃權，小克，〈葉維廉訪問記〉，《文林月刊》第 10 期（1973 年 9 月），頁 72～88。

愛情的力量。但在最深處，是那充滿著人情味的關懷與美的事物的呼喚，所以我們雖然為了工作常年在外，但回來的次數很多，包括數次回來客座，並參與建立比較文學博士班及辦國際會議，彷彿未曾稍離。下面是一些款款深情的事物：

1. 我們喝的也是人與人的溫暖

1955 年，在我從香港剛到臺北的第一個下午，因為已經有大半天沒有吃東西，自己從基隆路（現在的舟山路）宿舍摸出來，糊裡糊塗的，摸到公館那當時還是荒郊野田的臺北市的邊緣地帶，在街角好不容易找到一棟低矮的木頭房子，才發現有花生湯和油條。那時候是新臺幣五毛錢一碗，好吃極了，比我家鄉的杏仁糊還溜還甜。但不是因為花生湯好吃，而是因為那份令人難以忘懷的招呼，那穿著又舊又補的衣服的「阿婆桑」，她明明聽不懂我的廣東國語，竟是那麼滿臉笑容的親切，為我擦乾淨座位和熱騰騰攤子前的板條桌面，嘰哩咕嚕地說了許多我聽不懂但完全可以感覺出來、大概是慰問我是否舟車勞頓的話，是那樣熱心、淳樸、樂天和克難，使我突然有回到故鄉之感，和香港對外地人的冷眼、猜忌或漠然如遊屍的氣氛，真是恍如兩個世界。同樣地，入夜後，車塵落定，在極暗的街燈下賣一元一碗「切仔麵」的老陳，簡單的麵攤，沒有什麼材料的湯麵，上面頂多有一塊薄如紙的瘦肉，但吃起來真是一團暖氣，我想，如果真的分析起來，喝的恐怕還是味精湯吧，但我們喝的也是人與人的溫暖。

2. 三輪車

三輪車，是我最懷念的事物，打個比喻，由甲地走到乙地，可以採取兩種方式。有人為了快些到達目的地，目光只向前面看，專心一致，一口氣不停地走，四面景物視若無睹，這是趕路式；但也有人，雖然也要到達目的地，但慢慢的走，悠哉遊哉，東看看，西看看，吸取一路風光景物，和景物建立一種熟絡的接觸，這是散步式，比趕路式有詩意有人情味多了。但如果一定要代步，乘汽車是趕路，坐三輪車是散步，目的地既可到達，賞心悅目的景物也可以擁抱。我喜歡認識地方，把看地方看成結交朋

友那樣去看的緣故，我很喜歡步行，其次便是坐三輪車。我敢說，我雖然是一個來自外鄉的人，我比許多原來住在臺北市的人更熟識那時的臺北，大街小巷，我很少是不知道的。

在談戀愛期間，我坐三輪車的機會較多。談戀愛期間，坐三輪車便太有情調了，可以親密而不怕人看見，倚肩相摟，披髮迎風，任閃動的景物，如抒情的音樂，點逗你們情感起伏的跳動，至於綿綿細語，還比咖啡廳方便。事實上，三輪車，對情人來說，可以說是一個活動的私有天地，怎是豪華的計程汽車可比！及至下雨，加上了帆布雨篷，更是另有天地非人間了。

3. 會說話的美的形式

美之為美，都是因為有了跳動生命的緣故，所以，一些靜物，如房屋，突然會如靈魂從衣服裡跳出來那樣流露著一些生命的躍動，靜靜的用它們獨特的方式對我們說話，譬如 1960 年代看到的臺北大稻埕的貴德街，我們走在那條時間被靜止在深巷的街上，看兩旁荷蘭式雕欄的陽臺，英國式的門閣，法式漢味的樓梯……聞著從倉庫深處飄出來的濃烈的茶味，突然彷彿——

> 自遠遠的河面
> 顫動著
> 雨霧中寂寂的屋脊
> 馬蹄由卸貨的碼頭
> 一路得得的
> 把狹窄的一條小街踏成一支歌
> 孩子們從黑色的地窖傾出
> 追逐著
> 還在弄衣帶的女子們的背影
> 神祕的茶葉洋行

　　終於把不測的深度

　　開向稚氣好奇的眼睛

頓然，我們彷彿回到了清代的日子裡，當載著從福建來的紅木荔枝家具、黑綢布、一些石板、一些古玩和唐山的種種異品，從海外沿著淡水到了大稻埕來換取臺灣的茶葉；彷彿聽見怡和洋行外面碼頭的呼喝，貴德街男女老幼的前呼後擁。如果你那時去過貴德街，你會像我一樣，細細品味每一個設計獨特的門面，完全依照荷蘭的方式，競相爭異，透雕的花窗，深長的柱廊……你也會看到那有名的陳家，一直拒絕改建為一百倍以上利潤的高樓，為的是要保存一種美的形式，你會從凝重的大門望進去，看那每一級樓梯上所鑲的鏡子，至於那裡面的法式漢味的家具，他們擁有全臺灣第一具抽水馬桶……和那些洶湧著晚清聲音的古物，現在不知變得怎樣了？

4. 臺灣山村雨景

　　離開機器切入人聲的臺北，正好迎上午後的滂沱驟雨，風雨中的田野別有一番風味，但你得捨正道而從小路，在曲曲折折的迂迴裡，才可以有景色突變的喜悅，稻田以外還是稻田，但在雨中，每一個金黃的波動都是淋漓欲滴的美麗，在雨中，所有的活動都是連綿疊現的，雨好像是分層的珠簾，一進又一進的，引向無窮。

（1）

　　雨霧裡

　　山影

　　緩緩地

　　一層一層地

　　被剪出

　　竟是如此的輕！

　　竟是如此的薄！

（2）

　　滂沱！

　　好深沉的靜止！

　　一隻白鷺

　　劃過綠色的雨

　　無聲地

　　停在

　　水牛的身上

　　任雨水

　　從它的嘴尖滴下

　　滴　　滴　　滴

　　滴在那麼溫馴的牛背上

　　　從竹東轉入北埔，穿過雨水洗淨的破落磚屋，我們進入密竹夾道的小公路，向珊珠湖，沿著一段彎彎曲曲的小河，河叫什麼，流自哪個高山，我們不知道，也不著意去追查，原始、自然、未被干擾。我們站在晶光折射的雨後的吊橋上，看樹叢垂條晶瑩欲滴，彷彿是約定似的，一條竹筏載著新割的竹子漂入雨霧裡河霧裡——

（3）

　　為送

　　那獨篙的竹筏

　　到對岸

　　晨光

　　把小河

自沉默中
浮起
為讓竹筏
輕輕流入
你我
相溶後的凝視
水煙便
向我們的左右
散開

對岸是嫩竹子叢穿插的山巒，層疊延綿，數里入雲峰，河邊叢樹間偶然出現幾間農舍。穩穩的坐著，彷彿一、二千年了。永久的那樣拙樸堅忍──

（4）

奮發的夏木裡
苔綠的瓦塊間
腐蝕的木門上
夢
是暴風雨
醒
是暴風雨

不著一點呼喊的痕跡，如那必曾變換千次的小河，此時泛滿著水，如此的安靜祥和，就連昨夜的雨啊，都似乎沒有發生過。

（二）愛的行程與山水情懷

在我的寫作年表上，我曾填下這一條：「1961 年，和慈美結婚，結婚是一種定力」。「定力」這兩個字，實在無法表達慈美所含孕的愛、美與力

量；從她而柔弱的身體裡發散出一股靜而堅強的無限展張的力量，構成一把防禦傘，敵住我們愛與生命崎嶇的行程中數不盡的無情的箭鏃。

我們的行程開始於 1958 年。那些日子啊，無牽無掛，意氣高揚，滿身浸在甜蜜裡，無數的黃昏，我在臺北博愛路的孔雀行的迴廊下，等待一個光環洋溢的女子，從一部斑駁的黃色公車九號踏下來，一件從背後扣緊的粉彩毛線衣，款腰間灑下扇形的大蓬裙，輕輕擦著足踝搖行向我而來，隨著她的裙子旋轉的律動，我們舞入草山盛放的櫻花裡，舞入彎曲多變的山溪沿岸各色各樣的羊齒植物間野薑花閃爍的白色，聞雨煙裡蒸騰起來若有若無的清香，從叢叢無以言說的層層變化的綠色升起來，草綠、藍綠、黃綠、紫綠，筆筆都是莫內的顏彩，上上下下隨著陽光照射的水珠搖動，手牽手，手「牽手」，走過危危欲墜架在深陷峽谷上叫做天長地久的吊橋，有驚無險，上阿里山，沉入廣闊安詳沉思的雲海上……輕易自然暢快的乘興而往……。怎麼也沒有料到會碰上如此猛烈的詰難與嚇阻，但慈美吞下所有的責罵，自始至終為我堅持到底，堅決不投降。我激動、發抖、帶著自責帶著深沉的感激。我自己有什麼品質可以讓她為我作背水一戰呢！這個輕聲、柔弱和充滿愛心的女子，袖子抹去一切的傷害、痛楚和憤慨，用無限的耐心、愛心和關注，在短短的緩刑期間，把整個局面扭轉，母親終於被她既柔還剛若剛若柔的寬宏的心胸所打動，讓我不但順利的和她「牽手」結縭，而且讓我成為這個非常緊密親密的家庭的一個核心分子。

在其後為生活掙扎的年月裡，從我在艾荷華和普林斯頓攻讀研究院到後來在加州大學任教，她營造和維持一個得體的家，這些年來，她不但深受經常遷離之苦，而且做了不少的自我犧牲，包括把她藝術史的學業推遲了十年。溫柔體弱，但充滿愛與關懷，一絲不漏的細心，她往往把我們或殘酷現實引起的種種憤怒撥開一邊而悉心營造一個親密的和諧的環境給我們的孩子蓁和灼成長和印認學習。孩子需要她的時候，她早就在那裡等著。事實上，關於孩子們的健康，衣著等等需求，早在我想到之前，早在孩子們開口前，她已準備完善了，她為他們籌畫，包括如何安排適當的時

空成為他們吸收東西南北各種文化傳統的環境，如何讓他們發展他們典雅
和美的細膩的感性，如何通過藝術、音樂、舞蹈來喚醒他們自然原生的節
奏，如何把暑假、寒假蛻變為想像活動的飛揚，到歐洲回東方看建築看博
物館看宏麗的山水及多樣的民俗，如何保持他們藝術本能活潑潑，把心靈
保持全然開放來與更大的自然交通對話。這裡只代表了她日日縈思的一些
例子。她總是把孩子的幸福放在第一位。更多的時間，是看著我，怕我陷
入生命的種種陷阱。我的創作思維雖然看似複雜，但在生命嚴厲的現實
裡，我常常太過天真，太容易信任他人，好幾次，如果沒有她提醒，幾乎
破壞了我們悉心建築起來的一切。「定力」是愛、關懷、痛楚、憂懼、寬恕
凝混在一起的力量，非筆墨言語可以概括。

　　與慈美「牽手」結合也是與孕育她的土地結合。我不但學了臺灣話，
參與家庭間的談話，進而更真切地感認臺灣話獨有的感情表達的情調，和
開始欣賞臺灣事物諸種不同的興味，包括美麗的田野，神祕的高山，和常
是乾涸而有時洶湧駭人的河流。不但欣賞，而且聽入沉入湖山靜靜的呼吸
裡。慢慢的，我走出我早年憂國的「鬱結」而重新擁抱萬物具體的活生生
的世界，尤其是 1970 年代初我回到母校臺大客座的日子。趁著岳父和她哥
哥弟弟的菜種事業必須到全島各地出差視察農田及協商生意的機會，我們
常常跟著他們穿過成千的菜花田和甘蔗田，在許多城市人從未到過甚至從
未聽過的純美的古老的村鎮過夜，譬如那個叫做蒜頭的村鎮。很多時候，
我發現自己常被那看不見但完全能夠感著的自然的氣韻帶進一種出神冥思
的狀態，那氣韻不斷地流過靜靜低吟的溪河，遽然插天轟立拂雲的峰巒，
和隔開峰巒和農田的矮樹叢、樹群、竹林。許多的地名也擦亮了我的想
像，其中之一就是「霧鹿」。賦名者必然是全身都是詩的細胞的原住民，具
體，真實，豐滿。我開始把這些事物生命靈顯的瞬間仿照蘇東坡充滿著詩
感和濃濃詩味的賦的律動寫下一系列的散文和山村田野的寫照。

　　可以這麼說，說是天賜良緣，這份緣還包括喚醒了一種感悟事物的敏
感度，彷彿我童年記憶中的山水得以復活，譬如關於童年的這段話：「我在

漁樵生活（是真正的打漁和砍柴的生活）與書本之間培養著無我的愛心，在山頂耙完了乾的松針後，坐在松樹下望入那包含著萬千農夫的辛苦的祥和的山水」，現在彷彿重現在眼前，我可以重新細聽山水田園各得其分的輕細的呼吸和它們互相聆聽的競奏。而這感悟力的重生，卻是透過慈美忍受過無情的箭鏃用愛心耐心促成的轉化，使到我們愛的行程中有了山水情懷的復甦。嚴格的說，我後來寫的幾本散文，包括《萬里風煙》、《歐羅巴的蘆笛》、《尋索：藝術與人生》、《紅葉的追尋》、《幽悠細味普羅旺斯》和《細聽湖山的話語》都有慈美的感悟抒情的印記，因為我們從那時開始共遊已經快四十五年了，大體有共同的感受，看看她在瑞士少女峰拍的雲山雪景，就可以看出相似的心音心印。

——2006 年 7 月 22 日

——選自葉維廉《雨的味道》
臺北：爾雅出版社，2006 年 10 月

為了活潑潑的整體生命

《葉維廉文集》序

一

　　葉維廉曾被美國著名詩人杰羅姆‧羅登堡（Jerome Rothenberg）稱為「美國現代主義與中國詩藝傳統的匯通者」。他寫詩，也寫研究論文，是著名的詩人，又是傑出的理論家。他非常「新」，始終置身於最新的文藝思潮和理論前沿，他本身就是以現代主義詩歌創作起家，且一直推介前衛藝術並身體力行的；他又非常「舊」，一生徜徉於中國詩學、道家美學、中國古典詩歌的領域而卓有建樹。他自己說：

> 為了活潑潑的自然和活潑潑的整體生命，自動自發自足自然的生命，
> 我寫詩。
> 為了活潑潑的整體生命得以從方方正正的框限解放出來，
> 我研究和寫論文。[1]

　　葉維廉 1937 年生於廣東中山沿海一個小村落，如他自己所說，「童年是炮火的碎片和飢餓中無法打發的悠長的白日和望不盡的孤獨的藍天」。後來，他在香港和臺灣受教育，並在美國相繼獲得美國艾荷華大學美學碩士

---

*發表文章時為北京大學中國語言文學系教授，現為北京大學中國語言文學系退休教授。
[1]葉維廉，〈為了活潑潑的整體生命〉，《藝術觀點》第 2 期（藝術、自然、與後工業時代的省思：Kaprow，Lebel，Harrison，Shi-mamoto 與葉維廉的臺灣展演的專輯）（1999 年 4 月），頁 10～15。

和普林斯頓大學比較文學博士學位。1967 年後,便任教於美國加州大學聖地亞哥校區至今。三十餘年來,他曾擔任該校比較文學系主任凡十餘年,並於 1970 和 1974 年兩次回臺灣參與建立比較文學博士班;1980 和 1982 年,又兩次赴香港,擔任香港大學英文系首度講座教授並協助建立該校比較文學研究所。在此期間,他所培養的比較文學、現代文學和中國詩學的研究生遍及港澳臺地區和美國各地。

葉氏在大陸的影響也是十分深遠的。1981 年,「文化熱」初起,葉維廉第一次來到北京大學,發表有關比較文學的講演,講演在可以容納八百多人的辦公樓禮堂舉行,臺上臺下,門內門外都擠滿了聽眾!應該說這是一次成果豐碩的播種,如今,比較文學做為一門新興學科已在北京大學發芽生根。北大已建成碩士—博士—博士後的完整比較文學教育體系,比較文學也已成為北京大學的重點學科,得到國家的大力支持,將在 21 世紀優先發展。回首往事,葉維廉的這次講演不能不說是一個富於開創性的起點。20 年來,葉維廉的主要比較文學著作在大陸被編為《尋求跨中西文化的共同文學規律》[2],他的《中國詩學》[3]在大陸再版過多次,他的詩歌也由社會科學院文學研究所研究員楊匡漢編為《葉維廉詩選》[4]在大陸廣為流傳。在臺灣出版的他的許多著作,特別是他在 1980 年代編選的那套多卷本「比較文學叢書」更是成為海峽兩岸許多比較文學學者和文藝理論學者案頭常備的參考。

1988 年,葉維廉做為北京大學比較文學系列講座的主講人,再次應邀來到北大,以「道家美學與西方文化」[5]為題,進行了多次講演,講演稿做為「北大學術講演叢書」之第 19,在北大出版社出版。這次講座的特點是葉維廉帶著深深的人文關懷,從全球化的現狀出發,將保護文化生

---

[2]葉維廉著;溫儒敏、李細堯合編,《尋求跨中西文化的共同文學規律》(北京:北京大學出版社,1987 年 1 月)。
[3]葉維廉,《中國詩學》(北京:生活・讀書・新知三聯書店,1992 年 1 月)。
[4]葉維廉著;楊匡漢編,《葉維廉詩選》(北京:中國友誼出版公司,1993 年 4 月)。
[5]葉維廉,《道家美學與西方文化》(北京:北京大學出版社,2002 年 8 月)。

態的問題提高到保護自然生態的高度來進行考察，指出目前幾乎覆蓋全球的「文化工業」，透過物化、商品化，按照市場原則來規畫文化活動，裁制文化，以配合消費的需要；把利益的動機轉移到文化領域，大量複製單調劃一的文化生產；在這個過程中，人的價值被減縮為貨物交換價值，「唯用是圖」，「見樹只見木材」。結果是大量製造出沒有靈性的「經濟人」，不同文化特有的生命情調和文化空間消失殆盡。隨著自然生態的慘遭大規模破壞，人類亦逐漸走向靈性的放逐和多元文化的敗落。為了緩解這一危機，葉維廉返回到過去對於中國哲學，特別是道家美學的研究，指出道家的「去語障」、「解心囚」，破除語言霸權，讓自我從宰制的位置退出，讓自然回復其「本樣的興觀」，作到「人法自然」，喚起物我之間互參互補，互認互顯的活潑潑的生命整體，或許是拯救人類文化生態的重要途徑。他的講演引起很大反響，顯然為中國比較文學和比較文化的發展揭開了新的一頁。

二

　　葉維廉首先是一個詩人，而且是一個現代派詩人。還是一個十幾歲的少年時，葉氏就十分熱衷於詩歌探索和詩歌創作。在 1955 至 1961 年的臺灣求學時代，他已經寫了不少中文詩和英文詩，在《現代文學》、《創世紀》、《新思潮》等雜誌發表。1963 年，他參加了美國艾荷華大學的詩創作班，翻譯編選了《現代中國詩選》，同年出版了他的第一部詩集《賦格》，後來又陸續出版了多卷詩集如《愁渡》、《醒之邊緣》、《野花的故事》、《花開的聲音》、《松鳥的傳說》、《三十年詩選》、《驚馳》、《留不住的航渡》、《移向成熟的年齡》等。這些詩中的一部分曾數度獲獎，他本人也於 1979 年榮獲臺灣十大傑出詩人的美稱。

　　葉氏的詩歌創作多半充溢著懷鄉的情調和放逐的低迴，正如他自己所說，從大陸到臺灣，從臺灣到美國，這不能不使自我從特定的空間遊離，也不能不呈顯圍繞著思鄉情懷、時空錯失，精神放逐的迷惘。但他所寫的

絕非淺薄的鄉愁，而是始終貫徹著一種尋覓與追索、飄泊愁結與超越放逐的主題。正如一位大陸評論家所指出:「他的歌吟、盤詰、隱情和述析，並不停留於單向度的情感抒發，而是謀求時空與經驗，生命與思想，言語與詩人之間相互的能動選擇和重新發現。」[6]。於是，我們在他的詩中，看到無休止的追索與尋覓，「永久的幸福是永久的追跡，依著痛苦的翅羽」(〈追尋〉)，也體味著對博大文明的自豪並祈福:「大地滿載著浮沉的回憶／我們是世界最大的典籍／我們是互廣原野的子孫／我們是高峻山嶽的巨靈……」(〈賦格〉)

　　葉氏早期的詩作顯然是比較西化的，與西方現代派詩歌很接近。他的詩沿著五四以來「散文化」的新詩發展路向，重在敘述和分析，但這些詩又不全是線性的分析和敘述，而是盡量採取複雜和多層次的表達，追求自我對物象的鮮活感受，努力撤除一般時間和空間的局限，至少是尋求一種「略為離開日常生活的觀看方法」，像卞之琳、何其芳那樣，趨向一種「出神狀態」、「玄思狀態」、甚至「夢的狀態」。與此同時，他一直在探索能否在西方和中國傳統的表現方法之間構成一種新的諧和。例如他的成名作〈賦格〉，從總體結構來看，顯然是西方交響樂式的表達方法，但詩中的許多意象卻與中國傳統詩歌有著密切的關聯，如「披髮行歌」、「折葦成笛」、「江楓堤柳」、「千花萬樹」、「良朋幽邈」等等都離不開中國傳統詩歌的意味，這就使他的詩在現代純詩的追求中融進了某些東方色彩。

　　隨著葉維廉越來越深地進入比較文學和比較文化的研究領域，他對西洋詩傳統和中國詩傳統的把握也更為深邃，更為自覺。做為一個詩人的學者和學者的詩人，他說:「我面對的是很複雜的情景，是東西方的揉合，有兩方面的衝突。」但中國的成分顯然越來越重。他越來越趨向於「喜歡用短的句，簡單的意象，希望用簡單的意象能夠達到複雜的感受，而不是用以前那麼繁複的處理方法」。他試圖突破過去的鬱結，更傾向與山水林木，

---

[6]楊匡漢，〈旅雁上雲歸紫塞——序《葉維廉詩選》〉，《葉維廉詩選》，頁1～12。

力求融入中國詩歌傳統的寧靜澹泊，追求中國舊詩「非常濃縮的氣氛和感受」。在語言方面則力圖以文言的濃縮來補救白話的鬆散；他推重李白的樂府詩的語言，認為那是一種口語化的語態，同時又是比較提煉的語言，而他自己則「大概是先在白話和文言之間提煉了一種語言之後，而以這個為基礎再來調劑一下民間的語言」。[7]

　　綜合來看，葉維廉的詩越來越重視無關聯性的意象並列，追求外在形象與內在感情的應和，努力使混沌的情思通過可理解的詩境顯露出來，以心靈感應的方式呈現瞬間的多重透視，使可解與尚不可解的事物相融會，激發讀者用想像去參與領悟和填補詩的空間，接續「無言獨化」的嘗試，用意象結構與音響結構相交叉的策略來打破單一的敘述性，詞語上則「文」「白」雜陳，不時取熔古語，以引發現代詩的「古典回響」。[8]他的詩洋溢著濃厚的中國古典詩意，融合了 1930、1940 年代中國現代派詩歌的遺產，承接了西方自象徵主義以來的表現策略，形成了自己獨特的詩歌風格。他畢生致力於從哲學和美學的高度，探尋中西詩學和詩藝匯通的途徑。他的詩歌創作在這方面開闢了一代詩風，雖然並不都是完美之作，但卻延續了數千年中國詩歌的血脈，繼卞之琳、何其芳之後，使中國現代派詩歌在世界詩壇占有了一席之地。另外，還應該提到他在詩歌翻譯方面的貢獻。他的中國古典詩英譯，如王維和中國古典詩舉要，提供了一種自由浮動的視覺，使西方詩人得到啟發，可以反思及調整他們的某些表現策略。他的英詩中譯，如〈荒原〉和《眾樹歌唱》，對臺灣新詩的視野和技巧也都有新的開拓。在他的英文詩裡，他更是創造了一種可以兼容中西文化視野的靈活語法，在龐德、羅斯洛斯、奧遜、柯爾曼、史迺德等美國當代重要詩人倡導的美國現代詩語法創新的潮流中獨樹一幟。應該說，他的詩本身就是一個跨文化創作的成功實踐。

---

[7] 梁新怡、覃權、小克，〈與葉維廉談現代詩的傳統和語言——葉維廉訪問記〉，《葉維廉自選集》（臺北：黎明文化公司，1975 年 1 月），頁 249～268。

[8] 楊匡漢，〈旅雁上雲歸紫塞——序《葉維廉詩選》〉，《葉維廉詩選》，頁 1～12。

三

葉維廉在其較早的詩歌創作中，一直追求中西詩藝的匯通，在其學術生涯的開始，自然就毫不猶豫地投入比較文學的研究。葉氏在分析其進入比較文學研究領域的動因時指出，最重要的動因之一，就是詩的創作。他說，因為讀的詩不分中外，在同異之間不免有些發現。他認為：詩的律法何止千種！而每種律法後面另有其美學含義。由是，漸漸便發現中國詩很多由特異語法構成的境界、氣味，是英文文法無法捉摸的，是帶有西方語態的白話無法呈現的。驚歎叫絕之餘，遂暗藏了後來要發掘中國傳統美學含義的決心。另外的動因還有譯詩：如何去調整乙語言的結構來反映甲語言中的境界呢？這樣的考慮就必然由含糊的比較文學活動進入了思辨的比較文學研究。葉維廉認為自己是五四文學革命的承傳者，而五四本身就是一個比較文學的課題，如他所言，五四時期的當事人和研究五四以來文學的學者多多少少都要在兩個文化之間的運思方法、表達程序、呈現對象之間取捨，做某種程度的參證與協商。作為一個「五四之子」，一個現代文學作家，他的進入比較文學學科領域就是必然的了。

葉氏的比較文學研究是從尋求共同的文學規律，共同的美學據點開始的。他致力於找出一些「發自共同美學據點的問題，然後用其相同或近似的表現來印證跨文化美學匯通的可能」。但他從一開始就十分警惕地指出，絕不能用「淡如水的『普遍』來消滅濃如蜜的『特殊』」，不但不能「只找同而消除異」，而且要「藉異而識同，藉無而得有」，作到「同異全識，歷史與美學全然匯通」。在這個基礎上，他第一次提出了有廣泛影響的〈東西比較文學中模子應用〉的理論。

模子（模式）是一種構思的方式，是結構行為的一種力量。例如照葉維廉所講，西方的思維模子在字母系統下，趨於抽象意念的縷述，趨於直線追尋的細分，演繹的邏輯發展，而中國的思維模子則趨於形象構思，顧及事物的具體顯現，捕捉事物並發的空間多重關係的玩味，用複合意象提

供全面環境的方式來呈示抽象意念。這樣的說法不免有些絕對化，但他同時指出所有模子都不是一成不變的，尤其不能用一種文化模子來覆蓋另一種文化模子。要尋出兩種文化之間的「共相」，首先要從其本身的文化立場去看，作到「同異全識」，才能找到兩種文化可能的重疊相交處。他認為這種重疊相交經常特別明顯地體現在文學藝術的體驗中，人們往往能夠通過文學作品找到某些超越文化異質、超過語言限制的美感力量。他在另一篇論文〈語法與表現——中國古典詩與英美現代詩的匯通〉[9]中列舉了中國古典詩與英美現代詩許多可以引起共鳴的匯通之處：例如用非分析性和非演繹性的表達方式來求取事物直接具體的演出；用靈活的語法和意義的不決定性帶來多重暗示性；用連接媒介的減少甚至切斷來提升事象的獨立性、具體性和強烈的視覺性；不作直線邏輯追尋而偏向多線發展，以求多重透視和並時性地行進；通過空間的時間化和時間的空間化導致視覺事件的同時呈現，以形成繪畫性和雕塑性的突出等等。葉維廉指出如果把兩種文化模子比作兩個圓圈，那麼，以上這些方面就是兩個圓圈的部分重疊相交，這兩個圓圈的關係絕非一個圓圈對另一個圓圈的覆蓋，也不只是兩個圓圈的偶然相切。

葉維廉收集在《比較詩學》中的許多論文，大體是用類似的方法在西方當代美學的語境中對中國道家美學進行了深入的研究。他的研究突破了時代和文化固有的邊界，在與西方文化比照和匯通的同時，使中國古代智慧為現代所用。一方面為西方美學重新認識白己提供了前所未有的新的視角和參照系，另一方面又為中國美學自身的發展探索了更新的道路。他所取得的這些獨創性成果，用事實反駁了那些認為異質文化之間無法進行比較和匯通的學者，為後來的跨文化文學研究開闢了一條新路。

葉維廉 1988 年出版的第二本比較文學論文集《歷史、傳釋與美學》[10]

---

[9] 葉維廉，〈語法與表現——中國古典詩與英美現代詩美學的匯通〉，《比較詩學》（臺北：東大圖書公司，1983 年 2 月），頁 27～86。
[10] 葉維廉，《歷史、傳釋與美學》（臺北：東大圖書公司，1988 年 3 月）。

說明他的思想與時俱進，有了新的發展。在這部文集裡，他特別強調了
「科際交相整合」。他認為歐美近十餘年來的文學理論都是「把美學、哲
學、歷史、語言揉合在一起或貫穿在一起」。這裡面幾乎找不到一個純粹在
文學之為文學單面的研究，他們幾乎都是「文化理論者」。在這個基礎上，
他進一步探討了「不管哪一派批評都不可避免的傳釋學（亦譯詮釋學）傾
向」，他聲稱自己正在努力的，正是「要從中國古典文學、哲學、語言、歷
史裡找出中國傳釋學的基礎」。他認為中西比較文學應當是一種「坦誠相
見」，「向對方開放」，「互相聆聽」的學問，必須包括一些不同的意見和拒
絕另一些意見，必須涵蓋傳統和現在的對話，並說出一些「有關現在的
話」，不僅要溝通中外，而且要貫串古今，「只有這種完全開放的對話方式
才可以達致不同的『境界的融匯』」。

如果說他過去比較專注於兩種文化重疊相交部分的研究，那麼現在他
的興趣則集中於如何在古今中外完全開放的對話裡，找到平等溝通的互動
的話語。也就是說他所關注的不止是在兩個圓圈的重疊相交部分，而是尋
求一個更大圓周的圓，在這個圓周內，「可以由散點的中心，互換交參而
發明」，也就是不僅可以相互吸取，而且可以由對方提供的新的視角，通
過互看、「互相聆聽」而產生對自己的新認識。他此後的一系列文章都是
努力尋求在跨文化的傳釋系統中，不同文化系統各自的「預知」（亦譯
「前知」）形成的根源（觀、感、思構、用字、傳意、解讀得以形成的特
定歷史和語言文化等），及其在相互交談中所可能發現的新事物和互相解
蔽的可能。他那篇著名的論文〈祕響旁通：文意的派生與交相引發〉[11]就
是他這方面努力的一個好例。

這篇文章對於「文意」的探索顯然是在西方近代詮釋學的語境中進行
的，但又絕非用西方詮釋學的框架去尋找中國文化中可能與之相符合的材
料，而是回潮到自己文化的源頭去追尋發展的線索。事實上，文學領域

---

[11]葉維廉，〈祕響旁通：文意的派生與交相引發〉，《中國詩學》，頁 65～82。

中，每一個字的出現，其意義都是複疊而多義的。中國詩歌的箋注所提供的，正是箋注者所聽到的許多聲音的交響，「是他認為詩人在創作該詩時整個心靈空間裡曾經進進出出的聲音，意向和詩式」。中國第一個提出這種美感活動的理論家是劉勰。他在〈隱秀篇〉中提出：「夫隱之為體，義生文外，祕響旁通，伏采潛發，譬爻象之變互體，川瀆之韞珠玉也。」劉勰一直追溯到《易經》的「旁通」、「爻變」、「互體的演進」，說明文和句都不是一個可以圈定的「死義」，而是開向許多既有的聲音的交響、編織、疊變的意義的活動。這就以中國傳統的「書不盡言，言不盡意」、「義生文外」、「得意忘言」等思想與西方傳統孕育出來的當代語言學強調的「文辭無定義」，無非是「旁通到龐大時空裡其他祕響的一扇門窗」等思想相接。這樣，從各自的文化底蘊出發，就同一問題進行互參互動的對話，在對話中逐漸形成相互理解尊重而非相互顛覆強制的「話語」，建立新的「遊戲規則」，這顯然是中外古今文化溝通融匯的必由之路。

　　葉維廉不是那種游弋於自己已經構築完整的學術領域而自滿自足的學者。他始終開拓著，探索著新的領域並取得新的成果。他的《與當代藝術家的對話——中國現代畫的生成》[12]是一本獨一無二的、從畫家個人體驗出發，在世界當代藝術和中國傳統藝術的座標上研究中國當代繪畫的形成及其特點的書。葉維廉認為，中國現代畫發展了多年，已經有了確切的個人面貌與風格，對中國和西方傳統的結合也有了自己獨特的思考；應該有一本書把中國當代繪畫發展的來龍去脈，美學理論據點與根源、各家風格的生成衍化以及中國當代繪畫產生的社會文化環境等做一個評價與論定，在這本《對話》中，可以看到他對中外藝術史和現代各派前衛藝術都作了相當廣泛的閱讀和鑽研，他經常出入於各種展覽場所，追蹤展出後的評論與爭辯，和許多著名畫家保持著密切的個人聯繫。他在與趙無極等九位當代世界知名華人畫家的深入對話中，反覆探討了這些畫如何在西方當代繪

---

[12]葉維廉，《與當代藝術家的對話——中國現代畫的生成》（臺北：東大圖書公司，1987 年 12 月）。

畫潮流中生成，又如何受到中國詩畫傳統的薰陶而表現出深厚的中國文化的底蘊。世界比較文學學科很早就以跨文化文學研究作為自己的一個重要組成部分，但在中國，這方面的成果還不很多，葉氏的這本書既是跨中西繪畫傳統的討論，又是跨詩學、美學、歷史、語言等多學科的研究，特別是他對九位畫家的親自訪談和提問，記錄了這些畫家最直接表述的思緒，留下了極可寶貴的資料。

進入 1990 年代，葉維廉的研究重心和興趣又逐漸轉入對後現代性的探討。論文集《解讀現代·後現代──生活空間與文化空間的思索》[13] 集中展示了他對這些問題的思考。後現代性、後現代派或後現代主義本是含混複雜，較難界定的概念。葉維廉從現代與後現代的比照，以及現代向後現代的發展過渡來說明後現代現象，使其對於這些現象的闡述較為明白曉暢。特別有意思的是他指出後現代派提出的時間的空間化、多重透視和並時性、物象獨立性和強烈的視覺性、現時性、超語法和破語法等主張「竟然早已出現在未經工業洗禮的東方思想（如道家、佛教）和口頭文化中」。他因此提出「文學藝術的研究，不可以一種文化生變的網路作為一切文學藝術最後的準則；跨文化的研究，指出一個更能令人反思的起點。亦即是：甲文化認為是邊緣性的東西，很可能是乙文化裡很中心的東西……在一個突然的機會裡，由於各個歷史不同的需要，甚至會相互換位」。因此，「前現代」的中國哲學文化能否為「後現代」的西方哲學文化提供借鑑，相互交融就成為一個十分值得思考和研究的問題。

葉維廉 18 歲步入中國詩壇，肩負著五四新文化傳統，承接著 1930、1940 年代中國現代派詩歌餘脈，開臺灣現代派詩歌一代詩風，至今寫詩不輟。創作的衝動、對文字的敏感、作為一個詩人所特有的內在的靈視，決定了他無可取代的學術研究特色。他對中國道家美學、古典詩學、比較文學、中西比較詩學的貢獻至今無人企及；他對中國現代小說和現代詩歌的

---

[13]葉維廉，《解讀現代·後現代──生活空間與文化空間的思索》（臺北：東大圖書公司，1992 年 3 月）。

評論也是分析入微，發人思深，極有創意的。

——選自《廣東社會科學》2003 年第 4 期，2003 年 8 月

小說與詩的美學匯通
論介葉維廉《中國現代小說的風貌》

◎古添洪*

一、楔子

　　20 世紀似乎真的不是詩的年代了。詩集的銷量，讀者的愛好程度等，都顯示著詩不再為人群所熱衷了。除了看電影外，一卷在手的，恐怕是小說了。我們能不說這是一種危機嗎？也許不！這種危機一方面可以迫使詩人們重新出發，一方面可以刺激小說藝術的成長。那就是說，如果小說家能在小說裡容納了詩質，把小說藝術提升到詩的領域，即使「詩篇」沒人問津，「詩」仍活在我們的閱讀大眾裡。葉維廉先生《中國現代小說的風貌》一書的最大貢獻，也同時是它特具的時代意義，莫如用詩的藝術（主要是語言與視境）來討論小說，迫使小說進入高度的藝術領域。在該書裡，作品的實際批評與理論的探討是相互印證的，一方面顯示了中國現代小說的風貌，一方面顯示了小說的藝術本質。在整個實際批評的背後，我們發覺是有著一套完整的美學觀念的。這一套美學觀念，我們名之為小說與詩的美學匯通。葉維廉用詩的藝術來討論小說，把詩和小說放在兩個平面上相互比較，發覺兩者實互通表裡，肯定了「技巧」（源於語言與視境的本質）本身的廣泛應用性，對克羅齊理論中文類共通性提供了一具體的支持。本文主要是論介小說與詩的美學匯通，試圖從迸發的山泉怪石裡，勾出其系統來。至於葉氏在該書中對諸小說家（如王文興、白先勇，於梨華、聶華苓、王敬羲等）的精闢分析及改進意見，因不在本文的論述重點

---

*發表文章時為美國加州大學比較文學系博士生，現為臺灣師範大學英語學系退休教授。

內，僅在此提而不論了。葉氏一書，最初以「現象・經驗・表現」為書名，於 1969 年由香港文藝書屋出版。其後，以「中國現代小說的風貌」，於 1970 年由臺灣晨鐘出版社出版。現於 1977 年由臺灣四季出版公司再版。再版序中，葉氏再度強調思想性與藝術性的融匯無間，在強調思想性的目前，更不應忽略其藝術性，否則會流入口號化與公式化，因此，「有再版的必要」。同樣地，葉著自初版以來，雖備受注意，但真正作深入探討者尚付闕如，因此筆者也覺得趁此傑作再版之際，有執筆論介之必要。同時，葉氏最近為陳若曦選集作序，序名為〈陳若曦的旅程〉[1]，頗有要實現其思想性與藝術性融匯無間的批評諾言。本論介也想為葉氏將來的小說批評文字催生，為小說批評帶來更燦爛的花朵。

二、融匯與飛躍

批評家一著手便碰到的難題，往往是一元論、二元論的困惱。究竟主題結構與語言結構是可分還是不可分呢？葉氏說得好：

> 為了便於討論，我們把小說的結構分成「主題的結構」和「語言的結構」兩方面。但一篇好的作品的起碼條件應該是：「主題的結構」就是「語言的結構」，「語言的結構」就是「主題的結構」。[2]

那就是說：從「主題」的演出作考慮，我們得到「主題結構」，從「語言」的演出作考慮，我們得到「語言結構」，兩者實是一物的兩面。葉氏就如此調和了一元論、二元論的的爭執。

「主題結構」是主題演出時的結構，它並非指靜態中的主旨（如果我們探論此靜態中的主旨的好壞得失，我們是作思想性的探討），而是指「意義採取了不同的方式所展開的態勢」（當我們討論此態勢時，我們是作藝術

---

[1] 葉維廉，〈陳若曦的旅程〉，《聯合報》，1977 年 11 月 7～10 日，12 版。
[2] 葉維廉，《中國現代小說的風貌》（臺北：四季出版公司，1977 年 9 月），頁 25～26。

性的探討）。這展出的態勢，是多采多姿的，有如舞蹈者於臨空的鋼索上演
出的種種姿式，一一得其平衡，一一自成丰姿。在詩裡，最通常見到的，
就是兩種經驗在進行，這兩種經驗或平行，或交割，或逆轉，葉氏先從李
白〈胡關饒風沙〉的分析入手：

> 「胡關饒風沙，蕭索竟終古，木落秋草黃，登高望戎虜，荒城空大漠，
> 邊邑無遺堵，白骨橫千霜，嵯峨蔽榛莽，借問誰凌虐，天驕毒威武，赫
> 怒我聖皇，勞師事鼙鼓，陽和變殺氣，發卒騷中土，三十六萬人，哀哀
> 淚如雨，且悲就行役，安得營農圃，不見征戍兒，豈知關山苦，李牧今
> 不在，邊人飼豺虎。」
>
> 這首詩中有兩種經驗在分別進行，而這兩經驗面又互相交切，而結於一
> 點。那兩種經驗面即是自然世界的殘暴與人類的殘暴面：時間為切膚之
> 秋，於塞北，朔風擾亂了大漠，謀殺著草木，奪其生命之顏色（綠）及
> 肌膚（葉）。另一面是暴殺，欲望衝倒城牆，奪去人身的肌膚，致白骨遍
> 野，致「發卒騷中土」。朔風永不停息，殺戮永不停息。[3]

進而指出司馬中原的「荒原」也是有著兩種經驗同時在進行：人為的暴力
（土匪、鬼子、八路）及自然的暴力（水淹、瘟疫、火災、乾旱）是互為
表裡。

　　兩種經驗在進行是中國舊詩中的一特色。在葉氏所舉的例子裡，一是
自然界，一是人事界，這種自然界與人事界互相平行或交割的情形更是普
遍。此傳統始軔於《詩經》，《詩經》中景物層次與意義層次的諸種關聯，
構成了其藝術特質。[4]這種景物層次與意義層次的關聯，一直在傳統詩中靈
活地應用。葉氏剖釋白先勇的小說時，引用了王昌齡詩「閨中少婦不知

---

[3]葉維廉，《中國現代小說的風貌》，頁 7。
[4]詳見古添洪，〈《詩經・國風》藝術形式的簡繁發展〉，《探索在古典的路上》（臺中：普天出版社，
　1977 年 4 月），頁 48～94。

愁，春日凝妝上翠樓，忽見陌頭楊柳色，悔教夫婿覓封侯」的逆轉手法，
來討論白先勇底「在激流中為側影造像」的特質。眾例中之一說，在〈安
樂鄉的一日〉裡，白先勇先作安樂窩式的外在描寫，漫不經意似的，突然
轉入寶莉與母親間「我是中國人」、「我不是中國人」的強烈爭執；就是用
了昌齡詩的層次去支配這小說的脈搏，使人驚覺與戰慄。毫無疑問地，這
是主題演出的一逆轉姿式，但我願意指出，這「陌頭楊柳色」，這「安樂
鄉」的外在描寫，仍不失是《詩經》景物層次的一種靈活應用。當然，這
兩種經驗並非限於一為自然界一為人為界，如「可憐無定河邊骨，猶是深
閨夢裡人」，如「朱門酒肉臭，路有凍死骨」，是兩種人事經驗的交錯。小
說裡的情形，更不乏此例。

　　於是，我們發覺，構成小說藝術之一的乃是主題演出的姿式。葉氏一
再強調主題演出的姿式，是切中時病的，多少讀者與作者真正能注意到姿
式的欣賞與耕耘？葉氏對姿式有極佳的描述：

　　所謂「思想的形態」，我們用一個比喻，海牆，潮湧，漩渦，連漪，同為
　　動水，但動姿全異，現代作家要抓住動姿本身，不問動因（如果牽及動
　　因，亦以標出動姿為主）。[5]

「語言結構」大概可分兩個層次來講。一是就語言本身，如音調、語
彙、修辭、文法及其影響於其語言結構的演出而言。一是把語言與視境
（Perception）連起來討論。語言與視境互為因果，視境帶動意象的活動，
他同時帶動語言的活動，而歸結於視境、意象與語言的三位一體。前者是
語言學的範疇，後者是語言美學的範疇。葉氏的「語言結構」的討論當然
是指後者了。

　　葉氏首先討論文字所引起的意象。當導演要把「內在的獨白」於銀幕

[5]葉維廉，《中國現代小說的風貌》，頁87。

上模擬出來的時候，他們發覺從語言到銀幕上的演出過程裡，有許多困難要克服，因而辨別出兩種「象」，即「映象」和「心象」。映象是呈現於眼前的，心象則是回想時呈於心幕的。葉氏謂文字所引起的象為「意象」，是介乎「映象」與「心象」之間。小說家似乎企圖在努力突破「意象」的囿限，而進入電影的「映象」或「心象」世界。葉氏舉了司馬中原的〈黎明列車〉做為前者的代表，白先勇的〈香港〉做為後者的代表。在〈黎明列車〉裡，男主角注視著她，出現在車廂，落在他所想的位置上，燈亮著，車窗玻璃上面映著七盞燈都亮著。車廂的影子，他和她的影子，重疊，流動著旋轉的原野的風景。顯然地，這些意象的演出，一如在銀幕上。在〈香港〉裡，訴諸思維的內在的進行多於映象的交替，且看下面一小段的內心的獨白：

> 我只為眼前這一刻而活。我只有這一刻。懂嗎？芸卿哭出了聲音，說道：至少你得想想你的身分，你的過去啊。你該想想你的家鄉。你是一個有身分的人，個個都知道你的名聲。你是說師長夫人？用過勤務兵的，是吧？……。

在這內心的獨白裡，所有的活動是在主角的內心進行。這些意識流般的對話，也許是過去曾發生，而此刻主角在內心內重現，也許僅僅是主角內心的產品。無論映象或心象，構成其魅力的是其「節奏」問題，這節奏顯示出主角的情緒的波瀾。節奏不同，況味就不同了。這種情形在電影上最能看出來。但詩歌及小說也如此。在詩歌的例子裡，試把李白的「噫吁嚱危乎高哉」和柳宗元的「獨釣寒江雪」並排，其節奏的高低緩急便不言而喻。好的小說，讀起來也會有其節奏感，如上述白先勇的例便是。當然，這種全篇重在映象節奏或心象節奏的，只能在短篇裡發揮，「進入長篇以

後，就只能溶入某些『剎那』的刻畫中」。[6]

　　語言不單憑藉其所引起的意象及其動速模擬著內心世界的波瀾，事實上，好的語言在描述裡都暗藏著主觀的感受，而諸意象間也有著內在的應合，這情景交融與呼應是舊詩中的基本條件。好的小說也能達到這個領域。葉氏引王文興的〈母親〉為例：對岸碾石工廠單調的馬達聲，呼應著母親神經質的囈語式的獨白。帶病的母親逆對著豐滿身段的吳小姐。母親不喜歡與這離了婚的女人來往，而他的兒子貓耳在樹蔭下等著一個人——吳小姐。葉氏指出該小說中，如何利用光、色、觸覺意味，律動的複意，使原來是並置而在敘述上不相連的經驗面應合起來。外在的景象衝入內在的世界，而成為主觀經驗的一部分。

　　舊詩除了要求情景交融裡應外合外，尚要求所謂韻外之致、弦外之音，是指詩中的音韻、意象在微妙的組合裡帶領讀者到此音韻、意象以外的世界去。正如我們前面所述的，語言、意象、視境是三位一體的，這韻外之致、弦外之音是賴於其通體的合作及微妙的蘊含。據葉氏的觀察，這現象通常或賴於轉折或賴於凝縮：「一種是語法的轉折重疊自然的轉折而使讀者飛躍文字之障，一種是文字的凝縮和簡略而使讀者突感景外之景」。[7]（按此處的語法實包含了意象及視境）後者，葉氏舉了「大漠孤煙直」為例，前者，葉氏舉了王維〈終南別業〉為例：

　　　中歲頗好道，晚家南山陲。
　　　興來每獨往，勝事空自知。
　　　行到水窮處，坐看雲起時。
　　　偶然值林叟，談笑無還期。

葉氏謂第一、二聯是供給我們「剎那飛躍」之前的時機與場合，最後一聯

---

[6]葉維廉，《中國現代小說的風貌》，頁19。
[7]葉維廉，《中國現代小說的風貌》，頁59。

是飛躍後的效果陳述。「行到水窮處，坐看雲起時」是「韻外之致」的句子。據葉氏的分析，我們似乎應該強調弦裡弦外的互為條件，沒有弦裡便沒有弦外。我們願意說，如果沒有「結廬在人境，而無車馬喧，問君何能爾，心遠地自偏」，那麼「采菊東籬下，悠然見南山」，仍然是「采菊東籬下，悠然見南山」底事態的陳述，采菊就是采菊，南山就是南山，如此而已。只有在前者的投照之下，這「采菊東籬下，悠然見南山」才有自然之趣。而在「此中有真意，欲辨已忘言」的迴照下，其趣更盎然。簡言之，只有他弦之投照下，這一弦才迴蕩著弦外之音，有刹那的飛躍。當然，除了前後的投照而使它產生迴蕩外，此產生「弦外之音」之弦的本身，也有其獨具的佳勝處。葉氏說得好：

> 「行到水窮處，坐看雲起時」的趣正是因為它們在詩裡的進程的轉折與自然的轉折符合（隨物賦形），所以，雖然，意象本身不含有外指的作用（譬如槐樹暗示死），但由於文字的轉折（或應說語法的轉折）和自然的轉折重疊，讀者就越過文字而進入未沾知性的自然本身。[8]

我願意在這裡重複一次說，語法的轉折也就是意象的轉折（隨物賦形），也就是視境的本然（未沾知性的自然本身）。在語言美學裡，語言似乎是不能與意象及視境割裂開來討論的。葉氏的美學是致力於語言與視境，引文中單標出語言者，不過就語言為著眼處，事實上，引文中所作的討論，是熔語言、意象、視境於一爐的。

　　這種的「韻外之致」的經營，在小說中是不容易的。在詩中的「韻外之致」或「弦外之音」，往往是指超越了意象本身，而指向恆久的律動，得其自然之趣，人事之趣；那就是詩中的小世界向無窮顫動而使大宇宙迴鳴。正如葉氏所說的，他用王敬羲的小說作例子是不盡恰當的，〈昨夜〉一

---

[8]葉維廉，《中國現代小說的風貌》，頁57。

小說並沒經營出「韻外之致」來。但詩中的所謂「弦外之音」不但提供了
小世界掀動大宇宙的幽微效果，也同時提供了諸弦的相互關係，這相互關
係就是所謂主賓。前引的詩裡，顯然的，前二聯及末聯是處於賓的關係，
而第三弦（那產生「韻外之致」的一弦）是主弦。王敬羲的例子卻闡明了
這種諸弦的關係。葉氏的分析指出：

> 至此我們有兩個事同時交錯著，一個是「弦裡」的故事，即以金劍霞為
> 中心的故事，一個是「弦外」的故事，即是杜梅娟與柏青的故事；金劍
> 霞的故事只有骨幹而無肉體，杜梅娟的故事雖然是一刻的、片斷的顯
> 露，但正是金劍霞故事的肉體，而金劍霞的故事也正是杜梅娟的故事的
> 骨幹。[9]

如果我們改「骨幹」與「肉體」為「肉體」與「靈魂」也許會更清楚些。
杜梅娟的故事是片斷的顯露，但卻是精神所在，我願意指出，這卻又近於
《文心雕龍》所謂的隱秀。我個人的了解，隱處也就是秀處，也就是精神
所在處。對於所謂「弦裡」、「弦外」的關係，葉氏有很好的見解：

> 當我們進入那近乎抒情的一刻時，我們實在是不斷的在「弦裡」、「弦
> 外」來往──而我們所要求的小說的對象，不在金劍霞的故事裡，亦不
> 在杜梅娟的故事裡，而在兩者之間。[10]

三、經驗的回歸

上面我們就不同的著眼處，而把「主題結構」及「語言結構」分別開
來討論。事實上，兩者實不可分，所謂練字，也就是練意，所謂文字結構

---

[9] 葉維廉，《中國現代小說的風貌》，頁 69。
[10] 葉維廉，《中國現代小說的風貌》，頁 70。

的經營，相對地，也就是主題結構的經營。在此，我們不再把它們割裂而論了。所謂經營，不可思議地，往往竟是回歸到經驗本身，回到自然本身，姜夔所謂自然高妙是也，是謂詩之最高境界。從自然到斧鑿而又回歸自然，似乎我們一直是迷途的羔羊呀！然而，自然就是自然，經驗就是經營，好不簡單，為何須回歸才能回到自然，回到經驗本身？原來，我們從文化中成長，不知不覺為許多限制所圍，打破這些限制，才能回歸到經驗的自然本身。我們的視境被我們的思維習慣及文字的內在限制歪曲了。舉個最簡單的例子，在很多的場合裡我們本身不察覺行動者是我們自己，但當我們用文字表達時，還得把我自己不察覺的「我」加進去。譬如說：「我走」。如果我單是說「走」，恐怕人家以為我下逐客令哩，葉先生把這些限制歸納為三種，即 1.語言的限制；2.感受性的限制；3.時間的限制。[11]事實上，根據葉著中的諸種分析，尚應包括 4.空間的限制及 5.真幻的限制。簡言之，就是名理障及文字障，而這兩者又實是互為表裡的。要回到經驗本身，就得打破這些障。

西方的繪畫強調一角度下的觀察，故有所謂透視法；同樣，西方的某些小說，也強調一角度下的觀察，故有所謂統一觀點（Point of view）。當然，我們無意說這不是某些經驗的本身，但這些經驗顯然是局部的，僅是從某一角度觀察所得。中國詩與畫卻能超越此空間的限制，能從各角度觀察，而把觀察所得迸發呈現。葉氏析王維〈終南山〉為例：

太乙近天都（遠看——仰視）

連山到海隅（遠看——仰視）

白雲迴望合（從山走出來回頭看）

青靄入看無（走向山時看）

分野中峰變（在最高峰時看，俯瞰）

---

[11]葉維廉，《中國現代小說的風貌》，頁 146。

陰晴眾壑殊（同時在山前山後看，或高空俯瞰）
欲投人宿處
　　　　　（下山以後，同時亦含山與附近環境的關係）
隔水問樵夫
終南山的重量感，它的全面性都在我們視境及觸覺以內。[12]

小說裡也可作此經營。〈羅生門〉近於此，但這小說是由四個人去看同一事物，而非由一人從不同角度下觀察。當然，無論一人從不同角度觀察或多人同時去觀察，都有利於該事物全面性的把握。把王維〈終南山〉移到小說裡，可有兩種啟發，一是從多方面觀察獲得事態的全面性，一是讓不同時空的事態同時呈現，而呈一雕塑體。葉氏所舉的王敬羲〈開花的季節〉又是一個不頂恰當的例，它只能闡明了後者。蓮麗與其妹梅麗（兩人互無來往）在港臺二地交錯經歷的愛情滄桑在全書六章中往還演出，其結果「就好像現象多線的延展，偶然結為一個八面玲瓏的光球」。[13]我想，這種不同時空不同事態同時呈現而能歸結為一雕塑之全體，也可用於某種結集，白先勇的《臺北人》就是一個例子。

　　關於打破真幻的限制，葉氏有很好的例子。所謂打破真幻的限制，就是葉氏所謂：把所謂的「主觀的現實」和所謂的「客觀的現實」重新融合為一，或者不分賓主的對待。[14]他用了余光中先生〈食花的怪客〉為例子。一個陌生人建議在草地上上課。突然笛音揚起，自杜鵑花叢背後。雲的悠閒，流水的自在。笛音一變，行板變成諧謔調，高瘦的青年從花叢背後站了起來揚起一管笛子：「這才叫春天」。他隨手採了一束杜鵑花一朵一朵的嚼了起來。「怎麼樣？您們那些明喻，暗喻！」跟著學生也嚼起來，冒思莊也嚼起來……。那年輕人長出兩隻角，毛茸茸的手臂正圍著寧芙雅的腰和背……。那真是最好的例子了，那小說著實地超越了真幻的限制。如

---

[12]葉維廉，《中國現代小說的風貌》，頁73～74。
[13]葉維廉，《中國現代小說的風貌》，頁79。
[14]葉維廉，《中國現代小說的風貌》，頁161。

果硬要說它真或幻，正如葉氏所說，就「好比朱自清硬要說『采菊東籬下』目的在下酒一樣的掃興」。[15]此故事真有「周之夢為胡蝶與，胡蝶之夢為周與？」的韻味。這是小說中上乘的境界，「詩」真正在小說裡了。

　　打破這些限制，其目的為一，就是回到事態或經驗的本身，回到事態或經驗的原有姿式。葉氏對現象持樂觀的看法：

> 現象（由宇宙的存在及變化到人的存在及變化）本身自成系統，自具律動。語言的功用，在藝術的範疇裡，只應捕捉事物伸展的律動，不應硬加解說。任事物從現象中依次湧出，讓讀者與之衝激，讓讀者參與，讓讀者各自去解說或不解說。[16]

既然現象或事態自具律動，我們就應該讓我們的視境如待虛的明鏡，納入現象或事態的活動，而不應由文字作主動，而讓文字去接近它。葉氏從於梨華《又見棕櫚》中取出三片斷來討論語言、視境與現象的自然演出。茲更簡化地移錄如下。

第一例

　　燕心到洛杉磯的時候，真是舉目無親……。

第二例

　　她站起來，懷裡的皮包掉在地上，一支口紅，一副近視眼鏡，一張揉皺、印著兩圈大紅嘴的衛生紙，藥瓶的三面小鏡子一起滾出來。一面菱形的跌壞了，裂開許多條細痕，像一張裂了縫的臉，她的臉。

第三例

　　她抬起頭來，耳墜子晃了好幾下，正要說話，天磊帶點粗暴地說：
　　「把它拿掉，那對東西。」

---

[15]葉維廉，《中國現代小說的風貌》，頁163。
[16]葉維廉，《中國現代小說的風貌》，頁142。

> 她愕愕的望著他，然後把杯子放了，取下耳墜，放在皮包裡，又手足無
> 措地端起杯子來，卻沒有喝。

三者跡近視象的差距是顯而易見的。在第一例裡，我們本身就沒看到現
象，只聽到作者概括性的敘述。據我的意見，如果把「舉目無親」改為
「一副副陌生的正面、側面豎著」，也許就比較跡近視象。第二例末句的說
明，破壞了現象本身的活動，現象只演出。第三例就跡近現象了，男女主
角的內心就躍然現於紙上了。他們昔日的戀情，遺留的默契，此刻相對時
不可分析的心境，尚用言詮嗎？

　　然而，值得注意的是，葉氏對現象雖持樂觀的看法，但他提醒我們，
回到現象本身，是要掌握明澈的一面，揚棄造成傳達上障礙的由特定某時
空形成的事物。把司馬中原〈紅砂崗〉的片斷與李白的〈登金陵鳳凰臺〉
拼在一起，便不言而喻了：

> 早在夏天裡，石二就暗中找過劉駝，托他過湖帶根「獨子拐兒」後膛槍
> （註：原始步槍之一，無彈匣，每次只能裝一發，打一發——作者原
> 註，以下括號以內俱是。）石二曉得，買賣槍枝槍火的事，在周圍附
> 近，除了劉駝找不出旁人。劉駝面上是個猥瑣人物，骨子裡走黑道兒，
> 早先扒灰挖窟起家，後來也過湖拉過馬子（註：陸上大幫強盜）……

> 鳳凰臺上鳳凰遊
> 鳳去臺空江自流
> 吳宮花草埋幽徑
> 晉代衣冠成古丘
> 三山半落青天外
> 二水中分白鷺洲
> 總為浮雲能蔽日

> 長安不見使人愁

前者，需要「注解」來重造當時的「文化氣候」，「讀那小說時就是一種努力，一種費勁」，「拍擊力當然也就遽然銳減了」。[17]後者雖出自特定時空的典故，「但都沒有干涉到經驗的本身」。[18]因此，在作者的美感活動裡，揚棄這干涉經驗本身事物的能力，往往就是藝術的尺度。在談論「鄉土文學」的今日，葉氏的忠告特具意義，「鄉土文學」在發掘鄉土的精神之際，如何揚棄造成傳達上障礙的事物，實是值得作家們注意的。

要獲得現象或經驗的明澈一面，衝破「文化氣候」造成的障礙，要視境及文字透明地活動起來，則有待於出神的一刻：

> 在這一種「出神」的狀態下，觀者與自然的事物之間的對話用的是一種特別的語言，其語姿往往非一般觀者的表達語姿所能達到的，因為他所依的不是外在事物因果的程序，而是事物內在的活動溶入他的神思裡，是一刻的內在蛻變的形態。[19]

這出神的一刻近乎就是克羅齊所謂的直覺。只有在這出神狀態裡，虛明如鏡，萬物才森然以具生長的姿態呈現於我們虛以待之的視境裡，而語言偶或就在此刻相應地在唇間溜出。葉氏最欣賞王維所代表的純然境界：

> 人閒桂花落
> 夜靜春山空
> 月出驚山鳥
> 時鳴春澗中

---

[17]葉維廉，《中國現代小說的風貌》，頁 150。
[18]葉維廉，《中國現代小說的風貌》，頁 153。
[19]葉維廉，《中國現代小說的風貌》，頁 106。

這種純然的境界尚未為小說家所追求。這種純然的境界在小說中真不
易達到，但「這並非不可能，我們的小說家如能從王維脫出，始可稱真正
的前衛」。[20]葉氏這一挑戰似乎是值得小說家應招的。

四、結語

我們把葉氏評論小說背後的理論大致勾出如上，可見在這實際批評的
背後，是有著一套完整的美學觀念。在這一套美學觀念裡，我們可以看到
中國詩學中的重要品質，我們可以看到語言及視境與現象的綜合關係，我
們可以看到克羅齊理論中的某些精神。當然，最重要的，是提出了小說與
詩的美學匯通的可能性。

究竟諸文類是否可以共通呢？克羅齊的答案似乎是肯定的。他把諸種
藝術、諸種文類歸於統攝一切的直覺的階層。也許，我們不願意抱著絕對
的一元論，而願意持一元與多元的子母關係。換言之，我們承認諸文類有
其共通的本質（母），也同時承認在此本質上因諸文類的個別要求而發展成
諸種面貌（子），然而，這共同本質如何？也許就是克羅齊所謂的直覺階
層。緊接著直覺階層的，恐怕就是源於語言及視覺的諸種技巧了。文學上
應用的技巧，就猶如所謂的科技，有其自身的獨立性，可應用於不同的領
域。詩是文學的最高藝術，也是一直在詩人的耕耘中，幾千年下來，許多
的技巧在試驗中成熟。小說開始時，是有如於梨華的第一例，只是概略地
說故事，當小說在小說家手中不斷耕耘，其表現技巧便漸趨藝術化。於
是，小說與詩在美學的階層裡，就有著合流的狀態。葉氏在本書中所作的
分析，充分證明了兩者美學上的匯通。如我們前述所分析的，詩中的某些
境界，如弦外之音，如眾角度的同時呈現，如純然的境界等，小說中似乎
尚未成熟。小說要更進一步，除了在其文類自身作耕耘外，求教於其他已
經高度發展的文類（如詩），是一可行的途徑。用詩的藝術來論小說，能促

---

[20]葉維廉，《中國現代小說的風貌》，頁116。

進這一發展。葉氏成功的分析，實有其時代的意義。在此套美學的照明下，小說的藝術奧妙清晰如清潭裡山林的倒影，一一呈現於我們眼前。我們發覺現代小說有著高度的藝術，小說不再是茶餘飯後消遣中的閒東西，而是真正的藝術。在這嚴肅的、藝術性的小說批評裡，我們的小說才會走入正途，走向藝術的領域。

　　也許有人會詬病，葉著偏重了藝術技巧方面的討論，忽略了思想性的討論。但我們得注意：葉氏專談藝術技巧，並非意味著技巧至上論，只是時人多忽略了這方面的思考，而葉氏特長於此而已。正如葉氏於二版序所說：「所謂小說藝術及小說藝術的基礎的語言的藝術，在當時很少人注意，談論者更少，而進一步討論小說的結構及該結構與外在現象，經驗程序及其間作何種選擇和表現的關係，可以說沒有。」葉氏於該序中許諾說，如果他寫第二本評論集，他將會「加強討論思想性與藝術性的融匯問題」，讓我們拭目以待。此外，我也無意說思想性的討論較易。冒昧點說，在目前的評論界裡，在思想性的討論上，使我驚心動魄的文字似乎尚不易見哩！思想性的討論，是需要睿智的，一方面要在傳統的長河裡討論這一刻的時代意義，一方面要把「將來」加入考慮，一方面還得討論其超越時空的永恆性智慧。究竟有沒有「永恆性的智慧」本身是一大疑問，把「將來」加入考慮，就有點預言家的姿態了。在這懷疑論相對論繁衍的 20 世紀，似乎大家都怕談「批判」，但我總覺得真理還是存在，批判還是需要，雖然得萬分兼容並蓄、謹慎、客觀、客氣地進行。

——選自《書評書目》第 76 期，1979 年 8 月

序葉維廉著《秩序的生長》

◎姚一葦[*]

　　葉維廉是我的畏友。他的為人治學、他的心胸氣度、他的才華與耐力，在在都是我所欽敬的。此次他的《秩序的生長》新版問世時，要我說幾句話；事實上這也是我自己多年以來的心願，因此欣然從命。

　　維廉是一個真正詩人。所謂真正詩人，乃是指他的詩發自內心，是心境的抒發，真情的流露；他從不寫應酬詩或應景詩，與以詩做為工具者大不相同。由於他心思寧澹，不逐紅塵，他自己浸沉在中國的山水詩裡，才會喜愛「不為五斗米折腰」、「田園將蕪胡不歸」的陶潛和一生沉寂無聞，只發表過五首詩的狄瑾蓀。這種性格與心態，由來有自。在本集所收早期的作品如〈陶潛的〈歸去來辭〉與庫萊的〈願〉之比較〉與〈狄瑾蓀詩中私祕的靈視〉中，已窺見端倪。

　　維廉又是一個突出的比較文學學者。大家都知道要成為一個比較文學的學者，除了精通不同國家的語文之外，還要對不同國家歷史淵源、文化背景、生活習慣、思想形態，有深切了解。但是自我看來，這只是研究比較文學的必要條件，而非充足條件；還有一個更重要的條件，那就是對文字的敏感。就前者言，舉凡語文的能力與歷史、文化背景的掌握，都可以從學習中得來，從努力中獲取；唯有後者，對文字的敏感，則是上天的賦與，無法強求。但是我不能不說有許多人缺乏此種賦與；缺少此種賦與的結果，即使他們的研究有其成就，此種成就亦屬別的知識範疇：如歷史

---

[*]姚一葦（1922～1997），本名姚公偉，劇作家、評論家、翻譯家。江西南昌人。發表文章時為國立藝術學院（今臺北藝術大學）戲劇系主任。

的、傳記的、社會的、心理的……，而非文學。維廉則兼具此兩方面才
能，使他在比較文學的研究上，獨樹一幟。

　　事實上，這種差別也就是詩人兼學者與純學者之間的差別。蓋詩人與
學者兩種不同的氣質、稟賦、才能，兩種不同的思考與表現方式。

　　做為一個詩人必要有敏銳的感覺力和豐富的想像力。他的想像可以海
闊天空，任意馳騁。當維廉走在湖口那條古老的街道時，他會說：

　　一個斷了弦的琵琶
　　橫在
　　空中
　　讓風的手指去挑彈
　　讓風的手指在肚裡敲響

　　　　　　　　　　——〈山線海線第一回〉，《萬里風煙》，頁 10

當他來到「鬼押出し園」，那地方一百多年前，一次火山爆發，將百多戶人
家活埋在岩石下，如今則是野草山花，點綴其間。他會喊出：

　　啊
　　才到了唇邊
　　便已成岩石

　　　　　　　　　　——〈古都的殘面〉，《萬里風煙》，頁 78

這是詩人的想像，也唯有詩人才想像得出。

　　做為一個學者則迥然不同，他的想像只能在嚴密的邏輯的推衍下運
作。絕不可憑空臆度、無的放矢。維廉的《比較詩學》是一部嚴謹的學術
著作，提示了許多創發性的觀念。尤其是〈東西比較文學中模子的應用〉、
〈語法與表現——中國古典詩與英美現代詩美學的匯通〉、〈語言與真實世

界──中西美感基礎的生成〉等篇，自哲學與語言的基礎以探討中西美學觀念之異同，對任意套用模子的比較文學家，是一劑清涼藥。

以上所舉例證雖都是他後來的作品，但是他的身兼詩人與學者的兩重身分、兩般性格與兩種才能，以及他如何調和運用此兩種才能，而形成他獨有的風格，事實上都一一反映在他的這本《秩序的生長》裡。這本書是他年輕時代的論文結集，是他自己所謂的「泛黃的照片」，但是自我看來，照片雖已泛黃，而流露出來的智慧光芒，則依然存在；而且比起現在的作品來有時更顯得直率、真誠，而充滿活力。因為歲月使他變得更莊重、更平穩了。不知維廉以為然否？下面我舉個例子來說明。

〈陶潛的〈歸去來辭〉與庫萊的〈願〉之比較〉（1957 年）一文，作者當時的年齡可能只有二十左右。在這篇文章中，他指出兩首詩的「夢的起源」以及「一連串的夢的象徵」的相互關係的異同；復從他們的理想天地，找出一個是要與大自然的永恆性冥合，另一個卻在追求人間仙土；再比較二人在情感上的處理：陶潛的情感的抒發是 indicative（平述的），庫萊則是 emphatic（強調的），前者是客觀的披露，後者則滲入激動的或過激的情感；更有趣的是他自「戲劇動向」（dramatic movement）來比較兩首詩的進展過程。在在都顯示出作者自身的體會，這種體會使他進入詩的內在，揭開詩人心靈的隱祕；同時也表露出作者分析與比較的能力。作者所兼具詩人與學者的雙重才能，早在 20 歲時已鮮明易見。由此一例，可概其餘。

但是話又要說回來，維廉不是輕易可以論斷的。即就本書而言，所經歷的時間，自 1957 到 1969 年，計 12 年；就如 12 年間所拍攝的不同照片一樣，顯得越來越成長，也越來越淵博和厚實。所以每一篇都是一個過程，一種生長，如逐一討論起來，當需巨大篇幅，我不想嘵舌，不如讓讀者自己去品嘗、去判斷。

我們相知 20 年。20 年來，他永遠生長，從不停滯。他的可畏也在此；使我不得不深自警惕，即使再忙碌、再勞累，也要舉起沉重的腳步，一步一步向前走。

　　　　　　　　　　——1986 年 4 月 12 日於興隆山莊

　　　　　　　——選自葉維廉《秩序的生長》
　　　　　　　　　臺北：時報文化出版公司，1986 年 5 月

評介葉維廉論文集《飲之太和》

◎杜國清*

　　《飲之太和》是葉維廉先生的第二本文學論文集，共含有 12 篇論文，可以概分為兩類。一是關於中國傳統道家美學與詩觀的闡明、或論述、或與英美現代詩匯通、或中西觀點的比較應用。另一類是有關新文學的評介、或回顧、或自剖。前者包括〈從比較的方法論中國詩的視境〉、〈中國古典詩與英美現代詩〉、〈中國文學批評方法略論〉、〈嚴羽與宋人詩論〉、〈中國古典和英美詩中山水美感意識的演變〉、〈飲之太和〉、〈無言獨化──道家美學論要〉、〈東西文學中模子的應用〉等重要論文。後者包括〈陳若曦的旅程〉、〈經驗的染織──序馬博良詩集《美洲三十絃》〉、〈現代歷史意識的持續〉，以及一篇附錄〈我和三、四十年代的血緣關係〉。

　　前者八篇論文是葉維廉所認同的中國傳統詩論的闡發和應用。中國傳統詩論，淵遠流長、繁複多樣。史丹福大學劉若愚教授曾在《中國詩學》中，將中國傳統的詩觀分成四派：「道學主義」、「個人主義」、「技巧主義」、和「妙悟主義」。後來又在《中國文學理論》一書中，分為六類：「形上理論」、「決定理論」、「表現理論」、「技巧理論」、「審美理論」和「實用理論」。在這些不同派別不同理論的中國傳統詩觀中，葉維廉對「妙悟主義」和「形上理論」最為傾心，而以之代表「中國詩」、「中國古典詩」一般。

　　作者在這八篇論文中，一再反覆闡述這種以道家美學為基礎的詩的特

*詩人、翻譯家、文學評論家。發表文章時為美國加州大學聖塔芭芭拉分校東亞語言文化研究系教授，現為美國加州大學聖塔芭芭拉分校東亞語言文化研究系教授、臺灣研究中心主任。

質：「不著一字、盡得風流」、「不涉理路」、「無跡可求」、「以物觀物」、「無言獨化」、「目擊道存」、「即物即真」、「離合引生」、「空納空成」，以及「心齋」、「坐忘」、「神遇」、「喪我」等道家觀點，而同時一再反對西方「分析」、「演繹」、「歸納」、「始、敘、證、辯、結」、「因果律」、「陳述—證明」、「抽象概念」、「知性」、「修辭法則」、「邏輯結構」等等。

　　作者將中西詩觀或美感經驗以二分法互相對立，以顯示「中國詩的特色」：

　　△超脫分析性、演繹性→事物直接、具體的演出。

　　△超脫時間性→空間的玩味，繪畫性、雕塑性。

　　△不作單線（因果式）的追尋→多線發展，全面網取。

　　△作者溶入事物（忘我）→不隔→讀者參與創造。

　　△以物觀物→物象本樣呈現→物象本身自足性→物物共存性→齊物性……。[1]

　　中西詩觀是否如此極端對立？中國詩是否都具有這種特色？道家美學是否是所有中國詩的美學基礎？

　　中國古典詩中固然有不少像「雞聲茅店月，人跡板橋霜」這種「意象性」（imagistic）、「非語法結構」（asyntactical）的詩句，但同時也有很多，也許更多「陳述性」（propositional），含有語法結構的（syntactical）句子，像「思君令人老，歲月忽已晚」，「昔我往矣，楊柳依依」等等。在西方詩論中，也有主張「忘我」的，如濟慈（John Keats，1795～1821）的「自否能力」（negative capability）或艾略特（T. S. Eliot，1888～1965）的「不具個性理論」（impersonal theory），也有主張「作者溶入事物」的，如赫芝立（William Hazlitt，1778～1830）的「共鳴的想像力」（sympathetic

---

[1] 葉維廉，《飲之太和——葉維廉文學論文二集》（臺北：時報文化出版公司，1980 年 1 月），頁 16、76。

imagination）等等。

由於站在以中國道家美學為基礎的妙悟主義詩學觀點來討論中國古典詩與英美現代詩的匯通，作者顯示出中國本位的詩觀。由於主張道家的「歸樸返真」、「回歸太和」、「無為」、「天籟」、「原性」、「物各自然」、「萬物萬化」，作者顯示出「原始主義」（Primitivism）的價值觀。進而，在討論中國詩的特質、語言表現、美感意識時，所舉的例證盡是古典詩中文言語法結構的詩句，作者顯然具有擬古主義（archaism）的傾向。

中國古典詩的這些特質和優點，白話詩能否加以繼承且發揚光大？實際上能否移植到現代英美詩中？不論是中國或英美現代詩人，在了解中國古典詩的這些特質和優點之後，能否突破語言表現與思考習慣的不同，將之化為營養加以吸收，以擴大美感經驗的領域，創造出更廣涵、更堅實、更完美的作品？如果不能突破或加以吸收，而只一昧模仿效顰，結果將只會產生一些在語言表現上是半文言，在詩情上是矯虛造作，在境界上是假古典的劣品。現代詩人，已不可能生活在古典詩的世界中。現代詩人對中國古典詩的認識和容受，要能進能出，否則在創作上會受影響而變成開倒車（anachronism）。

總之，這本書的主要論文在闡述中國古典詩中某些以道家美學為基礎的特質，以及中西詩學在語言美學上的不同觀點。作者為了強調這種古典的特質，在立論和論證上不無以偏概全之嫌，但是誰也不能否認，這些理論和作品的確是具有相當中國味道或特質的。中國詩學對世界文學理論的貢獻也必然表現在這一方面。作者的論文，大多曾以英文發表過。在英美文學批評界，葉維廉和劉若愚教授，可以說是當代將中國特有的文學理論，引進英美文學批評界的兩大功臣。在國內，我想中文系和外文系的學生，以及新詩的作者和讀者，都應該把這本書細心研讀。不論是對詩學理論的了解或新詩的創作，這是一本很有啟發性的好書。

——選自《笠》第 113 期，1983 年 2 月

葉維廉對道家美學抒情性的探尋

◎閆月珍[*]

　　20 世紀 70 年代，葉維廉在比較華茲華斯名詩〈汀潭詩〉和山水詩人王維〈鳥鳴澗〉時，曾指出：「王維的詩，景物自然興發與演出，作者不以主觀的情緒或知性的邏輯介入去擾亂眼前內在生命的生長與變化的姿態；景物直觀讀者目前，但華氏的詩中，景物的具體性漸因作者介入的調停而喪失其直接性。」[1]他強調了景物直觀在禪詩中的直接性，認為最能體現中國詩歌特性的正是山水詩對知性的排斥和對具體經驗的親近。

　　談詩卻避開主觀情緒，同樣具有海外遊學經歷的夏志清對此頗不以為然，他說：「其實中國傳統詩歌也是一身『情』、『景』並重，王維那幾首最為人傳誦、帶有禪味的有『景』無『情』的絕句，在中國詩裡絕不多見，在王維詩集裡占的比例也極小。」[2]看來，僅以有限的幾首禪詩立論證據不足，這遮蔽了中國詩歌的主流和本相，實在是以偏概全。他在批評中國舊詩時說，「中國舊詩之所以超不出定了型的情感，實在是中國文字宜於抒情，而不宜於『戲劇』，是幾千年來詩人們只向抒情方面發展的結果」。[3]可見，夏志清是從表現的角度談中國詩歌抒情特質的。而中國文字宜於抒情，這正是再現性敘事性極強的戲劇在中國不發達的原因。究竟在何種意義上中國詩歌是抒情的？以王維為代表的中國山水詩人，其情感表達方式

---

[*]發表文章時為廣州暨南大學中國語言文學系副教授，現為廣州暨南大學中國語言文學系教授、博士生導師。

[1]葉維廉，〈中國古典詩中山水美感意識的演變〉，《中國詩學》（北京：生活・讀書・新知三聯書店，1992 年 1 月），頁 89。
[2]夏志清，〈錢鍾書與中國古典研究之新趨向〉，《中國比較文學學科理論的墾拓——臺港學者論文選》（北京：北京大學出版社，1998 年 4 月），頁 284。
[3]夏志安，〈對於新詩的一點意見〉，《夏濟安選集》（瀋陽：遼寧教育出版社，1997 年），頁 79。

是否合乎抒情傳統？這是造成葉夏之爭的根本原因，也是其學術分野之處。有必要首先清理這兩個問題背後的一段學術史，以期更為準確地觸摸抒情性在其間的蹤跡。

一、中國詩歌抒情性的確認

　　以情論詩，是中國詩學的一個主脈。朱自清曾言「我們的文學批評似乎始於論詩」，又說作為「開山的綱領」的「詩言志」，早期雖然有鮮明的政治、教化意味，「但〈詩大序〉既說了『在心為志，發言為詩』，又說『情動於中而形於言』，又說『吟詠情性』；後二語雖可以算是『言志』的同義語，意味究竟不同」。[4]〈詩大序〉那兒早見「詩緣情」的端倪。直到魏晉五言詩的發達，才使得陸機得以鑄成「詩緣情而綺靡」這樣普遍性的詩學語言，明確地以情感做為詩的特質之一。這也可以看出，早期的中國文學與政教是合一的。在這正統觀念籠罩下，詩人終究覺得「吟詠情性」非止於禮義，有興浮志弱之弊。梁裴子野作〈雕蟲論〉就批評了當時這種「擯落六藝」，以「淫文破典」為功的現象。

　　中國文學在起源上不僅是一個文學現象，更是一個政治現象。即便「詩言志」這樣後來帶有個人情感內涵的命題，在早期卻體現了政治功用的思想，「獻詩陳志」、「賦詩言志」、「教詩明志」和「作詩言志」，都與社會或個人交往意圖有直接聯繫。禮教樂制是規範社會活動和個人言行的準則，文學在這樣的功利氛圍下自然傾向於政治和道德的維度。載負著教化意味的文學實不足以引出現代意義的中國文學觀念。而現代學者確認中國詩歌的抒情傳統，實有賴於 20 世紀以來西學的輸入。朱自清就曾說：「這種局面不能不說是袁枚的影響，加上外來的『抒情』意念——『抒情』這詞組是我們固有的，但現在的涵義卻是外來的——而造成的。」[5]他認為中國詩歌的抒情性得以確認一方面得益於傳統內部袁枚所標舉的「性靈」

---

[4]朱自清，《詩言志辨》（上海：華東師範大學出版社，1996 年），頁 28～29。
[5]同前註，頁 44。

說，另一方面是外來抒情觀念的影響。

在傳統內部，中國文學中詩歌是正統（小說和戲劇之類的敘事文學，直到現代以來受純文學觀念的影響地位才得以提升），抒情詩發達是自《詩經》以來的一個傳統，正如袁枚所言「《三百篇》半是思婦率意言情之事」（《隨園詩話》）；另一方面，隨著早期中國詩學的綱領「詩言志」與政教的分離，詩人地位得以獨立，詩學中的「詩緣情」一脈逐漸成了主流和經典。「詩言志」以來，經陸機的「詩緣情」到袁枚的「性靈說」，中國詩學對「情」的文學意義有著一貫的表述。

而朱自清所言的「外來觀念」即指西方浪漫主義以來對情感的推崇。啟蒙時代的康德就認為倫理上、宗教上、及哲學上的標準與藝術作品的價值毫無關係，在審美判斷中遵循的是情感原則，這為浪漫主義的情感理論提供了哲學依據。當時中國學者運用西方現代的文學觀念，對傳統「文學」中的合理成分與不合理成分進行了分割，他們對文學下定義時所運用的術語諸如情感、想像等等正是在西方現代文學觀念的浸淫下所產生的。這種新興的文學觀念對於當時人們發生影響的媒介是從英文或日文翻譯過來的文學理論、文學思潮史、文學研究法等方面的著作。當時人們引用最多的是西方近代坡斯耐特（Posnett）、韓德生（W. H. Hundson）、亨特（Theodore W. Hunt）、溫切斯特（Winchester）等人對文學所下的定義。如亨特認為文學是思想藉想像、感情和趣味的文字的表現。溫切斯特認為堪稱文學者不僅所含之理有永久價值，必其書之自身有訴諸感情之力為文學之要素，他列感情、想像、思想和形式為文學的四要素，以此為準則判斷文學與非文學。

近代的王國維就承此一脈重新界定了中國文學。王國維論詩詞，強調「情」的興發意義，「昔人論詩詞，有景語、情語之別。不知一切景語，皆情語也」（《人間詞話》刪稿，第十則）。在王國維看來，景雖然起著感發志意的作用，但辭以情發，詩歌表達最後還是會染上作者的情感色彩。他又說「境非獨謂景物也。喜怒哀樂，亦人心中之一境界。故能寫真景物、真

感情者，謂之有境界。否則謂之無境界」(《人間詞話》，第六則)。顯然，王國維既沒有循先秦道家和宋代理學家邵雍的思路而否定情感做為文學基質的地位，也沒有循叔本華的悲觀人生學說走向佛教寂滅的空巷。王國維雖然反覆強調人生之苦痛及其欲望對人意志的折磨，但並沒有因此為他的理論添加道家或佛教的空寂色彩，而是充分肯定了「情」之於文學的原質性意義。20 世紀以來的中國文學史、中國文學批評史的撰寫，特別強調「情感」做為文學要素的基礎性意義，王國維實開其先河。

郭紹虞的《中國文學批評史》就認為周、秦時的文學批評，唯儒家思想最重要，因儒家偏尚實用，其文學觀不免有文道合一的傾向，僅足為雜文學張目，不足為純文學發展之助力。[6]而道家思想，雖與文學批評無直接關係，其精微處卻與文藝的神祕性息息相通，成為純文學發展之助力。可見，郭紹虞還是循著上述思路，以純文學和雜文學的分別這一角度論述情感在文學中的地位的。正如他在論述南朝文學時說：「熱情騰湧而噴薄出之以流露於文字間者，當時的批評家往往稱之為性情或性靈。這是文學內質的要素之一——情感。」[7]這是近代以來中國詩歌的抒情性得以確認的開端。

純文學觀念明確了抒情在文學中的基礎性地位。中國詩歌的抒情性隨著近代以來中國文學現代性進程中純文學觀念的建立而得以確認。中國詩學存在著緣情一脈，但對它進行價值確認實有賴於西方觀念的介入。近代以來的學人以西方現代的文學觀念對舊有的大文學觀念進行「遠觀」和改造。對抒情性的確認實質上滲透了學者們的價值傾向，那就是文學的審美意識形態性質。純文學觀念突破了以詩為正宗的舊觀念，確立了戲劇和小說等敘事性作品在文學中的地位。

承此一脈，海外華人學者對中國文學的抒情傳統作了另一種探索。他們將抒情性上升到中國文學的特質這一高度，並將文學的疆界擴展到音

---

[6]郭紹虞，《中國文學批評史》(天津：百花文藝出版社，1999 年)，頁 10。
[7]同前註，頁 110。

樂、繪畫等藝術類型，從而使抒情性獲得了一種普遍意義。中國古典文學藝術的獨特品格被許多學者體認為與主體表現相聯繫的抒情特性。海外華人學者從跨文化的相對主義視角將中國文學的抒情性歸因於中國文化的特殊性，中國抒情傳統是源自其文化中強固的集體共同感通意識。

　　而葉維廉所謂抒情的純粹境界卻有別於上述路徑。正如葉維廉在談及道家「超乎語言的自由抒放」的理想時所言，「這個立場常被抒情詩論者所推許，所以道家的美感立場也可以稱為『抒情的視境』，lyrical vision；我要加英文，是因為中文『抒情』的意思常常是狹義的指個人的情，但『抒情』一語的來源，包括了音樂性、超個人的情思及非情感的抒發。例如不加入個人情思的事物自由的直觀便是」。[8]葉維廉以道家的美感立場闡釋「抒情的視境」，主張超越性的抒情，顯示了另外一種學術策略，即廣義的抒情主義。

二、「以物觀物」與抒情的純粹境界

　　在道家美學那裡，抒情的純粹境界是一個明澈的狀態。葉維廉認為，狹義的抒情主義（情詩或情信）是對白式的，是節拍激動的；而廣義的抒情主義即「抒情的純粹境界」最顯著的特點，一是冥想式的獨白，一是節拍緩慢的出神狀態。在葉維廉看來，小說要達到抒情的純粹境界，要解決兩個問題。「1.如何在傳統的敘述方式裡暗藏主觀經驗。2.如果為了敘述上的需要而牽及許多外象的呈露時，如何可以將之黏在一起，而不必使每一個外象都射入內心世界（射入內心世界的是黏在一起的一組外象所形成的氣氛）。」[9]在這樣的境界裡，作者隱去，而非「作者『替』主角設身處地想」；外象的有機整體的呈現在一剎那的律動中與主觀經驗相融。

　　對於這樣一個表達和詮釋的循環，葉維廉描述到：「現象（由宇宙的存

---

[8]葉維廉，〈語言與真實世界──中西美感基礎的生成〉，《葉維廉文集 1──比較詩學／現象・經驗・表現》（合肥：安徽教育出版社，2002 年 8 月），頁 141。
[9]葉維廉，〈水綠年齡的冥想──論王文興《龍天樓》以前的作品〉，《葉維廉文集 1──比較詩學／現象・經驗・表現》，頁 246～247。

在及變化到人的存在及變化）本身自成系統，自具律動。語言的功用，在藝術的範疇裡，只應捕捉事物伸展的律動，不應硬加解說。任事物從現象中依次湧出，讓讀者與之衝擊，讓讀者參與，讓讀者各自去解說或不解說」。[10] 之於作者的表達，不需加太多解說；之於讀者的詮釋，則有一個身臨其境的參與和融入過程；之於作品，則事物、事件明澈的一面從現象中湧出，經驗的本身得以顯現其原有姿勢。這樣一個作者傳意和讀者釋意的循環，才使得意義能夠擺脫語言的限制而產生無窮的意味。

　　作者和讀者隱去，外物以最為自然透澈的方式進入了視境。而這抒情的純粹境界，正是道家任物無礙的興現的「以物觀物」態度。葉維廉認為「以物觀物」才是中國美感領域和生活風範的代表，這是中國詩歌區別於「以我觀物」的西方詩歌的最大特點。在他看來，「道家美學」特別是從《老子》、《莊子》激發出來的觀物感物的獨特方式下主體虛位，從宰制的位置退卻，我們才能讓素樸的天機回復其活潑的興現，正如他所言：「道家因為重視『指義前的視境』，大體上是要以宇宙現象未受理念歪曲的直現方式去接受、感應、呈示宇宙現象。這一直是中國文學和藝術最高的美學理想，求自然得天趣是也。」[11] 而直現的事物最大程度地接近真實世界，使其保持本來姿勢、勢態、形現、演化，正是中國詩的最大特點。

　　從廣義的抒情主義出發，葉維廉批判了浪漫主義詩人華茲華斯的抒情主義。其一，詩人將原是用以形容上帝偉大的語句轉化到自然山水來。其結果之二是：詩人常常有形而上的焦慮和不安。以浪漫主義詩歌和中國山水詩進行比較，突出了道家對自然本真的親近和對狹隘情感的否定。葉維廉在反思 1920 至 1930 年代中國作家對浪漫主義的熱情時說，「早期的中國新詩人選擇以情感主義為基礎的浪漫主義而排拒了由認識論出發作哲理思

---

[10] 葉維廉，〈現象・經驗・表現〉，《葉維廉文集 1——比較詩學／現象・經驗・表現》，頁 326。
[11] 葉維廉，〈語言與真實世界———中西美感基礎的生成〉，《葉維廉文集 1——比較詩學／現象・經驗・表現》，頁 136。

索的浪漫主義，在多大程度上是緣由於中國本土的興情傾向呢？」[12]在他看來，正是道家天道自然、自然而然的宇宙和美學思想幫助了中國作家避開了形而上的自我焦慮。

　　以廣義的抒情主義衡量浪漫主義詩歌的質地，認為浪漫主義狹隘的個人情感和形而上的焦慮與道家美學和受其影響的中國山水詩自然而然的思想傾向是無法相提並論的。這是葉維廉思索的起點，也是其論述的終點。葉維廉對道家自然情感的推崇，對道家絕聖棄智境界的嚮往，成為了他維護中國山水詩之獨特性的思想來源。相應地，葉維廉因此遮蔽了「緣情」一派在中國詩學中的分量，以及自然情感與生活情感的關聯。這也正是遭到夏志清非難的要害之處。同理，夏志清對中國詩歌的界定遮蔽了另一個問題，即情感是否是構成中國詩歌的必要條件。

　　法國當代哲學家雅克・馬利坦從感知的角度分析東方藝術時說，「東方藝術是西方個人主義直接的對立物。東方藝術家是羞於想到他的自我，羞於在他的作品中表現他自己的主觀性。他首要的責任是忘掉他自己」[13]，「存在並貫穿於東方藝術家身上的那種令人欽佩的超然性的和朝向事物的純粹的努力，呈現在事物的純客觀性中」。[14]因此，「中國藝術家反倒抓住了事物自身內在的精神」。在馬氏看來，正是中國藝術家能夠「忘卻自我」，其感官也得以淨化，從而能夠在這種純客觀的傾向中發現事物的內在精神。馬利坦的研究提出這樣一個反證，即自我情感並非藝術的充分條件，中國藝術家也正因此與事物融為一體。

　　馬利坦雖然發現了中國藝術「朝向事物客觀性」的努力，但他並沒有真正發現中國藝術重感知而廢情感的源頭，所以他不得不以「客觀性的傾向」描述中國藝術家的這種審美經驗。其實，這種審美經驗在中國美學中被描述為「以物觀物」。此論主張排除先見、自我和情感之累，回復人心原

---

[12]葉維廉，〈歷史整體性與中國現代文學研究之省思〉，《中國詩學》，頁196～197。
[13]雅克・馬利坦著；劉有元、羅選民譯，《藝術與詩中的創造性直覺》（北京：生活・讀書・新知三聯書店，1991年10月），頁22。
[14]同前註，頁29。

本清明透澈的狀態對待外物。道家一派對個人情感和偏好的否定，意味著對自然本真狀態的肯定和親近。這滋生了詩學的另一種可能，即在自然真實顯現中達到意義的明澈境界。

荀子曰：「性之好惡喜怒哀樂謂之情。」（《荀子・正名》）莊子對於這種現實情感並不看好。他說：「吾所謂無情者，言人之不以好惡內傷其身，常因自然而不益生也。」（《莊子・德充符》）這種「無情之情」，正如《莊子・大宗師》曰：「若然者，其心忘，其容寂，其顙頯；淒然似秋，暖然似春，喜怒通四時，與物有宜而莫知其極。」莊子的「無情之情」是去除心機、私欲和自我的自然之情。因「喜怒哀樂不入於胸次」而破自我執著，故能達本我之真；因「審乎無假而不與物遷」（《莊子・德充符》）而除外物役使，故能達自然之真。「無情之情」是無我無物，有我有物，物我想忘的境界。也正因為它不關心物我之別和是非之別，超越了任何目的而能達到精神的純粹自由境界。而這自由境界，正是美和藝術的最高境地。

浪漫主義詩人主情感，相應地增加了來自自我的束縛，這是其雖索求自由而終不能入於自由，雖嚮往自然而終不能入於自然的原因。中國「傳統詩論畫論裡特別推重作品中自然的興發，要作品如自然現象本身呈露、運化、成形的方式去呈露、結構自然。這個美學的理想要把自然（物象不費力不刻意的興現）和藝術（人為的刻意的努力）二者間的張力緩和統合」。[15]由於道家精神的超越性，自然和藝術的緊張關係得以消解。

正是葉維廉發現了道家美學滋生的這種詩學可能和美學境界。從中西山水美感意識的差異入手，剖析和彰顯道家美學的民族個性，他對道家美學的發現具有鮮明的比較意識。這種比較意識正如他所言，是對文化「模子」作尋根認識。[16]

[15]葉維廉，〈語言與真實世界——中西美感基礎的生成〉，《中國詩學》，頁139。
[16]葉維廉，〈東西比較文學中模子的應用〉，《中國詩學》，頁30。

三、結語

第一，在占主流的純文學情感論的籠罩下，葉維廉以道家美學作支持，傾向於廣義的抒情主義，這是浪漫主義詩歌遭到葉維廉垢病的原因，也是葉維廉與夏志清的學術分野之處。看來問題的根底不僅僅在於葉維廉和夏志清口味不同，更為重要的是其學術策略不同。夏志清所謂「情感」其實正是葉維廉所謂「狹義的個人的情」，即表現性的情感。

第二，「以物觀物」做為道家的審美經驗，其對個人情感和偏好的否定意味著對自然本真狀態的肯定。中國經典中有著這樣一個與物為春的傳統。葉維廉傾向於那些景物自現的作品，除了其個人喜好之處，更多地是出於對中國詩歌文化個性的維護。對於「華氏常被比作陶潛，比作謝靈運」這種機械類比，葉維廉有著清醒認識。葉維廉強調道家美學的「抒情的純粹境界」，以道家美學立論，突出了道家美學的觀物感物程序，以及自然情感在中國藝術精神中的分量，這是葉維廉對道家美學的獨到發現。

而葉維廉所謂「抒情的純粹境界」雖已將莊子的情感觀念落實到了中國的山水詩，但因其崇自然而忘人世，因而包含著純粹理念的成分。相形之下，《漢書・藝文志》所謂「感於哀樂，緣事而發」，《韓詩・伐木篇》所謂「飢者歌食，勞者歌事」，都不是完全超脫而入於自然的。

——選自《學術研究》2008 年第 5 期，2008 年 5 月

後現代的反思：藝術作品的身姿

評葉維廉的《解讀現代・後現代》

◎簡政珍*

「後現代全然是崩離無向的嗎？」

這是葉維廉在《解讀現代・後現代》一書裡的關鍵性探問，由探問發出有關後現代理論的重要訊息。全書主要藉由後現代理論的論述，檢視現代與後現代的因緣糾合，並進一步思維後現代的生活藝術空間。另外，還有幾篇較隨想式的文章，如詮釋柏格曼電影裡的婚姻，論述散文詩及「閒談」散文。

本文嘗試探討該書理論外的另一個焦點：後現代時代，藝術如何反制一般理論所謂的崩離無向？藝術和生活如何藉由「活動」來展人性的意識？[1] 這些思維和觀照事實上也是本書副標題「生活空間與文化空間的思索」的精要所在。

臺灣文學藝術界的悲哀是，理論的大框架時常使纖細繁複的現象同一化，所有的五官和身姿變成制式的歸類和數據。更悲哀的是，理論的引介者經常並不能體會理論家真正的語調。[2] 也許理論的引介者會把詹明信或李歐塔等人所指出的：帶有精神分裂傾向和缺乏中心與深度的支離破碎的現象奉為當代文化的圭臬，真正的藝術家卻對這種現象作一種內在的反省和

---

*發表文章時為中興大學外國語文學系教授，現為亞洲大學外國語文學系講座教授。

[1] 我曾經在《聯合報》副刊討論過這本書的理論部分，覺得葉氏在指出一般將現代與後現代截斷為二的缺失，有其極精到的見解。參見簡政珍，〈後現代的省思——讀葉維廉《解讀現代・後現代》有感〉，《聯合報》，1993 年 4 月 22 日，35 版。

[2] 這點，我在〈後現代的省思〉裡有較詳盡的討論。簡政珍，〈後現代的省思——讀葉維廉《解讀現代・後現代》有感〉，《聯合報》，1993 年 4 月 22 日，35 版。

思索。葉維廉指出：「這些活動與思索所帶給藝術與生活的向度，在形式上和一般的所謂後現代主義有呼應之處，但在精神上則完全不同。」[3]本文將概略探討這些精神層面和形式層面的異同。

首先，藝術家將作品視為「活動」。葉維廉舉他在聖地牙哥加州大學上詩的經驗，將詩的文字單方面的經驗解放，化成舞者的身姿。舞是一種隨興，伴隨著舞者的放鬆和凝注。詩的寫作可能是文字，但詩的感受和體驗卻是一種「活動」。

葉維廉並舉卡普羅（Allan Kaprow）的〈流質〉、〈甜的牆〉等作品的「建築」活動，繪畫活動，表演活動；奧莉菲蘿絲（Pauline Oliveros）的〈現場環境聲音的美學〉及〈音波形象〉的凝注體驗活動；佛蘭雪爾（Jean-Charles François）的動力音色活動；黃忠良的太極舞蹈活動。除外，還有羅登堡，哈里遜夫婦和蘇珊·黎絲的例子。

這些活動的精神意涵是讓人體會藝術品是一個有生命的「身體」，因而能展現動人的身姿。當藝術進入僵化轉介的理論框架，它的血肉之軀時常被冰凍成「意義」。讀詩很少能真正感受一首詩，詮釋只是用一把冰冷的手術刀，將身體切割分析，檢視其意義。我以前也講過：「詮釋要基於有感的閱讀才有意義」（這裡的意義和前面的意義並不一樣，將再進一步說明），但是理論套用者對詩的詮釋很少能真正感受一首詩，分析一首詩無異在謀殺一首詩，因為在用手術刀割取一個意義時[4]，批評家同時也砍殺了詩的身體和其中的生命力。葉維廉說：「詩變成了分析手術臺上的屍骨。」[5]

假如人珍視作品的生命力，藝術家當然力圖探索表彰人性。葉維廉以卡普羅近期的作品說明其中「靜靜呼喚的人性」[6]，以演出活動為主的藝術

---

[3]葉維廉，《解讀現代·後現代——生活空間與文化空間的思索》（臺北：東大圖書公司，1992 年 3 月），頁 52～53。

[4]這並非說，詩的詮釋不應討論其意義。事實上，在一般強調意義崩解的後現代情境中，正如葉維廉在本書的詮釋，以「意義」做為詮釋的焦點有如暮鼓晨鐘。但詮釋者應展現「感受」到的意義，而非用手術刀割取意義。

[5]葉維廉，《解讀現代·後現代——生活空間與文化空間的思索》，頁 57。

[6]同前註，頁 70。

家，「他們重建人性的意識是極其強烈的」。[7]環視臺灣的批評情境，強調人性人文十幾年已如禁忌。此地的批評家在轉介後現代的文學和文化時，一意（誤解式地）標榜解結構及後現代的崩解無向。文學藝術在如此「理論」的培育下，不是純然商品消耗取向，就是無任何人性指涉的遊戲消遣之作。這些 「批評家」因此也順理成章的貶抑富於人性思維的深沉作品，而贊揚肯定文字遊戲或即時消耗的商品文化。有些批評家更質疑是否有詩這種「東西」。

　　葉維廉對後現代的觀察卻和這些「批評家」迴異其趣。當後現代理論質疑所謂的正典化時，葉維廉要強調的是，並非「什麼都是藝術」（Anything goes）。葉維廉以俄國的畫家Alexander Brodsky和Ilya Utkin的作品說明當後現代的商業文化侵襲人類文明的生命力時，「在文化的殘垣碎瓦片，唯一可能獲致的凝融，也只有藝術的創造。通過後者，我們也許可以負面地瞥見重建人性的可能」。[8]這和一般主張藝術應隨著商業文化遊戲化庸俗化的「批評家」何其不同！一般批評家是商業化文明的投降主義者。只有對人性深沉觀照的思維者，才能「負面地瞥見」藝術家這股「暗流」。曾幾何時，後現代主義力主以邊緣反制中心的正典，而造成遊戲及庸俗的商業化文明，如今位處邊緣的深沉藝術品正以其身姿反制目前居於中心以商業取向的遊戲庸俗之作。

　　但葉維廉所展示的後現代藝術，和主流的後現代相較，在形式上仍有彼此交相互應之處。也許可以這麼說，葉維廉所舉的藝術家及其本人摘取了後現代的某些形式，卻將這些形式投射至其他的方向，而顯現精神層面上的不同。「意義」這個詞語的破解能進一步釐清一般批評家的迷思。其次，破解「意義」也能觸發藝術作品和理論之間形式和精神的辯證。「詮釋」也可能是一種藝術的「活動」。

　　葉維廉及其列舉的藝術家和後現代理論家一樣，將固定的意義釋放開

---

[7]葉維廉，《解讀現代‧後現代——生活空間與文化空間的思索》，頁69。
[8]葉維廉，《解讀現代‧後現代——生活空間與文化空間的思索》，頁117。

來，使意義開放出多種可能性。但當一般理論家（尤其是此地的理論轉介者）強調沒有固定意義也趨向意義的全然崩解時，葉維廉引用了羅拔・鄧肯和H・D共同體認的一句話：「越過那危險點，越過任何邏輯或意義，則一切有新意」。[9]事實上，葉維廉在書中所舉的藝術家的作品，形式上表面看起來是隨興無甚「意義」的，但細究之葉維廉卻在每一種活動都賦予一種詮釋的意義，如對卡普羅的〈流質〉，他作如此的詮釋：「『流質』是人在自然景物中創造出來的一個『轉瞬即逝』的意象。它用了『巨大宏壯』來完成一種『細緻』的感受，象徵著人在自然力量中的脆弱。」[10]黃忠良的太極活動「正是針對著人工具化的自囚而發」。[11]至於Brodsky和Utkin的繪畫作品無不使他陷入人性的嚴肅思維。他對每一幅畫都感受到強烈的意義，感受到畫中的景象「是將來的一種預兆，在肢解或海市蜃樓的邊緣顫抖」。[12]

　　葉維廉所舉的這些繪畫或表演活動，形式上和傳統藝術大不相同，但在這「開放」的形式下，藝術家展現了文本（或活動本身）的內在意義（meaning）和外在意義（significance）。

　　當代本地的理論轉介者習慣將理論壓縮成平板的框架，而忘掉理論也有其身姿。他們看不到「意義」也有其立體的輪廓，他們只看到「意義」扁平的樣貌。

　　首先，他們把所有的文本擠進理論的框架（弔詭的是：後現代主義力圖打破一切框架，而後現代理論的轉介者卻一直背負著理論的框架），因此，他不會（也沒有能力）細微地感受體會文本，因而宣稱這個文本或活動沒有內在意義。

　　其次，即使一個文本本身意圖消解可能詮釋出的意義，大部分理論轉介者也無法體會這樣的文本意圖已經在展現其內在意義。事實上，後現代

---

[9]葉維廉，《解讀現代・後現代——生活空間與文化空間的思索》，頁 71。
[10]葉維廉，《解讀現代・後現代——生活空間與文化空間的思索》，頁 76。
[11]葉維廉，《解讀現代・後現代——生活空間與文化空間的思索》，頁 93。
[12]葉維廉，《解讀現代・後現代——生活空間與文化空間的思索》，頁 111。

的文學或藝術在突破一種固定的意義，賦予意義的不確定性和多重可能性時，反而展現了更豐富的意義。

再其次，即使以上兩種內在意義全然不可得，一個深沉的作品可能在暗喻現實世界已不容任何有意義的事，這個作品因而有極豐富的外在意義。

值得注意是，詮釋者應盡量感受到文本的內在意義，當一個批評者大都只能找到外在意義時，他也可能陷入視覺的盲點，因為他極可能未能正視許多作品或理論的身姿。

葉維廉在本書並未特別釐清這兩種意義，但當他在為書中的藝術活動詮釋意義和賦予意義時，這兩種意義已糾合融圓。本地商業拜物主義文化醃漬人心，後現代藝術的崩離無向已成洶湧的主流。葉維廉卻在波濤的逆流中力主人性意識的重建，感受作品潛藏的生命力，發掘作品的深沉意涵。讀者若能體會到作者這些用心，他一定能感受到葉氏這部作品的雙重意義。

——選自《中外文學》第 24 卷第 7 期，1995 年 12 月

葉維廉的《中國詩學》增訂版

◎洪子誠[*]

　　葉維廉教授是成就卓著，同時學術個性獨特的學者。正如樂黛雲教授
所言，他「是著名詩人，又是傑出的理論家。他非常『新』，始終置身於新
的文藝思潮和理論前沿；他又非常『舊』，畢生徜徉於中國詩學、道家美
學、中國古典詩歌的領域而卓有建樹。……他的創作衝動、對文字的敏
感、做為一個詩人所特有的內在的靈視，決定了他無可取代的學術研究特
色。他對中國道家美學、古典詩學、比較文學、中西比較詩學的貢獻至今
無人企及」。由於兩岸往來一段時間的隔絕，他在大陸「正式出版」的第一
本理論著作，要遲至 1987 年（《尋求跨中西文化的共同文學規律》，北京大
學出版社）。不過，在此之前，他的一些重要論著已在大陸學界流傳。1980
年代前期，中國社科院文學所辦有《文學研究動態》的內部刊物，專門譯
介域外、港臺的學術動態和學術論著，對推動、更新當時的文學研究作用
頗大。1982 年，《文學研究動態》曾編印《比較文學論文選集》（「內部資
料」）增刊，內收蒲安迪、陳世驤、古添洪諸人論文。葉維廉的〈中西山水
美感意識的形成〉和〈《中國現代文學批評選集》序〉也在其中。稍後
（1985 年）編印的《中西「比較詩學」論文選》，收入他的〈道家美學‧
山水詩‧海德格〉一文。1980 年代初「朦朧詩」熱潮中，我在北大開設
「近年詩歌述評」的專題課，借助上述資料，特地向學生介紹葉維廉比較
中國語言文字和印歐語系的區別，雙語法、文字結構等方面，闡釋中國古
典詩歌特質（自動呈現、純粹視境等）的論述，引起學生極大興趣。不

[*]北京大學中國語言文學系退休教授。

過，當時的中國大陸，為追慕、吸納西方現代文化的熱潮所籠罩，葉維廉的研究產生的影響，更多地發生在比較文學「方法論」的層面。他的著力處，他追索、復甦、更新「中國文化的原質根性」的苦心孤詣，反倒被忽略了。這也可以說是一種「文化錯位」吧。

1992 年，葉維廉的《中國詩學》在大陸出版（北京：生活‧讀書‧新知三聯書店）。該書選輯他一組有代表性的詩學論文，大陸一般讀者借此得以較為全面地把握他所建構的詩學理論。十多年來，這部著作對大陸的比較文學、道家美學思想和中國古典詩學研究的啟迪，已有共識而不需多言。最近，《中國詩學》改由人民文學出版社再版（2006 年 7 月）。「增訂版」仍依循原來的按「古典部分」、「傳意與釋意」、「現代部分」劃分的體例，在保留原有篇目的基礎上，增加了四篇 2004 年以來的作品。古典部分的〈重涉禪悟在宋代思域中的靈動神思〉和〈空故納萬境：雲山煙水與冥無的美學〉，繼續對道家美學的探究、闡發，重心是論析宋代「幽遠深微」的「新的美學感性」興起的「複雜情節和美學含義」。對於蘇東坡在這一「新的感性」的美學闡釋、推動和實踐上的「樞紐人物」的意義，有精到的論述。現代部分的〈文化錯位：中國現代詩的美學課程〉、〈臺灣五十年代到七十年代初兩種文化錯位的現代詩〉兩文，則檢討 20 世紀五四至 70 年代大陸和臺灣現代詩的「語言策略與歷史獨特的辯證」，揭示現代詩為特定歷史語境所制約的詩藝開發、詩質營造的趨向。他用「鬱結」這個詞，來概括因個體群體放逐、文化解體、整體離散而產生的猶疑、恐懼、絞痛、絕望，並用以描述中國現代詩持續貫穿的總體特徵：這可以說是相當確切而敏銳的歸結。增補的幾篇論文，都是葉維廉新近的精心構撰，值得我們認真研讀。

葉維廉說，他一向不替自己的文章寫序言，因為要說的話就在眼前。不過，增訂版改變了這個成例。這篇帶有「傳記」意味的序，依我看來不僅不是多餘，而且對理解葉維廉的理論和批評的寫作背景、動機、切入點的確立、論述理據、展開方式和規畫指向，都相當重要。另一重要意義

是，藉此得以辨識葉維廉學術論著中隱含的「激情」和活躍的「生命律動」的脈搏和蹤跡。在他的有關一次次的「放逐」、「愁渡」中所體驗的孤獨、錯位（身體的，精神的，語言的）和文化焦慮的講述中，我們深深意識到葉維廉的寫作、學術活動，他對中國文化「原質」的發明和執著堅守，與他的經歷，與對「生命意義」的追尋，與現代中國面臨的「文化危機」的體認的血肉關聯。19 世紀末期以降，個體和民族面臨的殖民入侵，以及現代社會人性異化、工具化、離散化的境遇所產生巨大壓力，不斷積聚、加深葉維廉心智的「詩的而且更是中國文化危機的關懷與『鬱結』」。正是這份關懷和「鬱結」，「驅使」他「用詩一樣濃烈的情感投入中國特有的詩學、美學的追索」[1]中。也許，我們不一定完全認同將道家美學看作中國文化「原質根性」的核心，在詩歌寫作上，山水詩式的觀物方式能否有效容納現代生活經驗也可能存有疑慮，但是，毫無疑問的，我們能夠認同葉維廉基於特定時空的歷史闡釋所具有「歷史整體性」的合理依據。

——選自《創世紀》第 149 期，2006 年 12 月

---

[1]葉維廉，〈增訂版序〉，《中國詩學》（增訂版）（北京：人民文學出版社，2006 年 7 月），頁 8。

葉維廉

◎瘂弦[*]

當纖巧感覺的詩幾已成為流行的「風尚」之際,詩人葉維廉以其沉雄蒼鬱的筆調創作,確給予詩壇以振奮的力量。而更重要的是,葉維廉意味著一個新的可能和新的出發。

他的詩的最大特點,是力求詩的媒介的各種彈性(文字的音樂性、意象的擴展性明顯性及想像的聯想性)造成一種暗示力最大的氣氛,使一首詩無窮及豐富的伸展;其對於意象的選擇則用馬拉梅和艾略特的抽象手法,把事物孤立細視而獲取戲劇性的迫真效果。他雖自馬、艾選擇了表現手法,卻自雄偉博大的傳統中找尋更豐富的內容,因而能夠「一念萬年」。

這位來自香港現正就讀師大的青年詩人,原籍廣東中山,今年(1960年)23 歲,17 歲時即與詩人崑南、畫家無邪合創《詩朵》詩刊,唯因經濟及經驗欠缺,只出了三期即告夭折。其時他深感一個偉大的經驗背景對詩人的重要,乃潛心苦學,對波特萊爾以降法國諸大家及英美詩人作廣泛而深刻的研究;對於艾略特認識尤深,並曾受其影響。

由於一種創作與發表態度的雙重嚴肅感,葉維廉的作品不多;另一方面,他大部分精力用於英文創作。他的中文作品多半發表於《文藝新潮》、《現代文學》和《新思潮》,英文詩作則間或出現在印度權威文學雜誌 *The vak Review* 上。

葉維廉是我們這個詩壇一向最感缺乏的具有處理偉大題材能力的詩

---

[*]本名王慶麟。詩人、編輯家、評論家。發表文章時領海軍少校銜,現旅居加拿大,為加拿大華人文學學會主任委員兼《世界日報》「華章」文學專版主編。

人。在中國，我們期待「廣博」似較期待「精緻」更來得迫切。

　　　　　　　　　　　——選自瘂弦，張默合編《六十年代詩選》
　　　　　　　　　　　高雄：大業書店，1961 年 1 月

「定向疊景」時期的爆發能量

早期葉維廉詩的突破與困境

◎翁文嫻[*]

一、前言：明朗與晦澀的糾纏

　　葉維廉先生的創作與詩學研究，持續不斷已有 50 年，觀看寫作年表[1]，更令人震撼。《賦格》詩集出版於 1963 年，是年才 26 歲；譯艾略特〈荒原〉，聖約翰・濮斯的詩，只 22 至 24 歲。同期，還有對艾略特與中國詩意象的思考，寫成〈靜止的中國花瓶〉，與及有關臺灣現代詩之閱讀角度，撰文〈論現階段中國現代詩〉。[2]前者開出日後東西語言特質的系列研究，以致影響深遠的〈中西比較文學模子的應用〉（1977 年）[3]；後者發展至〈中國現代詩的語言問題〉（1970 年），以致近年更成熟的回顧〈臺灣五十年代末到七十年代初兩種文化錯位的現代詩〉（2006 年）。[4]

---

[*]成功大學中國文學系副教授。

[1]本文採用葉維廉，《三十年詩》書後的年表。〈葉維廉年表〉，《三十年詩》（臺北：東大圖書公司，1987 年 7 月），頁 615～621。另有參考臺灣大學臺灣文學研究所編的葉維廉資料，分「已發表書刊論文」、「評論與訪談書目」兩類。（臺大近代名家手稿系列展：http://www.lib.ntu.edu.tw/manuscript/yip/default.htm）

[2]此二篇年表未出現上述資料中，但在其《秩序的生長》（臺北：時報文化出版公司，1986 年 5 月）書中有註明。前者是 1960 年，後者為 1959 年。作者年齡是 22 至 23 歲間。

[3]這兩項學術視野深遠。在臺灣，有關東西詩語言特質之研究，可惜未能很好的發展；「東大」出版社編輯群在《三十年詩》一書後〈葉維廉簡介〉中寫道：「葉氏近年在學術上貢獻最突出、最具領導性、影響最具國際性的無疑是他在東西比較文學方法的提供與發明。」大陸在 2001 年起，「文藝學」領域亦有多篇有關葉維廉的碩博士論文，如：劉鵬〈葉維廉比較詩學學科理論研究〉、閆月珍〈葉維廉對道家美學的現代闡釋〉、趙東〈「比較」與「匯通」——葉維廉比較詩學理論初探〉等。

[4]此文前身是「創世紀 50 年與臺灣現代詩研討會」上的論文：〈雙重的錯位：臺灣五六十年代的詩思〉（原文發表於《創世紀》第 140、141 期合刊（2004 年 10 月），頁 56～67）。葉氏據此於 2006 年 7 月在臺灣大學演講，再添加不少詩例，補足在《臺灣文學研究集刊》第 2 期發表。葉維廉，

　　而有關葉維廉詩及詩學的研究，在臺灣已結成《葉維廉作品評論集》[5]，收入 33 篇論文，多屬學貫中西、一時之選的「詩論家及詩人」，其他創作者大概很難擁有這樣的一張評論名單。然則，我們可以再加些什麼贅語呢？

　　且試著往相反的途徑前進。雖獲得許多詩人學者關注，但早期的葉維廉詩，幾乎爭議為「晦澀」之「典範」。[6]如果說創世紀諸人如洛夫、瘂弦、商禽也被詬病，但他們這 20 年間，好像已經「平反」，成為多篇碩士論文的對象[7]，語言也或多或少被年輕世代吸收、仿效。但以葉詩為題的年輕論者，一直至 2006 年起才開始出現；更難辨認能汲取維廉詩風而開出一個局面的追隨者。

　　葉氏詩中期以後，基本上愈來愈離開早期的繁複意象，調整步伐，實踐他嚮往的古典詩精神，特別如王維有關「風景的演出」。[8]柯慶明說：「以定點觀照或回游體驗來捕捉山水田園情態」。[9]梁秉鈞（也斯）則認為「更多自然語言和現實現象，但並非完全落實在現象世界而否定了超越經驗，反而是由於兩者的拉扯爭奪而產生了新的起伏張弛」。[10]

　　兩位學者都予以肯定的論點，可惜，葉維廉中期以後詩，風格明朗寫

〈臺灣五十年代末到七十年代初兩種文化錯位的現代詩〉，《臺灣文學研究集刊》第 2 期（2006 年 11 月），頁 129～163。

[5]廖棟梁、周志煌合編，《人文風景的鐫刻者——葉維廉作品評論集》（臺北：文史哲出版社，1997 年 11 月）。

[6]此處可參考廖棟梁、周志煌合編，《人文風景的鐫刻者——葉維廉作品評論集》內陳芳明、顏元叔、古添洪、李豐楙等人論文，均有涉及葉詩語言晦澀難解之特性。特別是陳芳明〈秩序如何生長？〉，對其提倡「詩中純粹經驗」的書寫方式，不以為然。葉氏後期詩學論文中，其實有多處隱隱回應這位評論界重量級人物的指陳。

[7]三位詩人數十年間在臺灣活動頻繁，自臺灣國家圖書館內「碩博士論文資訊網」之統計，自 1986 年開始，至 2006 年底，專門研究洛夫碩博士論文共八篇，商禽四篇，瘂弦一篇；葉維廉則在 2006 年起才有二篇。

[8]對於王維詩的吸收，請參看葉維廉，〈視境與表達〉，《秩序的生長》，頁 241～250。葉維廉，〈中國古典詩中的一種傳釋活動〉，《歷史、傳釋與美學》（臺北：東大圖書公司，1988 年 3 月），頁 55～88。葉維廉，〈語法與表現〉、〈中國古典詩和英美詩中山水美感意識的演變〉，《比較詩學》（臺北：東大圖書公司，2007 年 9 月），頁 27～89、135～194。

[9]柯慶明，〈葉維廉詩掠影〉，《詩探索》2003 年第 1～2 輯（2003 年 6 月），頁 157～174。引文見頁 169。

[10]梁秉鈞，〈葉維廉詩中的超越與現象世界〉，《人文風景的鐫刻者——葉維廉作品評論集》，頁 205～206。此語是有關《醒之邊緣》和《野花的故事》時期的思考。

實並未得到年輕一代的認同，在 1982 年《陽光小集》[11]票選「青年詩人心目中的十大詩人」時，變成第 12 名而落選。他們公開宣布理由：「作品量雖未減，但質的方面自《野花的故事》以來，遲滯不前，影響也漸小。」

李豐楙曾撰長文分析此現象，認為 1980 年代臺灣詩「無論從社會、文化、或是經濟、政治，都有較強烈的關懷現實的傾向」。而這是後期葉詩較未表現的部分。此時的詩，適度口語化，令不同的生活題材，「都可在更自由的形式中入詩」，比起葉氏「早期過度的繁富的造語，密度太高，稍不留神就會流於『新而訛』的語言毛病」。豐楙先生顯然更鍾情於後者。[12]

葉氏後期詩的明朗化，由於大家都看得懂，喜不喜歡就變成讀者的偏好與選擇，其所引生的詩學爭議，遠不如早年《賦格》、《愁渡》等作品的震動。細看葉詩相關評論，發現早期作品，身為詩人的評論者較能垂青，如蕭蕭、張默、簡政珍、許悔之、香港詩人梁秉鈞、洛楓等。[13]有趣的是學者古添洪，1973 年評《賦格》詩集時，侃侃而談羅列三大項閱讀上的困難；兩年後，卻撰文〈名理前的視境〉，先前難懂變成了另一番魅力，改換論點。他建議讀者先去除「名相」與「概念化」、「關係化」、「實用化」的「理」，就能進入詩內「萬物形相的森羅」。[14]

這證明了，就算同一位評論家，在經歷葉維廉早期詩的閱讀時，自己也難免有反覆。本文題目「定向疊景」，是顏元叔先生在 1972 年提出的批評術語，專用以說明葉詩自《賦格》、《愁渡》時期的特色。[15]那麼多評論文章中，為什麼專挑顏先生的這用語呢？理由有三：

1.顏元叔 1970 年代在評論界影響力最為鉅大。他也是第一個引進西方

[11]李豐楙，〈葉維廉近期詩的風格及其轉變〉，《人文風景的鐫刻者——葉維廉作品評論集》，頁 156～157。
[12]李豐楙，〈山水・逍遙・夢——葉維廉後期詩及其詩學〉，《人文風景的鐫刻者——葉維廉作品評論集》，頁 184。
[13]各人的文章均收入廖棟梁、周志煌合編，《人文風景的鐫刻者——葉維廉作品評論集》內。
[14]古添洪，〈名理前的視境：論葉維廉的詩〉，《人文風景的鐫刻者——葉維廉作品評論集》，頁 83。
[15]顏元叔，〈葉維廉的「定向疊景」〉，《人文風景的鐫刻者——葉維廉作品評論集》，頁 35～52。

「新批評」的人物，先用之在古典詩分析上，引來一連串的攻伐與讚歎。[16]
又曾批評洛夫與羅門，都詞意嚴厲，引起二人的筆戰回應。[17]

2.對葉維廉詩卻意外褒揚有加，說其意象有自我生長的趨勢，前後互
相影射、意義添增，形成一個嚴謹的有機結構，顏氏稱之為「定向疊景」。
除意象分析，又注意到其詩內的「音響結構」，並舉詩句逐字分析證明，早
期便能如此注意葉氏聲音效果的論文，非常稀有。

3.顏元叔文論筆鋒帶有感情，卻直言硬語，不怕得罪同行友朋，當年
文章登《中外文學》，牽出系列回響，稱「颱風季論戰」。[18]近二十年間，
顏氏聲音漸漸隱沒，其評論風格更令人懷念。至今，或只能在柯慶明《現
代中國文學批評述論》書內，寫到民國以來臺灣系列評論家，有如下介
紹：「顏元叔在新批評方法上，最大的貢獻在於發明了『定向疊景』。」[19]
但是，這個詞語，再沒見用在別人身上。

因而，這個詞彷彿專為葉維廉早期詩度身訂做，顏元叔文內分判晦澀
與艱深詩：「晦澀詩的情感，四方亂射，令讀者無所適從，艱深詩則有一定
的投射方向，讀者越是往前走，越見情思的風景層出不窮，……這樣的詩
便有『定向疊景』。」今日重用這個詞彙，特別在葉維廉已由昔日艱深的結
構走向明朗，而評論界也愈少如顏元叔般質直的聲音，我們懷念一切在早
期開疆闢土，大肆引入新進知識，使遙遠文化與漢語傳統糾結交纏；這年
代令人迷惑，難以理解，但 40 年後再親臨這些詩語言，始終感到，那是一
個能量爆發的時代。

---

[16]顏元叔，〈中國古典詩的多義性〉及〈析「自君之出矣」〉，《談民族文學》（臺北：學生書局，
1971 年），引起葉嘉瑩、徐復觀、甚至夏志清等人對古典中國作品詮釋方法之爭議。
[17]顏元叔有兩篇文章：〈細讀洛夫的兩首詩〉，《中外文學》第 1 卷第 1 期（1972 年 6 月），頁 118～
134；〈羅門的死亡詩〉，《中外文學》第 1 卷第 4 期（1972 年 9 月），頁 62。引起洛夫回應的文章
為〈與顏元叔談詩的結構與批評——並自釋手術臺上的男子〉，《中外文學》第 1 卷第 4 期
（1972 年 9 月），頁 40～52。羅門之回應文章為〈一個作者自我世界的開放——與顏元叔教授談
我的三首死亡詩〉，《中外文學》第 1 卷第 7 期（1972 年 12 月），頁 32～47。
[18]顏元叔，〈颱風季〉，《中外文學》第 1 卷第 2 期（1972 年 7 月），頁 4～5。有關當年的爭議，近
年有陳政彥，〈顏元叔新批評研究於七〇年代發生之詮釋衝突：以「颱風季論戰」為觀察核心〉，
《臺灣詩學》季刊第 8 號（2006 年 11 月），頁 261～282。
[19]柯慶明，《現代中國文學批評述論》（臺北：大安出版社，1987 年 10 月），頁 126。

二、早期維廉詩的特質追索

　　多位學者已深入探討過，早期葉維廉詩傳出的精神內涵。例如有關自我放逐訊息、對隔絕感的交戰、對紛紜現象的超越、對陌生城市焦慮之議題等。[20]但筆者以為，最後還未如葉氏近年系列論文，更交代得清楚。[21]他分析關於 1950 至 1970 年代初，臺灣在兩種文化錯位間產生的詩語言，觸及臺灣現代主義的背景，他認為，現代主義在臺灣出現的理由有三：1.政治突然與大陸母體分割，心理上形成一種游離狀態，古代遙遠而客觀世界支離破碎，唯一可肯定者是主觀的世界。2.離開母體對新環境空間的陌生感，容易令人進入內心的追索。3.1930、1940 年代的詩急於表達，流於解說，甚至變成口號，違反了中國傳統詩特質。若運用現代主義的技巧與概念，剛好可以矯正這些太過散文化的詩。[22]

　　葉維廉認為：「臺灣詩人並未如有些讀者說的『脫離現實』，反而他們詩中的感受才是當時的歷史事實。」以下是一段詩語言的分析：「一方面，因為歷史經驗的盤根錯節，一方面文化錯位激發的心理複雜性，詩人們走向濃縮多義的意象的營造，在這裡，他們進入了象徵主義以還現代詩投射的跡線：從Lyric核心非敘述迂迴曲折多方放射濃縮的瞬間，進入了現代詩要『一步一步嚴謹得像數學課題一樣地經驗意象、音質、氣氛』的主張，包括語言的發明、推敲、雕刻、磨鍊，極力做到無一字虛設。在語言的凝

[20]多篇論文均收入廖棟梁、周志煌合編，《人文風景的鐫刻者——葉維廉作品評論集》中，分別是王建元〈戰勝隔絕——葉維廉的放逐詩〉、梁秉鈞〈葉維廉詩中的超越與現象世界〉、洛楓〈無言的焦慮——葉維廉早期詩歌的城市印象〉；但簡政珍〈葉維廉：自我而足的放逐意象〉，原文發表於 1993 年《當代文學評論——中興大學外文系學報》創刊號，後收在簡氏《放逐詩學》（臺北：聯合文學出版社，2003 年 11 月）。
[21]此處指葉維廉，〈臺灣五十年代末到七十年代初兩種文化錯位的現代詩〉，《臺灣文學研究集刊》第 2 期（2006 年 11 月）。另外如〈葉維廉答客問：關於現代主義〉，《中外文學》第 10 卷第 12 期（1982 年 5 月），頁 48～56。更重要的是新一本詩集《雨的味道》（臺北：爾雅出版社，2006 年 10 月）前面的長序〈走過沉重的年代〉。此文分（上）（下），原刊於《創世紀》第 149 期（2006 年 12 月），頁 169～187，及第 150 期（2007 年 3 月），頁 175～181。
[22]〈葉維廉答客問：關於現代主義〉，《中外文學》第 10 卷第 12 期（1982 年 5 月），此三點是據文中頁 51～52 提及的內容歸納而來。

練上，他們還企圖以中國古典傳統的美學來調整西方現代主義的策略，如
利用文言詞語凝練白話期以達成一種新的融合……。」[23]

　　這一段專門有關語言、美學背景的解說，是極精準而有層次感的，在
原文內，葉維廉屢次舉出他所熟悉又往來的詩友：洛夫、瘂弦、商禽、管
管、張默諸位的詩例說明[24]，但我們若將此段文字回看葉氏早期《賦格》、
《愁渡》等作品，幾乎是「夫子自道」的最佳解釋。

　　在 40 年詩學的累積下，葉維廉鞭辟入裡地剖析了那一個時代中苦悶、
鬱結、自我禁錮，不斷求索存在的同儕們，晦澀的詩語言。做為評論家，
可能對一個整體的文化場域說得夠清楚[25]，但該如何回顧自己的創作？一
如評析洛夫、瘂弦詩般一針見血呢？葉維廉近年論文內急急的解說，但可
以解釋創作動因，可以訴諸時代的投影，但將如何定位，作品在讀者心上
產生的美感？那些連綿不息，引人追隨的靈魂的信念？前提及 33 篇評論
中，詩評已占了 19 份，還需要說些什麼呢？幸而，在讀詩者立場，這是一
個龐大的X數，不同年代不同立場的聲音，作者也只能回應不能制止。如
今，相距《葉維廉作品評論集》出版，又過了 21 年，在今日世代裡，我們
可能重新讀出些什麼？[26]以下，稍展開三個論點，試尋求葉維廉早期詩與
同輩迥異的面相——

（一）意象線索：「擾動已故已深埋的事物在現在之中」

　　以上句子引自〈〈焚燬的諾墩〉之世界〉[27]，想借以說明葉詩，意象連

---

[23]此段文字根據葉維廉，〈臺灣五十年代末到七十年代初兩種文化錯位的現代詩〉，《臺灣文學研究
　集刊》第 2 期（2006 年 11 月），頁 137。

[24]各人之詩例有洛夫〈石室之死亡〉、商禽〈長頸鹿〉、〈門或者天空〉、瘂弦〈鹽〉、〈深淵〉、張默
　〈三十三間堂〉、管管〈空原上之小樹呀〉。

[25]除了如註 21 等諸篇論文中的說明，也可參考其為洛夫《因為風的緣故》（臺北：九歌出版社，
　1986 年 6 月）詩集編末寫的評論〈洛夫論〉，頁 317～377。

[26]筆者以為，距葉維廉《三十年詩》出版已 20 年，廖棟梁、周志煌合編《人文風景的鐫刻者——
　葉維廉作品評論集》十年前出版，其中許多文章也距離 40、50 年，如今一併研讀，恰可整體反
　思葉氏早期詩引起的詩學問題。今日如就詮釋學的「提問視域」觀念，去「叩問」這批早期作
　品，相對於當前的詩壇狀態，應該有不同的理解。

[27]此為葉維廉研讀艾略特〈焚燬的諾墩〉一詩後，所寫的一篇散文詩。句子引自詩內「第一動
　向」，參見葉維廉，《三十年詩》，頁 76。

接之特色。22 至 24 歲，葉維廉碩士論文撰寫艾略特，翻譯〈荒原〉，並對艾氏〈焚燼的諾墩〉一詩深深感應，寫成散文詩〈〈焚燼的諾墩〉之世界〉。值得注意者，同期的散文詩如瘂弦〈鹽〉、管管〈四方的月亮〉、商禽的多篇作品〈長頸鹿〉、〈無質的黑水晶〉、〈溫暖的黑暗〉等等，他們都有一個畫面，多少有些故事線索，換作葉維廉的，卻完全抽掉，梁秉鈞說：「從艾略特詩中得到的提示是去思考流動的時間與超越的剎那之間的關係。」[28]例如一開頭便如此：

> 我們似乎握不著。無形的伸展。無盡。但陸地的實感包圍了時間於一首詩之中。情感也被包圍著。記憶出現。一幕明亮的景。暗示發射著光從一個定的中心。一所房子的顯示。一座莊嚴的花園的生長。在一刻的領悟。群居的彬彬有禮的生活的影像隱在矮林間小徑間玫瑰園一帶小屋一池水光。未被看見。我們看見。彬彬有禮的生活。典雅的生活。文明的生活突然在向日葵花叢裡在翻過牆頭的鐵線蓮裡在剪修好的松樹間穿插著。還有我們第一次初生的思路的投入視觸。一盤玫瑰葉的塵埃。

若說詩內意象太跳躍時難連接，則散文詩的形式，剛剛好較易摸索。不用分行，動感較為減緩的上下句、穩固的散文敘述體、足以乘載一切飄盪而龐大的思緒。[29]筆者認為，這〈〈焚燼的諾墩〉之世界〉在 1960 年代中國現代詩語言內，第一次將意識的厚度表達得那樣好。如：「但陸地的實感包圍了時間於一首詩之中，情感也被包圍著。」「文明的生活突然在向日葵花叢裡在翻過牆頭的鐵線蓮裡在剪修好的松樹間穿插著。」

散文體中，敘述性的補足語（突然在……裡在……的……裡……）可以清楚交代，則意識的飄動方向便不怕流失，一如顏元叔說的「定向疊

---

[28] 梁秉鈞，〈葉維廉詩中的超越與現象世界〉，《人文風景的鐫刻者——葉維廉作品評論集》，頁 198。

[29] 此處可再參考魯迅散文詩集《野草》及商禽各篇散文詩的內容，特別是商禽，如果不是散文詩，其超現實的意象跳躍恐怕更不易承載。

景」。但我們更想指出的是，別的詩人很少會將「向日葵花叢」、「翻過牆頭的鐵線蓮」（物象進行中的動態）、「剪修好的松樹」（規律的日常程序），和「文明的生活」這類抽象概念扯在一起，既放在一起了又覺這分分秒秒的時光，確是有各類可能的訊息連結；猶如「陸地的實感包圍了時間」、「實感」二字令人想到泥土的大塊大塊連著，包著時間（像會蠕動的土中的一切），這便很新穎。

本節題目「擾動已故已深埋的事物在現在之中」，想說明葉氏詩的重點，並非「描摹」現在的景色、人物、或眼前腦海可以「晃過」的景色人物。不如說，葉氏的功力，是在一切可能的事物上，加以「擾動」的過程。詩內呈現了如何將深埋已故的事物拉到現在的一刻，並予以命名——

就像〈城望〉[30]第一段：

> 我們從不細心去分析
> 那些來自不同遠處的侵襲；
> 那些穿過窗隙、牆壁，穿過懶散的氣息，
> 穿過微弱燭光搖晃下的長廊，
> 而降落在我們心間的事物。
> 在許多預知或未知的騷動中，
> 使我們忘記了不少去遠的塵埃、忘記
> 我們走過的山野、幽谷、陰徑
> 和聲息花繁生的地方。
> 為掙脫反覆纏繞著腳跟的噩夢，
> 我們在冬天時候把記憶凝混
> 陽光，俯身迎接飄風的群樹
> 甜笑於清晨的舒適。

---

[30] 葉維廉，《三十年詩》，頁 28～35。此詩為 1956 年作品，時年 19 歲。

　　我們停下，沉思，在許多來路的前頭，

　　在催促我們疾飛的急切中間。……

　　這一節詩，每次唸都仍然感動，相隔 50 年了，今天華人社會中，能夠
內視而自省的作品仍然不易發展，那些來自遠方的侵襲，我們仍那末無
知，不能辨認……。此詩利用英文句法中擅長的連接狀態，將日常城居生
活的窗、牆、燭光、長廊，連起當事人內心世界的：山野、幽谷、陰徑、
花、樹等等；在無因由的連接中，體會出自己意識之若干真貌。或許某些
遠方事物的侵襲、或許預感的騷動、或許是腳跟有噩夢，我們正在急切的
狀態中……。

　　稽古鉤沉，才能呈現出事物或意識存有的真相。漢文的「象」意，如要
做到這反覆折射的文字效果，需如傳統中用古文法自由組合的方式。[31]但變
成連結性的固定白話的文法，如何可如願表達內心龐大的「虛」之世界？自
民初新詩運動至今，詩人前仆後繼地推出了許多語言的實驗，[32]1950、1960
年葉維廉運用英文連接語法，將意象鋪出如此遙遠，將記憶裡一切深埋的養
分曝光，這是非常有意義的一種語法成就。

　　《賦格》出版前，葉維廉已翻譯過英國的艾略特和法國的聖約翰‧濮
斯，前者學養豐厚多用典故及神話，後者以沉溺於自然界中的肥沃和深綠
的活力出名[33]，二人均擅長篇。人文神話或自然界的詞彙，由是在葉維廉

---

[31]此觀念為筆者曾以法文分析，自《詩經》至唐末 50 種詩集中月亮意象生出的藝術效果（博士論文），得到關於漢字與西方語字間的差異感悟而來。可參考拙著〈一個意象在詩中純熟的程度〉，《創作的契機》（臺北：唐山出版社，1998 年 5 月），頁 33～70。

[32]可參考葉維廉，〈語言的策略與歷史的關聯〉，《中外文學》第 10 卷第 2 期（1981 年 7 月），頁 4～43）。也可參考拙文〈臺灣現代詩在白話結構上的貢獻〉，《創世紀》第 140、141 期合刊（2004年 10 月），頁 99～110，與及〈新詩語言結構的傳承和變形〉，《成大中文學報》第 15 期（2006年 12 月），頁 179～197。）

[33]艾略特詩之翻譯及研究已很多。關於法國的聖約翰濮斯（St.-John Perse），筆者且翻譯一段莊皮亞李察（Jean-Pierre Richard）在《當代十一人詩研讀》（*Onze études sur la poésie moderne*, Paris: Editions du Seuil, 1964, P.35.）描述：「我們得見，它（指其詩）張開喊叫，如一塊棕櫚的葉，在被它深深鑲到水與火的鮮綠之前。……令人幾度憶起，那如藍波或高更的世界；濮斯天地，從一開始便去到一個令人震驚的層級，那種原始質地的活力、肥美豐沃的綠……。」

早期詩內特多。一般小民形相、生活雜事百態，卻幾乎是不著邊的。那麼，這是否就屬「不夠寫實」呢？[34] 但這時期詩，卻是中國現代詩少見地，細細追蹤到我們內心意識的組成部分，那些人類的基本記憶元素、在日常雜務之前的一刻，曾經閃現的靈光。

（二）謀篇特色：以聲音效果統籌的「數理結構＋抒情主體」

葉維廉早期詩，每篇幾乎都是長詩，評論家均能感受到其「巨大的、史詩式的聲響……那種無可抗禦的聲勢」。但這效果如何形成？蕭蕭曾提出一種解法，認為葉詩內「意識的活動緊緊抓住自然現象的秩序」[35]，即是說對大自然意象之描繪，與詩人念頭的起伏相應生出氣勢來。但筆者以為，詩內流動的氣勢，不一定要借助大自然的景物，葉詩只是剛好常涉及大自然（因聖約翰濮斯的影響？）所以，此處試提一個另外的觀察角度，是有關聲音的效果。

最常被提到的長篇〈賦格〉，此詞「由複音樂而Fugue的結構而來，幾個主題先後重複出現。……〈賦格〉也同時帶有『飛逸』或『遁走』之意」[36]；〈白色之死〉的副題括號寫著「Tempo的練習」[37]，第一章與第二章的意象內容進度，幾乎是一樣，但斷句長短方式不一，形成的效果，畫面所凝聚的感情訊息，可以全不一樣。此詩明顯地，借音樂的節拍去試驗詩篇情緒律動的捕捉。

有意識地以音樂效果謀篇的例子，我們馬上想到余光中，以宋詞小令的節拍創造「三聯句」[38]（《蓮的聯想》），又以 1970 年代美國搖滾樂寫

---

[34] 文藝作品如何是寫實？近代中文學界的論述，常以眼見的日常事物之關切與否為判斷，但在西方，早有大量非常成熟而動人的思考文字，書寫有關「實」之意義。在中國古典作品，那些「實物」其實都是作者意識重新調整安排的假象。值得詩學美學界慎重開大型研討會，長期投入研究，否則漢民族內在的感性和靈魂真相，很難被辨識與塑造。

[35] 蕭蕭，〈論葉維廉的秩序〉，《人文風景的鎸刻者——葉維廉作品評論集》，頁 12。

[36] 梁秉鈞，〈葉維廉詩中的超越與現象世界〉，《人文風景的鎸刻者——葉維廉作品評論集》，頁 197。

[37] 周伯乃，〈古典的回響〉，《人文風景的鎸刻者——葉維廉作品評論集》，頁 113～114。

[38] 余光中，《蓮的聯想》（臺北：時報文化出版公司，1980 年 10 月）。原詩集出版於 1964 年（臺北：文星書店），法國漢學家熊秉明（筆名江萌）寫一篇長文〈談三聯句〉，認為詩集中的三聯式句法受宋詞小令的影響。此文收在時報再版的詩集篇後，也有收入熊秉明，《詩三篇》（臺北：允

〈雙人床〉與〈敲打樂〉。葉維廉的《賦格》、《愁渡》，卻是早了十多年，做為其聖地牙哥學生的梁秉鈞，認為老師此時期是「移用巴哈或韓德爾的音樂形式」，後來在加大教書，生活安頓，之後，「《醒之邊緣》時期的作品有與新音樂的作曲家對話」，詩句漸短。[39]

即是說，早期維廉詩長篇，是沿用西洋的古典音樂，取其律動變化的規律來經營。相較下，宋詞小令與敲打樂，一個是傳統味，另一是時代流行味，我們還較易熟悉，但古典西洋樂理的嚴密度，精準的推移方式，國人腦袋就不便相應了。所以，如〈降臨〉一詩，其議題如：「降臨、出航、囚禁、展望、節慶、尋索等等的氣氛和姿色，但那裡並沒有敘述性的故事線索，或者具體現象世界的指涉」[40]，我們亦只能以意象疊向來解，沒法還原為一個大家明白的現實世界。

但律動推宜之間仍是有一條可感可觸之線索，顏元叔所謂「定向」，是如何可以抓住的呢？在此，筆者試以字詞之間的聲音重疊來證明[41]，試舉〈夏之顯現——一九六〇年〉此詩的首節：

等著，等著太陽開向我
用它如字的手指懲罰我的雙目
等無雲無雨純粹的陽光
纏結於果物的正午
(1) 因為我欲扭轉景物，扭轉
一切如女人的感受，石卵與流水
散播欲睡欲死的光之羅網

晨文化公司，1986 年 6 月）。
[39] 廖棟梁、周志煌合編，《人文風景的鏤刻者——葉維廉作品評論集》，頁 200。
[40] 梁秉鈞，〈葉維廉詩中的超越與現象世界〉，《人文風景的鏤刻者——葉維廉作品評論集》，頁 198。
[41] 顏元叔在〈定向疊景〉一文內，亦有引葉維廉《愁渡》原詩集內的〈信札二帖〉的九行詩，分析句子中語意停頓與其生出的節奏效果（頁 48～49）。但未提及字詞之間的重疊聲音。

罩我於無路可走的夏日中

（2）我欲扭轉景物，乃臥木瓜林下

    稻穀之風瓜果之風抱來一堆影子

    一種安靜與及神聖的戰慄等等

    花花葉葉登登對對，一片迫人的藍

    從南山滑下，落在葉之後，白鵝之後

    葡萄藤蜿蜒有聲的架下，大地搖動

    可以南可以北

    惠蛄的叫聲也在南也在北

    鳥蛋所構成的天堂高高召喚我

    太陽如鐵如悲劇重重壓著我

    以光線以空氣間接的環境

（3）我欲扭轉景物，我欲迫使

    所有的情緒奔向表達之門

    通至未經羅列的意象

    與及花的狂歡，與及歸家的

    鎖匙在匙孔裡響，與及結結巴巴的

    孩童的比喻。

    ……

    此詩篇幅占四頁紙，屬不短的詩。這段引文（約占全詩五分之二長度）出現了三次「我欲扭轉景物」一句，筆者用箭頭指出「扭轉」一詞所控制的文意。令沒有分段的詩行有著迴旋的節奏，有如《詩經》句中的主調。但因是現代詩，不需像《詩經》時代的整齊，而且這主旋律之出現是每隔四句、三句、十句，不必固定。但如何連起這四、三、十之間的語意，令之有一氣呵成的效果？葉維廉用的是英文句型——分行但句意未完。例如起首讀完四行才算一句完成，讀者必須一氣連結，而且，其中也

用相同的字，串連這四句，如「等著」用了三次；另如第一小節的「扭轉」出現二次，欲睡欲死的「欲」用二次；第二小節「之風」用二次、「一堆」、「一種」、「一片」變換三次；「花花葉葉登登對對」用疊字，「可以南可以北」、「在南也在北」之重複等等，如此類推。

在英文句法的漢語書寫中，如果沒有這些相連的字、聲音便出不了節奏。葉維廉在英文句型內，選用相同的字、詞。在隔句、或在上下句之間，串連長句起伏的意涵。而且，相同字詞的出現，已不是聞一多時期的「豆腐體」款式，[42] 卻是變化多端，隨詩意需要遊走，令人只感覺鏗鏘交錯的音節，與及整篇的氣之貫串。

隨著音感的綿綿不絕，我們遂節節帶進詩中的意象世界。可能，猶如上面提過古添洪或李豐楙等質疑過的，在逐字咀嚼下，葉詩字詞間之準確度，是可再斟酌[43]，但由於聲音效果在左右、隔離、不遠處總呼應著，令人迫不及待地要往下唸，於是，朦朧間詩的主旨，也在不斷流動中慢慢感染開來。

本節題名「抒情主體＋數理結構」，如何數理？要證明可能需引全篇再逐一拆散個別意象，分析其一一交疊的狀態。顏元叔曾引〈降臨〉這長詩的前 17 行，徹底談論，認為這些詩句內，其意象有自我生長的趨勢，前後呼應自然形成一有機的結構。但筆者以為，若逐一字詞分析，「有機性」不一定全然通過，只是，葉維廉詩內聲音效果，補足了意象與字詞的漏洞。

聲音在古典詩中，是一項極重要的成就，厲害的詩人在通體一致格律下，仍能表現出不同的聲音韻味（如李白、杜甫、李商隱）。徐復觀先生在〈中國文學中聲情關係〉中指出：

---

[42]聞一多，〈死水〉，《聞一多全集》第三冊丁集（臺北：里仁書局，1993 年），頁 15。〈死水〉一詩，利用句式整齊的節奏、協韻來達至聲音效果。〈死水〉首段：「這是一溝絕望的死水，／清風吹不起半點漪淪。／不如多扔些破銅爛鐵，／爽性潑你的賸菜殘羹。」
[43]廖棟梁、周志煌合編，《人文風景的鐫刻者——葉維廉作品評論集》內有多篇文章質疑字詞句間的準確妥貼，如古添洪〈試論葉維廉《賦格集》〉中云：「從這些微引，似乎大概可以證明我的看法：作者有時用英文思考，詩中有翻譯的遺留。」頁 80。

> 聲何以能感人，為由聲而可接觸到作者的感情。而作者感情活動的情
> 態，形成作者生理地生命力──氣的活動情態。簡言之，即是由文字之
> 聲，可以感到作者之氣。由作者之氣，可以感到作者的感情。[44]

　　徐氏此段文字說到古典詩內，詩人運用聲音感染讀者的情感，但現代
詩屬自由體，詩人想在聲音上下功夫，也不容易，因而，詩中如有聲音，
比舊體詩的「本來如此」更為難得，也更顯示了詩中情感的流向。葉維廉
早期這一批詩，長篇鉅製，結構複雜，意象豐繁，不易追索，但大體上均
有很好的聲音效果，令人讀之不能中斷，而感到有些什麼東西在其中？被
觸動了又說不出來，仔細看文詞意象，甚至覺得扭曲、有些通不過去，然
而，這牽著全篇聲音的，是什麼呢？

　　上文已描畫過聲音的效果，現再試以「主體抒情」四字概括這聲音的
誕生根由。早期葉詩情感的強度，其內心世界如何？讀葉氏近十年的論
文，特別是新詩集《雨的味道》中之序言〈走過沉重的年代〉，將更清楚。[45]
另如上文提及多位學者論及的放逐、隔絕、焦慮等議題，均可稍解其情感
世界。此處想提的是，這樣的一番情感，葉維廉並不直接表述，卻變化成
一篇篇上天入地，到處求索的經歷，將我們意識中可以去到的遠方，盡量
展現，且以一古典音樂的旋律去展現。將其感情，承載起一幅幅瑰麗的風
景。感情便看似是「全不著墨」，這在當年現代詩的結構表現上少有。

　　但是，由於聲律的流暢效果貫穿全篇，我們可以說，葉詩整體數理式
起伏的意象，如果說它們走得多遠，但這遙遠龐大的涉及，是有一個抒情
主體蟄伏其間。全篇雖被意象之遠阻隔我們探尋這個「抒情主體」，但往往
在詩起頭三幾句，窺見其不自覺地顯現，例如隨便抄錄一些詩之前面兩三
句：

---

[44] 徐復觀，〈中國文學中氣的問題〉，《中國文學論集》（臺中：民主評論社，1966 年 3 月），頁
　329，文中第 11 小節論及「氣與聲」之關係。
[45] 葉維廉，〈走過沉重的年代〉，《雨的味道》，頁 5～68。

撇下破裂的爆炸聲

我們打算在默想中

度過可重要可不重要的時日

——〈元旦——一九五七年〉

我們從不曾細心去分析

那些來自不同遠處的侵襲

——〈城望〉

北風，我還能忍受這一年嗎

冷街上，牆上，煩擾搖窗而至

——〈賦格〉

　　這些詩篇起頭，都隱隱有一個「我」的角色，是現在進行式地，在觀看，在感覺，將讀者帶進詩人即將展開的遙遠意象之旅。但因為這個隱形的「我」之主體在一開始的存在、帶引，於是，未來意象線索無論多遠，讀者彷似總是與詩人一起（因為，起先便如此地被吸入），再加上聲音牽動，篇內連綿遠景，感覺上沒有阻隔般可以跟隨。這是葉維廉早期長篇在結構上一種很特殊的魅力。

（三）題材取向：被忽略的抽象世界

　　葉維廉《三十年詩》的第一首，是 1955 年寫的，那時詩人 18 歲。詩題〈我們忽略了許多事實〉，筆者認為，這句話象徵性地，表達著詩人在題材之上取向：

它來了

奇音異響告訴我們：它來了

如此的迅速！擴張向前

我們毫無防備

……

我們注視一些現象的

發生、變動、衰毀

注視一朵花生長的過程

風雨的援助和戲弄

陽光在草原上野兔的逐樂

湖月間一些糾纏的情話

一場爭奪中圍巾的飛揚

郵輪上乘客的肩章和項鍊

和掛在他們鼻尖上搖搖欲墜的命運

我們追逐和盤算一些解釋

我們追不上，算不清

他們追過了思想，追過了

世界

⋯⋯

去，去建造遺忘的船，死亡的船

去踏上最長遠的旅程

為偉大的思想而犧牲

為獲得一點滿足而努力

為搶救偶然無力的現象而準備⋯⋯？

　　這首詩異於後來意象「呈現」的寫法，採用 1930、1940 年代許多詩人的直白式抒發。由於作品年輕，有時可核心地窺見作者關注的事物。這詩展露了一個奇異的面向，它觸及常理以外，毫無防備中某些事物的到來，詩人就是想捕捉這些，但顯然是不容易的——甚至，他已感知儘管「追逐和盤算一些解釋，它追過了思想，追過了世界」。這些事物，比我們能知覺到的世界還更闊更大，遠遠跑在前面，然則，那是什麼？
　　18 歲時吐出這種抱負，它說出了詩歌高貴的本質：去到人類意識邊

緣，又意識到邊緣之外更多「偶然無力的現象」，他帶我們進入，並非用空泛的大話，而是實際存在中的無力感，是我們常「忽略了許多的」一些「事實」。此番注視，令人動容，特別是，還這麼年輕哩！

因而，葉詩早期的多篇內容，光讀題目，就覺得他並非注視外界，而是如其預告的，注意一般人所忽略的內在事物（或事實），涉及心靈中幽微的捕捉，譬如：〈夏之顯現〉、〈追〉、〈逸〉、〈斷念〉、〈仰望之歌〉、〈內窗〉、〈降臨〉、〈河想〉、〈花開的聲音〉、〈公開的石榴〉、〈暖暖的旅程〉、〈愁渡〉等……。

譬如其中有兩首詩〈內窗〉（25 歲）及〈愁渡〉（30 歲），關於他女兒及兒子新生命的到來。描述的內容就很令人遐想。關於女兒（蓁）的詩，詩起首便說：「不曾把時刻辨認。／而象歸回鏡裡／顏色溢滿眶／聲音在顫抖裡找著了自己」將生命來至一刻不可名狀的神光感覺寫得太好。

再過來說女兒的美：

　　星花濺神蜜於妳的雙目
　　鳥兒停在飛翔上
　　我們在聽道裡遲遲不前
　　夜獻身給光
　　黑色的鎖打開，而光就給它面貌
　　　　　　給它幅度
　　　　　　給它凝神

　　　　　　　　　　　　　　　　　——〈內窗〉

葉維廉的描述方式，習慣搜尋感知裡的原貌，是以寫美貌可以是聽覺（我們在聽道裡遲遲不前），還將那戀戀的神情附上。另外，譬如涉及「女兒性」的氣質，說：「妳的以往是沒有量度的夢而／當陸地和海相爭為各自的主人／妳就以休息將之排解／將之放回原位／以休息把剛打完的鐘聲／

挽留在母親的臂彎裡」這一段文字，有著嬰兒神祕的動能，又有著從太古以來女兒的本分，如大地的厚與靜（以休息將之排解／將之放回原位）。

　　寫有關兒子灼的出生，詩人則為他參雜了許多文化傳承的哀樂。〈愁渡〉是一首有重量的詩，分成五個樂章，劇情彷彿是主角與妻子在戰火餘燼中，渡江。自哪一岸擺渡至哪一岸呢？非實質的點，而是夢的地裡。寫到兒子出現的背景：「房舍的餘燼因風／如線軸的線默默的織入／記憶的衣衫裡／我們不是有海的搖籃嗎／任棠兒夢入舷邊的水聲裡」（這位新生兒棠兒，也可想像成秋海棠葉「中國之子」）。來自戰火烽煙之後，那些記憶如海。

　　男孩子總肩負太多其他的事物：延續香火、延續江山的福祉、延續文化。葉維廉為這齣誕生的劇設計了一個「王」的角色，他對「王」關愛更超乎自己、妻及兒子。這「王」在一切之上，亦給予一切──「渡頭上／依稀你曾說：賜你我的血液，賜你棠兒」「那沒有眉目的王／他雙唇抖抖說著些什麼？／那時棠兒奔向奪天的岩柱／他倚著槐樹望著流泉／一匹美麗的白馬穿石隙而去」。

　　將出生的兒子，與連綿的久遠的「王」以有隱約的盟約。詩人的故鄉、城市，他宣布只依這名「王」的所在（「你在那裡，城市就在那裡」）。兒子的出生（1967 年在中國是文革即將爆發的一年）令詩人思考更廣遠，與前所述女兒的「休息」與「放回原位」、「不辨時刻」是截然不同。

　　在這二首名為兒女誕生的紀念詩中，隨著葉維廉「擾動深埋的事物」，使我們面對一名女孩，會看到女嬰皮貌之外，那個有如易學裡「坤」道悠久的世界[46]，在物理身體中固然只是一名襁褓孩兒，但她的未來、或令注視她的人「當陸地與海相爭為各自的主人／妳就以休息將之排解」，女兒將令紛爭達致永恆的休息？──這是父親能賦予的一個最美的心念。同樣

---

[46]《易經》「坤」卦之「象」辭：「至哉坤元，萬物資生，乃順承天，坤厚載物。」「象」辭：「地勢坤，……，君子以厚德載物。」「文言」：「……陰雖有美，含之以從王事，弗敢成也。地道也，妻道也，臣道也。」

地，當男孩出生，葉維廉詩內並無絲毫如一般人「得男，有後」的喜悅反應，卻回想起戰火的哀傷，文明之崩潰，烽煙中妻子難磨滅的記憶。民族的劫難，才是這名男嬰誕生的來由，詩人為孩兒祝福，意識去到的地方，卻是深入整個族群難解之痛，他為兒子的未來安身立命挖出源頭。

如果問，詩人的意義為何？就是他會將我們營營生計的歲月偶然拋開，去到一個更大更可以彼此溝通了解的世界，而這是超乎事象一般形相、一般定位。在早期詩，葉維廉每多這類統名為「出神」的時刻[47]，例如在〈花開的聲音〉中，他會聽見：「就是那些從未聽見的聲音嗎？／降落的聲音／日曬的聲音／花開的聲音」，連花的聲音都可以聽見，何況是常態中的「看」？於是花的開展，出現現代詩裡少見的「升起之勢」：

巨大的拍動鼓著虛無
七孔俱無的石臉
檢閱著知識生長的圖畫

自一朵花的「色」之飽滿蠱惑去到聲色之歸止，「城市潰散／峭壁沉落」，最有意思的是七孔俱無的石臉，卻演著另一種知識生長的層次。詩句接著還有劇情——

花問：何種湧動
使萬物何解？

然則，自日常生活內小小一朵花之「開」，卻透視到色澤後面的洪荒知識，而花開有聲音、花開有湧動的次遞，花還會問：如何的湧動才可解！

[47]葉維廉，〈中國現代詩的語言問題〉，《秩序的生長》，頁 215～240。其中有說：「……在最後一個例子裡，我們看到和自身具足的現象的營造極有關聯的另一方面，那就是詩人用以觀察世界的出神的意識狀態。……時間和空間的限制不再存在……使到這一刻在現象上的明澈性具有舊詩的水銀燈效果。」

詩人的目睹花開，卻是去到那背後「開」的程序，這樣的想法，確實是逸
出一般中國詩的傳統，又如另外一篇〈公開的石榴〉，此詩早被詩人張默注
意到，為它寫成近一萬字的詮釋論文。張默認為「他的詩不是一觸即能產
生那種戰慄的感覺，而是愈加深入愈會覺察其內裡隱藏奧祕的豐實」；又說
葉維廉是公認的主張純粹性的詩人，而這詩已達「純粹境界之極致」。[48]

　　此處順便說及當年爭議的「純詩」一詞。〈公開的石榴〉長達五章節，
就是描述一個石榴爆開了。一般言這有什麼好說呢？但經過上文〈花開的
聲音〉之分析，我們了解到葉維廉在一朵花的色可以「聽」出另一個境
界，那麼，這篇「石榴」也如是。不說石榴爆裂而說「公開」，好似它有個
意願，慢慢由內而外，伸展一切它包含著的世界。這世界可以多大？

　　與其說它牽涉的事物繁多，這詩更集中於石榴之「公開」之前剎那另
一面世界與其一切的準備。譬如：

> 營營的日午用它倦倦的拍動
> 輪軹用它風箱的抽逼，向每一扇
> 敞開的門窗，可愛的石榴
> 在遠遠微顫的風林的潮湧下
> 恣恣的爆開，當一群赤身的男童
> 蕩蕩的從旭陽的心間奔向一種召示
> 那猶存的茶道的幽室
> 正是石榴紅上肌的時候

　　這是詩的第一章。石榴開時，有如男童赤身奔向某一種召示。開之
前，有正中的太陽照，有風箱抽逼似的拍動，遠處有風林、潮湧的聲音
（微顫）；石榴的外衣，那擁著男童肌膚般紅的外殼，卻幽靜如一所茶道禪

---

[48] 張默，〈飛騰的象徵——試探葉維廉的〈公開的石榴〉〉，《人文風景的鐫刻者——葉維廉作品評論集》，頁 233～254。

房……。

　　詩的第二章還有：未被拉開的垂簾、未被進入的房間、有如井中射出光的眉睫，街外喧呶……。詩人說石榴開時——「神祕只從層層疊疊的水之芽／如是黑色的倦倦的哆嗦／輪軹的風箱緊緊的抽逼／每一扇門都等著／孩童的嫩臉自石榴的雲霓開放」。

　　上節提到，葉詩用聲音效果串起整篇的結構，這詩更是最佳代表。詩的表面，石榴爆開有何意義？日常眨眼便過去的時刻，詩人卻沉緬於那些遠遠微顫的節奏、至於近身急逼的拍動、那包裹爆破的殼，幽靜如茶室，一切未被進入，未拉開之前，詩人卻注目吟哦。這時一方面重力寫爆發的歡愉，另方面卻繞向生命來至之前一切可能的包裹，空氣隱含的律拍，高處遠處的形勢（如第三段寫東城的河流、西城的樹，與及汲汲的牆頭上的蛇），這些元素都可能是突然邁向死（第五段剛死的鼬鼠、鬱雷一般的九月孕婦）……。此詩寫於 1964 年，是時詩人 27 歲，對生命的形成卻已有多角度的感觸。

　　張默先生用「純詩」一詞形容這寫法。「純詩」一詞，在當年引起許多爭議。不如說，葉維廉早期詩多從某一定點切入，如石榴、如花開、女兒與男兒的誕生等題材，詩內意象卻去得非常遠，最後，觸及一個不是一般日常生活的實物界，而涉及物象起因誕生之前，即如〈我們忽略許多事實〉所宣布的，他愛思索一個超乎「象」的抽象世界之構成，或可說，伸入神祕，而這種題材，恰是現代中國詩少見的。

三、結語：詩語言在時代中的困局——早期維廉詩的突破與困境

　　相距四、五十再讀這批作品，驚覺於詩內曾出現過的三項景象：擾動深埋的記憶、以聲音的數理結構盛載抒情主體、對抽象神祕世界之捕取……。時至今日，特別面臨後現代大量的實物轉喻、敘事連篇的日常瑣屑書寫方式，我們更深深懷念，這些有如空谷足音、消逝中的事物。

　　葉氏後期在多篇詩學論文內急急解釋，為這批令人爭議，被指責晦澀

難懂的詩語言，找出種種因由，譬如：臺灣現代主義的雙重錯位、政局之封閉、遠離故土的焦慮、內心文化家園之求索等等。彷彿有了明白的原委，讀者可以稍微體諒（或者原諒？）如此磨人的詩！實情卻是，也許確要等待 50 年，我們才可以清楚辨認，當日這批詩語言，所曾伸展過的丰姿。如果二十多歲的葉維廉，終日浸淫在艾略特、聖約翰・濮斯、馬拉梅等 20、30 名歐美現代詩人的閱讀裡[49]，則《賦格》、《愁渡》的詩恰如一種詩的混血兒，從語言到意識的追索方式，都大大迥異於中國的傳統。

　　英文連接句式，說明性分析性強的表達，在 1930、1940 年代也不是未出現過，而且產生了大量水分多而詩味淡的作品（葉氏論文內屢次舉例的郭沫若、甚至徐志摩等）。但回看葉氏本人的詩，他用英文的連句，達到抒情而不直接；意象接鄰偏遠，製造宏大的想像空間；議題切入意識幽微處、探索物象「呈現前」的可能；遠離日常生活中實物以致一般的情感，寫兒女情也牽連深入至文化民族的本相；擅用字詞重複或不盡的語意去連結聲音造出氣勢等……。

　　但如此多的優點為何被忽視？長久與讀者扞格？以下，據筆者歷年的詩學觀察，且試提出二項綜合性的猜測：

　　1.國人對抽象領域的接觸還是不容易。一般言，喜歡透過現實物、日常事慢慢進入內心「虛」的世界，如果「即時、當下」的線索把握不住，整首詩便不易理解。另外，國人的情感寄託，亦偏好較切近的倫理之情：父子、兄弟、夫妻（情人）、親朋、故鄉等。對於隱入景物後面的文化、國難、放逐之痛，或物象存在實體勾起的種種「誕生」或「方位」的神祕問題，在以「象」意為主的漢文字內，其實是不易直接表達。在古詩中，這些訊息不是沒有，但要靠文字「排列的位置」以洩漏。[50]現代解詩者需有

---

[49]葉維廉，〈走過沉重的年代〉，《雨的味道》之代序，此文有提及早年在香港與詩人崑南、王無邪的來往「猛讀、猛抄外國的詩人」，所提及名字約 20、30 家。

[50]此觀點是一個更大的詩學議題。如今可說尚未能開展，略可參考國外漢學界古典詩學論者的析詩文字，如陳世驤、高友工、程抱一等等。他們均未用「排列的位置」此詞。只是在分析詩時，注意字與字間的「位」及「勢」。此觀點是筆者將西方詩與中國古典詩藝術效果對照時，所領悟出

極高的文字修為，才能讀出，否則，詩之表面似乎只又總是自然界中風花雪月等景物。葉維廉早期詩的題材，幾乎大異我們傳統詩的情意內涵（如上文引述），因而亦超乎一般讀者能接受的視界。

2.古典詩表面上都用自然界的、或日常生活中人事來往為載體，表達詩人心中的「太虛」之境，因此，每一個字之間、上句與下句間的空隙解讀，變得非常重要。漢學家陳世驤用二萬字才讀出杜甫〈八陣圖〉[51]、程抱一亦用二萬字才解好李白〈玉階怨〉[52]，葉維廉詩學舉王維作例時，除了感悟中國詩的景物呈現，與乎語法中的主詞受到「不決定」的優點，似並未在字句間的訊息蘊藏，作出如上述二位更豐富的體會與驚覺。葉氏早期詩的長句長篇，許多片段，如學者古添洪所指出：「用英文去解讀可能更妥」。即是說，詩人構想時或許用英文的「意象」去串連，而不是以每一個漢字所生的「方位效果」去串連。時隔數十年，雖然我們對英文的抽象思維有多少了解，但如用「字」的組成去讀這批詩，仍然是有許多語意歧出、枝蔓，或阻礙之處。幸而，葉維廉用聲音捕捉了缺憾。我們是透過音色與律拍，隱隱追尋詩人當日豐沛特異的情意流向。但若沿字解讀仍相當不能滿足。

以上兩項推論，都涉及深沉的文化特性、與乎在白話詩學，漢字訊息如何發展的各項問題，需要大量的學者，長時期投入研究，我們詩語言與讀者間的隔閡，或許才慢慢弭平。

最後，且慨歎「美」的接受是最有反覆，評論者有時要等一個世代，才看清某些問題。東西方文化模子的衝突，何時可息？其中波瀾，甚至直接撞擊民生日用的思維。記念起顏元叔引進新批評而大受抨擊的年代，一

的初步見解，有待深一步探討。

[51] 陳世驤，〈中國詩之分析與鑑賞示例〉，《陳世驤文存》（臺北：志文出版社，1972 年 7 月），頁127～149。

[52] 程抱一，〈四行詩的內心世界〉，呂正惠編，《唐詩論文選集》（臺北：長安出版社，1985 年 4月），頁 159～172。又程氏 1982 年在法國用法文結構主義方法分析中國古典詩的著作，今已譯成《中國詩畫語言研究》（江蘇：鳳凰出版傳媒集團，2006 年 8 月）。

如記念葉維廉《賦格》的出現。想想看，在後現代的消費模式裡，今日二十多歲文藝青年在忙些什麼呢？50 年前葉維廉詩中的聲音、意識、對東西文學事業的努力，或已可做為一種典範。

引用書目

（一）專書

- 余光中，《蓮的聯想》（臺北：時報文化出版公司，1983 年 10 月）。
- 呂正惠編，《唐詩論文選集》（臺北：長安出版社，1985 年 4 月）。
- 柯慶明，《現代中國文學批評述論》（臺北：大安出版社，1987 年 10 月）。
- 洛夫，《因為風的緣故》（臺北：九歌出版社，1986 年 6 月）。
- 徐復觀，《中國文學論集》（臺中：民主評論社，1966 年 3 月）。
- 翁文嫻，《創作的契機》（臺北：唐山出版社，1998 年 5 月）。
- Jean-Pierre Richard（莊皮亞李察），*Onze é'tudes sue la poé'sie moderne*,（《當代十一人詩研讀》）(Paris: Editions du Seuil, 1964).
- 陳世驤，《陳世驤文存》（臺北：志文出版社，1972 年 7 月）。
- 葉維廉，《三十年詩》（臺北：東大圖書公司，1987 年 7 月）。
- 葉維廉，《比較詩學》（臺北：東大圖書公司，2007 年 9 月）。
- 葉維廉，《雨的味道》（臺北：爾雅出版社，2006 年 10 月）。
- 葉維廉，《秩序的生長》（臺北：時報文化出版公司，1986 年 5 月）。
- 葉維廉，《歷史、傳釋與美學》（臺北：東大圖書公司，1988 年 3 月）。
- 廖棟梁、周志煌合編，《人文風景的鐫刻者——葉維廉作品評論集》（臺北：文史哲出版社，1997 年 11 月）。
- 聞一多，《聞一多全集》（臺北：里仁書局，1993 年）。
- 簡政珍，《放逐詩學》（臺北：聯合文學出版社，2003 年 11 月）。
- 顏元叔，《談民族文學》（臺北：學生書局，1971 年）。

（二）期刊論文

- 柯慶明，〈葉維廉詩掠影〉，《詩探索》2003 年第 1～2 輯（2003 年 6 月），頁 157～

174。

- 洛夫，〈與顏元叔談詩的結構與批評——並自釋手術臺上的男子〉，《中外文學》第 1 卷第 4 期（1972 年 9 月），頁 40～52。

- 翁文嫻，〈臺灣現代詩在白話結構上的貢獻〉，第 140、141 期合刊（2004 年 10 月），頁 99～110。

- 翁文嫻，〈新詩語言結構的傳承和變形〉，《成大中文學報》第 15 期（2006 年 12 月），頁 179～197。

- 陳政彥，〈顏元叔新批評研究於七〇年代發生之詮釋衝突：以「颱風季論戰」為觀察核心〉，《臺灣詩學》季刊第 8 號（2006 年 11 月），頁 261～282。

- 葉維廉，〈臺灣五十年代末到七十年代初兩種文化錯位的現代詩〉，《臺灣文學研究集刊》第 2 期（2006 年 11 月），頁 137。

- 葉維廉，〈葉維廉答客問：關於現代主義〉，《中外文學》第 10 卷第 12 期（1982 年 5 月），頁 48～56。

- 葉維廉，〈語言的策略與歷史的關聯〉，《中外文學》第 10 卷第 2 期（1981 年 7 月），頁 4～43。

- 顏元叔，〈細讀洛夫的兩首詩〉，《中外文學》第 1 卷第 1 期（1972 年 6 月），頁 118～134。

- 顏元叔，〈羅門的死亡詩〉，《中外文學》第 1 卷第 4 期（1972 年 9 月），頁 62。

- 顏元叔，〈颱風季〉，《中外文學》第 1 卷第 2 期（1972 年 7 月），頁 4～5。

- 羅門，〈一個作者自我世界的開放——與顏元叔教授談我的三首死亡詩〉，《中外文學》第 1 卷第 7 期（1972 年 12 月），頁 32～47。

——選自《臺灣文學研究集刊》第 5 期，2009 年 2 月

戰勝隔絕
葉維廉的放逐詩

◎王建元*

一

　　我國歷史通俗小說有「王安石三難蘇學士」的故事，故事開始於王安石惡東坡自恃聰明敏捷，曾譏誚他的《字說》，故將東坡左遷為湖州刺史。三年後任滿，東坡朝京，來謁荊公未遇，在東書房讀到荊公的未完詩稿兩句：「西風昨夜過園林，吹落黃花滿地金。」東坡以為秋菊不落瓣，忍不住依韻續詩兩句：「秋花不比春花落，說與詩人仔細吟。」荊公看罷，惡東坡輕薄之性不改，特又將之左遷黃州，當時東坡心下不服，明知改詩觸犯，摘其短處，卻也無奈，只好在黃州飲酒賦詩。詩值重九後，與陳季常同往後園賞菊，只見滿地鋪金，枝上全無花朵，東坡目瞪口呆，半晌無語，始知黃州菊花果然落瓣，受貶黃州，原來是看菊花來著。

　　這故事的本意當然是「滿招損，謙受益」；但卻可以拿來闡釋中國歷史上詩人經常遭遇的一個命運——放逐，及其對詩人的正面作用，東坡第一次被外遷，是為了「是非只為多開口，煩惱皆因巧弄唇」而招受這極普遍的一個服罪方式。三年後東坡故我依然，放逐對他沒產生什麼作用，但第二次就不同了，首先，放逐的主要導火線是為了詩作；然後放逐的目的——當然王安石之感情用事及公私不分不能勾除——是希望詩人經一失長一智，放逐變成一種教育方法，詩人因而得到益處。

---

*發表文章時為香港中文大學英文系教授，現為香港樹仁大學英文系教授兼系主任。

　　歸岸氏（Claudio Guillén）可能不熟識以上這故事，因為這故事可以成為他文章〈放逐文學與反放逐〉（"On the Literature of Exile and Counter-Exile"）裡代表東方文學的一個極好的例子。在他文章裡出現的屈原、李白、杜甫、王維及王陽明，當然與放逐有關，但王安石與蘇東坡的故事，卻能印證他的「反放逐」論的可能性，所謂「反放逐」，就是詩人因被放逐而激發起某種積極的思維與創作力。他說：「某些作家敘說放逐，而另一些卻從它得到好處……而我所說的反放逐，就是那些因由地方、階段、語言，或家鄉故土的隔絕所染織成的反應；只要這些反應戰勝隔絕，超越先前對故土根源的羈戀，從而提供更廣大深遠的意義。」[1]

　　然而，蘇東坡這例子只能支持歸岸氏的「反放逐」的可能性；他本身可得到的好處卻不容易直接從他以後的詩文中找出來；充其量，我們只見他被放在外而遊山玩水，飲酒作詩，詩中往往流露由一種無可奈何而生的自慰語：「未成小隱聊中隱，可得長閒勝暫閒，我本無家更安往，故鄉無此好湖山。」（〈六月二十七日望湖樓醉日〉之後四句）從表面看，蘇東坡對放逐的態度比白居易的「偷閒意味勝長閒」及杜甫的「此身那得更無家」來得豁達；似乎比較接近歸岸氏的「反放逐」中的「超越先前對故土根源的羈戀」，但這意境卻止於自我開解，當他說「故鄉無此好湖山」時，故鄉二字猶似一重壓，緊迫心胸，未能戰勝隔絕。當然，真正地戰勝隔絕並不容易做到。古今中外，詩人受放逐迫害的多，能真正克服這困境者極少，古羅馬詩人奧維（Ovid）是西方典型的放逐詩人，他曾因受貶邊疆，遠離羅馬而終日空書咄咄，甚至因此而激怒致將自己所有的詩作付諸火炬（*Trista* 第 4 卷第 10 首）。他說：「詩是從一個和平的心境所交織成的，而我卻終日受驟然的哀傷所蒙蔽；詩人只能在隱逸與安寧下作詩，而我卻受盡滄海、狂風所折磨。詩最容易受恐懼所虧損，而我卻在自身將凋滅時刻期待著穿我項喉的利劍。」比起奧維，我國第一位詩人屈原就不同了。從

[1]Claudio Guillén , "On the Literature of Exile and Counter-Exile", *Books Abroad*, Spring 1976, p.272.

文學角度而言，奧維因作詩見罪於奧格斯提（Augustus）而受貶，受貶後創作能力因而衰退。而屈原作詩的主要動機卻是由放逐引起。以《離騷》為例，這首詩可以說是因放逐而寫；詩的主題亦不離放逐。當然，詩中充滿憤懣及斥責之詞，但詩人卻從而作自我肯定與理想追求。比起奧維的咄咄空書，放逐對屈原所產生的作用積極得多了。

　　從古到今，詩人似乎與放逐結下了不解之緣，放逐的性質因人而異，詩人接受這命運的態度亦有不同，因而對它有所表達時所得的成果更大相逕庭。但若將詩人──作品之間的關係做為一個歷史性的現象來看，它至少具備某一程度的共通模式，其本身能構成為一個文學探討的課題。在這方面，李分氏（Harry Levin）可說是先驅者；他在 16 年前已經對放逐與文學的關係發生興趣而寫了一篇〈文學與放逐〉。[2]他在序言第一句說：

> 在放流中的作家一直是人生經驗最深刻的證人。雖然在每一不同境遇中他們的文字或傳記所宣證的都具有其特殊的個別性，但歷史已經將這些宣證累積起來，數量之大，足以代表我們這時代的呼聲。

發出「這時代的呼聲」的放逐作家與詩人真是多得不勝枚舉。而李氏所舉出 Boris Pasternak、James Joyce、Joseph Conrad、Ezra Pound 都是現代文學的巨子。他們各有放逐的理由（自我放逐包括在內），及各自吐露因放逐而激發的心聲。但基本上，放逐卻使他們無從擺脫一些具有共通性的機杼。對每一位放逐作家或詩人來說，放逐往往是一個洶湧著國家、民族與文化種種問題的漩渦。它逼使他們加強自我意識。他們往往面臨時間、空間及語言種種問題。他們處身煉獄，徘徊在思鄉病（Heimweh）與漂泊樂（Wanderlust）之中，他們要一再肯定內心自我，但又必須企圖認同於外在世界。他們飽嘗失敗，但不會、不肯對以後的成功絕望。他們哀傷，卻不

---

[2]Harry Levin, *Refractions: Essays in Comparative Literature* (New York: Oxford Univ. Press, 1966), pp.62-81.

無輝煌。

以下本文就放逐與「時間」、「空間」及「語言」的關係討論葉維廉。以葉維廉的《賦格》（1963 年）及《愁渡》（1972 年）為例，其目的是希望拿放逐詩的例子來充實放逐文學這課題，而另一方面，通過放逐模式的探討，希望能對詩人創作的認識有所提供，及了解其間文化認同危機在現代中國文學中的意義。

二

在聖地牙哥加州大學教授比較文學的詩人葉維廉，讀完《美洲三十絃》後特別為詩集寫了一篇不甚長的序言〈經驗的染織〉。除了簡短地介紹作者外，序中主要的論點卻在指出一個放逐詩人在語言上所呈現的特質。葉氏指出馬博良本身是一個「雙重文化的詩人」，受著「文化的衝擊」，故其語言的運用與形態呈現了兩種現象：其一是馬詩中用以保衛自身文化及試圖求取意義的文言用語有「不調合之感」。其二是詩人終於在超越民族文化的出神裡面使語言與經驗重新溶合。在這短短的序言中，葉氏凝練精確地一語道破語言在放逐詩中的微妙作用。當然，葉氏是一位對現代詩的語言有深邃體認的理論家，他能洞悉馬詩中因放逐而產生的繁祕奧妙固然是慧眼獨具。但如果我們仔細斟酌這篇序文。不難發現作者除了客觀地討論詩集的題旨與得失外，還在字裡行間，不經意地向馬詩流露著一種強烈又親切的認同感。尤其是論到馬博良在「詩心遊」裡穿過時空「與百師神會」時，作者不自禁地將自己本人的詩、譯作，及理論拉進這「心遊神會」裡。這無疑是一種超越提升的共鳴；它不僅是朋友的交情，又不止於詩人間的息息相關，而是在一個文學理想最核心的領域裡，詩人們為了從不同的時空同時相會在一個詩的驛站而舉杯互祝。

我們不禁會問：如果馬詩的旅程的肇端是「放逐」的話，那麼葉維廉寫的詩主要推動力又是什麼呢？如果《美洲三十絃》是放逐詩，葉氏 20 年來的詩又是否有一種恆久重複的主題不斷支持、推動，甚至催逼詩人的創

作活動呢？葉氏曾經滄海，從中國大陸、香港、臺灣、以至歐洲美國，浪跡天下，單憑這個背景，我們就可以進一步問：放逐究竟在葉氏的創作中占著一個什麼地位，扮演什麼角色？

顏元叔教授評論葉維廉時曾說其詩缺乏一個執著的題旨[3]。其實光翻開《賦格》與《愁渡》兩本詩集，我們應該可以點點滴滴地累積足夠資料，證明葉維廉正是一位「發出時代的呼聲」的放逐詩人。長久以來，葉氏個人一直受著放逐這命運鞭撻著，他又甚至將它廣推到這時代所有中國詩人身上，指出放逐是現代詩人所共「享」的同一噩運，在〈中國現代詩的語言問題〉一文中，他就將抵抗放逐這使命屬託所有現代的中國詩人：

> 詩人的責任（幾乎是天職）就是要把當代中國的感受、命運和生活的激變與憂慮、孤絕、鄉愁、希望、放逐感（精神的和肉體的）、夢幻、恐懼和懷疑表達出來。[4]

因此，放逐意識往往是葉氏創作背後的原動力。不論是「哀朕時之不當」或是夢魂繞縈的思家；不論是傳統歷史的揹負或是羈旅無歸的沉哀，這種種迴環無間地在葉詩出現、凝聚、歸納為一動力的核心，然後再伸延至形式、語言、意象的表達形態上。這現象不僅貫通《愁渡》及其以前的作品，甚至在後期的《醒之邊緣》、《野花的故事》以至最近發表的《松鳥的傳說》中，懷國、飄泊、失落、隔絕仍一樣是詩的主要而確切的感觸及抒發的方向。

在一次接受訪問中，葉氏說：「我做為當時一個現代的中國人，做為一個被時代放逐的人，出國之後空間的距離使我更有被放逐的感覺。」[5]「當時」是指中國大陸陷入中共手中，國府南渡臺灣的時候，所謂「被時

---

[3]顏元叔，〈葉維廉的「定向疊景」〉，《中外文學》第 1 卷第 7 期（1972 年 12 月），頁 72～87。
[4]葉維廉，〈中國現代詩的語言問題〉，《秩序的生長》（臺北：志文出版社，1971 年 6 月），頁 185。
[5]梁新怡、覃權、小克，〈與葉維廉談現代詩的傳統和語言——葉維廉訪問記〉，《葉維廉自選集》（臺北：黎明文化公司，1975 年 1 月），頁 255。

代放逐」，便是與大中國（空間、時間、文化）的遽然切斷。還有，這是在次序上一個很特別的說法。因為例如屈原與馬博良都是先因放逐而對時間產生敏感，然後以時間及其象徵為反抗放逐空間的對象。但葉氏之「被時代放逐」卻早於出國之後。究其原因大概有二：其一是葉氏深覺自身處於一個大動盪、陷於分崩離析的時代。詩人蘊藏在血液的中國傳統受著西洋文化現代主義等的衝擊而在無所適從中困惑、掙扎、反抗。故此產生了自身與時代不調和之感。第二個原因，就是葉氏這種精神放逐極可能是他更早時遭遇到的形體放逐的產品。葉維廉於 1948 年從中國大陸「棄家渡海到了香港」。[6]《賦格》集中描寫香港的早期的〈城望〉（1956 年）就充分流露詩人受放逐的心聲。這是一個每個人只知道「向滯留的自己瞥視一眼」的地方。在這裡，詩人只能「期待月落的時分」。此時此地，詩人的心境是一片焦急：

> 焦急的生命
> 在焦急的人們中
> 在焦急的時代下

這種焦急並不偶然，至少在葉氏這首詩中我們看到他用以後一直愛用的重複句[7]再三叫喊：「我們焦急的生命」。然後是〈塞上〉（1958 年），詩人把自己的遭遇化入了武俠小說的世界。在這裡，詩人「負載了──歷史亙古的哀愁」焦急化成「追憶時期」。緣此，生逢亂世而對時間產生敏銳的錯雜感不斷在《賦格》詩集出現。詩人只能從「墳墓的氣息」才獲得「時間的實感」（〈致我的子孫們〉，1959 年）。過往現在將來變成「陰鬱的時間，伸在我們以前和以後」，「我們超不過時間，我們征服不了時間」（〈〈焚燬的諾

---

[6]葉維廉，〈年表〉，《葉維廉自選集》，頁 2。
[7]這種重複句等於蕭蕭所稱的「同體層疊」，見蕭蕭，〈空間層疊在葉維廉詩中的意義〉，《創世紀》
第 32 期（1973 年 3 月），頁 83。

墩〉的世界〉）。「現在只是介於吾等來處及吾等將達之間的駐停」。詩人「難忘昨日而明日未生」（〈追〉），因為「流犯之王」只能睡在「日日指示我們的局限」的「短暫的床」上而面對「日日群山」（〈降臨〉）。

　　形式與主題均與《賦格》前後呼應的另一節逃亡之歌〈愁渡五曲〉是葉維廉的放逐意識到達一個高潮的詩作。若以屈原《離騷》為範疇，放逐詩人因局囿在一個不能忍受的時空而作一冥想式的，超乎現實的旅程本來就是中國放逐詩的傳統。所謂愁渡——令人想起杜甫的「牛女漫愁思，秋期猶渡河」（〈一百五日夜對月〉）——就是詩人嘎然間被個人的、國家的及文化的流放所引起的愁傷占領。詩人在意識與潛意識中置身於往昔與現在、故國與異邦、回憶與期望之間。在這可知又不可知，可達又不可達的國度裡，詩人與時間的關係從外張變成內斂，蘊藏在詩的內在動律。因此，〈愁渡五曲〉包含了五種不同的時序節奏。第一曲開始，「愁機」來得迢遞：「奪繁響／摧朝花」。但隨著卻是「餘燼默默」而「好遠好遠的聲響」。這一速一緩引起了類似在《賦格》中的焦急：「焦急的人們」喊著「風起了！快下帆！快把舵！」最後是一聲「轟然」；一切的「突變」，都是哭訴著故國的羈戀。急激之後就是悠然，第二曲的時序是詩人「無邊緣的凝視」。一連串疊字（悠悠、幽幽、起伏起伏、密密麻麻、斜斜、霍霍、莽莽）反映著詩人「倚著窗臺」在「放剪花的船」；因為他「見不到莽莽的海而愁傷」。第三曲的「飄揚」是另一個變奏。因為詩人從「門復門，關復關」的局囿中以飛翔的幻象「旋呀旋」地旋「往尖塔上」，「為星晨解纜／在雲樹間的五絃線上穿行」。第一曲的「依稀似那年」在第四曲獲得全面伸展，詩人神遊故土，意達盤荒。連續的「依稀曾有你，王啊」，「依稀是你」，及「依稀你曾說」帶領著詩人，如「風繞過了帝王谷」（第二曲）而回到千年萬年的中國文化。但因為「千樹萬樹的霜花」無人看而「催折」，故「霧裡」泉聲的「跫音」又在第五曲回升。所有音律又重新聚集而加快。故事中的「流犯之王」（未被解體的大中國文化）如雲、如影、如海浪的「奔行」在「蕭蕭的白楊間」。其快速更使之「眉目」不清「聲音」不

辨。而「棠兒」（是大中國秋海棠的擬人吧？）又受著王的引領，「奔向奪天的岩柱」，如「白馬穿石隙」地在急遽的時空中離家棄國，作理想的追求。

　　《愁渡》以後的《醒之邊緣》及《野花的故事》是葉維廉強逼自己「離開這個心態和主題」的詩作。這「脫離那濃縮的鬱結的心境」[8]的企圖促使詩人在風格上放開懷抱，擴展自己的詩心領域而不再局限於這個剪不斷，理還亂，而又「深沉的憂時憂國的愁結」裡。有了這種意識上的強加控制，放逐的「時間」就當然不容易出現於詩人的後期創作。然而，葉維廉在國家時代文化意識的羅網中太過深陷了；不論怎樣掙扎自拔，在一切安祥輕快的背後，種種離家去國的矛盾、衝突與痛苦仍然一樣縈繞著詩人的思維，有一機會，這懷念眷戀就噴薄而出。例如在《醒之邊緣》的〈嫦娥〉，詩人又將自己拉回「千年萬年的堆積得厚重如睡眠的空虛中」。詩中的「嫦娥」因「偷靈藥」而被時代遺棄了。但當她嘗試重返人間，希望使自己「鬱結的根，結結實實的抓著泥土的芳香」時，時代卻將她擯於門外，最後又只好在那無期流放中沉入：

　　那麼美好的千年萬年的黑色。

　　那麼美好的千年萬年的睡眠。

　　那麼美好的千年萬年的漂浮。

在這「年月是什麼」（〈雲岩的雙目〉）的生涯裡，「失去了時計的異鄉人」（〈未發酵的詩情〉）就連自己也驚訝「竟然等到現在」，因為這是「那缺乏實物」的現在（〈一九七二年末梢寄商禽〉）。人與時間已互不相關，可憐「盲睛的孩子們」，要「憑著他們的觸覺」，「去追蹤還未認識的記憶」。而這些因「過去」被切斷而「未解憶長安」的「小兒女」（杜甫，〈月夜〉），

---

[8] 梁新怡、覃權、小克，〈與葉維廉談現代詩的傳統和語言——葉維廉訪問記〉，《葉維廉自選集》，頁 255、258。

大概就是〈愁渡〉中那代表中國版圖的「棠兒」的延續吧？

　　不及待了
　　轟的一聲
　　「大家出來啊，我們把天打開了！」
　　孩子們嚷著，跑著
　　把身上的衣服一件一件丟在街上
　　赤裸向
　　瞿然出現的陌生的太陽
　　孩子們都不認識
　　等著老年人來解說

　　　　　　　　　　　　　　　　——〈陌〉，1971 年臺北

三

　　放逐模式中與「時間」占同樣重要地位的空間意識及其表達意象在葉詩中更明顯地呈露放逐詩的特質。如果將葉氏每本詩集中的空間意象挑出，然後加以整理，我們不難理出另一個「放逐的故事」的肌理。然而，葉氏在「空間意象」的運用上卻緊密地與時間意識互相銜接。兩者雖然不斷企圖互相超越而獨存，但往往卻依靠對方來作本身存在的指標架構。的確，討論葉氏詩中因放逐而產生的空間意象最好的方法應是用時間範疇來論釋其運用的過程；但在詮釋當中，我們又將發現這些空間的內在動力，不斷希望衝破那不能忍受的時間的局限，而這種突破時限運行的企圖本身，又同時與那為了受空間縛束而掙扎的時間意識相結合。聯起來與放逐的戕害抗衡。
　　從《賦格》中的〈追〉，我們就明晰地看到詩人與時間空間這種複雜迂迴：

　　也難忘昨日而明日未生又為

　　今日所殺死我們也難忘

　　昨日於今日凌亂的結合中

　　沒有附形的虛象自己器官一樣真實的

　　事體從好奇的一個定點到歷史無數

　　類化的再現從思維默默到灌木到禽鳥

　　到孩子們的玩具或於今日之完整隱到

　　狹心中無垠的不知覺

　　轉過公園的籠笆，那聲音

　　還在搖響：

　　　　　　我呢！

　　　　　　　我呢！

　顯而易見，在那一口氣也唸不完的中段，詩人企圖模擬及駕馭這種雜亂無章、無法模擬、又無法駕馭的時空關係。因此，如果將葉詩的整個空間意象的運用分為「昨日、今日、明日」而加以分析，我們就可以對詩人的「放逐空間」在意識形態及表達形式上獲得一比較完整而有系統的了解。首先，一個放逐詩人對「今日」的空間有著基本上的不滿，故而「現在只是介於吾等來處及吾等將達之間的駐停，這是一片矛盾之地」（〈〈〈焚燬的諾墩〉之世界〉）。又因為詩人不滿棲身於「今日」的陷溺與「昨日」的無法重達，詩人不自禁地徬徨於「明日」的棲所。的確，綜觀葉氏的數本詩集的空間意象，其變化歷程其實就是昨日今日明日相斥相異的競逐。

　　〈城望〉（1956 年）中的今日空間是「滯留」的，有「殯儀館的氣氛」的「寒鴉盤桓的荒地」，因為詩人正置身於一個「不敢認知」而又「尚未認知的城市」。隨著在〈塞上〉（1958 年）展開的「整個廣漠」是詩人逃入小說世界裡而屬於昨日的「瀑布松濤」與「落雁長天」。然後在「追憶」及「期待」之餘，以往現在將來就在〈賦格〉（1960 年）這首三部曲中作

一總和：第一部的今日「呵氣無常的大地」引出第二部在「過去的澄明的日子」中的「亙廣原野」及「高峻山嶽」。但這昨日的理想山嶽卻變成今日的「龜山蔽之」，由以往的宏大廣袤變成現今層層難越的距離阻隔。最後詩人在第三部的「土斷川分的／絕崖上」，「推斷」著怎樣才「可以了解世界」；結果是屬於明日毫無目標的等待：

> 走上爭先恐後的公車，停在街頭
>
> 左顧右盼，等一隻哲理的蝴蝶
>
> 等一個無上的先知。

這詩集餘下的數首詩仍然敘述詩人浮沉在過去現在未來的海濤中的歷程。當詩人身前的視野是一片凌亂災難的世界（如〈追〉）那就不用說了。但就算現今的環境完全是寧靜安逸（例如：〈夏之顯現〉及〈逸〉，1960 年），詩人仍然時而意識時而潛意識地需要「扭轉景物」來慰藉他那「無可救藥的懷鄉病」。生活在這一刻過往的〈斷念〉（1961 年）中的「廣日垂天」卻同時是痛苦的「迷失」！因現存意識一回轉，詩人又受困於「冬之囚牆」（〈降臨〉二，1961～1962 年），而床前的「群山亂石」，卻「日日指出我們的局限」（〈降臨〉三）。局限逼使著詩人作「舒伸」的企圖；但就算思維能「舒伸／向十萬里，千萬里」，仍然是「十萬里千萬里的恐懼」（〈仰望之歌〉，1962 年）。[9]這種出入徘徊在過往現在將來的空間唯一的結果，只是將時間界限混亂模糊；當詩人自己也不知道進入了「哪個內裡哪一個中間」（〈河想〉，1962 年）時，詩人也許在現實世界的界角得以有一刻喘息的機會。

　　第二本詩集《愁渡》的主要部分，代表了葉維廉最早期的美國經驗。從 1963 年的〈序詩〉到 1967 年的〈愁渡五曲〉，是葉氏留美深造以至學成

---

[9]這種「舒伸」，連續到《醒之邊緣》的〈年齡以外〉二：「從我站的地方到十里百里千里萬里外／焚毀的京都都是洶湧的哭聲」。

應聘到聖地牙哥加州大學任教的一段時間。故此其中「暖暖的旅程」一組
詩在形式與內容上都無形中呼應著馬博良的《美洲三十絃》。如果《賦格》
的空間意象大致是屬於昨日的話，那麼這組詩所呈現的無疑是今日的現存
空間。試看第一首〈聖・法蘭西斯哥〉的描述：

> 私生的天使
>
> 迭次鎮守著
>
> 堵隔海天的小陽春
>
> 風之蝙蝠
>
> 穿飛我們欲念的錐輪
>
> 許是昨夜許是今夜的橄欖石
>
> 自驚恐的幼童中裂碎
>
> 我們的血液結著蛛網
>
> 虞美人擠向教堂的頂架
>
> 當那微弱的色澤
>
> 填補了岡陵的虧缺

這不就是馬博良式的美國風光嗎？空間的一切象喻著混淆、迷失、不調
協，及與時間之格格不入。在美國，就連「聖誕老人」也「丟掉了時間的
觀念」（〈聖誕節〉）。這種激烈的動盪與迷失在隨後的幾首詩中總算被一種
比較「悄然凝慮」的「遊人意」代替了；因為「一切傾棄的心跡」，已經
「洶旭在階下隆隆的黑暗裡」（〈曼哈頓 Diminuendo〉二），直到〈愁渡五
曲〉，方作另一個放逐的爆炸。

　　〈愁渡五曲〉不論風格與主題都是葉維廉創作歷史的一個頗重要的里
程碑。它代表了詩人從童年到學成這悠長時光積存下來的放逐意識的爆
炸。這首詩寫於 1967 年年底；時葉氏剛從普林斯登大學獲博士學位，隨即
應聘橫渡美國西岸到聖地牙哥加大任教。在此之前，詩人從大陸「棄家渡

海」到香港，從香港到臺灣，又從臺灣遠渡美國，最後是命運安排到加州教學，於是在面對太平洋的梭朗那海灘向西遙望，家鄉是愈「渡」愈遠了！這種無可奈何地將歸期放入無限的心情，相信就是這種長久的放逐鬱結表層化的導火線吧！正如屈原之作《離騷》，葉氏的〈愁渡〉亦是因不能再忍受放逐生涯裡的現實世界而作一冥想式的旅程。形式上，當詩人的旅程被放逐主題的本身占了詩的表現層前景時，空間意象就超越時間而在後景襯托著空靈的追尋，此等空間意象的運行隨著詩本身的節奏，展露一個因放逐而引出的往昔特殊執著（因而緩慢悠然）與現在將來的飄忽無定（因而急速激揚）的空間對比。第一曲的海是「昏鴉澎湃」，「好遠好遠」的海。它是「依稀似那年」用以「把砰砰的戰火拋在後面」的通道。在第二曲中，「海」已經「看不見」；取而代之的是靜止固定的「倚著窗臺」而「無邊緣的凝視」著在幻覺中美好安寧的「悠悠的楊花翻飛」。詩人在第三曲的「雲樹間」及「群山升騰／鼓槌急墜／水鳥高飛」中更潛意識地擺脫了時空而「飄揚」。之後是第四曲的現實意念重現的嘎然；此時「千樹萬樹的霜花」雖「多好看」但「有誰看」，而「霜花摧折」。「流犯之王」（見於〈賦格〉）正「踏著脆裂的神經而去」。最後，第五曲中詩人的旅程到達高潮，節律因而加速變幻。故此空間亦變為急劇不可稍留的「雲間煙木／煙木帶著太陽白色的影子／一如海浪似的緞緋」，以及「奪天的岩柱」、「白馬穿石隙而去」。最後兩句，「山根好一片雨／澗底飛百重雲」更將固著不動的空間（山根與澗底）與飄忽而不恆久，但同時又超越的空間（一片雨與百重雲）的對比戲劇性也勾畫出來。

　　1971 年出版的《醒之邊緣》及 1975 年的《野花的故事》是葉維廉在加州教學以後的詩作。除了部分是在歐洲、日本、香港及臺灣寫成的作品外，其他都是葉氏在美國日常生活寫照。在這意識上不肯「求止」而現實卻強逼詩人「棲息」於異邦期間，詩人曾嘗試脫離對以往的特殊空間的執著。故此先前在空間意象中呈現的局限創傷及疏隔緬懷在這兩本後期詩集大量減少。放逐的意識慢慢溶入了詩在《醒之邊緣》的潛意識中，如果我

們希望繼續追尋這經已內斂但無時無刻不試圖外張的放逐空間，唯一的方法是假借一個經常潛伏在潛意識中的意象作仔細的分析；基於下述的理由，本文將用「屋宇」這意象來從事這項分析。

　　「屋宇」包括門、窗、牆、走廊，甚至界線，不啻為人類有文化以來「家」的意念最基本的單位。房屋是人類建立的第一個在世界上屬於自己的角落。其中包含著溫暖、保護、棲息，及一切與外間劃分界限的意蘊，巴斯拉在《空間的詩學》一開始就說：「房屋是現象學研究人類內裡空間之親密價值的優先實物。」[10] 他認為屋宇在詩的意象占極重要的地位。屋宇是一個大搖籃；是人類的第一個世界。它又是一個白日夢、記憶、冥想的最深處。若失去了屋宇這意念，我們就會變成「解體的人」（dispersed person）。再之，對本文的論題而言，更重要的卻是他以下的一段話：

> 要說明意識的形而上本質，我們應該等待一個「被逐出」時的經驗。那就是說，被逐出屋宇以外，被擯棄在一個累積人與宇宙之間的敵念的世界。[11]

既然人被逐出屋宇的經驗被視為研究人類意識重要的因素，那麼這經驗當亦可以反過來用以研究放逐詩的空間意識。再之，以上本文從葉維廉詩中挑出來的種種空間意象雖足建立它在放逐詩的地位及作用，但卻失之於瑣屑繁雜。況且這些意象的構成及呈現，只趄留在詩人的意識形態的表層，只是詩人在一已認知下的感受。不如「屋宇」這意象之既可提供一個單一鎔冶的系統，又能把發掘放逐意識的觸鬚伸入靈奧的深邃處，從而窺探詩人在自知與不自知之間的情緒洩露。

　　葉維廉的詩，我們發覺，他的第一本詩集的第一首詩〈城望〉（1956

---

[10]Gaston Bachelard, Maria Jolas trans., "The House. From Cellar to Garret. The Significance of the Hut", *The Poetics of Space* (Boston: Beacom Press, 1964), p.3.
[11]同前註，p.7。

年）是這樣開始的：

> 我們從不曾細心去分析
> 那些來自不同遠處的侵襲；
> 那些穿過窗隙、牆壁，穿過懶散的氣息，
> 穿過微弱燭光搖晃下的長廊，
> 而降落在我們心間的事物。

在葉氏創作的整個歷程而言，這是一個極具象徵性的開始。就這短短五行間，我們可以將詩人的心緒意識分為三個層次：詩人在心智認知下的活動（第一層）察覺到「我們從不曾細心去分析」（第二層）。但第三層的意識是什麼呢？那就是連詩人本身也不能解說什麼使他在第三、第四行一連採用了「窗隙」、「牆壁」、「長廊」這些屬於屋宇意象作接受外間事物的通道的一個潛意識。詩人正處於「被逐出」的經驗當中：在這與時空極不調和的環境下而試圖「將心間事物細心分析」時，這一個潛在人類最深邃處的「溫暖、保護、棲息、及與外間劃分界限」的意念油然而生。當詩人被記憶所占領，屋宇意象就是極自然的跟著出現。在〈〈焚燬的諾墩〉之世界〉中，我們看到「記憶出現。一幕明亮的景。暗示發射著光從一個定的中心。一所房子的顯示」。故此，一所房子就是記憶最基本的單元。其作用大致有正負一端：它一方面引導詩人回返具有護衛功能的理想世界，另一方面卻宣洩性地擔當詩人由「被逐出」的噩運所得的痛楚的正面指陳。因而「窗前多樣的屋脊給藍天／反映了多樣的故事」。

的確，屋宇意象不斷在葉氏以後的詩作出現。它時而作一所房屋的整體，時而解分成屬於屋宇的各單元，例如窗、門、牆、走廊等。當然，屋宇意象整體的運用，通常是家或是整個處身環境的投射。例如〈城望〉中的香港，是帶有「監獄」、「殯儀館的氣氛」及「私家重地，閒人免進，內有惡犬的樓房」。在〈賦格〉其二的往日理想空間中，我們看到這意象與自

然環境溶合：「一排茅房和飛鳥的交情圍擁」。同樣理想角落的投射有在〈公開的石榴〉中的「獨立在一川煙霧飄洗的屋角／風信雞以未被日光汙漬的早晨」，及在〈就照你的意思〉中「一節節的房屋／在蒸騰的天藍上波動」。而類似香港經驗的破碎而不協調的屋宇出現於〈曼哈頓〉二的「彷彿是戰爭裡浪花湧破的房舍」及〈雨景〉二的「那堆工整得令人厭倦的／新社區的房子」。再之，房舍能作詩人回憶的泉源：〈愁渡〉第一曲就有「房舍的餘燼因風／如線軸的線默默的織入／記憶的衣衫裡」。最後，屋宇意象的本身可以指引詩人從古典文學的領域中，或效法古人思家之情：「獨上西樓／月復如鉤」（〈信札〉第一帖），或重溫家園的舊夢。

如隱藏在柳宗元的〈秋曉行南谷經荒村〉中「黃葉覆溪橋，荒村唯古木」句中的：

黃葉溢滿谷

谷口

溪

橋上

空架著

荒屋

一所

含在

遠

古

的

無聲裡

────〈曉行大馬鎮以東〉

　　窗這「介於孤獨與合群之間」赤裸之窗的特性，最適合傳達放逐詩人在空間深陷受制的詩心。〈城望〉中的「監獄裡的黑，鐵窗」，「窗格上玻璃不停的悸顫，／震碎我們每個新的願望」；〈降臨二：冬之囚牆〉的「囚窗之太陽」以至《野花的故事》之〈香港素描〉的「脫落了玻璃的／煤黑色的窗戶」等，都是利用「窗」的意象來框住詩人受囹圄於內的情景。至於因懸隔而被棄置於外的，自是「來日倚窗前」式樣的思念懷緬：「冷街上，牆上，煩憂搖窗而至」（〈愁渡〉第三曲）。但是，什麼才是那「虛無的」，「多形的」，「我們靠著它生存著」的「有力的窗」呢？窗雖然虛無多形，但靠其「力」我們得以生存卻是正面確定其價值的說法。早在 1962 年，在葉氏寫給他剛出生的女兒的〈內窗〉中就有：「驕橫是你的內窗，蓁，你的以往是／沒有量度的夢」。嬰兒的驕橫純潔，代表了一個發出一線曙光的窗口，藉此詩人得以透視那沒有以往的，人初的第一和諧。但真正「有力」而緊緊聯繫著我們生存本身的窗，卻出現於《醒之邊緣》詩集的幾首詩：〈醒之邊緣〉、〈圓花窗〉、〈甦醒之歌〉、〈嫦娥〉，及〈茫〉。這一組詩直接地代表了詩人徘徊出入「醒之邊緣」的紀錄，詩人翳入了一個朦朧的冥思；脫離了具體事物的世界；追尋那既已茫然失落，卻又依稀美好充實的一種存在。上文曾提過葉氏在《愁渡》以後強逼自己吐出梗塞在心頭那個濃縮的放逐癥結；而這組詩就是他努力的結果。

　　然後，那「坐在青熒的孤形的檻上」的「嫦娥」，因無法再忍受那「千年萬年的黑色」而「緩緩的爬著千轉的欄干」下降：「啊，是多麼雀躍的濺射！這才覺得心中有鳥，才覺得漠大的旋流後面有葉脈在舒伸……我不怕匆促隔窗把我驚醒，何況醒就是飛揚！」醒本身就是一種舒放；然後再「把窗戶打開讓白天沖擊四壁」（〈遊子意〉第二）就更徹底做到「心中有鳥」的舒展：

　　　方 的 窗

　　　打 開

方的窗

打開

方的窗

打開

方的窗

張開的手掌

飛揚

張開的手掌

飛揚

張開的手掌

飛揚

青靄裡

風箏一樣

成排的

停在氣流裡

那些逍遙的

展翼的手掌

——〈醒之邊緣〉

　　如果說窗能給詩人一種意志飛騰的意念，那麼，最能激發及建立內與外、開與閉、局限與展張、肯定與否定、自我與非自我，甚至存在與不存在種種而尖銳相對，時而合弗能合的關係的，就是「門」這意象了。「門」是一切從內到外的展望，又是從外轉回到內的思念的根源。與「窗」一樣，「門」也是虛無而多形的（葉詩中就有「這麼多的門鈕／向庭院和臺閣」）。「窗」只限於思念，但「門」卻提供行動。單單在「出」與「入」之

間，一個詩人（特別是放逐的詩人）就可以訴盡他畢生的坎坷。[12]另一位
詩人連水淼，就寫了一首以〈門〉為詩題的：

> ——你想探究我的世界嗎
> 請輕輕推開我身前的一扇門[13]

我們又還記得，在〈門或者天空〉這首詩中，商禽在一個「沒有屋頂
的圍牆裡面」築起一道門，然後在其下走來走去。[14]這是一個囚者在無奈
沉哀中作出聊以自慰的舉動。但這舉動本身所含的哲理（究竟什麼是進
去，什麼是出來？兩者可分？），卻使門之意象成為一個放逐詩人表達詩心
的理想。葉維廉在 1973 年客次香港，在機場看到：

> 一個守護著護照的旅客
> 推不動生銹已久的
> 旋轉門
> 而
> 不得以出
> 不得以入

> ——〈一九七三年晚春客次中國人的香港〉

這當然是描述流浪著的浮萍飄泊，停滯於某種不屬於自己的空間不得
其門而出（而入）。另一方面，就算這旋轉門被打開了，流浪者又是否真正
能走出來，或是走進去呢？

---

[12]巴斯拉說：「假若一個人說出他所有關閉過及開啟過，又所有他希望重開的門，這人等於說盡了
他畢生的故事。」Gaston Bachelard, "The Dialectics of Outside and Inside", *The Poetics of Space*,
p.224.
[13]連水淼，〈門——你想探究我的世界嗎　請輕輕推開我身前的一扇門〉，《創世紀》第 32 期（1973
年 3 月），頁 34。
[14]商禽，〈門或者天空〉，《七十年代詩選》（高雄：大業書店，1967 年 9 月），頁 94。

打開了一扇門

其他的門都消失了

長廊裡

蝙蝠依聲音飛翔

「來是你語

去是我言」

打開了一扇門

其他的門都重現了

由是

再開始

打開另一扇門

——〈醒之邊緣〉其三

葉氏這「打開門」舉動，超越了商禽的無奈自慰而追索以門為界的基本意義。幾乎對窗之意象的運用一樣，葉氏的「門」可以說是為了廢除「門的意念」而存在。詩人因長久伶俜他鄉而對一切門戶界限的意念特別尖銳。其唯一自我解脫的機會，就是希望能打破「門」的界限，跳出「冬之囚牆」。就是在這裡，我們看到了一些企圖戰勝放逐的跡象，但真正能做到「戰勝隔絕」，「超越了故土根源的羈戀而激發起積極的思維與能力」，卻需要詩人在語言方面作更進一步的努力。

四

葉維廉在「語言與放逐」的問題上就複雜多了。卻在所有文化藝術活動中（包括詩作、譯作、讀書、教學、文學評論），無時無刻不受著層層疊疊的「語言問題」縈繞著。語言本來就是詩的肌理命脈，而葉氏卻以揹負時代國家的重擔為己任而對語言更為敏感。葉氏自己所說的「被時代放逐」其實就是本身的語言被時代切斷。

　　五四運動對中國傳統的反抗，對因襲相傳的破壞；然後是歐美種種極
端主義的入侵，詩人在這快將炸裂的語言大熔爐裡孤獨、徬徨、迷失。再
者，形而上的放逐加上形體的放逐，詩人滯留異邦，本身語言再摻受最基
本的失落的威脅。故而有「有什麼語言比中文更好呢！」之歎。[15]伶俜他
鄉的詩人，中國語文竟成為肯定自我身分的唯一依恃。

　　葉維廉最近寫了一篇〈我和三、四十年代的血緣關係〉一文，剖白他
形成期的詩作如受 1930、1940 年代詩人的影響。文章結尾是：

> 變亂的時代終於把我從 1930、1940 年代的臍帶切斷，我游離於大傳統以
> 外的空間，深沉的憂時憂國的愁結、鬱結，使我在古代與現代的邊緣上
> 徘徊、冥思和追索傳統的持續，遂寫下了沉重濃鬱的〈賦格〉與〈愁
> 渡〉。[16]

由此可見，葉氏早期的詩很明顯的出現一種在語言表達上向古人告貸的現
象。這種追索自我根源而告貸古人的選擇，又往往集中於抒發詩人因放逐
而滋生的心態。在葉氏最彰明顯著的放逐詩〈賦格〉與〈愁渡〉中，我們
就可以看到很多這種借用典故的例子：〈賦格〉三段之第二段，葉氏一字不
改的用上了《古詩源》的〈龜山操〉：

> 予欲望魯兮
> 龜山蔽之
> 手無斧柯
> 奈龜山何

[15]葉維廉，〈年表〉，《葉維廉自選集》，頁 3。
[16]見葉維廉，〈我和三、四十年代的血緣關係〉，《中外文學》第 6 卷第 7 期（1977 年 12 月），頁 25
　～26。

不論這四句詩的動機背景是什麼，山河阻隔而弗能穿鑿，卻絕對是它的題旨。綜觀〈賦格〉全詩，這首古歌竟出現在詩的中心點而有呼前應後、承上接下的作用：〈賦格〉第一段是詩人迂迴鬱結於「不能忍受」而無根「漂浮的生命」；第三段是「我們只管走下石階吧」的浪跡天涯的決定。但在投身於飄泊作存在價值的追尋之前，詩人必須作最後的回顧，於是在第二段中，我們看到一個自身血緣依屬的追索。但這追索卻止於龜山難越；詩人「披髮行歌」，向厄運認命，才引出第三段「折葦成笛，吹一節逃亡之歌」。當然，這種直接借用古典最大的問題在於它是否能在文字與意義的層次上與全詩湊泊，能否在詩中發揮一個突出而又溶和的作用。〈龜山操〉卻出現於詩中整個經驗的最高潮；它是一個在詩人遠離故土之後，又決心作茫然流離之前的一個爆炸性的認命。詩人唯一依恃，只是自身仍流著悠渺恆古的中國血液。在一連三個「我們是」之後而披髮高歌，從意識上直索古人就變成順境應情的自然流露了。

　　像這樣一字不漏地古歌重現，又應合詩人的經驗與全詩調和融會的情形，究竟因為缺乏彈性而不會出現太多。在〈愁渡五曲〉，葉氏轉而向傳統詩中的心境、氣氛，甚至形式作多方靈活的借用：〈愁渡〉第一曲的開始，就形式與氣氛上就已經有效法古人的跡象：

　　說著，說著它就來了：
　　奪繁響
　　摧朝花
　　薄弱的欲望依稀似那年
　　那年愁機橫展——
　　三楫船下水如玉
　　昏鴉澎湃，逐潮而去盡

這段詩用字典雅不用說，句子的音韻、頓挫與排列，基本上就似填詞：且

看溫庭筠的〈更漏子〉：

> 花外漏聲迢遞
>
> 驚塞雁　起城烏

又或者是范仲淹的〈御街行〉：

> 紛墮葉飄香砌
>
> 夜寂靜　寒聲碎
>
> 真珠簾卷玉樓空

第二曲的「玉臂的清寒」當然是脫胎於杜甫〈月夜〉的「清輝玉臂寒」。第三曲最後一段「我們為星辰解纜……而散髮飄揚著」在風骨與意氣上直追李白的〈宣州謝朓樓餞別校書叔雲〉。第四曲開始數句的出處比較複雜：

> 怎得一夜朔風來
>
> 千樹萬樹的霜花多好看
>
> 千樹萬樹的霜有誰看
>
> 當玄關消失在垂天的身影裡
>
> 我不去想釣魚郎此起彼落
>
> 啄完又啄、淋漓欲滴的春色

外表形式上，前三句無疑與岑參〈白雪歌送武判官歸京〉的「忽如一夜春風來，千樹萬樹梨花開」有關。

　　借用古典理所當然是所有現代詩人擁有的權利而不一定與放逐有關。但以上所舉出葉氏的作法，卻清晰截然地表現著既先有放逐的「情」，然後借用古典中抒發此情的「景」。當然，若借用得宜，若景因情之所需而發出

回響，達到情景相溶，在語言的運用上是可行的途徑。但不論如何，借來
的往昔的「景」卻始終處於為了表達今日的「情」的襯托地位。如果每因
一己處身的執著而顧盼以往，詩人往往曳入了昔日的灰影而無以自拔。上
文提過，葉維廉在寫完了〈愁渡〉以後對此亦有所醒悟，因此在《醒之邊
緣》及《野花的故事》的詩作中，追溯古典絕少出現，詩人似乎成功地從
〈賦格〉與《愁渡》中的昨日空間將自己拔升出來，而致力於描寫今日之
實境。當然，放逐意識仍不免在不當意處往外宣洩，但詩人已能先接受然
後執掌當前的空間環境，再而進入其核心，溶入其真實的存在。就算有古
典的痕跡出現，已經不能算是「借用」了。讓我們看看葉氏寫於 1970 年代
的〈曉行大馬鎮以東〉：

>   秋
>   滅入冰
>   冰霜壓草
>   草漸
>
>   稀
>
>   沒有戛戛的輪聲的
>   早晨
>   斜向
>   失徑的野地
>   忽覺
>   黃葉溢滿谷
>   谷口
>   溪
>   橋上
>   空架著

荒屋

一所

含在

遠

古

的

無聲裡

疏木接天

一株

冷冷的香

冷冷

薄冰

微

裂

猶聽見

山中

山外

穿流如注的

喧嚷

戰鼓

明

滅

　　或許是

　　泉聲若

　　有若

　　無

　　或許是

　　清輝的寒

　　顫

　　我們
　　不要去
　　驚動
　　那試步的
　　麋鹿

　　如果沒有細心重讀，我們不容易發現，這整首詩竟脫胎於柳宗元的
〈秋曉行南谷經荒村〉：

　　杪秋霜露重
　　晨起行幽谷
　　黃葉覆溪橋
　　荒村唯古木
　　寒花疏寂歷
　　幽泉微斷續
　　機心久已忘
　　何事驚麋鹿

　　我們不容易發現葉詩的最大理由，在於它雖雛本古詩，其景物與感情卻澹然獨立。景是今日的景，情也是今時的情。其在語言上的成就絕不因先有柳詩而受拘牽。然而，這發現卻有便於追尋葉氏的放逐意識在語言表達上的變化。

　　首先，從表面看，這首詩本身完全是詩人朝行美國加州大馬鎮以東鄉村，有感其秋色而作。其清輝香冷，幽疏寂歷的氣氛原是談不上什麼放逐的情懷。但若將葉詩與柳詩並置，我們不難悟到，葉氏雖然能在語言上作自我超升，但他這整個美國朝行經驗又在不知不覺中陷入了古典。歷史意識在一個放逐詩人的心緒中畢竟太強烈了；只要經驗是深入的，詩心又不得不悠然聚集在「遠古的無聲裡」。還有一點更能證實葉氏的放逐意識仍然存在的，就是葉詩全詩唯一在柳詩中找不到痕跡的部分：「溪橋上空架著荒屋一所」竟與上文討論葉詩的「屋宇」意象的說法相吻合。潛在葉氏靈奧深處的家鄉懷緬，竟完完全全地蘊藏在這一所荒屋內。

　　葉維廉從早期語言運行上刻意向 1930、1940 年代的詩人學習，到在《賦格》與《愁渡》不自禁地陷入古典時空，又至到以後的強逼自己跳出這癥結，其語言的歷程確實經過了漫長的鑄鍊與明顯的改變。強烈的放逐感催使詩人在語言上尋找慰藉。故而其後期的詩的創作已經不再是為了建立以往執著的時空而存在。它的使命，已變成了「戰勝隔絕」，致力於在黑暗中找尋出路，找尋本身存在的永恆意義。就《醒之邊緣》與《野花的故事》的表現而言，我們在葉氏的語言運用及詩心活動中，發現了一層淡淡的圓渾哲理。其最終表現足以使我們欣然宣說：詩人終能戰勝放逐，從中獲得某種價值的意義。

　　上文曾討論葉氏「門」的意識作掙脫羈限的嘗試；其實早在〈愁渡〉第三曲，我們已見到這種嘗試的一個好例子：

在門復門，關復關的
轟轟烈烈的公園裡

> 我們散髮為旗
>
> 赤身而歌：
>
>> 豐滿的圓旋呀旋
>>
>> 你在圓外
>>
>> 我在圓內
>>
>> 豐滿的圓旋呀旋
>>
>> 圓旋為點
>>
>> 你我同眠
>>
>> 豐滿的點旋呀旋

當時詩人在冥想的旅程中企圖將直線的「界」化作圓，希望賴著它的普括無垠得以旋出放逐而產生的界限感。詩人要「滔滔的滲出」了界（〈界〉詩畫四）而「進入／物物無礙的／透明裡」（〈雨景〉二，1972 年）。《愁渡》的企圖在詩人後期作品中變成現實；詩人在語言與意理上實踐了一種「來是你語／去是我言」及「月裡是山／山裡是月／或山／或月」（〈天興〉三）的超越分域，而又不欠不餘的圓渾。

　　圓是意象的全部：它代表了心靈肉體的整體。它又是一個整數的最大點，因為「存在就是圓」（Das Dasein ist Rund）。[17]巴斯拉又說：「圓的意象幫助我們凝聚自己，能使我們給自己一個最原本的構造的觀念，及確認本身親切在內的存在。」[18]圓在佛義中是「通」、「明」、「覺」的象徵。我國文學批評亦以圓渾為詞意完善的理想境界。司空圖《詩品》中「流動」就有「如轉丸珠」之句。[19]

　　葉維廉在最近寫的〈我和三、四十年代的血緣關係〉一文中曾引辛笛的〈航〉其中一段：

---

[17]Gaston Bachelard, "The Phenomenology of Roundness", *The Poetics of Space*, p. 239.
[18]同前註，p.234。
[19]錢鍾書《談藝術》的〈說圓篇〉引了很多例子，如：《南史・王筠傳》載沈約引謝朓的「好詩流美圓轉如彈丸」；白樂天〈江樓夜吟元九律詩成三十韻〉的「冰扣聲聲冷，珠排字字圓」。

從日到夜

從夜到日

我們航不出這圓圈

後一個圓

前一個圓

一個永恆

而無涯涘的圓圈

葉氏然後說：「永恆是在現實與夢的交替時刻產生。我們必須沉入每一瞬間的最深的核心裡，方可以觸到現象事物在這一刻中出現的全面實感與意義。」然而，我們相信，葉氏可能年輕時已經領悟到這裡，但實踐卻肯定是他後期的詩作才具備的。我們要等到 1972 年 9 月 7 日，才看到詩人「如大鵬／擊水千里」地：

我翔著

　　泳著

過溪峽

入那

無垠的偉大的航行

——〈白鳥的撲撲〉

我們欣然看到，一個詩人怎樣從深陷的放逐形態拔足的飛騰，超越時空的界域，因為在詩人的努力下，「界」已經「化作無形的肌理的飛翔」。

——選自《創世紀》第 107 期，1996 年 7 月

山水‧逍遙‧夢

葉維廉後期詩及其詩學

◎李豐楙*

一

　　在臺灣屬於前行代一代的詩人中，葉維廉是具有多方面成就的一位。
他的特色是能詩能文，同時又是比較文學學者。基於他的興趣與事業，有
機會出入於古典與現代、中國與西洋，因此一個有的問題是：他的創作與
理論到底具有什麼關係？固然他有時也會善意提示詩評家：不要完全從他
的詩學理論衡量他的作品！但熟悉他 30 年詩的發展，又對中西美學、詩學
有興趣的人，一定會深深感覺，其間聲息相通，血脈相連，是不可分割的
整體。對於這樣長期涵泳於詩的世界的現代詩人，他的創作勢必也隨著生
命的軌跡（人生的、學問的）成長、成熟，逐漸臻於個人較高深的境界。
不過從較近期的一次評選活動中，他從 1970 年代的「十大詩人」退出，屈
居新十大之外。[1]其實這只是臺灣詩壇兩代之間的不同評斷，並無足訝異。
但從期間趣味的變化，適可刺激有心之士思索一些較深刻的問題：就是葉
維廉所營構的美感世界，是否仍可落實於當代社會？這種純粹經驗是否逐
漸從新生代的詩人中失落。諸如此類問題的深入思考，終會激發一個關鍵

---

*發表文章時為中央研究院中國文哲研究所研究員，現為政治大學宗教研究所講座教授、中央研究
院中國文哲所合聘研究員。
[1]《陽光小集》同仁推出票選新十大，發問卷有分創作經驗、光復後出生的詩人，選出十大是余光
中、白萩、楊牧、鄭愁予、洛夫、瘂弦、周夢蝶、商禽、羅門、覃子豪、羊令野，而紀弦、葉維
廉居其後，見〈誰是大詩人：青年詩人心目中的十大詩人〉，《陽光小集》第 10 期（1982 年 10
月），頁 81～83。

問題，就是現代詩、現代中國詩能否建立一個既現代又中國的詩觀？其中
關聯到現代中國詩人的審美意識，他們的觀物方式及語言問題，這是討論
葉氏詩學及其創作的根本，也是由此中論當代中國詩學的主要課題。

二

　　葉維廉在當代有成就的詩人中，是有意且有能力建立其一己的詩觀
的。從早期他基於實際創作的經驗，並經由中西詩學的比較，沉思所得，
發而為文，既已能精闢點出中國古典詩的特質，並以此創獲己見綜合檢討
那階段的中國現代詩，也確為處於「一種澎湃的激盪狀態」中的現代詩，
產生某種程度的影響力。[2]這時他正在師大英語研究所深造，並與創世紀詩
社瘂弦、洛夫等人認識，發表詩作；這時期的詩論，重要的約有〈論現階
段中國現代詩〉（1959 年）、〈靜止的中國花瓶〉（1960 年）、〈詩的再認〉
（1961 年）。其中第三篇是發表於《創世紀》詩刊 17 期、並被創世紀集
團，認為「該文之觀點大多能代表今日我國詩人對詩之認識」，而被 1967
年編選的《七十年代詩選》選作序言。由此可看出他的論點深受創世紀詩
社倚重的情況。

　　後來葉氏赴美繼續深造，除了他對現代詩的創作活動外，並譯介現代
中國詩，及以比較的觀點介紹中國詩，這些研究、教學經驗，表現在融匯
詩學的成績，其代表為英文《中國現代詩選》（*Modern Chinese Poetry*）的
緒言〈中國現代詩的語言問題〉，及其補述〈視境與表現〉。在這些日漸精
當的論文中，經由中國古典詩譯介，發現中國人使用文言的語法習慣，進
而探索其背後的美學特質，在此一理解下，他為當時尚缺乏反省其美學觀
的現代詩人，提供一些足資思索的觀點。這些論點或許對當時、以至當今
的詩壇，仍有不同的見解；但重要的是他的宏觀視角，為激盪、且有所困
惑的詩人、詩評家，提供建議是否需要虛心檢討較根本的問題：語言、視

---

[2]葉維廉，〈詩的再認〉，《秩序的生長》（臺北：志文出版社，1971 年 6 月），頁 131。

境與表現。

　　其實討論葉氏的詩學與美學，就可以發現他具有「一以貫之」的態度，他認為自己尋獲中國人的美學觀後，就以此觀照其他文類或藝術，可以論小說——《中國現代小說的風貌》即為其成果；也可以論「中國繪畫」——莊喆的畫；甚而及於其他舞、劇等，都自有創見。其次就是他所具的孤心苦詣的精神，將原本的論點不斷思索、整備，因而深化、體系化，歷經 20 年，《飲之太和》的出版，更全面而深入地建立其「比較詩學」，其中較有關的七、八篇專論，均嘗試「語言學的匯通」，確是中國詩學的溯源探本之論。[3]其中較細緻地說明中國詩人的觀物方式，中國詩所表現的視境；它在語言風格上的諸般特色；包括自身具足的意象而無主詞、時態；羅列句式而少跨句，它不是分析性、指導性、知性；而偏於視覺性、並置性。葉氏採用電影的鏡頭原理，解說中國詩的小銀燈效果。然後他追溯這種自然演出的美學，原本就是中國詩學史上，自皎然、司空圖以下，歷經嚴羽、王漁洋等人的闡發，成為詩評的主流；而其思想依據則是道家、禪宗。這是研究中國詩學、美學者共通的進路，而葉氏是基於創作的實踐、譯介的體驗，因而從比較的觀點，重新闡釋中國的傳統詩學，清晰而有力地顯明中國詩的特質，而這正是現代中國詩人需要深思之處。

　　葉氏的好學深思，使他對於現代詩人的創作活動提升到哲學的高度，並將這一問題放在當今世界性的鉅觀視野中，就是人與自然的關係。在科技掛帥的現代社會，西洋文明高度膨脹其文化本質，諸如征服欲的錯誤運用，對於生物環境造成過度破壞，而最根本的則是人與自然的關係。由於近年來生態學的崛起，使得一些「文明人」要向自然、要尊崇自然的「落後」民族學習，也就這一精神的引導下，葉氏再次強調中國詩人與自然之間的感應關係，而且對老、莊道家及禪宗的智慧，賦予一種現代的評價。在〈無言獨化〉中，他綜述道家美學的旨趣，提出道家的宇宙觀，是否定

---

[3]這些論文先收於葉維廉《飲之太和》（臺北：時報文化出版公司，1980 年 1 月）；後又收大部分於葉維廉《比較詩學》（臺北：東大圖書公司，1983 年 2 月）。

了用人為的概念和結構形式來表現宇宙現象全部演化生成的過程；由此可以對比西洋哲學中，採用歸納、類分宇宙現象的方法，使得詩人與自然間不易達到完全不隔的境界。在當代詩人中，從創作與理論連結的關係，這樣深刻地溯源探本之論，應以葉氏為第一。隨著其年齡、體驗，以及學術生命的深化，可以感覺他做為詩人的性格外，另外一種哲人式的生命深度。

將道家哲學、道家美學落實在文學，葉氏將早期既已注意的詩的語言問題，放置在兩種情況下：不道、不名、不言的「無語界」，這是道家認識語言的限制性，所以採用否定的敘述方式，以更澄澈地造顯事物的本然。但文學又勢需運用「語言」作符號，無法完全停留在無言之境，因此就要在盡量減低人為的有為的原則下，以物觀物，目擊道存，由此他體悟及中國山水詩的美感意識——讓景物自然演出，詩人在出神狀態下，獲致一種神祕經驗、純粹經驗，這是他在〈中國古典和英美詩中山水美感意識的演變〉中的中心旨趣。

對於傳統詩學中的精粹，葉氏從史的立場作過不同的詮釋，司空圖的韻外味外的旨趣說，嚴羽續予發揮的興趣說，下至王士禎偏嗜王維一派詩，以禪喻詩說唐詩的三昧、神韻，乃至近人王國維的拈出境界二字。其中又對嚴羽的論詩之譚寫過專論，由此可見葉維廉因受過西洋詩的洗禮，反而更熱切而準確地把握中國古典詩的審美特質，這是他與純中文系所出身者不同之處；又因他所具的哲學、詩人氣質，使他不斷省視其實踐所得的經驗，以其他藝術媒體諸如電影蒙太奇理論，重新詮解中國傳統詩及詩學，並溯源探本於道家、禪宗的宇宙觀，及落實於語言時的美學表現，他長期思索的這些詩學成就，就研究中國詩評史者應是新的啟發。

葉氏自己定位的是：「我基本上是詩人，而非純學者」（《秩序的生長》序），不過隨著學術生命的成長，數十年來，他以傳授其論詩見解活躍於美、中學界，其對詩學、美學所賦予的新意，也多為當代詩評家所接受。而現今生態學的崛起，使得有識之士覺醒，需要調整人與自然的關係，則

作家的觀物方式也需有所超越，一些美國新一代詩人有些既已體悟及此，葉氏在與人作心靈的對話時，他所熱愛的創作生命是如何因應？這是有趣的事。

三

　　葉維廉詩學是否可做為他的詩集的註腳？提出這一根本的問題，不但作者本人要先縷敘其創作歷程，然後巧妙作答；就是旁觀者的詩評家也要沉思之後，才可回答這一弔詭的問題，按照莊子的哲學式答法，正處於是與不是之間：說是不是、不是亦是。因為詩的生命是與作家的生命軌跡息息相關，而非完全屬於理念的產物。葉氏詩前後期的風格，從繁音複旨轉趨於清淡細緻，剛好顯示他走出憂時憂國的鬱結愁結，由非個人性到個人的，因而呈現在藝術手法，也由偏於因語造境到因境造語，且逐漸朝向一個美學高境「境語合一」探索，這就是《三十年詩》的脈絡。

　　在中國古典詩中，李白、杜甫與王維、孟浩然各有不同的意境，這是熟識唐詩者所共有的審美經驗。不過葉氏的讀法自有其視角，因此李、杜、尤其杜甫成功之作，他認為都能達到，將「個人的感受和內心的掙扎溶入外在事物的弧線裡；外在的氣象（或氣候）成為內在的氣象（或氣候）的映照」，維廉詩話的這段論詩之談，移以解讀他前期——從〈降臨〉到〈愁渡〉中的成功之作，就可感覺詩中的沉鬱韻味，何嘗不是演出青年葉維廉「他個人內心的戲劇」（〈詩話〉），這是當時創世紀詩社認同其〈降臨〉一詩的主因，也剛好表現前行代詩人，尤其離鄉入軍旅的大兵詩人的共同感受，面對大陸的挫敗、流亡，臺灣政局的低壓、禁忌，他們用寫詩對付殘酷的命運（洛夫語），因而以晦澀的意象包裝「逃亡的天空」，這是葉氏及當時創世紀同仁所折射的歷史現實。

　　不過葉氏論詩最為得力的仍是王維詩一路，屬於自現象中擇其「純」者而出之的（〈詩話〉）；到後期有關王維詩，尤以《輞川集》所顯示的美感意識，諸如物各自然、依存實有、即物即真，均能表現人與山水間的純粹

經驗，他坦白承認這些純詩啟發，走出鬱結而呈現另一種風貌。其中道家
哲學引導他面對山林、皋壤時，在出神狀態有一種謙虛，那是面對大美所
不能言的失語感、無語感，類似宗教體驗裡，發覺人類所發明的語言符
號，無以言傳其悟道的經驗──大道不言而又不能不言，所以近期的詩常
會出現「教我如何」，或「我如何」的設問、自問句，宇宙與我，冥然合
一，靜觀之際，但覺眼前只是山山水水何從說起，在「吐露港前」，詩人既
自覺有股詩情噴薄而出，但又覺察擬似一物即是不是，因而逼拶詩人當下
直說「你叫我如何說／你叫我如何說啊。」[4]

「我如何」句型的出現，不是一位從少年時代就寫詩者無以駕御其文
字，而是當下瞬間對於大美的失語症式的真實感，這是直覺的美，就如至
情、至理的感動與感悟，為至美的接觸經驗，東方哲人以此談禪論道，而
詩人也以此一超直入妙悟，唐詩中寫山水田園的五絕，或日本的俳句，就
有些詩人詩境通禪境，達到以最少的字數捕住瞬間、當下之美。葉氏頗為
熟悉的日本俳句詩人松尾芭蕉就有首作品：

> 古池也蛙飛過去水之音

這是無法完全翻譯的，只是自身具足的豐盛的美感。王維所作的〈辛
夷塢〉、〈鳥鳴澗〉，無論是花開花落，鳥鳴鳥逝，屬於同一出神狀態下寫成
的。葉氏就有同一觀物方式，在特別安靜狀態下，他靜對早梅：

> 好一株　早梅　雲　湧動著　暗香　溫暖

這是遊太平山日記裡，沉思中回味的瞬間湧動的美，是圓滿具足的一
首詩──梅意，它與芭蕉的俳句相近，甚至連俳句所要遵守的格式俱無，

---

[4] 筆者先發表〈葉維廉近期詩的風格及其轉變〉，為淡江大學主辦「當代中國文學：1949 年以後學
術研討會」論文，1988 年 11 月。

而為完全自由演出的自然。

葉氏傾向「短句和簡單的意象」(《三十年詩》序),[5]從理論言之,正是接近絕句之美,這種美感經驗並非完全只能得諸名山勝水,而是「俯拾即是,不取諸鄰。俱道適往,著手成春」(司空圖〈詩品〉)。正是道家道在瓦礫的藝術精神,他寫〈無名的農舍〉:

> 奮發的夏木裡
> 苔綠的瓦塊間
> 腐蝕的木門上
> 夢
> 是暴風雨
> 醒
> 是暴風雨

瓦塊、木門的苔綠、腐蝕、對照夏木的奮發,只是羅列意象,而境界全出矣,這是他所嚮往的王維詩境。

司空圖的詩學提出「思與境偕」,外在的境轉化為內境,因此他論及不同的境就會興發不同的詩情,這是證驗有得的話。葉維廉為蒐集寫作素材,常旅遊世界各地,也都有散文或詩記其事,但他綜合這些天涯遊蹤後,發現臺灣的農村與山水,是更接近傳統山水畫的美,易於引起詩興(《驚馳》序);與之相較,香港、中國大陸以及日本,所激起的東方詩情,也會有同一意境,但可能會夾纏一些複雜情緒:酸楚、傷悲,甚或是壘壘傷痕,因而寫出的詩也就多些變徵、變羽之音,他覺得與在臺灣以「愛與關懷」看山看水,具有不同的情懷,《驚馳》中「江南江北」詩輯,就常在斑駁與古意的意象中,顯露一些淡淡的悲懷。

[5]《三十年詩》為葉氏詩集的整理合集,由臺北東大圖書公司於1987年7月出版,頗為方便研究葉氏的作品。

　　情隨境遷，他遊蹤所及，以中國人而接遇異國的山山水水，就會出現另一種形式相俱的作品，〈松鳥的傳說〉中，在寫作策略上固然仍以短句，簡單意象為主，卻發展成氣脈綿長的調子，那種感覺就如同他所擬的詩題，就是「沛然運行」內氣充實之美，它富於動態、氣勢，卻出之以悠、遠的語調，屬於調整前、後期的另一種表現，葉氏對於這類較長的詩作，是採用不隔的態度，純任意象的自然演出、傾出，它是視境的，也是聲感的，由於語句簡短、意象單純。讀者隨順讀下，那感覺如行雲流水，姿態橫生，但常「行於所當行，常止於不可不止」，是集中的精品。

　　葉維廉綜理他的寫作，特別題為「三十年詩」，其中詩的轉化、成長，也映照出他的生命歷程，可拈出二字以論之：一為憂類，憂時憂國、憂文化命脈，為反映歷史現實的沉鬱表現；一是遊類，遊山遊水，遊自然大化，為心境的優遊不迫。其實或憂或遊，俱是士人的生命情調，從陽剛到陰柔，從鬱苦到舒放，這是現代中國詩人的一種生命進境。

四

　　葉維廉創作現代詩，並且建立自己的詩學、美學，持續 30 年，尤其近十餘年，轉變他的寫作風格後，較能實踐有本有源的美學觀念。但對於這一轉變，卻引發不同的評選，香港有詩人覺得太淡，「失去了以前的磅礴和濃厚」（《三十年詩》序）；而臺灣新生代詩人也嚴苛地批評為「遲滯不前」（新十大的評語）。對於這些批評的原因，牽涉到多種複雜因素，在此只從一個觀點解釋，就是葉氏美學、詩學中的視境表現與語言表現，通過他的實踐後，所造成的傳釋問題，為何新一代對這種美感意識會有所質疑？

　　中國古典詩中屬於山水田園之作的，表現人與自然間的無為、獨化，故能以平常心觀物，就像陶潛的「採菊東籬下，悠然見南山」；或王維在〈鹿柴〉中，但覺「空山不見人，但聞人語響」；為出神狀態的美感，唯此類逸品，詩人中也僅得此數家而已，尤是精神層次的悟境、化境，唯其近於純粹狀態，因而古人既已不易企及，何況現代社會山水田園的嚴重失

落，詩人走出農村，走出土地，與都市生活形成一種鎖鏈的關係，因而對於這類優遊不迫之作有「隔」，不知如何感悟其中的純美，這是現代人的一種悲哀，山水、田園之夢的失落。其實正因整個自然生態的破壞，臺灣固然享受科技成長的成果，卻也付出重大代價，甚至是預付——臺灣的山河大地，葉氏詩及詩學中關心生態，提醒現代人——尤其受西洋思潮影響的現代人，要向大自然學習謙虛的美德，這是有其時代意義的。此地曾出現保護自然生態的抗議詩，從另一角度言，葉氏的自然詩是正宗的維護生態、自然的作品，值得重新評價。

對於葉氏詩的語言、短句、跳脫語法等，也是新一代較少接受的，臺灣前行代詩多少都具有影響，有所謂愁予風、楊牧風，但殊少維廉風，這與他的語言風格有關，前期的繁複意象不易索解、不易模仿；而後期的輕淡，簡單在可解、不可解之間，更不易學。其中牽涉到文言與白話，中文與洋文的調適問題，葉氏嘗試過新鮮而自然的口語，卻出之以自身自足、羅列句式，其中簡略至於有所欠缺，並不全符合口語，白話與洋式組詞的現代習慣，因而造成閱讀習慣的「隔」。讀者需參與其作品，填補其中的想像空間（空白）；但一般而言，現代人已較習於解脫的明白的表達，葉氏所要提醒，卻是新生代反抗與反省晦澀詩之後，特意是口語化一路；且又對古典詩的羅列的鐘頭式語法較少接觸，因而不覺得後期詩作在語言上的獨創性，本能給予較高的評價。

陽光小集詩社在票選十大詩人時，對葉氏的評選是較少使命感、影響力，兩項俱與當時詩壇形成的「關切現實」的風尚有關，這是時代趣味的轉變。前行代所關懷的歷史現實，不管是葉氏或創世紀等，是以民國 38 年的大事件為分水嶺，探索其中的何去何從？由於是僑生或軍人等身分，對臺灣此時此地的感覺就有些隔，所以創作時顯然就留下一片空白。新生代則是在現實關懷的氣氛中，發覺前行代無法啟迪他們，葉氏前期所關懷的，後期則是另一清淡路數，自然不符新生代中部分詩人的品味：他們不易體會葉氏並非常住此地，縱使回臺也是學者生活的方式，他所關心的臺

灣生態就不易引起注意，至於對大陸的悲情，更是戰後出生的一代難以體會，這是葉氏在前行代中持續力強，卻反而未受重視的委屈之處。

　　其實在詩人葉維廉的生命史上，時至今日，他仍是對自己有所批判與反省，《三十年詩》的出版足以證明其持續努力的成果，並非他對既成風格「遲滯不前」，只是他的詩與詩學走在大家之前，其中提醒現代人重新回歸人與自然的原初狀態，喚醒現代人無機心地步入純粹美的世界，在此時此地大家正視現實；以文學介入社會行動的時期，顯得太高蹈、太純粹，而有空疏、空靈之感。也許有一天，此時此地已獲得現實界應有的：政治的真民主、自由，生活的高度改善；大家想回頭找那片失落的山水、汙染的土地；就會發現詩人的大音希聲中，透露出一些古哲人的智慧。

——選自《創世紀》第 107 期，1996 年 7 月

葉維廉詩中的超越與現象世界

◎梁秉鈞*

一

　　葉維廉早年的詩作以沉雄蒼鬱、氣勢磅礴見稱。具有代表性的《六十年代詩選》這樣介紹他：

> 葉維廉是我們這個詩壇一向最感缺乏的具有處理偉大題材能力的詩人。在中國，我們期待「廣博」似較期待「精緻」更來得迫切。[1]

　　葉氏早期兩本詩集《賦格》與《愁渡》裡面的詩，或許可以用西方美學中的雄渾（Sublime）風格來初步作一體會。這些詩具郎嘉納斯（Longinus）所言的雄渾風格來源的要素，比方形成偉大觀念的能力、雄壯而生動的感情、思維的形象化比喻、高貴的辭藻（如用字的雕琢、意象的運用、風格的經營），以及總括上述各點由莊盛與提升而來的整體效果。[2]從《賦格》到《愁渡》兩本詩集[3]中的各詩音色鏗鏘、意象華美，處理的亦多是宏大的題材。〈致我的子孫們〉彷如先知的發言，探索歷史的本質，〈河想〉和〈追〉對自我作出探索，〈賦格〉反思文化，〈〈焚燬的諾墩〉之

*梁秉鈞（1949～2013），筆名「也斯」，詩人、小說家、散文家。廣東新會人。發表文章時任教於香港大學比較文學系。
[1]張默、瘂弦主編，《六十年代詩選》（高雄：大業書店，1961年1月），頁152。
[2]Longinus, "On the Sublime", *Classical Literary Criticism* (London: Penguin, 1965), P.108.
[3]第一本詩集《賦格》出版於1963年，第二本《愁渡》出版於1969年。但為統一，下文引詩皆引自葉維廉，《三十年詩》（臺北：東大圖書公司，1987年7月），文內引詩頁碼亦依此書。

世界〉思考時間與超越,〈降臨〉中充溢著降臨、出航、節慶等高昂的情緒。而貫徹在這些詩作中的,是一種尋覓與追索的主題。

從表面的風格觀察開始,繼續細探下去,我們發覺這些詩也面對康德所分析出來的「雄渾」的成因:由於人類面對外界自然事物壓倒性的威脅,無法企及,無法綜悟,唯有作純理性的超越。雄渾經驗是人類從形而下的物質世界提升,企圖超越有限世界的一種努力。[4]

我們在早期的葉維廉詩作中,無疑見到種種對外在繁複變幻的世界感到無法企及,由此產生了種種如何理解及超越的焦慮。

比方在早於 1955 年的一首〈我們忽略了許多事實〉裡,詩人說:

> 我們注視一些現象的
> 發生、變動、衰毀
> 注視一朵花生長的過程
> 風雨的援助和戲弄……

—— 《三十年詩》,頁 4～5

在一連串個別獨立的現象的描寫後,詩人說:

> 我們追逐和盤算一些解釋
> 我們追不上,算不清
> 它們追過了思想,追過了
> 世界

—— 《三十年詩》,頁 5

---

[4]見 *Critique of Judgement* (New York: Hafuer Press, 1951);亦可參看 Tomas Weiskel, *The Romantic Sublime: Studies in the Structure and Psychology of Transcendence* (Balttimore and London: Johns Hopkins Press, 1976). 中文可參看朱光潛、梁宗岱、姚一葦、陳慧樺、王建元諸位的討論。本文對雄渾觀念的一些想法,始自在加州聖地牙哥與王建元兄談話間得到的啟發,謹此致謝。

　　詩人在詩中所說及的忽略了的事實並不是眼見的現象，而是「流血的本質、時間的意義」，是對如何觀看現象的思考，詩人對自我要求一個可以匹配這個繽紛世界的完整綜悟。

　　但這似乎是不可能的，理解眼前這紛亂而矛盾的世界是困難的。1956年的〈城望〉被主觀的幻象和解釋所滲透。現實變成內心的風景。原因是如敘述者所說：「不敢認知／我們尚未認知的城市」，詩最後是這樣結束：「我們什麼都不知道，我們只期待／月落的時分。」[5] 這更是對認知的猶豫、對觀看的否定、退向內心自塑一個世界。此詩初刊在香港的《文藝新潮》時名為〈我們只期待月落的時分〉，更突出了這種對現象世界的否定。

　　1960 年的〈賦格〉在許多方面說都是一首重要的作品，既包容廣博的題旨、又有豐富的意涵，其中有對傳統與文化的思考、傳統與現代語言比較融貫的結合。從本文討論的焦點看，我們更可以特別集中看它如何面對外在世界壓倒性的劇變，表達一種理解與認知的困難。

　　詩開始於自我面對外界的變化而不知能否超越的剎那：

　　　北風，我還能忍受這一年嗎
　　　冷街上，牆上，煩憂搖窗而至
　　　帶來邊城的故事；呵氣無常的大地
　　　草木的耐性，山巖的沉默，投下了
　　　胡馬的長嘶，烽火擾亂了
　　　凌駕知識的事物，雪的潔白
　　　教堂與皇宮的宏麗，神祇的醜事
　　　穿梭於時代之間，歌曰：
　　　　　　　　月將升
　　　　　　　　日將沒

---

[5] 葉維廉，〈城望〉，《三十年詩》，頁 35。

快，快，不要在陽光下散步，你忘記了

龍黎的神諭嗎？……

——《三十年詩》，頁 53～54

　　第一、二行開始，外在的現象世界已經混淆在內的「煩憂」、「忍受」、以及「無常」的感受中。下面我們發覺文字逐漸離開一個現象世界的跡線，文字世界喻示的是一個價值標準正在崩潰的世界：知識、純真、宏麗等事物被擾亂了，正處在變佚交替的時代，過去的種種權威受到懷疑，傳統的禁忌和盲信是不知是否仍然有效，現在是茫然不知去向，眼見種種異象，而第一節的結尾是「我們且看風景去」。這周覽和行旅的題旨在詩中反覆出現，正如如何理解世界的題旨亦穿插出現：

究竟在土斷川分的

絕崖上，在睥睨樑欄的石城上

我們就可以了解世界麼？

　　　　　　我們遊過

千花萬樹，遠水近灣

我們就可了解世界麼？

　　　　　　我們一再經歷

四聲對仗之巧、平仄音韻之妙

我們就可了解世界麼？

——《三十年詩》，頁 58～59

　　詩中閃現一連串異象後，提出是否遊過「千花萬樹，遠水近灣」（注意其中古典套語的應用）就可以了解這個世界，是否經歷古典傳統詩藝的要訣就可了解世界？這世界繁複多變，異乎常情常理，變得無法了解與把握了。詩並非指向答案，而是對如何了解世界提出問題。但問題提得如此鏗

鏘華美，本身也成為獨立存在的藝術。〈賦格〉及其他早期的詩，在蘊含哲學玄思的同時，文字的濃縮與彈性，結構的開闔變化。令人折服。〈賦格〉由複音樂曲 Fugue 的結構而來，幾個主題先後重複出現。詩以哲學的焦慮開始，而完成於藝術的結構，並以此命名。但這兩面是同時存在的，這詩並不僅是強調文字華麗的獨立存在的純粹象徵主義作品，即使音樂性的題目〈賦格〉也同時帶有「飛逸」或「遁走」之意。詩中的古典引文如「予欲望魯兮」等段落，暗示的隔絕與放逐，亦有現實政治情況的所指、與傳統的疏離、價值觀念的轉變。所以這表面上是純粹藝術的、反歷史的作品其實亦正有一個歷史的脈絡。

　　是在這種無法說清楚現實世界的混亂與崩潰的緊迫下，詩人以藝術超越現實經驗，以文字建立一個世界，其中也不乏往來爭奪，彼此商量。〈夏之顯現〉是文字之夏與現象世界之夏的爭奪（「我欲扭轉景物」），〈仰望之歌〉欲給予混亂的現實一種提升的秩序，〈塞上〉從一種武俠小說式的言語和歷史空間中流露中國感情和流放主題，即使被作者本人稱為「爽直辭質」的早期作品〈生日禮讚〉，其實正是在尋找一個藝術化的語言和形式去代替現實的經驗。早期的葉氏作品總在尋找恰當的藝術形式去理解或包容現實經驗。這可見於他對十四行及其他詩形式的翻譯和練習；對法國詩人從魏爾倫、藍波到聖約翰・濮斯的翻譯與吸收（後者的影響明顯見諸〈降臨〉）；對小說家如普魯斯特的譯介；對喬哀思的興趣（可見於〈赤裸之窗〉及後來刊於《現代文學》的小說〈攸里賽斯在臺北〉）；最重要的是對艾略特的翻譯與研究，不但譯出了〈荒原〉，而且在師大唸研究所時曾撰寫艾略特的論文，在《賦格》詩集中最明顯的關聯是〈〈焚燬的諾墩〉之世界〉，此詩從艾略特詩中得到的提示是去思考流動的時間與超越的剎那之間的關係。

　　面對混亂難以企及的現實世界尋找藝術形式欲建立一純粹藝術世界與之對抗，自不免有隨之而來的晦澀與難解。最顯著的實驗可能是〈降臨〉，我們可以感到其中情感的律動、聲勢的方向，意象有金石的硬朗和鏗鏘，也可以感到降臨、出航、囚禁、展望、節慶、尋索等等的氣氛和姿色，但

那裡並沒有敘述性的故事線索，或者具體現象世界的指涉。過去的論者亦只以意象疊向來解，沒法把它還原為一現實世界。

這一階段的探索，如音樂的結構、捨事件敘述而取律動與氣氛、捨說明性的文字而取創造性組合的文字，大概是因為既有的藝術形式、政治化或通俗化的粗糙文字，無法幫助詩人「了解這個世界」，也無法幫助他「把握」以及表達「某些事物」。詩人企圖超越現實經驗，以文字自造一個世界，希望能賦予零散片段的個人經驗一種更大的意義。〈賦格〉以來一直多方探索的主題，如放逐、錯位、與文化母體的割斷，到了〈愁渡〉可說是到達一個比較渾成的綜合了。

〈愁渡〉五章，仍然是意象繽紛，但隱約有更清楚的方向。雖然五章分別用五個不同角度敘事，但整首詩涉及遠航、放逐、追尋等線索卻遠比〈降臨〉明晰。「千樹萬樹的霜花多好看／千樹萬樹的霜花有誰看」是舊詩「中天月色好誰看」的回響，是放逐所帶來的哀傷。但詩中五個不同角度的敘事，亦減低了個人抒發感情的傷感，把哀傷化為藝術；五個角度的敘述，減低了明顯的敘事交代，突出了雕塑的立體感。葉氏這時期連載於《純文學》中討論中國現代小說的文字也提出類似的藝術手法。[6]而詩人在遠渡的愁思中其實亦已開始了企圖超越放逐的反思：

> 親愛的王啊，為什麼你還在水邊
> 哭你的侍從呢？
> 搦起你的城市，你侵入遠天的足音裡
> 不盡是你的城市嗎？
> 親愛的王啊，別憂傷
> 你在那裡，城市就在那裡

—— 《三十年詩》，頁 152

---

[6]見葉維廉，《現象・經驗・表現》（香港：文藝書屋，1969 年 7 月）。

二

　　〈愁渡〉在葉維廉詩中也是一個過渡，〈愁渡〉之後，他的詩作有了顯著的轉變，這在跟著的兩本詩集《醒之邊緣》（1971 年）和《野花的故事》（1975 年）中都看得出來。這固然是因為詩人想自覺地離開那鬱結[7]，另一方面，自從 1967 年，葉氏開始在加州大學聖地牙哥分校任教，海外放逐生活逐漸安頓下來，而且加大新音樂和演出方面的實驗，對他的作品也構成新衝擊。《賦格》時期移用巴哈或韓德爾的音樂形式。《醒之邊緣》時期的作品卻有與新音樂的作曲家對話，亦有不少綜合媒介的試驗作品。這時期的作品有異地文化的衝擊，寫美國生活的作品亦不像較早的〈曼哈頓〉或〈聖・法蘭西斯哥〉那樣只是內在的風景、文字建造的城市，〈北行太平洋西北區訪友人詩記〉及〈曉行大馬鎮以東〉等都有明顯的外在景象的跡線。詩人似乎能夠超越了放逐的愁結，欣賞及抒寫異地風景面對異地的文化。高岱亞・歸岸（Claudio Guillen）在〈放逐與反放逐〉一文中說：被放逐的作家除抒寫懷鄉的愁緒，還有一種反放逐的文學，克服地方上或言語上的隔膜，超越對舊地的依戀而能發展更開闊的視野[8]，那麼葉維廉這時期的作品是否可以稱為超越放逐的文學呢？

　　葉氏這時期的詩的確更多地抒寫海外生活的空間與日常意象，吸收外國文化的新風，他為另一位移居美國的詩人馬朗詩集《美洲三十絃》寫序時亦肯定了戰勝隨放逐來的孤絕的意義[9]，比較接近歸岸的看法。但另一方面，葉氏對中國文化的懷戀卻通過其他途徑流露出來。他曾討論龐德翻譯中詩的得失，在這階段更進一步探討中國詩獨有的美學與表達方法，他翻譯了王維，寫了一些文章去討論中西山水美感意識的形成。而在他這時的創作中，我們越來越少見他以雄渾修辭扭轉景物的實貌、以理性思維去建

---

[7]葉氏在接受筆者訪問時的自述，見梁新怡、覃權、小克，〈與葉維廉談現代詩的傳統和語言〉，《三十年詩》，頁 565。
[8]Claudio Guillen, "On the literature of Exile and Counter-Exile", *Books Abroad* Spring, 1976, P.272.
[9]見馬朗，《美洲三十絃》（臺北：創世紀詩社，1976 年 9 月），頁 5～20。

立一個自給自足的藝術世界，相反，我們見到更多以文字點逗自然律動，更多企圖虛心讓自然景物直接呈現、不以主觀文字去闡釋風景的嘗試。

對王維詩的愛好，對道家美學的嚮往，也見諸這階段詩文中對純粹經驗的追求、對一種未經知性分析割切的自然和人際關係的企盼。但這一階段的葉詩似乎並非如論者所言只是呈現一個純粹經驗世界，在其中我們同時見到一個紛亂現實跡象的塵世，以及超乎這個現實經驗的和諧世界。

〈甦醒之歌〉就借介乎睡與醒的狀態，寫出這兩個世界。一個世界是「破車場微明的傾倒」、「風被時速六／七十里的匆忙／割得零零落落」、「廚房裡的炊具／…沉重得如雨季的雲」，這世界殘破、零落、笨重，充滿了人造的物件、現代文明的現象，另一個世界卻是「解盡一身的牽掛／攀著紛紛的頭髮／到河上。汲水。沏茶」，是舒暢、自然、樸素、和諧的世界。這超越的世界也可以是對現象世界的一個批評，詩中並列造成對比中強化了對現實經驗的批評：

> 什麼時候的疎疎的救火車的鐘鳴
> （河水那麼清澈涼快！）
> 造船廠的新船早已辭廢鐵開行
> （河水泛著茶的花香！）

但葉氏其他詩作對這兩個世界，還有其他的反覆推敲，還有辯證的思考。〈嫦娥〉中，天上的世界是「千年萬年的黑色有多沉重」，「歸臥白雲？青熒的弧形的檻外，看那森漫連綿、純黑的廣寧？」人世才是充實多姿的：「持著花樹降下，讓那溢滿市聲的簌簌的風吹去那千年萬年的堆積得厚重如睡眠的空虛……」[10]

另一首〈簫孔裡的流泉〉開始於一種凝神的狀態、一個美好和諧的時

---

[10] 葉維廉，〈嫦娥〉，《三十年詩》，頁187。

刻、一種聲音、顏色與感覺相連的通感：

> 鳥鳥鳥鳥
> 一片織得密不通風的鳥聲
> 隨著朝霞散開
>
> 便透明肌膚似的
> 延伸起來
> 城市渺小了

——《三十年詩》，頁 321

　　注意最後一行，在這個超越世界中，現實世界的現象變得萎縮了。

　　但葉維廉詩並不僅是寫一刹那的純粹經驗，甚至不完全是肯定超越世界的勝利，在詩的末尾有一個急轉把前面營造的安寧打破了：

> 瀑布一瀉
> 瀉入洗衣洗菜洗肉洗化學染料洗機身車身的
> 一片密不通風的馬達的人聲
> 人人人馬達馬達人人人馬達人
> 響徹雲霄

　　詩中的急轉並不是突兀的，因為其中幾層經驗面其實都在發展：簫聲由清脆而激越而高昂、流泉從輕流而積瀉成瀑布、現實的層次裡則可解為從清靜的黎明至早晨逐漸響起一日操勞開始的人聲喧鬧。這些帶出另一層面的意義：即自然美好的世界為物質文明的人為世界所破壞了。所以我以為，若說葉維廉此時的詩是道家美學的詩、是關於純粹經驗的詩，不若說是徘徊於美學與現實之間、超越與塵世之間的詩。詩人也像詩中的嫦娥，

知道人世的毀滅性又渴望回到人間、知道天上的孤寂最後又不得不回到天上。

　　葉氏這時期的詩，因為嚮往中國古典山水詩的直接呈現，喜歡實體的展露與視覺的澄鮮，所以也逐漸離開一種以文字建構一個世界的象徵主義詩觀，而開始對現象世界有更多的描畫。

　　從〈永樂町變奏〉開始，我們才第一次在葉維廉詩中發現了幾乎接近白描的手法，這也開始了其後一連串以臺灣地方為題的詩作，如〈暖暖礦區的夕暮〉（這詩在聲音的把握上可說是一首失敗的作品）、〈布袋鎮的早晨〉、〈臺灣農村駐足〉等。但就本文討論的焦點來說，〈永樂町變奏〉還可能是最豐富也最複雜的一首。

　　跟〈賦格〉時期的詩作比較起來，〈永樂町變奏〉對現實的指涉、文字的不加雕琢，幾乎接近白描了。但它不是白描，詩中也不斷帶進另一世界的比喻，企圖為眼前的現象與經驗賦予種種意義。比方第一節中出現的「一切的風浪都給河口堵住了」，除了是直寫，還有喻意，暗示了圍困、隔絕、封閉等種種意義。

　　因為題目中的「永樂」，也許不禁使人想到永恆、極樂世界、種種宗教與超越世界的聯想，詩中對這一世界確有涉及，卻是這樣寫的：

　　　說永恆
　　　道永恆
　　　城隍廟香火鼎盛
　　　白無常黑無常
　　　依鼓樂離去
　　　馬祖膝前
　　　一車砍好了一半的佛像
　　　瞪著茫茫的獨目
　　　向

　　喧聲沸騰的永樂市場

　　永恆的是——
　　永恆的是——
　　永恆的是世代相傳的
　　腥羶

　　這裡超越的世界不是用來解釋或了解現實的經驗，相反，是現實世界去界定了超越的庸俗化、殘缺與不可能。永恆與腥羶等同起來，這並非把現實瑣碎提升，而是質疑了超越的可能。最後說「這條街真像一個壽字」，「壽」這由抽象吉祥的意義，一旦與現實世界的器物結合：「壽衣的／壽／壽器的／壽」，指的就是死亡的器物，指的不是超越，而是超越世界的現實與庸俗化了。

　　如果說〈永樂町變奏〉代表了詩人對庸俗化的宗教世界（以香火鼎盛的城隍廟為代表）的否定，並非表示，他不承認在現實之外有一個超越的世界。〈愛與死之歌〉詩中隱含著來自現象世界之外的種種訊息，如第一首中顫抖的童子傾聽地層下遙遠的泉聲而說：是愛，是美的湧動。詩後記中說明這詩在腦中突然成形，又與親人的逝去有關，彷如難以解釋的神祕經驗。在《醒之邊緣》和《野花的故事》這時期的詩，比起《賦格》和《愁渡》時期，更多自然語言和現實現象，但並非完全落實在現象世界而否定了超越經驗，反而是由於兩者的拉扯爭奪而產生了新的起伏張弛。詩人面對外在世界，在主客的接觸中產生了知識論的焦慮，有時彷如浪漫主義詩人把靈魂提升離開現象世界，有時則欲如中國古典詩人把感悟落實回到自然現象之中。

　　《賦格》時期有尋覓西方文藝形式去把握及理解複雜的現實世界，這在《野花的故事》時期同樣有，不過卻是換了不同的方式。〈更漏子〉一

詩[11]，細心的讀者會發覺，是王維〈鳥鳴澗〉的改寫，其中四段恰好是王維四行詩的境界的重造，這可視為一種致意、一種練習，流露了現代詩人對中國古典山水意識的嚮往，嘗試以之去結構現代經驗。更進一步的嘗試可見於〈曉行大馬鎮以東〉[12]，從詩中的用字、意象、意境看，很可能受到柳宗元〈秋曉行南谷經荒村〉一詩的啟發，但卻不是如〈更漏子〉，逐句改寫，在這裡現實經驗和現象世界都有更連綿的展露，現代詩獨有的斷句造成的連與斷，彷如電影鏡頭的推移剪接，是原詩中沒有的。〈秋曉行南谷經荒村〉中比較說明性的一句：「機心久已忘」，在〈曉行大馬鎮以東〉裡也略去了，純粹以景物在眼前展現而暗示了其中的意思。這詩可說是與柳宗元古詩的一個對話，詩人一方面仍是如《賦格》時期以藝術結構去盛載及理解現實經驗，但另一方面這時期又不是完全超越了現實經驗，而是如前面說：兩者有一種拉扯張馳的對話。

三

到了 1980 年代的詩集，如《松鳥的傳說》和《驚馳》裡，我們見到了上述母題的延續，亦有不同的發展。

從〈賦格〉、〈我們忽略了許多事實〉等早期詩作開始，詩人面對外在壓倒性的劇變，表達了理解與認知的困難，這在 1980 年 8 月寫於香港的〈驚馳〉中，仍有同樣熱切的深思。在第三首，描繪了漫天風雨的劇變（天地的驚動夾雜著人事的爭奪與衰榮），而在這外在雄渾驚人的壓倒性經驗「滅絕」以後，詩人回到個人認知的焦慮：

> 你呢？我呢？
> 小小的圓窗裡
> 小小的凝望

---

[11]葉維廉，〈更漏子〉，《三十年詩》，頁 277～278。
[12]葉維廉，〈曉行大馬鎮以東〉，《三十年詩》，頁 324～328。

望不斷

滂沱生命的黑穴。

——《三十年詩》，頁 491

〈驚馳〉是一首內省的詩，詩中動作的弧線是由內而外，由外而內，又再由內而外，心志與外在世界有種種觸動、有融匯也有相斥、有雄渾的震撼也有自然的舒展。其中求索與內省的主題，是《賦格》時期以來的延續，但也有了不同的處理手法，帶入了新的成分：

也許我該邀你

看灑滿一天的

破布的碎雲

也許你我便

踏著它們

一若踏著

忽遠忽近

跳石似的

歷史

走出這沉沉的

　　沉沉的

　　黑夜

——《三十年詩》，頁 492～493

「歷史」是葉氏這一階段重新提出來的課題。在迷茫與破碎中，彷彿只有把握「歷史」才可以走出沉沉的黑夜，才可以重新建立個人與世界的聯繫。這一階段葉氏的學術論文，如〈歷史的完整性與中國現代文學的研究〉，特別提出從歷史的完整性看中國現代文學，葉氏在這階段亦重拾起他

早年對 1930、1940 年代新詩的興趣，在稍前的一篇文章中，以今日的角度
重新衡量 1930、1940 年代詩作對他早期詩作的啟發[13]，這是對個人文學歷
史發展的回顧，也可以是對港臺現代文學與五四新文學淵源的一個回顧。
此外在中國大陸文革結束後過去沉默多時的詩人再度出現及發表作品，部
分詩選集或文學資料重新整理出版，也造成比較可以從歷史完整性看問題
的契機。葉氏本人在 1980 至 1982 年回港出任中大英文系教授及比較文學
研究所所長，其間亦有機會回大陸交流，多少影響了此時期的感性與視
野。如果說 1970 年代葉氏的詩接近歸岸所說的反放逐的作品，放眼世界的
變化，吸收其他媒介的衝擊，此時則在感情上回到〈賦格〉時的濃重，但
在處理上有所不同，同時在「歷史」主題上有所發展。

　　1980 年代兩個比較重要的作品是〈松鳥的傳說〉和〈愛的行程〉，都
有多部分的結構、多重的敘述，以及《賦格》時期所無的較可辨認的敘事
脈絡。〈松鳥的傳說〉寫一隻凍寂的鳥與一棵凝結的松，在空寂的冰原上，
其中插入鳥群飛聚在煙突上自焚而死的新聞故事，又以獨唱溶入合唱的羽
祭作結。〈松鳥的傳說〉回到放逐的主題，放逐當然其實也是一個歷史的傷
痛，這些濃愁有其歷史及文化上形成的原因。〈愛的行程〉進一步去探索這
些問題。

　　〈愛的行程〉中的年輕人，是過去歷史所造成的錯亂與隔膜的犧牲
者，他欲了解自己的過去歷史而不可得：「多少次，他把耳朵傾向河面，想
凝聽一點點有關他自己身世的信息，他的過去，就如那清晨遠水上的霧，
還沒有到中年，他竟然像走在黑森林中的但丁，迷惑而不知前路。」

　　〈愛的行程〉的第三部分「碎鏡」讀來彷如早年的〈降臨〉和〈城
望〉等詩的一個比較敘事性的重寫。詩的主角意識裡亦只有往事的碎片，
零星的意象，其他剩下來的只是一些感覺，他無法把握什麼，弄不清楚記
憶裡的身影，聽不清楚遠方無形的呼喚。不同的是，在〈愛的行程〉裡，

---

[13]葉維廉，〈我和三、四十年代的血緣關係〉，《三十年詩》，頁 578～605。

第一段已有交代，所以這一段裡破碎的鏡影、骨肉的傷皆有一個歷史的成因。同樣面對巨大而壓倒性的錯亂而產生認知上的焦慮，但這裡人物的主觀意識並非籠罩全詩，他只是詩中一個人物，作者和讀者比他更完整地看到前因後果，同時也知道了他的限制。

1980 年代與「超越」有關還有兩首作品：〈沛然運行〉與〈尼亞瓜拉瀑布〉，兩者有相似也有不同，辯證地提出問題的兩面。〈沛然運行〉面對大自然的雄渾，先提出一連串的問題：我該怎樣描畫，我該怎樣把握、我該用人工經營，刻意安排嗎？詩的回答是道家美學的回答：無為獨化，沉入風景裡，與風景同呼吸。

但現代人未必可以回到這樣一種和諧的關係：〈尼亞瓜拉瀑布〉代表的是這種和諧的失落，在第三首裡，敘述者拒絕了雄渾的經驗，超越的可能，因為他不敢，因為他怕承受不住，他固守在現有的隔絕中，拒絕超越現實經驗，去了解「宇宙的祕密」、「遠古的冰寒」，換言之，他拒絕了那超越的世界。

〈沛然運行〉和〈尼亞瓜拉瀑布〉代表了葉維廉詩的兩面。他詩的魅力也許正來自這兩方面的拉扯張力，辯證思考：一方面是對超越的嚮往，越過現實而與更高的經驗合而為一，但另一方面亦未嘗沒有對現象世界的留戀，對一更高遠的超越世界的懷疑。

——選自《創世紀》第 107 期，1996 年 7 月

葉維廉英文詩集《在風景的夾縫裡》序

◎Jerome Rothenberg[*]
◎簡政珍譯

　　30 年來，葉維廉一直是龐德以降的美國現代主義，和現代主義從中國傳統吸取營養的橋樑和關鍵人物。《龐德的《國泰集》》（*Ezra Pound's Cathay*）和《中國詩》（*Chinese Poetry——Major Modes and Genres*）是他的兩部「古典」美國作品——「古典」在此和中國語境的含義交互回響。在兩部作品中，他不僅是一位展現了智慧和洞察力的學者，而且還是一位執著的詩人。他是一位對中國想保持創新活力的一代的奉獻者，所謂中國實際上是兩個中國，兩種左派或右派的政體。詩人想要對中國有所貢獻，但同時卻感受來自兩個中國的壓制。簡而言之，他正是如此的中國裝扮——一個傑出的作家和真誠的文人：學者和遊子，現代主義的播種者、記事者和散文家，一個遠居他方，但心繫特定時空及其動向的人。

　　假如學者的身分在他身上適得其所（這在他所經歷過的大學和相關體制看得出來），葉維廉以一個詩人的身分邁進一個嶄新的世界的工作則更複雜。1950 年代末期到達此地意謂面對新語言的競技。本集中的第一首詩寫於 1960 年，這首詩顯現他已融入語言[1]的傳統，不僅像康拉德一樣，而且像美國移民的後代，或者是像自己來這裡闖天下的這一批作家，如：Stein、Reznikoff、Bukowski、Hollo、Cruz、Codrescu、Simić、Waldrop、

---

[*]杰羅姆・羅登堡，美國詩人。發表文章時為美國加州大學聖地牙哥分校視覺藝術系、文學系教授，現為美國加州大學聖地牙哥分校視覺藝術系名譽教授。
[1]（譯註）本文裡的語言大都指英文。

Joris等。由此我們漸漸感知這些現象不是對語言的威脅，而是語言潛力的展示。語言如此被使用，而在這樣的使用中變得更強韌。

直到現在，葉維廉和語言的冒險，做為詩人在語言中的旅行，都在私底下進行。但 1990 年在臺北我才驚覺到他在另一個世界享有的地位。那是一項有關詩及心靈的國際會議，而葉維廉就是少數能受到會議禮遇的作者。該會不僅對於他投注於作品的歲月致意，更是對他及作品本身的崇敬。但他已遠離那裡三十多年，偶爾以他已在體內生根的文字，寄回他思想的實質內涵。這些文字的意義極大，他已是二十幾本著作的多產作家，他將「我們」和「他們」橋接。在會議上，他唸了一首長詩，做為藝術的證言，做為安全但也危險的意義尋求，進入「蒙眼中的意象」（葉維廉的用語）及清澈意象的領域。坐在輔仁大學的會議廳桌，我寫下他談的及別人談他的片斷：

冥界的鬼魂
及魚腥味

真實世界，破碎
不完整

帶來疑惑
和渴望

一些另外的世界後
我們尋求

像電影攝影機後面的
眼睛，說

予欲望魯兮

龜山蔽之

　　　　　　──〈渴望之詩──給葉維廉〉

這本選集更能顯示出他這幾年的成就，當然，這些詩只是他英文詩作的一小部分而已。我們可以體認到詩中展現的詩人既謙讓又有遠見。他在此地更使我們深感榮幸。當他以英文詩作和我們接觸，不同的是，我們首次聽到他詩人的聲音和力度：一個用文字說話的人，其伸展的幅度不只是從中國到加州西海岸，而是正如他的朋友史耐德（Gary Snyder）論及「詩人巫師」所說的，我們最富深意的原型「變成各種形體和生命的樣貌，使夢有了歌聲」。

　　對於葉維廉和史耐德來說（在「未意識」的心靈和「荒野」的世界），將「夢」歌唱成「自然」，即標示出詩人的功能，縱使他們生活在「西方文明」的世界裡。葉維廉在詩中的執著和堅持，不論是寫詩或教書，使他在曠野挺立。我心中時常浮現他的意象：他站在靠近太平洋的尤加利樹叢，鼓勵一群學生加入詩，從身體開始，身體在空間和時間中穿越（總之，在「自然」中穿越）。這是回到個人初次經驗的邀約，而邀約使他的詩作富於活力。他是一個擁有真正傳統和文化的詩人，在和大半的過去認同中，他現在的姿勢已充滿力量。

──選自《創世紀》第 99 期，1994 年 6 月

詩人的童言童語
葉維廉童詩集《樹媽媽》評介

◎洪淑苓*

葉維廉是現代詩名家,他的童詩集《樹媽媽》[1],語言流暢,旋律優美,適合大小讀者共同欣賞。

《樹媽媽》令人印象最深的是,語言十分靈活,有二字或四字一句的短句組,也有二十多字一行的長句。在作者注重意象與結構的創作功力下,呈現了活潑的語感與韻律,彷彿是新奇的語言實驗。

前者例如〈水車〉,以豐富教育上的思考。這種新興書寫:

　　水車　　水車
　　一桶水起
　　　　一桶水落

形式排列,水起水落之詞,抽換以星起星落、光起光落;在視覺上,營造了水車葉片此起彼落的畫面,加上水、光、星皆為柔美之意象,更增添美感;在聽覺上,起、落二字已見跌宕之聲響,每段開頭的「水車　水車」,短促的音節與車字的平聲帶起了上揚的感覺,聽覺效果也不錯;在主題思想上,更可推衍出時光如流水、物換星移的主旨。這首詩用詞簡單,節奏明快,形成如詩如畫的境界。

長句如〈童年〉的各段,以「童年是/終日無所事事」開頭,接下來

---

*發表文章時為臺灣大學中國文學系副教授,現為臺灣大學中國文學系教授。
[1]葉維廉,《樹媽媽》(臺北:三民書局,1997 年 4 月)。

便是一串長句,如第六段的「不知哼什麼那樣哼不知唱什麼那樣唱自自在在一步一/步踏出來的滿心的快樂」這句雖不加標點,但其中的子句自成音節,構成一波一折式的節奏,加上用詞平淺,頗能點出孩童「無事自歡愉」的天真心態。

除了語言,想像力也是童詩的要素,葉維廉在書的序文中說,要引帶兒童作「橫越太空」之遊,重新激發他們飛躍的想像。就這本童詩集看,多首作品想像的來源是金色的太陽、是廣大的太空:〈坐在太陽的光芒上〉、〈彈簧鞋〉等詩都可看到這點,〈水晶峰〉尤其精采,把金色的陽光比喻為鋒利的劍,當陽光拂過石山,如同寶劍削出一座座水晶峰,造就「好熱鬧的一場太陽的舞蹈/好熱鬧的一場金劍的舞蹈」。從詩末的註腳看來,本詩想要鼓舞的是「創造的欲望、舞蹈的欲望」,然而我們卻不妨想像這是行經一場千山萬仞的俠客行,有著少年英雄的熱情與氣魄。

此外,〈先是一條蠻牛亂撞〉也顯現了神奇、幽默的想像組合,但最後將搖晃的髮浪歸結於「一個閉目凝神的小姑娘」,配上插畫,在趣味中益見其美,加上押韻,更有悠悠的情味。做為書名的〈樹媽媽〉亦相當耐人尋味:詩中充滿了懸疑、緊張的氣氛,主角和太陽賽跑、在滾動的地球上維持平衡的遊戲,想像新奇有趣。就在快要跌下去的剎那,一把抱住「樹媽媽」,也險趣橫生。從前後文對照看來,「樹媽媽」就是主角的媽媽,也是「比太陽早起的媽媽」(另一首作品)。這首詩點出孩子對媽媽的信賴,也傳達了母愛的偉大。

現代詩人兼及童詩創作,自有其淵源。但是葉維廉更值得我們注意的是,在其童詩作品中,仍然體現了個人的創作風格。顏元叔曾以「定向疊景」論其創作技巧,意謂在不斷迸射與擴深的意象群上,更推向詩的中心主旨。就此而論,前引〈水車〉一首,就有如此表現。又如〈把耳朵貼在鐵軌上〉,以整齊的形式,堆疊「把耳朵貼在鐵軌上」等四個事件與意象,也分別聽見不同的聲響,但這些大自然的「悄悄話」,正是莊子「天籟」思想的展現。以此類推,實可以推衍出更多的片段。則知「天籟」是定向,

相類的意象是疊景。

　　道家思想本是葉維廉詩作的主要思想。《樹媽媽》諸多作品不以道德為取向，而強調想像、呈現美感，可說是基於這種創作觀念，因此有的作品以趣味見長，有的帶著冥想的意味。而其〈一半〉詩云：「睡一半的覺／是一半睡一半醒」，在這個句型模式下，令人彷彿見到莊子語言的不確定與圓滑，「一半這／一半那」的相對論，在在乎透露了道家的美學。類似這些作品，在賞析講解時，都可適時啟發小讀者的思考。

　　《樹媽媽》總共 20 首作品，幾首與春天有關的，更運用穠麗的顏色，呈現五彩繽紛的視覺效果，彷若兒童畫的趣味，這也可說明，本書頗能貼近兒童心靈，是童詩集很好的示範。

——選自《文訊》第 144 期，1997 年 10 月

詩之邊緣

◎洛夫*

　　詩人寫的散文，通常不外乎兩種風格，或者說兩種不同的語言，一種是一般習見的散文，語言清晰，敘事暢曉；一種是詩的散文，其語言特徵在於以意象代替敘述，除了在整個結構上仍是知性的，仍遵循邏輯的句法形成一種架構外，往往還大量運用暗喻和象徵的技巧。然而，當我們讀葉維廉的散文時卻很難以這兩種風格或語言來界定他的文體，因為他在散文中分別運用了這兩種不同的語言。換言之，他散文的特性是文中有詩、詩中有文，在精神上，二者合一，在語言上，其功能又各自不同。這種情況猶如中國國畫中的題詩，就藝術的整體性而言，詩與畫融為一體，但如果把題詩拿掉，仍不失為一幅完整的畫，這可說是中國藝術一項神奇的特性。

　　其實，葉維廉很早就具有追求這種連體式的綜合藝術的傾向。記得十幾年前他即與李泰祥等人在臺北中山堂舉辦過一次詩、音樂、舞蹈等綜合藝術的演出，當時這一演出可說是臺灣文學和藝術界的一項創舉，在現代藝術新奇感的刺激下，觀眾反應極為熱烈。但事後我們冷靜分析，發現這是一種為成全整體而必須犧牲個體的藝術，其中的音樂與舞蹈由於訴諸聽覺與視覺，而能產生直接迅速的效果，且兩者本身具有強烈的排他性，故在演出時仍能保持各自的獨立性，但詩則不然，因為詩必須透過語言來表現，在觀眾的反應上就慢了一步。因此在這演出中，葉維廉的詩，其個性與生命完全被音樂與舞蹈所消滅。這或許就是這種綜合藝術僅止於實驗，

*本名莫洛夫，詩人。發表文章時為《創世紀》總編輯，現旅居加拿大溫哥華。

而無法繼續發展的原因。

　　不同媒體的藝術既然在一綜合的形式中會產生相剋的反效果,但同一性質的媒體——如詩與散文的語言——是否可以同時呈現呢?這在葉維廉來說,答案是肯定的,他的文學連體嬰《萬里風煙》,就是一個相當成功的實例。這是一種詩與散文並置而不悖的新形式,不論在詩壇上,或散文圈內,他這種形式都是獨一無二的。

　　就內容而言,《萬里風煙》中除了第三輯「兒時追憶」,和第四輯「思懷」之外,其餘約占三分之二的篇幅,都是作者近年來旅遊中外名勝古蹟,尋幽探勝的遊記,而這些篇章全都出之以前述的那種詩與散文交互呈現的連體形式,其中〈古都的殘面〉、〈巴黎啊!你將走向何方?〉、〈卡斯提爾的西班牙〉、〈飄浮著花園的城市〉等諸篇,詩的比重尤大,幾有喧賓奪主之勢。讀這本《萬里風煙》中的文章時,有時竟會生出一種異樣的感覺,這就是說,讀這些散文彷彿像讀詩,而讀其中的詩時,卻又像在看畫——一幅幅的中國潑墨山水,如〈千岩萬壑路不定〉一文中最後一段中的詩句:

　　　　夾道宛轉
　　　　纍纍粉紅水蜜桃
　　　　數里松聲相邀
　　　　山開溪露
　　　　樹斷成橋
　　　　涉裳水中武陵
　　　　拂袖星裡夢境
　　　　四五茅亭
　　　　清茶靜坐好逍遙
　　　　山菜野禽
　　　　沖雲長瀑月來照

　　大體而言，葉維廉的文學理論、詩和散文，三者都有相互貫通的脈絡。也許可以這麼說，他的詩與散文實際上是他理論的兩個面貌，這兩個面貌縱然各具特色，但內在的生命與氣韻則是一致的。

　　葉維廉的文學中心觀念是「去知存真」，也正是道家一脈相承的美學傳統。老子說：「吾所以有大患者，為吾有身。」此身不僅是一具穿衣吃飯的皮囊，是一有形的欄柵，柵住了我們那顆活潑自在的心，同時也暗指我們那無形的意念與欲望。不論是有形或無形的，此一欄柵多為後天的人為因素（知性的過度擴張）所造成，當我們面對自然時，這些人為因素便顯得極為脆弱，虛偽，微不足道。是以葉維廉的藝術創作觀特別重視「返璞歸真」，重視「原始經驗」的再現。同時他鑑於我們的日常語言，遠比我們的實際經驗來得單純而有限，無法真實而完整地表現出世界的原貌，故他主張詩人應學習中國古典詩中那種不言而喻的表現方法，盡量排除那些分析性和演繹性的形式邏輯關係（包括詩中的人稱、連結詞、時態等），俾得以保存事物與經驗的純粹性（有關葉氏理論可參閱他的近著《飲之太和》）。

　　葉維廉可說是一位相當執拗的自然主義者，他毫不保留地把他的文學觀貫徹於他的詩與散文中。關於這一點，我們可從他的一篇形同散文詩的短文〈四四方方的生活曲曲折折的自然〉中窺其端倪。他在這篇文章中指出了「心為形役」的困境，他表示：人為了求解脫，希望「走出箱子一樣的房間，脫下箱子一樣的鞋子，拆下繩索一般的領帶，鬆開繩索一般的髮夾，把身體從一個無形的罐頭裡抽出來……」。這是第一層的形而下的掙扎，似乎人人可為，但我們走出房間之後，身體仍是一個箱子，脫了鞋子之後，腳仍然那麼笨重，領帶拿下之後，脖子仍然那麼僵硬，「因為我們的心靈也是一個方方正正的箱子」。我們如何能拆散這個方方正正的心靈的箱子，以求得第二層形而上的掙脫呢？

　　葉維廉認為，唯一紓解之道是學習自然，投身自然，而他心中的自然，實際上就是一活潑美好的生命：

河流不方不正，隨物賦形，曲得美，彎得絕，曲曲折折，直是一種舞蹈。

……

樹枝長長短短，或倒吊成鈎，或繞石成抱，樹樹相異，季季爭奇，其為物也多姿。

風，翻轉騰躍，遇水水則興波，遇柳柳則盪迎，遇草草則微動，遇松松則長嘯。

雲飛天動星移月轉，或象或兔或鳥或羊或耳目或手足或高舉如泉或翻滾如浪或四散如花如棋。

則山，則笨重的山啊也是「凝固了的波浪」。

著著都是舞躍，無數的曲線，緩急動靜起伏高低，莫不自然。

　　這是一篇闡揚道家思想，近乎自然主義宣言的文章，在旨趣上，與我多年前所寫的一首詩〈裸奔〉頗有不謀而合之處。〈裸奔〉是寫一個人由如何形成，到如何次第捨棄有形的衣飾、肌膚、骨肉和無形的情慾、意念、精神，而終於把自己「提升為一種可長可短可剛可柔或雲或霧亦隱亦顯似有似無亦虛亦實之赤裸」的過程。我與葉維廉所追求的都是一種絕對的、極終的解脫，所不同的是最後葉維廉為勞勞人生提供了一個方向——皈依自然，而我只在這首詩的結尾提出一個暗示：

他狂奔

向一片洶湧而來的鐘聲……

　　在此處，鐘聲就是一種警惕，一個呼喚，一聲促使徹悟的棒喝。這是詩的手法，也是禪的機鋒，而葉維廉在〈四四方方的生活曲曲折折的自然〉一文中所運用的則是散文的手法，表達的則是道的信念。

　　《萬里風煙》這本散文集中主要部分雖屬遊記，卻又不是一般報導式

的紀遊文學，宜乎稱之為一種精神的、文化的，和歷史的導遊，其中的境界，正如他在〈卡斯提爾的西班牙〉一文中寫他在西班牙邊境乘火車穿越一片空無的褐色平原時所產生的心境一樣：「這確是一種奇異的空靈，一種時間、歷史、生命的激盪……。」事實上他的散文，也正是他把個人生命整體投入大自然後所激起的波浪，有時是漣漪微漾，有時又是波濤壯闊，更多的是水波平靜後在陽光下呈現的一片瀲灩，讀後所激起的反應無不是對自然的驚喜與崇敬。例如在〈千岩萬壑路不定〉一文中他寫道：

> 千岩萬壑路不定，峰迷峰現，如一頁頁的綠浪百步九折的翻轉，雲無心而飄過，染峰翠而著青，竟也澹澹欲滴。突然，彷似天開而裂缺，妻說：「你看！」好比霹靂崩摧，眼前現出難以想像的岩石的一道峽縫！上無以極目，下無以見底，好狹長筆直的裂口，乾淨俐落，後面陽光晶亮，另有山水另有天，清澈易見。

葉維廉的散文筆法偶爾帶有蘇東坡的韻味，但對自然的描寫則不僅限於外在的景觀，卻是向廣袤而律動的自然景色，茫茫的宇宙洪荒，以及由歷史與文化交織成的異國精神層面，撒下一片感覺的網。他以心靈去感應這些豐富，而不用頭腦去探索這些繁複，或分析評價這些歷史與文化在時間遞嬗中所發生的變異。顯然，他藉著詩與散文的連體形式，透露出自然中某些永恆的信息。但有趣的是，在同一篇文章中，有時當他覺得寫散文比較得心應手，便利用散文形式，有時當他覺得散文語言在表達上力有不勝時，便利用詩的意象，把對景物的感受具體而鮮活地呈現在讀者眼前。譬如〈古都的殘面〉中的第四節：「麋鹿和孩童的奈良」，全部都是以詩的形式來表現。

葉維廉的詩，在幅度上通常都很長，句子的展開如簷滴，如扇面，如濺射的水花，如一匹蒼茫的夜色，如鬱鬱勃勃的森林，而不可多見的是三五句的精緻小品，倒是在〈古都的殘面〉這篇文章中，竟然出現一首暗示

性強烈,卻不為作者本人承認的小詩:

啊
　才到了唇邊
　便已成岩石

　每一塊黑岩啊
　都是一聲叫喊

　　這是作者遊日本信州高原,途中訪問「鬼押出し園」所見一大片火山
爆發後的黑岩時,信手拈來的詩句。據作者說:原來 100 年前,這片黑岩
下面是一個百多戶人家的村莊,在火山爆發的一夜之間,村民全都被活埋
在岩石之下。他得悉這段悲劇歷史,內心在一陣驚懼下頓時浮現出這兩段
詩句。作者認為這是一首不完整的詩,我倒覺得這五行已足以表現他當時
驚呼無聲而耳旁彷彿又響起一群亡魂在嘶喊的那種迷惑心境,著墨不多,
但含義卻很豐富。

——選自洛夫《詩的邊緣》

臺北:漢光文化公司,1986 年 8 月

思維詩的來臨

評介葉維廉《憂鬱的鐵路》

◎王文興[*]

　　艾略特在〈詩歌與哲學〉一文中，提到詩人的思想與哲學家思想的差別時，說明詩人的思想並非「思想」，只是情感的表達。[1]換一句話，詩人常常流露思考性的情感，這便是一般所謂富於哲意的詩人。這等看法，也適合其他諸藝術，譬如貝多芬的音樂，塞尚的繪畫，亨利・穆爾的雕塑，他們的都是富含哲意的藝術，但並非哲學家的思想，而是藝術家的思考性的情感。我國的現代詩，不得否認的，思考性的思維詩的出現數量甚少。倒也不是說只有思考性的詩才是唯一優秀的詩作。「小溪澄，小橋橫，小小墳前松柏聲。碧雲停，碧雲停，凝想往時，香車油壁輕。」（朱竹垞・〈梅花引〉）珠圓玉潤，完美無疵，也是上上的藝術品。只是，我們的確樂意見到多量的思維詩的降臨。而葉維廉的作品，許許多多恰屬思維詩的方向。

　　我認識葉維廉早在 27 年前。我清楚，至少有三位詩人影響葉維廉。他們是王維，聖約翰・濮斯，和威廉・卡洛斯・威廉斯。27 年前，當我常和他在臺大文學院走廊見面，閒談近時的所讀時，即知道他深折服王維和聖約翰・濮斯，而事隔 20 年後，當他重回系裡擔任客座時，知道他對王維的崇慕依舊，而同時他也推重威廉・卡洛斯・威廉斯。葉維廉的兩集近作，《驚馳》和《憂鬱的鐵路》，明顯看得出來受到這三位詩人的影響。二書中自然大主題的屢現，可知出之於王維；散文詩的風格，受之於聖約翰・濮斯；大部分短詩的透明，一塵不染的文字，得之於威廉・卡洛斯・威廉斯

[*]小說家。發表文章時為臺灣大學外國語文學系教授，現為臺灣大學外國語文學系退休教授。
[1]ed. John Hayward, *Selected Prose by T. S. Eliot* (London: Penguin Book, 1953).

的簡潔、明晰的短句詩。這三位詩人，王維，聖約翰‧濮斯，和威廉‧卡洛斯‧威廉斯，也都是思維詩詩人，其中二人由於文字之不同，難以舉例，在這裡試舉王維的一首詩，作思維詩的例證。

> 木末芙蓉花，山中發紅萼。
> 澗戶寂無人，紛紛開且落。

> ——〈辛夷塢〉

　　這一首詩的思考性，見之探觸到宇宙的時序的運轉，能使我們的眼光，看得既開闊，又邈遠，而同時，我們又覺得，大自然中一種無所為而為的「生」同「滅」，興發不知道是窮侈底「富有」，還是漫無目的的「浪費」的噫歎。這首詩，總之，試在了解大自然的內在的實相，是要探討出大自然的「神祕感」而來的——這樣的一首詩大約便是所謂的「思維詩」。

　　葉維廉開始的時間非常早，從我初認識他時起，我便覺得他寫的是思維詩。唯不知為什麼始終，他的詩，未獲眾人廣大的注意；五年前，我偶在報端讀到他的短詩〈吐露港〉和〈大尾篤〉，感覺他的詩已步入成熟階段，甚至感覺他已邁入創作的高峰時期。而數週前，讀到他的結集詩冊《驚馳》和《憂鬱的鐵路》，更感到我近數年來的看法不謬，《憂鬱的鐵路》尤其可稱為他的代表作，因其中，像〈吐露港〉和〈大尾篤〉一樣的好詩連連不斷，《憂鬱的鐵路》實在應該得到眾人的注意和讚許。下面我擬介紹幾首《憂》集中的好詩，而我介紹這些好詩時，擬先介紹〈吐露港〉和〈大尾篤〉，雖然二首收在《驚馳》書中。但是書籍的劃分畢竟是強制和偶然的，就脈絡言，二詩（或二詩所屬的「沙田隨意十三盞」組詩）應歸收到《憂》集的群詩隊中。現在我先介紹《憂》集中短詩的成就，而討論優秀的短詩，便要從〈吐露港〉和〈大尾篤〉開始。

　　真正的情話

很少是滔滔

不絕的

更不是向世界宣布

生命！自由！愛！

那種革命的情操

而是緩緩的

一絲絲

一滴滴

在溢出與

未溢出之間

有千種話語

在邊緣

爭渡

這大概是眉波泛泛

綿綿湧動的

吐露港之為吐露港吧

所以充滿著愛

所以美

──〈吐露港〉

　　〈吐露港〉是一首情景交融的短詩。就視覺效果來看，這首詩迫真地描寫出漣漪圈圈的吐露港，而若就更深一層的思考意境來看，葉維廉有意闡寫大千世界的源頭，創造的流泉汩汩溢出，溶溶不停，生生不息。視覺的意義若謂之景，思維的意義便謂之情。尤不能忽略的是結構緊密，蓋通一首詩都從一個焦點出發。不，如以兩方面來看的話，則各自一個焦點，應說出發自兩個不同焦點。一個焦點是，吐露港的名字：「吐露」二字。通篇詩的內容都來自「吐露」二字引起的聯想。一整個詩就是「名字」的註

腳。第二個焦點是，一整首詩所發自的詩歌意象：情話。為了傳達吐露港的波浪像「情話」的意象，詩中屢屢出現暗示情話的字眼，諸如：「緩緩的」、「一絲絲」、「一滴滴」、「千種話語」、「眉波」、「綿綿」。「情話」意象的達成，有助於全詩氣氛的營造。因而，這首詩不但是為情景的融合，也是情景氛三者的結合。

為了讓幾條

安詳的漁舟

像戲弄天風的鴨子那樣

滑溜在水鏡上

八仙嶺霍然站起

把袖一拂

擋住一切北來的厲風

然後手執毛筆，蘸墨

斜斜一揮一灑

幾個島嶼

灑在東南方

好把夜來

過猛的海風

梳溜梳溜

　　　　　　　　　　　　　　——〈大尾篤〉

　　可能是葉維廉近作中音樂感最傑出的一首。「滑溜在水鏡上」，「好把夜來／過猛的海風／梳溜梳溜」。〈大尾篤〉是一首十分純綷的意象詩。海上的島嶼，彷如仙人潑墨的墨跡。驚人的是，從這意象再一縱，依想像力縱出來的結尾；「好把夜來／過猛的海風／梳溜梳溜」。這一縱真是奇思妙想，予人意想不到的驚喜。能夠狂想馳突，是針對研究的意象格物格出來

的結果。格物便是深深的思考，貫注的思考，長久的思考。

〈釉的太陽〉，出現《憂鬱的鐵路》集中，是另一首格物產生的短詩。全詩僅 19 個字，比五言絕句還短。其短促和突兀的風格，更近日本的俳句，而非我國的絕句。

　　落在泥溝裡
　　太陽
　　一下子
　　把濃濁
　　釉成
　　陶亮一片

令人側目的是「釉成／陶亮一片」的結尾。「釉」本名詞，作者大膽將之易為動詞，收到新穎不俗的效果。「陶亮一片」，也是不拘陳規的自創，所「釉」的既非陶，也非水，既是陶，也是水，介乎陶與水之間，故曰「陶亮一片」。

《憂鬱的鐵路》中似小令的短詩很多，它們的語言都能做到威廉斯語言的清空明澈，纖塵不染。而〈麋鹿居的辭行〉卻是一首內容更見豐盛的較長詩篇，一闋慢詞。〈麋鹿居的辭行〉是一首悼亡詩。悼亡詩歷來很少寫得好的，一來常觸濫情的毛病，作者悲慟太過，聲淚滂沱而下，反而無法感動讀者。二來，角度千篇一律，無不直寫主觀的感懷，至少歷代的中國悼亡詩皆如此。是故，中國悼亡詩，屈指可數的，恐只有元稹〈遣悲懷〉一作。再有一首，接近悼亡，出於懇摯的友情，沉痛傷別的，是清人顧梁汾的〈金縷曲〉。〈金縷曲〉是我讀過最感動人的一首中國舊詩（當然可以說舊詞）。我不妨簡決扼要的說，〈麋鹿居的辭行〉是一首足可匹美〈金縷曲〉的詩。雖曰長了一點，我還是抄錄原詩於下為好：

麋鹿
請你們像往常一樣
從山谷的晨霧裡
漫步出來
圍到你們好主人窗下的欄杆前
鷗鴣鳥
請你們啣著朝霞
拍動著樹葉和草葉的香
比翼飛來
停在你們好主人窗前的枝頭
松鼠
請你們暫棄地上枝頭間的戲逐
乘著泥土初發的清郁
齊齊聚合在
你們好主人的樓梯前
聽我說
今天你們的好主人要走上
一段漫長的旅程
在無聲的睡眠的甬道上
追尋他更深遠的生命
離去，他說，使他唯一放不下心的
是他再不能每天早晨親身地飼餵你們
但你們可不要擔心啊
他已經準備了很多很多豐盛的糧食
請你們像往常一樣
來到他窗前分享
這樣，他在那遙遠的國度裡

便也可以安心歡快地旅行

麋鹿、鷗鴣、松鼠

離去，他說，你們絕不能鎖眉啞調啊

他要你們像他往常那樣

戴著他的小帽子輕快地

進出樓房上下樓梯的樣子

他要你們像往常一樣

濯足試水鼓翼攀枝

因為這是你們的好主人

最愛著的晨舞

就請你們像往常那樣躍動

陪你們的好主人

走到他遙遠的旅程上的第一個長亭

麋鹿、鷗鴣、松鼠

讓我們帶著他永久的輕快與微笑開始

⋯⋯

這一首詩不僅道出了人亡物在的悽然，也兼寫居停主人的性格，他那友麋
鹿、親鷗鳥的博愛之心，和悠然物外的淡泊之懷。更重要的是，作者深刻
的體會到死亡的意義，認識死亡是歸向於永恆，是縱身於大化，是一種平
靜的歸宿。

　　作者從未明寫悲哀，但我們感覺得出他在強自忍淚，因而他的悲哀反
而感動了我們，收到了深切的效果。作者應該是一個用情至深的人，否則
寫不出這樣誠懇的情感，證諸他的其他詩作，益知誠然。《憂》集中的〈焚
寄許芥昱〉、《驚馳》中數首有關席德進的詩，都可印證作者對人濃厚的友
情。

　　這首詩用語也極自然，轉圜之處極為暢順，全詩數十句話，讀來像一

句話，似一口氣抒說到底。假如有什麼缺點的話，我該說，「好主人」的「好」字，也許並不很好，可以省略。甚而不須換字都可以，就是省略，似乎讀起來效果仍然一樣。

《憂鬱的鐵路》集中，除了簡短的小詩和慢詞之外，再有的便是散文及散文詩了。葉維廉的散文詩十分特殊。他的短詩慢詞用的是道地的、口語化的語言，而他的散文詩的語言卻是前衛的、富於實驗性的。或許有人會譏誚他的語言有「洋蔥味」，乃至說：「洋騷味」。這當然是偏見。呼人為雞，呼人為犬的命名方式，也可以倒轉回來，譏稱另一些人的散文含「布鞋味」。其實西化的散文，並非西化，而是個人化。這樣的散文力圖求新、求變，尋找的是更大的創造的自由。較之墨守成規的「正統」散文，是要個人化得多了。再是，有人訾病這一類的散文難予卒讀，事實，我讀葉維廉的散文詩，反覺得比其他的散文更易閱讀。原因是，一般的散文，雖曰通順，思路卻是歇斯底理式，讀來令人頭昏眼花，實在並不是真正的易於覽讀。葉維廉散文詩中的散文，雖是迂迴、曲折，但是理路分明，步驟井井，而且富於節奏感，覽讀的人跟隨不艱苦，甚至都可以令覽讀人忘憊。

《憂》書中的散文，最優秀的為〈憂鬱的鐵路〉，和〈嘉南平原夜的儀式〉。〈憂鬱的鐵路〉帶一種氤氳之美，這種朦朧的，氤氳的迷人，恐皆出於此文特殊的文字，也就是說，出自獨創性甚高的實驗文體。這文體傳給人沉思的，默想的，也就是富思維，體韻。而文中屢次輕喚：「憂鬱的鐵路！」尤其令人低迴不已，深得「一唱三歎」之妙。〈嘉南平原夜的儀式〉描寫落日的景色，壯麗而靜穆，意在感會大自然日日偉大的運作；摹寫的辦法，採法國新小說與新潮電影的方式，以固定的開麥拉眼，長久地凝注，秋毫畢察地記錄景色的變遷，直到冬末，最後一句，戲劇一般的結束。

〈谷原的廢井〉和〈四四方方的生活，曲曲折折的自然〉及〈動物園〉，也是散文詩中的佳作，只是與思維詩的方向又有一番不同了。〈谷原的廢井〉並無思考性，或者甚至說，根本沒有重心，沒有明顯的目的、題

旨，敘述的只是一段尋井的經過，結果似乎也沒有尋到，非但內容上看不
見方向，即形式上也無法歸類，——是一篇徹徹底底的「無所為而為」的
散文詩。而這樣，無所為而為，不衫不履，不僧不道的特殊風格，正是它
的迷人之處，是篇無以名之的，令人喜愛的小品。〈四四方方的生活，曲曲
折折的自然〉和〈動物園〉，則比思維詩更進一步，是哲理詩，哲理的散文
詩，卡夫卡意味的哲理表達，在《憂》書中，亦可曰自成一格。

　　在《憂鬱的鐵路》集中，還有若干臺港二地以外的旅遊詩，語言均極
佳妙，但詩意尚值加強，也許因為旅遊速寫，未及深思、熟考之故，這類
的材料，可待將來再寫成更好的詩篇，發展為更成熟的思維之作，當共為
本文作者及讀者的齊同之望。

——選自《中國時報》，1986 年 3 月 12～13 日，8 版

鄉愁的歸宿
讀葉維廉《一個中國的海》

◎王德威*

葉維廉教授向以詩及藝文評論見知文壇，相形之下，他的散文則較不為讀者注意。事實上葉以詩人之筆談情說理，往往靈機自抒，別成一格。《一個中國的海》恰可為一佳例。這本選集蒐錄了葉氏 1980 年代前後的作品 27 篇，分為五輯。其中部分作品文字的佳妙處，已由王文興教授以「散文詩」一詞延伸討論[1]，毋須在此贅述。我所關懷的是綿延書內的鄉愁主題。這篇短評希望描述葉如何處理這一主題，行有餘力，則求「借題發揮」，探討鄉愁情結與鄉愁寫作間的應對關係。

我所謂的鄉愁須從寬定義。鄉愁不只代表一種寫作的內容，更是一種寫作的姿態。在是類文字中，作者或緬懷故里風物，或追念童年往事，或憮思故舊親朋；隱於其下的，則是時移事往的感傷，近鄉情怯的尷尬，以及一種盛年不再的隱憂。時空的移轉是構成鄉愁情懷的要素。今昔的對比，新舊的衝突，在在體現了時間銷磨的力量；另一方面，情牽萬里、夢斷關山，己身的飄零放逐也引生了空間的懸宕感觸。然而在回顧文學史上浩浩蕩蕩的鄉愁式作品時，我們也不禁得莞爾承認，鄉愁自有其寫作的傳統與方式，也預期讀者應有的情緒反應。作者所思念的人或事早已渺然難尋，思念人事的作者（及作品）反而成為我們注意的目標。究其極，鄉愁的歸宿不再是那去而不返的故人故里，而實在是敷衍這一切的回憶想像，

*發表文章時為美國哈佛大學東亞語言文化系助理教授，現為美國哈佛大學東亞語言及文明系暨比較文學系 Edward C. Henderson 講座教授、中央研究院院士。

[1]王文興，〈思維詩的來臨──評介葉維廉近期的詩和散文〉，《一個中國的海》（臺北：東大圖書公司，1987 年 4 月），頁 199～211。

以及其發皇於外的文字符號。

　　以這樣的觀點來讀《一個中國的海》，我們乃能自葉維廉的散文另尋一層意義。試看書內五個專輯的標題，「臺北與我」、「鄉情的追逐」、「美國東行記事」、「故鄉事」、「懷念」，葉的念舊思鄉姿態，已可思過半矣。首輯以〈我那漸被遺忘了的臺北〉破題，細述「當年」初履斯地的興奮與惶惑，「當年」的克難生活、純美戀情，「當年」的詩酒酬酢、笑語喧聲，無不令人動容。只是一切的人事風華於今俱往矣，作者本人也早成異鄉異客。我們只能借助回憶，「進入時間的甬道，重溫一切美的形式吧」。葉的回憶之網，持續延伸，或存或歿的老友，風雲一度的《現代文學》，均紛紛再現字裡行間，見證往日情懷。然而回憶是一種永難饜足的欲望，也是一件無從了結的「創作」。因緣而起的幻象，何能填充原鄉情切者的永恆空虛？於是葉維廉不得不感歎「時間無情的破毀」了。

　　《一個中國的海》第二輯蒐錄作者徜徉南臺灣的種種印象。當臺北已經淪為現代文化的都會，南方的漁港農村、晨光夕影仍能依稀喚起作者的「鄉情」。一反第一輯平鋪直述的格調，此輯各文詩意漸盛，佳句疊出。王文興教授所讚的散文詩作、或詩化散文，盡現於此。果真「鄉」的召喚，是如此真切自然，使葉的文風因丕然而變？反諷的是，第二輯以〈境會物遊與愛〉作結，其中作者明白指出臺灣其實不是他的第一，而是第二（甚或第三）故鄉。好一個「權把他鄉作彼鄉」！葉對臺灣的一往情深，固然來自他對斯人斯土的「愛與關懷」，但我仍要說從鄉愁傳統而言，他的文字已暗暗自我暴露原鄉想像的位移（廣東—香港—臺灣）與置換（第「一」故鄉）。他果真能在臺灣（南部？）重拾鄉夢嗎？他果真能在「懷鄉」與「放逐」的異鄉文學題材外，「抓住我心中的根，抓住屬於我的境與物」麼？南臺灣的美景是否仍是一個中介的幻影，指向又一場追逐鄉情的文字／想像遊戲呢？

　　由是觀之，《一個中國的海》第三輯的美東行腳，與第四輯的長安古都之行，竟與作者的南臺灣與 1950 年代的臺北，形成一條相生相剋的原鄉幻

影鎖鏈。每一個地點都羈留了悵惘與懷念，每一處居停都許諾了期望與等待。這裡的弔詭當然是，儘管明知往事不堪回首，像葉般的作者卻沉湎於一再探本溯源的企圖，以及隨之而來的失望。他們的作品因此形成一自閉及自足的循環，喃喃重複著那已失的過去。不僅此也，到底「過去」是怎麼回事已無關宏旨，那重複敘述的本身才是我們傾聽思索的對象。盛唐的長安也罷，普林斯頓的校園也罷，1950 年代的臺北也罷，都是成就葉本人驀然回首的場景罷了。而我們也從他寫作的姿態，而未必是寫作的題材，「暫時」一圓我們自己無所寄託的鄉情。

　　鄉愁不只顯現於對故里事物與情境的懷念，也驗證於對故人的追思。《一》書第五輯盡為悼亡之作。作者摯愛的母親、岳父、西班牙鴻儒浩海‧歸岸、美學家朱光潛、以及名學者吳魯芹等，都在時間無盡流逝的過程中，先行而去。葉對故者的蒼茫敬謹之情，於各文中表露無遺。尤值得注意的是，他將悼母文字，列於輯首，標題是〈母親，你是中國最根深的力量〉。「母親」與「中國」儼然代表作者生命最神聖的意義象徵，也是啟動他鄉愁文字的基本媒介。全文情深意切，固不待言，但作者所最亟於說明的，竟是「滿胸話語，說也說不盡，不管我如何說啊，都會把你的形象減少。我的文字無法表達你偉大的沉默中所含孕的生命的深度，和中國的滿溢著我胸膛的歷史」。「母親」、「中國」、「故鄉」的魅力，豈非因位於文字所注成的「一個中國的海」之彼岸，使我們無從回歸、表達於萬一？我們所能說能寫的，只有我們說不盡寫不完的遺憾──我們永遠的鄉愁。

　　《一個中國的海》之所以值得注意，因此不僅只於葉維廉澎湃的文采以及誠懇的個人經驗告白，它也為文學寫作中「一」種文字與題材間的弔詭現象，提供了精采的實例。而我們若因應書中對往事故人的悵惘，對時間劫毀的憂慮，再思葉教授文學理論常強調之情境交會、物我相忘等超越觀點，更可體會其中曲折的對話關係。

──選自《中央日報》，1989 年 7 月 14 日，16 版

論葉維廉散文創作

◎劉茉琳*

　　葉維廉的比較文學觀、中國詩學論，以及中英文詩歌互譯，他本人的詩歌創作都是文藝學、華文文學以及翻譯界的重要研究對象。其實，葉維廉除了上述重要文學成績外，其散文創作也是一個相當豐富、藝術生命力活躍的世界，葉維廉曾自述「我從寫詩到論述都是為了尋回一個活潑的生命世界，在尋索的過程中，這個世界給了我們偉力去開發培植現代人已經失去的雄渾空間」，其推崇的是「即物即真、物象自現、見框解框、活進活出於大有大無的圓融境界」。[1]葉維廉的散文也是這樣一個生命世界，他穿越大西洋，跨越東西方文化所追尋與建構的美學世界不僅僅體現在詩歌創作與文學觀念中，散文創作同樣是重鎮，《萬里風煙》、《歐羅巴的蘆笛》、《一個中國的海》、《尋索：藝術與人生》、《紅葉的追尋》、《冰河的超越》、《細聽湖山的話語》等散文集，凡 40 年，詩情畫意的筆墨間，自然、生命、藝術、文化、悲歡、離合，苦樂哀愁，款款深情，娓娓沉思，是散文藝術與詩歌藝術的結合體，詩人洛夫曾以「詩之邊緣」指稱葉維廉的散文，概括其特性是「文中有詩、詩中有文」。[2]對於這樣的文學作品研究界有所忽略是一種嚴重的缺失。認真審視葉維廉的散文，會發現其文與其做為離散身分特有的「放逐」、「愁渡」、「鬱結」等心理屬性緊密關聯；其散文中詩文並置的特殊形態及鮮明的詩性特徵更是其文學藝術理念的具體表

*廣東技術師範學院文學院講師。
[1]林晗，《葉維廉：重新發現美感的世界》。
[2]洛夫，〈詩之邊緣〉，《人文風景的鐫刻者——葉維廉作品評論集》（臺北：文史哲出版社，1997 年 11 月），頁 317～323。

徵；做為遊記散文的文化屬性也有待分析整理的空間，是打開葉維廉文化
藝術審美觀念的一扇重要窗口。

一、葉維廉散文創作與其「放逐」、「愁渡」、「鬱結」等離散心理屬性

　　葉維廉曾經談到自己有一份「鬱結」：「回頭看我的前行者魯迅以還的
詩人，一直到我同代的作家，無一不被籠罩在個體群體大幅度的放逐、文
化的解體和無力把眼前渺無實質支離破碎的空間凝合為一種有意義的整體
的廢然絕望、絞痛、恐懼和猶疑的巨大文化危機感裡，都可以稱為鬱
結。」[3]「鬱結」是他離散生命軌跡所帶來的一個「心病」，但是這個心病
猶如河蚌珍珠，於個體生命是一份痛苦，於藝術生命卻是一份結晶，而能
慰藉鄉愁、了解心病的最佳良藥顯然就是漢語與漢文化，聶華苓說「漢語
就是我的家」，使用漢語在他鄉寫作，本身就已經構成了一幅遊子之情的美
好畫面。

　　「1937 年，我在日本侵略者橫飛大半個中國的砲火碎片中呱呱墜地，
在南中國沿海的一個小村落裡，在無盡的渴望，無盡的飢餓裡，在天一樣
大地一樣厚的長長的孤獨裡，在到處是棄置的死亡和新血流過舊血的愁傷
裡，我迅速越過童年而成熟，沒有緩刑，一次緊接一次，經歷無數次的錯
位，身體的錯位，精神的錯位，語言的錯位……」[4]在《中國詩學》的增訂
版序言中葉維廉用詩人的語句向讀者袒露心胸，出生成長在戰火年代，放
逐在一灣淺淺海峽彼岸，從此成為離散在外的遊子，《紅葉的追尋》絕不僅
僅是一片美景的追尋，更重要的就是從童年時就映入腦海的「霜葉紅於二
月花」的紅葉情節，「想像中的真切，畢竟仍舊是想像中的真切」，紅葉所
代表的正是具體的鄉土，放逐在外的遊子，顯然對於故鄉的雲，故鄉的
水，故鄉的紅葉都有別樣的想像與憧憬。

---

[3]葉維廉，〈增訂版序〉，《中國詩學》（北京：人民文學出版社，2006 年 7 月），頁 8。
[4]同前註，頁 1～2。

　　從臺灣到美國求學葉維廉稱為「第二次愁渡」，來到美國是進入一個跨文化的「場域」，「在兩個文化的夾縫間，滿溢著張力，滿溢著戰慄，滿溢著惡夢」，在「夾縫」間是葉維廉對「愁渡」狀態的一種描述，正因為這種對「夾縫」狀態的體會，因此對於「在不同的地方的夾縫間，在風景的夾縫間，在焦慮的夾縫間，永遠夾在中間，永遠錯置錯位……」等生命中文化中的各種夾縫他都有別樣敏感。在〈卡斯提爾的西班牙〉這一遊記散文中，有「夜半邊城換軌」一節，講述從法國到西班牙的列車必須在邊城換軌，因為兩個國家的鐵軌大小不同，這一動作要持續幾個小時，叮叮噹噹彷彿要把列車拆毀，葉維廉在這樣的聲音中失眠枯坐，望著窗外失神，進而寫下「這兩個國家的文化一定都很頑固，竟然連鐵軌都要堅持不同」。兩條鐵軌，兩種文化，可以接觸但並不融合，可以比鄰但並不互相影響。葉維廉做為永遠在夾縫中的離散文學家敏感地捕捉到這背後的文化碰撞與文化堅守以及文化交流的重要意義，不難想像，在他此後建立東西方文化「模子」等概念時這些體會與思考都提供了寶貴的經驗基礎。

　　在葉維廉身上，同時承載著抗戰、內戰、離亂、放逐、漂泊等諸多生命印記，如他所言「飽受多重的錯位的絞痛」。離散作家「常在『現在』與『未來』之間焦慮、猶疑與彷徨；『現在』是中國文化可能被毀的開始，『未來』是無可量度的恐懼」。被迫的放逐與日後主動的遊歷結合在一起，形成他藝術生命中重要的文化體悟，這些在遊記散文中得到了最直接的展現，不管是在火山邊對生命的悲憫，還是在塞納河左岸對藝術的遐思，又或者在大教堂裡對命運的敬畏……都因其「鬱結」之眼觀來、想來、寫來而變得更為深刻。「在實踐意義上，漢語對於中國文學家以及海外的華裔文學家來說就是文學的歸宿，就是精神的家園。」[5]在漢語這個精神家園裡創作的就是漢語新文學家，他們所共同營造的是一個屬於漢語新文學的美好世界，葉維廉這一代放逐、愁渡的作家所提供的「鬱結」文本，便是這世

---

[5]朱壽桐，〈「漢語新文學」概念建構的理論意義與時間價值〉，《學術研究》2009 年第 1 期（2009 年 1 月），頁 138～147。

界裡的重要一方。

　　葉維廉曾在一次訪問中談到：「國外給我的，最重要的是另一種空間、另一種邀遊，給我一個全新的視角，在我們的文化裡重新發現國人漸被遺忘的美感世界，一個西方大部分人感到陌生、甚至無從進入的世界，而這個世界，一些獨具慧眼的詩人是要刻不容緩地去熱烈地擁抱它的。」[6]可見，長時間的國外生活所給予葉維廉的是一份寶貴的文化藝術審美財富；頻繁遷徙的生活，在此後的學習工作中又有意識地行走世界，這其中積累了大量的可供書寫的素材與提供文化思考的契機，這些在葉維廉的遊記散文中得到了最真切、最實在、最具體又最藝術的呈現。閱讀、理解、研究葉維廉的散文即使算不上是打開葉維廉學術理論的大門，也肯定是一扇推開其文學藝術審美方法的窗戶。

二、葉維廉散文之詩性特徵

　　葉維廉的詩歌與其「詩文並置」的散文是很難截然劃分開來的。葉先生曾說，「我的散文在某種意義下也是我的詩的延續」，讀者「在我的散文無形中可以感到我的詩和美學的運作」。[7]的確，充滿詩歌藝術魅力的語言在葉維廉散文中比比皆是。「記憶溜去。記憶日日地生長，像新生的事物，在幾何的線條下快速地伸張。」文中也穿插有大段的讀書筆記，比如叔本華的〈萊茵的行遊〉，或者是詩歌的點綴，比如徐志摩的〈再別康橋〉，前者是告訴我們歐洲人自身對萊茵河浪漫的賞識，後者是為了用一位中文詩人的才華完善旅途的觀感。陳劍暉曾經以「主體詩性」、「文化詩性」、「形式詩性」三個層面來要求詩性散文，葉維廉的散文顯然不管從精神、主體、文化、形式、想像等各個方面都是典型的詩性散文。其中關於精神詩性，陳劍暉強調是「建立在人類廣闊的精神文化背景和龐大的現實結構之上的一種形而上層位的哲學追問」，葉維廉的散文之所以具備詩性特徵絕不

---

[6]見 2008 年訪談〈「臺灣詩人」葉維廉：西方漢學家不懂中國美學〉。
[7]康士林，〈葉維廉訪問記〉，《人文風景的鐫刻者──葉維廉作品評論集》，頁 313〜322。

僅僅表現在詩性語言上，更重要的就是這種精神詩性。真正直達內核與內心的審美或者文化溝通，不是在人腦裡錄入資料而應該是拷入程式。抽象的理論可能一時無法讀懂，回到審美的現場最感性的體悟則可能追尋到審美的程式，並且最終啟迪自身的智慧。比如葉維廉先生的模子論，既可以從閱讀理論文章中學習理解，也可以從追尋他審美的方式來領悟，兩者相結合就是他所言的「在我的散文無形中可以感到我的詩和美學的運作」。「達文西的永恆，與日月同存，完全是因為他在藝術裡有了獨見。」在葉維廉先生的遊記散文中，這種獨見已經顯出了成熟的身影，捕捉這漸漸成熟的身影，就能抓住理解其關於文化、文學與藝術的不同理論的源頭與關鍵。正如洛夫所說葉維廉的「詩與散文實際上是他理論的兩個面貌，這兩個面貌縱然各具特色，內在的生命與氣韻卻是一致的」。[8]

其實，葉維廉不僅將詩歌語言藝術在散文中加以使用，他還在散文中使用了繪畫藝術的語言：「在她微圓環抱的袖沿，一點一點由微光閃起的墨綠——是遠樹吧——排立著，又彷彿是浮動著，在一條依著天沿橫展金黃的麥浪上。浪湧處，淺黃、青黃、金黃、泥黃。那泥黃必然是犁翻過的土，這麼隱約，在遠方，和麥浪在陽光裡起伏。」這正是用畫家的眼睛，詩人的語言寫出的散文，作者甚至在文章副標題裡就注明了這是一篇「印象派景物試寫」，讀者在他所使用的濃烈筆墨中很容易在腦海中還原一副梵高的畫作。雕塑是靜止的繪畫；詩歌是文字的音樂；而舞蹈，則是軀體的繪畫與詩歌，其實葉維廉很早就具有追求綜合藝術的傾向，早年曾與李泰祥等人在臺北中山堂舉辦過一次詩、音樂、舞蹈等綜合藝術的演出，這就是真正的審美與藝術，是在內核上有一致追求的一種大智慧，而葉維廉正是在這種「試寫」的文字完成了對印象派乃至對繪畫這種藝術的穿越。在他的散文中印象派的重彩與層疊的畫面並不少見，在通往法國南部的〈陽光大道與天藍海岸〉裡「如此深綠、深黃、淺綠、淺黃、草黃、金黃一路

---

[8]洛夫，〈泛論葉維廉的詩散文〉，《華文文學》2012 年第 2 期（2012 年 4 月），頁 5～7。

侵入遠方的雲霧裡，盡是麥殼之屬」，或者「此時紅、粉紅、青紅、青黃、從綠中湧現，一如神話中纍纍的果實從豐饒之角溢出」。其遊記散文中也不難讀出山水畫的意蘊：「高空中從雲海上突然再度拔起的雪峰；谷底下冰雪漸溶梯形田線逐次的蜿蜒和小川大河多姿的轉折，沒入神祕的雲山雪景中……」洛夫將這種詩與散文並置的文學作品稱為文學連體嬰，「他散文的特性是文中有詩，詩中有文。在精神上，二者合一；在語言上，其功能又各自不同。」實際上，不僅僅是詩文連體嬰，這還是詩文畫的綜合藝術品，葉維廉在這種特性散文創作中，將現代漢語的審美功能一再開掘，將漢語在文學表達的韻味、美感及象徵意趣上的種種潛能不斷開發正是他做為漢語新文學家的另一大貢獻。

三、葉維廉遊記散文之文化屬性

葉維廉曾經在《與當代藝術家對話》中談到：「一首詩、一張畫應該讓讀者、觀眾有活動的空間。」「好像那詩那畫給了我們一道門那樣，好像我們被引領到一個門口或門緣，讓我們望入一個『內裡』，一個未曾完全呈現的世界，我們彷彿可以進出其間。」[9]不僅僅是詩或者畫，葉維廉的遊記散文也具備這樣的功能。遊記文章是一種非常重要的人文活動，在人類的精神活動中，需要以行走與觀賞、體驗來補充自身生命經驗的不足，所以生命的靈感與藝術的生機往往需要在行走中尋找，而旅遊文化與遊記散文就是一種傳統的代表人文追尋的文體，這種古老的傳統的人文活動代表對古老精神與文化的發現，又同時代表對最新的現象與物件的體驗與追尋、創造。人們早已經考驗出遊記散文起源於先人們遷徙、耕種、放牧、遊獵、巡遊活動，在中國，先秦原典《尚書》記載的天子巡狩，包括「查政情、諳民情、觀風情」於一體的職務觀光活動應該說就是最早的旅遊；先秦古籍《山海經》、《穆天子傳》這一類神話作品中有大量的環境描寫，風情、

---

[9]葉維廉，《與當代藝術家的對話——中國畫的生成》（南京：南京大學出版社，2011 年 6 月）。

人貌、對世界的觀察，也可以看作是中國最早遊記散文。在遊記散文中作者往往有獨屬於自己的審美方式，這種審美方式會帶著每一個旅遊者自己的印記，影響對審美物件的認識與理解，並最終影響審美的結果。旁觀的姿態決定了冷靜客觀的欣賞與理解，而不是一副唯我獨尊，唯我文化最文明的心態來看待別的人情風貌，否則就會出現歷史束西方曾互相認為對方野蠻不開化的景象。如何成為合格的旁觀者？葉維廉說要靜得下心：「古蹟前路多得是，也不必急著去追尋。」還要沉得住氣：「我們靜靜地來，提里爾不曾知道。我們靜靜地去，提里爾也不曾知道。我們沒有留下什麼，也沒有帶走什麼。但如水銀燈的一閃，那些在燈光下亮起的事物，將永遠留在我們記憶的底片裡。」要學會尋找一個民族真正的文化根基，比如「一個民族真正的基層文化風範、文化氣息，是在小村鎮裡，在田野間；因為小村鎮裡、田野間沒有太多虛飾的架構，沒有太多世故的面具……」只有真正找到了對方的基層的文化風範、文化氣息，才能了解與認識對方的更深層次的藝術與文學，也只有一個旁觀者，才能靜靜地欣賞，而不打擾平靜的風景與歷史。

　　讚賞的心態源於一種學習的出發點。葉維廉先生認為「真即美，美即真，詩人必須由現象世界突入本體世界，其過程是一種掙扎的焦慮」。做為一位旅遊者或者觀察者，要想完成審美活動，同樣需要從現象世界突入本體世界，有時需要認真地鑽研與反覆的思考，有時則需要氣定神閒的欣賞與讚美。面對提里爾的古老大教堂「對一個學藝術史的人來說，可以一層一層地作風格的分析，直可以花上數日」。但葉先生選擇不是這種指指點點，遠拍近拍不停的欣賞，而是「總是喜歡遠觀，看它的氣勢；對我來說，陽光灑在磚石上，拱窗上，塔樓及半圓的壁龕上所折射的光暈與投影，有時比那建築上的細節還重要」。說到底，不管是旁觀的姿態還是讚賞的心態，其實都應源於尊重的情態。葉維廉先生始終認為文化交流是要在「互相尊重的態度下，對雙方本身的形態作尋根的了解」。只有保持著對審美物件的謙卑與尊重，才能真正從心中領悟文化與藝術物件的內核。

　　遊記散文就是藝術審美散文，這是藝術審美實踐的開始；也是理論證實的終結。當代遊記已經發展成一個重要的當代散文題材，尤其是經歷了「大散文」與「文化散文」的追求，遊記散文代表一種集文學、歷史、藝術多種文化感悟於一體的文體，其中必要包括一個旅遊者的所見（景觀）、所聞（物事）、所感（情感）、所思（哲思），是五官與心腦活動的完美結合，行走觀賞與藝術審美以及文學創造的完美結合，好的遊記散文如前文所述，最高境界是可以引發一個人的哲思，完成文化上的提升作用；其次是可以完善人類的審美方式，將面對異域文化與藝術以及歷史的態度調整到最佳位置；最後則是遊記散文本身應該是美的載體，是藝術，葉維廉遊記散文的文化屬性足以證明這一點。

四、結語

　　葉維廉提出來的東西方比較文學的方法是比較文學方面的創舉，他的詩歌創作一直以來都是中國現代漢語新詩的典範，也是學者們研究的重鎮，但是囿於學科板塊界定的尷尬，學界對他的文學創作欠缺整體研究[10]，對其散文更是知之不多研究甚少。其實，葉維廉遊記散文文化深厚、詩意盎然，是非常有價值的文本，早期散文甚至早於關於東西方文學的「模子」理論或者尋找共同文學規律之類的研究成果，可以認為其關於「模子」以及東西方文化規律探尋之類的成果正是集多年行走思考成熟的一個結晶體。

　　散文做為中國文學源遠流長的一個重要文體，往往承載著一個作家最直接最坦承最真實的內心話語。葉維廉 40 年創作生涯中，散文集尤其是遊記散文集眾多，囿於在大陸出版不多的現實情況，而未能真正進入學者研究視野是極為可惜的。從葉維廉的散文中，可以讀出他身為離散作家特有的「愁渡」、「放逐」、「鬱結」等心理屬性，他將詩文並置，甚至將詩、

---

[10]張志國，〈豐茂的生長與整體研究的缺失——葉維廉研究術評〉，《華文文學》2011 年第 3 期（2011 年 6 月），頁 34～42。

文、畫的藝術特性並用的實踐經驗使其散文在一般的詩性特徵上更增添了多重藝術價值的魅力，而做為遊記散文，葉維廉以其文藝評論家特有的眼光行走世界，所彰顯的文化學習心態以及對自我「模子」理論的實踐回應更是一份不可多得的寶貴經驗，不管是做為離散散文，還是詩性散文或者遊記散文、文化散文，葉維廉的散义還有諸多精采空間等待開掘。

——選自《華文文學》2014 年第 5 期，2014 年 10 月

讀葉維廉的中國新詩英譯隨感

◎屠岸[*]

不久前從鄭敏先生處見到一本書：葉維廉（Wai-lim Yip）先生的*Lyrics From Shelters: Modern Chinese Poetry 1930-1950*[1]。我認真讀了。該書收入了中國 20 世紀 30 年代和 40 年代 18 位詩人（馮至、戴望舒、艾青、卞之琳、何其芳、曹葆華、臧克家、辛笛、吳興華、穆旦、杜運燮、鄭敏、陳敬容、杭約赫、唐祈、唐湜、袁可嘉、綠原）的 99 首詩，由葉先生譯成英文（只有唐湜的詩由Leung Pingkwan英譯）。卷首有三篇關於中國新詩的評論，其中兩篇為葉先生所撰寫。本文僅就葉先生的譯詩談一點印象。

我曾讀過一些中國古典詩歌的英譯。而中國新詩的英譯，則我寡聞，見到的少。這次從葉先生的書中一下子集中地讀到這麼多新詩的英譯，好像走進了一座美麗的新詩園。

雪萊認為詩不能譯。可以找出許多翻譯的例子來證實雪萊的論點；但也可以找出許多例子來反駁這個論點。葉的這本書屬於後者。我覺得，譯詩的可行性問題，應就具體詩來論，不應以偏概全，有些詩確不可譯，有些則可譯，可譯不可譯還包括譯入語選擇的問題。我讀了葉的譯詩後，深切地感到：中國新詩脫離了她的母語之後仍然可以生動地存活在另一種語言——英語之中。

葉譯的特點之一是活：他運用活的英語。他掌握的是當代的、活在口

---

[*]本名蔣壁厚，詩人、翻譯家。發表文章時任職於北京人民文學出版社，現已退休，專事翻譯與寫作。
[1]《防空洞抒情詩：1930～1950 中國現代詩》英文版。Wai-Lim Yip, *Lyrics From Shelters: Modern Chinese Poetry 1930-1950* (New York: Garland Publishing, 1992).

頭上的英語，一點沒有生澀之感。

我體會，這種「活」首先表現在用詞上。例如，有這樣一行詩：「它藏著忘卻的過去，隱約的將來」（馮至，《十四行集・十八》），葉譯成「Is hidden the forgotten past, the seen-unseen future.」這裡，用 seen-unseen 譯「隱約的」，真是再恰當不過了，它是如此自然而又貼切！又如，「這長白山的雪峰冷到徹骨」（戴望舒，〈我用殘損的手掌〉），譯成「The snow-capped Changbai Ranges are bone-penetrating cold.」這裡，bone-penetrating cold 既保存了原文的比喻義，又因以英語出之，使人感到自然而新鮮。「手指沾了血和灰，手掌黏了陰暗」（戴望舒，同上），譯成「Fingers stained by blood and ashes, palm by darkness.」這裡，原文中「沾」和「黏」是兩個詞，譯文中卻合併為一個詞 stained。「我觸到荇藻和水的微涼」（戴望舒，同上）譯成「I touch duckweeds and feel the coolness of water.」這裡，原文的一個詞「觸到」，在譯文中化為 touch 和 feel 兩個詞（由於賓語不同而依英語習慣處理）。「縱使手臂搭著手臂，頭髮纏著頭髮」（鄭敏，〈寂寞〉），譯成「Even though they are arm in arm, Hair in hair.」這裡，原作的「搭」和「纏」兩個動詞，在譯文裡只用一個介詞 in 就十分簡潔地解決了。這種有分有合的遣詞方法，充分體現了譯文所用英語的「活」。

再看：

> 呵，人們是何等地
> 渴望著一個混合的生命，
> 假設這個肉體裡有那個肉體，
> 這個靈魂內有那個靈魂。

——鄭敏，〈寂寞〉

譯成：

O how men

Yearn for a mixed life:

This body within that body!

This soul within that soul!

　　這裡，譯文把原作中的虛擬詞「假設」省去，在第二行末改用冒號，在第三行末和第四行末各用一個驚歎號，彷彿變魔術似的，原作的神態全出。這種有增有損的造句方法，是譯文「活」的又一表現。

　　我讀葉譯的另一感受是譯文相當「信」，但並不僅限於原文的意義。如 "The Alley in the Rain"（戴望舒，〈雨巷〉）中的一節：

A girl with

Color like the lilac,

Fragrance like the lilac.

Sadness like the lilac,

Pensive in the rain,

Hesitating and pensive.

（她是有

丁香一樣的顏色，

丁香一樣的芬芳，

丁香一樣的憂愁。

在雨中哀怨，

哀怨又彷徨。）

譯文非常忠實於原作，但不是逐個詞語的英漢互換，而是不同語種的詩的再現。譯文中幾乎每個詞語都經過了最佳選擇，作了熨貼的安排。像「哀怨」，不譯作 sorrowful、melarcholy 之類，而用了 pensive，這個詞在傳達原

詞的神態上可謂選得十分準確。譯者彷彿毫不費力，一些詞語似乎手到擒來，應了一句成語：舉重若輕。但這與主觀隨意性無關。如此流暢的譯文，在節奏感和情緒的延宕上是與原作絲絲入扣的。

又如艾青〈大堰河——我的褓母〉中的一節：

Big Weir River, restraining tears, has departed!

Together with forty years of insults from the life world,

Together with countless miseries of a slave,

Together with a four-dollar coffin & a few bouquets of hay,

Together with a few square feet of burial ground,

Together with a handful of ashes from burnt paper money.

Big Weir River, restraining tears, has departed!

（大堰河，含淚的去了！

同著四十幾年的人世生活的凌侮，

同著數不盡的奴隸的淒苦，

同著四塊錢的棺材和幾束稻草，

同著幾尺長方的埋棺材的土地，

同著一手把的紙錢的灰，

大堰河，她含淚的去了。）

譯文也非常忠實於原作，行與行都是對應的，每行體現的含義也都準確無誤；但「信」這裡更體現在忠實地再現原作的脈搏——循環往復的詠歎。中文「的」字具有多種功能，多種用法。這節詩的原作裡用了十個「的」字。它們在譯文中化為分詞片語，形容詞，介詞 from 和 of 等，使得譯文生動靈活，變化多端。這些片語和詞同 Together with 的多次重複相配合，造成了蕩氣迴腸的聽覺效果，體現了思潮的起伏和綿延。如果只忠於原作字面上的意義而不能體現其內蘊，那算不得真正的「信」。為了保存其內蘊

而犧牲意義，也是缺失。既傳達意義又體現內蘊，這才是高手。葉譯確是用活的英語做到了這一點。

我讀葉譯，常感到是在讀創作的英語詩而不是在讀譯作。例如：

And will to revenge allows

Our own happiness to stamp, legally, upon

The contempt, insult and hostility of others,

Though collapsed in each other's injuries.

（也是立意的復仇，終於合法地

自己的安樂踐踏在別人心上

的蔑視、欺凌和敵意裡

雖然陷下，彼此的損傷。）

——穆旦，〈控訴〉

原作也許為了追求情緒跳躍和語氣斷裂的效果，在漢語語法和標點的運用上作了一些特殊的處理（如把狀語「別人心上的」加以割裂，讓「的」字站到下一行的開頭去；在及物動詞「陷下」和它的賓語「彼此的損傷」之間插入一個本不應有的逗號等）。而譯文卻順應英語自然流動的趨向而彌合了原作文字上的崎嶇，同時，又適當地保存了原作的情緒流向。這樣，我們讀譯作感到自然，像是讀一首創作。

同樣的例子還有一些。比如我在讀"Renoir's Portrait of a Girl"（鄭敏，〈雷諾阿的少女畫像〉）時也有同樣的感覺。

讀葉譯，還引起我對某些問題的思索。

同一原作可以有不同譯家的譯本，不同的譯本可以有不同的風格，譯本的不同風格與原作的風格可以有差異但不能相悖逆。關於這，葉譯提供了證明。例如，我讀過卞之琳先生用英文譯的他自己的一部分詩，這次又讀了葉譯的一部分卞詩，並把兩者作了一點比較。我發現，卞譯是英國英

語，葉譯是美國英語，卞譯嚴謹，葉譯曉暢，卞譯凝重，葉譯清新；但是葉譯並沒有背離卞詩的「冷淡蓋深摯」的總的風貌。卞譯和葉譯都是佳品。在不違原作風格的前提下，同一原作可以有多種不同風格的譯本，這是一個不僅可以接受而且可以鼓勵的事實。

同一原作可以有不同譯家的譯本，而同一譯家也可翻譯不止一家的作品。優秀的譯作常常在保持譯家譯風的同時，在一定程度上體現不同原作的不同風貌。關於這，葉譯也提供了證明。我感到葉譯常能運用清新流動的語言（英語）風格去把握不同原作的整體脈搏，例如，葉以他的譯文體現了陳敬容〈無淚篇〉的悲憤，透露了馮至《十四行集》的深邃，表達了唐祈〈時間與旗〉的激越沉鬱，等等。翻譯匠只能拿出千人一面的平庸貨色。優秀的翻譯家則能做到既有自己的特色，又有原作的因人而異、因詩而異的風貌。這，很難做到，但應是譯家努力的目標。

葉的某些譯作，還使我想到這個問題：譯者是原作的傳達者，還是闡釋者？要傳達必先經過闡釋，因此二者本應統一。但有時也有矛盾。請看：

哪條路、哪道水，沒有關聯，
哪陣風、哪片雲，沒有呼應：
我們走過的城市、山川，
都化成了我們的生命。

　　　　　　　　　　　——馮至，《十四行集·十六》第二節

葉譯：

This road, that river, no connection.

This wind, that cloud, no correspondence.

The cities, mountains, rivers that we passed

Are changed into part of our life.

原作一、二行雖沒有問號，卻是用反問的口氣說明條條路、道道水都有關聯，陣陣風、片片雲都有呼應。（原作中有四個「哪」〔nǎ〕字，都是疑問代詞，不是四個作為形容詞的「那」〔nà〕字。）從整首詩來把握，恐怕也只能如此理解。葉的英譯則說，此路與那水無關聯，此風與那雲無呼應。這是一種非常特殊的闡釋。

再看：

> 什麼是我們的實在？
>
> 從遠方把些事物帶來，
>
> 從面前把些事物帶走。

　　　　　　　　　　　　　　——馮至，《十四行·十五》末節

葉譯：

What, then, is our reality?

From distant provinces nothing can be brought here.

From here, nothing can be taken away.

也許因為原詩第三節說「鳥飛翔在空中，／它隨時都管領太空，／隨時都感到一無所有」，於是譯者理解此詩寫的是虛無。我則理解作者的思想是：「實在」不是固定的，而是嬗變的，一切都在變：「逝者如斯夫，不舍晝夜」，而不是四大皆空。而葉譯所體現的倒有些像六祖偈語：「菩提本非樹，明鏡亦非臺，本來無一物，何處染塵埃。」（譯文從文字上也可以理解為：一切都搬不動，一切都不會動。但這樣理解就沒有意義了。）譯者不可能誤解原作，只能是如此理解原作。這也是一種非常特殊的闡釋。

　　我國本有「詩無達詁」之說。譯者可以對原作作出自己獨有的闡釋。但我覺得「詩無達詁」也是有限度的,即不能海闊天空到歪曲原作。

　　我發現,這本書裡也存在著某些小失誤。如:

　　〈大堰河——我的褓母〉第六節第七行「我坐著油漆過的安了火缽的炕凳」,葉譯為「I sat on the kang-stool ready with a fire bowl」,並加了一個關於炕凳的腳注:In north China, this is part of a heatable brick bed(在中國北方,這是磚砌的火炕的一部分)。艾青的故鄉是浙江金華,怎麼是中國北方?「炕凳」是江浙一帶冬天的禦寒設備:一種木製的凳子,中間有空穴,裡面放一只火缽,火缽是銅製的,有許多窟窿眼可以散熱,缽內置火炭,發熱。人坐在上面,可以取暖。火炭不能燒得過旺,否則會把木凳烤焦。木凳可以油漆。(此事我請教了艾青同志本人。)葉的這個注顯然是錯了。

　　此外還有一些誤譯或技術性錯誤,包括排校錯誤,不一一贅述。

　　最後,我想重說一遍:這是一本用英譯介紹中國 1930、1940 年代新詩的難得的好書。

——選自《中國翻譯》1994 年第 6 期,1994 年 11 月

龐德、葉維廉和在美國的中國詩

◎Jerome Rothenberg
◎蔣洪新譯*

　　將埃茲拉・龐德與中國詩聯繫起來談，這已成定勢，我們會重溫 T. S. 艾略特的話：「龐德是為我們時代中國詩的創造者。」休・肯納（Hugh Kenner）是這樣認為的，葉維廉也持同樣看法。曾經有人認為艾略特為了尋求極度的效果，他避輕就重地這樣說了，這個看法是有道理的。此話有雙層意義，很明顯在「中國詩的發明者」和「為我們時代」平衡。然而有趣的是，當葉維廉在他的著作《龐德的《國泰集》》（*Ezra Pound's Cathay*）中首先引用艾略特這句話時，他省略第二部分「為我們時代」；休・肯納比艾略特更會誇大其詞，在他的《龐德的時代》（*The Pound Era*）一書，將一確切的篇章標題壓縮為「中國的發明」。

　　當龐德在 1914 年左右將他的注意力轉向中國詩的領域，他哪些方面做成功，還有哪些方面他未做到呢？對第一個問題，我自己斗膽回答。對第二個問題，我只好求助於葉維廉的著作了，葉氏作為一位詩人與學者用他自己「特別的觀點」來重現中國詩的真意或者在龐德之後時代如何發明中國詩。

　　我這裡所談的龐德《國泰集》（*Cathay*）這本僅有 19 首詩的小書於 1914 年出版，該書的副標題為「埃茲拉・龐德的翻譯：其中大部分是中國詩人李白的作品，根據恩斯特・費諾羅莎的注解而翻譯，並經莫瑞和阿爾

---

*發表文章時為湖南師範大學副校長、外國語學院教授，現為湖南師範大學校長、外國語學院教授。

加兩位教授鑑別」（For the Most Part from the Chinese of Rihaku, From the Notes of the Late Ernest Fenollosa, And the Decipherings of the Professors Mori and Ariga）。此書容量不大，圍繞該文的作者資格確實引人矚目——尤其是龐德避免以作者或者翻譯者的權威專家來自稱，他亦沒有自稱是另一個國家或一種語言的創造者。他是根據以中國原文（通過日文）所做出的一系列注解為材料，然後再變成一種新的英文詩。

費諾羅莎的筆記非常粗糙，這留給龐德在詩中發揮餘地更大——「這絢麗堆積」，正如他有可能在別處可能做的。龐德在此之前幾年裡根據赫伯特・翟爾斯的蹩腳譯文做過一點改譯，但那已是翟爾斯的譯作——龐德受得的干擾太多——這對他很難獨成一體。費諾羅莎留給他的是一個一個的字，並沒有分散他的用心。

Blue   blue   river   bank,   grass

Luxuriously Luxuriously garden in willow

fill/full   fill/full   storiedhouse on   girl

in first bloom of youth

white   (ditto)   just/face   window door

brilliant

luminous

龐德將此變為：

Blue, blue is the grass around the river

And the willows have overfilled the close garden.

And, within, the mistress, in the midmost of her youth

white, white of face, hesitates, passing the door.

　　從那些寫詩人的角度，這首詩所表現（正如在《國泰集》另處所表現大致相同）就是典型的龐德風格，他正在尋找一種寫新詩的途徑，但仍具有深刻洞察力的有節制的詩（他所提倡的自由詩），通過對像李白之類的大詩人的譯介來推動他的新詩運動向前發展。他在 1913 年那首著名的意象主義詩〈在地鐵站〉，似乎僅是一首高度濃縮比喻的簡單範例的回憶詩，而在《國泰集》的詩歌——不管它們怎樣偏離原文——表現出一系列的經驗，龐德借助那些中國詩人，在詩中取得了真正的突破，迄今仍經得起時間的檢驗。在此過程，他的探索向前推進，通過翻譯向前發展並且超越翻譯本身（翻譯本身亦可謂「超越」或者「跨越」）。

　　然而龐德的「發明」是什麼，在翻譯過程中發現了什麼？《國泰集》是如何做詩的呢？

　　肯納在他的《龐德時代》一書中提出「三條原則」來區別龐德那時代的其他作品。這裡值得引述如下，以提醒我們注意：

　　1.自由詩原則，單行就是作文的單位（這與古代中文有最微妙的聯繫，但是龐德著手他的「翻譯」的關鍵）。

　　2.意象主義原則，一首詩通過列舉呈現在詩人眼前的情景也許能建立特別的效果。

　　3.抒情詩的原則，詞或者名詞，按時間順序，並通過重複的聲音連接在一起，並相互照應。（後面這兩點表現與中國詩方面的關聯，龐德也許從費諾羅莎／莫瑞那裡感覺出來，葉維廉在半世紀之後談得更清楚了。）

　　然而，更值得探討的是——

　　在費諾羅莎或者莫瑞的筆記中龐德這些單個詞有發現，並從中做了大調整，在這《國泰集》之後一些年中已成慣用手段，首先（對我自己寫詩而言最直接重要性），通過翻譯這種途徑使得詩歌不僅對過去進行評論，更重要的是對現在起作用。這裡我們提到：肯納是在第一次世界大戰的背景下閱讀《國泰集》，或者，龐德稍後所做的，比如說，從拉丁文中改譯過來的〈對賽克思·普羅伯圖的致禮〉。這裡我們可以說翻譯原則亦為寫作的原

則。其次，使用一系列的歸化手段，這已在後現代階段變得非常普遍，而且也許更為過火。這包括翻譯，但還延伸到使用拼湊的形式和現成的詩——通過其他詩人或者其他文本（借用約翰・凱奇的短語）的寫作行為。整個《詩章》為這類作品提供了非常好的例證，這裡我們也許可以用「歸化的原則」來將探討深入下去。再次，龐德的作品在《國泰集》中通過一系列詞來創造詩的途徑——與此相聯繫或者並不是他們原來的老樣子，這其實也偏離一點翻譯與歸化的原則。作為系統或者過程詩歌的一種形式，這已被傑克遜・麥克・羅在他的〈非對稱〉和《輕鬆詩集》中採用，被大衛・安丁在他〈沉思〉詩中利用，被我在〈羅卡變奏曲〉中運用，還被美國和其他地方的別的詩人們採用。我們也許根據麥克・羅稱之為「核心原則」。

但是，發明中國或者發明中國詩又如何呢？

剩下要說的就是龐德確立了一種風格，其標誌著將早期 20 世紀翻譯進入英文或美語，他後來指向也許最接近古漢語的風格，例如：在《詩章》第 49 章詩云：

日升；勞作
日沒；歇息
掘井和喝水
耕地；食穀
是帝力？於我們何干？

Sun up; work

Sundown; to rest

dig well and drink of the water

dig field; eat of the grain

Imperial power is? And to us what is it?

這當然將一種電報簡潔風格公布於眾（基本以詞組合的一種詩），同時去掉其他一些因素，明顯原文要素——原文節奏與格式。

這就要靠葉維廉（他首先是位詩人）——將為我們解開所有這些——他並不是又重新發明中國，而是要解釋和探索傳統詩的方方面面，這些與美國以後的作品，以及與超越龐德和威廉‧卡洛斯‧威廉斯聯繫在一起。從葉維廉的著作中，我們得知：我們所稱之為「蒙太奇原則」是基於對中國詩的了解和運用，還有對後期美國詩人的作品觀察上，其中包括龐德本人與《詩章》的研究上。（葉維廉的研究不僅是位學者，而且還是位詩人，這也是值得注意的。）在整個研究過程中，葉維廉為我們打開了有關中國詩的合理觀點，而且還提供了有關翻譯本質的深刻把握，以及詩從具體實踐中所迸發出來的詩的可能性。

葉維廉的主要著作是有關於中國與美國詩學比較，在過去 30 年中有三部英文書令人矚目：《龐德的《國泰集》》，《中國詩：主要模式與類別》（ *Chinese Poetry: Major Modes and Genres* ），《距離的消融：中西詩學之間對話》（ *Diffusion of Distances: Dialogues Between Chinese and Western Poetics* ）。在所有這些著作中，葉維廉經過辨析，並在某種意義上協調兩種語言與傳統——中文與英文——在作詩的行為中組建某種現實。美國詩人的作品——當然並不是所有的美國詩人——尋求一種並置的詩歌，這種詩隨時是開放的——相對開放——類似中國詩人李白和王維的詩句。在葉氏研究時間順序上其起點是龐德的《國泰集》，但是更強烈（理論上）的支撐是偉大的俄國電影家愛森斯坦，他已對中國的書寫文字感興趣，中國文字不僅是「一種詩歌手段」（用費諾羅莎著名論文的標題），而且用作「蒙太奇的手段」，愛森斯坦用來作為電影新藝術的基礎，是「移動意象」的基礎。所以葉維廉將如下觀點聚集在一起：愛森斯坦對「蒙太奇」的定義「兩個不同的鏡頭通過切在一起而並置一起」。龐德類似評論，幾十年前，將「地鐵站」與傳統的日本俳句相比（從內涵上看亞洲其他詩也類似）「一首意象詩」是一種超越一般格式的形式，那就是說，將一種思想置放在另

一種思想之上。

　　這裡葉維廉作為一位詩人來寫作，懂得最大限度地取得這些效果，以前句法本身——連接作用的語法——頗為擋路，直到龐德和其他詩人開始打破之，帶來了後期美國詩相對開放的句法。這裡有一些葉氏所引的例證：

龐德

　　　大雨；空江；一行旅

　　　凍雲火，薄暮沉沉雨

　　　烏篷下一盞孤燈

　　　蘆葦濕沉沉；彎彎垂下

　　　竹枝細雨如飲泣。

——《詩章》49 章

　　　祈禱：舉起手

　　　肅靜：一個人，一位護士。

——《詩章》54 章

威廉斯·卡羅斯·威廉斯

　　　Among

　　　of

　　　green

　　　stiff

　　　old

　　　bright

　　　broken

　　　branch

　　　come

　　　white

sweet

May

Again

　　　　　　　　　　　　　　——〈洋槐在開花〉

　　在本文的結尾我想用十年前在臺灣輔仁大學一次有關葉維廉的學術研討會上寫的一首詩：

冥府的陰魂

和腥臭的氣味

現實的世界，破碎

不完整

因而懷疑

和渴望

在另一個世界

我們搜索

有如眼睛

在攝影機背後，說

予欲望魯兮

環山蔽之

　　　　　　　　　　　　　　——〈有懷——贈葉維廉〉

——選自《詩探索》（理論卷）2003 年第 1～2 輯，2003 年 6 月

通過翻譯：為中國現代主義詩歌鼓與呼

論葉維廉對中國現代主義新詩的英譯

◎北塔[*]

一、葉譯中國現代新詩的歷程

葉維廉譯中國現當代詩歌開始得比較早，可追溯到他在臺灣大學外文系上大學的時候（1955～1959 年），當時，他對一些 1930、1940 年代的詩人的語言藝術極為著迷，他的學士論文就是把馮至、曹葆華、梁文星（吳興華）和穆旦四個詩人的一些作品翻成英文。

1963 年，美國艾荷華大學國際寫作項目的主任保羅·安格爾看了葉的英文詩，便邀請他到艾荷華大學去訪學並攻讀美學碩士學位。他此去是帶有使命的，他覺得臺港 1950、1960 年代的現代詩有突出的成就，而由於世事無常，他害怕這些好詩會被淹沒掉，為了讓這些好詩能夠得到歷史性的保存——他一心要翻譯一本那個年代臺灣的現代詩選——這樣的翻譯動機可謂偉大。他曾把一些譯詩拿到詩歌翻譯作坊的班上讓老師和同學討論批評。其中的第一批譯作於 1964 年發表在洛杉磯的重要文學雜誌《蹤跡》（*Trace*，第 54 期），還有一些曾發表在美國《得克薩斯季刊》（*Texas Quartery*，1967 年春季號），整個譯本則在 1970 年由艾荷華大學出版社推出 *Modern Chinese Poetry: Twenty poets from the Republic of China 1955-1965*（Iwoa: University of Iowa Press），做為「艾荷華譯叢」之一種。

[*]本名徐偉鋒。詩人、翻譯家、評論家。中國作家協會現代文學館、中國社會科學院研究員。

　　保羅・安格爾既是國際寫作項目的主任，又是這套書的主編。因此，他似乎理所當然地給此書寫了短而精的前言，首先破除了詩一譯就死的神話，然後說詩歌不是生活的實錄，而是對想像的生活的憧憬；因此，只有富於想像力的人才能譯好詩歌。他認為，葉維廉就是一位富於想像力的譯者。言下之意，葉氏非但不會把詩譯死，還會把詩譯活。

　　關於副標題中的時間標誌「1955～1965」，葉在序中解釋說，這是指所選詩人們在那段時間的詩壇取得身分的時間，而不是指所選作品創作的時間，有些作品寫於 1965 年之後。每個單元前都有詩人的簡介和簽名，筆名在前，真名在後，都是詩人自己所提供。

　　後來，葉在美國教比較文學、文學理論、美國現代詩、中國古典詩和中國現代詩之餘，因為感念從中國現代詩人那裡在字的凝練上學到很多東西，就把他們的詩翻成英文，這就是：*Lyrics form Shelters: Modern Chinese Poetry 1930-1950*（New York: Garland, 1992）。[1]

　　這兩部譯著總共包括 38 位詩人的 290 首詩，是葉在英譯中國現代詩方面的代表性成果，產生了良好而持久的影響。

　　另外一部也要納入本文視野的是葉維廉在美國出版的平生第一本英文詩集《景物之間》（*Between Landscapes*）。前有美國詩人羅登堡的序文，內收葉氏代表作 20 首，如〈賦格〉、〈花開的聲音〉、〈演變〉和〈午夜的到臨〉等。據詩人自己說，這其中有一半以上原來即為英文創作，其餘是他自己的英譯。

二、　葉所選譯的十有八九是中國現代主義詩人

　　那麼，葉到底英譯了哪些中國現代詩人？他為什麼選譯這些詩人而不是別的？

　　他所譯的 20 位中華民國即臺灣詩人及首數是：商禽 17 首、鄭愁予 14

---

[1] 葉維廉，〈走過沉重的年代〉，《雨的味道》（臺北：爾雅出版社，2006 年 10 月），頁 12。

首、洛夫 6 首、葉珊 12 首、瘂弦 16 首、白萩 8 首、葉維廉自己 9 首、黃用 8 首、季紅 10 首、周夢蝶 7 首、余光中 7 首、張錯 3 首、夐虹 7 首、崑南 4 首、羅門 2 首、覃子豪 2 首、紀弦 5 首、方思 4 首、辛鬱 4 首和管管 7 首。其先後順序既不按年齡，也不按姓名筆畫，也不按姓名拼音，似乎比較隨意。

從首數來看，排前三名的是：商禽 17 首、瘂弦 16 首、鄭愁予 14 首，好像都超過了洛夫 6 首和余光中 7 首，不過，詩有長有短，比如商禽入選的有些詩短到只有四行。而洛夫的詩有短，也有長，其中〈石室之死亡〉是大型組詩，原來有 64 首，葉選譯了其中 13 首。如果按這樣算法，則洛夫詩的總數為 18 首。

頁碼數是衡量篇幅的更加可靠的標準。這些詩人中占頁碼最多的前三位是：瘂弦（15 頁）、商禽和葉維廉自己（都是 13 頁），也都多於洛夫（11 頁）和余光中（10 頁）。這是否暗示：在葉維廉的心目中（至少當時如此），商禽和瘂弦地位要高於洛夫和余光中那兩位被很多人認為是臺灣詩壇大佬級的人物？答案應該是肯定的。葉氏寫書，往往有序，還有導言，序短而導言往往相當長。在本書寫於 1969 年的長篇導言中，他從一般理論談到具體詩人，談的最多的就是商禽和瘂弦，其次是洛夫和管管。更值得考察的是：這 20 人中大多數的詩名在過去幾十年的漢語詩歌界都是響噹噹的，但也有幾位相對來說讓今天的讀者覺得陌生。如葉珊、白萩、黃用、季紅、崑南、方思等。其中葉珊情況比較特殊，因為這實際上是楊牧 32 歲以前用的筆名，後來被棄置不用，故顯得陌生。另外五個人現在則基本上已經進入了歷史的灰暗地帶。他們占總人數的四分之一，比例不可謂不小。

這裡有兩點啟示：1.半個世紀以來，臺灣詩歌界的標準、趣味和格局發生了相當大的變化，不過原則性地保留下來了。商禽、瘂弦、洛夫和余光中等真正有巨大創作成就的，無論時如何遷、世如何易，一直都是被公認的大家。2.葉維廉個人的標準、趣味有點特殊，但大致不差。

　　那麼，葉維廉個人的標準、趣味到底是什麼呢？和袁可嘉一樣，他一生幾乎唯現代主義是尚，是現代主義的吹鼓手。葉自稱乃中國現代主義詩歌的傳人，他的創作和翻譯基本上都是現代主義詩歌。葉的外譯漢詩集《眾樹歌唱》所選的都是歐洲和拉丁美洲的現代主義詩歌。他的漢譯英詩集也基本上以現代主義為旨歸。《防空洞裡的抒情詩：現代中國詩選，1930～1950》（ _Lyrics from Shelters: Modern Chinese Poetry 1930-1950_ ）一共有三篇導言，葉自己兩篇，其中一篇的題目是：〈跨文化語境中的現代主義〉（ "Modernism in a Cross-Cultural Context" ）；梁秉鈞有一篇，題為〈中國詩歌中的文學現代性〉（ "Literary Modernity in Chinese Poetry" ）。從這兩篇文章看，那選本基本上是一個現代主義範疇的詩選。

　　臺灣的 20 位基本上以 1950 年代創刊的臺灣現代主義詩歌三大刊物為陣地，即《現代詩》、《創世紀》、《藍星》。紀弦是《現代詩》季刊的創辦者，方思、鄭愁予、商禽等是參與籌備者，羅門、辛鬱、季紅則是骨幹成員。覃子豪、余光中等是「藍星」詩社的發起者，黃用、周夢蝶和夐虹經常為詩社所出之報刊撰稿。「創世紀」詩社把現代詩由 1950 年代推向 1960年代，並使其走向了極致。洛夫、瘂弦等是「創世紀」詩社的倡導者，葉維廉、葉珊、白萩、管管等則是她的重要成員。

　　只有張錯和崑南兩人是例外。那麼，葉為何要選譯他倆？

　　嚴格意義上說，崑南不是臺灣詩人，而是香港詩人。葉之所以選入崑南，除了崑南本身的詩歌成就外，可能更多的是因為崑南在葉文學生涯的起步階段起到了亦師亦友的作用。葉曾自述，他少年時代在香港時，「王無邪就是帶領我進入詩樂園的維吉爾。我當時談不上是個作家，更不用說詩人了，但因著他耐心的勸進，我慢慢寫起詩來，更多的鼓勵來自他的好友，當時被稱為『學生王子』的詩人崑南，不但鼓勵，而且邀我共同推出一本才三期便夭折、但對我寫詩的成長極為重要的詩刊《詩朵》（1955年），因為在辦這三期的期間裡，我寫詩，閱讀成千以上的中外詩人，選登選譯，包括重新肯定一些 1930、1940 年代的詩人。我在《詩朵》上的詩，

大都是帶著一些新月不成熟的語病、『傷他夢透』（sentimental）泛濫的感傷主義的詩，我之所以能夠很快就越過去而開始凝練，就是從他們和象徵主義以來的現代詩人的作品和語言藝術的討論所激發。」[2]葉顯然沒有忘卻崑南當年對自己的引導和恩惠，而他報恩心切，居然冒險把他從大英帝國的殖民地香港活生生拽到了中華民國的餘留地臺灣。葉將崑南和象徵主義並列，也說明了崑南的現代性。

　　張錯是其中最年輕的之一，1943 年才出生，現代詩歌運動在臺灣如火如荼時，他還在香港念中學，不可能參與。葉之所以選譯他，可能因為他是葉的同鄉（都是廣東人）兼同道（都治比較文學，葉為美國加州大學聖地牙哥校區比較文學系教授，張為美國南加州大學比較文學系教授），有著非常相似的經歷和特點，都曾在臺灣上大學，都曾在香港短期工作，都曾留學並留居美國，都是詩人兼學者兼翻譯家。兩人交往甚密，後來在很多場合，兩人的名字都並列在一起。如林燿德著《觀念對話：當代詩言談錄》（臺北：漢光文化公司，1989 年），此書內容是作者跟幾位臺灣詩人的對話，這些詩人在書中出場的順序是：白萩、余光中、林亨泰、張錯、葉維廉、楊牧、鄭愁予、簡政珍、羅門和羅青。再如孫琴安在〈「共創世界華文文學的新世紀」──第 14 屆世界華文文學國際學術研討會述評〉中說：「以近兩年所開的第 13 屆和第 14 屆世界華文文學國際學術研討會而言，都具有規模大而層次高的特點。在美國的著名詩人和學者葉維廉、張錯，夏威夷華文作協主席黃河浪，在美華文女作家嚴歌苓、招思虹、施兩、宋曉亮、陳瑞林、融融、呂紅等均曾前來參加。」[3]最重要的是：張錯也是不折不扣的現代主義者，他在美國華盛頓大學做的博士論文是《馮至評傳》，儘管他自己的詩歌創作受中國古典詩詞和英國浪漫主義影響甚深，但對他影響最大的還是現代派宗師艾略特，正如論者所言：「他在詩歌中追隨艾略

---

[2]葉維廉，〈翻譯：神思的機遇〉，《眾樹歌唱──歐美現代詩 100 首》，（北京：人民文學出版社，2009 年 12 月）。

[3]孫琴安，〈「共創世界華文文學的新世紀」──第 14 屆世界華文文學國際學術研討會述評〉，《國外社會科學前沿（2006）第十輯》（上海：上海人民出版社，2006 年）。

特提倡的三種聲音——獨白、對白和戲劇性獨白……」。[4]

《防空洞裡的抒情詩》裡的作品也都具有或多或少的現代主義風格。葉氏共選了馮至、戴望舒、艾青、卞之琳、何其芳、曹葆華、臧克家、辛笛（王馨迪）、吳興華、穆旦、杜運燮、鄭敏、陳敬容、杭約赫（曹辛之）、唐祈、唐湜、袁可嘉和綠原 18 位，與上面所說的臺灣詩選人數差不多，規模也相仿。本書副標題中也有一個時間界限，即 1930 至 1950 年。1950 年之後，眾所周知，現代主義文學在大陸逐漸煙消雲散，跑到臺灣去繼續發展了，所以才有《臺灣 20 人詩選》。從整個中國兩岸四地（崑南、葉維廉和張錯還被認為是香港人，張錯因為生於澳門而被認為也是澳門詩人）的現代詩歌運動而言，葉氏的這兩部譯著有著內在的連續性。葉之所以把 1930 年做為一個節點，是因為他認為，1920 年代的詩歌跟 1930 年代的很不一樣，甚至有著相反的美學向度。他在寫於 1990 年的本書的長篇導言中說：「1920 年代的詩人的情感往往泛濫或爆炸，沒有節制；與之相反，在 1930 年代和 1940 年代的詩歌中，事物和事件的顯露是不慌不忙的、受到控制的。」[5]換言之，他認為，在 1930 年之前的中國詩歌主流還沒有真正進入現代主義。

問題是：在一般人的印象和著述中，象徵主義是世界上現代主義文學的第一個流派，而中國早在 1920 年代就由李金髮從法國直接引進了象徵主義；葉為何不選擇李金髮做為本書的正印先鋒呢？他說，李的詩中雖然有大膽、原創的意象，但其語言是處理不當、雜亂無章的，真正開始成功地結合中國古語和白話的詩人是卞之琳。[6]

這 18 位中正好有一半是九葉派詩人：辛笛、穆旦、杜運燮、鄭敏、陳敬容、杭約赫（曹辛之）、唐祈、唐湜、袁可嘉。其中，辛笛、穆旦、杜運燮和鄭敏在引言中受到比較重點的介紹。九葉派詩人在 1940 年代大致分成

[4]饒芃子、朱桃香，〈在異鄉浪遊的桂冠詩人——美籍華人張錯的詩歌藝術〉，《中國比較文學》2008年第 3 期。
[5]Wai-lim Yip, *Lyrics from Shelters: Modern Chinese Poetry 1930-1950* (New York: Garland, 1992), p37.
[6]同前註。

兩撥，在昆明的和在上海的。前者以西南聯大的學生穆旦、杜運燮、鄭敏、袁可嘉等為主，他們當然認聯大的馮至和卞之琳為師，後者以辛笛、杭約赫等人為主，他們是在 20 世紀 30 年代現代派詩人的影響下走上詩壇的，而戴望舒是現代派的領袖，《現代》雜誌於 1935 年結束後，戴望舒與卞之琳、馮至等人聯手編《新詩》雜誌，「九葉」中最早寫作的辛笛、杜運燮和陳敬容等人，在《新詩》上首先發表作品。因此從詩歌藝術的傳承上來說，戴望舒是他們的老師。

　　問題是：艾青和綠原是七月派的代表，而七月派一般被認為是九葉派的對立面，是現實主義的大本營。葉為何要選他們？事實上，艾青的詩歌創作既深植根於民族現實與中國傳統的深厚土壤，又深受西方現代主義尤其是象徵主義思潮（如法國的波特萊爾、藍波、阿波里內爾和比利時詩人凡爾哈倫）和超現實主義（如智利的聶魯達）的影響和浸潤。葉在附錄的「艾青簡介」中說他：「能夠使用象徵主義手段，並將這些手段有機地融入強有力的意象之中。」[7]

　　至於綠原的入選可能是因為葉受到了唐湜詩論的影響，唐湜不僅在九葉派詩中看到了現代主義的傾向。他在 1948 年的詩論中說，以穆旦、杜運燮為代表的詩人是一群自覺的現代主義者，艾略特與奧登、史班德等是他們的私淑者，而以綠原為代表的七月派詩人，由於私淑著魯迅先生的尼采主義的精神風格，不自覺地也走向了詩的現代化的道路。[8]唐湜此論並非憑空而發，而是有現實依據。在 1947 年，唐湜就曾與曹辛之和陳敬容等人在上海組成「星群」出版社，並以「叢書」的形式出版了《詩創造》月刊，出版有「創造詩叢」12 種，這套叢書既包括九葉派的杭約赫（曹辛之）、唐湜等人的詩集，也包括七月派的蘇金傘等的詩集。這種自覺的現代主義和不自覺的現代主義的新詩合流論從唐湜到葉維廉可謂一脈相承。不過，

---

[7]Wai-lim Yip, *Lyrics from Shelters: Modern Chinese Poetry 1930-1950*, p33.
[8]唐湜，〈詩的新生代〉，原載於上海《詩創造》雜誌 1948 年第 8 輯，參見王聖思編《「九葉詩人」資料評論選》（上海：華東師範大學出版社，1996 年 10 月）。

388 葉維廉

葉看重綠原的是他的童話詩,說他創造了一些最新鮮的意象和與眾不同的
敘事手段。[9]

　　那麼,九葉派諸人中間為何要加個吳興華?他是現代主義詩人嗎?吳
對葉慈（W. B. Yeats）、奧登（W. H. Auden）、里爾克（R. M. Rilke）、喬伊
斯（Joyce）、梅特林克（Maeterlinck）等現代派作家非常熟悉。他年僅 16
歲就在戴望舒主編的《新詩》上發表長詩〈森林的沉默〉,18 歲就發表了
對於布魯克斯《現代詩與傳統》一書的評論,22 歲時中德學會就出版了他
翻譯的《里爾克詩選》中德對照本。因此,吳興華的詩無論多麼貌似古
雅,是有相當程度的現代性的。張松建認為,那是一種「另類現代性」或
者「返本開新的現代性」。他說:「吳氏試圖從五七言律絕和樂府古詩中尋
求創意的泉源。因為採納分行書寫的現代白話文做為語言載體,又使用新
式標點以斷句和跨行,表達現代人的思想感情而非消極意義上的復古主
義,所以從本質上來說,吳興華的詩作仍然是道地的『現代詩』。只不過此
種『現代性』與追求西洋化的主流新詩迥不相侔,而是有著濃厚的本土轉
向和傳統色彩罷了。」[10]吳一直詩名不顯,其個中緣由,正如有人精闢指
出的:他「雖然精通西文,卻有意從中國古典詩歌中吸取養分,最後雕琢
出一種既具古典之美,又有現代詩自由風格的新古典詩歌。可以想像,這
樣的寫作要求詩人在穿透語言的能力之外,同時具有極深的中西古典文化
修養,這也就注定了這種寫作方式不可能複製,更不可能形成一個流派。
吳興華在這條詩歌道路上只能獨自前進,不能登頂,就只有湮沒。」[11]但
是,牆內開花牆外香,上世紀 50、60 年代,在港臺地區,在詩人本人不知
情的情況下,他的好友宋淇（即著名翻譯家林以亮）在《人人文學》等報
刊上發表了他的大量詩歌和詩論,並給他取了個筆名「梁文星」,他的這些
作品很顯然影響了當時的一批詩人,其中包括當時正在臺灣大學讀書的青

---

[9]Wai-lim Yip, *Lyrics from Shelters: Modern Chinese Poetry 1930-1950*, p208.
[10]張松建,〈新傳統的奠基石——吳興華、新詩、另類現代性〉,《中外文學》第 33 卷第 7 期（2004
　年 12 月）,頁 167～190。
[11]藍熊船長,〈在歲月中尋找吳興華〉,《新京報》,2005 年 4 月 22 日。

年詩人葉維廉。葉的某些詩歌創作受到梁文星的影響。據說，這一點連張愛玲都發現並指出過。[12] 葉曾把他從宋淇那裡得到的一些吳氏作品，斷斷續續發表在夏濟安主編的《文學雜誌》上。這也就是為什麼在葉做為大學畢業論文所翻譯的四位現代詩人中就有梁文星（吳興華），在他所編譯的《防空洞裡的抒情詩：現代中國詩選，1930～1950》中收錄吳詩更是順理成章。葉所看重吳的是：吳深信我們能夠賦予古典以某種新的形式。[13]

　　曹葆華也是葉在大學時代就鍾情並翻譯的詩人。那麼，曹的現代性何在？他似乎一生致力於馬克思主義著作尤其是斯大林著作的翻譯工作。事實上，他早年翻譯過一些現代主義的詩論，尤其著力於對知性詩學的譯介。依曹萬生清理，1930 年代對知性理論的譯介大多都與曹有關。專著兩部：現代主義詩論合集《現代詩論》和瑞恰慈《科學與詩》，全部都是曹所譯。論文部分也是曹翻譯得最多，如他化名「志疑」譯的艾略特〈論詩〉（即〈傳統與個人才能〉），化名「霽秋」譯的艾略特〈詩與宣傳〉，化名「鮑和」譯瑞恰慈〈詩中的四種意義〉，他還譯了瑞恰慈的〈詩的經驗〉、〈論詩的價值〉、〈關於詩中文字的運用〉、〈現代詩歌的背景〉等。[14] 曹早年對歐美現代主義詩歌理論的不懈引進，在 1940 年代的詩人中受到很大的歡迎[15]，並影響到他自己的詩歌創作。藍棣之在〈「現代派」詩歌與歐美象徵主義〉一文中先說：「艾略特的『非個人化』（包括『逃避個性、逃避感情』）理論，以及對於『玄學派詩歌』的知性（把思想、感情和感覺三個因素結合成一個統一體）的論述，可以說在英詩傳統上是一場革命。」接著舉了卞之琳和他的詩友廢名，做為受艾略特影響走上知性化寫作路子的中國詩人的代表，然後說：「曹葆華一直在譯介西方現代詩論和現代詩歌，因此他的創作也在這個方向上發展。」[16]

---

[12] 藍熊船長，〈在歲月中尋找吳興華〉，《新京報》，2005 年 4 月 22 日。
[13] Wai-lim Yip, "Wu Xinghua", *Lyrics from Shelters: Modern Chinese Poetry 1930-1950*, pp.131-136.
[14] 曹萬生，〈論現代派的知性詩學〉，《文學評論》2007 年第 2 期，頁 147～152。
[15] Wai-lim Yip, "Cao Boahua", *Lyrics from Shelters: Modern Chinese Poetry 1930-1950*, pp. 115-118.
[16] 藍棣之，〈「現代派」詩歌與歐美象徵主義〉，《十月》2007 年第 5 期。

　　最後，我們還要談談葉所選譯臧克家與現代主義的關係。一般人都認為，臧是中國現實主義新詩尤其是現代農事詩的開山人之一，似乎他與現代主義井水不犯河水，甚至水火不容。事實上，他 1930 年代與卞之琳、1940 年代與「九葉詩派」有著諸多關聯，他詩歌的美學效果和語言策略也頗有現代主義風姿。1933 年 7 月，正是在卞之琳的大力贊助下，他的第一本詩集《烙印》得以出版。他和卞之琳都出自新月派陣營，他師事聞一多，正如卞師事徐志摩。他倆早期的詩歌風格頗為相像，正如姜濤所指出的：「卞之琳的早期寫作，也偏好於對生活現場的速寫，疲倦的挑夫、古城的街景、瑣屑的日常細節，都構成了他詩中的另一種『現實感』，而在某些情調、氛圍的營造上，他與臧克家的距離也並不遙遠。如卞詩〈古鎮的夢〉中荒僻的『古鎮』意象，也出現在臧克家的〈難民〉之中，著名的『日頭墜在鳥巢裡／黃昏還沒溶盡歸鴉的翅膀』一句，甚至比卞之琳的詩行，更具象徵色彩。」[17]1947 年夏，他協助曹辛之等在上海創立星群出版公司，7 月又創辦《詩創造》月刊，並編選「創造詩叢」。他親自把唐湜的小詩集《騷動的城》編入「創造詩叢」，由上海星群出版社出版。這套叢書兼容現代主義和現實主義，對他來說，是以現實主義為主；而曹等人要以現代主義為主。所以，後來，雙方終因藝術觀點相左而分道揚鑣，曹與陳敬容等人另創更加（或者說純粹）現代主義的《中國新詩》雜誌；儘管如此，他與曹等人並非真的針尖對麥芒，否則連前期的合作都不可能。葉認為，他有點像艾青，與那些一昧說教的標語口號式的現實主義詩人畢竟不同，還是在關注藝術性。[18]臧的藝術性除了象徵色彩，還有陌生化特色，正如有學者所指出的：「臧克家的詩歌語言新奇生動，形式獨特多樣，展現了內容與形式的統一，音、形、色的和諧。同時，他的詩歌也充分體現了俄蘇形式主義倡導的『陌生化』特色。」[19]因此，呂進說，臧的現實主義

[17]姜濤，〈「新月」的內外：臧克家的位置〉，《中華讀書報》，2004 年 2 月 25 日。
[18]Wai-lim Yip, "Zhang Kejia", *Lyrics from Shelters: Modern Chinese Poetry 1930-1950*,pp119-122.
[19]魏開宏，〈淺析臧克家詩歌的「陌生化」特色〉，《現代語文》（學術綜合版）2009 年 1 月上旬刊。

「並不封閉，他又在分寸上恰到好處地借鑑了新月派的藝術營養，融合了浪漫主義、現代主義在技法上的長處，從而使自己的現實主義既豐富又開放」。[20]

當然，葉將臧放進現代主義範疇，還是有點勉強，或者說，葉的現代主義概念或許是相當寬泛，或者說他的編選原則相當寬容。只要詩人不反對現代主義，並且在技法上對現代主義有所借鑑，就會被納入他的這個以現代主義為基本特色的選本。

從上面筆者帶有為這個選本辯護嫌疑的論述可以看出，這些譯本同時也是選本。葉對詩人詩作的選擇跟他的翻譯同樣重要，透露出了他對詩歌的一些基本判斷和看法。這些選本的學術意義在於，他的選擇使我們改變了對現代主義概念和某些現代詩人的一些成見，使我們對現代主義和現實主義之間的複雜關係也有了新的認識，也使我們矯正或拓展了現代主義詩歌的譜系。因此，可以說，這是一個具有啟發性的選本，具有革新現代詩歌格局的功能，為歷史概括提供了另一種可能性。

1.這種「活」首先表現在有分有合的遣詞方法。

2.其次表現有增有損的造句方法。

3.譯文相當「信」，但並不僅限於原文的意義。

4.在保持譯家譯風的同時，在一定程度上體現不同原作的不同風貌。葉譯常能運用清新流動的語言（英語）風格去把握不同原作的整體脈搏。例如，葉以他的譯文體現了陳敬容〈無淚篇〉的悲憤，透露了馮至《十四行集》的深邃，表達了唐祈〈時間與旗〉的激越沉鬱等等。[21]

何文靜的概括從思路、順序到措辭都跟屠岸的差不多。如，她也先總說葉譯的語言特點是「活的新鮮的語言」。接下來分說：1.出色的措辭，即使用當今的辭彙和表達法，尤其是大眾的英語，操母語者所使用的英語……這樣的詞彙和表達法能在很大程度上增添鮮活感（北塔按：實際上

---

[20]呂進，〈臧克家：現實主義與中國風格〉，《文史哲》2004 年第 5 期。
[21]屠岸，〈讀葉維廉的中國新詩英譯隨感〉，《中國翻譯》1994 年第 6 期，頁 28～31。

是對屠說第一條的解釋）。2.句型的可變性和多變性。（北塔按：屠岸說的「有增有損」不就是「變」嗎？）3.整體上的流暢感。（北塔按：屠岸一再說葉譯「流動」、「曉暢」）。接下來，何討論了葉譯中的「信」與「達」的問題，說葉雖然在翻譯理論上提出破「信」、「達」、「雅」的口號，但他的翻譯實踐卻符合這三大標準，做到了以逐字翻譯為基礎的「達」和以自由翻譯為基礎的「信」（北塔按：這與屠岸富於辯證意味的第三條概括類似）。何後面還對葉的譯法進行了評論，也或多或少受到了屠岸的影響。如對葉譯中的有增有損、解釋性翻譯、創造性翻叛等現象都進行了曲為之諱和正面評價。總之，何的這些說法多數是順著屠岸的概括進一步展開而已。當然，何另外有些提法，如形式模仿、具體化與抽象化、葉譯的轉換技巧以及葉譯的不足等，還是符合事實，而且相當有價值。

其實，屠岸的說法有些地方本身是值得商榷的，而何並沒有加以應有的辨析。

如，葉的文字，無論是理論文章還是詩歌創作，都不追求曉暢和透明，而是帶有某種程度的隔與澀。他曾為這種風格進行辯護，說這是現代主義的風格。這種風格在措辭上的表現是非口語化。屠岸所舉的例子中的前兩個「seen-unseen」（隱約的）和「bone-penetrating cold」（徹骨的冷），好是好，但都絕非口頭語。

再如，關於葉譯馮至《十四行集·十六》第二節，屠岸指出了其問題所在，「原作一、二行雖沒有問號，卻是用反問的口氣說明條條路、道道水都有關聯，陣陣風、片片雲都有呼應。（原作中有四個『哪』字，都是疑問代詞，不是四個做為形容詞的『那』字。）從整首詩來把握，恐怕也只能如此理解。葉的英譯則說，此路與那水無關聯，此風與那雲無呼應。」關於葉譯馮至《十四行集·十五》末節，屠岸指出了問題所在：「也許因為原詩為第三節說，『鳥飛翔在空中，它隨時都管領太空／隨時都感到一無所有。』於是譯者理解此詩寫的是虛無。我則理解作者的思想是：『實在』不是固定的，而是嬗變的，一切都在變：『逝者如斯夫，不舍晝夜』。而不是

四大皆空。而葉譯明明出現了緣於誤讀的錯訛，如『哪』成了『this』、『that』，『些事物』成了『nothing』，這樣的翻譯成了『反譯』或『譯反』，真是應了古羅馬的諺語：『翻譯者乃反逆者也』（Traduttore traditore）[22]。」但屠岸的結論卻自相矛盾、出人意料。一方面他說：「譯者可以對原作作出自己獨有的闡釋。但我覺得，詩無達詁也是有限度的，即不能海闊天空到歪曲原作。」另一方面，又一再地替葉辯護，說：「這是一種非常特殊的闡釋。」，又說「我國本有『詩無達詁』之說，譯者不可能誤解原作，只能是如此理解原作。這也是一種非常特殊的闡釋。」[23]筆者想強調的是：闡釋可以特殊乃至獨有，但哪能違背原文的原意？

那麼，葉譯為何會出現這樣的所謂闡釋？

葉譯是典型的詩人翻譯，他雖然照顧到了不同詩人的不同風格，但他的主體性非常強。首先，在觀念上，他堅持詩歌翻譯要「有一個起碼的要求，譯品首先必須是詩」，《魯拜集》的譯者費滋傑羅說「寧為一隻活生生的麻雀，不做一隻隻塞滿稻草的大鴉」。《魯拜集》是波斯偉大的詩人奧馬爾·賈亞木的代表作，費滋傑羅的英譯使之成為英語文學中的名著。費譯是典型的詩人之譯，為了保證麻雀是活的，不惜犧牲其嚴謹與誠實，被認為不忠不信，其成其敗均在此。郭沫若曾把費譯轉譯成中文，也是詩人之譯，郭大概是認同費譯才選擇費譯做為底本的。他為他所譯的《魯拜集》所寫的序言中說：「《魯拜集》的英譯，在費慈吉拉德之後，還有文費爾德（E.H. Whinfield）、朵耳（N.H. Dole）、培恩（J. Payne）等人的譯本，對於原文較為忠實，但做為詩來說，遠遠不及費慈吉拉德的譯文。原文我不懂，我還讀過荒川茂的日文譯品（見 1920 年 10 月號的《中央公論》）說是直接從波斯文譯出的，共有 158 首。我把它同費慈吉拉德的英譯本比較，它們的內容幾乎完全不同。但是那詩中所流貫的情緒，大體上是一致的。

---

[22]引自錢鍾書，〈林紓的翻譯〉，《七綴集》（上海：上海古籍出版社，1985 年）。
[23]屠岸，〈讀葉維廉的中國新詩英譯隨感〉，《中國翻譯》1994 年第 6 期，頁 28～31。

翻譯的功夫，做到了費滋傑羅的程度，真算得和創作無異了。」[24]郭所認同的是費的「和創作無異」的翻譯。這種把翻譯看成是對原作的改寫或者說再度創作的觀念和實踐，在費之前有大名鼎鼎的亞歷山大・蒲柏，後有大名更加鼎鼎的埃茲拉・龐德。前者翻譯荷馬的史詩《伊利亞特》和《奧德賽》，是根據當時英國時代精神進行再創作，他自己還辯護說，如果荷馬生活在 18 世紀的英國，也一定會像他翻譯的那樣寫作那兩部史詩。後者所創造性誤譯的一些中國古詩則乾脆被收錄在美國的詩選裡，被看成了龐德自己的創作。葉做為詩人翻譯家，做為龐德的研究者和膜拜者，其翻譯觀明顯受到他的影響。對此，王家新看得很準，他說：葉的翻譯「首先讓我聯想到一種『龐德式的翻譯』（Poundian translation）。可以說，他正是以龐德和費諾羅薩（Ernest Fenollosa，1853～1908）的思想為出發點形成他的翻譯詩學和方法的。」「這樣的翻譯，是譯者做為一個詩人以他自己的方式和語言對原作所做出的創造性反應和改造。正因為受到龐德的啟發，他才敢於這樣來譯詩。他充分利用了原作中的可能性，『譯』出了一首他夢想中的詩。」[25]「創造性」、「改造」、「敢於」、「夢想中的詩」這些詞和概念都充分說明葉不是一個守本分的譯者，他不滿足於僅僅去傳達別人的意思，而是要在傳達的過程中進行自己的譯釋。「傳釋」正是他發明的一個詞，並且一再地用於他對翻譯奧義的解釋。王家新對葉的這些翻譯詩學和方法的讚賞的。同樣，屠岸的評價也正是從這個角度給予肯定：「我讀葉譯，常感到是在讀創作的英語詩而不是在讀譯作」。[26]為了達到譯作如創作的狀態，葉主張破除「信」「達」「雅」翻譯三大原則，首先要顛覆的就是「信」。所以，屠岸接下來的評倫需要修正：「我讀葉譯的另一感受是譯文相當信，但並不僅限於原文的意義。」[27]事實上，「並不僅限於原文的意義」才是葉的追求，這種追求的具體操作中，有時會達到「並不限於原文的意義」的程

[24]郭沫若，〈小引〉，《魯拜集》（北京：人民文學出版社，1958 年 12 月）。
[25]王家新，〈從《眾樹歌唱》看葉維廉的詩歌翻譯〉，《新詩評論》2008 年第 2 輯（總第 8 輯）。
[26]屠岸，〈讀葉維廉的中國新詩英譯隨感〉，《中國翻譯》1994 年第 6 期，頁 28～31。
[27]同前註。

度，甚至不惜以「譯」害音，以「譯」害辭，以「譯」害義直至以「譯」害法。讓我分別來舉例說明。

　　馮至的十四行詩的腳韻安排上，雖然沒有嚴格遵循義大利體或英國體的韻式，但還是採取了能押則押的原則，而且他綜合、靈活地採用了中國近體詩和西方格律詩的多種韻式。葉譯在韻式上顯得比較隨意，似乎遵循有則用，沒有則無所謂的類自由詩原則。比如，第一首第三段第三行最後一個詞，原文為「危險」，他選用了「peril」，第四段第二行最後一個詞，原文為「承受」，他譯為「take in」（北塔按：這個詞組顯得不夠分量）。其實，如果將這兩個詞分別改為「danger」和「bear」（或「endure」），那麼，那兩行就能押韻了。

　　馮至十四行詩的行式上相當整飭嚴謹，用的基本上都是四音步詩行和三音步詩行，每一首內部所有十四行都遵循一種行式。葉譯有點亂，往往在同一首詩中出現三音步、四音步、五音步甚至六音步詩行。讀起來不僅沒有十四行詩的感覺，甚至連普通格律詩的感覺都比較稀薄。我們當然可以說葉是抓住了原作中最重要的富於質感的成分，並且用最方便的方式展現了出來；但這種展現方式可能會引起讀者對原作的誤會，馮至的原作做為十四行詩雖然「是偶然的十四行」；然而，也不至於那麼顯得不嚴謹甚至支離！

　　以上是以「譯」害音的兩個方面。下面舉個以「譯」害辭的例子。按照龐德的說法和做法，適度的語句重複和同義反覆現象可以加強語氣，在以語音為中心的西方語言中，這種現象確實能達到那種效果。無論是在詩歌創作中還是翻譯中，他都喜歡用這種複沓性質的手法，創作是他的自由自主行為，但翻譯呢，往往是對原作的添加衍譯行為，在本身講究凝練的漢語中，這種手法在缺乏音樂性背景支撐的情況下，顯得累贅和囉嗦，詩歌的美學效果不僅得不到加強，反而受到削弱。如馮至十四行詩第 16 首第一段第三、四行：「化成面前的廣漠的平原，／化成平原上交錯的蹊徑。」「廣漠的」被譯為「the vast, vast」（同一詞反覆），「蹊徑」被譯為「paths and trails」（同義詞反覆）。而葉之所以一再動用這樣的譯法，是因為他喜愛這樣的作詩法，他在自己的詩中不厭其煩地重複某些字詞。最後讓我來舉個以「譯」害意的例子。戴望舒〈獄中題壁〉云：「在那上面，我用殘損的手掌輕撫，／像戀人的柔髮，嬰孩手中乳。」戀人的柔髮、嬰孩手中的乳房都是輕撫的邏輯賓語，原文的主謂賓非常清楚；而譯文變得煞是複雜、拗口：「There, my maimed palm tenderly strokes/As one would with a lover's hair or a baby with his mother's breasts.」回譯過來是：「在那上面，我殘損的手掌輕撫，／像人們用戀人的柔髮輕撫，或者像嬰孩用母親的乳房輕撫。」「戀人的柔髮，嬰孩手中乳」本是動詞「輕撫」的邏輯賓語，被譯者置換成了介詞「用」的賓語；這樣一來，不僅違反句子本身的邏輯，而且違反現實生活的常識，意思由清楚反而變得模糊了。

詩人譯詩的最大優勢在於他能利用他對目標語的熟練和敏感，很快甚至瞬間找到一個恰切的詞來對應原文的某個詞，有「踏破鐵鞋無覓處，得來全不費功夫」的奇妙感覺。葉先生憑借他深厚的中英文底子尤其是豐富的英文詞彙庫，在措辭上有著卓越的表現。如戴望舒〈深閉的園子〉中「也有璀璨的園子」裡「璀璨」一詞，他譯為「gorgeous」。

其次是憑著他靈動而活躍的創造性思維，他善於活用一些詞彙，如馮至十四行詩第 27 首云：「我們空空聽過一夜風聲，／空看了一天的草黃葉紅。」其中「草黃葉紅」中的「黃」和「紅」可以理解為形容詞後置，而且就那樣譯出來的話也不錯：「grasses yellow and leaves red」；但葉沒有那麼譯，而是把形容詞理解成了動詞，譯成了「Watch in vain grass turn yellow, leaves red」。要知道，這種詞性轉換在中外詩文中是極普遍的現象。所以，他這麼理解也是顯得很自然，況且，這樣一轉使得靜態的描寫變成了動態的描敘，修辭的豐富性也盎然而出。

筆者發現，原作越是複雜的，葉先生譯得越好，他是那種歡迎並且能夠克服那些抗議性強的文字的高手。比如，洛夫的〈石室之死亡〉，措辭之奧怪，修辭之繁複，句法之多變，令許多譯者覺得難以下手；但葉譯相當

從容不迫，細緻耐心，原文之深僻處和曲折處在譯文中盡皆得到轉換，從而也使洛夫的風格得到盡可能的移植。

——選自《華文文學》2012 年第 5 期，2012 年 10 月

輯五◎
研究評論資料目錄

作家、作品評論專書與學位論文

專書

1. 廖棟梁，周志煌編　　人文風景的鐫刻者——葉維廉作品評論集　臺北　文史哲出版社　1997 年 11 月　544 頁

本書收錄評論葉維廉文章。全書分 5 部分：1.「詩」，收錄蕭蕭〈論葉維廉的秩序〉、顏元叔〈葉維廉的「定向疊景」〉、蕭蕭〈空間層疊在葉維廉詩中的意義〉、古添洪〈試論葉維廉《賦格集》〉、〈名理前的視境：論葉維廉的詩〉、周伯乃〈古典的迴響——兼評《葉維廉自選集》〉、王建元〈戰勝隔絕——葉維廉的放逐詩〉、李豐楙〈葉維廉近期詩的風格及其轉變〉、梁秉鈞〈葉維廉詩中的超越與現象世界〉、李豐楙〈山水‧逍遙‧夢——葉維廉後期詩及其詩學〉、洛楓〈無言的焦慮——葉維廉早期詩歌的城市印象〉、張默〈葉維廉及其〈仰望之歌〉〉、〈飛騰的象徵——試探葉維廉的〈公開的石榴〉〉、翺翺〈插花——評葉維廉詩集《醒之邊緣》〉、王文興〈思維詩的來臨——評介葉維廉《憂鬱的鐵路》〉、許悔之〈斷層與黃金的收成——略評葉維廉的詩〉、簡政珍〈航向現實之外——評葉維廉《留不住的航渡》〉、楊匡漢〈旅雁上雲歸紫塞——序《葉維廉詩選》〉、羅登堡著，杜良譯〈葉維廉的風景〉，共 19 篇；2.「散文」：收錄洛夫〈詩之邊緣〉、王德威〈「遊記」‧「歐洲」——評葉維廉的《歐羅巴的蘆笛》〉、〈鄉愁的歸宿——評葉維廉《一個中國的海》〉，共 3 篇；3.「文學理論」：收錄陳芳明〈秩序如何生長？——評葉維廉《秩序的生長》〉、張漢良〈語言與美學的匯通——簡介葉維廉的比較詩學方法〉、古添洪〈小說與詩的美學匯通——論介葉維廉《中國現代小說的風貌》〉、杜國清〈評介葉維廉論文集《飲之太和》〉、廖炳惠〈洞見與不見——葉維廉對《莊子》的新讀法〉、柯慶明〈純粹經驗美學的主張者——葉維廉〉、李豐楙〈中國純粹性詩學與現代詩學、詩作的關係——以七十年代葉維廉、洛夫、瘂弦為主的考察〉、簡政珍〈後現代的反思：藝術作品的身姿——評葉維廉的《解讀現代、後現代》〉，共 8 篇；4.「翻譯」：收錄屠岸〈讀葉維廉的中國新詩英譯隨感〉1 篇；5.「專訪」：收錄梁新怡，覃權，小克〈與葉維廉談現代詩的傳統和語言——葉維廉訪問記〉、康士林〈葉維廉訪問記〉，共 2 篇。正文後附錄〈葉維廉年表〉、〈葉維廉著作書目〉、〈葉維廉作品評論索引〉。

2. 朱　天　　真全與新幻——葉維廉和杜國清之美感詩學　臺北　秀威資訊科技公司　2013 年 1 月　318 頁

本書為碩士論文《詩與美感的交輝——葉維廉、杜國清詩學理論研究》出版。

學位論文

3. 劉　鵬　葉維廉比較詩學學科理論研究　暨南大學文藝學所　博士論文　饒
　　　芃子教授指導　2001 年　108 頁

本論文以臺灣本土化思潮、比較文學和跨文化研究的學科知識背景，以及東西方哲學的思想源泉，探究葉維廉之詩作。全文共 4 章：1.模子——尋根的歷史關聯：臺灣本土化思潮和中國現代文學的虛位；2.模子——差異性的邏輯關聯：跨文化就悖論的暴露及其同一性幻覺；3.差異性的思想關聯：差異概念重構；4.差異性研究的話語方式和學科理論架構。正文後附錄〈葉維廉模子——差異性研究的批評例示〉、〈葉維廉跨文化傳遞的定向疊景翻譯例示和現代英詩創作例示〉。

4. 趙　東　「比較」與「匯通」——葉維廉比較詩學理論初探　西南師範大學
　　　中國現當代文學所　碩士論文　陳本益教授指導　2004 年 9 月　32 頁

本論文從葉氏早期對中外詩歌比較入手，著重論述葉氏詩學理論中關於詩歌的語言特徵、美感意識等觀點。並選取幾個具有代表性的術語進行解釋，以幫助理解葉氏理論。全文共 3 章：1.純粹經驗美學的主張者；2.東西方詩歌語法和美學的「異」與「同」；3.傳統理論術語的現代解讀。

5. 閆月珍　葉維廉對道家美學的現代闡釋　浙江大學文藝學所　碩士論文　張
　　　節末教授指導　2005 年 5 月　52 頁

本論文具體歸納葉維廉文本，側重道家美學在其美學理論中的地位，進而縱深探尋道家美學「以物觀物」的歷史軌跡；從橫向考察作家美學理論的思想淵源，最後追問現象學與中國文藝理論溝通的可能，反思闡釋的現代性及其中西文化交流的處境。全文共 4 章：1.跨文化對話中的道家美學；2.作為道家傳統的以物觀物及其現代闡釋；3.葉維廉與現象學；4.現象學與中國文藝理論溝通的可能性——以劉若愚、徐複觀、葉維廉的理論探索為例。

6. 張志國　葉維廉：在隔絕與匯通之間——以詩歌與詩學為中心　南京大學中
　　　國現當代文學所　碩士論文　劉俊教授指導　2005 年　112 頁

本論文以葉維廉的詩歌創作和詩學批評作為整體研究對象，在尊重其各自生長秩序的前提下，尋索其間錯綜複雜的交結點與血脈相通的生命秩序，即葉維廉不斷「超越隔絕，尋求匯通」的文學、文化與生命之旅。全文分上、中、下 3 篇：上篇——「愁渡」在隔絕與匯通間：葉維廉詩歌、詩學與生活關係之探微；中篇——葉維廉詩歌創作論：窗中‧風景；下篇——葉維廉詩學批評論：傳釋學與「文化模子」理論。

7. 陳秋宏　　道家美學的後現代傳釋——葉維廉美學思想研究　臺灣大學中國文
　　學系　碩士論文　柯慶明教授指導　2005 年　259 頁

本論文以葉維廉的美學思想為媒介，探究在他的比較文學研究視域中，如何援引傳統道家思想，作為其美學論述的主幹。在揭示傳統中國美感特質的同時，並和西方現當代的主流思潮，有所對話，有所轉化的過程；藉以凸顯道家思想在後現代思潮發展的新契機。全文共 6 章：1.緒論；2.葉維廉美學思想的主軸——純粹經驗美學；3.純粹經驗美學對道家思想的承繼轉化；4.比較詩學研究中的模子論述；5.葉維廉美學思想與當代思潮的對話；6.結語：葉維廉美學理論的價值與反思。正文後附錄〈葉維廉研究資料彙編初稿〉。

8. 楊貴章　　從目的論角度看葉維廉英譯古漢詩　湖南師範大學英語語言文學所
　　碩士論文　蔣洪新教授指導　2006 年 1 月　101 頁

本論文研究葉維廉英譯中國古典詩歌，探求新的翻譯策略，以提高中國古典詩歌英譯之質量。全文共 3 章：1. Skopostheorie and Wai-lim Yip's Translation Theory；2. Wai-lim Yip's English Translation of Classical Chinese Poetry in the Light of Skopostheorie；3. The Inspirations of Wai-lim Yip's English Translation of Classical Chinese Poetry。

9. 俞　平　　論葉維廉之中國古典詩學研究　華東師範大學中國古代文學所　碩
　　士論文　顧偉列教授指導　2006 年 5 月　47 頁

本論文依據葉維廉的論著、翻譯及創作實踐，以語言為切入點，對照古代經典文論、當代權威理論及國外漢學研究理論，追蹤其邏輯理論的發展軌跡。全文共 3 章：1. 漢語的獨特性；2. 追根溯源的「背景批評」；3.切入肌理的「文本批評」。

10. 劉麗娜　　論葉維廉詩論中的自然觀　西南大學中國現當代文學所　碩士論文
　　呂進教授指導　2006 年 5 月　45 頁

本論文就葉維廉詩論中的「自然觀」特徵，從方法論的角度對此展開詳細的論證，探討葉維廉詩論的敘述策略和實踐的可操作性，以及他的詩學研究的局限性，以期突破其理論的純學理性，開拓研究的新領域。全文共 3 章：1.從「法自然」到「童心說」；2.從「物質微粒說」到「回到自然」；3.葉維廉詩論中的自然觀。

11. 蔡明原　　八〇年代現代散文中的臺灣圖像——以九歌與前衛年度散文選為研
　　究對象　臺北教育大學臺灣文學研究所　碩士論文　林淇瀁教授指

導　2006 年 9 月　179 頁

本論文研究葉維廉、劉大任對於臺北的鄉愁式散文，與蕭蕭、林央敏、黃武忠童年時代的家鄉憶想，以及林燿德、苦苓等人的作品，以呈現不同的臺灣面貌。全文共 6 章：1.緒論；2.如何編、怎麼選——文學選集的意義與實踐；3.散文書寫、社會映象；4.記憶臺灣的方式；5.土地的辯證；6.結論——研究局限與未來努力方向。

12. 何文靜　葉維廉漢詩英譯研究　四川大學外國語言學及應用語言學所　碩士論文　朱徽教授指導　2006 年　137 頁

本論文用文本分析的方法從字、詞、句、篇的層面上，對其具有代表性的漢詩英譯進行研究；對其散見於比較文學研究著作中的翻譯理論進行歸納和總結，從而體系性地展示葉維廉的翻譯理論；並結合其獨特的文化身分和語言背景等諸多方面的因素，對其翻譯理論的形成和發展進行根源性和歷時性探索，進而探討葉維廉翻譯理論和實踐的密切聯繫。全文共 5 章：1.Yip's Academic Achievements and Translation Activities；2.Yip's Translation of Classical Chinese Poetry into English Verse；3.Yip's Translation of Modern Chinese Poetry into English；4.Yip's Theory of Translation；5.Tracing to the Source of Yip's Thinking on Translation。

13. 陳信安　葉維廉的山水詩　佛光大學文學研究所　碩士論文　馬森教授指導　2006 年　143 頁

本文旨在為現代山水詩的發展，做縱橫式的探索，並以葉維廉作為個案研究，探討現代山水詩的樣貌。全文共 6 章：1.引論；2.現代山水詩界說；3.「敘記」與「神思」；4.「文化中國」的追尋；5.遊的精神諸貌；6.結論。正文後附錄〈葉維廉學術創作繫年表〉。

14. 吳佳馨　1950 年代臺港現代文學系統關係之研究——以林以亮、夏濟安、葉維廉為例　清華大學臺灣文學研究所　碩士論文　柳書琴教授指導　2008 年 8 月　227 頁

本論文關注於 1949 年後，臺港兩地文壇的文化、文學交流與互通的樣貌，主要以臺港兩地的南來文化人與香港的美援刊物和現代主義刊物為切入點，探討臺港交流及互動的樣態。全文共 5 章：1.緒論；2.由島至島：臺灣、香港五〇年代前後的歷史文化情境與交流；3.臺港文壇文化、文學交流互通的人脈網絡；4.臺港現代主義文藝刊物的交流與互動；5.結論。

15. 李水波　「錯位」與「回歸」——中西文化碰撞中的詩人葉維廉　中南大學

比較文學與世界文學所　碩士論文　孟澤教授指導　2009 年 5 月
48 頁

本論文透過對詩人葉維廉在「錯位」與「回歸」這一過程的研究，為當代知識分子
如何對待傳統文化與現代文明提供一個小小的思維視角，同時喚起當代知識分子對
中國傳統文化的堅守與發揚。全文共 3 章：1.葉維廉與港臺——放逐詩人的錯位與
焦慮；2.葉維廉與西方——游離於主流文化下的鬱結與憂思；3.葉維廉與大陸——
尋覓與傳統文化的回歸。

16. **戴芝蘭**　中國古典詩和英美現代詩美感意識的匯通——葉維廉詩學片論　中
南大學比較文學與世界文學所　碩士論文　孟澤教授指導　2009 年
5 月　43 頁

本論文以葉維廉的詩學著作及其創作實踐為研究的主要文本依據，從異同中去追尋
葉氏理論研究的出發點，探究其理論邏輯的發展軌跡。全文共 3 章：1.中國古典詩
語言的美學特質及其對英美現代詩的啟示；2.「自身具足」的意象：中西詩歌美感
意識構建的方式；3.葉維廉對中西詩歌美感意識匯通的「哲思」。

17. **朱　天**　詩與美感的交輝——葉維廉、杜國清詩學理論研究　臺灣大學中國
文學系　碩士論文　柯慶明教授指導　2009 年　225 頁

本論文以詩為研究領域，以詩學理論的建構為目標；而葉維廉和杜國清，則是研究
的對象，至於美感便為葉、杜二氏之詩學理論的共同主軸。全文共 6 章：1.緒論；
2.以審美感受為詩之核心：詩本體探討之一；3.詩之組成：詩本體探討之二；4.詩
之功能：詩本體探討之三；5.詩之創作：美感的雕鑄；6.結論。

18. **夏云峰**　論道家美學對葉維廉文學研究的影響　黑龍江大學比較文學與世界
文學所　碩士論文　胡燕春教授指導　2010 年 4 月　80 頁

本論文透過闡述道家美學在葉維廉文學研究中出場的淵源、所處的地位、具有的含
義、實踐的表現以及當下的意義與局限，全方位證明道家美學在葉維廉文學研究中
的這種根源性影響。全文共 4 章：1.葉維廉文學研究思想的學術淵源；2.葉維廉對
道家美學的研究；3.葉維廉道家美學視域中的文學理論與批評實踐；4.葉維廉道家
美學思想及其實踐的意義與局限。

19. **李靜芝**　論葉維廉的純詩理論　西南大學比較文學與世界文學所　碩士論文
陳本益教授指導　2011 年 5 月　34 頁

本論文探討葉維廉如何學習西方又回歸東方並提出純詩理論。而葉維廉作為一個詩

人,又如何以其詩歌創作實踐自己的理論;最後探究其理論對當下新詩創作有何影響與指導意義。全文共 3 章:1.葉維廉純詩理論的概述;2.葉維廉純詩理論的來源及實踐;3.葉維廉純詩理論的價值評估。

20. 謝麗娟　　差異與匯通——論葉維廉比較詩學「傳釋」之美學思想　河南大學文藝學所　碩士論文　張云鵬教授指導　2011 年 6 月　56 頁

本論文先從作者觀感世界的程式及形諸文字時的反思,進而探討作品意義的生成、確立之可能性及讀者接受作品時所產生的問題;通過論述葉維廉融合西方闡釋學及接受美學的理論,與中國古典詩學中的相關論點進行對比,探尋兩者的對話。全文共 2 章:1.藝術體驗與作者之思;2.文本意義與接受之維。

21. 王明明　　葉維廉道家美學思想研究　安徽大學美學所　碩士論文　吳家榮教授指導　2013 年 6 月　45 頁

本論文首先探討葉維廉道家美學思想的學術淵源,進而解讀其闡釋的思路與軌跡,最後重新省思所謂「洞見」與「不見」的哲學。全文共 3 章:1.葉維廉的心靈鬱結與尋索;2.葉維廉道家美學思想;3.葉維廉道家美學思想的「洞見」與「不見」。

22. 藍念初　　葉維廉「中國現代詩的語言問題」研究　成功大學中國文學系　碩士論文　翁文嫻教授指導　2014 年　171 頁

本論文以傳釋學的「歷史性」,重現葉維廉觀察視點下的現代詩語言發展脈象,合併其析判臺灣現代詩語言的核心議題,探討臺灣詩語言成形的情境。全文共 6 章:1.引論;2.葉氏文章背後的現代詩發展概說;3.葉氏觀察的中文運思發展;4.葉氏探索的西方語言特性;5.葉氏論現代詩的語言創造;6.結論。

23. 曾慶玲　　葉維廉「整體性」思想研究　湖南師範大學文學院　碩士論文　楊合林教授指導　2015 年 5 月　46 頁

本論文分析葉維廉文學中的思想脈絡,以整體性的方式進行全面梳理,考究其文學的美學思想意涵。全文共 6 章:1.引論;2.葉維廉「整體性」思想的形成;3. 葉維廉「整體性」思想的具體內涵;4. 葉維廉「整體性」思想下的詩歌創作 5. 葉維廉「整體性」思想下的文學研究;6.結語。

作家生平資料篇目

自述

24. 葉維廉　　前言　愁渡　臺北　仙人掌出版社　1969 年 10 月　頁 1—2

25. 葉維廉　　前言　愁渡　臺北　晨鐘出版社　1972 年 4 月　頁 1—2

26. 葉維廉　preface　Ezra Pound's Cathay　Princeton　Princeton University Press　1969 年　〔3〕頁

27. 葉維廉　Ackonwledgement　Ezra Pound's Cathay　Princeton　Princeton University Press　1969 年　〔1〕頁

28. 葉維廉　　序　秩序的生長　臺北　志文出版社　1971 年 6 月　頁 1—2

29. 葉維廉　　序　秩序的生長　臺北　時報文化出版公司　1986 年 5 月　頁 19—20

30. 葉維廉　　《秩序的生長》原序　從現象到表現——葉維廉早期文集　臺北　東大圖書公司　1994 年 6 月　頁 631—632

31. 葉維廉　　後記　野花的故事　臺北　中外文學月刊社　1975 年 8 月　頁 235—236

32. 葉維廉　　《中國現代文學批評選》序　中外文學　第 4 卷第 10 期　1976 年 3 月　頁 80—91

33. 葉維廉　　《中國現代文學批評選集》序　中國現代文學批評選集　臺北　聯經出版公司　1979 年 7 月　頁 1—14

34. 葉維廉　　葉維廉詩觀　八十年代詩選　臺北　濂美出版社　1976 年 6 月　頁 334

35. 葉維廉　　《中國現代小說的風貌》再版序　中國現代小說的風貌　臺北　四季出版公司　1977 年 9 月　頁 1—2

36. 葉維廉　　我和三、四十年代的血緣關係　中外文學　第 6 卷第 7 期　1977 年 12 月　頁 4—26

37. 葉維廉　　我和三、四十年代的血緣關係　花開的聲音　臺北　四季出版公司　1977 年 12 月　頁 1—30

38. 葉維廉　　我和三、四十年代的血緣關係　飲之太和　臺北　時報文化出版公司　1980 年 1 月　頁 351—382

39. 葉維廉　　我和三、四十年代的血緣關係　三十年詩　臺北　東大圖書公司　1987 年 7 月　頁 578—605

40. 葉維廉　我和三四十年代的血緣關係　葉維廉詩選　北京　中國友誼出版公司　1993 年 4 月　頁 165—186

41. 葉維廉　我和三四十年代的血緣關係　葉維廉詩選　北京　人民文學出版社　2008 年 3 月　頁 294—312

42. 葉維廉　《中國現代作家論》編後記　中國現代作家論　臺北　聯經出版公司　1979 年 7 月　頁 561—565

43. 葉維廉　《中國現代作家論》編後記　從現象到表現——葉維廉早期文集　臺北　東大圖書公司　1994 年 6 月　頁 645—649

44. 葉維廉　母親，你是中國最根深的力量——寄給母親在天之靈　聯合報　1979 年 9 月 15 日　8 版

45. 葉維廉　我與《現代文學》　現代文學　復刊第 12 期　1980 年 11 月　頁 25—28

46. 葉維廉　我與《現代文學》　憂鬱的鐵路　臺北　正中書局　1984 年 8 月　頁 85—90

47. 葉維廉　我與《現代文學》　一個中國的海　臺北　東大圖書公司　1987 年 4 月　頁 29—33

48. 葉維廉　我與《現代文學》　現文因緣　臺北　現文出版社　1991 年 12 月　頁 76—81

49. 葉維廉　我與《現代文學》　白先勇外集·現文因緣　臺北　天下遠見出版公司　2008 年 9 月　頁 112—117

50. 葉維廉　推移的痕跡——《驚馳》自序　驚馳　臺北　遠景出版公司　1982 年 9 月　頁 1—4

51. 葉維廉　推移的痕跡——《驚馳》自序　三十年詩　臺北　東大圖書公司　1987 年 7 月　頁 606—609

52. 葉維廉　《比較詩學》序　比較詩學　臺北　東大圖書公司　1983 年 2 月　頁 1—7

53. 葉維廉　《比較詩學》序　比較詩學　臺北　東大圖書公司　2007 年 9 月

頁 1—6

54. 葉維廉　　秩序生長的歷程——《秩序的生長》新版序　秩序的生長　臺北
時報文化出版公司　1986 年 5 月　頁 13—17

55. 葉維廉　　秩序生長的歷程——《秩序的生長》新版序　從現象到表現——葉
維廉早期文集　臺北　東大圖書公司　1994 年 6 月　頁 633—637

56. 葉維廉　　《三十年詩》：回顧與感想　三十年詩　臺北　東大圖書公司
1987 年 7 月　頁 1—9

57. 葉維廉　　前言　與當代藝術家的對話——中國現代畫的生成　臺北　東大圖
書公司　1987 年 12 月　頁 1—3

58. 葉維廉　　前言　與當代藝術家的對話——中國畫的生成　南京　南京大學出
版社　2011 年 6 月　頁 1—2

59. 葉維廉　　序　歷史、傳釋與美學　臺北　東大圖書公司　1988 年 3 月　頁 1
—4

60. 葉維廉　　四四方方的生活，曲曲折折的自然（代序）　解讀現代・後現代——
生活空間與文化空間的思索　臺北　東大圖書公司　1992 年 3 月
頁 2—3

61. 葉維廉　　四四方方的生活，曲曲折折的自然（代序）　葉維廉文集 5・解讀
現代後現代生活空間與文化空間的思索　合肥　安徽教育出版社
2002 年 8 月　頁 1—2

62. 葉維廉　　Ackonwledgement　Diffusion of Distances: Dialogues Between Chinese
and Western Poetics　Berkeley　University of California Press　1993
年　〔2〕頁

63. 葉維廉　　散文與我——《山水的約定》序　山水的約定　臺北　東大圖書公
司　1994 年 5 月　頁 1—5

64. 葉維廉　　序　從現象到表現——葉維廉早期文集　臺北　東大圖書公司
1994 年 6 月　頁 1—3

65. 葉維廉　　寫在前面　樹媽媽　臺北　三民書局　1997 年 4 月　〔2〕頁

66. 葉維廉　　　寫詩的人　樹媽媽　臺北　三民書局　1997 年 4 月　〔1〕頁

67. 葉維廉　　　序　紅葉的追尋　臺北　東大圖書公司　1997 年 5 月　頁 1—3

68. 葉維廉　　　寫在前面　網一把星　臺北　三民書局　1998 年 3 月　〔2〕頁

69. 葉維廉　　　詩人近況　八十九年詩選　臺北　臺灣詩學季刊社　2001 年 4 月　頁 263—264

70. 葉維廉　　　詩人近況　九十年詩選　臺北　臺灣詩學季刊社　2002 年 5 月　頁 245—246

71. 葉維廉　　　《道家美學與西方文化》序　道家美學與西方文化　北京　北京大學出版社　2002 年 8 月　頁 1—2

72. 葉維廉　　　前言　幽悠細味普羅旺斯——普羅旺斯的幽思遊思日記、冥思、掠影、詩　臺北　臺灣大學出版中心　2003 年 3 月　頁 1—6

73. 葉維廉　　　前言　幽悠細味普羅旺斯　桂林　廣西師範大學出版社　2004 年 5 月　頁 1—5

74. 葉維廉　　　詩人近況　九十一年詩選　臺北　臺灣詩學季刊社　2003 年 4 月　頁 278

75. 葉維廉　　　出站入站：錯位、鬱結、文化爭戰——我在五六十年代的詩思　詩探索（理論卷）　2003 年第 1 期　2003 年 6 月　頁 190—207

76. 葉維廉　　　詩人近況　2003 臺灣詩選　臺北　二魚文化公司　2004 年 6 月　頁 312—313

77. 葉維廉　　　葉維廉詩觀　他們怎麼玩詩？——創世紀五十周年精選　臺北　二魚文化公司　2004 年 10 月　頁 99—100

78. 葉維廉　　　詩人近況　2004 臺灣詩選　臺北　二魚文化公司　2005 年 3 月　頁 282—283

79. 葉維廉　　　詩人近況　2005 臺灣詩選　臺北　二魚文化公司　2006 年 2 月　頁 265

80. 葉維廉　　　走過沉重的年代（代序）　雨的味道　臺北　爾雅出版社　2006 年 10 月　頁 5—68

81. 葉維廉　　走過沉重的年代——《雨的味道》代序（上、下）　創世紀　第
　　　　　　　149，151 期　2006 年 12 月，2007 年 6 月　頁 169—187，171—
　　　　　　　181

82. 葉維廉　　增訂版序　中國詩學　北京　人民文學出版社　2006 年 7 月　頁 1
　　　　　　　—8

83. 葉維廉　　增訂版序　中國詩學　北京　人民文學出版社　2007 年 9 月　頁 1
　　　　　　　—8

84. 葉維廉　　回憶那些克難而豐滿的日子——懷念夏濟安老師　臺大八十，我的
　　　　　　　青春夢　臺北　臺灣大學出版中心　2008 年 11 月　頁 86—103

85. 葉維廉　　前言　龐德與瀟湘八景（Pound and the Eight Views of Xiao Xiang）
　　　　　　　臺北　臺灣大學出版中心　2008 年 12 月　頁 7—13

86. 葉維廉　　翻譯：神思的機遇　臺灣文學研究集刊　第 7 期　2010 年 2 月　頁
　　　　　　　1—26

87. 葉維廉　　翻譯：神思的機遇　葉維廉五十年詩選（下）　臺北　臺灣大學出
　　　　　　　版中心　2012 年 12 月　頁 698—729

88. 葉維廉　　思緒感情和詩生命貼心的延續　創世紀詩雜誌　第 162 期　2010 年
　　　　　　　3 月　頁 43—50

89. 葉維廉講　我的文學自傳　臺灣大學新百家學堂文學講座 1——臺灣文學在
　　　　　　　臺大　臺北　臺灣大學出版中心　2012 年 5 月　頁 96—137

90. 葉維廉　　軌跡　葉維廉五十年詩選（上）　臺北　臺灣大學出版中心　2012
　　　　　　　年 12 月　頁 15—16

91. 葉維廉　　代序——尋找確切的詩：現代主義的 Lyric、瞬間美學與我　中國
　　　　　　　詩學　臺北　臺灣大學出版中心　2014 年 1 月　頁 5—18

他述

92. 〔創世紀〕　葉維廉簡介　創世紀　第 32 期　1973 年 3 月　頁 80

93. 張　默　　葉維廉小傳　中國當代十大詩人選集　臺北　源成文化圖書供應社
　　　　　　　1977 年 7 月　頁 474

94. 羅　禾　　葉維廉　幼獅文藝　第 309 期　1979 年 9 月　頁 205—206

95. 蕭　蕭　　葉維廉　現代詩入門　臺北　故鄉出版社　1982 年 2 月　頁 105—
　　　　　　　106

96. 〔王晉民，鄺白曼編〕　　葉維廉　臺灣與海外華人作家小傳　福州　福建人
　　　　　　　民出版社　1983 年 9 月　頁 261—262

97. 張拓蕪　　從「老朋友」贈詩說起　臺灣新聞報　1983 年 10 月 25 日　9 版

98. 張　健　　自由中國時期——葉維廉　中國現代詩　臺北　五南圖書公司
　　　　　　　1984 年 1 月　頁 99

99. 〔編輯部〕　　作者小傳（一九三七—）　從現象到表現——葉維廉早期文集
　　　　　　　臺北　東大圖書公司　1994 年 6 月　頁 651—652

100. 〔編輯部〕　　葉維廉小傳　春馳　香港　三聯書店　1986 年 10 月　頁 177
　　　　　　　—178

101. 呂正惠　　葉維廉　中國新詩賞析 3　臺北　長安出版社　1987 年 2 月　頁
　　　　　　　127—128

102. 〔編輯部〕　　葉維廉簡介　一個中國的海　臺北　東大圖書公司　1987 年
　　　　　　　4 月　頁 213—215

103. 〔編輯部〕　　葉維廉簡介　留不住的航渡　臺北　東大圖書公司　1987 年
　　　　　　　4 月　頁 217—219

104. 〔編輯部〕　　葉維廉簡介　歐羅巴的蘆笛　臺北　東大圖書公司　1987 年
　　　　　　　4 月　頁 183—185

105. 〔編輯部〕　　葉維廉簡介　三十年詩　臺北　東大圖書公司　1987 年 7 月
　　　　　　　頁 611—613

106. 〔編輯部〕　　作者簡介（1937—）　移向成熟的年齡（1987—1992 詩）
　　　　　　　臺北　東大圖書公司　1993 年 4 月　頁 251—253

107. 賴伯疆　　美洲華文文學方興未艾——美國華文文學〔葉維廉部分〕　海外
　　　　　　　華文文學概觀　廣州　花城出版社　1991 年 7 月　頁 188

108. 王晉民　　葉維廉小傳　臺灣文學家辭典　南寧　廣西教育出版社　1991 年

7 月　頁 11—102

109. 瘂　弦　　現代詩人與酒——飲者點將錄〔葉維廉部分〕　國文天地　第 81
　　　　期　1992 年 2 月　頁 46

110. 古繼堂　葉維廉小傳　臺港澳暨海外華文新詩大辭典　瀋陽　瀋陽出版社
　　　　1994 年 5 月　頁 35

111. 計璧瑞，宋剛　　葉維廉　中國文學通典・小說通典　北京　解放軍文藝出
　　　　版社　1999 年 1 月　頁 1093

112. 〔姜耕玉選編〕　　葉維廉　20 世紀漢語詩選（三）　上海　上海教育出版
　　　　社　1999 年 12 月　頁 438

113. 耕　雨　葉維廉詩的狂熱者　臺灣新聞報　2000 年 12 月 16 日　B8 版

114. 〔蕭蕭，白靈編〕　　葉維廉簡介　臺灣現代文學教程——新詩讀本　臺北
　　　　二魚文化公司　2002 年 8 月　頁 249

115. 〔編輯部〕　　作者簡介　葉維廉文集 1・比較詩學／現象・經驗・表現　合
　　　　肥　安徽教育出版社　2002 年 8 月　頁 1

116. 〔編輯部〕　　作者小傳　幽悠細味普羅旺斯——普羅旺斯的幽思遊思日
　　　　記、冥思、掠影、詩　臺北　臺灣大學出版中心　2003 年 3 月
　　　　頁 1—4

117. 淯　之　葉維廉返臺・錄製「文學自傳」　聯合報　2006 年 7 月 25 日　E7
　　　　版

118. 詹宇霈　葉維廉返臺錄製「文學自傳」　文訊雜誌　第 251 期　2006 年 9
　　　　月　頁 142

119. 〔編輯部〕　　作者介紹　雨的味道　臺北　爾雅出版社　2006 年 10 月　頁
　　　　261—264

120. 陳沛淇　認識葉維廉　風櫃上的演奏會——讀新詩遊臺灣（自然篇）　臺
　　　　北　幼獅文化公司　2007 年 6 月　頁 51

121. 〔封德屏主編〕　　葉維廉　2007 臺灣作家作品目錄　臺南　國立臺灣文學
　　　　館　2008 年 7 月　頁 1139—1140

122.〔編輯部〕　　作者簡介葉維廉（一九三七—）　中國現代小說的風貌　臺北　臺灣大學出版中心　2010 年 3 月　頁 14—16

123.〔編輯部〕　　葉維廉榮退座談會　文訊雜誌　第 297 期　2010 年 7 月　頁 133

124. 秦立彥　　在異域的主人翁——葉維廉先生散記　華文文學　2011 年第 3 期　2011 年　頁 47—49

125.〔柯慶明主編〕　　關於葉維廉（1937—）　葉維廉五十年詩選（下）　臺北　臺灣大學出版中心　2012 年 12 月　頁 730—734

126. 古遠清　　「臺灣詩壇本無事，遠清先生自擾之」——與葉維廉同遊臺灣大學　臺灣文壇的「實況轉播」——一位大陸學者眼中的臺灣文壇　臺北　秀威資訊科技公司　2013 年 7 月　頁 326—327

127. 須文蔚　　1950—1960 年代《創世紀》同仁在港臺跨區域傳播研究——葉維廉與洛夫為《創世紀》詩刊引進超現實主義詩學　創世紀 60 社慶論文集　臺北　萬卷樓圖書公司　2014 年 10 月　頁 59—66

訪談、對談

128. 蕭水順〔蕭蕭〕　　純粹經驗與詩——葉維廉訪問記　幼獅文藝　第 202 期　1970 年 10 月　頁 72—84

129. 蕭　蕭　　純粹經驗與詩——葉維廉訪問記　從真摯出發　臺中　普天出版社　1971 年 3 月　頁 197—212

130. 鄭　臻　　與葉維廉談英譯《中國現代詩選》　幼獅文藝　第 205 期　1971 年 1 月　頁 76—84

131. 鄭　臻　　與葉維廉談英譯《中國現代詩選》　從深淵出發　臺中　普天出版社　1972 年 1 月　頁 208—214

132. 梁新怡，覃權，小克　　葉維廉訪問記　創世紀　第 38 期　1974 年 10 月　頁 13—21

133. 梁新怡，覃權，小克　　與葉維廉談現代詩的傳統和語言——葉維廉訪問記　葉維廉自選集　臺北　黎明文化公司　1975 年 1 月　頁 249—268

134. 梁新怡，覃權，小克　　與葉維廉談現代詩的傳統和語言——葉維廉訪問記　三十年詩　臺北　東大圖書公司　1987 年 7 月　頁 559—577

135. 梁新怡，覃權，小克　　與葉維廉談現代詩的傳統和語言——葉維廉訪問記　人文風景的鐫刻者——葉維廉作品評論集　臺北　文史哲出版社　1997 年 11 月　頁 487—504

136. 梁新怡，覃權，小克　　與葉維廉談現代詩的傳統和語言——葉維廉訪問記　葉維廉文集 7·四十年詩（下）　合肥　安徽教育出版社　2003 年 1 月　頁 351—367

137. 梁新怡，覃權，小克　　與葉維廉談現代詩的傳統和語言——葉維廉訪問記　葉維廉詩選　北京　人民文學出版社　2008 年 3 月　頁 279—293

138. 梁新怡，覃權，小克　　與葉維廉談現代詩的傳統和語言——葉維廉訪問記　葉維廉五十年詩選（下）　臺北　臺灣大學出版中心　2012 年 12 月　頁 679—697

139. 葉維廉等[1]　　中國現代詩的檢討　中華文藝　第 52 期　1975 年 6 月　頁 38—52

140. 陳慧樺　　中西比較文學方法的鼓吹者——葉維廉先生　幼獅月刊　第 275 期　1975 年 11 月　頁 24—25

141. 陳慧樺　　中西比較文學方法的鼓吹者——葉維廉先生　中國現代文學年選·文學史料　臺北　巨人出版社　1976 年 8 月　頁 214—218

142. 邱秀文　　談東西比較文學——訪葉維廉先生　智者群像　臺北　時報文化出版公司　1977 年 1 月　頁 249—258

143. 朱榮智　　中西詩學的匯通——葉維廉教授訪問記　幼獅文藝　第 286 期　1977 年 10 月　頁 105—112

144. 金恆煒　　尋訪葉維廉文學的根　書評書目　第 66 期　1978 年 10 月　頁 47—54

---

[1] 主持人：司馬中原；與會者：葉維廉、洛夫、商禽、張漢良、陳慧樺、江義雄、程文姍、李莉莉；紀錄：陳蕪。

145. 杜南發　　葉維廉答客問：關於現代主義　中外文學　第 10 卷第 12 期
　　　　　　　1982 年 5 月　頁 48—56

146. 杜南發　　現代經驗的反省——訪葉維廉和黃維樑　風過群山　臺北　遠景
　　　　　　　出版公司　1982 年 6 月　頁 201—221

147. 李　黎　　附中人訪問葉維廉　幼獅文藝　第 387 期　1986 年 3 月　頁 39—42

148. 〔聯合報〕　　訪葉維廉　聯合報　1987 年 7 月 14 日　8 版

149. 林燿德　　葉維廉專訪——詩在道中甦醒　自由青年　第 78 卷第 4 期　1987
　　　　　　　年 10 月　頁 62—68

150. 林燿德　　詩在道中甦醒——與葉維廉對話　觀念對話——當代詩言談錄
　　　　　　　臺北　漢光文化公司　1989 年 8 月　頁 123—139

151. 王逢振　　美籍華人批評家：葉維廉　今日西方文學批評理論——十四位著
　　　　　　　名批評家訪談錄　桂林　漓江出版社　1988 年 2 月　頁 111—117

152. 楊錦郁　　跨越時空，跨越文化——訪葉維廉教授　幼獅文藝　第 411 期
　　　　　　　1988 年 3 月　頁 48—53

153. 楊錦郁　　跨越時空，跨越文化——訪葉維廉教授　嚴肅的遊戲——當代文
　　　　　　　藝訪談錄　臺北　三民書局　1994 年 2 月　頁 13—21

154. 康士林　　葉維廉訪問記　中外文學　第 19 卷第 4 期　1990 年 9 月　頁 92
　　　　　　　—103

155. 康士林　　葉維廉訪問記　移向成熟的年齡（1987—1992 詩）　臺北　東大
　　　　　　　圖書公司　1993 年 4 月　頁 233—250

156. 康士林　　葉維廉訪問記　人文風景的鐫刻者——葉維廉作品評論集　臺北
　　　　　　　文史哲出版社　1997 年 11 月　頁 505—518

157. 康士林　　葉維廉訪問記　葉維廉文集 7・四十年詩（下）　合肥　安徽教育
　　　　　　　出版社　2003 年 1 月　頁 368—379

158. 康士林　　葉維廉訪問記　葉維廉詩選　北京　人民文學出版社　2008 年 3
　　　　　　　月　頁 313—322

159. 葉維廉等[2]　　現代詩教學座談會　臺灣詩學季刊　第 8 期　1994 年 9 月　頁 41—50

160. 朱　徽　　葉維廉訪談錄　中國比較文學　1997 年第 4 期　1997 年 10 月　頁 99—107

161. 葉維廉等[3]　　詩是活潑潑的生命——葉維廉Ｖ·Ｓ蕭蕭　創世紀　第 120 期　1999 年 9 月　頁 40—53

162. 陳靜瑋　　教學生沉思、作夢與跳舞——專訪葉維廉教授　聯合報　2000 年 1 月 12 日　37 版

163. 解昆樺　　道家美學觀點下的文化反省——專訪葉維廉教授　文訊雜誌　第 241 期　2005 年 11 月　頁 12—21

164. 葉維廉等[4]　　座談：驀然回首——現代文學　「白先勇的藝文世界」系列講座　臺北　臺灣大學，國家圖書館主辦　2008 年 9 月 20—21 日

165. 石了英　　道家美學精神與現代詩藝的融合——葉維廉教授訪談錄　文藝研究　2011 年第 8 期　2011 年　頁 62—71

166. 張　生　　詩人？學者？還是詩人！——與葉維廉先生談話錄　華文文學　2011 年第 3 期　2011 年　頁 43—46

167. 須文蔚　　追索現代主義的抒情、瞬間美學與詩：葉維廉訪談錄　東華漢學　第 19 期　2014 年 6 月　頁 477—488

168. 陳文發　　在語言藝術中探索的詩人——葉維廉　創世紀　第 182 期　2015 年 3 月　頁 52—59

169. 翁文嫻　　夢的起源、詩的發展動能、假語法——葉維廉詩學專訪　香港文學　第 366 期　2015 年 6 月　頁 73—80

170. 翁文嫻　　內在戲劇的靈動性、詩是一種靈召的數學——葉維廉詩學專訪　創世紀　第 184 期　2015 年 9 月　頁 150—154

---

[2] 主持人：李瑞騰；與會者：葉維廉、尹玲、白靈、向明；記錄整理：鄒桂苑。
[3] 主持人：張默；與會者：葉維廉、蕭蕭；紀錄：艾農；攝影：張國治。
[4] 與會者：白先勇、王文興、陳若曦、葉維廉、李歐梵、鄭恆雄。

年表

171. 葉維廉　　葉維廉年表　花開的聲音　臺北　四季出版公司　1977 年 12 月　頁 198—202

172. 葉維廉　　年表　葉維廉自選集　臺北　黎明文化公司　1975 年 1 月　頁 1—5

173. 葉維廉　　葉維廉年表　松鳥的傳說　臺北　四季出版公司　1982 年 5 月　頁 159—165

174. 〔編輯部〕　　葉維廉年表　春馳　香港　三聯書店　1986 年 10 月　頁 179—182

175. 〔編輯部〕　　葉維廉年表　三十年詩　臺北　東大圖書公司　1987 年 7 月　頁 615—621

176. 〔廖棟梁，周志煌編〕　　葉維廉年表　人文風景的鎸刻者——葉維廉作品評論集　臺北　文史哲出版社　1997 年 11 月　頁 519—532

177. 〔編輯部〕　　葉維廉年表　葉維廉文集・鄉情的追逐　合肥　安徽教育出版社　2003 年 9 月　頁 275—290

178. 〔編輯部〕　　葉維廉著作書目　葉維廉文集 9・鄉情的追逐　合肥　安徽教育出版社　2003 年 9 月　頁 291—294

179. 〔編輯部〕　　葉維廉年表　雨的味道　臺北　爾雅出版社　2006 年 10 月　頁 265—279

其他

180. 賴素鈴　詩人書寫，多元印跡，情義生涯——葉維廉手稿及資料整體展現　民生報　2002 年 9 月 19 日　A13 版

181. 梁天健　葉維廉教授手稿即日起在臺大展出　青年日報　2002 年 9 月 21 日　11 版

182. 洪士惠　葉維廉著作手稿資料展　文訊雜誌　第 217 期　2003 年 11 月　頁 79

183. 〔編輯部〕　　葉維廉在臺大臺文所主導現代詩作「另類感性演出」　創世紀詩雜誌　第 162 期　2010 年 3 月　頁 214

作品評論篇目

綜論

---

[5]本文後改篇名為〈論葉維廉的秩序〉。全文共 2 小節：1.秩序流動在葉維廉詩中的意義；2.空間層
疊在葉維廉詩中的意義。

196. 蕭　蕭　　空間層疊在葉維廉詩中的意義　創世紀　第 32 期　1973 年 3 月　頁 81—86

197. 蕭　蕭　　空間層疊在葉維廉詩中的意義　鏡中鏡　臺北　幼獅文化公司　1977 年 4 月　頁 251—263

198. 蕭　蕭　　空間層疊在葉維廉詩中的意義　現代詩導讀（批評篇）　臺北　故鄉出版社　1979 年 11 月　頁 377—390

199. 蕭　蕭　　空間層疊在葉維廉詩中的意義　創世紀四十年評論選 1954—1994　臺北　創世紀詩雜誌社　1994 年 9 月　頁 181—191

200. 蕭　蕭　　空間層疊在葉維廉詩中的意義　人文風景的鐫刻者——葉維廉作品評論集　臺北　文史哲出版社　1997 年 11 月　頁 53—65

201. 李　弦　　論詩之純粹性——兼論葉維廉詩論及其作品　大地　第 11 期　1974 年 12 月　頁 50—60

202. 張漢良　　語言與美學的匯通——簡介葉維廉比較詩學的方法[6]　中外文學　第 4 卷第 3 期　1975 年 8 月　頁 182—206

203. 張漢良　　語言與美學的匯通——簡介葉維廉的比較詩學方法　現代詩論衡　臺北　幼獅文化公司　1981 年 2 月　頁 127—157

204. 張漢良　　語言與美學的匯通——簡介葉維廉的比較詩學方法　人文風景的鐫刻者——葉維廉作品評論集　臺北　文史哲出版社　1997 年 11 月　頁 353—381

205. 陳蘆淼　　奧祕、純粹、精微——簡說葉維廉的詩　中華文藝　第 65 期　1976 年 7 月　頁 169—174

206. 劉紹銘　　葉維廉譯詩的理論與實踐　中國時報　1976 年 11 月 29 日　12 版

207. 劉紹銘　　葉維廉譯詩的理論與實踐　傳香火　臺北　大地出版社　1979 年 5 月　頁 115—129

208. 旅　人　　中國新詩論史——移植說延續期——葉維廉的聲音　笠　第 74 期

---

[6]本文透過討論〈龐德的《國泰集》〉與《秩序的生長》及其發表在《秩序的生長》後的幾篇論文，並引用其文章探討葉維廉對中西比較詩學的看法。

1976 年 8 月　頁 44—45

209. 旅　人　　葉維廉的聲音　中國新詩論史　臺中　臺中縣立文化中心　1991
年 12 月　頁 150—155

210. 楊昌年　　現代名家名作抽象析介——葉維廉　新詩品賞　臺北　牧童出版
社　1978 年 9 月　頁 331—334

211. 王建元　　戰勝隔絕——馬博良與葉維廉的放逐詩（上、下）[7]　中外文學
第 7 卷第 4—5 期　1978 年 9，11 月　頁 34—71，42—60

212. 王建元　　戰勝隔絕——葉維廉的放逐詩　創世紀　第 107 期　1996 年 7 月
頁 95—117

213. 王建元　　戰勝隔絕——葉維廉的放逐詩　人文風景的鐫刻者——葉維廉作
品評論集　臺北　文史哲出版社　1997 年 11 月　頁 117—154

214. 張　默　　八種風格，八種境界——簡說六十年代八位詩人的詩——葉維廉，
雲來萬嶺動　無塵的鏡子　臺北　東大圖書公司　1981 年 9 月
頁 96—98

215. 李豐楙　　中國純粹性詩學與現代詩學、詩作的關係——以七十年代葉維廉、
洛夫、瘂弦為主的考察[8]　現代詩學研討會論文集　臺中　臺中縣立
文化中心，彰化師範大學國文學系　1982 年 5 月　頁 33—66

216. 李豐楙　　中國純粹性詩學與現代詩學、詩作的關係——以七十年代葉維
廉、洛夫、瘂弦為主的考察　臺灣詩學季刊　第 3 期　1993 年 6
月　頁 33—66

217. 李豐楙　　中國純粹性詩學與現代詩學、詩作的關係——以七十年代葉維
廉、洛夫、瘂弦為主的考察　人文風景的鐫刻者——葉維廉作品
評論集　臺北　文史哲出版社　1997 年 11 月　頁 435—469

218. 蕭　蕭　　詩人與詩風——葉維廉　臺灣日報　1982 年 6 月 25 日　8 版

---

[7] 本文就放逐與「時間」、「空間」及「語言」的關係討論葉維廉，並舉《賦格》、《愁渡》為
例，探討放逐模式在了解詩人創作意義和文化認同危機在現代中國文學中的意義。
[8] 本文探討葉維廉、洛夫、瘂弦的理論與傳統詩論之間的關係，並考察期間的引述、演變及解釋不
同之處。全文共 5 小節：1.傳統「純粹性」的特質；2.葉維廉「純粹性」理論的運用；3.洛夫對於
「純粹性」的轉變運用；4.「純粹性」理論的實驗；5.結語。

219. 蕭　蕭　　詩人與詩風——葉維廉　現代詩縱橫觀　臺北　文史哲出版社　1991 年 6 月　頁 78

220. 楊昌年　　復興時期的現代詩發展——葉維廉　新詩賞析　臺北　文史哲出版社　1982 年 9 月　頁 397—409

221. 廖炳惠　　晚近文評對《莊子》的新讀法：洞見與不見[9]　中外文學　第 11 卷第 11 期　1983 年 4 月　頁 102—114

222. 廖炳惠　　洞見與不見——葉維廉對《莊子》的新讀法　解構批評論集　臺北　東大圖書公司　1985 年 9 月　頁 62—83，117

223. 廖炳惠　　洞見與不見——葉維廉對《莊子》的新讀法　人文風景的鐫刻者——葉維廉作品評論集　臺北　文史哲出版社　1997 年 11 月　頁 405—426

224. 〔創世紀〕　　香港《亞洲一周》——推崇詩人葉維廉　創世紀　第 61 期　1983 年 5 月　頁 22—23

225. 丘熊熊　　葉維廉的詩與傳統　臺灣研究集刊　1984 年第 2 期　1984 年 5 月　頁 53—60

226. 丘熊熊　　葉維廉的詩與傳統　當代作家評論　1987 年第 4 期　1987 年 8 月　頁 120—130

227. 高　準　　論中國現代詩的流變與前途方向——鋌而走險、病態發展的超現實虛無派〔葉維廉部分〕　文學與社會——一九七二——一九八一　臺北　文史哲出版社　1986 年 10 月　頁 89—91

228. 〔張錯編〕　　葉維廉詩選——葉維廉（1937—）　千曲之島　臺北　爾雅出版社　1987 年 7 月　頁 103—104

229. 柯慶明　　復興基地的發展[10]　現代中國文學批評述論　臺北　大安出版社　1987 年 10 月　頁 126—133

---

[9] 本文透過葉維廉對於莊子的解讀，探討其理論中的思想架構及相關的比較詩學上的重要層面。後改篇名為〈洞見與不見——葉維廉對《莊子》的新讀法〉。

[10] 本文探討葉維廉的文學觀與美學觀，並論現代中國文學批評的現象。後改篇名為〈純粹經驗美學的主張者——葉維廉〉。

230. 柯慶明　　純粹經驗美學的主張者──葉維廉　人文風景的鐫刻者──葉維廉
　　　　　　　作品評論集　臺北　文史哲出版社　1997 年 11 月　頁 427—434

231. 許悔之　　葉維廉詩賞析──斷層與黃金的收成　自由青年　第 78 卷第 4 期
　　　　　　　1987 年 10 月　頁 69—73

232. 許悔之　　斷層與黃金的收成──略論葉維廉的詩　創世紀　第 72 期　1987
　　　　　　　年 12 月　頁 129—135

233. 許悔之　　斷層與黃金的收成──略論葉維廉的詩　人文風景的鐫刻者──
　　　　　　　葉維廉作品評論集　臺北　文史哲出版社　1997 年 11 月　頁 275
　　　　　　　—289

234. 徐　學　　廬山面目縱橫看──論當代臺灣散文〔葉維廉部分〕　臺灣研究
　　　　　　　集刊　1988 年第 4 期　1988 年 11 月　頁 71—75

235. 李豐楙　　葉維廉近期詩的風格及其轉變[11]　當代中國文學──一九四九以後
　　　　　　　學術研討會　淡水　淡江大學中文系主辦　1988 年 11 月 19—20
　　　　　　　日

236. 李豐楙　　葉維廉近期詩的風格及其轉變　人文風景的鐫刻者──葉維廉作
　　　　　　　品評論集　臺北　文史哲出版社　1997 年 11 月　頁 155—192

237. 古繼堂　　葉維廉　臺灣新詩發展史　臺北　文史哲出版社　1989 年 7 月
　　　　　　　頁 300—309

238. 公仲，汪義生　六十年代後期和七十年代臺灣文學（1966—1980）〔葉維
　　　　　　　廉部分〕　臺灣新文學史初編　南昌　江西人民出版社　1989 年
　　　　　　　8 月　頁 281—284

239. 李豐楙　　山水・逍遙・夢──葉維廉後期詩及其詩學[12]　輔仁大學第二屆國
　　　　　　　際文學與宗教會議　新莊　輔仁大學主辦　1990 年 9 月 28—30
　　　　　　　日，10 月 1 日

240. 李豐楙　　山水・逍遙・夢──葉維廉後期詩及其詩學　創世紀　第 107 期

---

[11]本文探討葉維廉的近期風格的形成，並檢討其審美意義在現代中國詩壇的意義及討論其詩在臺灣
　詩壇的評價問題。
[12]本文藉由探討葉維廉詩學及創作根本，了解其美學理論對於現代中國詩學的影響。

1996 年 7 月　頁 73—80

241. 李豐楙　　山水・逍遙・夢——葉維廉後期詩及其詩學　人文風景的鐫刻者
　　　　　　　——葉維廉作品評論集　臺北　文史哲出版社　1997 年 11 月　頁
　　　　　　　213—225

242. 梁秉鈞　　葉維廉詩中的超越與現象世界[13]　輔仁大學第二屆國際宗教與文學
　　　　　　　會議　新莊　輔仁大學主辦　1990 年 9 月 28—30 日，10 月 1 日

243. 梁秉鈞　　葉維廉詩中的超越與現象世界　創世紀　第 107 期　1996 年 7 月
　　　　　　　頁 81—94

244. 梁秉鈞　　葉維廉詩中的超越與現象世界　人文風景的鐫刻者——葉維廉作
　　　　　　　品評論集　臺北　文史哲出版社　1997 年 11 月　頁 193—211

245. 劉登翰　　臺灣詩人論札——葉維廉論　創世紀　第 83 期　1991 年 4 月　頁
　　　　　　　106—108

246. 劉登翰　　臺灣詩人十八家論札——葉維廉論　臺灣文學隔海觀——文學香
　　　　　　　火的傳承與變異　臺北　風雲時代出版公司　1995 年 3 月　頁
　　　　　　　309—312

247. 朱雙一　　現代主義詩歌運動的第二次高潮〔葉維廉部分〕　臺灣新文學概
　　　　　　　觀（下）　廈門　鷺江出版社　1991 年 6 月　頁 135—136

248. 徐學　　　海外文學批評家〔葉維廉部分〕　臺灣新文學概觀（下）　廈門
　　　　　　　鷺江出版社　1991 年 6 月　頁 351—353

249. 葉石濤　　七〇年代的臺灣文學——作家與作品〔葉維廉部分〕　臺灣文學
　　　　　　　史綱　高雄　文學界雜誌社　1991 年 9 月　頁 163

250. 葉石濤　　七〇年代的臺灣文學——作家與作品〔葉維廉部分〕　葉石濤全
　　　　　　　集・評論卷五　臺南，高雄　國立臺灣文學館，高雄市文化局
　　　　　　　2008 年 3 月　頁 182

251. 簡政珍　　放逐詩學——臺灣放逐文學初探〔葉維廉部分〕　中外文學　第

---

[13]本文透過分析葉維廉詩作，探討其面對外在現象世界的反應，並舉其詩作為例，以了解其創作風
格的轉變與思想理論的轉折。

20 卷第 6 期　1991 年 11 月　頁 14—24

252. 簡政珍　葉維廉：自我而足的放逐意象[14]　文史學報　第 22 期　1992 年 3 月　頁 1—26

253. 簡政珍　葉維廉：自我而足的放逐意象　放逐詩學——臺灣放逐文學初探　臺北　聯合文學出版社　2003 年 11 月　頁 69—107

254. 蕭　乾　尋根者葉維廉　蕭乾選集・散文卷　臺北　臺灣商務印書館　1992 年 4 月　頁 193—209

255. 劉登翰　洛夫、瘂弦與《創世紀》詩人群〔葉維廉部分〕　臺灣文學史（下）　福州　海峽文藝出版社　1993 年 1 月　頁 189—192

256. 徐　學　文學批評（上）——夏志清、余光中等的主體派文學批評〔葉維廉部分〕　臺灣文學史（下）　福州　海峽文藝出版社　1993 年 1 月　頁 472—473

257. 俞兆平　葉維廉等的詩學理論　臺灣文學史（下）　福州　海峽文藝出版社　1993 年 1 月　頁 876—878

258. 劉登翰　關於葉維廉　中國當代新詩史　北京　人民文學出版社　1993 年 5 月　頁 520—521

259. 古繼堂　臺灣小說裡論批評的成就和特色——詩人筆下的小說理論批評——小說的特質在於詩化一瞬頓悟的——葉維廉　臺灣新文學理論批評史　瀋陽　春風文藝出版社　1993 年 6 月　頁 271—274

260. 古繼堂　臺灣小說裡論批評的成就和特色——詩人筆下的小說理論批評——小說的特質在於詩化一瞬頓悟的——葉維廉　臺灣新文學理論批評史　臺北　秀威資訊科技公司　2009 年 3 月　頁 282—284

261. 陳劍暉　葉維廉　海外華文文學史初編　廈門　鷺江出版社　1993 年 12 月　頁 679—688

262. 朱耀偉　從西方閱讀傳統中國詩學：三個範位〔葉維廉部分〕　後東方主

[14]本文探討因放逐意識的不同而產生的不同的作品，並舉葉維廉的作品為例，分析其創作結構與詩作內涵。

　　　　　　　　義——中西文化批評論述策略　臺北　駱駝出版社　1994 年 6 月
　　　　　　　　頁 163—205

263. 古遠清　　葉維廉：致力於尋索「共同的文學規律」　臺灣當代文學理論批
　　　　　　　　評史　武漢　武漢出版社　1994 年 8 月　頁 365—370

264. 古遠清　　葉維廉的文論秩序　臺灣當代文學理論批評史　武漢　武漢出版
　　　　　　　　社　1994 年 8 月　頁 412—420

265. 羅登堡（Jerome Rothenberg）著；杜良譯　　葉維廉的風景　當代　第 102 期
　　　　　　　　1994 年 10 月　頁 72—77

266. 羅登堡（Jerome Rothenberg）著；杜良譯　　葉維廉的風景　人文風景的鐫刻
　　　　　　　　者——葉維廉作品評論集　臺北　文史哲出版社　1997 年 11 月
　　　　　　　　頁 309—315

267. 俞兆平　　臺灣八十年代詩學理論〔葉維廉部分〕　走向新世紀——第六屆
　　　　　　　　世界文學國際學術研討會論文集　北京　人民文學出版社　1994
　　　　　　　　年 11 月　頁 160—162

268. 俞兆平　　哲學與思語——葉維廉詩學理論述評之一　現代中文文學評論
　　　　　　　　第 4 期　1995 年 12 月　頁 39—56

269.〔張超主編〕　　葉維廉　臺港澳及海外華人作家辭典　江蘇　南京大學出
　　　　　　　　版社　1994 年 12 月　頁 611—612

270. 劉登翰，朱雙一　　形相森羅的風景演出——葉維廉論　彼岸的繆斯——臺灣
　　　　　　　　詩歌論　南昌　百花洲文藝出版社　1996 年 12 月　頁 280—284

271. 張　默　　我的呼喊如急速的水沫——葉維廉的詩生活探微　聯合文學　第
　　　　　　　　147 期　1997 年 1 月　頁 142—150

272. 張　默　　我的呼喊如急速的水沫——葉維廉的詩生活　夢從樺樹上跌下來—
　　　　　　　　—詩壇鈎沉筆記　臺北　爾雅出版社　1998 年 6 月　頁 165—183

273. 陳仲義　　「名理前的視境」：「純然演出」＋「扭轉風景」　臺灣詩歌藝
　　　　　　　　術六十種——從投射到拼貼　桂林　漓江出版社　1997 年 12 月
　　　　　　　　頁 149—155

274. 陳仲義　「名理前的視境」：「純然演出」＋「扭轉風景」　現代詩技藝透析　臺北　文史哲出版社　2003 年 12 月　頁 133—138

275. 舒　蘭　五、六〇年代詩人詩作——葉維廉　中國新詩史話（四）　臺北　渤海堂文化公司　1998 年 10 月　頁 116—121

276. 林積萍　同異全識——試析葉維廉的文學理論　中國現代文學理論季刊　第 18 期　2000 年 6 月　頁 291—301

277. 陳家帶　新詩煉古意・展讀葉維廉[15]　聯合報　2001 年 5 月 6 日　37 版

278. 盧淑薇　兒童詩的成長——從葉維廉的幾首童詩談起　兒童文學學刊　第 5 期　2001 年 5 月　頁 180—199

279. 陳鵬翔　歸返亦或離散——留臺現代詩人的認同與主體性〔葉維廉部分〕　臺灣現代詩經緯　臺北　聯合文學出版社　2001 年 6 月　頁 114—120

280. 張小弟　葉維廉的詩作　五洲華人文學概觀　太原　山西教育出版社　2001 年 10 月　頁 241—243

281. 李　麗　跨文化比較中模子的確認及應用——葉維廉詩學理論支點分析　暨南學報　第 24 卷第 2 期　2002 年 3 月　頁 18—24

282. 李　麗　葉維廉詩學理論誘因分析　學術研究　2002 年第 6 期　2002 年 6 月　頁 163—166，172

283. 劉　鵬　本土化・內在化・跨文化傳遞——葉維廉比較詩學研究一例　中國比較文學　2002 年第 3 期　2002 年 7 月　頁 78—89

284. 蔣洪新　葉維廉翻譯理論述評　中國翻譯　第 23 卷第 4 期　2002 年 7 月　頁 26—29

285. 柯慶明　千花萬樹之壯遊與哲思——為葉維廉教授手稿資料展而作　聯合報　2002 年 9 月 19 日　39 版

286. 柯慶明　千花萬樹之壯遊與哲思——為葉維廉教授手稿資料展而作　臺灣

---

[15] 本文以葉維廉的童詩為例，分析詩人對兒童詩乃至兒童的看法。全文共 4 小節：1.前言；2.兒童詩的閱讀印象；3.詩人的兒童詩之旅；4.兒童詩的成長。

現代文學的視野　臺北　城邦文化公司　2006 年 12 月　頁 333—340

287. 許祖華　　從現代到古代——葉維廉及其詩歌創作論　華中師範大學學報
第 42 卷第 1 期　2003 年 1 月　頁 98—103

288. 柯慶明　　葉維廉詩掠影　詩探索（理論卷）　2003 年第 1 期　2003 年 6 月
頁 157—174

289. 柯慶明　　葉維廉詩掠影　臺灣現代文學的視野　臺北　麥田出版公司
2006 年 12 月　頁 249—278

290. 蔣登科　　葉維廉詩學術語輯釋　詩探索（理論卷）　2003 年第 1 期　2003
年 6 月　頁 175—189

291. 羅森堡著；蔣洪新譯　　龐德、葉維廉和在美國的中國詩　詩探索（理論
卷）　2003 年第 1 期　2003 年 6 月　頁 320—326

292. 王景山　　葉維廉　臺港澳暨海外華文作家辭典　北京　人民文學出版社
2003 年 7 月　頁 739—741

293. 劉紹瑾，佀同壯　　葉維廉比較詩學中的莊子情結　文史哲　2003 年第 5 期
2003 年 9 月　頁 124—130

294. 朱雙一　　臺灣新世代和舊世代詩論之比較〔葉維廉部分〕　兩岸現代詩學
國際學術研討會　臺北　佛光人文社會學院文學研究所，當代詩
學研究中心主辦　2003 年 12 月 6—7 日　頁 7—8

295. 章亞昕　　文化錯位與純詩追求：葉維廉論　情繫伊甸園——創世紀詩人論
臺北　文史哲出版社　2004 年 10 月　頁 183—193

296. 方　忠　　現代繆斯的多聲部合唱——葉維廉的詩　20 世紀臺灣文學史論
南昌　百花洲文藝出版社　2004 年 10 月　頁 96

297. 任毅，蔣登科　　葉維廉比較詩學理論管窺　鄖陽師範高等專科學校學報
2004 年第 5 期　2004 年 10 月　頁 57—61

298. 閆月珍　　現象學與中國文藝理論溝通的可能性——以劉若愚、徐復觀、葉
維廉的理論探索為例　文藝理論研究　2005 年第 2 期　2005 年 3
月　頁 97—105

299. 古遠清　自我放逐的旅外作家——葉維廉　分裂的臺灣文學　臺北　海峽
　　　學術出版社　2005 年 7 月　頁 73—74

300. 蔣美華　簡政珍與當代詩人長詩書寫的參差對照[16]　彰化師大文學院學報
　　　第 4 期　2005 年 11 月　頁 190—225

301. 劉　燕　試論葉維廉中西比較詩學的建構視域　東方叢刊　2005 年第 4 期
　　　2006 年 1 月　頁 18—34

302. 劉　鵬　葉維廉比較詩學中的差異性形式機制　學術研究　2006 年第 2 期
　　　2006 年 2 月　頁 130—133

303. 汪全剛　跡近現象，逗現真實——由對中國詩歌語言傳釋特色的闡釋看葉
　　　維廉的比較詩學　名作欣賞　2006 年第 4 期　2006 年 2 月　頁 14
　　　—18

304. 黃萬華　臺灣文學——詩歌（下）〔葉維廉部分〕　中國現當代文學・第 1
　　　卷（五四—1960 年代）　濟南　山東文藝出版社　2006 年 3 月
　　　頁 452

305. 朱秀敏　以道家美學解讀中國古典詩歌的可行性——葉維廉詩學理論初探
　　　語文學刊　2006 年第 8 期　2006 年 8 月　頁 75—77

306. 瘂　弦　《六十年代詩選》作者小評——葉維廉　創世紀　第 148 期
　　　2006 年 9 月　頁 24

307. 王　麗　道家美學影響下的中西比較詩學——關於葉維廉的比較詩學　當
　　　代文壇　2006 年第 5 期　2006 年 9 月　頁 131—133

308. 陳大為　臺灣都市詩的發展歷程——第二紀元：罪惡的鋼鐵文明（1958—
　　　1980）〔葉維廉部分〕　20 世紀臺灣文學專題 2——創作類型與
　　　主題　臺北　萬卷樓圖書公司　2006 年 9 月　頁 92—93

309. 閆月珍　葉維廉對道家美學的現代闡釋　暨南學報（哲學社會科學版）

---

[16]本文論述簡政珍與林燿德、陳克華、葉維廉、楊牧、洛夫的詩藝對照，以襯顯簡政珍的長詩鮮明
獨特的風格。全文共 6 小節：1・林燿德、簡政珍「眼神」詩藝的參差對照；2・陳克華、簡政珍
的「腫瘤樹／毒汁」詩藝的參差對照；3・葉維廉、簡政珍「空無／虛空」詩藝的參差對照；4・
楊牧、簡政珍「死亡」詩藝的參差對照；5・洛夫、簡政珍「時間」詩藝的參差對照；6・小結。

2007 年第 1 期　2007 年 1 月　頁 4—10

310. 閏月珍　　葉維廉對道家美學抒情性的探索　學術研究　2008 年第 5 期　2008 年 5 月　頁 148—152

311. 張大為　　古典境界的現代生長——論葉維廉的學術理路及其啟示意義　陰山學刊　2007 年第 1 期　2007 年 2 月　頁 5—11

312. 向天淵　　葉維廉比較詩學的貢獻與局限　四川外語學院學報　2007 年第 2 期　2007 年 3 月　頁 28—32

313. 徐放鳴，王光利　　文化身份與學術個性——論留美學者葉維廉關於中西詩學的匯通性研究　徐州師範大學學報（哲學社會科學版）　第 33 卷第 4 期　2007 年 7 月　頁 1—8

314. 徐　承　　比較語境中的誤讀與發明——推求徐復觀、葉維廉、高友工、方東美等學者重建中國美學的若干策略——闡釋的視閾：對葉維廉之試系譜的分析　浙江大學學報（人文社會科學版）　第 37 卷第 4 期　2007 年 7 月　頁 110—114

315. 楊　偉　　葉維廉比較詩學中的文化憂慮　重慶職業技術學院學報　2007 年第 4 期　2007 年 7 月　頁 139—141

316. 王正良　　葉維廉詩論：以物觀物　戰後臺灣現代詩論研究　中興大學中國文學系　博士論文　賴芳伶教授指導　2007 年 8 月　頁 63—90

317. 段俊暉，路小明　　洞見與盲視：對葉維廉中國文論思想的幾點反思　西南大學學報　第 33 卷第 5 期　2007 年 9 月　頁 137—142

318. 孫方禾，王良彬　　淺談葉維廉的詩學主張　宜賓學院學報　2007 年第 9 期　2007 年 9 月　頁 45—46

319. 岑亞霞　　名與實的倒置——論葉維廉之道家美學的偏頗　大連大學學報　第 28 卷第 5 期　2007 年 10 月　頁 53—55

320. 任　毅　　葉維廉詩學理論透視　漳州師範學院學報（哲學社會科學版）　2007 年第 4 期　2007 年 12 月　頁 65—70

321. 王文生　　論葉維廉的純山水詩論及其以物觀物的創作方法（上、下）　文

藝理論研究 2008 年第 1—2 期 2008 年 1，3 月 頁 2—13，111
—116

322. 〔編輯部〕 Wai-Lim Yip——Bio-Bibliographical Summary Between
（界：詩八首） Paris La main courante 2008 年 4 月 頁 57
—61

323. 〔編輯部〕 Wai-Lim Yip——Résumé Bio-bibliographique Between（界：
詩八首） Paris La main courante 2008 年 4 月 頁 63—68

324. 〔編輯部〕 作者小傳 葉維廉詩選 北京 人間文學出版社 2008 年 3
月 頁 1—3

325. 徐　承 現象學的借用與背離——葉維廉詩學觀析論 西安電子科技大學
學報 2008 年第 2 期 2008 年 3 月 頁 100—104

326. 劉紹瑾 飲之太和——葉維廉對中國詩學生態美學精神的開掘與闡發 陝
西師範大學學報（哲學社會科學版） 第 37 卷第 2 期 2008 年 3
月 頁 52—57

327. 張志國 詩畫皆窗——葉維廉的詩歌的美學 創世紀 第 154 期 2008 年
3 月 頁 183—203

328. 唐　偉 簡論葉維廉的道家詩學理論 山西財經大學學報 2008 年第 1 期
2008 年 4 月 頁 249—250

329. 古遠清 評臺灣葉維廉的詩論 貴州社會科學 2008 年第 5 期 2008 年 5
月 頁 68—71

330. 尹建民 傳釋與匯通：葉維廉文學模子理論及其運用 維坊學院學報
2008 年第 3 期 2008 年 5 月 頁 27—32

331. 梁磊，任岩岩 霧裡看花與語語都在目前——論朱光潛與葉維廉有關詩境
的看法 重慶職業技術學院學報 2008 年第 3 期 2008 年 5 月
頁 75—76

332. 曾萍萍 太陽兀自照耀著：《文學季刊》內容分析——讓戰爭在雙人床外
進行：現代詩及其他文類表現〔葉維廉部分〕 「文季」文學集

團研究——以系列刊物為觀察對象　中央大學中國文學系　博士論文　李瑞騰教授指導　2008 年 7 月　頁 123

333. 古遠清　論創世紀兩位詩論家——葉維廉：從詩論走向詩學　理論與創作　2008 年第 4 期　2008 年 7 月　頁 41—44

334. 劉士杰　傳統與現代熔於一爐，雄渾和婉約交相輝映——淺論葉維廉詩歌的藝術特色　信陽師範學院學報　第 28 卷第 4 期　2008 年 8 月　頁 110—112

335. 徐志嘯　葉維廉中西詩學研究論析　社會科學　2008 年第 10 期　2008 年 10 月　頁 140—149

336. 彭　松　文化困境中的詩性省思——葉維廉的中國現代文學研究　合肥師範學院學報　第 27 卷第 2 期　2009 年 3 月　頁 82—86，117

337. 馮雷鋼　鬱結與突圍——試論葉維廉 70 年代詩歌風格的轉變　世界華文文學論壇　2009 年第 1 期　2009 年 3 月　頁 45—49

338. 須文蔚　葉維廉在五○、六○年代港臺文學跨區域傳播之影響論[17]　第三屆人文典範的探尋學術研討會　花蓮　東華大學中國語文系主辦　2009 年 5 月 16 日

339. 須文蔚　葉維廉與臺港現代主義詩論之跨區域傳播　東華漢學　第 15 期　2012 年 6 月　頁 249—273

340. 戴芝蘭　葉維廉詩歌中雨意象的原型批評　湖南人文科技學院學報　2008 年第 5 期　2008 年 10 月　頁 103—106

341. 劉躍平　尋思維之窗・叩表達之門——葉維廉有限至無限道家詩藝之路的解讀　安徽大學學報　第 32 卷第 6 期　2008 年 11 月　頁 86—89

342. 王士強　「世界性」與「中國心」——葉維廉詩歌創作研討會述要　中國詩歌研究動態　2008 年第 2 期　2008 年　頁 385—393

343. 何　敏　論葉維廉的中西比較詩學研究　西安石油大學學報　第 17 卷第 2

---

[17]本文針對葉維廉青年時期的文學歷程，進行文學史的爬梳與整理。全文共 4 小節：1.前言；2.葉維廉在五○—六○年代香港的文學傳播；3.葉維廉在五○—六○年代臺灣的文學傳播；4.結語。後改篇名為〈葉維廉與臺港現代主義詩論之跨區域傳播〉。

期　2008 年　頁 73—78

344. 尹鳳莉　葉維廉「模子尋根法」的比較文學觀管窺　牡丹江大學學報　第 18 卷第 1 期　2009 年 1 月　頁 74—75，78

345. 翁文嫻　「定向疊景」時期的爆發能量——早期葉維廉詩的突破與困境[18] 臺灣文學研究集刊　第 5 期　2009 年 2 月　頁 59—84

346. 彭　松　文化困境中的詩性省思——葉維廉的中國現代文學研究　合肥師範學院學報　第 27 卷第 2 期　2009 年 3 月　頁 82—86，117

347. 韋　珺　放逐與游心——淺論葉維廉詩歌創作意識的轉向　廣西民族大學學報　2009 年 S1 期　2009 年 6 月　頁 148—150

348. 吳佳馨　臺港文學因緣與文壇文人交流互動圖景：以 1950 年代臺港南來文人夏濟安、林以亮及葉維廉為討論中心　臺灣文學論叢（一）　新竹　清華大學臺灣文學研究所　2009 年 12 月　頁 211—252

349. 李水波　「窗」外「雨」景——葉維廉詩歌意象研究　考試周刊　2009 年第 13 期　2009 年　頁 15—16

350. 張萬民　辯者有不見：當葉維廉遭遇宇文所安　文藝理論研究　2009 年第 4 期　2009 年　頁 57—63

351. 閆月珍　藝道合一：中國美學品格的現代建構——葉維廉闡釋道家自然論的歷史語境　浙江學刊　2009 年第 6 期　2009 年　頁 81—86

352. 蔣述卓　接續歷史的整體之思——淺析葉維廉對中國現代文學研究的反思　暨南學報　2009 年第 4 期　2009 年　頁 1—8，153

353. 張立群，張曉明　「歷史整體性」與中西詩學的匯通——葉維廉中國現代詩理論研究　泰山學院學報　第 32 卷第 2 期　2010 年 3 月　頁 42—48

354. 王　珂　論葉維廉的詩形觀及創作實踐　詩探索·2010·第 2 輯·理論卷　北京　九州出版社　2010 年 6 月　頁 75—86

---

[18] 本文在 1990 年的背景，重新省思葉維廉早期詩「晦澀」形象。全文共 3 小節：1.前言：明朗與晦澀的糾纏；2.早期維廉詩的特質追索；3.結語：詩語言在時代中的困局——早期維廉詩的突破與困境。

355. 張志國　　窗中‧風景——葉維廉詩歌的存在之思[19]　詩探索‧2010‧第 2 輯‧理論卷　北京　九州出版社　2010 年 6 月　頁 48—68　358. 葉燁，孟澤　　葉維廉現代詩中的古典元素舉隅　詩探索‧2010‧第 2 輯‧理論卷　北京　九州出版社　2010 年 6 月　頁 69—74

356. 蔣登科　　葉維廉詩學品質簡論　詩探索‧2010‧第 2 輯‧理論卷　北京　九州出版社　2010 年 6 月　頁 87—102

357. 符立中　　《現代文學》群英會——葉維廉，一九三七年生，廣東中山人　白先勇與符立中對談——從《臺北人》到《紐約客》　臺北　九歌出版社　2010 年 11 月　頁 88—89

358. 盧永和　　古典美質的還原——葉維廉賞鑒中國古詩　閱讀與寫作　2010 年第 7 期　2010 年　頁 31—32

359. 盧永和　　談談葉維廉與中國古詩的鑒賞　文學教育　2010 年第 7 期　2010 年　頁 128

360. 于　偉　　放逐、愁渡、游走——葉維廉的心靈旅程和學術之路　信陽師範學院學報　第 31 卷第 1 期　2011 年 1 月　頁 117—120

361. 李　博　　葉維廉「山水詩原型」在謝靈運詩歌語境中的矯枉　安徽工業大學學報　第 28 卷第 2 期　2011 年 3 月　頁 68—70

362. 石了英　　葉維廉對道家美學的現代闡釋　山西師大學報　第 38 卷第 3 期　2011 年 5 月　頁 80—84

363. 楊風岸　　他者的中國：葉維廉的跨文化傳播策略——基於《從比較的方法看中國詩的視境》一文的討論　徐州工程學院學報　第 26 卷第 3 期　2011 年 5 月　頁 55—59

364. 翁文嫻　　「變形詩學」在漢語現代化過程中的檢證——葉維廉（早期）——抽象、數理、與抒情　國文學報　第 49 期　2011 年 6 月　頁 235

---

[19]本文分析葉維廉詩的特色。全文共 5 小節：1.注重辯證性，顧此亦顧彼，盡量不偏於一極；2.宏觀與微觀並重，建構了一個立體的詩學批評體系；3.經驗性、感悟姓與邏輯推理並重；4.一致中求變化與變化中求一致；5.比較方法貫穿葉維廉的詩學研究。

—237

365. 陳芳明　現代詩藝的追求與成熟——詩的高速現代化〔葉維廉部分〕　臺灣新文學史　臺北　聯經出版公司　2011 年 10 月　頁 431—433

366. 于　偉　葉維廉比較詩學理論的獨特建構　唐山師範學院學報　第 33 卷第 6 期　2011 年 11 月　頁 17—20

367. 許明德　近百年歐美《滄浪詩話》譯介語研究綜述——嚴羽研究的深化——以葉維廉、劉若愚、林理彰、卜松山、宇文所安為例　漢學研究通訊　第 120 期　2011 年 11 月　頁 26—29

368. 陳政彥　進行現象學批評的臺灣詩論家——提出「純粹經驗」的葉維廉　臺灣現代詩的現象學批評——理論與實踐　臺北　萬卷樓圖書公司　2011 年 12 月　頁 37—48

369. 北　塔　「蝙蝠依聲音飛翔」——談葉維廉詩歌中的音樂或樂音　海南師範大學學報　第 24 卷第 3 期　2011 年　頁 79—83

370. 石了英　中學西漸與葉維廉論「道家美學海外影響」　華文文學　2011 年第 3 期　2011 年　頁 29—33

371. 夏云峰　葉維廉中西比較視域下的道家美學闡釋　才智　2011 年第 19 期　2011 年　頁 196—197

372. 龍彼德　名理前的視境　散文詩　2011 年第 1 期　2011 年　頁 71—72

373. 石了英　葉維廉「純粹經驗」美學論　南昌大學學報　第 43 卷第 1 期　2012 年 1 月　頁 142—148

374. 米海燕　葉維廉比較詩學中的「詩意」　衡陽師範學院學報　第 33 卷第 2 期　2012 年 4 月　頁 128—131

375. 廖咸浩　香港文評三劍客：劉紹銘、葉維廉、鄭樹森　「香港文學在臺灣」學術研討會　香港　香港嶺南大學舉辦　2012 年 5 月 4 日

376. 劉于慈　交流與傳播——論葉維廉文學活動中的臺港經驗及其影響　第 11 屆國際青年學者漢學會議——域外經驗與中國文學史的重構　嘉義　中正大學中文系主辦；中正大學臺文所，哈佛訪問學者協會

合辦　2012 年 5 月 26—27 日

377. 朱　天　美感入詩，如真似新：葉維廉、杜國清之詩學理論提要[20]　臺灣詩
　　　學學刊　第 19 期　2012 年 7 月　頁 209—250

378. 楊匡漢　旅雁上雲歸紫塞——論葉維廉的詩創造　玉樹臨風——楊匡漢選
　　　集　廣州　花城出版社　2012 年 10 月　頁 62—71

379. 張節末，袁靖　詩學中的「並置」——從西方到東方的考察——葉維廉中
　　　國詩學語境中的「並置」　浙江大學學報　第 42 卷第 6 期　2012
　　　年 11 月　頁 44—47

380. 北　塔　通過翻譯：為中國現代主義詩歌鼓與呼——論葉維廉對中國現代
　　　主義新詩的英譯　華文文學　2012 年第 5 期　2012 年　頁 78—83

381. 白　楊　葉維廉與五六十年代臺灣現代詩運動　華夏文化論壇　2012 年第
　　　2 期　2012 年　頁 252—257

382. 任增強　論美國學界老莊美學研究的一個路向——葉維廉的道家美學思想
　　　研究　湖北民族學院學報　第 30 卷第 4 期　2012 年　頁 87—88

383. 周曉風　有根的詩學——葉維廉詩學與道家美學　重慶師範大學學報
　　　2012 年第 6 期　2012 年　頁 32—36

384. 周曉風　走向匯通的詩學——葉維廉詩學摭談　中國現代文學研究叢刊
　　　2012 年第 10 期　2012 年　頁 186—192

385. 洛　夫　泛論葉維廉的詩散文　華文文學　2012 年第 2 期　2012 年　頁 5
　　　—7

386. 韋新建　從葉維廉的詩學觀看中西語言的不同與翻譯策略　名作欣賞
　　　2012 年第 5 期　2012 年　頁 149—150

387. 夏云峰　葉維廉道家美學現代闡釋的「五四」淵源　文學界　2012 年第 10
　　　期　2012 年　頁 131，136

388. 夏云峰　論葉維廉詩學批評理論中的「出位」觀　華章　2012 年第 30 期

---

[20]本文探討葉維廉與杜國清以審美感受做為詩學理論主軸中的異同。全文共 6 小節：1.前言；2.審
美感受——葉維廉之詩核心闡述；3.審美新感——杜國清之詩核心解析；4.內外交化——葉維廉
之詩創作論簡說；5.變舊創新——杜國清詩創作論淺析；6.結語。

2012 年　頁 94

389. 閏月珍　葉維廉與現代主義　暨南學報　2012 年第 1 期　2012 年　頁 7—14

390. 劉毅青　後殖民語境中啟蒙與文化認同的張力——以葉維廉為中心　文藝理論研究　2012 年第 6 期　2012 年　頁 115—124

391. 白　楊　葉維廉與 5、60 年代臺灣現代詩運動　2014 年世界華文文學國際學術研討會　臺北　中國詩歌藝術學會，中國世界華文文學學會主辦　2014 年 6 月 9—10 日

392. 白　楊　葉維廉與 5、60 年代臺灣現代詩運動　藝文論壇　第 10 期　2014 年 6 月　頁 148—151

393. 周慧珠　現代與詩的午後——《葉維廉五十年詩選》新書發表會　人間福報　2013 年 4 月 21 日　B4—B5 版

394. 翁文嫻　葉維廉詩學對東西語言材質特性之開發　奇萊論學第一屆臺大、成大、東華三校論壇學術研討會——古典與新潮　花蓮　東華大學中國語文系主辦　2013 年 6 月 1 日

395. 吳永安　葉維廉的詩學探索的重要意義　創世紀　第 179 期　2014 年 6 月　頁 138—143

396. 翁文嫻　葉維廉「瞬間美學」所延續的東西方語言問題　主體與他者——兩岸當代詩學術研討會　臺北　中研院文哲所主辦　2013 年 9 月 24 日

397. 周俊鋒　無法調和的「心之鬱結」——談葉維廉詩歌創作與文學批評的古典性　湖州師範學院學報　第 36 卷第 1 期　2014 年 1 月　頁 61—64，74

398. 孫凌鈺　比較詩學方法論新探——從「模子」說到詩學理論的經驗基礎　鄭州師範教育　第 3 卷第 1 期　2014 年 1 月　頁 58—62

399. 陳　晶　從葉維廉對王維山水詩的分析窺其詩學觀　漢學研究　第 16 期　2014 年 6 月　頁 372—378

400. 鄭　蕾　葉維廉與香港現代主義文學思潮[21]　東華漢學　第 19 期　2014 年 6 月　頁 449—476

401. 周　靜　跨文化的視野——從葉嘉瑩和葉維廉的異同看中國當代詩學的建構　新餘學院學報　第 19 卷第 4 期　2014 年 8 月　頁 85—87

402. 曾慶玲　葉維廉「整體性」思想探究　上饒師範學院學報　第 34 卷第 4 期　2014 年 8 月　頁 59—63，83

403. 劉茉琳　論葉維廉散文創作　華文文學　2014 年第 5 期　2014 年 10 月　頁 125—128

404. 榮光啟　當代新詩批評中的「本體反思」話語——葉維廉詩學的西方資源與中國本位　新文學評論　2014 年第 3 期　2014 年　頁 96—97

405. 馬　森　臺灣的現代詩〔葉維廉部分〕　世界華文新文學史——中國現代文學的兩度西潮（下編）・分流後的再生——第二度西潮與現代／後現代主義　臺北　印刻文學生活雜誌出版公司　2015 年 2 月　頁 940—941

406. 馬　森　臺灣當代散文〔葉維廉部分〕　世界華文新文學史——中國現代文學的兩度西潮（下編）・分流後的再生——第二度西潮與現代／後現代主義　臺北　印刻文學生活雜誌出版公司　2015 年 2 月　頁 1207—1208

407. 馬　森　臺灣的文學理論與批評〔葉維廉部分〕　世界華文新文學史——中國現代文學的兩度西潮（下編）・分流後的再生——第二度西潮與現代／後現代主義　臺北　印刻文學生活雜誌出版公司　2015 年 2 月　頁 1261—1262

408. 石了英　如何理解「中國抒情詩」——論葉維廉的中國詩學闡釋旨趣　學術論壇　第 295 期　2015 年 8 月　頁 107—113

---

[21]本文從葉維廉的文學活動入手，管窺臺港跨區域視野下香港現代主義文學之發展。全文共 5 小節：1.引言；2.僑生的分身；3.從「新批評」到「新的批評」；4.批評的職守；5.結語。

分論

◆單行本作品

論述

《中國現代小說的風貌》

409. 古添洪　　小說與詩的美學匯通——論介葉維廉《中國現代小說的風貌》　書評書目　第 76 期　1979 年 8 月　頁 48—59

410. 古添洪　　小說與詩的美學匯通——論介葉維廉《中國現代小說的風貌》　人文風景的鑴刻者——葉維廉作品評論集　臺北　文史哲出版社　1997 年 11 月　頁 383—400

411. 古添洪　　小說與詩的美學匯通——論介葉維廉《中國現代小說的風貌》　葉維廉文集 1・比較詩學／現象・經驗・表現　合肥　安徽教育出版社　2002 年 8 月　頁 343—359

412. 柯慶明　　《中國現代小說的風貌》增訂本導讀　中國現代小說的風貌　臺北　臺灣大學出版中心　2010 年 3 月　頁 4—13

《秩序的生長》

413. 陳芳明　　秩序如何生長？——評葉維廉《秩序的生長》　書評書目　第 7 期　1973 年 9 月　頁 6—18

414. 陳芳明　　秩序如何生長？——評葉維廉《秩序的生長》　鏡子和影子——現代詩評論　臺北　志文出版社　1974 年 3 月　頁 201—218

415. 陳芳明　　秩序如何生長？——評葉維廉《秩序的生長》　人文風景的鑴刻者——葉維廉作品評論集　臺北　文史哲出版社　1997 年 11 月　頁 335—351

416. 姚一葦　　序「葉維廉著《秩序的生長》」　秩序的生長　臺北　時報文化出版公司　1986 年 5 月　頁 7—11

417. 姚一葦　　序「葉維廉著《秩序的生長》」　從現象到表現——葉維廉早期文集　臺北　東大圖書公司　1994 年 6 月　頁 639—643

418. 甘秉慧　　論葉維廉《秩序的生長》（上、下）　中國語文　第 115 卷第 1—2

期　2014 年 7—8 月　頁 53—64，25—40

《飲之太和》

419. 杜國清　　評介葉維廉論文集《飲之太和》　笠　第 113 期　1983 年 2 月　頁 86—88

420. 杜國清　　評介葉維廉論文集《飲之太和》　人文風景的鐫刻者——葉維廉作品評論集　臺北　文史哲出版社　1997 年 11 月　頁 401—404

《尋求跨中西文化的共同文學規律——葉維廉比較文學論文選》

421. 溫儒敏，李細堯　　前言　尋求跨中西文化的共同文學規律——葉維廉比較文學論文選　北京　北京大學出版社　1987 年 1 月　頁 1—4

《中國詩學》

422. 梁風蓮　　比較的認同與出位之思——從葉維廉的《中國詩學》看比較的方法論　學習與探索　2004 年第 2 期　2004 年 3 月　頁 113—115

423. 洪子誠　　葉維廉的《中國詩學》增訂版　創世紀　第 149 期　2006 年 12 月　頁 188—189

424. 劉　濤　　中國詩歌的現代化策略——關於當下詩歌創作的幾點思考〔《中國詩學》部分〕　綠風　2008 年第 2 期　2008 年 3 月　頁 121—125

425. 陳　捷　　現代詩歌發生論的發展〔《中國詩學》部分〕　濰坊教育學院學報　第 22 卷第 4 期　2009 年 12 月　頁 19—21

426. 楊　希　　關於傳釋學幾個問題的思考——讀葉維廉《中國詩學》所感　青年文學家　2010 年第 5 期　2010 年　頁 80—81

《解讀現代・後現代》

427. 裴元領　　不見與洞見——評介葉維廉《解讀現代・後現代》　中時晚報　1992 年 8 月 23 日　15 版

428. 簡政珍　　後現代的反思：藝術作品的身姿——評葉維廉的《解讀現代・後現代》　中外文學　第 24 卷第 7 期　1995 年 12 月　頁 130—134

429. 簡政珍　　後現代的反思：藝術作品的身姿——評葉維廉的《解讀現代・後

現代》　人文風景的鐫刻者——葉維廉作品評論集　臺北　文史
哲出版社　1997 年 11 月　頁 471—476

詩

《賦格》

430. 古添洪　　試論葉維廉《賦格》集　大地　第 5 期　1973 年 5 月　頁 54—62

431. 古添洪　　試論葉維廉《賦格》集　人文風景的鐫刻者——葉維廉作品評論
集　臺北　文史哲出版社　1997 年 11 月　頁 67—81

432. 張　默　　從《秋・看這個人》到《畫冊》〔《賦格》部分〕　創世紀　第
158 期　2009 年 3 月　頁 56—58

《醒之邊緣》

433. 翱翱〔張錯〕　　插花——評葉維廉詩集《醒之邊緣》　創世紀　第 32 期
1973 年 3 月　頁 87—89

434. 翱　翱　　插花——評葉維廉詩集《醒之邊緣》　人文風景的鐫刻者——葉
維廉作品評論集　臺北　文史哲出版社　1997 年 11 月　頁 255—
263

435. 黃榮村　　走過《醒之邊緣》　龍族詩刊　第 11 期　1974 年 1 月　頁 51—54

《愁渡》

436. 顏元叔　　葉維廉的「定向疊景」[22]　中外文學　第 1 卷第 7 期　1972 年 12
月　頁 72—87

437. 顏元叔　　葉維廉的「定向疊景」　談民族文學　臺北　臺灣學生書局
1973 年 6 月　頁 259—280

438. 顏元叔　　葉維廉的「定向疊景」　顏元叔自選集　臺北　黎明文化公司
1975 年 12 月　頁 177—198

439. 顏元叔　　葉維廉的「定向疊景」　中華現代文學大系——臺灣一九七〇—
一九八九——評論卷（貳）　臺北　九歌出版社　1989 年 5 月
頁 887—906

---

[22]本文透過探討葉維廉《愁渡》以了解其詩作的特色，並分析其詩作內涵。

440. 顏元叔　　葉維廉的「定向疊景」　人文風景的鎪刻者──葉維廉作品評論集　臺北　文史哲出版社　1997 年 11 月　頁 35─52

《葉維廉自選集》

441. 古添洪　　名理前的視境──論葉維廉詩　中外文學　第 4 卷第 10 期　1976 年 3 月　頁 104─119

442. 古添洪　　名理前的視境──論葉維廉詩　比較文學‧現代詩　臺北　國家出版社　1976 年 11 月　頁 199─202

443. 古添洪　　名理前的視境──論葉維廉詩　中國現代作家論　臺北　聯經出版公司　1979 年 7 月　頁 223─242

444. 古添洪　　名理前的視境：論葉維廉詩　人文風景的鎪刻者──葉維廉作品評論集　臺北　文史哲出版社　1997 年 11 月　頁 83─101

445. 古添洪　　名理前的視境：論葉維廉詩　比較文學‧現代詩（增訂版）　臺北　萬卷樓圖書公司　2012 年 3 月　頁 179─195

446. 周伯乃　　古典的迴響──兼評《葉維廉自選集》　文藝月刊　第 84 期　1976 年 6 月　頁 24─37

447. 周伯乃　　古典的迴響──兼評《葉維廉自選集》　人文風景的鎪刻者──葉維廉作品評論集　臺北　文史哲出版社　1997 年 11 月　頁 103─116

448. 古繼堂　　簡評《葉維廉自選集》　臺港澳暨海外華文新詩大辭典　瀋陽　瀋陽出版社　1994 年 5 月　頁 298

《松鳥的傳說》

449. 應鳳凰　　六月份出版街‧詩壇與楚留香──《松鳥的傳說》　臺灣時報　1982 年 7 月 27 日　12 版

450. 應鳳凰　　好書先讀──《松鳥的傳說》　中央日報　1982 年 8 月 2 日　10 版

《留不住的航渡》

451. 簡政珍　　航向現實之外──評葉維廉《留不住的航渡》　聯合文學　第 44

期　1988 年 6 月　頁 196—197

452. 簡政珍　航向現實之外——評葉維廉《留不住的航渡》　人文風景的鐫刻
者——葉維廉作品評論集　臺北　文史哲出版社　1997 年 11 月
頁 291—293

《葉維廉詩選》（中國友誼出版公司版）

453. 楊匡漢　旅雁上雲歸紫塞——序《葉維廉詩選》　葉維廉詩選　北京　中
國友誼出版公司　1993 年 4 月　頁 1—12

454. 楊匡漢　旅雁上雲歸紫塞——序《葉維廉詩選》　人文風景的鐫刻者——
葉維廉作品評論集　臺北　文史哲出版社　1997 年 11 月　頁 295
—307

《在風景的夾縫裡》

455. Jerome Rothenberg 著；簡政珍譯　葉維廉英文詩集《在風景的夾縫裡》序
創世紀　第 99 期　1994 年 6 月　頁 74—75

456. Jerome Rothenberg　Introduction　Between Landscapes　Santa Fe
Pennywhistle Press　1994 年　〔2〕頁

《冰河的超越》

457. 焦　桐　戲劇性的風景——葉維廉《冰河的超越》　中央日報　2001 年 2
月 5 日　19 版

458. 白　靈　深與奧之參悟　在閱讀與書寫之間——評好書 300 種　臺北　三
民書局　2005 年 2 月　頁 215

《雨的味道》

459. 黃　梁　推敲的詩藝：從無聲處扣問浮生——葉維廉詩集《雨的味道》索引
江漢大學學報　第 27 卷第 4 期　2008 年 8 月　頁 5—10

《葉維廉詩選》（人民文學出版社版）

460. 屠　岸　從深沉回歸率真——序《葉維廉詩選》　葉維廉詩選　北京　人
民文學出版社　2008 年 3 月　頁 1—8

461. 屠　岸　從深沉回歸率真——序《葉維廉詩選》　創世紀　第 154 期

2008 年 3 月　頁 177—182

《葉維廉五十年詩選》

462. 柯慶明　　導讀　葉維廉五十年詩選（上）　臺北　臺灣大學出版中心
2012 年 12 月　頁 17—87

散文

《一個中國的海》

463. 王德威　　鄉愁的歸宿——讀葉維廉《一個中國的海》　中央日報　1989 年
7 月 14 日　16 版

464. 王德威　　鄉愁的歸宿——評葉維廉的《一個中國的海》　閱讀當代小說—
—臺灣・大陸・香港・海外　臺北　遠流出版公司　1991 年 9 月
頁 279—283

465. 王德威　　鄉愁的歸宿——評葉維廉的《一個中國的海》　人文風景的鑴刻
者——葉維廉作品評論集　臺北　文史哲出版社　1997 年 11 月
頁 331—334

《萬里風煙——葉維廉散文集》

466. 洛　夫　　詩之邊緣　詩的邊緣　臺北　漢光文化公司　1986 年 8 月　頁
158—164

467. 洛　夫　　詩之邊緣——談葉維廉的散文集　山水的約定　臺北　東大圖書
公司　1994 年 5 月　頁 239—246

468. 洛　夫　　詩之邊緣　人文風景的鑴刻者——葉維廉作品評論集　臺北　文
史哲出版社　1997 年 11 月　頁 317—323

469. 周玉山　　讀介《萬里風煙》　文學徘徊　臺北　東大圖書公司　1991 年 12
月　頁 321—325

《憂鬱的鐵路》

470. 應鳳凰　　綠樹成蔭子滿枝——八、九月份文學出版〔《憂鬱的鐵路》部
分〕　文訊雜誌　第 14 期　1984 年 10 月　頁 307

471. 王文興　　思維詩的來臨——評介葉維廉《憂鬱的鐵路》（上、下）　中國時

報　1986 年 3 月 12—13 日　8 版

472. 王文興　思維詩的來臨——評介葉維廉《憂鬱的鐵路》　七十五年文學批評選　臺北　爾雅出版社　1987 年 3 月　頁 3—19

473. 王文興　思維詩的來臨——評介葉維廉近期的詩和散文　一個中國的海　臺北　東大圖書公司　1987 年 4 月　頁 199—211

474. 王文興　思維詩的來臨——評介葉維廉《憂鬱的鐵路》　書和影　臺北　聯合文學出版社　1988 年 4 月　頁 137—146

475. 王文興　思維詩的來臨——評介葉維廉《憂鬱的鐵路》　人文風景的鐫刻者——葉維廉作品評論集　臺北　文史哲出版社　1997 年 11 月　頁 265—274

《歐羅巴的蘆笛》

476. 王德威　「遊記」・「歐洲」——評介葉維廉的《歐羅巴的蘆笛》　文訊雜誌　第 33 期　1987 年 12 月　頁 202—205

477. 王德威　「遊記」・「歐洲」——評葉維廉的《歐羅巴的蘆笛》　閱讀當代小說——臺灣・大陸・香港・海外　臺北　遠流出版公司　1991 年 9 月　頁 267—274

478. 王德威　「遊記」・「歐洲」——評葉維廉的《歐羅巴的蘆笛》　人文風景的鐫刻者——葉維廉作品評論集　臺北　文史哲出版社　1997 年 11 月　頁 325—330

兒童文學
《樹媽媽》

479. 洪淑苓　詩人的童言童語——葉維廉童詩集《樹媽媽》評介　文訊雜誌　第 144 期　1997 年 10 月　頁 22—23

480. 洪淑苓　詩人的童言童語——葉維廉詩集《樹媽媽》評介　現代詩新版圖　臺北　秀威資訊科技公司　2004 年 9 月　頁 211—213

481. 陳幸蕙　《樹媽媽》　國語日報　1997 年 12 月 10 日　14 版

482. 許建崑　母親的力量〔《樹媽媽》部分〕　閱讀的苗圃——我的讀書單

臺北　幼獅文化公司　2007 年 10 月　頁 96—97

文集

《葉維廉文集》

483. 樂黛雲　　序[23]　葉維廉文集 1・比較詩學／現象・經驗・表現　合肥　安徽
　　　教育出版社　2002 年 8 月　頁 1—12

484. 樂黛雲　　為了活潑潑的整體生命——《葉維廉文集》序　廣東社會科學
　　　2003 年第 4 期　2003 年 8 月　頁 139—144

單篇作品

485. 李英豪　　釋論葉維廉的〈河想〉　批評的視覺　臺北　文星書店　1966 年
　　　1 月　頁 179—187

486. 李英豪　　釋論葉維廉的〈河想〉　從變調出發　臺中　普天出版社　1972
　　　年 1 月　頁 127—135

487. 周伯乃　　詩的對比〔〈河想〉部分〕　現代詩的欣賞（一）　臺北　三民
　　　書局　1985 年 2 月　頁 127—135

488. 張　默　　葉維廉及其〈仰望之歌〉　現代詩的投影　臺北　臺灣商務印書
　　　館　1967 年 10 月　頁 147—152

489. 張　默　　葉維廉及其〈仰望之歌〉　人文風景的鏤刻者——葉維廉作品評
　　　論集　臺北　文史哲出版社　1997 年 11 月　頁 237—242

490. 張　默　　從繁富到清明——六十年代的新詩〔〈仰望之歌〉部分〕　文訊
　　　雜誌　第 13 期　1984 年 8 月　頁 96—97

491. 陳青楓〔張默〕　　飛騰的象徵——試探葉維廉的〈公開的石榴〉[24]　創世紀
　　　第 32 期　1973 年 3 月　頁 90—94

492. 張　默　　孅孅意象之飛撲——試探葉維廉的〈公開的石榴〉　飛騰的象徵
　　　臺北　水芙蓉出版社　1976 年 9 月　頁 106—116

493. 張　默　　飛騰的象徵——試探葉維廉的〈公開的石榴〉　人文風景的鏤刻

---

[23]本文後改篇名為〈為了活潑潑的整體生命——《葉維廉文集》序〉。
[24]本文後改篇名為〈孅孅意象之飛撲——試探葉維廉的〈公開的石榴〉〉。

者——葉維廉作品評論集　臺北　文史哲出版社　1997 年 11 月
頁 243—253

494. 孫康宜　　葉維廉的〈愛與死之歌〉　明報月刊　第 91 期　1973 年 7 月　頁 78

495. 蕭　蕭　　純任經驗的觸鬚去伸延〔〈愛與死之歌〉〕　燈下燈　臺北　東
大圖書公司　1980 年 4 月　頁 229—236

496. 王志健　　羈旅海角的望鄉人——葉維廉〔〈愛與死之歌〉〕　中國新詩淵
藪（下）　臺北　正中書局　1993 年 7 月　頁 2497—2507

497. 也　斯　　〈簫孔裡的流泉〉　聯合報　1977 年 7 月 6 日　12 版

498. 菩　堤　　淺談葉維廉的詩〔〈簫孔裡的流泉〉〕　中華文藝　第 114 期
1980 年 8 月　頁 74—77

499. 于慈江　　〈簫孔裡的流泉〉賞析　中外現代抒情名詩鑑賞辭典　北京　學
苑出版社　1989 年 8 月　頁 694

500. 戴　達　　簫孔裡流出的藍色音樂——讀臺灣旅美詩人葉維廉〈簫孔裡的流
泉〉[25]　名作欣賞　1990 年第 3 期　1990 年 5 月　頁 106—107

501. 戴　達　　賞析〈簫孔裡的流泉〉　新詩鑑賞辭典　上海　上海辭書出版社
1991 年 11 月　頁 837—839

502. 溫瑞安　　論詩的移情作用〔〈絡繹〉部分〕　回首暮雲遠　臺北　四季出
版社　1977 年 12 月　頁 66—67

503. 羅　青　　葉維廉的〈酒瓶樹〉　大華晚報　1979 年 3 月 25 日　7 版

504. 羅　青　　葉維廉的〈酒瓶樹〉　詩的照明彈　臺北　爾雅出版社　1994 年
8 月　頁 117—126

505. 蕭蕭，張漢良　　〈變〉四節賞析　現代詩導讀·導讀篇一　臺北　故鄉出
版社　1979 年 11 月　頁 284—285

506. 蕭　蕭　　現代詩導讀——〈變〉　臺灣新聞報　1980 年 2 月 27 日　12 版

507. 單德興　　論影響研究的一些做法及困難——以臺灣近三十年來的小說為例
〔〈攸里賽斯在臺北〉部分〕　中外文學　第 11 卷第 4 期　1982

---

[25] 本文後改篇名為〈賞析〈簫孔裡的流泉〉〉。

年 9 月　頁 88—89

508. 季　季　〈我那漸被遺忘了的臺北〉編者的話　1982 年臺灣散文選　臺北
前衛出版社　1983 年 2 月　頁 129—141

509. 鄭明娳　八〇年代臺灣散文現象〔〈我那漸被遺忘的臺北〉部分〕　世紀
末偏航——八〇年代臺灣文學論　臺北　時報文化出版公司
1990 年 12 月　頁 46—47

510. 張　默　葉維廉——〈歌之二〉　商工日報　1984 年 8 月 5 日　春秋版

511. 張　默　葉維廉——〈歌之二〉　小詩選讀　臺北　爾雅出版社　1987 年
5 月　頁 113—116

512. 古遠清　〈歌之二〉賞析　臺港現代詩賞析　鄭州　河南人民出版社
1991 年 3 月　頁 135—136

513. 張　默　〈背影〉編者按語　七十一年詩選　臺北　爾雅出版社　1985 年
6 月　頁 7

514. 蕭　蕭　〈鹽港夕照——臺灣農村駐足詩組之一〉編者按語　七十二年詩
選　臺北　爾雅出版社　1985 年 6 月　頁 37

515. 林錫嘉　〈故鄉事〉　濃濃的鄉情　臺北　希代書版公司　1986 年 1 月
頁 175—182

516. 陳幸蕙　〈閒話散文的藝術〉編者按語　七十四年文學批評選　臺北　爾
雅出版社　1986 年 4 月　頁 84—86

517. 李瑞騰　〈雷雨〉編者按語　七十四年詩選　臺北　爾雅出版社　1986 年
4 月　頁 190

518. 陳幸蕙　〈陽光大道與天藍海岸〉編者註　七十五年散文選　臺北　九歌
出版社　1987 年 2 月　頁 36—37

519. 呂正惠　〈賦格——之一〉　中國新詩賞析 3　臺北　長安出版社　1987
年 2 月　頁 130—136

520. 古繼堂　〈賦格〉賞析　臺港澳暨海外華文新詩大辭典　瀋陽　瀋陽出版
社　1994 年 5 月　頁 522

521. 古添洪　　臺灣現代詩的「外來影響」面向——歐美現代詩潮的接受／挪用
　　　　／與本土化〔〈賦格〉部分〕　不廢中西萬古流——中西抒情詩
　　　　類及影響研究　臺北　臺灣學生書局　2005 年 4 月　頁 305—307

522. 蔣登科　　〈賦格〉的詩學價值與文學史意義　華文文學　2012 年第 2 期
　　　　2012 年　頁 8—19

523. 曾慶玲　　〈賦格〉與道家觀物方式的契合　名作欣賞　2013 年第 36 期
　　　　2013 年　頁 62—65

524. 呂正惠　　〈愁渡——第三曲〉　中國新詩賞析 3　臺北　長安出版社　1987
　　　　年 2 月　頁 137—140

525. 呂正惠　　〈沒〉　中國新詩賞析 3　臺北　長安出版社　1987 年 2 月　頁
　　　　141—142

526. 呂正惠　　〈更漏子〉　中國新詩賞析 3　臺北　長安出版社　1987 年 2 月
　　　　頁 144—145

527. 蕭　蕭　　圖象詩：多種交疊的文類——臺灣圖象詩的基本類型——象聲圖
　　　　象詩〔〈更漏子〉部分〕　現代新詩美學　臺北　爾雅出版社
　　　　2007 年 7 月　頁 312—313

528. 呂正惠　　〈春睡春醒〉　中國新詩賞析 3　臺北　長安出版社　1987 年 2
　　　　月　頁 147—149

529. 呂正惠　　〈野花的故事〉　中國新詩賞析 3　臺北　長安出版社　1987 年 2
　　　　月　頁 152—154

530. 辛　鬱　　〈野花的故事〉　中國新詩鑑賞大辭典　南京　江蘇文藝出版社
　　　　1988 年 12 月　頁 1214—1216

531. 張漢良　　〈沉淵〉編者按語　七十六年詩選　臺北　爾雅出版社　1988 年
　　　　3 月　頁 134

532. 〔鄭明娳，林燿德主編〕　　〈母親，你是中國最根深的力量——寄給母親
　　　　在天之靈〉　有情四卷——親情　臺北　正中書局　1989 年 12 月
　　　　頁 76

533. 黃開發　〈母親，你是中國最根深的力量——寄給母親在天之靈〉賞析
臺灣散文鑑賞辭典　太原　北岳文藝出版社　1991 年 12 月　頁
728—730

534. 璧　華　鑑賞〈聽漁〉　中國新詩名篇鑑賞辭典　成都　四川辭書出版社
1990 年 12 月　頁 707—710

535. 林煥彰　跳躍的心情——讀葉維廉的〈兒子的季節〉　國語日報　1991 年
9 月 15 日　8 版

536. 李瑞騰　〈馳行〉編者按語　八十年詩選　臺北　爾雅出版社　1992 年 4
月　頁 81—82

537. 簡　媜　〈紅葉的追尋〉編者註　八十一年散文選　臺北　九歌出版社
1993 年 3 月　頁 285

538. 陳耀中　〈酒〉賞析　世界華人詩歌鑑賞大辭典　太原　書海出版社
1993 年 3 月　頁 1009—1011

539. 簡政珍　後現代的省思——讀葉維廉〈解讀現代／後現代〉有感　聯合報
1993 年 4 月 22 日　35 版

540. 張　默　〈木片的自述〉編者按語　八十一年詩選　臺北　現代詩季刊社
1993 年 6 月　頁 93

541. 張　默　葉維廉的〈木片的自述〉　臺灣現代詩概論　臺北　爾雅出版社
1997 年 5 月　頁 322—323

542. 古繼堂　臺灣當代文學思潮和文學論爭——臺灣的美學理論研究概況
〔〈從比較的方法論中國詩的視鏡〉部分〕　臺灣新文學理論批
評史　瀋陽　春風文藝出版社　1993 年 7 月　頁 139—140

543. 古繼堂　臺灣當代文學思潮和文學論爭——臺灣的美學理論研究概況
〔〈從比較的方法論中國詩的視鏡〉部分〕　臺灣新文學理論批
評史　臺北　秀威資訊科技公司　2009 年 3 月　頁 160—161

544. 蕭　蕭　現代詩的情色美學與性愛描寫〔〈靜的畫〉部分〕　臺灣詩學季
刊　第 9 期　1994 年 12 月　頁 19—20

545. 蕭　蕭　　現代詩的情色美學與性愛描寫〔〈靜的畫〉部分〕　雲端之美・
　　　　　　　人間之真　臺北　駱駝出版社　1997 年 3 月　頁 233—235

546. 蕭　蕭　　現代詩的情色美學與性愛描寫〔〈靜的畫〉部分〕　臺灣文學二
　　　　　　　十年集 1978—1998——評論二十家　臺北　九歌出版社　1998 年
　　　　　　　3 月　頁 67—69

547. 梅　新　　葉維廉的〈童年是——〉　魚川讀詩　臺北　三民書局　1998 年
　　　　　　　1 月　頁 41—47

548. 洪富連　　葉維廉〈罐子地瓜沙焗甘薯〉　當代主題散文的研究　高雄　高
　　　　　　　雄復文圖書出版社　1998 年 4 月　頁 121—123

549. 張　默　　葉維廉〈北京大學勺園初曉聞啼鳥〉賞析　八十七年詩選　臺北
　　　　　　　創世紀詩雜誌社　1999 年 6 月　頁 123—124

550. 張　默　　從葉維廉到唐捐——《年度詩選》入選詩作十二家小評——葉維
　　　　　　　廉的〈北京大學勺園初曉聞啼鳥〉　臺灣現代詩筆記　臺北　三
　　　　　　　民書局　2004 年 11 月　頁 314—316

551. 蕭　蕭　　〈沛然運行〉品賞　天下詩選 1　1923—1999 臺灣　臺北　天
　　　　　　　下遠見出版公司　1999 年 9 月　頁 225—230

552.〔文鵬，姜凌主編〕　　葉維廉——〈水鄉之歌——贈江南友人〉　中國現
　　　　　　　代名詩三百首　北京　北京出版社　2000 年 1 月　頁 548—550

553. 蕭　蕭　　〈雨的味道〉編者按語　八十九年詩選　臺北　臺灣詩學季刊社
　　　　　　　2001 年 4 月　頁 221

554. 陳巍仁　　臺灣現代散文詩藝術論〔〈香港——一九七三〉部分〕　臺灣現
　　　　　　　代散文詩新論　臺北　萬卷樓圖書公司　2001 年 11 月　頁 169—
　　　　　　　170

555. 白　靈　　〈困頓的城市〉賞析　九十年詩選　臺北　臺灣詩學季刊社
　　　　　　　2002 年 5 月　頁 86—89

556. 白　靈　　〈困頓的城市〉編者案語　九十年詩選　臺北　臺灣詩學季刊社
　　　　　　　2002 年 5 月　頁 89

557. 陳韻仔　〈小小的睡眠〉賞析　中國語文　第 92 卷第 2 期　2003 年 2 月　頁 88—90

558. 落　蒂　吐露愛與美——析葉維廉〈吐露港〉　詩的播種者　臺北　爾雅出版公司　2003 年 2 月　頁 103—107

559. 焦　桐　〈京都松尾竹之寺——臨濟宗一休禪師地藏院〉編者案語　九十一年詩選　臺北　臺灣詩學季刊社　2003 年 4 月　頁 152

560. 陳幸蕙　〈臺灣農村駐足（選三）〉芬多精小棧　小詩森林——現代小詩選 1　臺北　幼獅文化公司　2003 年 11 月　頁 106

561. 向　陽　〈臺灣農村駐足〉賞析　臺灣現代文選・新詩卷　臺北　三民書局　2005 年 6 月　頁 133—135

562. 蔣美華　「詩化的現實」與「現實的抒情」：兩種長詩美學的參差對照——陳克華「科學語言」與葉維廉「無言獨化」長詩美學的參差對照〔〈臺灣農村駐足〉〕　Asian Journal of Management and Humanity Sciences　第 1 卷第 3 期　2006 年 10 月　頁 497—501

563. 徐時福　葉維廉〈追尋〉　跨國界詩想——世華新詩評析　臺北　唐山出版社　2003 年 12 月　頁 97—100

564. 陳幸蕙　小詩悅讀（二）——〈天之水〉　明道文藝　第 336 期　2004 年 3 月　頁 36—37

565. 〔向陽編〕　〈溫城無處不飛花〉（九節選三）作品賞析　2003 臺灣詩選　臺北　二魚文化公司　2004 年 6 月　頁 173—178

566. 〔辛鬱編〕　關於〈逸〉　他們怎麼玩詩？——創世紀五十周年精選　臺北　二魚文化公司　2004 年 10 月　頁 100

567. 白　靈　〈重逢之歌——贈張錯、慰理〉賞析　2004 臺灣詩選　臺北　二魚文化公司　2005 年 3 月　頁 210

568. 蕭　蕭　〈歸來〉賞析　2005 臺灣詩選　臺北　二魚文化公司　2006 年 2 月　頁 216

569. 張雙英　八〇年代：多元現象——八〇年代新詩的特色與成果——鄉土詩

〔〈鹽港夕照——臺灣農村駐足組詩之一〉部分〕　二十世紀臺灣新詩史　臺北　五南圖書出版公司　2006 年 8 月　頁 347—350

570. 張　　默　從〈宇宙的衣裳〉到〈燃點〉——「九行詩」讀後筆記〔〈酊紫薰衣草田〉部分〕　小詩・牀頭書　臺北　爾雅出版社　2007 年 3 月　頁 234

571. 陳信安　葉維廉〈動物園〉　細緻的雕塑——世華微型小說評析　臺北　唐山出版社　2007 年 5 月　頁 89—93

572. 陳沛淇　〈武陵農場〉隨詩去旅遊　風櫃上的演奏會——讀新詩遊臺灣（自然篇）　臺北　幼獅文化公司　2007 年 6 月　頁 52—53

573. 向　　陽　〈鳥飛絕・二○○六・香港〉作品賞析　2006 臺灣詩選　臺北　二魚文化公司　2007 年 7 月　頁 159

574. 蕭　　蕭　圖象詩：多種交疊的文類——臺灣圖象詩的裝置藝術——複疊字形〔〈絡繹〉部分〕　現代新詩美學　臺北　爾雅出版社　2007 年 7 月　頁 331—332

575. 喻大翔　從兩篇論文看當代文學批評的發展趨勢〔〈歷史整體性與中國現代文學研究之省思〉部分〕　文藝爭鳴　2008 年第 5 期　2008 年　頁 146—148

576. 向　　陽　〈水田〉作品導讀　青少年臺灣文庫 2——新詩讀本 2：太平洋的風　臺北　國立編譯館　2008 年 12 月　頁 28

577. 唐鐵惠　淺論詩畫非一律——兼評葉維廉〈「出位之思」：媒體及超媒體的美學〉　2010 海峽兩岸華文文學學術研討會　桃園　中原大學通識教育中心，中國現代文學學會，中國武漢大學文學院主辦　2010 年 5 月 1—2 日

578. 許燕轉　葉維廉詩學批評的生發點——從〈祕響旁通：文意的派生與交相引發〉說起　汕頭大學學報　第 26 卷第 5 期　2010 年　頁 37—40，94—95

579. 陳祖君　歷史的回響與文化的求索：葉維廉〈回音壁〉教學分析　廣西師

範學院學報　第 33 卷第 2 期　2012 年 4 月　頁 48—52

580. 嚴敏菁　　試論首二屆「創世紀詩獎」得主書寫風格之異同〔〈降臨〉部分
　　　　　　　〕　創世紀 60 社慶論文集　臺北　萬卷樓圖書公司　2014 年 10
　　　　　　　月　頁 482—485，488—490

581. 陳素英　　葉維廉的〈亞德里亞海灣的抒情〉　創世紀詩雜誌　第 183 期
　　　　　　　2015 年 6 月　頁 113—118

多篇作品

582. 瘂弦，張默　　葉維廉詩選〔〈河想〉、〈公開的石榴〉〕　中國現代詩選
　　　　　　　高雄　創世紀詩社　1973 年 2 月　頁 126—129

583. 張漢良　　〈永樂町變奏〉、〈愛與死之歌〉賞析　現代詩導讀・導讀篇一
　　　　　　　臺北　故鄉出版社　1979 年 11 月　頁 273—290

584. 流沙河　　跳躍的鹿〔〈舞〉、〈永樂町變奏曲〉、〈簫孔裡的流泉〉〕　星星
　　　　　　　1982 年第 8 期　1982 年 8 月　頁 94—98

585. 流沙河　　跳躍的鹿〔〈舞〉、〈永樂町變奏曲〉、〈簫孔裡的流泉〉〕　臺灣
　　　　　　　詩人十二家　重慶　重慶出版社　1983 年 8 月　頁 192—197

586. 陳明台　　賞析〈大鳥和月亮〉、〈馬路之晨〉　當代臺灣詩人選・一九八三
　　　　　　　卷　臺北　金文圖書公司　1984 年 5 月　頁 75—82

587. 洛　楓　　無言的焦慮——葉維廉早期詩歌的城市印象〔〈城望〉、〈降
　　　　　　　臨〉〕　創世紀　第 85、86 期合刊　1991 年 10 月　頁 73—77

588. 洛　楓　　無言的焦慮——葉維廉早期詩歌的城市印象〔〈城望〉、〈降
　　　　　　　臨〉〕　人文風景的鐫刻者——葉維廉作品評論集　臺北　文史
　　　　　　　哲出版社　1997 年 11 月　頁 227—236

589. 劉殿祥　　〈賦格〉、〈舞〉、〈仰望之歌〉、〈簫孔裡的流泉〉賞析　世界華人
　　　　　　　詩歌鑑賞大辭典　太原　書海出版社　1993 年 3 月　頁 1007—
　　　　　　　1009，1011—1019

590. 〔張默，蕭蕭編〕　　〈花開的聲音〉、〈臺灣農村駐足〉鑑評　新詩三百首
　　　　　　　（下）　臺北　九歌出版公司　1995 年 9 月　頁 999—1010

591. 司徒杰　〈沙田舊墟的懷念〉、〈簫孔裡的流泉〉、〈古鎮湖口〉　臺港抒情短詩精品鑑賞　河南　河南文藝出版社　1996 年 11 月　頁 92—96

592. 林瑞明　〈臺灣農村駐足〉、〈追尋〉、〈人生〉　國民文選・現代詩卷 2　臺北　玉山社出版公司　2005 年 2 月　頁 143

593. 解昆樺　葉維廉〈沉淵〉、〈孕成〉現代詩手稿中的詩語言濾淨美學　創世紀 60 社慶論文集　臺北　萬卷樓圖書公司　2014 年 10 月　頁 299—337

作品評論目錄、索引

594. 廖棟樑，彭錦華　評論葉維廉教授文獻　中外文學　第 19 卷第 4 期　1990 年 9 月　頁 121—124

595. 張　默　葉維廉研究資料彙編　文訊雜誌　第 107 期　1994 年 9 月　頁 73—78

596. 〔廖棟梁，周志煌編〕　葉維廉作品評論索引　人文風景的鐫刻者——葉維廉作品評論集　臺北　文史哲出版社　1997 年 11 月　頁 537—544

597. 〔張默編〕　作品評論引得　現代百家詩選　臺北　爾雅出版社　2003 年 6 月　頁 231

598. 〔編輯部〕　葉維廉作品評論索引　葉維廉文集 9・鄉情的追逐　合肥　安徽教育出版社　2003 年 9 月　頁 295—302

599. 陳秋宏　葉維廉研究資料彙編初稿　道家美學的後現代傳釋——葉維廉美學思想研究　臺灣大學中國文學系　碩士論文　柯慶明教授指導　2005 年　頁 245—259

600. 〔封德屏主編〕　葉維廉　臺灣現當代作家評論資料目錄（六）　臺南　國立臺灣文學館　2010 年 11 月　頁 3852—3879

601. 張志國　豐茂的生長與整體研究的缺失——葉維廉研究述評　華文文學　2011 年第 3 期　2011 年　頁 34—42

其他

602. 鍾　玲　　介紹葉維廉的新書〔《Modern Chinese poetry：theory and practice
　　　　　　since 1917》〕　幼獅文藝　第 208 期　1971 年 4 月　頁 30—36

603. 鍾　玲　　介紹葉維廉的新書〔《Modern Chinese poetry：theory and practice
　　　　　　since 1917》〕　從深淵出發　臺中　普天出版社　1972 年 1 月
　　　　　　頁 215—223

604. 非　馬　　英譯《中國現代詩》——讀葉維廉的翻譯　笠　第 50 期　1972 年
　　　　　　8 月　頁 82—89

605. 屠　岸　　讀葉維廉的中國新詩英譯隨感〔《Modern Chinese poetry：theory
　　　　　　and practice since 1917》〕　中國翻譯　1994 年第 6 期　1994 年
　　　　　　11 月　頁 28—31

606. 屠　岸　　讀葉維廉的中國新詩英譯隨感〔《Modern Chinese poetry：theory
　　　　　　and practice since 1917》〕　人文風景的鑴刻者——葉維廉作品
　　　　　　評論集　臺北　文史哲出版社　1997 年 11 月　頁 477—486

607. 鄭臻〔鄭樹森〕　　奧菲爾斯的變奏——介紹葉維廉編選《眾樹歌唱》（上、
　　　　　　中、下）　中國時報　1976 年 12 月 11—13 日　12 版

608. 鄭樹森　　奧菲爾斯的變奏——介紹葉維廉的《眾樹歌唱》　奧菲爾斯的變
　　　　　　奏　香港　素葉出版社　1979 年 10 月　頁 1—16

609. 鄭　臻　　奧菲爾斯的變奏——評葉維廉的《眾樹歌唱》　文學因緣　臺北
　　　　　　東大圖書公司　1987 年 1 月　頁 61—74

610. 王家新　　新譯的字行不住翻動〔《眾樹歌唱》〕　當代作家評論　2010 年
　　　　　　第 5 期　2010 年　頁 123—127

611. 盧善慶　　臺灣省古典文論研究側影——讀葉維廉主編《中國現代文學批評
　　　　　　選集》　古代文學理論研究　第 3 輯　1981 年 2 月　頁 337—341

612. 林燿德　　《中國現代文學大系》　錦囊開卷　臺北　國家文藝基金管理委
　　　　　　員會　1993 年 6 月　頁 103—105

613. 約瑟夫‧艾倫，瑪莎‧瓦格納著；時龔，李雷譯　　兩則關於葉維廉的書評
　　　　　　〔〈防空洞裡的抒情詩——現代中國詩選 1930—1950〉、〈中國詩

歌的主要模式與流派〉〕　華文文學　2011 年第 3 期　2011 年
頁 50—51

國家圖書館出版品預行編目資料

臺灣現當代作家研究資料彙編. 79, 葉維廉 / 須文蔚編
選. -- 初版. -- 臺南市：臺灣文學館, 2015.12
　　面；　　公分
ISBN 978-986-04-6402-3 (平裝)

1.葉維廉 2.傳記 3.文學評論

863.4　　　　　　　　　　　　　　　104022676

【臺灣現當代作家研究資料彙編】79

葉維廉

發 行 人　陳益源
指導單位　文化部
出版單位　國立臺灣文學館
　　　　　地　　址／70041 臺南市中西區中正路 1 號
　　　　　電　　話／06-2217201　　　　　傳　　真／06-2218952
　　　　　網　　址／www.nmtl.gov.tw　　　電子信箱／pba@nmtl.gov.tw
總 策 畫　封德屏
顧　　問　林淇瀁　張恆豪　許俊雅　陳信元　陳義芝　須文蔚　應鳳凰
工作小組　白心瀞　呂欣茹　陳欣怡　陳映潔　陳鈺翔　莊淑婉　張傳欣
編　　選　須文蔚
責任編輯　陳映潔
校　　對　呂欣茹　汪黛妏　林沛潔　陳映潔　張傳欣
計畫團隊　財團法人台灣文學發展基金會
美術設計　翁國鈞・不倒翁視覺創意
印　　刷　松霖彩色印刷事業有限公司

經銷展售　國家書店松江門市（02-25180207）
　　　　　國立臺灣文學館—雪芙瑞文學咖啡坊（06-2214632）
　　　　　三民書局（02-23617511）　　　　　五南文化廣場（04-22260330）
　　　　　台灣的店（02-23625799）　　　　　府城舊冊店（06-2763093）
　　　　　南天書局（02-23620190）　　　　　唐山出版社（02-23633072）
　　　　　草祭二手書店（06-2216872）

初版一刷　2015 年 12 月
定　　價　新臺幣 480 元整
　　　　　第一階段 15 冊新臺幣 5500 元整　第二階段 12 冊新臺幣 4500 元整
　　　　　第三階段 23 冊新臺幣 8500 元整　第四階段 14 冊新臺幣 5000 元整
　　　　　第五階段 16 冊新臺幣 6000 元整
　　　　　全套 80 冊新臺幣 24000 元整

GPN　1010402159（單本）　　ISBN　978-986-04-6402-3（單本）
　　　1010000407（套）　　　　　　 978-986-02-7266-6（套）